ଭାସି ଯା' ମୋର କାଗଜ ଡଙ୍ଗା

(ଅଳ୍ପବୟସର ଗଳ୍ପ)

ଭାସି ଯା' ମୋର କାଗଜ ଡଙ୍ଗା

(ଅଳ୍ପବୟସର ଗଳ୍ପ)

ପରେଶ କୁମାର ପଟ୍ଟନାୟକ

BLACK EAGLE BOOKS
2020

BLACK EAGLE BOOKS

USA address:
7464 Wisdom Lane
Dublin, OH 43016

India address:
E/312, Trident Galaxy, Kalinga Nagar,
Bhubaneswar-751003, Odisha, India

E-mail: info@blackeaglebooks.org
Website: www.blackeaglebooks.org

First International Edition Published by
BLACK EAGLE BOOKS, 2020

BHASIJA MORA KAGAJA DANGA
(Alpa Bayasara Galpa)
by **Paresh Kumar Patnaik**

Cover & Interior Design: Ezy's Publication

ISBN- 978-1-64560-128-9 (Paperback)

Printed in United States of America

ବିଦ୍ୟୁତ୍, କମ୍ପ୍ୟୁଟର, ମୋବାଇଲ୍ ଫୋନ୍, ଟେଲିଭିଜନ୍ ଆସି ନ ଥିବା ଗୋଟେ ସମୟ ।

ଅନ୍ଧାର, ଲଣ୍ଠନ, ଭୂତ, ଠାକୁରାଣୀ, ଅନ୍ଧବିଶ୍ୱାସ, ପଙ୍କ କାଦୁଅ ଭରା

ଷାଠିଏ ଦଶକର ଗୋଟେ ଗାଁ ।

ସେଇ ସମୟ ଓ ପରିବେଶକୁ ସ୍ମୃତିମୟ କରିଥିବା ମୋର ବାଲ୍ୟ କାଳର ବନ୍ଧୁମାନଙ୍କୁ

ଉତ୍ସର୍ଗୀକୃତ ଏଇ ସବୁ କାହାଣୀ

(ଯୋଗିଆ, ଭାସ୍କର, ପାଣୁଆ, ଗିରିଆ, କୁନି, ଶିଶିର, ନବ ଓ ଆଉ ଅନେକଙ୍କୁ)

ଏହି ଗଳ୍ପଗୁଡିକ ପ୍ରଥମେ ପ୍ରକାଶ ପାଇଥିଲା ବିଭିନ୍ନ ଓଡ଼ିଆ ସାହିତ୍ୟ ପତ୍ରିକାରେ । ଏବେ ପୁସ୍ତକାକାରରେ ଗଳ୍ପଗୁଡିକର ପ୍ରକାଶନ ଅବସରରେ ସେହି ସଂପାଦକ ବଂଧୁମାନଙ୍କୁ କୃତଜ୍ଞତା ଜ୍ଞାପନ ପୂର୍ବକ ସ୍ମରଣ କରୁଛି ।

ବିନୀତ

ଲେଖକ

ସୂଚୀପତ୍ର

ଚୋରି

ଅନ୍ଧାର ଭିତରେ ଆମେ ବସିଥାଉ ଭୂତଭଳି। ଚୁପଚାପ୍। ରାତି ସେତେବେଳକୁ ଅଧ। ଗାଁଟି ବୁଡ଼ିଯାଇଛି ଅନ୍ଧାରରେ। କୋଉଠି କେମିତି ଆଲୁଅ ଟିକେ ଦିଶୁଚି, ଦୂରରେ। ଚାରିଦିଗ ଶୁନଶାନ୍। ଆମେ ଅପେକ୍ଷା କରୁଚୁ ଗୋଟେ ଚୋରିର।

ଚୋରି କରିବାକୁ ଯାଇଚି ଭାସ୍କର। ଆମେ ସବୁ ତା'ର ସହଯୋଗୀ। ସେ ଅନ୍ଧାର ଭିତରେ ହଜିଯାଇଛି। ଯେକୌଣସି ମୁହୂର୍ତ୍ତରେ ଫେରିପାରେ। ଆମେ ରୁଦ୍ଧଶ୍ୱାସରେ ଅପେକ୍ଷା କରୁଚୁ। ତା'ର ସଫଳତାର ଅପେକ୍ଷା କରୁଚୁ। ସେ ସଫଳତାର ସହିତ ଚୋରି କରିପାରିବ ଏ ବିଶ୍ୱାସ ଆମର ଅଛି। କିନ୍ତୁ ଚୋରି ମାନେ ଚୋରି। ସେଠି ଭୟ ତ ନିଶ୍ଚୟ ରହିବ ହିଁ।

ଯୋଗିଆ କହିଲା : ଯଦି ସେ ଧରା ପଡ଼ିଯାଏ ?

ନବ କହିଲା : ନା ! ଧରା ପଡ଼ିବନି !

: ସେ ଆମ ସମସ୍ତଙ୍କ ନାମ କହିଦେବ ! ଯୋଗିଆର ଆଶଙ୍କା।

: ନା ! ନା ! ସେମିତି ହବନି। ସେ କଦାପି ଧରା ପଡ଼ିବନି।

: ଧରାପଡ଼ିଲେ କଣ ହେବ ଜାଣୁଚ ତ !

ମୁଁ ଆଶ୍ୱାସନା ଦେଲି: ଧରା ପଡ଼ିଲେ କ'ଣ ହେବ? କିଛି ହେବନି ! ସେ କ'ଣ କୋଉ ଯା ତା' ଘରେ ଚୋରି କରୁଚି କି ? ସେ ତ ତା' ନିଜ ଘରକୁ ଚୋରି କରିବାକୁ ପଶିଚି !

ମୋ କଥାରେ ସମସ୍ତେ ଟିକେ ଆସ୍ଥା ପାଇଲେ ଯେମିତି। କିନ୍ତୁ ଅନ୍ଧାରରେ କାହା ମୁହଁ ଦିଶୁନି। କାହା ମୁହଁରେ ଅଭିବ୍ୟକ୍ତି କ'ଣ, ତାହା ଜାଣିବାର ଉପାୟ ନାହିଁ।

ଯୋଗିଆ ପୋଖତ ଚୋର। ଯା' ତା' ବାରିରୁ ବାଇଗଣ ଭେଣ୍ଡି ଚୋରି କରିବାରେ ତା'ର ଅଭ୍ୟାସ ଅଛି। ଅନେକ ଥର ଧରାପଡ଼ି ଗାଳିମନ୍ଦ ବି ପାଇଛି। ଅଥଚ ଏବେ ସେ ଡରି ବସିଛି।

କହିଲା: ଅନ୍ୟ ବାରିରୁ ଚୋରି କରିବା କଥା ଅଲଗା ! ଧରା ପଡ଼ିଲ ଗାଳି ମାଡ଼ ଖାଇଲ। କଥା ଶେଷ। କିନ୍ତୁ ନିଜ ଘରୁ ଚୋରି କଲେ...

ମୁଁ ପଚାରିଲି: ନିଜଘରୁ ଚୋରି କଲେ କଣଟା ଅସୁବିଧା ରହିଲା ?

ଯୋଗିଆ କହିଲା: ଶଳା ! ଲୁଚିବ କୋଉଠି ? ଅନ୍ୟ କୋଉଠୁ ଚୋରି କଲେ ସିନା ନିଜ ଘରେ ଲୁଚିବ ! ନିଜ ଘରେ ଚୋରି କରି ଧରା ହେଲେ, ଲୁଚିବାକୁ ଜାଗା ମିଳିବନି !

ତା' କଥାରେ ଅବଶ୍ୟ ଦମ୍ ଥିଲା। ମୁଁ ଚୁପ୍ ହୋଇଗଲି। ଆମର ଗୋଟିଏ ଫିଷ୍ଟ କରିବାର ଥିଲା। ସେଥିପାଇଁ ସବୁ ଆୟୋଜନ ବି ସରିଥିଲା। କିନ୍ତୁ ଶେଷ ମୁହୂର୍ତ୍ତରେ କୁକୁଡ଼ା ମିଳିଲାନି। ଏଥର ଫିଷ୍ଟରେ କୁକୁଡ଼ା କଟା ହେବାଟା ନିଧାର୍ଯ୍ୟ ଥିଲା। କାରଣ ନବ ସେ ପର୍ଯ୍ୟନ୍ତ କୁକୁଡ଼ା ଖାଇ ନ ଥିଲା ଓ ଏ ଫିଷ୍ଟଟା ତା'ର ବିନା କୁକୁଟ ବ୍ରତ ଭାଙ୍ଗିବା ଭଳି ଥିଲା। ସେଥିପାଇଁ ଫିଷ୍ଟର ସିଂହଭାଗ ସେ ଦେଇଥିଲା। କିନ୍ତୁ ଆଖପାଖ ଅଂଚଳରେ ଯେତେବେଳେ କୁକୁଡ଼ା ମିଳିଲା ନାହିଁ, ଭାସ୍କର ପରାମର୍ଶ ଦେଲା କୁକୁଡ଼ା ଚୋରିର। ଚୋରି ଶବ୍ଦ ଶୁଣି ମୁଁ ଦୁଇପାଦ ପଛକୁ ଘୁଂଚିଗଲି।

ମାତ୍ର ଭାସ୍କର ସାହସ ଦେଲା। କହିଲା : ଆମ ଘରେ କୁକୁଡ଼ା ପାଳିଛନ୍ତି। କିନ୍ତୁ ମାଗିଲେ ଦେବେ ନାହିଁ। ତେଣୁ ଚୋରି କରିବାକୁ ହେବ। ତୁମେମାନେ କେହି ବ୍ୟସ୍ତ ହୁଅ ନାହିଁ। ମୁଁ ଚୋରି କରିବି। କୁକୁଡ଼ା କୋଉଠି କେମିତି ଅଛନ୍ତି ତାହା ମତେ ସବୁ ଜଣା। ତୁମେମାନେ ଅପେକ୍ଷା କର। ମୁଁ କୁକୁଡ଼ା ଧରି ଫେରୁଛି।

ଏବେ ଭାସ୍କର ଯାଇଛି କୁକୁଡ଼ା ଆଣିବାକୁ। ଚୋରି କରିବାକୁ। ଆମେ ଗାଁ ଠାରୁ ଅନତିଦୂରରେ ଜଗିବସିଛୁ ଅନ୍ଧାରରେ। କୁକୁଡ଼ା ଆସିଲେ ଫିଷ୍ଟ ହେବ। ଧର ପଡ଼ିଲେ କଣ ହେବ, ତାହା ଆମେ କଳ୍ପନା କରୁଥିଲୁ ମନେମନେ ଓ ଶିହରି ଉଠୁଥିଲୁ। ସେ କଥା କେହି ପ୍ରକାଶ କରୁନଥିଲୁ। ହଠାତ୍ ଗାଁ ଆଡୁ ପାଟିତୁଣ୍ଡ ଶୁଣାଗଲା।

ଆମେ ଠିଆ ହୋଇପଡ଼ିଲୁ ହିଡ଼ ଉପରୁ। ଗାଁପଟୁ ଶୁଣାଯାଉଥିଲା କୋଳାହଳ, ଗାଳିଗୁଲଜ, ନେଇଗଲା' ଧରଧର' ପ୍ରଭୃତି ଆୱାଜ୍। ଦିଶୁଥିଲା ଲଣ୍ଠନ ଓ ଟର୍ଚ୍ଚଲାଇଟର ଆଲୁଅ। ଆମେ ଠିଆହେଇସାରି କୋଉ ଆଡ଼କୁ ଦୌଡ଼ିବୁ ସ୍ଥିର କରିପାରୁନଥିଲୁ। ହଠାତ୍, ଆମ ପାଖଦେଇ କିଏ ଗୋଟାଏ ଦୌଡ଼ି ଚାଲିଗଲା। ଅନ୍ଧାରରେ ସ୍ପଷ୍ଟ ଦେଖାନଗଲେ ବି ଅନୁମାନ କରାଯାଇପାରେ। ସିଏ ହିଁ ଚୋର। ସିଏ ହିଁ ଭାସ୍କର।

ଆମେ ତା' ପଛେପଛେ ଦୌଡ଼ିଲୁ। କଂଟା ଝଂଟା ହିଡ଼ମାଟି ସବୁକୁ ଡେଇଁ ଆମେ ଧାଇଁଲୁ।

ଆଗରେ ଭାସ୍କର ଧାଉଁଥିଲା ତା' ପଛେ ପଛେ ଆମେ। ଅନେକ ବାଟ ଧାଇଁଲା ପରେ ସେ ଆଉ ଧାଇଁପାରିଲା ନାହିଁ। ଗୋଟାଏ ଜାଗାରେ ବସି ପଡ଼ିଲା । ଆମେ ତା' ପାଖରେ ପହଁଚିଗଲୁ ଓ ତାକୁ ଘେରିଗଲୁ। ସେ ଅନ୍ଧକାର ଭିତରେ ହାତ ଯୋଡ଼ି ପଡ଼ିଗଲା।

ଆମେ ପଚାରିଲୁ: କଣ ହେଲା ?

ସେ ଆଶ୍ୱସ୍ତ ହେଲା ଓ ପଚାରିଲା: ତମେମାନେ ମୋ ପଛରେ ଗୋଡ଼ଉଥିଲ ?

ଆମେ କହିଲୁ : ହଁ! ତୋ ପଛରେ ଆମେ ଯିବୁନି ତ କିଏ ଯିବ ?

ସେ ସଁ ସଁ ହେଉଥିଲା ଏକାଦିକ୍ରମେ ଏତେ ଗୁଡ଼ାଏ ବାଟ ଧାଇଁବା ପରେ ତା'ର ଅବସ୍ଥା ଦୟନୀୟ ହୋଇ ଯାଇଥିଲା।

ସ୍ୱର ଥରଥର କରି କହିଲା: ମୁଁ ଭାବିଲି, ଲୋକମାନେ ଗୋଡ଼ଉଛନ୍ତି। ଆଜି ଧରାପଡ଼ିଲି ନିଶ୍ଚୟ। ମାଡ଼ ଖାଇବା ସୁନିଶ୍ଚିତ।

ମୁଁ କହିଲି: ଏବେ କଣ ହେବ ? କୁକୁଡ଼ା ଆଣିଚୁ ତ ?

ସେ କହିଲା ଗର୍ବର ସହିତ : ହାରିବା ମୋ ଜାତକରେ ନାହିଁ। କୁକୁଡ଼ା ଛାଟିପିଟି ହଉଥିଲା। ତା'ର ତଂଟିଚିପି ମାରିଦେଇଛି।

ସେ କୁକୁଡ଼ାଟାକୁ ଦେଖାଇଲା। ଅନ୍ଧାରରେ ଦେଖାଗଲା କୁକୁଡ଼ାର ମୃତ ଅବୟବ। ନବ ଟର୍ଚ୍ଚ ମାରିଲା।

ଯୋଗିଆ କହିଲା : ଟର୍ଚ୍ଚ ଲିଭାଅ! ଆଲୁଅ ଦିଶିଲେ ଆମେ ଧରା ପଡ଼ିଯିବା!

ଟର୍ଚ୍ଚ ଲିଭିଲା ଓ ଆମେ ଗାଁ ଆଡ଼କୁ ଚାହିଁଲୁ। ଅନ୍ଧାରରେ କିଛି ଦିଶୁ ନ ଥିଲା। ଆମେ ଗାଁଠୁ କେତେ ଦୂରରେ ଅଛୁ, କୋଉଠି ଅଛୁ କିଛି ଠଉର କରି ହେଉନଥିଲା।

ଯୋଗିଆ ପଚାରିଲା : ଆମେ କୋଉଠି ଅଛେ ?

ନବ ଚାରିଦିଗକୁ ଚାହିଁଲା। ଚାରିଦିଗରେ କେବଳ ଅନ୍ଧାର। ବହଳ ଅନ୍ଧକାର। ଆମେ ଅନ୍ଧାର ଭିତରେ କୁଆଡ଼େ କେତେ ବାଟ ଧାଇଁ ଆସିଛେ, ତାହା ଅନୁମାନ କରିବା କଷ୍ଟକର ଥିଲା।

ମୁଁ କହିଲି: ଚାଲ ଫେରିବା!

ଯୋଗିଆ କହିଲା: କୋଉପଟକୁ ଯିବା ? କୋଉପଟେ ଆମ ଗାଁ ?

ଭାସ୍କର କହିଲା: ଯୋଉପଟୁ ଆମେ ଧାଇଁ ଧାଇଁ ଆସିଲେ, ସେଇପଟେ ଆମ ଗାଁ ।

ନବ ପଚାରିଲା: ଆମେ କୋଉପଟୁ ଧାଇଁ ଧାଇଁ ଆସିଲେ ?

ତାହା ମଧ୍ଯ ଠିକ୍ ଭାବରେ ନିରୂପଣ ହୋଇପାରୁନଥିଲା।

ଯୋଗିଆ କହିଲା: ଏଇପଟୁ ଆସିଲେ !

ମୁଁ କହିଲି: ଏଇପଟୁ।

ଭାସ୍କର କହିଲା: ମୁଣ୍ଡ ଗୋଳମାଳ କରନି ! ମୁଁ ଭାବିକି କହିବି ଆମେ କୋଉପଟୁ ଆସିଲେ।

କିଛି ସ୍ଥିର ହୋଇପାରିଲାନି। ଆମେ ଚୁପଚାପ୍ ସେଇଠି ବସି ପଡ଼ିଲୁ। ଭାସ୍କର ଥକ୍କା ମେଂଟାଉଥିଲା। ସମ୍ଭବତଃ ଫେରିବାକୁ ତା'ର ବଳ ପାଉନଥିଲା। ତେଣୁ ସେ ଭାବିବାର ସାହାରା ନେଲା। ଆମେ କେବଳ ଚାରିଦିଗକୁ ଚାହୁଁଥିଲୁ ଓ ଅନୁମାନ ଲଗାଇ ଲଗାଇ ବିଫଳ ହେଉଥିଲୁ। ଆମର ନିମ୍ନସ୍ୱରରେ ଯୁକ୍ତିତର୍କ କୌଣସି ସିଦ୍ଧାନ୍ତରେ ପହଁଚି ପାରୁନଥିଲା। ଏବେ ଭାସ୍କର ଠିଆହେଲା ତା'ର ବଳ ଫେରିପାଇଥିବାର ଭଙ୍ଗୀରେ ଓ କହିଲା: ମୋ ପଛେ ପଛେ ଆସ।

ଅନ୍ଧାରରେ ବାଟ ପାଇବାର ସାମର୍ଥ୍ୟ ଯେ କେବଳ ଚୋରର ଥାଏ, ଏ କଥା ପ୍ରମାଣ କରିଦେଲା ଭାସ୍କର। ଆମେ ନିର୍ବିବାଦରେ ତା' ପଛେ ପଛେ ଚାଲିଲୁ।

ହଠାତ୍ ଗୋଟାଏ ପଟେ ଆଲୁଅ ଦିଶୁଥିବାର ଆବିଷ୍କାର କଲା ନବ।

ନବ କହିଲା: ଏଇପଟେ ଆଲୁଅ ଦିଶୁଚି !

ଭାସ୍କର ମନ୍ତବ୍ୟ ଦେଲା: ସେଇଟା ମଶାଣୀ। କିଏ ଗୋଟେ ପୋଡ଼ା ହେଉଚି ସଞ୍ଜ ପହରୁ।

ମଶାଣୀ ଶବ୍ଦ ଶୁଣି ମୋ ଦେହ ଶିତେଇଉଠିଲା। ମଶାଣୀରୁ ଭୂତ ପ୍ରେତମାନେ ଧାଇଁ ଆସି ଆମର ବାଟ ଓଗାଳିବେ ନାହିଁ ତ ? ମୁଁ ସନ୍ଦେହ ପ୍ରକାଶ କଲି: ଆମେ କଣ ମଶାଣୀ ବାଟେ ଯିବା ?

ଭାସ୍କର କହିଲା: ମଶାଣୀଟା ପାଇଗଲେ, ଗାଁକୁ ବାଟ ମିଳିଯିବ !

ନବ ମନ୍ତବ୍ୟ ଦେଲା : କୁକୁଡ଼ାଟାକୁ ନେଇ ମଶାଣୀ ବାଟେ ଯିବାଟା ଠିକ୍ ହେବନି ?

ଯୋଗିଆ କହିଲା: କାହିଁକି ? ଭୂତମାନେ କଣ କୁକୁଡ଼ା ଛଡ଼ାଇ ନେବେ ?

ମୁଁ କହିଲି: ଭୂତ ପ୍ରେତ କଥା ପକାନା ! ମତେ ଡର ଲାଗୁଛି !

ଭାସ୍କର କହିଲା: ଡର କ'ଣ ? ଭୂତମାନେ ଚୋରକୁ ଡରନ୍ତି !

ମୁଁ କହିଲି: ଆମେ କଣ ଚୋର ?

ଭାସ୍କର କହିଲା: ଚୋର ନୁହେଁ ଆଉ କଣ ? ଆମେ ପରା କୁକୁଡ଼ା ଚୋରି କରି ଫେରୁଛେ।

ମୁଁ ନିଶ୍ଚିତ ହେବା ପାଇଁ ପ୍ରଶ୍ନ କଲି: ଭୂତମାନେ ଆମକୁ ଡରିବେ ?

ଭାସ୍କର କହିଲା: ଡରିବାକୁ ବାଧ୍ୟ !

ଜୀବନରେ ପ୍ରଥମଥର ପାଇଁ ଚୋର ହୋଇଥିବାରୁ ଗର୍ବ ଅନୁଭବ କଲି। ଯା ହେଉ, ଭୂତମାନେ ତ ଡରିଲେ। ଏ କଥା ବି ବୁଝିପାରିଲି ଯେ ଚୋରମାନେ ଦିନରେ ଡରନ୍ତି। ରାତିରେ ତାଙ୍କର ବଳ ବହୁଗୁଣା। ଦିନରେ ସେମାନେ ମଣିଷକୁ ଡରନ୍ତି। କିନ୍ତୁ ରାତିରେ ଭୂତ ସେମାନଙ୍କୁ ଡରେ। କି ବିଡ଼ମ୍ବନା !

ଏବେ ମତେ ଡର ଲାଗୁନଥିଲା। ମୁଁ ଛାତି ଫୁଲାଇ ଆଗକୁ ପାଦ ବଢ଼ାଇଲି।

ଆମେ ଆମର ଫିଷ୍ଟ୍ କରିବା ସ୍ଥାନରେ ପହଁଚିଲା ବେଳକୁ ସମସ୍ତେ କ୍ଳାନ୍ତ, ଭୋକମଲାଣି ପେଟଭିତରେ, ରୋଷେଇକରିବା ଅବସ୍ଥାରେ କେହି ନାହାନ୍ତି।

ଯୋଗିଆ ପଚାରିଲା: ଏତେ ରାତିରେ ଆଉ ରୋଷେଇ ହେବ ?

ଭାସ୍କର କହିଲା: କରିବାକୁ ପଡିବ। ନୋହିଲେ ସକାଳକୁ ସମସ୍ତେ ଧରାପଡ଼ିବା।

ଧରା ପଡ଼ିବା କଥା ଶୁଣି ଚୋରମାନେ ଜାଗ୍ରତ ହୋଇ ପଡ଼ିଲେ ଯେମିତି। ସାଙ୍ଗେ ସାଙ୍ଗେ କଟାକଟି ବଟାବଟି ଚୁଲିଜଳା କାମ ଆରମ୍ଭ ହୋଇଗଲା। କୁକୁଡ଼ାଟିକୁ ବନାଇବାର ଦାୟିତ୍ୱ ନେଇଥିଲା ଭାସ୍କର। ସେ କିନ୍ତୁ ସନ୍ତର୍ପଣରେ କୁକୁଡ଼ାର ପର, ଗୋଡ଼ ଓ ମୁଣ୍ଡ ସାଇତି ରଖୁଥାଏ।

ମୁଁ ପଚାରିଲି: ଏସବୁ ରଖୁଚୁ କାହିଁକି ?

ସେ କହିଲା: ତାକୁ ନେଇ ଆମ ବାରିପଟେ ପକାଇ ଦେଇଆସିବି।

: କାହିଁକି ?

ସମସ୍ତେ ଜାଣିବେ, କୁକୁଡ଼ାଟାକୁ ବିଲୁଆ କି ବଣଭୁଆଁ ନେଇଯାଇଛି। ଖାଇସାରି ପରଗୁଡ଼ାକ ପକାଇ ଦେଇଯାଇଛି। ଆମେ ଭାସ୍କରର ବୁଦ୍ଧିକୁ ତାରିଫ୍ କରିବାକୁ ବାଧ୍ୟ ହେଲୁ। ଆମର ଯେତେବେଳେ ରୋଷେଇ ଚାଲିଥିଲା, ଆମେ ଭୋକବିକଳରେ ଚୁଲି ଆଉ ହାଣ୍ଡି ଆଡ଼କୁ ଚାହିଁରହିଥିଲୁ, ସେତେବେଳେ ଭାସ୍କର ତା'ର ଚୋରି କରିବାର ଧାରା ବିବରଣୀ ଦେଉଥିଲା। କେମିତି ସେ ସତର୍କତାର ସହ କୁକୁଡ଼ାଟାକୁ ମାଡ଼ି ବସିଲା ଓ କେହି କିଛି ଜାଣିବା ପୂର୍ବରୁ ଅନ୍ଧାରରେ ଧାଇଁଲା। ତାହା ଶୁଣି ଆମେ ରୋମାଂଚ ଅନୁଭବ କରୁଥିଲୁ। ଆମର ସନ୍ଦେହ ରହିଲା ନାହିଁ ଯେ, ଭବିଷ୍ୟତରେ ଆମେ ଫିଷ୍ଟ୍ କରିବା ପାଇଁ କୁକୁଡ଼ା କିଣିବା ବା ଖୋଜିବା ଦରକାର ପଡ଼ିବ ନାହିଁ। ଭାସ୍କର ତା'ର ଅଭିଜ୍ଞତାକୁ କାମରେ ଲଗାଇବ। ସେ ଭବିଷ୍ୟତରେ ଗୋଟିଏ ଭଲ କୁକୁଡ଼ାଚୋର ହୋଇପାରିବ।

ରୋଷେଇ କେତେ ବାଟଗଲାଣି ବା ମାଂସ କେତେ ସିଝିଲାଣି ଜାଣିବା ପାଇଁ,

ଯୋଗିଆ କରଚୁଲୀରେ ହାଣ୍ଡି ଭିତରୁ ଉଠାଇ ଆଣିଲା ଗୋଟାଏ ମାଂସ ଟୁକୁରା। ସେଟା ଗରମ ଥିଲା। ଯୋଗିଆ ହାତରେ ତାକୁ ଚିପିଲା, ଫୁଙ୍କିଲା ଓ ଲୁଣିଆ ଅଲଣା ଜାଣିବା ପାଇଁ ପାଟିରେ ପକେଇବାକୁ ଯାଉଥିଲା। ଭାସ୍କର ପାଟି କରି ଉଠିଲା: ସାବଧାନ! ଖାଅ ନାହିଁ।

ଯୋଗିଆ ଅଟକିଗଲା, ପୁଣି କ'ଣ ହେଲା?

ମୁଁ ପଚାରିଲି: କ'ଣ କହୁଛୁ ତୁ?

ଭାସ୍କର ଏବେ ଗୋଟାଏ ରହସ୍ୟ ଶୁଣାଇଲା, ଯାହା ଶୁଣି ଆମେ ଚିନ୍ତିତ ଓ ଭୟଭୀତ ହୋଇପଡ଼ିଲୁ। ଭାସ୍କର ଜଣାଇ ଦେଲା ଯେ, କୁକୁଡ଼ାଟିକୁ ତା' ବୋଉ ମା' ଜାଗୁଲାଇ ଠାକୁରାଣୀଙ୍କୁ ଯାଚଞ୍ଚା କରିଥିଲା।

ମା' ଜାଗୁଲାଇ ଠାକୁରାଣୀଙ୍କ ଯାଚଞ୍ଚା କଥା ଶୁଣି ଆମେ ସଂତ୍ରସ୍ତ ହୋଇପଡ଼ିଲୁ। ମା' ଠାକୁରାଣୀଙ୍କ ବଳିଭୋଜ୍ୟ ଜୀବକୁ ଭୋଜି କରି ଖାଇଲା ଯେ ଗର୍ହିତ ଅପରାଧ ସେ ସଂପର୍କରେ ଆମର କୌଣସି ସଂଶୟ ନ ଥିଲା। ଏ ଅପରାଧର ପରିଣାମ ଯେ ଆହୁରି ଭୟଙ୍କର ହେବ, ତାହା ଆମେ ଅନୁମାନ କରିପାରୁଥିଲୁ। ମା' ଠାକୁରାଣୀ ଯଦି ରୁଷ୍ଟ ହୁଅନ୍ତି, ତେବେ ରକ୍ତବାନ୍ତି କରି ମରିବା ଛଡ଼ା ଆଉ କୌଣସି ବାଟ ନାହିଁ।

ଯୋଗିଆ ହାତରେ ପରଖୁଥିବା ମାଂସ ଖଣ୍ଡକୁ ତରକାରୀ ହାଣ୍ଡି ଭିତରକୁ ଫୋପାଡ଼ି ଦେଲା ଭୟରେ।

କହିଲା: ତୁ ଏ କଥା ଆମକୁ ପ୍ରଥମରୁ କହିନାହୁଁ କାହିଁକି?

ଭାସ୍କର କହିଲା: ପ୍ରଥମରୁ କହିଥିଲେ କ'ଣ ହୋଇଥାଆନ୍ତା?

ଯୋଗିଆ କହିଲା : ଆମେ ଜମା ଏ ଫିଷ୍ଟରେ ମିଶିନଥାନ୍ତୁ।

ମୁଁ ଯୋଗକଲି : ଚୋରି କରିବା ମହାପାପ ହୋଇପାରେ, କିନ୍ତୁ ସେ ପାପର ପ୍ରାୟଶ୍ଚିତ ଅଛି। କିନ୍ତୁ ମା' ଠାକୁରାଣୀଙ୍କ ସହିତ ଶତ୍ରୁତା, ଏ ଅପରାଧର ଯେ କ୍ଷମା ନାହିଁ।

ଭାସ୍କର ବୁଝାଇଲା: ସବୁ ପାପର ପ୍ରାୟଶ୍ଚିତ ଅଛି। ସବୁ ଭୟର ସଂଶୋଧନ ଅଛି। ଏ ଭୁଲ୍ ସୁଧାରିବାର ବାଟ ବି ଅଛି।

ଆମେ ମିଳିତସ୍ୱରରେ ପଚାରିଲୁ: କେମିତି?

ଭାସ୍କର ତା'ର ନୀତିସର୍ବସ୍ୱ ଶାସ୍ତ୍ରବାଣୀ ଶୁଣାଇଲା, ତରକାରୀ ତିଆରି ସରିବା ପରେ ସେଟା ମା' ଠାକୁରାଣୀଙ୍କୁ ସମର୍ପଣ ହେବ। ପୂଜା ହେବ। ମା ଠାକୁରାଣୀ ତାଙ୍କ ଭାଗ ପାଇଲେ ଆଉ ରାଗିବେନି। ଆମେ ସମସ୍ତେ ପ୍ରସାଦ ପାଇବା। ଆମର ଚୋରି ପାପ ବି ମେଂଟିଯିବ।

ମୁଁ ସଂଶୟ ପ୍ରକାଶ କଲି: କିନ୍ତୁ କୁକୁଡ଼ାଟାକୁ ତୋ ବୋଉ ଯାଚଞ୍ଚା କରିଥିଲା ନା ?

ଭାସ୍କର କହିଲା: ବୋଉ ଯାଚଞ୍ଚା କରୁ, କଣ ହେଲା। ମା' ଠାକୁରାଣୀ ପାଇବା କଥା ପାଇଲା। ଯିଏ ଦେଉଚି ଦେଉ। ବୋଉ ଦେଉ କି ତା' ପୁଅ ଦେଉ କି ଆଉ ଯିଏ ଦେଉଚି ଦେଉ। ସେ ତା'ର ଭୋଗ ପାଇଲା। ସେ ରୁଷ୍ଟ ହେବ କାହିଁକି ?

ଆମେ ତା'ର ପରାମର୍ଶରେ ପ୍ରଭାବିତ ହେଲୁ। ପରେ ଅବଶ୍ୟ ଜାଣିବାକୁ ପାଇଥିଲି ଯେ ସଚରାଚର ଚୋରମାନେ ନିଜ ଅର୍ଜନର କିଛି ଅଂଶ ଠାକୁର ଠାକୁରାଣୀଙ୍କୁ ଦାନ କରିଥାଆନ୍ତି, କେବଳ ଏଇ କାରଣରୁ। ଯଥାବିଧି ରୋଷେଇ ସରିଲା। ଭାସ୍କର ନିଜେ ପୂଜକ ସାଜି ତରକାରୀ ନେଇ ବାରିପଟେ ମା' ଠାକୁରାଣୀଙ୍କୁ ଅର୍ପଣ କଲା। ଆମେ ପରେ ପରେ ପ୍ରସାଦ ଭାବି ଚୋରି କୁକୁଡ଼ାର ତରକାରୀ ଖାଇଲୁ।

ନବ ପ୍ରଥମଥର ପାଇଁ କୁକୁଡ଼ା ମାଂସ ଖାଉଥିଲା।

ମୁଁ ତାକୁ ଅନୁଚ୍ଚ ସ୍ୱରରେ ପଚାରିଲି: କେମିତି ଲାଗୁଛି।

ସେ ମୁହଁ ବିକୃତ କରି କହିଲା: ମୋତେ ଓକାର ଲାଗୁଛି।

ମୁଁ ତାକୁ ଆଶ୍ୱାସନା ଦେଲି। କହିଲି: ସେମିତି କହନା ! ମୁଁ ଯେବେ ପ୍ରଥମ ଖାଇଥିଲି, ମୋତେ ବି ସେମିତି ଲାଗିଥିଲା। ଧୀରେ ଧୀରେ ଅଭ୍ୟସ୍ତ ହୋଇଗଲି।

: କାହିଁକି ?

: ମାଂସ ଖାଇବାର ଗୌରବ ପାଇଁ ଏ ସବୁ ଭୁଲି ଯିବାକୁ ହୁଏ । ଆମେ ମାଂସ ଖାଇଛୁ, କୁକୁଡ଼ା ମାଂସ ଖାଇଛୁ, ଖାସି ମାଂସ ଖାଇଛ. ଏ ସବୁ ଗର୍ବର ବିଷୟ ନା ନାହିଁ ?

ତା' ମୁହଁରୁ ବିକୃତିଭାବ ଛଡ଼ାଇବା ପାଇଁ କହିଲି: ତୁ ଭାବେ ଯେ ମା' ଠାକୁରାଣୀଙ୍କ ପ୍ରସାଦ ଖାଉଚୁ। ଭଲ ଲାଗିବ। ଜାଣୁ, ଠାକୁର ଠାକୁରାଣୀଙ୍କ ଭୋଗ ପଚାସଢ଼ା ହୋଇଥିଲେ ବି ଲୋକେ ଅମୃତ ଭାବି ଖାଇଯାଆନ୍ତି।

ନବ କିଛି କହିଲାନି, ଖାଲି ଗୋଟିଏ ଦୀର୍ଘଶ୍ୱାସ ପକାଇବା ଛଡ଼ା।

ପରଦିନ ଆମେ ଭାସ୍କର ଘରକୁ ଯାଇଥିଲୁ। ଯାହାଙ୍କ ଘରୁ କୁକୁଡ଼ା ଚୋରି ଯାଇଛି ତାଙ୍କୁ ସମବେଦନା ଜଣାଇବା ଉତ୍ତମ ବନ୍ଧୁର କର୍ତ୍ତବ୍ୟ। ମାତ୍ର ସେଠାରେ ଭାସ୍କରର ମାଆଙ୍କ ଗାଳିଗୁଲଜ ଶୁଣି ଆମକୁ ଲାଜ ଆସିଗଲା।

ଭାସ୍କରର ମାଆ ଅଜଣା ଦୁର୍ବୃତ୍ତ ଉଦ୍ଦେଶ୍ୟରେ ଅଶାଳୀନ ଗାଳି ମାନ ବର୍ଷଣ କରୁଥିଲେ। କହୁଥିଲେ: ଅଲପେଇସା ଅଧା ଦିନରେ ଯିବ। ବାଡ଼ିପଡ଼ା କୁକୁଡ଼ା ଚୋରି କରୁଛୁ, ତୋତେ ଧର୍ମ ସହିବ ନାହିଁ। ମା' ଠାକୁରାଣୀଙ୍କ ଯାଚଞ୍ଚା କୁକୁଡ଼ା ନେଇଛୁ

ମାନେ ତୋତେ ମା' ଠାକୁରାଣୀ ଦଣ୍ଡ ଦେବେ। ରକ୍ତବାନ୍ତି କରି ମରିବୁ। ତୋତେ ବଡ଼ ରୋଗ ହେଇଯିବ। ତଳିତଳାନ୍ତ ହୋଇଯିବୁ। ତୋ ଦେହରେ ପୋକ ସାଲୁବାଲୁ ହେବେ।

ଏତେସବୁ ଅପମାନ ସୂଚକ ବାକ୍ୟବାଣ ସହିବାକୁ କଷ୍ଟ ହେଉଥିଲା। ଭାସ୍କର ମୁହଁକୁ ଆମେ ଚାହୁଁଥିଲୁ ଓ ତା' ମୁହଁର ପ୍ରତିକ୍ରିୟା ପଢ଼ିବାକୁ ଉଦ୍ୟମ କରି ବିଫଳ ହେଉଥିଲୁ। କିଛି ଗାଳି ହଜମ କରି ସାରିବା ପରେ ଆଉ ଅଧିକ ବୋଧେ ସହ୍ୟ ହେଲାନି ଭାସ୍କରର। ସେ ଅଗତ୍ୟା ମୁହଁ ଖୋଲିଲା।

କହିଲା: କାଇଁକି ମିଛଟାରେ ଗାଳି ଦଉଚୁ। କୁକୁଡ଼ାକୁ ତ ବିଲୁଆ ନେଲା। ବିଲୁଆକୁ ଏତେ ଗାଳି ଦେବା କଣ ଦରକାର।

ଭାସ୍କରର ମାଆ କହିଲେ: ବିଲୁଆ ନେଇନି। ମଣିଷ ନେଇଚି। ବିଲୁଆ ଏମିତି ଖଞ୍ଜା ଭିତରୁ ନେଇ ପାରିବନି।

ଭାସ୍କର କହିଲା: ବିଲୁଆ ନେଇଚି ବୋଲି ପ୍ରମାଣ ମିଳୁଛି ପରା। ଆମେ ଦେଖିଲୁ ବିଲ ଭିତରେ କୁକୁଡ଼ାର ପର ପଡ଼ିଛି। ବିଲୁଆ ଖାଇଦେଇ ଯାଇଛି ସେଇଠି।

ଭାସ୍କରର ମାଆ ପଚାରିଲେ: ତୁ ଦେଖିଚୁ?

ଏତିକି ବେଳେ ଭାସ୍କରର ସାକ୍ଷୀ ତାଲିକାରେ ଆମେ ସମସ୍ତେ ନିଜ ନିଜ ନାମ ଦରଜ କରିନେଲୁ। ଶୁଣ୍ଡିର ସାକ୍ଷୀ ଯେମିତି ମାତାଲ୍। ଚୋରର ସାକ୍ଷୀ ସେମିତି ଚୋରିମାଲ୍ ପାଇଥିବା ଲୋକ।

ଆମେ ସମସ୍ୱରରେ କହି ଉଠିଲୁ: ଆମେ ସମସ୍ତେ ଦେଖିଚୁ। ଗହୀର ବିଲରେ ପର ପଡ଼ିଥିଲା। ବିଲୁଆ ହିଁ ମାରି ଖାଇଚି କୁକୁଡ଼ାକୁ। ଆମ କଥାକୁ ପରତେ ଯାଉନଥିବା ଭାସ୍କରର ମାଆ ତାଙ୍କ ସାନପୁଅ ଓରଫ ଭାସ୍କରର ସାନଭାଇକୁ କହିଥିଲେ: ଗଲୁ ଏମାନଙ୍କୁ ସାଙ୍ଗରେ। କୋଉଠି ପର ପଡ଼ିଛି ଦେଖି ଆସିବୁ।

ଭାସ୍କରର ସାନଭାଇ ଆମ ସହିତ ଗହୀର ବିଲକୁ ଗଲା ଓ ଆମେ ଗୋଟାଏ ଜାଗାରେ ପଡ଼ିଥିବା ପରଗୁଡିକୁ ତାକୁ ଦେଖାଇଲୁ। ଏ କାର୍ଯ୍ୟରେ ନେତୃତ୍ୱ ନେଉଥାଏ ଭାସ୍କର।

ଆମେ ପର ଦେଖାଇ ତାକୁ ପଚାରିଲୁ: ଭଲ କରି ଚିହ୍ନ, ଏ ତମ କୁକୁଡ଼ାର ପର କି ନାହିଁ?

ସେ କିଛି ପର ଗୋଟାଏ ହାତରେ ଧରିଲା। ଏପଟ ସେପଟ କରି ଦେଖିଲା ଓ ସ୍ୱୀକାର କରିନେଲା ଯେ, ହଁ! ଇଏ ଆମ କୁକୁଡ଼ାର ପର। କିନ୍ତୁ ସେଠି ପର ସହିତ ପଡ଼ିଥିଲା କୁକୁଡାର ମୁଣ୍ଡ ଓ ସ୍ପଷ୍ଟତଃ ଜଣା ପଡ଼ି ଯାଉଥିଲା ଯେ ମୁଣ୍ଡଟା ଛୁରୀରେ ହିଁ

କଟା ଯାଇଛି। ଏ ତ୍ରୁଟିଟିକୁ ଦେଖି ମୁଁ ମନେ ମନେ ଡରିଗଲି, ଧରା ପଡ଼ିଯିବା କି ?

ଭାସ୍କରର ସାନଭାଇ ସେଟାକୁ ସମ୍ଭବତଃ ଲକ୍ଷ୍ୟ କରିପାରିଲାନି। ପଚାରିଲା: ବିଲୁଆ ମୁଣ୍ଡଟାକୁ ଛାଡ଼ି ଦେଇଗଲା କାହିଁକି ?

ମୁଁ ତତ୍‌କ୍ଷଣାତ୍ କୈଫିୟତ ଦେଇ ପକେଇଲି। କହିଲି: ମୂର୍ଖ ! ଏତିକି ଜାଣୁନା ! ବିଲୁଆ କୁକୁଡ଼ା ମୁଣ୍ଡ ଖାଏ ନାହିଁ।

ସେ ଆମଠୁ ତିନି କ୍ଲାସ୍ ତଳେ ପଢୁଥିଲା। ଆମେ ହାଇସ୍କୁଲରେ ତ ସେ ମାଇନର୍ ସ୍କୁଲରେ। ତେଣୁ ସେ ମୋର ମନ୍ତବ୍ୟକୁ ସ୍କୁଲ ପାଠ ଅନୁମୋଦିତ ତଥ୍ୟ ମନେକରି ଗ୍ରହଣ କରିବାକୁ ବାଧହେଲା।

ସେଠି ଅଧିକ ସମୟ ରହିଲେ ସେ ମାଇନର୍ ସ୍କୁଲର ପିଲା ମଧ୍ୟ ଜିରାରୁ ଶିରା କାଢ଼ିପାରେ, ଅନୁମାନ କରି ଯୋଗିଆ କହିଲା : ଚାଲ ! ଚାଲ ! ଘରକୁ ଫେରିବା !

ଆମେ ପୁଣି ଭାସ୍କର ଘରକୁ ଫେରିଲୁ। କିନ୍ତୁ ସେଠି ପହଁଚି ଦେଖିଲୁ ଭାସ୍କରର ମାଆ ତଥାପି ତାଙ୍କର ସଂପାକଟା ଜାରି ରଖିଛନ୍ତି ?

: ତୋତେ ଖାଇବାକୁ ମିଳିବନି। ବାରଦୁଆର ବୁଲିବୁ। ତୋର ଗୋଡ଼ ଛୋଟା ହୋଇଯିବ। ତୋର ଦେହସାରା ଘା ହେଇଯିବ। ଠାକୁରାଣୀ ଶାପ୍ୟରେ ଜଳିପୋଡ଼ି ମରିବୁ !

ଭାସ୍କର ପଚାରିଲା: ବିଲୁଆ ନେଇଚି ବୋଲି ପରା ପ୍ରମାଣ ମିଳିଲା। ପୁଣି କାହିଁକି ଗାଳି ଦଉଚୁ !

ଭାସ୍କରର ମାଆ କହିଲେ: ମୁଁ ବିଲୁଆକୁ ଗାଳି ଦେଉଚି !

ଭାସ୍କର ମତ ଦେଲା: ଠିକ୍ ଅଛି। ଗାଳି ଦେ। କିନ୍ତୁ କିଛି ଲାଭ ନାହିଁ। ମଣିଷର ଗାଳି ପଶୁଙ୍କୁ ଭେଦ କରେନା ।

ଏହାପରେ ସେ ଆମ ପାଖକୁ ଆସିଲା ଓ ନିମ୍ନ ସ୍ୱରରେ କହିଲା : ସିଏ ତା'ର ଗାଳିଦେଉଚି ବିଲୁଆକୁ, ଆମର କଣ ଗଲା। ଗାଳି କଣ ଆମ ଦେହରେ ବାଜୁଚି କି ?

ମୁଁ ଟିକେ ଦେହକୁ ଝାଡ଼ିଝୁଡ଼ି ଦେଲି।

କହିଲି: ନା ! ଗାଳି ଆମ ଦେହରେ ବାଜୁନି। ଗାଳିଟା ଦେହରେ ବାଜିଲେ ସିନା ଖରାପ ଲାଗନ୍ତା। ଏବେ ସେ ବିଲୁଆ ଦେହରେ ବାଜୁଥିବ। ଆମର କଣ ଅଛି।

ଯଦିଓ ଗାଳିସବୁ ଆମ ଦେହରେ ବାଜିନଥିଲା, ତାଙ୍କର ଗାଳିଗୁଲଜ ଗୁଡ଼ିକ ଅନେକ ଦିନ ଯାଏଁ ଆମର ମନେ ରହିଥିଲା ଓ ପରବର୍ତ୍ତୀ ଫିଷ୍ଟ୍ ଆୟୋଜନ କରିବାକୁ ଆମେ ପଛଘୁଂଚା ଦେଉଥିଲୁ।

■

ତେଲ ଖଣିର ଆବିଷ୍କାର

ମୁଁ ସାମିଲ ହେଲାବେଳକୁ କଥାଟି କିଛିବାଟ ଆଗେଇଯାଇଛି । ମୁଁ ଘଟଣାସ୍ଥଳୀରେ ପହଞ୍ଚିଲାବେଳକୁ ସେମାନେ ଅନେକ କଥା ଆଲୋଚନା କରିସାରିଛନ୍ତି । ଏମିତିକି ମୁଁ ସେ ଘଟଣାରେ ସାମିଲ ହେଲା ବେଳକୁ ଅନ୍ୟମାନେ ଆଗରୁ ସାମିଲ୍ ହୋଇପାରିଛନ୍ତି ବୋଲି ସାମାନ୍ୟ ଗର୍ବର ସହିତ ମୋତେ ଚାହିଁଥିଲେ । ମୁଁ କିନ୍ତୁ ଆହତ ହେଲିନି । କାରଣ ଆହତ ହେଲେ ପଛେଇଯିବାକୁ ହୁଏ ଓ ସେ ବୟସରେ ଏତେ ଆହତ ହେବାର ଅଭିମାନ ଆମର ନଥିଲା ।

ମୁଁ ଦେଖିଲାବେଳକୁ ଘଟଣାର ସ୍ଥିତି ଥିଲା ଏମିତି ।

ଆମ ଘରପାଖରେ ଗୋଟେ ଲମ୍ବା ପଡିଆ ଥିଲା । ଆମେ ପ୍ରାୟ ଦିନମାନଙ୍କରେ ସେହି ପଡିଆରେ ଖେଳୁଥିଲୁ । ସେଇ ପଡିଆର ଗୋଟେ ଜାଗାରେ ମାଟିର ରଙ୍ଗ ଥିଲା ଟିକେ ଭିନ୍ନ । ସେଇ ଭିନ୍ନ ରଙ୍ଗଟା ପ୍ରାୟ ବାରି ହୋଇପଡୁଥିଲା । ତେବେ ଆଶ୍ଚର୍ଯ୍ୟର କଥା ହେଉଛି, ଏଇ ଭିନ୍ନ ଭାବରେ ବାରି ହୋଇଯିବାର ଦୃଶ୍ୟ ସବୁବେଳେ ପ୍ରତ୍ୟକ୍ଷ ହେଉ ନ ଥିଲା । ଅର୍ଥାତ୍ କେବଳ ବେଶି ଖରାହେଲେ ହିଁ ସେଇ ଜାଗାରେ ମାଟି ରଙ୍ଗ ବଦଳାଉଥିଲା । ନଚେତ୍ ଅନ୍ୟ ସମୟରେ ତାହା ସାଧାରଣ ମାଟି ରଙ୍ଗର ଥିଲା ।

ସେଦିନ ଖୁବ୍ ଖରା ହେଉଥିଲା । ରବିବାର ଥିଲା । ତେଣୁ ଛୁଟିଦିନ । ଆମମାନଙ୍କର ସ୍କୁଲ ବନ୍ଦ । ପାଠପଢା ବନ୍ଦ । ପଡିଆର ସେଇ ଅରାକ ମାଟି ତାର ରଙ୍ଗ ବଦଳାଇ କେମିତି ଗୋଟେ ଅଧିକ ମାଟିଆ ଅଧିକ ତେଲିଆ ହେଇ ଆସିଥିଲା । ସେଇ ଜାଗାରେ କେବେ ବି ଉଠୁ ନ ଥିଲା କିଛି ବି ଘାସ ବା ଅନାବନା ଗଛ । ସେଇ ମାଟି ଅରାକ ଜାଗାରେ ଘେରି ବସିଥିଲେ ମୋର ସାଙ୍ଗମାନେ ।

ବଡଭାଇ ଗୋଟେ ଉଚ୍ଚା ଜାଗାରେ ବସିଥିଲା । ଯେହେତୁ ସେ ବୟସରେ ବଡ ଥିଲା ଓ ଉଚ୍ଚ କ୍ଲାସରେ ପଢୁଥିଲା ସେ ବନିଯାଇଥିଲା ସମଗ୍ର ଘଟଣାର ନିର୍ଦ୍ଦେଶକ ଓ ଶିଶିର, କୁନିଆ, ରାଧାକାନ୍ତମାନେ ବଡଭାଇର ନିର୍ଦ୍ଦେଶରେ ସେଠି ଖୋଳାଖୋଳିରେ ବ୍ୟସ୍ତ ଥିଲେ ।

ମୁଁ ସେଠି ପହଞ୍ଚିଗଲି ଓ ପଚାରିଲି, ଏଠି କଣ ଚାଲିଛି ? ବଡ ଭାଇ କିଛି କହିଲାନି । କାରଣ ସେ ସମୁଦାୟ କାର୍ଯ୍ୟକ୍ରମର ଏକ ସମ୍ମାନନୀୟ ପଦବୀରେ ଥିଲା । ଶିଶିର ମୋ ଆଡକୁ ଚାହିଁଲା ଓ ମୁହଁ ବୁଲେଇନେଲା । ଯେମିତିକି ଏତେ ଶୀଘ୍ର ମୋ ପ୍ରଶ୍ନ ଉତ୍ତର ଦେଇଦେଲେ ତାର ଗୁରୁତ୍ୱ କମିଯିବ ।

ରାଧାକାନ୍ତ ମୋ ଆଡକୁ ଜମା ଚାହିଁଲାନି । ଯେମିତି ସେ ଖୁବ୍ ବ୍ୟସ୍ତ । ଏତେ ବ୍ୟସ୍ତ ଯେ ତାର ମୁହୂର୍ତ୍ତକର ଅନ୍ୟମନସ୍କତା ସମୁଦାୟ କାର୍ଯ୍ୟକ୍ରମକୁ ଓଲଟପାଲଟ କରିପକେଇବ ।

କୁନିଆଁ ମୋ ଆଡକୁ ମୁହଁ ନ କରି ସେମିତି ମାଟି ଖୋଳୁଥିବା ଅବସ୍ଥାରେ କହିଲା, ଏଠି ଗୋଟେ ତେଲଖଣି ବାହାରିଛି ।

: ତେଲଖଣି ? ମୁଁ ଆଶ୍ଚର୍ଯ୍ୟ ପ୍ରକଟ କଲି ।

: ହଁ ! ତେଲଖଣି !

: ତେଲଖଣି ? ଏଇଠି ! ମୁଁ ଆହୁରି ଆଶ୍ଚର୍ଯ୍ୟ ହେଲି ।

: ସାବଧାନ ! ଏ କଥା ଯେମିତି କାନକୁ ଦି କାନ ନ ହୁଏ ।

: କାରଣ ?

: ଇଏତ ଆଉ ଶହେ ଦି ଶହର ବ୍ୟାପାର ନୁହେଁ । ଲକ୍ଷ ଲକ୍ଷ କୋଟି କୋଟି ଟଙ୍କାର କାରବାର ।

ଲକ୍ଷ ଲକ୍ଷ କୋଟି କୋଟି ଟଙ୍କାର କଥାଶୁଣି ମୋ ଆଖି ଝଲସି ଗଲା । ସେତେବେଳେ ଆମେ ଗୋଟେ ନିପଟ ମଫସଲରେ ରହିଥାଉ । ଶହେ ଟଙ୍କିଆ ନୋଟଟାଏ ଦେଖିବା ଥିଲା ଦୂରୁହ ସ୍ୱପ୍ନ । ଖୁବ୍ ବେଶୀରେ ବାପାଙ୍କ ପକେଟରୁ ଆମେ ଚାରଣା ଆଠଣା ଯାଏଁ ଚୋରି କରିପାରୁଥିଲୁ । ସେଠି କୁନିଆର ଲକ୍ଷ ଲକ୍ଷ କୋଟି କୋଟି ଟଙ୍କାର କଥା ଶୁଣି ମୋ ମନ ବିଚଳିତ ହୋଇ ଉଠିଲା ।

ମୁଁ ଅବୁଝା ସ୍ୱରରେ ପଚାରିଲି; କିନ୍ତୁ କଣ କେମିତି ହେବ, ଏସବୁ ?

ଶିଶିର ଆଖିର ଇସାରାରେ ମୋତେ ପଠେଇଦେଲା ବଡଭାଇ ପାଖକୁ । ଯିଏ ଥିଲା ଏ ସମସ୍ତ ଆବିଷ୍କାରର ସୂତ୍ରଧର । ସେ ସେତେବେଳେକୁ ନିଜକୁ ଗୋଟେ ପ୍ରଖ୍ୟାତ ବୈଜ୍ଞାନିକର ଭୂମିକାରେ ବସାଇ ସାରିଥାଏ । ମୁଁ ତା ଆଡକୁ ପ୍ରଶ୍ନିଳ ଆଖିରେ ଚାହିଁ ରହିଲି ।

ଏଥର ସେ ଓଠ ଖୋଲିଲା।

କହିଲା : ବହୁ ଗବେଷଣା ଓ ବୈଜ୍ଞାନିକ ଅନୁଶୀଳନରୁ ଜଣାପଡିଛି ଯେ ଏଇଠି ମାଟି ତଳେ ଗୋଟେ ତେଲଖଣି ଅଛି। ତାରି ପ୍ରଭାବରୁ ଏଇ ଅରାକ ମାଟି ସବୁବେଳେ ତେଲିଆ ଦିଶୁଛି। ତୁମେ ଏଠୁ ମୁଠାଏ ମାଟି ନେଇ ପାଣିରେ ପକାଇ ପରୀକ୍ଷା କରିପାର। ଦେଖିବ ସେଇ ମାଟିରୁ ତେଲ ବାହାରିବ।

ମୁଁ ବଡଭାଇ କଥା ମୁତାବକ ସେଠୁ ମୁଠାଏ ମାଟି ଧରି ଦୌଡିଲି। ପାଖ ପୋଖରୀ କୂଳରେ ବସି ହାତ ମୁଠାର ମାଟିକୁ ପାଣିରେ ପକାଇ ଦେଲି। ଦେଖିଲି ସେଇ ମାଟିରୁ ଗୋଟେ ତେଲିଆ ଧାର ସାତରଙ୍ଗରେ ରଙ୍ଗୀନ ହୋଇ ପାଣିରେ ଭାସିଯାଉଛି। ନିଃସନ୍ଦେହରେ ବଡଭାଇର ଅନୁଶୀଳନ ଅଭ୍ରାନ୍ତ ଥିଲା।

ମାଟିରେ ତେଲର ଅଂଶ ଅଛି। ମାଟିତଳେ ତେଲଖଣି ଥିବା ଅସମ୍ଭବ ନୁହେଁ।

ମୁଁ ପୁଣି ଫେରିଲି ଘଟଣାସ୍ଥଳୀକୁ।

ପଚାରିଲି : ମୋତେ ତୁମେ ଭାଗରେ ମିଶେଇବ କି ନା !

ବଡଭାଇ କହିଲା ; ଯା' କାମରେ ଲାଗିଯାଅ।

ଅର୍ଥାତ୍ ମୋତେ ସେମାନଙ୍କ ସହ ମିଶିବାର ମିଳିଗଲା। ଏଣିକି ଲକ୍ଷ ଲକ୍ଷ କୋଟି କୋଟି ଟଙ୍କାର ଲାଭରେ ମୋର ଭାଗ ଆସିଗଲା।

ପଚାରିଲି : ମାଟିରେ ତେଲ ଅଂଶ ଅଛି ତ ଠିକ୍। କିନ୍ତୁ କେମିତି ସେ ସବୁ ଉଦ୍ଧାର ହେବ ? ଆମେ ସେତେବେଳକୁ ଜାଣିସାରିଥାଉ ଯେ ଆରବ ଦେଶରେ ବହୁତ ତେଲଖଣି ଅଛି। ସେଇଠୁ ଉତ୍ପାଦିତ ତେଲ ସାରା ପୃଥିବୀକୁ ଯୋଗାଯାଏ। ସେଇ ତେଲରୁ କିରୋସିନ ବାହାରେ। ସେଇ ତେଲରେ ଗାଡି ମଟର ଚାଲେ। ସେଇ ତେଲର ଦାମ ବହୁତ। ସେଇଥିପାଇଁ ଆରବ ଦେଶମାନଙ୍କରେ ବହୁତ ଧନୀ ଲୋକ ବାସ କରନ୍ତି। ତେବେ ଆମ ଅଂଚଳରେ ଗାଡି ମଟର ଜମା ନ ଥିଲା। କେବଳ କିରୋସିନି ହିଁ ବେଶୀ ବ୍ୟବହାର ହେଉଥିଲା। ଲୋକମାନେ କିରୋସିନକୁ ମାଟି ତେଲ ବୋଲି କହୁଥିଲେ। ମୁଁ ପୁଣିଥରେ ମୋ ପ୍ରଶ୍ନକୁ ଦୋହରାଇଲି : କେମିତି ତେଲ ବାହାରିବ ?

ଏଥର ଶିଶିର ମୁହଁ ଖୋଲିଲା : କିଛି ବାଟ ଖୋଳିଲା ପରେ ତେଲର ଝରଟା ମିଳିଯିବ। ସେଇଠି ଗୋଟେ ପାଇପ୍ ଲଗେଇଦେଲେ ତେଲ ବାହାରକୁ ଆସିଯିବ।

ତା କଥାରୁ ମନେହେଲା କୂଅ ଖୋଳିଲେ ଯେମିତି ପାଣିର ଝର ପଡେ, ସେମିତି ତେଲର ବି ଝରପଡେ ଏବଂ ନଳକୂଅରୁ ପାଣି ବାହାରିଲା ଭଳି ଭସ୍ ଭସ୍ କିରୋସିନି ସେଠୁ ବାହାରିପଡିବ। ସେସବୁ ତତ୍‌କ୍ଷଣାତ୍ ସେଠୁ ସଂଗ୍ରହ କରି ବିକ୍ରି କରାଯିବ।

ମୁଁ ଆଗତ ଦିନଗୁଡିକୁ ଦେଖିପାରିଲି । ମୋତେ ଦେଖାଗଲା ଆମର ସେଇ ପଡିଆଟା ଲୋକଗହଳିରେ ଭର୍ତ୍ତି ହୋଇଯାଉଛି । ସେଠି ଗୋଟେ ଦୋକାନ ଗଢି ଉଠୁଛି ଓ କୁନିଆ, ଶିଶିର, ରାଧାକାନ୍ତମାନେ ସେଇ ଦୋକାନରେ ବସି ତେଲ ବିକୁଛନ୍ତି । ଲୋକମାନେ ଧାଡିରେ ଠିଆ ହୋଇ ତେଲ କିଣୁଛନ୍ତି ।

ତେଲ ବିକିବାର ତରିକାଟା ମଧ୍ୟ ଖୁବ୍ ଅଭିନବ । ଲୋକମାନେ ନିଜ ନିଜର ଡବା, ବୋତଲ ଦେଖେଇ ଦେଉଛନ୍ତି । ନଳକୂପରୁ ପାଣି ବାହାରିଲା ଭଳି ପାଇପ୍‌ରୁ କିରୋସିନି ବାହାରି ସେମାନଙ୍କ ବୋତଲ ବା ଡବା ଭରି ହୋଇଯାଉଛି । ବଡଭାଇ ଲୋକମାନଙ୍କଠୁ ପଇସା ଗଣିନେଇ ବାକ୍ସରେ ପୁରେଇବାରେ ଲାଗିଛି । ସଞ୍ଜବେଳକୁ ଆମ ଭିତରେ ପଇସା ବଂଟା ହେଉଛି ।

ହଠାତ୍ ମୁଁ ସ୍ୱପ୍ନରାଇଜରୁ ବାସ୍ତବତାକୁ ଫେରିଆସିଲି ଓ ଏକ ଅତିବାସ୍ତବ ପ୍ରଶ୍ନ ପଚାରିଲି ।

ପଚାରିଲି : ଏମିତି କଣ ହୋଇପାରିବ ? ବଡ ଲୋକମାନେ କଣ ଆମକୁ ଏମିତି କରିବାକୁ ଦେବେ ?

ମୋ ପ୍ରଶ୍ନର ଦମ୍ ଥିଲା ନିଶ୍ଚୟ । କାରଣ ମୋ କଥା ଶୁଣି ସେମାନେ ସମସ୍ତେ ଚମକିପଡିଲେ ।

ସେତେବେଳେ ବଡଲୋକମାନେ ଥିଲେ ଆମର ଚରମ ଶତ୍ରୁ । ସେମାନେ ଆମର କୌଣସି କଥାକୁ ପାସଙ୍ଗରେ ପକାଉ ନ ଥିଲେ । ସେମାନଙ୍କ ଦୃଷ୍ଟିରେ ଆମେ ଥିଲୁ ବାଳୁତ । ତେଣୁ ଅବୋଧ । ସେମାନେ ଆମ୍ଭକୁ କେବଳ ତାଗିଦା କରିପାରୁଥିଲେ । ଏଇଟା କରନା, ସିଆଡେ ଯାଆନା, ତୁମର ଜାଣିବା ଦରକାର ନାହିଁ ପ୍ରଭୃତି ସେମାନଙ୍କର ଆମପ୍ରତି କୁଟକ୍ତି ଥିଲା ସବୁସମୟରେ । ମୁଁ କହିଲି : ତୁମର ବୈଜ୍ଞାନିକ ଗବେଷଣାକୁ ମୁଁ ତାରିଫ କରୁଛି । କିନ୍ତୁ ବଡଲୋକମାନେ ଏସବୁ କଦାପି କରେଇ ଦେବନାହିଁ । ସେମାନେ ତୁମକୁ ଏଠୁ ମାଡ ମାରି ତଡିଦେବେ ଓ ତେଲଖଣିକୁ ଦଖଲ କରିନେବେ । ସେମାନେ ଏଠି ତେଲ ବିକିବେ ଓ ଲାଭ କରିବେ ।

ବଡଭାଇ ଚିନ୍ତିତ ଦିଶିଲା ।

ଶିଶିର କହିଲା : ଏମନ୍ତ ?

କୁନିଆ କହିଲା : ଆମେ ତେବେ କଣ କରିବା ?

ସେମାନେ ଅସହାୟ ଦିଶିଲେ । ଯେମିତି ଲକ୍ଷ ଲକ୍ଷ ଟଙ୍କା ସେମାନଙ୍କ ଅଂଟିରୁ ଖସି ଚାଲିଯାଉଛି ।

ଟିକିଏ ପରେ ବଡଭାଇ ଭାବିଚିନ୍ତି କହିଲା, ମୁଁ ଭାବୁଚି ଆମେ ଏ

ତେଲଖଣିଟାକୁ ବିକିଦେବା। ଆମେ ନିଜେ ପାରିବାନି। କୌଣସି ବଡ ବେପାରୀକୁ ବିକିଦେବା ଓ ଲାଭତକ ନେଇ ବଡ ଲୋକ ହେଇଯିବା।

ମୋତେ ମାନସଚକ୍ଷୁରେ ଦେଖାଗଲା, ସେଠି ଟାଟା ବିରଲା ଭଳି ଧନୀ ଲୋକମାନେ ଆମଠୁ ତେଲ ଖଣି କିଣି ନେଉଛନ୍ତି। ପଡିଆ ସାରା କଲକାରଖାନା ଗଢି ଉଠୁଛି। କାରଖାନାର ବଡ ବଡ ଚିମିନୀରୁ କଳାଧୂଆଁ ବାହାରି ଆକାଶର ବାଦଲ ସାଙ୍ଗେ ମିଶିଯାଉଛି। ଆମେ ବଡଲୋକ ହେଇଯାଇଛୁ ଓ ସଫା ପ୍ୟାଂଟ ସାର୍ଟ୍ ପିନ୍ଧି ଗାଡି ମଟରରେ ବୁଲୁଛୁ।

ସେତେବେଳକୁ ଶିଶିର, କୁନିଆ, ରାଧାକାନ୍ତ ସେମାନଙ୍କ ଖଣି ଖୋଳିବା କାମ ବନ୍ଦ କରି ଦେଇ ମୋ ମୁହଁକୁ ଚାହିଁଥିଲେ। ମୁଁ ବି ନିଜକୁ ବିଜ୍ଞ ମନେ କରୁଥିଲି। ସେମାନେ ପ୍ରାୟେ ଫୁଟେ ମାଟି ଖୋଳି ସାରିଥିଲେ।

ଫୁଟେ ତଳର ମାଟିକୁ ବଡଭାଇ ବୈଜ୍ଞାନିକ ସୁଲଭ ଦୃଷ୍ଟିରେ ପରୀକ୍ଷା କରୁଥାଏ ଓ ମତ ଦେଉଥାଏ ; ଏ ମାଟି ବେଶୀ ତେଲିଆ ଲାଗୁଛି। ଆମେ ଯେତେ ଯେତେ ତଳକୁ ଖୋଳିବା ମାଟି ସେତେ ଅଧିକା ତେଲିଆ ହେବ। ଶେଷରେ ପଡିବ ତେଲର ଝର। ବେଶି ଦୂର ନୁହେଁ। ପାଂଚ ସାତ ଫୁଟ୍ ପରେ ପଡିବ ତେଲର ଝର। ହେଲେ ମାତ୍ର ଫୁଟେ ମାଟି ଖୋଳିସାରି ଶିଶିରମାନେ କ୍ଳାନ୍ତ ଓ ଝାଳ ସର ସର ଦିଶୁଥିଲେ।

ବଡ ଭାଇ ସେମାନଙ୍କୁ ଉତ୍ସାହ ଦେଉଥାଏ : ବେଶି ଦୂର ନୁହେଁ। ଆଉ ପାଂଚ ସାତ ଫୁଟ ଖୋଳିବାକୁ ପଡିବ। ତା' ପରେ ଆସିଯିବ ଆମର ପ୍ରାପ୍ତି।

ମୁଁ କହିଲି : ତମେ କଣ ଏ ତେଲଖଣିକୁ ବିକିପାରିବ ? କେମିତି ବିକିବ ? ଏ ଜାଗା କଣ ତୁମର ? ଯଦିବା ଟାଟା ବିରଲା ଏଠିକି ଆସନ୍ତି, ତେବେ ବିକିବେ ସେଇ ବଡ ଲୋକମାନେ। ସେମାନେ ସବୁ ଲାଭ ମାରି ନେବେ। ତୁମେ କେବଳ ଚାହିଁ ରହିଥିବ।

ସେମାନେ ମୋ ମୁହଁକୁ ବଲ ବଲ ହେଇ ଚାହିଁଲେ। ଯେମିତିକି ସେମାନଙ୍କର କଷ୍ଟ ଉପାର୍ଜିତ ଲକ୍ଷ ଲକ୍ଷ ଟଙ୍କା ବନ୍ୟାପାଣିରେ ଭାସିଯାଉଛି। ଆଉ ସେମାନେ କେବଳ ଚାହିଁ ରହିଛନ୍ତି ଜଳକା ହୋଇ।

ଶିଶିର କହିଲା : କେମନ୍ତ ?

କୁନିଆ କହିଲା : ଆମେ ଯେ ତେଲଖଣିକୁ ଆବିଷ୍କାର କରିଛୁ।

ରାଧାକାନ୍ତ କହିଲା : ଆମ ପରିଶ୍ରମର, ଗବେଷଣାର କଣ କିଛି ମୂଲ୍ୟ ନାହିଁ।

ମୁଁ କହିଲି : ରାମହରି ମହାପାତ୍ରର ଅବସ୍ଥା କ'ଣ ହୋଇଥିଲା ମନେ ଅଛି ?

ଆମେ ସମସ୍ତେ ରାମହରି ମହାପାତ୍ରର କଥା ମନେପକେଇଲୁ ।

ରାମହରି ଆମ ସ୍କୁଲରେ ପାଠ ପଢୁଥିଲା ଓ ଲେଖକ ହେବାର ଆଶା ରଖିଥିଲା । ସେ ମୋଟା ମୋଟା ଖାତା ଧରି ବୁଲୁଥିଲା, ଯୋଉଥିରେ ତାର ହାତଲେଖା ଗଳ୍ପ କବିତା ଥିଲା । ସେ ଯେତେବେଳେ ବି ଅବସର ପାଉଥିଲା, ଖାତାରେ କଣ କଣ ଲେଖି ଦେଉଥିଲା । ମାତ୍ର ଆମର ସେଇ ନିପଟ ମଫସଲରେ ବହି କିପରି ଛପାଯିବ ତାର ଉପାୟ ମିଳୁ ନଥିଲା । ଶେଷରେ ରାମହରି ତାର ବହି ଛପାଇବାର ଯେଜନା କରି ସହରକୁ ଗଲା । ସହରରେ ତାର ମାମୁଁ ରହନ୍ତି । ତାର ବହି ଛପା ହେଲା । କିନ୍ତୁ ଲେଖକର ନାମ ଜାଗାରେ ରହିଲା ତାର ମାମୁଁଙ୍କ ନାମ । ମାମୁଁ ତାଙ୍କୁ ବୁଝାଇ ଦେଇଥିଲେ ଯେ ସାନପିଲାଙ୍କ ନାମରେ ବହି ଛପାଯାଏ ନାହିଁ । ସେଇ ଛପା ବହିଟି ଯାହା ଗୋଟେ ନାଟକ ଥିଲା, ନାମ 'ଅପବାଦ' ତାକୁ ଧରି ରାମହରି ବୁଲୁଥିଲା ଓ ସେଇଟା ସିଏ ଲେଖିଛି ବୋଲି ଦାବୀ କରୁଥିଲା । ସେ ତାର ଦୁଃଖକାହାଣୀ ଶୁଣାଉଥିଲା ଓ ବଡ ହେଲେ ତା ନାମରେ ବହି ଛପାହେବ ବୋଲି ନିଜକୁ ନିଜେ ଆଶ୍ୱାସନା ଶୁଣାଉଥିଲା ।

ରାମହରି ଦୁଃଖ କାହାଣୀ ଶୁଣିଲାପରେ ବଡଲୋକମାନେ କିପିରି ଚକ୍ରାନ୍ତ କରି ସାନମାନଙ୍କ କୃତିତ୍ୱକୁ ଛଡାଇ ନିଅନ୍ତି, ତାହା ପ୍ରମାଣିତ ହୋଇଯାଉଥିଲା ।

ଅବଶ୍ୟ ଦୋଳିଆ ଭାଇ, ଯିଏ ନାଟକରେ ରୁଚି ରଖୁଥିଲେ ଓ ଆଖପାଖ ଅଂଚଳରେ ଏକାଧିକ ନାଟକରେ ଅଭିନୟ କରିଥିଲେ, କହୁଥିଲେ ଯେ, ରାମହରିର ଦାବୀ ସଂପୂର୍ଣ୍ଣ ମିଥ୍ୟା । ଅସଲରେ 'ଅପବାଦ' ନାଟକର ନାଟ୍ୟକାର ଭୁବନେଶ୍ୱର ମହାପାତ୍ର ଓ ସେ ଜଣେ ବିଖ୍ୟାତ ନାଟ୍ୟକାର । ତାଙ୍କର ଅନେକଗୁଡିଏ ନାଟକ ବହି ରହିଛି । ରାମହରି ତାଙ୍କୁ ତାର ମାମୁଁ ବୋଲି ଦାବି କରି ଗୁଡାଏ ଗାଲୁଗପ ପ୍ରଚାର କରୁଛି ।

ଆମେ ଅବଶ୍ୟ କାହାକଥା ବିଶ୍ୱାସ କରିବୁ, ସ୍ଥିର କରିପାରୁ ନଥିଲୁ । କାରଣ ଆମର ସେ ନିପଟ ମଫସଲରେ ବିଶେଷ ବହି ମିଳୁ ନଥିଲା । ତେବେ ରାମହରିର ଦୁଃଖ ଜର୍ଜରିତ କାହାଣୀ ସତ୍ୟ ହେଉ ବା ମିଥ୍ୟା ହେଉ ଗୋଟିଏ କଥା ପ୍ରମାଣ କରୁଥିଲା ଯେ ବଡମାନେ ବଡ କ୍ରୁର, କୁଚକ୍ରୀ ଓ ସାନମାନଙ୍କ ପ୍ରତି ନିର୍ଦ୍ଦୟ ।

ବଡ଼ମାନଙ୍କ ଚକ୍ରାନ୍ତର ଆଉ ଗୋଟେ ଶିକାର ଥିଲା ରବି । ରବିର କାହାଣୀ ଥିଲା ଅତ୍ୟନ୍ତ ମର୍ମସ୍ପର୍ଶୀ । ରବି ଥରେ ସହରକୁ ଯାଇଥିଲା ଓ ଗୋଟେ ଲଟେରୀ ଟିକଟ କିଣିଥିଲା । ସୌଭାଗ୍ୟକୁ ସେଇ ଲଟେରୀ ଟିକଟରେ ଉଠିଗଲା ଗୋଟାଏ ବ୍ୟୋମଯାନ । ସେ ବ୍ୟୋମଯାନ ଆମ ଗାଁକୁ ଆସିପାରିଥାନ୍ତା । ଆମେ ତାକୁ ଦେଖିପାରିଥାନ୍ତୁ । ସେଥିରେ ଚଢି ପାରିଥାଆନ୍ତୁ । ମାତ୍ର ତାହା ହେଲାନାହିଁ । ରବିର କ୍ରୁର ପିତା ଲଟେରୀ ଟିକଟ୍ ସିଏ

କିଣିଛନ୍ତି ବୋଲି ଦାବୀ କଲେ। ବ୍ୟୋମଯାନ ବିକିଦେଲେ। ଲକ୍ଷ ଅର୍ଥ ମଧ୍ୟ ଆତ୍ମସାତ୍ କଲେ। ରବିକୁ ସେଥିରୁ କିଛି ବି ମିଳିଲା ନାହିଁ। ଏ କଥା ଆମ ଆଗରେ ବର୍ଣ୍ଣନା କଲାବେଳେ ରବି କାନ୍ଦି ଉଠେ।

ସେଦିନ ସାରା ମଧ୍ୟାହ୍ନ ଆମେ ସେମିତି ଉଦାସ ଉଦାସ ବିତେଇ ଦେଲୁ। ଆମ ସ୍ୱପ୍ନର ତେଲଖଣି ସାମ୍ନାରେ। କେବଳ ଭାବି ଭାବି। କେତେବେଳେ ଆମ ସାମ୍ନାରେ ଦିଶୁଥିଲା ତେଲର ଦୋକାନ ଓ ତେଲ ନେବାପାଇଁ ମଣିଷଙ୍କ ଲମ୍ବା ଧାଡି ତ କେତେବେଳେ ଦିଶୁଥିଲା କଳକାରଖାନାର ଘନ ଗର୍ଘର ଧ୍ୱନୀ। କେତେବେଳେ ଦିଶୁଥିଲା ଆମେ ବଡଲୋକ ହୋଇଯାଇଛୁ ଓ ମହାର୍ଘ୍ୟ ପୋଷାକ ପିନ୍ଧି ଗାଡିରେ ବୁଲୁଛୁ ଓ କେତେବେଳେ ଦେଖୁଥିଲୁ ବଡ ମଣିଷମାନେ ଆମ କାନମୋଡି ଦି ଚଟକଣା ମାରି ଆମକୁ ସେଠୁ ଦୂରକୁ ଠେଲି ଦଉଛନ୍ତି।

ସେଦିନ ସନ୍ଧ୍ୟା ହେଲା। ଫୁଟକରୁ ଆଉ ଅଧିକ ଖୋଳାଯାଇପାରିଲା ନାହିଁ। ତେଲର ଝର ପଡିଲା ନାହିଁ। କାମ ଅଧା ରହିଲା। ଆମେ କ୍ଲାନ୍ତ ଓ ବିବ୍ରତ। ଚିନ୍ତିତ ଓ ଦ୍ୱିଧାଗ୍ରସ୍ତ।

ବଡଭାଇ କହିଲା : ଆମ ଭିତରେ ଏ କଥା ଗୋପନ ରହୁ।

ଶିଶିର କହିଲା : ଆମେ ଏ କଥା କାହାରିକୁ କହିବା ନାହିଁ।

ରାଧାକାନ୍ତ କହିଲା : ଏ ରହସ୍ୟ ଗୋପନ ରହିବ।

ଆମେ ସ୍ଥିର କରିନେଲୁ ଯେ ଆମେ ଦିନେ ବଡ ହେବୁ। ବଡ ହେଲାପରେ ଏହି ସ୍ଥାନକୁ ଆସିବୁ। ଏଇଠୁ ତେଲଖଣି ଖୋଳିବୁ। ସେଦିନ ଆମକୁ ରୋକିବାକୁ ବଡଲୋକମାନଙ୍କର ବଳ ନ ଥିବ। ଚକ୍ରାନ୍ତ କରି ଆମକୁ ସେଠୁ ଉଠାଇଦେବାର ସୁଯୋଗ ନ ଥିବ। ଆମେ ଦିନେ ବଡ ହେବୁ ଓ ଏ ତେଲଖଣି ଦଖଲ କରିନେବୁ।

ଏମିତି ଶପଥ କରିନେଲୁ ଆମେ ନିଜ ନିଜ ଭିତରେ।

ସାବଧାନ! ଏ ରହସ୍ୟ ଯେମିତି ଫିଟି ନ ପଡେ ବଡଲୋକଙ୍କ କାନକୁ। ଆମେ ତେଲଖଣି ଆବିଷ୍କାର କରିଛୁ। ଏହାର ସବୁ କୃତିତ୍ୱ ଆମର ହେବା ଦରକାର। ଏହାର ସବୁ ମୁନାଫା ଆମକୁ ମିଳିବା ଦରକାର।

ଆମେ ପୁଣି ତେଲଖଣିକୁ ପୋତିଦେଲୁ। ଛପି ଯା ତେଲଖଣି ଆମେ ବଡହେବା ଯାଏଁ। ଲୁଚି ଯା ତେଲଖଣି ଆମେ ବୟସ୍କ ହେବାଯାଏଁ। ରହସ୍ୟ ହେଇ ରହି ଯା ଆମେ ବଡ ହେଇ ଫେରିବା ପାଇଁ।

ସନ୍ଧ୍ୟା ଉପରାନ୍ତ ଆମେ ନିଜ ନିଜ ଘରକୁ ଫେରିଆସିଲୁ।

ଏହାପରେ ସମୟ ବିତିଗଲା କେମିତି କୁଆଡେ ଯେ, ଆମେ ଭୁଲିଗଲୁ

ଆମର ଶପଥ। ଭୁଲିଗଲୁ ଆମର ତେଲଖଣି। ଆମର ସ୍ୱପ୍ନ। ସେଦିନ ଯାହା ଏତେ ମୂଲ୍ୟବାନ ଓ ଗୁରୁତ୍ୱପୂର୍ଣ୍ଣ ମନେ ହୋଇଥିଲା ତାହା କ୍ରମେ ମନେହେଲା ସାଧାରଣ, ହାସ୍ୟାସ୍ପଦ ଓ ମୂଲ୍ୟହୀନ, ଆମର ପରିଣତ ବୟସରେ। ଏମିତିକି ଆମେ ପରବର୍ତ୍ତୀ ସମୟରେ ସେ ସଂପର୍କରେ ଭାବିବାକୁ ବା ଆଉ କିଛି ଯୋଜନା କରିବାକୁ ସମୟ ପାଇଲୁନି।

ଏ ଗପ ବି ମୁଁ ଲେଖନ୍ତି ନାଇଁ, ଯଦି ଏଇ କେତେଦିନ ତଳେ ସେଇ ପଡିଆ ବାଟ ଦେଇ ଯାଉ ଯାଉ ମୁଁ ଦେଖନ୍ତି ନାହିଁ ସେଠି ଦଳେ ଛୋଟ ପିଲାଙ୍କୁ। ସେମାନେ ସେଠି ଖୋଳାଖୋଳି କରୁଥିଲେ।

ମୁଁ ପାଖକୁ ଯିବାରୁ ସେମାନଙ୍କ ଭିତରୁ ଜଣେ ଦଉଡି ଆସିଲା ମୋ ପାଖକୁ ଓ କହିଲା: ଅଙ୍କଲ! ଅଙ୍କଲ୍! ଏଠି ଗୋଟେ ତେଲ ଖଣି ଅଛି। ଆମେ ଆବିଷ୍କାର କରିଛୁ। ଆମେ ତେଲ ବିକିବୁ ଓ ବଡଲୋକ ହେବୁ।

ଅଙ୍କଲ୍! ପ୍ଲିଜ୍! ଏ କଥା କାହାକୁ କହିବେନି।

■

ହତ୍ୟାକାଣ୍ଡ

ଆମ ଗ୍ରାମରେ ସେଇଟି ଥିଲା ପ୍ରଥମ ହତ୍ୟାକାଣ୍ଡ।

ଆମେ ତ ଦେଖିନଥିଲୁ, ପୁରୁଖା ପୁରୁଖା ଲୋକମାନେ ମତ ଦେଉଥିଲେ ଯେ ଗତ ଶହେବର୍ଷ ଭିତରେ ଆମ ଗ୍ରାମରେ ହତ୍ୟାକାଣ୍ଡଟିଏ ହୋଇନଥିଲା। ଏମିତିରେ ଅନେକଥର, ମାଡ଼ ଫୌଜଦାରି ହୋଇଛି, ମୁଣ୍ଡ ଫଟାଫଟି ହୋଇ ମାମଲା ଥାନା କୋର୍ଟ-କଚେରି ପର୍ଯ୍ୟନ୍ତ ଯାଇଛି, କିନ୍ତୁ କେବେ ବି ହତ୍ୟାକାଣ୍ଡ ଘଟିନଥିଲା। ଏଇଟି ଥିଲା ପ୍ରଥମ ଓ ଚାଂଚଲ୍ୟକର।

କାହାଣୀର ଆରମ୍ଭ ଏଇମିତି। ହାରାବୋଉ ସକାଳୁ ଉଠି ପାଣି ଆଣିବାକୁ ଯାଇଥିଲା କୂଅକୁ। କୂଅ ଭିତରକୁ ଗରା ପକେଇଲା। ଗରା ଯାଇ ମାଡ଼ ହେଲା କୋଉଠି ଗୋଟେ। ତାକୁ ଟିକେ ଅସହଜ ଲାଗିଲା ଓ ସେ କୂଅ ଭିତରକୁ ଚାହିଁଲା। କୂଅ ଭିତରଟା ଅନ୍ଧାରିଆ ଥିଲା। ତଥାପି ତାକୁ ଦେଖାଗଲା ଯେ କୂଅ ଭିତରେ କ'ଣ ଗୋଟାଏ ଭାସୁଚି। ଅସ୍ପଷ୍ଟ କିଛି ଗୋଟାଏ। ସେ ପାଟିକରି ଲୋକମାନଙ୍କୁ ଡାକିଲା। ଲୋକମାନେ ଏକାଠି ହେଲେ। ଭିତରକୁ ନିରେଖିକି ଦେଖିଲେ।

ଗରା ଓ ଦଉଡ଼ି ଉପରକୁ ଉଠିସାରିଥିଲା। ସମସ୍ତେ କୂଅ ଭିତରକୁ ଚାହିଁଲେ ଓ ନିଶ୍ଚିତ ହେଲେ ଯେ କିଛିଟା ଅସ୍ୱାଭାବିକ ଘଟିଛି।

: କୁକୁର ?

: ନା !

: ଗାଈ ?

: ନା !

: ମାଙ୍କଡ଼ ?

: ମାଙ୍କଡ଼ ନୁହେଁ।

: ତେବେ କ'ଣ, ମଣିଷ ?

: ହୋଇପାରେ !

: ନାରୀ ନା ପୁରୁଷ !

ତତ୍‌କ୍ଷଣାତ୍ ସାରା ଗାଁରେ ଚାଂଚଲ୍ୟ ଖେଳିଗଲା ଯେ କୂଅ ଭିତରେ ପଡ଼ିଛି ଗୋଟାଏ ମଣିଷ। ପୁରୁଷଟାଏ।

: ମରିଚି ନା ବଂଚିଛି ?

: ହଲଚଲ ହେଉନି ତ !

: ଭଲ କରି ଦେଖ ! ପ୍ରାଣ ଥାଇପାରେ !

: କିଛି ଜଣାପଡୁନି !

: ତେବେ କଣ ମରିଯାଇଛି ?

: ବୋଧ ହୁଏ !

: କିଏ ସେ ?

: ଉପରକୁ ଆଣିଲେ ଜଣାପଡ଼ିବ !

ଗାଁର କେତେଜଣ ସାହସୀ ଯୁବକ କୂଅ ଭିତରକୁ ପଶିବାକୁ ପ୍ରସ୍ତୁତ ହୋଇଗଲେ।

କିନ୍ତୁ ସେମାନଙ୍କୁ ବାଧା ଦେଲେ ନିଜ ନିଜ ମାଆମାନେ। କହିଲେ: ନାଇଁ ନାଇଁ ! ତୁମର କୂଅରେ ପଶିବା ଦରକାର ନାଇଁ।

ଅମାନିଆଁ ପୁଅମାନେ ପଚାରିଲେ: କିଏ ତେବେ ପଶିବ ?

ମାଆମାନଙ୍କର ଉତ୍ତର: ଯିଏ ପଶୁଚି ପଶୁ ! କିନ୍ତୁ ତୁ ବାବୁ ପଶ ନାଇଁ।

ଏତିକିବେଳେ ଗାଁର ଚଉକିଆ ଆସି ପହଂଚିଗଲା। ଏ ସମୁଦାୟ ବ୍ୟାପାର ତା' କର୍ତ୍ତୃତ୍ୱାଧିନ ବୋଲି ପ୍ରମାଣ କରିବାକୁ ସେ ପ୍ରଥମେ ତାଗିଦ କରିଦେଲା: ସାବଧାନ ! ଏଇଟା ଆଇନ୍‌କାନୁନ୍ କଥା ! ଥାନାକୁ ନ ଜଣେଇ କୂଅରେ ପଶିପାରିବ ନାହିଁ। ପରେ ଅସୁବିଧାରେ ପଡ଼ିବ।

ଗାଁର କେହି କେହି ପୁରୁଖା ଲୋକ ପଚାରିଲେ: ପ୍ରଥମେ ତେବେ ଥାନାକୁ ଜଣାଇବାକୁ ପଡ଼ିବ ?

ଚଉକିଆ ଛାତି ଫୁଲେଇ କହିଲା: ନିଶ୍ଚୟ !

ସରପଂଚ ମଧୁଜେନା କହିଲେ: ପ୍ରଥମେ ଦେଖ, ଘଟଣାଟା କ'ଣ ? ଲୋକଟା ବଂଚିଛି ନା ନାଇଁ ଦେଖ !

ଚଉକିଆ କହିଲା: ମୋତେ ଆପଣ ରୋକୁଛନ୍ତି ?

ସରପଂଚ ମଧୁଜେନା କହିଲେ: ଆମେ ତୋତେ ରୋକୁନାହୁଁ, ଟିକେ ଅପେକ୍ଷା କରିବାକୁ କହୁଚୁ। ପ୍ରଥମେ ଦେଖ, ସେ ଲୋକଟା କିଏ ? କୂଅ ଭିତରେ କାହିଁକି ପଡ଼ିଛି ? ତା' ପରେ ଯାଇ ବିଚାର କରିବା।

ଚଉକିଆ ପଚାରିଲା: ତା'ମାନେ ମୁଁ ଥାନାକୁ ଯିବି ନାହିଁ ? ମୋ ଚାକିରି ରହିବ ତ !

ମଧୁଜେନା ଛିଗୁଲେଇଲେ। କହିଲେ: ସବୁବେଳେ ଖାଲି ଚାକିରି ଚିନ୍ତା। ହଇରେ ଆଗରୁ କେବେ ଏମିତି ଘଟିଥିଲା ? ଆମ ଗାଁରେ କେବେ କୋଉଠି କିଏ କୂଅରେ ଏମିତି ପଡ଼ିଥିଲା ? ଏଇଟା ପ୍ରଥମ ! ତେଣୁ ତୁ ଧୈର୍ଯ୍ୟ ଧରି ବସ୍ ।

ଗାଁବାଲାଙ୍କୁ ଲକ୍ଷ୍ୟକରି ମଧୁଜେନା ପଚାରିଲେ: କିଏ ସେ ?

ଟୋକାଦଳ କୂଅ ଭିତରକୁ ଉହୁଙ୍କି ଦେଖୁଥିଲେ।

ତାଙ୍କ ଭିତରୁ ଜଣେ କହିଲା: ମୁହଁଟା ଭଲକରି ଦେଖାଯାଉନି। ଭିତରେ ପଶିଲେ ସିନା ଜଣାପଡ଼ନ୍ତା। ବାହାରକୁ କାଢ଼ି ଆଣିଲେ ଜଣାପଡିଯିବ ।

ଟୋକାଟା ଏବେ କୂଅ ଭିତରକୁ ପଶି ନିଜର କାରନାମା ଦେଖାଇବାର ସୁଯୋଗ ଖୋଜୁଥିଲା।

ସରପଂଚ କହିଲେ: ପ୍ରଥମେ ଗାଁରେ ସମସ୍ତେ ଘରଘର ବୁଲି ଦେଖ, କିଏ ଗାଁରେ ନାହିଁ।

ସମସ୍ତେ ଏକମତ ହେଲେ।

ଗାଁସାରା ମଣିଷସୁମାରି ଆରମ୍ଭ ହୋଇଗଲା। ସମସ୍ତେ ଘରଘର ବୁଲି ପଚାରିବାକୁ ଲାଗିଲେ। ଇଏ କାଇଁ! ସିଏ କାଇଁ! ଯିଏ ଶୋଇଥିଲା, ସେ ଉଠିଲା। ଯିଏ ବିଲକୁ ଯାଇଥିଲା, ସେ ଫେରିଆସିଲା। ଯିଏ କୁଣିଆଘର ଯିବ ବୋଲି ପ୍ରସ୍ତୁତ ହେଉଥିଲେ, ତା'ର ଯାତ୍ରା ଅଶୁଭ ହେଲା। ସାରା ଗାଁରେ ଖୋଜାଲୋଡ଼ା ପରେ ଜଣାପଡ଼ିଲା, ଗାଁରୁ କେହି ଜଣେ ହେଲେ ବି ନିଖୋଜ ନାହାନ୍ତି।

ସରପଂଚ ପଚାରିଲେ: ଯଦି ଗାଁରେ ସମସ୍ତେ ଅଛନ୍ତି, ଇଏ ତେବେ କିଏ ?

ଜଣେ କିଏ କହିଲା: କିଏ କୁଣିଆମଇତ୍ର ହୋଇଥିବ। ଜାଣିପାରିନି, କୂଅରେ ଗଳିପଡ଼ିଛି।

ସରପଂଚ କହିଲେ: ଯାଅ ଦେଖ ! କାହା ଘରକୁ କାଲି କୁଣିଆମଇତ୍ର କିଏ ଆସିଥିଲେ କି ? ଯଦି ଆସିଥିଲେ, ସେମାନେ ଠିକ୍ ଅଛନ୍ତି ତ ?

ପୁଣି ଖୋଜାଲୋଡ଼ା ହେଲା ଓ ଜଣାପଡ଼ିଲା, ସେପରି ଲୋକ କେହି ନାହିଁ।

ଏସବୁ ନିଶ୍ଚିତ ହେଲାପରେ ସରପଂଚ କହିଲେ: ଯାହା ଜଣାପଡୁଛି, ଲୋକଟା ଆମ ଗାଁର ନୁହେଁ, ବାହାର ଗାଁର କେହି। ଆମ ଗାଁକୁ ଆସୁଥିଲା, ଭୁଲ୍‌ରେ କୂଅରେ ଗଳିପଡ଼ିଛି। ତେବେ ସେ କାହା ଘରକୁ ଆସୁଥିଲା ?

ପୁଣି ପ୍ରଶ୍ନ ହେଲା: ସେକଥା କେମିତି ଜଣାପଡ଼ିବ ?

ସରପଂଚ କହିଲେ: ତାକୁ ବାହାରକୁ ଆଣିଲେ ହିଁ ଜଣାପଡ଼ିବ !

ଟୋକାଟୋକାଳିଆ ପ୍ରସ୍ତୁତ ହୋଇ ପଡ଼ିଲେ କୂଅରେ ପଶିବାକୁ। ଏପର୍ଯ୍ୟନ୍ତ ଚୁପ୍‌ଥିବା ଚଉକିଆ ଏଥର ନିଜର ପ୍ରତାପ ଦେଖାଇଲା। କହିଲା: ନା ! ମୁଁ କାହାରିକୁ ସେପରି କରିବାକୁ ଦେବିନାହିଁ। ମୁଁ ଚାଲିଲି ଥାନାକୁ। ଥାନାରୁ ନ ଆସିଲାଯାଏଁ, କିଛି କରିବ ନାହିଁ ବୋଲି କହିଦେଉଛି। ସାବଧାନ ! ଯିଏ ବେନିୟମ କାମ କରିବ, ପ୍ରଥମେ ସିଏ ହିଁ ବନ୍ଧାହେବ।

ଚଉକିଆ ଥାନାକୁ ଚାଲିଗଲା। ଗାଁ ଲୋକମାନେ କୂଅ ଆଖପାଖରେ ବସି ଆଲୋଚନା ଜାରିରଖିଲେ। ଆଲୋଚନାର ବିଷୟବସ୍ତୁ ଥିଲା ସେଇ ଗୋଟିଏ କଥା। କିଏ ସେ ଲୋକଟା ? କୂଅରେ ଗଳିପଡ଼ିଲା କେମିତି ?

କୋଉଠୁ ଆସିଲା ? କେମିତି ଆସିଲା ? କେତେବେଳେ ଆସିଲା ?

କିଛି ସମୟ ପରେ ନିକଟବର୍ତ୍ତୀ ଥାନାରୁ ଦୁଇଜଣ କନ୍‌ଷ୍ଟେବଲ୍ ଆସି ପହଂଚିଲେ।

ସେମାନେ ଗାଁରେ ପହଂଚିବାକ୍ଷଣି ନିଜର ଅଦୌତି ଆରମ୍ଭ କରିଦେଲେ।

: ଏ ପର୍ଯ୍ୟନ୍ତ ଲାସ୍ କୂଅରୁ କାଢ଼ିନା ?

ସରପଂଚ କହିଲେ: କିଏ କାଢ଼ିବ ? ଆପଣଙ୍କ ଚଉକିଆ ପରା ମନା କରିଦେଇଗଲା।

: କି ବୋକା କଥା ! ଲାସ ୍‌ଟା ପାଣିରେ ପଡ଼ିଲେ ଫୁଲିଯିବନି ? ନଷ୍ଟ ହେଇଯିବନି ? ଗନ୍ଧେଇ ଯିବନି ?

ସରପଂଚ କହିଲେ: ସେକଥା ଚଉକିଆକୁ ପଚାରନ୍ତୁ।

ଜଣେ କନ୍‌ଷ୍ଟେବଲ୍ କହିଲେ: ଚଉକିଆକୁ କ'ଣ ପଚାରିବୁ ? ସେଇଟା ଗୋଟାଏ ମୂର୍ଖ ! ଆପଣମାନେ ଏତେ ଜାଣିବା ଶୁଣିବା ଲୋକ ଥିଲେ, କିଛି ବି କଲେ ନାହିଁ !

ସମସ୍ତେ ଚଉକିଆ ଆଡ଼କୁ ଚାହିଁଲେ। ସେ ଭାରି ସିରିୟସ୍ ଦେଖାଯାଉଥାଏ। ଯେମିତି ସେ ଏସବୁ କଥା କିଛି ଶୁଣିନାହିଁ। ସେ ତା' ନିଜ ଦାୟିତ୍ୱପୂର୍ଣ୍ଣ କାମରେ ମାତିଛି।

ସରପଂଚ କନ୍‌ଷ୍ଟେବଲ୍‌ଙ୍କୁ ପଚାରିଲେ: ଏବେ କ'ଣ କରିବା ?

କନ୍‌ଷ୍ଟେବଲ୍ କହିଲେ: ତୁରନ୍ତ ଲାସ୍‌କୁ ବାହାରକୁ ଆଣନ୍ତୁ !

ଟୋକା ଦି'ଟା ଅପେକ୍ଷା କରିଥିଲେ । ତତ୍‌କ୍ଷଣାତ୍ କୂଅ ଭିତରକୁ ପଶିଲେ ।

କୂଅ ଭିତରୁ ଲାସ୍‌କୁ କାଢ଼ିବା ପାଇଁ ବହୁତ କସରତ୍ କରିବାକୁ ପଡ଼ିଲା । ଉପରୁ ଦଉଡ଼ି ବନ୍ଧାଗଲା । ଭିତରେ ଲାସ୍‌କୁ ସେଥିରେ ବନ୍ଧାଗଲା । ପ୍ରଥମେ ଯୋଉ ଟୋକା ଦି'ଜଣ ଯାଇଥିଲେ, ସେମାନେ ପାରିଲେନି । ପୁଣି ଆଉ ଦି'ଜଣ ଗଲେ । ଭଲକରି ବନ୍ଧାସରିଲା ପରେ ଉପରକୁ ଉଠାଗଲା । ଶେଷରେ ଲାସ୍‌କୁ ଆଣି କୂଅ ଚଉତରାରେ ରଖାଗଲା । ସେ ପିନ୍ଧିଥିଲା ସାଧାରଣ ପ୍ୟାଂଟ୍ ସାର୍ଟ୍ ହଳେ । ପାଣିରେ ପଡ଼ି ଫୁଲିଯାଇଥିଲା ଦେହ । ଦେହସାରା ଖଣ୍ଡିଆଖାବରା । ସାର୍ଟ୍‌ରେ ଲାଗିଥିଲା ରକ୍ତ । ତାକୁ ଉପରକୁ ମୁହଁକରି ଶୁଆଇ ଦିଆଯାଇଥିଲା, ଯେମିତି ଗୋଟେ ମଲାକୁକୁର ।

କନ୍‌ଷ୍ଟେବଲ୍ ଜଣେ କହିଲେ: ଭଲ କରି ଦେଖ ଏହାକୁ । ଚିହ୍ନିଚ କିଏ, ଯା'କୁ ?

ସମସ୍ତେ ତା' ମୁହଁକୁ ଦେଖୁଥିଲେ । ମୁହଁଟା ଫୁଲିଲା ଓ ବିକୃତ ଦିଶୁଥିଲା । ଚିହ୍ନିବାର ଚେଷ୍ଟା ଜାରିଥିଲା । କିନ୍ତୁ ସମସ୍ତେ ବିଫଳ ହେଉଥିଲେ । ଜମା ଜଣାପଡୁ ନଥିଲା, ଏ ଲୋକଟା କିଏ ହୋଇପାରେ !

କନ୍‌ଷ୍ଟେବଲ୍ ପୁଣିଥରେ କହିଲେ: ଭଲକରି ଚିହ୍ନ ! ଗାଁର କିଏ ଲୋକ ନା ନାଇଁ ? କାହା ଘରକୁ କେବେ ଆସିଥିଲା କି ? ଏଇ ଆଖପାଖରେ କୋଉଠି ବୁଲୁଥିଲା କି ?

ସମସ୍ତଙ୍କ ମୁହଁରେ ନେତିବାଚକ ଚିହ୍ନ । ନା ! ଆମେ କେହି ଚିହ୍ନିନୁ ଲୋକଟାକୁ । କେବେ ବି ଦେଖାଯାଇନି ସେ, ଆଖପାଖ ଅଂଚଳରେ ।

କନ୍‌ଷ୍ଟେବଲ୍ ତା'ର ରାୟ ଶୁଣାଇଦେଲା । ଇଏ ଗୋଟିଏ ହତ୍ୟାକାଣ୍ଡ ଓ ହତ୍ୟାକାରୀ ଏଇ ଗାଁ ଭିତରେ ଲୁଚିରହିଛି ।

ସେ ଚଉକିଆକୁ ନିର୍ଦ୍ଦେଶ ଦେଲା, ଲୋକ କରି ଲାସ୍‌କୁ ଡାକ୍ତରଖାନା ନେବା ପାଇଁ । ଡାକ୍ତରଖାନାରେ ପୋଷ୍ଟ୍‌ମର୍ଟମ୍ ହେବ । ଫଟୋ ଉଠାହେବ । ତଦନ୍ତ ହେବ ।

ସନ୍ଧ୍ୟା ସୁଦ୍ଧା ଲାସ୍ ଗାଁରୁ ଚାଲିଗଲା । କିନ୍ତୁ ଗାଁରେ ଭୟଙ୍କର ବାତାବରଣ ଛାଇ ହୋଇଗଲା । ସନ୍ଧ୍ୟା ହେଉହେଉ ଗାଁରେ ତାଟିକବାଟ ପଡ଼ିଗଲା । କାରଣ ହତ୍ୟାକାରୀ ଗାଁ ଭିତରେ ଲୁଚିଛି । କିଏ ହୋଇପାରେ ହତ୍ୟାକାରୀ ? କ'ଣ ଏ ହତ୍ୟାର ଉଦ୍ଦେଶ୍ୟ । କେମିତି ସେ ହତ୍ୟାକଲା ଅଜଣା ଲୋକଟିକୁ !

ସରପଂଚ କହିଲେ: ଆମ ଗାଁକୁ ଖରାପବେଳା ପଡ଼ିଲା।

ଜଣେ ଗ୍ରାମବାସୀ ପଚାରିଲେ: କାହିଁକି ?

ସରପଂଚ କହିଲେ: ଆମ ଗାଁରେ ହତ୍ୟାକାରୀ ଲୁଚି ରହିଛି।

ଗ୍ରାମବାସୀ କହିଲେ: ଆମେ ତାକୁ ଧରିବା। ନୋହିଲେ ସାରା ଗାଁ ବଦନାମ ହେବ।

ସରପଂଚ କହିଲେ: ଧରୁନ! ଧର! କେମିତି ଧରିବ, ଧର!

ପରବର୍ତ୍ତୀ ଦିନସବୁ ଭୟରେ ଭୟରେ ବିତୁଥିଲା ଗାଁରେ। ଥାନାରୁ ବାବୁମାନେ ଆସୁଥିଲେ। କୂଅ ପାଖରେ ଠିଆ ହୋଇ କ'ଣ ସବୁ ଆଲୋଚନା କରୁଥିଲେ। ଫଟୋ ଉଠାଉଥିଲେ। ସରପଂଚଙ୍କ ବାରଣ୍ଡାରେ ବସି ଚା' ପିଉଥିଲେ ଏବଂ ଫେରିଯାଉଥିଲେ।

ସବୁଠୁ ବେଶି ତାତ୍ପର୍ଯ୍ୟପୂର୍ଣ୍ଣ ଥିଲା ଚଉକିଆର ଭୂମିକା। ଏ ପର୍ଯ୍ୟନ୍ତ ସେ ଗାଁରେ ଥିଲା ଓ କ'ଣ କରୁଥିଲା, ତାହା କେହି ଜାଣୁନଥିଲେ। କିନ୍ତୁ ଏଇ ଗୋଟିଏ ହତ୍ୟାକାଣ୍ଡ ପରେ ତା'ର ଗୁରୁତ୍ୱ ବଢ଼ିଯାଇଥିଲା। ସେ ଗାଁ ଦାଣ୍ଡରେ ଚାଲିଗଲା ବେଳେ ଲୋକମାନେ ତା'ଠୁ ଦୂରେଇ ଠିଆ ହେଉଥିଲେ। ତାକୁ ସମ୍ଭ୍ରମରେ ଚାହୁଁଥିଲେ। ସେ ସବୁ ଲୋକଙ୍କୁ ସନ୍ଦେହପୂର୍ଣ୍ଣ ନଜରରେ ଚାହୁଁଥିଲା। ଜଣେ ବୟୋଜ୍ୟେଷ୍ଠ ଲୋକ ତାକୁ ପଚାରିଲେ: କ'ଣ ହେଲା ହେ!

ଚଉକିଆ ଧମକେଇବା ସ୍ୱରରେ କହିଲା: ଥାନାବାବୁ କ'ଣ କହିକି ଗଲେ, ଶୁଣିଲନି କି? ଏଇଟା ହତ୍ୟାକାଣ୍ଡ। ଗୋଟାଏ ଜଘନ୍ୟ ହତ୍ୟାକାଣ୍ଡ।

ବୟୋଜ୍ୟେଷ୍ଠ ପଚାରିଲେ: ସେ ଲୋକ କିଏ ଜଣାପଡ଼ିଲା କି ?

ଚଉକିଆ କହିଲା : ଏ ଯାକେ ଜଣାପଡ଼ିନି। ଗୋଟାଏ କଥା କିନ୍ତୁ ଜଣାପଡୁଚି ଯେ ହତ୍ୟାକାରୀ ଆମରି ଗାଁର।

ବୟୋଜ୍ୟେଷ୍ଠ ପୁଣି ପଚାରିଲେ: କିଏ ସେ ?

ଚଉକିଆ : ମୁଁ ତ ତାକୁ ଖୋଜୁଛି।

ଚଉକିଆର ଖୋଜିବାଟା କୌଣସି ରହସ୍ୟ ଔପନ୍ୟାସିକର ସନ୍ଧାନଠାରୁ କମ ନଥିଲା। ସେ ଅଧିକରୁ ଅଧିକ ସମୟ ଗାଁ ଦାଣ୍ଡରେ ବୁଲୁଥିବାର ଦେଖାଯାଉଥିଲା। କୂଅ ପାଖକୁ ଯାଉଥିଲା। ଫେରିଆସୁଥିଲା। କୂଅଟି ପରିତ୍ୟକ୍ତ ହେଇପଡ଼ିଥିଲା। ସେଠୁ କେହି ପାଣି ଖାଉନଥିଲେ।

ଆମେ ସବୁ ସେତେବେଳେ ହାଇସ୍କୁଲର ଛାତ୍ର। ମୋତେ ପାଣୁଆ ପରାମର୍ଶ ଦେଇଥିଲା : ଚଉକିଆ ଗୋବିନ୍ଦାଠୁ ଦୂରରେ ରହିବୁ।

ମୁଁ ପଚାରିଥିଲି : କାରଣ ?

ପାଣୁଆ କହିଥିଲା : ସେ ଯଦି ଥରେ ସନ୍ଦେହ କଲା ତ କଥା ସରିଲା। ଥାନାବାଲା ବାନ୍ଧିନେବେ।

ଥାନାବାଲା ବାନ୍ଧିନେବେ ଶୁଣି ମୁଁ ଭୟରେ ଥରିଉଠିଥିଲି। କିନ୍ତୁ ନିଜର ଭୟକୁ ଗୋପନ ରଖି କହିଥିଲି : ଏମିତି ଶସ୍ତା ପଡ଼ିଛି, ବାନ୍ଧିନେବେ। ଆଇନ କାନୁନ୍ କ'ଣ ଉଠିଗଲା କି ?

କିନ୍ତୁ ପ୍ରକୃତରେ ଆଇନକାନୁନ୍ ବୋଲି କିଛି ନଥିଲା।

ଥରେ ଗାଁ ଦାଣ୍ଡରେ ଅଗାଧୁ ପ୍ରଧାନ ଚଉକିଆକୁ ପଚାରିଥିଲା: ହତ୍ୟାକାରୀ ଧରାପଡ଼ିଲା ?

ଚଉକିଆ କହିଲା: ଏଇ ଗାଁ ଭିତରେ ଲୁଚିଛି।

ଅଗାଧୁ ପ୍ରଧାନ ପଚାରିଲା: କିଏ ସେ ?

ଚଉକିଆ କହିଲା: ତମେ ନୁହଁ କାହିଁକି ?

ଅଗାଧୁ ପ୍ରଧାନ ପାଦେ ପଛକୁ ଡେଇଁପଡ଼ିଲା: ମୁଁ କାହିଁକି ହେବି ?

ଚଢ଼ାଗଳାରେ ଚଉକିଆ କହିଲା: ତୁମେ କାହିଁକି ନ ହେବ ?

ଅଗାଧୁ ପ୍ରଧାନ ଅନ୍ୟଲୋକଙ୍କୁ, ଯୋଉମାନେ ଏଯାବତ ୍ ନୀରବ ଓ ଦୂରତ୍ୱ ରକ୍ଷା କରୁଥିଲେ, ସେଇମାନଙ୍କୁ ଅନେଇ କହିଲା : ଦେଖ ହୋ ! କି ଆଶ୍ଚର୍ଯ୍ୟ କଥା ! ମୁଁ ପଚାରିଲି ବୋଲି ମତେ ହତ୍ୟାକାରୀ ସଜେଇଦେଲାଣି।

ଚଉକିଆ ପଚାରିଲା: ତମେ ପଚାରିଲ କାହିଁକି ?

ଅଗାଧୁ ପ୍ରଧାନ କୈଫିୟତ ଦେଲା: ଜାଣିବାକୁ ପଚାରିଦେଲି।

ଚଉକିଆ କହିଲା: ଅନ୍ୟମାନେ କେହି ତ ଏତେ ପଚାରୁନାହାନ୍ତି !

ଅଗାଧୁ ପ୍ରଧାନ କହିଲା: ତା' ବୋଲି କ'ଣ ମୁଁ ହତ୍ୟାକାରୀ ?

ଚଉକିଆ ନିଜର ରାୟ ଶୁଣାଇଦେଲା: ଚୋର ମନ ଗଣ୍ଠିରେ। ତମେ ହିଁ ହତ୍ୟାକାରୀ।

ଏହାପରେ ଚଉକିଆ ଥାନାକୁ ଚାଲିଲା ଓ ସନ୍ଧ୍ୟା ସୁଦ୍ଧା ଦୁଇଜଣ କନ୍‌ଷ୍ଟେବଲ୍ ଗାଁକୁ ଆସି ଅଗାଧୁ ପ୍ରଧାନକୁ ଥାନାକୁ ଡାକିନେଲେ। ସେ ଥାନାରେ ଅଟକ ରହିଲା। ସରପଂଚ ଓ ଆଉ ଦୁଇଜଣ ଭଦ୍ରଲୋକ ତାକୁ ଥାନାରୁ ମୁକୁଳାଇଲେ ତା' ପରଦିନ। ଅବଶ୍ୟ ଫେରିଲା ବେଳକୁ ତାଙ୍କ ଦେହରେ ମାଡ଼ର ଚିହ୍ନ ଥିଲା।

ଏତିକିବେଳେ ଆମ ଗ୍ରାମରେ ଆଉ ଏକ ଘଟଣା ଘଟିଲା, ଯାହା ଏହି ଘଟଣା ସହିତ ସମ୍ପର୍କିତ ବୋଲି ଆମେ ମନେ କରୁଥିଲୁ। ଗୋଟିଏ ପାଗଳ କୋଉଠୁ ଆସି ଆମ ସ୍କୁଲ ବାରଣ୍ଡାରେ ତା'ର ଆସ୍ଥାନ ଜମାଇ ବସିଲା।

ପାଣୁଆ ମୋ କାନରେ ଫିସ୍‌ଫିସ୍ କରି କହିଲା: ଏଇଟାକୁ ପାଗଳ ଭାବିବୁ ନାହିଁ।

ମୁଁ ପଚାରିଲି: ଇଏ କିଏ ?

ପାଣୁଆ ସବ୍‌ଜାନତା ଭଳି କହିଲା: ଇଏ ପାଗଳ ବେଶରେ ଗୋଟାଏ ଗୋଇନ୍ଦା। ଆସିଛି ହତ୍ୟାକାଣ୍ଡର ରହସ୍ୟ ଉନ୍ମୋଚନ ପାଇଁ।

ମୁଁ ମନ୍ତବ୍ୟ ଦେଲି : ସମ୍ଭବ ! ତାହା ହିଁ ସମ୍ଭବ !

ମାତ୍ର ଏକଥା ଜାଣିନଥିଲେ ଆମ ସ୍କୁଲର ପ୍ରଧାନ ଶିକ୍ଷକ। ସେ ପାଗଳକୁ ଦୂର ଦୂର୍‌ମାର୍‌ମାର୍ କରି ତଡ଼ିବାକୁ ଲାଗିଲେ। ତାକୁ ଇଂରାଜୀରେ ଗାଳିମାନ ଦେଲେ। ପାଗଳ ସ୍କୁଲବାରଣ୍ଡାର ଗୋଟାଏ କୋଣରେ ବସିଥାଏ, ପାତିମାଙ୍କଡ଼ ଭଳି ଏଣେତେଣେ ଚାହୁଁଥାଏ। ପ୍ରଧାନଶିକ୍ଷକ ତାକୁ ଗାଳି ଦେଉଥାନ୍ତି। ଏତେ ଗାଳି ଖାଇବା ସତ୍ତ୍ୱେ ସେ ଯେତେବେଳେ ନ ଗଲା, ପ୍ରଧାନ ଶିକ୍ଷକ କେତେଜଣ ଛାତ୍ରଙ୍କୁ ନିର୍ଦ୍ଦେଶ ଦେଲେ, ପାଗଳକୁ ଜୋର୍ ଜବରଦସ୍ତ ଟେକିନେଇ ବାହାରେ ଫିଙ୍ଗି ଦେଇ ଆସିବାକୁ। ଦୁଇଜଣ ଆଜ୍ଞାଧୀନ ଛାତ୍ର ପାଗଳ ଦିଗରେ ଅଗ୍ରସର ହେଲେ।

ମୁଁ ଆଉ ସମ୍ଭାଳି ରହିପାରିଲିନି।

ଜଣକ କାନ ପାଖରେ ଧୀର ସ୍ୱରରେ କହିଲି: ସାବଧାନ ! ସେ ଭୁଲ କରନାହିଁ।

ସେ ମୋ ଆଡ଼କୁ ଆଚମ୍ବିତ ଦୃଷ୍ଟିରେ ଚାହିଁଲା।

ମୁଁ କହିଲି: ସେ ପାଗଳ ନୁହେଁ। ଗୋଟାଏ ଛଦ୍ମବେଶୀ ଗୋଇନ୍ଦା ଅଧିକାରୀ। ତା' ଦେହରେ ହାତ ଦେବାର ଅର୍ଥ, ବନ୍ଧା ହୋଇ ଥାନାକୁ ଯିବା।

ସେ ପିଲା ଅଟକିଗଲା। ଖୁବ୍ କମ ସମୟ ଭିତରେ ଆମ ସ୍କୁଲର ସମସ୍ତେ ଜାଣିଗଲେ ଯେ ସେ ପାଗଳ ନୁହେଁ, ଗୋଟାଏ ଛଦ୍ମବେଶୀ ଗୋଇନ୍ଦା ଅଧିକାରୀ। ଆମ ଗ୍ରାମକୁ ଆସିଛି ହତ୍ୟାକାଣ୍ଡର ରହସ୍ୟ ଉନ୍ମୋଚନ ପାଇଁ। ଖବର ବି ପହଂଚିଲା ପ୍ରଧାନଶିକ୍ଷକଙ୍କ ପାଖରେ। ସେ ପାଗଳକୁ ସ୍କୁଲ ବାରଣ୍ଡାରେ ରହିବାକୁ ପରୋକ୍ଷରେ ସହ୍ୟ କରିନେଲେ।

ଆମେ ପାଗଳର କାର୍ଯ୍ୟକ୍ରମକୁ ଲକ୍ଷ୍ୟ କରୁଥାଉ। କିନ୍ତୁ କେବେ ବି ତା' କାର୍ଯ୍ୟରେ ଅନୁସନ୍ଧାନର ଲେଶମାତ୍ର ଚିହ୍ନ ନ ଥାଏ। ସେ ଦିନସାରା ଏଠିସେଠି ବୁଲେ, ମାଗିଯାଚି ଖାଏ। କାହା ସହିତ ବେଶି କଥାଭାଷା ହୁଏନା।

ମୁଁ ସନ୍ଦେହ କଲି: ଏମିତିରେ ସେ କ'ଣ ଅନୁସନ୍ଧାନ କରୁଛି ? ସେ କ'ଣ ସତରେ ହତ୍ୟାକାରୀକୁ ଧରିପାରିବ ?

ପାଣୁଆ ଖବର ଦେଲା: ତା'ର ଅସଲ କାମ ଆରମ୍ଭ ହେଉଛି ରାତି ବାରଟା ପରେ।

ମୋର ଆଖି ଡିମା ଡିମା ହୋଇଗଲା। ପଚାରିଲି: ରାତି ବାରଟା ପରେ କ'ଣ କରେ ସେ ?

ସେତେବେଳେ ଆମ ଗ୍ରାମଟି ନିପଟ ମଫସଲ। ଗାଁକୁ ବିଜୁଳି ଆସିନାହିଁ। ରାତି ନଅଟା ହେଲାବେଳକୁ ଅଧା ଗ୍ରାମବାସୀ ଶୋଇଯାଆନ୍ତି। ରାତିରେ ଆଲୋକର ଉତ୍ସ କହିଲେ ଡିବି ଓ ଲଣ୍ଠନ। ଅଧିକ ସମୟ ଜାଗ୍ରତ ରହିବାର ଅର୍ଥ ଅଧିକ କିରୋସିନି ଖର୍ଚ୍ଚ। ସେତେବେଳକୁ ଟେଲିଭିଜନ ଆସିନାହିଁ। କାଁ ଭାଁ କାହା କାହା ଘରେ ରେଡ଼ିଓ ଥାଏ। ରାତି ଦଶଟା ବେଳକୁ ଗାଁ ନିର୍ଜନ ହୋଇଆସେ। ନିଶା ଗର୍ଜୁଥାଏ। ଏ ପାଗଳବେଶୀ ଗୋଇନ୍ଦା ରାତି ବାରଟାରେ କ'ଣ ଅନୁସନ୍ଧାନ କରେ ?

ମୁଁ ପଚାରିଲି: କେମିତି ଖୋଜେ ?

ପାଣୁଆ ବୁଝାଇଦେଲା: ମୁଁ କି ଜାଣେ ? ମୁଁ ତ ରାତି ଆଠଟା ବେଳୁ ଶୋଇପଡ଼େ। ମୋ ବାପା ପରା ମନା କରିଛି, ଆଉ ମାଟିତେଲ ମିଳିବନି। ଭାରତ-ପାକିସ୍ତାନ ଯୁଦ୍ଧ ହେବ ଯେ ସବୁ ମାଟିତେଲ ବୋମା ତିଆରିରେ ଲାଗିବ।

ପାଣୁଆ ରାତି ଆଠଟା ଆଗରୁ ଶୋଇପଡୁଥିଲା। କିନ୍ତୁ ଏ ପାଗଳା ରାତି ବାରଟାରେ ଅନୁସନ୍ଧାନ କରେ ବୋଲି ସେ ଜାଣିଲା କେମିତି ?

ମୁଁ ପଚାରିଥିଲି : ତୁ କେମିତି ଏତେ କଥା ଜାଣିଲୁ ?

ପାଣୁଆ ଗର୍ବର ସହ କହିଥିଲା : ମୋ ଦାଦି କହୁଥିଲା।

: ତୋ ଦାଦି କଣ ରାତି ବାରଟାରେ ବୁଲେ ?

ପାଣୁଆ ହସିଲା। କହିଲା : ସେ ତ ମୋ ଆଗରୁ ଶୋଇପଡ଼େ।

ସବୁ କଥା ଏମିତି ଶୁଣାଶୁଣିରେ ଆଗଉଥିଲା। ଆମେ କିନ୍ତୁ ପାଗଳା ଉପରେ ନଜର ରଖିଥାଉ। ସେ କ'ଣ କେମିତି ଅନୁସନ୍ଧାନ କରେ ? ସିଏ କ'ଣ ଥାନାକୁ ଯାଏ ? ଚଉକିଆ ଗୋବିନ୍ଦ ମଳିକକୁ ଭେଟେ ? ସେମାନଙ୍କ ସହିତ ଆଲୋଚନା କରେ ? କେମିତି ସେ ଧରିବ ହତ୍ୟାକାରୀକୁ ? କୋଉ ବାଗରେ ? ଆମେ ସ୍କୁଲରେ ଏ ସମ୍ପର୍କରେ ଆଲୋଚନା କରୁଥିଲୁ। ସେତେବେଳକୁ ଆମେ ବେଶ୍ କିଛି ଡିଟେକ୍ଟିଭ୍ ବହି ପଢ଼ିସାରିଛୁ ଓ ଅପରାଧୀ କେମିତି ଧରାହୁଏ, ତା'ର କିଛି କିଛି ବିବରଣୀ ପଢ଼ିଛୁ। କିନ୍ତୁ ଏ ପାଗଳ ସେହି ମାର୍ଗରେ ଯାଉନଥିଲା । ତାହା ଥିଲା ଆମ ଚିନ୍ତାର ବିଷୟ।

ଦିନେ ଥାନାବାବୁ ଗୋଟାଏ କନ୍‌ଷ୍ଟେବଲ୍‌କୁ ଧରି ଗାଁକୁ ଆସିଲେ। ସରପଂଚଙ୍କୁ ଦେଖାକଲେ। କହିଲେ: ମୋର ବଦଳି ହୋଇଗଲା। ମୁଁ ଏଥର ଚାଲିଯିବି।

ସରପଂଚ କହିଲେ: ଭଲ ହେଲା। ସରକାରୀ ଋକିରି। ଯୁଆଡ଼େ ଠେଲିବେ, ଯିବେ।

ଥାନାବାବୁ କହିଲେ: କିନ୍ତୁ ଆପଣଙ୍କ ଗାଁର ମର୍ଡର କେସ୍‌ଟା ତୁଟିଲା ନାହିଁ।

ସରପଂଚ ପଋରିଲେ: କ'ଣ ଆଉ କରିବା ?

ଥାନାବାବୁ କହିଲେ: ହତ୍ୟାକାରୀ ଆପଣଙ୍କ ଗାଁରେ ଅଛି।

ସରପଂଚ କହିଲେ: ଆମ ଗାଁରେ ଯଦି ଅଛି, ତାକୁ ଧରୁନାହାନ୍ତି, କିଏ ମନାକଲା ?

ଥାନାବାବୁ କହିଲେ: ଆମେ କ'ଣ ଏପର୍ଯ୍ୟନ୍ତ ତାକୁ ଚିହ୍ନଟ କଲୁଣି ?

ସରପଂଚ ପଋରିଲେ: ଏବେ କ'ଣ ହେବ ?

ଥାନାବାବୁ କହିଲେ: ମୋ ପରେ ଯିଏ ଆସିବ, ସିଏ ଛାଡ଼ିବ ନାହିଁ। ଆପଣମାନଙ୍କୁ ଆପଣଙ୍କ ଗାଁରୁ ଲୋକ ଗିରଫ କରିବ। ମାଡ଼ପିଟ ବି କରିବ। ମୁଁ ସିନା ଆପଣମାନଙ୍କୁ ଜାଣେ ବୋଲି ସାହାଯ୍ୟ କରୁଥିଲି। ଅଗାଧୁ ପ୍ରଧାନ ତ ଫସିଥିଲା, ମୁଁ ବୋଲି ଛାଡ଼ିଦେଲି।

ସରପଂଚ ହାତ ଯୋଡ଼ିଲେ। କହିଲେ: ସେସବୁ ଆପଣଙ୍କ ସୁବିଋର। ଆପଣଙ୍କ ଦୟା। ଏବେ ଲୁହନ୍ତୁ, କ'ଣ କରିବା ?

ଥାନାବାବୁ କହିଲେ: ମୁଁ କେସ୍ ବନ୍ଦ କରିଦେଉଛି। ଫାଇନାଲ୍ ରିପୋର୍ଟ ଲେଖିଦେଉଛି।

ସରପଂଚ ପଋରିଲେ: ଏବେ କ'ଣ ହେବ ?

ଥାନାବାବୁ କହିଲେ: ମୋ ପରେ ଯିଏ ଆସିବ, ସିଏ ଆଉ କିଛି କରିପାରିବ ନାହିଁ।

ସରପଂଚଙ୍କ ହାତ ଆହୁରି ଉପରକୁ ଉଠିଗଲା। କହିଲେ: ଆପଣ ପ୍ରକୃତରେ ଦୟାବନ୍ତ ଲୋକ।

ଥାନାବାବୁ ଅନୁଚ୍ଚ ସ୍ୱରରେ କହିଲେ: ଆପଣ ଯାହା ଦେବା କଥା, ପଠାଇଦେବେ ଗୋବିନ୍ଦ ହାତରେ।

ଅଗାଧୁ ପ୍ରଧାନ କେସ୍‌ରେ ବେଶ କିଛି ଋଉଳ ନଡ଼ିଆ ଥାନାବାବୁଙ୍କୁ ଦିଆଯାଇଥିଲା ବୋଲି ଗାଁରେ ଆଲୋଚନା ହେଉଥିଲା। ଏବେ କେସ୍‌ଟା ତୁଟାଇ ଦେବାପାଇଁ ଥାନାବାବୁ ତାଙ୍କ ଦାବି ଜଣାଇଦେଲେ।

ହଠାତ୍ ସରପଂଚଙ୍କର ମନେପଡ଼ିଲା ପାଗଳ ଗୋଇନ୍ଦା କଥା। ସେ କହିଲେ: କେସ୍‌ଟା ତୁଟାଇଦେବେ କେମିତି ? ଆପଣମାନେ ପରା ଗାଁରେ ଗୋଟାଏ

ଗୁପ୍ତଚର ଛାଡ଼ିଛନ୍ତି, ସେ ଗାଁର ଅନ୍ଦିସନ୍ଧି ବୁଲି ପ୍ରମାଣ ଖୋଜୁଛି।

ଥାନାବାବୁ ଚମକିପଡ଼ିଲେ: ଗୁପ୍ତଚର? ଗୁପ୍ତଚର କୋଉଠୁ ଆସିଲା?

ସରପଂଚ ଶୁଣାଇଦେଲେ: ପାଗଳ ବେଶରେ ଗୋଟାଏ ଗୋଇନ୍ଦା କୋଉଦିନଠୁ ଆସି ଆମ ଗାଁରେ ବୁଲୁଚି। ପ୍ରମାଣ ଯୋଗାଡ଼ କରୁଛି।

ଥାନାବାବୁ ବିବ୍ରତ ଓ ବିରକ୍ତ ଦିଶିଲେ। ପାଟିକରି ଡାକିଲେ: ଗୋବିନ୍ଦ। ଗୋବିନ୍ଦ।

ଗୋବିନ୍ଦା ଚଉକିଆ ହାତଯୋଡ଼ି ସାମ୍ନାରେ ଆସି ଠିଆହେଲା।

ଥାନାବାବୁ ଚିତ୍କାରକରି କହିଲେ: ତୁ ଗାଁରେ କ'ଣଟା କରୁଛୁ? କିଏ ଗୋଟାଏ ଲୋକ ଆସି ଗାଁର ଅନ୍ଦିସନ୍ଧି ବୁଲୁଛି, ତୁ ଖବର ନେଇପାରିଲୁ ନାହିଁ! ଥାନାରେ ରିପୋର୍ଟ କରିପାରିଲୁ ନାହିଁ!

ଗୋବିନ୍ଦା ଚଉକିଆ ତଳକୁ ମୁହଁପୋତି ଗୁଁ ଗୁଁ ହେଉଥାଏ।

ଥାନାବାବୁ କହିଲେ: ଚାଲ୍, ଦେଖିବା ସେ ଲୋକ କିଏ?

ଥାନାବାବୁ କନ୍‌ଷ୍ଟେବଲ୍ ଓ ଚଉକିଆ ସମେତ ସ୍କୁଲ ଆଡ଼କୁ ଆଗେଇଲେ। ତାଙ୍କ ପଛେ ପଛେ ସରପଂଚ ଓ ହାତଗଣତି ଗ୍ରାମବାସୀ ଯାଉଥିଲେ। ଆମେ ଅନୁମାନ କରିପାରୁଥିଲୁ, କେମିତି ନାଟକୀୟ ହେବ ସେମାନଙ୍କର ଦେଖାସାକ୍ଷାତ। ଅନେକଗୁଡ଼ିଏ ଡିଟେକ୍ଟିଭ୍ ପଢ଼ିସାରିଥିବାରୁ ସେ ଅଭାବନୀୟ ଦୃଶ୍ୟକୁ ଆମେ ଚମତ୍କାର ଭାବରେ କଳ୍ପନା କରିପାରିଥିଲୁ।

ଆମେ ଭାବିଥିଲୁ, ଥାନାବାବୁ ଆସିବେ, ପାଗଳା ସାମ୍ନାରେ ଠିଆହେବେ। ପଚାରିବେ, କିଏ ତୁମେ? ସେ କିଛି କହିବନି। ଥାନାବାବୁ କହିବେ: ୟା'କୁ ଗିରଫ କର! ତତ୍‌କ୍ଷଣାତ୍ ପାଗଳା ତାର ମଇଳା ଚିରା ପକେଟରୁ କାଢ଼ିବ ତା'ର କାର୍ଡ, ଯୋଉଥିରେ ଲେଖାହୋଇଥିବ ଶ୍ରୀ ଅମୁକ, ଡିଟେକ୍ଟିଭ୍, ଗୁଇନ୍ଦା ବିଭାଗ, ଓଡ଼ିଶା ସରକାର। ଥାନାବାବୁଙ୍କ ଆଖି ଖୋସି ହୋଇଯିବ। ସେ ତତ୍‌କ୍ଷଣାତ୍ ଯୋତା ବାଡ଼େଇ, ସରକାରୀ କାଇଦାରେ ହାତ ଉଠାଇ ସାଲ୍ୟୁଟ୍ କରିବେ। ତାଙ୍କ ଟୋପିଟା, ଯାହା ଏ ପର୍ଯ୍ୟନ୍ତ କନ୍‌ଷ୍ଟେବଲ୍ ଧରିଥିଲା, ତାକୁ ଖୋଜିବେ ଓ ମୁଣ୍ଡରେ ଲଗାଇଦେବେ। ପାଗଳା ଫିଙ୍ଗି ଫୋପାଡ଼ିଦେବ ନିଜର ଚିରାଫଟା ପୋଷାକ । ମୁହଁର ନକଲି ଦାଢ଼ି।
ଥାନାବାବୁ ସମ୍ମାନର ସହ କହିବେ: ସାର୍!
ମାତ୍ର ରହସ୍ୟ ଉପନ୍ୟାସର ବର୍ଣ୍ଣନା ଭଳି କିଛି ନାଟକୀୟ ଦୃଶ୍ୟ, ଅଭିନୀତ ହେଲା ନାହିଁ, ସେଇଠି, ସେତିକିବେଳେ।

ଥାନାବାବୁ, 'କିଏ ତୁମେ' କହିବା କ୍ଷଣି ସେ ଠିଆହୋଇପଡ଼ିଲା।

ଏପଟସେପଟକୁ ଚାହିଁଲା। ଆମେ ଅନ୍ତରାଳରେ ଥାଇ କହୁଥାଉ ମନେମନେ, କାଢ଼୍ ତୋ କାର୍ଡ, ଦେଖାଇଦେ ଥାନାବାବୁଙ୍କୁ। ସେ ସାଲ୍ୟୁଟ୍ ମାରିବ। ମାତ୍ର ସେପରି ହେଉନଥାଏ।

ଥାନାବାବୁ ଜୋର୍ ଗଳାରେ ଏଥର କହିଲେ: କିଏ ତୁ? ଏଠି କ'ଣ କରୁଛୁ?

ପାଗଳା ଏଥର ଅର୍ଥହୀନ, ଇଙ୍ଗିତହୀନ ହସ ହସିଲା, ଯାହା ଥାନାବାବୁଙ୍କୁ ବିରକ୍ତ କରିଦେବାକୁ ଯଥେଷ୍ଟ ଥିଲା। ଥାନାବାବୁ ଏଥର ନିଜ ସିଦ୍ଧାନ୍ତ ଶୁଣାଇଦେଲେ: ଶଳା ନାଟକ କରୁଚି। ଏଇଟା ହିଁ ଅସଲି ଚୋର। ଅସଲି ହତ୍ୟାକାରୀ। ଥାନାକୁ ନେଇ ଦି'ପାହାର ପିଟିଲେ ସବୁ ସତକଥା ଉଗାଳିବ।

ଆମ ସମସ୍ତଙ୍କର ଅନୁମାନ ମିଥ୍ୟା ପ୍ରମାଣିତ ହେଲା। ଏଇ ତେବେ ହତ୍ୟାକାରୀ! ଆମେ ଲୋକଟାକୁ ନିରେଖିଲୁ। ଲୋକମାନେ ଉତ୍ସାହିତ ଦିଶିଲେ। ଧରାପଡ଼ିଲା ହତ୍ୟାକାରୀ। ଏଠି ପାଗଳ ସାଜି ବସିଚି। ଥାନାକୁ ଗଲେ ସବୁକଥା ଖୁଲାସା ହୋଇଯିବ।

ମୋର ସ୍କୁଲ୍ ସାଙ୍ଗମାନେ ପଚାରିଲେ: ଏମିତି କେମିତି ହେଲା! ଆମେ ଯାହାକୁ ଗୋଇନ୍ଦା ଭାବୁଥିଲେ, ସେଇ ସାଜିଲା ହତ୍ୟାକାରୀ?

ମୁଁ ରହସ୍ୟ ଉପନ୍ୟାସରୁ ଆହରଣ କରିଥିବା ଜ୍ଞାନରୁ କିଛି ବିତରଣ କରିଦେଲି। କହିଲି: ହେଇପାରେ! ଅପରାଧୀ ସବୁବେଳେ ଭୟ ଭିତରେ ଥାଏ। ତାକୁ ଲାଗେ, ସେ ଯେମିତି ଅପରାଧର କିଛି ସୁରାକ ଛାଡ଼ି ଦେଇଯାଇଛି। ସେଥିପାଇଁ ସେ ବାରମ୍ବାର ଅପରାଧସ୍ଥଳକୁ ଆସେ ଓ ସୁରାକ ଖୋଜେ। ଏ ଲୋକ ଅପରାଧୀ ହେବା ଖୁବ୍ ବେଶି ସମ୍ଭବ।

ଥାନାବାବୁ ବିଜୟସୂଚକ ହସ ହସୁଥିଲେ। ଚଉକିଆ ଗୋବିନ୍ଦା କହୁଥିଲା: ମୁଁ ପ୍ରଥମରୁ କହୁନଥିଲି, ହତ୍ୟାକାରୀ ଏଇ ଗାଁରେ କୋଉଠି ଅଛି!

ଅନ୍ୟ ଜଣେ କନଷ୍ଟେବଲ୍ ଅପରାଧୀକୁ ବାନ୍ଧିବା ପାଇଁ ଦଉଡ଼ି ସଜ କରୁଥିଲା।

ଥାନାବାବୁ କହିଲେ: ଥାନାକୁ ଚାଲ୍। ତୋ ମଜା ମୁଁ ନିକାଲୁଚି। ଛୋଟିଆ ଗୋଟେ ହତ୍ୟାକାଣ୍ଡ। ମତେ ମାସ ମାସ ଧରି ଘଣଉଚୁ! ଚାଲ୍ ଥାନାକ।

ଏତେବେଳକେ ପାଗଳା ମୁହଁ ଖୋଲିଲା। ଗଣଗଣିଆ ସ୍ୱରରେ କହିଲା : ମୁଁ କିଛି କରିନି ଆଜ୍ଞା! ମୁଁ ମଣିଷ ମାରିନି!

ଥାନାବାବୁ ଆହୁରି କଠୋର ଦେଖାଗଲେ।

: ତୁ ମାରିନୁ! ତେବେ ମାରିଚି କିଏ?

: ମୁଁ କିନ୍ତୁ ଜାଣିଚି, କିଏ ମାରିଚି।

: କିଏ ମାରିଚି ?

ପାଗଳା ନୀରବ ରହିଲା। ଏପଟସେପଟକୁ ଚାହିଁଲା।

ଥାନାବାବୁ ଗର୍ଜି ଉଠିଲେ: କହୁଚୁ ନା ବାଡ଼େଇବି ?

ଏହାପରେ ଖନେଇ ଖନେଇ ଧୀରେଧୀରେ ପାଗଳ ଯେଉଁ ବର୍ଣ୍ଣନା ଦେଲା, ତାହା ଯେତିକି ଚାଂଚଲ୍ୟକର, ସେତିକି ଅକଳ୍ପନୀୟ। ସେ କହିଲା ଯେ, ସେ ସବୁ ଦେଖିଛି। ଦେଖିଛି ମା'ଠାକୁରାଣୀଙ୍କ କିରତୀ। ମା'ଠାକୁରାଣୀ ଗ୍ରାମର ଇଷ୍ଟଦେବୀ। ରକ୍ଷାକାରିଣୀ। ଯେ ମରିଛି ସେ ଥିଲା ଗୋଟାଏ ଚୋର। ଚୋରି କରିବାକୁ ପଶି ଆସିଥିଲା ଗାଁ ଭିତରକୁ। ସେତେବେଳକୁ ନିଶାରାତି। ମା'ଠାକୁରାଣୀ ବାହାରିଥାଆନ୍ତି ଗାଁ ବୁଲିବାକୁ। ଠାକୁରାଣୀ ଗାଁ ଚାରିପଟେ ବୁଲୁଥିବା ସମୟରେ ଚୋର ତାଙ୍କ ହାବୁଡ଼ରେ ପଡ଼ିଲା। ତାକୁ ଦେଖି ମା'ଠାକୁରାଣୀ ଗର୍ଜି ଉଠିଲେ, ମୋ ଗାଁ ଭିତରେ ଚୋରି। ତୋର ଆଉ ରକ୍ଷା ନାହିଁ । ଗାଁକୁ ରକ୍ଷା କରିବାକୁ ଯାଇ ମା' ତାକୁ କୂଅକୁ ଠେଲିଦେଲେ।

ଥାନାବାବୁ ମୃଦୁ ହସିଲେ। କହିଲେ: ତୁ ଗଞ୍ଜେଇ ଟାଣୁ ?

ମାତ୍ର ହସ୍ତକ୍ଷେପ କଲେ ସରପଂଚ। କହିଲେ: ସେ ଠିକ୍ କହୁଚି। ପୂରାପୂରି ଠିକ୍ କହୁଚି।

ସରପଂଚଙ୍କୁ ସମର୍ଥନ କଲେ ଗ୍ରାମବାସୀ।

ସମସ୍ତେ ସମସ୍ୱରରେ କହିଲେ: ସେ ଠିକ୍ କହୁଚି।

ଏଥରକ ସମସ୍ତଙ୍କ ସ୍ୱର ପ୍ରାର୍ଥନାରେ ପରିଣତ ହୋଇଗଲା। ଶୁଣାଗଲା ମିଳିତ ସ୍ୱର : ମା' ଲୋ ! ତୋର ଜୟ ହେଉ ଲୋ ମା'। ତୁ ଏମିତି ଆମ ଗାଁକୁ ଘଂଟ ଘୋଡ଼େଇ ରଖିଥାଆଲୋ ମା'। ତୁ ଏମିତି ଆମକୁ ସାହା ହେଉଥାଆଲୋ ମା'।

ଏବେ ଲୋକମାନେ ମିଳିତ ଭାବରେ ମା'ଠାକୁରାଣୀଙ୍କ ମନ୍ଦିର ଦିଗରେ ଆଗେଇଲେ। ମନ୍ଦିର ସାମ୍ନାରେ ମେଳା ବସିଗଲା। ମନ୍ଦିରରେ ବାଜା ବାଜିଲା। ଘଂଟ ବାଜିଲା। ଲୋକମାନେ ଆଳତି କଲେ, ଆପଦମସ୍ତକ ପଡ଼ିଗଲେ ମା'ଙ୍କ ସାମ୍ନାରେ। ଆପଣାର ଦୟିନୀ ଶୁଣାଇଲେ: ମା' ଲୋ ମା'। ତୋର କରୁଣା ଅପାର। ତୁ ଆମର ରକ୍ଷାକର୍ତ୍ତୀ। ତୁ ଆମର ମା'।

ଲୋକମାନଙ୍କ ଉନ୍ମାଦନା ଓ କୋଳାହଳ ସାମ୍ନାରେ ନିଷ୍ପ୍ରଭ ଶୁଣାଯାଉଥାଏ ଥାନାବାବୁଙ୍କ ସ୍ୱର। କହିଲେ: ମୁଁ ଏବେ କ'ଣ କରିବି ? ଏମିତି ରିପୋର୍ଟ ତ ଦିଆଯାଇ ପାରିବନି !

ସରପଂଚ କହିଲେ: ଆପଣ ଯାହା ତାହା ଲେଖି ଫାଇଲ୍ ବନ୍ଦ କରନ୍ତୁ। ଆପଣ ବିଶ୍ୱାସ ନ କରିପାରନ୍ତି, କିନ୍ତୁ ଏହା ହିଁ ସତ୍ୟ।

ସେ ମା'ଙ୍କ ଉଦ୍ଦେଶ୍ୟରେ ଶୂନ୍ୟରେ ପ୍ରଣାମ କଲେ। କହିଲେ: ମୁଁ ଜାଣିଛି। ଆମ ଗାଁର ସମସ୍ତେ ଜାଣନ୍ତି, ନିଶା ରାତିରେ ମା' ଆମ ଗାଁ ସାରା ବୁଲନ୍ତି। ଧଳାଶାଢ଼ି ପିନ୍ଧିଥିବେ। ବାଳ ମୁକୁଳା ହୋଇଥିବ। ସେ ଯିବାବାଟରେ ବାସିଯାଉଥିବ ଅଗୁରୁଚନ୍ଦନର ମହକ। ଆଗରେ କେତେବେଳେ କଅଁଳା ବାଛୁରିଟିଏ ଡେଇଁ ଡେଇଁ ଯିବ ତ କେବେ ମସ୍ତବଡ଼ ନାଗସାପ। ସବୁ ମାଆଙ୍କ ମହିମା।

ଥାନାବାବୁ ଫେରିଗଲେ। ପାଗଳ ଫେରିଗଲା ସ୍କୁଲ୍ ବାରଣ୍ଡାକୁ। ତାକୁ ଅବଶ୍ୟ ଉଦାର ହୃଦୟରେ ଖାଦ୍ୟ ଦେଇଥିଲେ ଗ୍ରାମବାସୀ।

ଚଉକିଆ ଗୋବିନ୍ଦା କହିଲା: ମୁଁ ପ୍ରଥମରୁ କହୁଚି ପରା, ହତ୍ୟାକାରୀ ଗାଁ ଭିତରେ ଅଛି।

ଆମେ ସ୍କୁଲ ପିଲାମାନେ ପାଗଳର ପ୍ରଶଂସା କରୁଥିଲୁ। କାରଣ ସେ ଥିଲା ପ୍ରକୃତ ଡିଟେକ୍ଟିଭ୍। ଏତେ ବଡ଼ ରହସ୍ୟମୟ ହତ୍ୟାକାଣ୍ଡର ପର୍ଦ୍ଦାଫାଶ କେବଳ ସିଏ ହିଁ କରିପାରିଲା। କିନ୍ତୁ ପରଦିନର ସକାଳକୁ ସେ ଆଉ ନଥିଲା। ସେ କେଉଁଆଡ଼େ ଉଭାନ ହୋଇଯାଇଥିଲା।

ପରେପରେ ସେ କୂଅ ଉଝୁଲା ହେଲା। ବ୍ରାହ୍ମଣ ଆସି ପୂଜାପାଠ କଲେ। ଗଙ୍ଗାଜଳ ଢଳାହେଲା କୂଅରେ। ମାତ୍ର ହାରାବୋଉ କୂଅରୁ ପାଣି ନେବାକୁ ସଫାସଫା ବିରୋଧ କଲା। କହିଲା: ଯୋଉ ଲୋକଟା ମଲା, ସେଇଟା କୋଉ ଜାତିର ଥିଲା ନ ଜାଣିବା ଯାଏଁ କୂଅରୁ ପାଣି କେମିତି ପିଇବା ?

ସମସ୍ତେ ଏ କଥାରେ ଏକମତ ହୋଇଗଲେ। ସେତେବେଳେ ଗ୍ରାମରେ ଜାତିପତି ଧର୍ମଫର୍ମକୁ ଖୁବ୍ ମାନୁଥିଲେ ଲୋକେ। କିନ୍ତୁ ମୃତ ଯୁବକର ଧର୍ମ ବା ଜାତି ଜାଣିବା ଏକରକମ ଅସମ୍ଭବ ଥିଲା। ଏ ରହସ୍ୟର ଉନ୍ମୋଚନ ପାଇଁ ପୁଣି ଗୋଟେ ପାଗଳର ଗ୍ରାମରେ ଆବିର୍ଭାବ ହେବାର ଥିଲା, ଯାହାକୁ ସମସ୍ତେ ଅପେକ୍ଷା କରୁଥିଲେ, ଅଜାଣତରେ।

■

ପାଗଳ

ଯଦୁଆ ଜେନା ପାଗଳ ହୋଇଯିବା ଗୋଟେ ଚାଂଚଲ୍ୟକର ସମ୍ବାଦ ଥିଲା ଆମ ପାଇଁ । ଆମେ ସବୁ ସେତେବେଳେ ସ୍କୁଲର ଛାତ୍ର ଓ ପୃଥିବୀରେ ଘଟିଯାଉଥିବା ସବୁ ଘଟଣା ଆମକୁ ଚମତ୍କାର ମନେହେଉଥାଏ । ତେଣୁ ଯଦୁଆ ଜେନା ପାଗଳ ହୋଇଯିବା ଖବରଟା ଆମ ପାଇଁ ଥିଲା ନୂଆ ଓ କୌଣସି ଚିହ୍ନାଲୋକ ପାଗଳ ହୋଇଯିବାର ଖବର ଏଇ ପ୍ରଥମ । ଆମେମାନେ ମଧ୍ୟ ଏମିତି ଗୋଟାଏ ପାଗଳ ପାଖାପାଖି ଠିଆ ହେବାର ସୌଭାଗ୍ୟ ଅର୍ଜନ କରିପାରିଥିବାରୁ ନିଜକୁ ଗୌରବାନ୍ୱିତ ମନେ କରିଥିଲୁ ।

ଯଦୁଆ ଜେନା କଲିକତାରେ ଚାକିରି କରୁଥିଲା । ଆମ ଅଂଚଳରୁ ଶତାଧିକ ଲୋକ ସେତେବେଳେ କଲିକତାରେ କାମ କରୁଥିଲେ । କିନ୍ତୁ ସେମାନେ ଥିଲେ ଶ୍ରମିକ ଶ୍ରେଣୀର । ମାତ୍ର ଯଦୁଆ ଜେନାର କଥା ଅଲଗା । ଯଦୁଆ ଜେନାକୁ କୁହାଯାଉଥିଲା 'ବାବୁ ଷ୍ଟାଫ୍' । ଅନୁମାନ କରାଯାଇପାରେ, ସେ କଲିକତାରେ ସଂଭ୍ରାନ୍ତ କାର୍ଯ୍ୟ କରୁଥିଲା ଓ ଅନ୍ୟ ଶ୍ରମିକମାନଙ୍କ ପରି ମଇଳା ଲୋଚାକୋଚା ପ୍ୟାଂଟ ସାର୍ଟ ନ ପିନ୍ଧି ସଫାସୁତରା ପୋଷାକ ପିନ୍ଧୁଥିଲା । ତା' ପକେଟରେ ହମେଶା ନୂଆ ଟଙ୍କା ଥିଲା । ଆମେ ତାକୁ କେବେ କେବେ ଗାଁରେ ଦେଖିଚୁ । ସେ ସଂଭ୍ରାନ୍ତ ଶ୍ରେଣୀୟ ଦେଖାଯାଏ ଓ କେବେକେବେ ସିଗ୍ରେଟ ଟାଣି ଆକାଶକୁ ଧୂଆଁ ଫୋପାଡ଼ି ଦେଉଥାଏ । ସେ ଆମ ଆଖିରେ ମହାନ ପର୍ଯ୍ୟାୟର ଥିଲା । ସେଭଳି ଗୋଟାଏ ଲୋକ ପାଗଳ ହୋଇଯିବା ଉଚିତ୍ ନ ଥିଲା । ଜଣେ ଭଲ ଓ ସଫା ଇସ୍ତ୍ରୀଦିଆ ପ୍ୟାଂଟ ସାର୍ଟ ପିନ୍ଧୁଥିବା, ସିଗ୍ରେଟ ଟାଣି ପାରୁଥିବା, ନୂଆ ଟଙ୍କା ରଖିପାରିଥିବା ଲୋକଟା ପାଗଳ ହୋଇଯିବା ଆଶ୍ଚର୍ଯ୍ୟ

ପର୍ଯ୍ୟାୟର ଥିଲା ନିଶ୍ଚୟ । ସେ ପାଗଳ ହୋଇଯିବା ଖବର ପାଇଲା ବେଳକୁ ଆମେ ସ୍କୁଲ୍‌ରେ । ତାକୁ ଦେଖିବାକୁ ବ୍ୟଗ୍ର, ଗୋଟାଏ ଚିହ୍ନାଜଣା ଲୋକର ପାଗଳପଣକୁ ପ୍ରତ୍ୟକ୍ଷ କରିବାକୁ ବ୍ୟାକୁଳ ଓ ସ୍କୁଲରେ ହିଁ ଆମେ ଯୋଜନା କରିନେଲୁ ତାକୁ ଯେମିତି ହେଲେ ଦେଖିବାକୁ ପଡ଼ିବ । ସେଭଳି ଗୋଟିଏ ଗୁରୁତ୍ୱପୂର୍ଣ୍ଣ ଦିନରେ ସ୍କୁଲ୍ କାହିଁକି ହେଲା ବୋଲି ଆମେ ଅଦୃଷ୍ଟକୁ ଅଭିଶାପ ଦେବା ସହିତ ଖୁବ୍ ଅସନ୍ତୁଷ୍ଟ ହୋଇ ସ୍କୁଲ୍‌ରେ ବସିଥାଉ । ମାତ୍ର ବେଳେ ବେଳେ ଅଭାବିତ ଘଟଣାମାନ ଘଟିଯାଏ, ଯୋଉଥିପାଇଁ ଭଗବାନ ବଡ଼ଲୋକ ବା ଭକ୍ତର ମନୋବାଞ୍ଛା ସେ ପୂରଣ କରନ୍ତି ବୋଲି ଆମେ ସ୍ୱୀକାର କରିବାକୁ ବାଧ୍ୟ ହୋଇଥାଉ ।

ଆହା! ଆମେ ଟିକିଏ କେମିତି ଯଦୁ ଜେନାକୁ ଦେଖନ୍ତେ ବୋଲି ବିଚାର କରୁ କରୁ ହଠାତ୍ ଯଦୁ ଜେନା ଆବିର୍ଭୂତ ହେଲା ଆମ ସ୍କୁଲ ପାଖରେ । ସେ ପିନ୍ଧିଥିଲା ଭଲ ପ୍ୟାଣ୍ଟସାର୍ଟ, କିନ୍ତୁ ଗୋଟାଏ ନାଲି ରଙ୍ଗର ଗାମୁଛା ଧରିଥିଲା ହାତରେ । ଦୁଇ ହାତରେ ସେ ତାକୁ ଉଡ଼ଉଥିଲା, ଯେମିତି ସେଇ ଗାମୁଛାକୁ ପକ୍ଷ କରି ସେ ଉଡିଯିବ ଆକାଶରେ । କେଉଁ ଆଡକୁ ଦୃଷ୍ଟି ନପକାଇ ସେ ତା'ର ଦୃଷ୍ଟିକୁ ସ୍ଥିର କରିଥିଲା ଦିଗନ୍ତରେ ଓ ସେଇ ଦିଗରେ ଉଡ଼ି ଉଡ଼ି ଚାଲିଯିବା ପ୍ରାୟ ଆଗେଇ ଯାଉଥିଲା । ଆମେ ସ୍କୁଲ୍ ଭିତରୁ, ବନ୍ଦୀ ଥିବା ଚିଡ଼ିଆଖାନାର ପଶୁପକ୍ଷୀ ତୁଲ୍ୟ ତା' ଆଡକୁ ଚାହିଁ ରହିଥିଲୁ ଓ କୋଳାହଳ କରି ସୂଚାଇ ଦେଉଥିଲୁ ଯେ, ହେଇରେ! ଯଦୁଆ ଜେନା! ହେଇରେ ଯଦୁଆ ଜେନା ! ଆମ କୋଳାହଳ ବା ଚିତ୍କାରର କୌଣସି ପ୍ରଭାବ ପଡ଼ିନଥିଲା ତା' ଉପରେ । ସେ ଆମ ଆଡକୁ ଥରେ ଫେରିଚାହିଁବାର ଆଗ୍ରହ ମଧ୍ୟ ପ୍ରକାଶ କଲା ନାହିଁ । ସେମିତି ଅଦୂରରେ ତା'ର ଦୃଷ୍ଟି ସ୍ଥିରରଖି ଆଗେଇଗଲା । ସେ ଅଦୃଶ୍ୟ ହେବା ପର୍ଯ୍ୟନ୍ତ ଆମର କୋଳାହଳ ଲାଗିରହିଥିଲା । ଯାହା ବନ୍ଦ ହେଲା ଶିକ୍ଷକଙ୍କ ଆଗମନରେ ଓ ତାଗିଦା ଯୋଗୁଁ ।

ଶିକ୍ଷକ ମହାଶୟ ମଧ୍ୟ ଯଦୁ ପାଗଳକୁ ଦେଖୁଥିଲେ ବୋଲି ବିଶ୍ୱାସ କରାଯାଇପାରେ । କାରଣ ପାଗଳମାନଙ୍କ ସଂପର୍କରେ ସେ ଗୋଟିଏ ଆପ୍ତବାକ୍ୟର ସୂଚନା ଦେଇ କହିଥିଲେ ଯେ, ଯଦି ପାଗଳ ପଛରେ ଦଳେ ଲୋକ ନାହାନ୍ତି, ସେ ଗୋଟାଏ କି ପାଗଳ! ସୌଭାଗ୍ୟକୁ ପରଦିନଟି ଥିଲା ଗୋଟିଏ ଛୁଟିଦିନ । ସେଇ ଛୁଟିଦିନଟିକୁ ସଂପୂର୍ଣ୍ଣ ଉପଯୋଗ କରିବାର ଯୋଜନା ଭିତରେ ଆସି ପହଞ୍ଚିଲା ଯଦୁ ଜେନାର ବ୍ୟାପାର । ଆମେ ଯଦୁ ଜେନାକୁ ଖୋଜିଲୁ ଓ ଖୁବ୍‌ଶୀଘ୍ର ପାଇଗଲୁ ମଧ୍ୟ । ସେ ଏକା ଏକା ବିଲ ମଝିରେ ବୁଲୁଥିଲା । ଆମେ ଏବେ ହେଲୁ ତା'ର ଅନୁଧାବନକାରୀ । ଦଳେ ବାଲୁତଙ୍କୁ ଚେଲା ବା ଅନୁଗାମୀ ଭାବରେ ପାଇ ଯଦୁଜେନା

ଉତ୍ସାହିତ ହେଲା ନିଶ୍ଚୟ । ଏବେ ତା'ର କାର୍ଯ୍ୟକଳାପ ଅଧିକ ମାତ୍ରାରେ ଉଗ୍ର ହେଉଥିବାର ଦେଖାଗଲା । ଯଦୁ ଜେନା ତା'ର ଗାମୁଛାକୁ ଆକାଶ ଆଡକୁ ଫିଙ୍ଗିଦେଲା, ଯେମିତି ଆକାଶରେ ଝୁଲୁଚି ଗୋଟାଏ ଅଳଗୁଣି ଯୋଉଠି ଯାଇ ରହିଯିବ ସେ ଗାମୁଛା । କିଛିକ୍ଷଣର ସେ ନିଷ୍ଫଳ ପ୍ରୟାସ ପରେ ଯଦୁ ଜେନା ଗାମୁଛାକୁ ମୋଡ଼ିମାଡ଼ି ପେଣ୍ଡୁଭଳି କଲା ଓ ଦୂରକୁ ଫିଙ୍ଗିଲା, ଯେମିତିକି ସେଟା ପେଣ୍ଡୁ ବା ଗାମୁଛା ନୁହେଁ ଗୋଟାଏ ବୋମା । ଦୂରରେ ପଡ଼ି ସେଟା ବିକଟାଳ ଶବ୍ଦ କରି ଫୁଟିଯିବ ଅବା। ଯଦୁ ଜେନା କାନରେ ହାତ ଦେଇ ଟିକିଏ ଅପେକ୍ଷା କଲା ଓ ପରେ ସନ୍ତର୍ପଣରେ ସେଇ ଦିଗକୁ ଆଗେଇଯାଇ ଗାମୁଛା ଗୋଟାଇଲା ଯେମିତି ଅଫୁଟା କୌଣସି ବୋମାକୁ ସେ ସଂଗ୍ରହ କରୁଛି । ଫୁଟିବାର ସମ୍ଭାବନା ହରାଇ ବସିଥିବା ଗାମୁଛାକୁ ସେ ଉଠାଇଲା ଓ ଝାଡ଼ିଦେଲା ଯେମିତି ଗାମୁଛାରେ ଲଦା ହୋଇ ରହିଛି ବାରୁଦ । ଝାଡ଼ିଦେଲା ତ ବିପଦ ଟଳିଗଲା । ଏବେ ସେ ଆକାଶ ଆଡ଼କୁ ଚାହିଁଲା ଓ କ'ଣ ସବୁ କହିଲା ଅସ୍ପଷ୍ଟ ସ୍ୱରରେ । ସେ କ'ଣ ସବୁ କହୁଥିଲା ତାହା ଜାଣିବା ପାଇଁ ଆମେ ତା'ର ଖୁବ୍ ପାଖକୁ ଆସିଗଲୁ । ମାତ୍ର କିଛି କଥା ଶୁଣା ଯାଉନଥିଲା । ଆମେ ତାକୁ ପାଖରେ ଘେରି କରି ଠିଆ ହୋଇଥାଉ । ସେ ତା'ର ପାଟି ଓ ଜିଭର ତୀବ୍ର କସରତ ଦେଖାଉଥାଏ । ମାତ୍ର ଗୋଟିଏ ହେଲେ ଶବ୍ଦ ସ୍ଫୁରିତ ହେଉନଥାଏ ।

ଯୋଗିଆ ପଚାରିଲା : ସେ କ'ଣ କହୁଚି ?

ମୁଁ ମତ ଦେଲି : କିଏ ଜାଣେ ? ପାଗଳମାନଙ୍କ କଥା କ'ଣ ବୁଝିହୁଏ ?

ଯୋଗିଆ ପଚାରିଲା : କ'ଣ ଗୋଟାଏ ତ କହୁଥିବ, ଅନୁମାନ କର କ'ଣ କହୁଚି ?

ସେତେବେଳେ କଳ୍ପନା କରି କିଛି କହିପାରିବାର ପାରଦର୍ଶିତା ସାମାନ୍ୟ ରୂପରେ ମୋର ଥିଲା ବୋଲି ମୁଁ ଦାବି କରୁଥିଲି। ସେହି ଦାୟରେ ମୁଁ କହିଲି : ସେ ହୁଏତ ଭଗବାନଙ୍କୁ ଡାକୁଛି। ସେ ଭଗବାନଙ୍କୁ କହୁଚି, ହେ ପ୍ରଭୁ! ଏ ପାଗଳ ଜନ୍ମରୁ ମୋତେ ପାରିକର। ମୋତେ ମୁକ୍ତିଦିଅ । ମୋତେ ଭଲ ମଣିଷ କରିଦିଅ । ମୋତେ ସାଧାରଣ କରିଦିଅ !

ଏହାପରେ ମୁଁ ଦେଖିଥିଲି ଯଦୁ ଜେନା ମୋ ଆଡ଼କୁ ଚାହିଁଛି। ମୋ ଆଖିକୁ ନିରୀକ୍ଷଣ କରୁଛି ଏକ ବିବାଦୀୟ ଦୃଷ୍ଟିରେ । ମନେହେଲା ଯେ ଯେମିତି ପଚାରୁଛି, ପାଗଳ କିଏ ? ତୁ ନା ମୁଁ?

ମୋତେ ଟିକେ ଭୟ ଲାଗିଲା। ମୁଁ ଦୂରେଇଯାଇ ଅନ୍ୟମାନଙ୍କ ପଛରେ ଯାଇ ଲୁଚିଲି । କ୍ରମେ ମନେ ହେଲା, ସେ ଯେମିତି ମୋତେ ଖୋଜୁଛି ।

ଅନୁସରଣକାରୀମାନଙ୍କ ମେଳା ଭିତରୁ ମୋତେ ଚିହ୍ନଟ କରିବାକୁ ଚାହୁଁଛି । ଜଣେ ପାଗଳ ତୁମକୁ ଖୋଜିବାଟା ନିଶ୍ଚୟ ଭୀତିପ୍ରଦାୟକ । ଏଣୁ ମୁଁ ସେ ସ୍ଥାନ ତ୍ୟାଗ କରିବାକୁ ଉଚିତ୍ ମଣିଲି ।

ଘରେ ପହଞ୍ଚି ମୁଁ ମୋର ସାନଭାଇ ଓ ଭଉଣୀକୁ ଯଦୁ ଜେନାର କୃତିତ୍ୱ ସଂପର୍କରେ ଏକ ଭାଷଣ ଦେଇ ମନୋରଞ୍ଜନ କରିବାକୁ ଉଦ୍ୟମ କରନ୍ତେ, ମୋ ଉପରେ ବୋଉ ପକ୍ଷରୁ ଗାଳି ହୋଇଥିଲା । ଝିଙ୍ଗାସ ବଚନ ଶୁଣାଇ ବୋଉ କହିଥିଲା : ହଇରେ ତୋତେ ଲାଜ ନାହିଁ, ତୁ ଦିନଟା ଯାକ ଗୋଟାଏ ପାଗଳ ପଛରେ ବୁଲୁଚୁ ?

ମୁଁ କହିଲି : ଆମେ ମଜାରେ ମଜାରେ ବୁଲୁଚୁ ନା ? ସେ କ'ଣ କମ୍ ନଟଖଟ ଦେଖଉଚି ?

ବୋଉ କହିଲା : ଯା ବୋଲି ପାଗଳ ପଛରେ ବୁଲିବୁ ?

ମୁଁ କୈଫିୟତ ଦେଲି : ପାଗଳ ବୋଲି ତ ତା' ପଛରେ ବୁଲୁଚୁ ! ସେ ଭଲଲୋକଟାଏ ହୋଇଥିଲେ, ତା' ପଛରେ କିଏ ଅବା ବୁଲିଥାଆନ୍ତା ?

ବୋଉ ପରାମର୍ଶ ଦେଲା : ଭଲ ଲୋକ ପଛରେ ଗଲେ ଭଲକଥା ଶିଖନ୍ତୁ ! ପାଗଳ ପଛରେ ବୁଲିଲେ, ଶିଖିବୁ କ'ଣ ? ପାଗଳାମି !

କିନ୍ତୁ ଏ ମନ୍ତବ୍ୟ ଖୁବ୍ ବିତର୍କର ଅପେକ୍ଷା ରଖୁଥିଲା । କାରଣ ଭଲଲୋକଙ୍କ ପଛରେ କେହି କୋଉଠି ଯାଉଥିବାର ଦେଖାଯାଉନଥିଲା । ପୁଣି କିଏ ଅବା ଭଲଲୋକ ତାହା ସ୍ଥିର ହୋଇପାରୁନଥିଲା । ମେଳି ଲାଗିଥିଲା ପାଗଳ ପଛରେ ।

ମୁଁ ନିରବ ରହିଲି । କୈଫିୟତ ବା ପ୍ରତ୍ୟୁତ୍ତର ଦେବାକୁ ଭାଷା ନଥିଲା ଓ ବୋଉ ତା'ର ଆକ୍ରମଣକୁ ଶାଣିତ କରିବାକୁ ସୁଯୋଗ ପାଇଗଲା ଯେମିତି ।

କହିଲା : ବାପା ଆସନ୍ତୁ ! ତୋ କଥା ପଡ଼ିବ । ତୁ କେମିତି ପାଠଶାଠ ନପଢ଼ି ପାଗଳଙ୍କ ପଛରେ ଧାଉଁଛୁ, ତା'ର ବିଚାର ହେବ । ତୁ ଲଫଙ୍ଗା ହେଇଗଲୁଣି । ଅମାନିଆଁ ହେଲୁଣି । ଆଜେବାଜେ ପିଲାଙ୍କ ସହିତ ମିଶୁଛୁ । ଖରାପ ହେବାକୁ ଗଲୁଣି ।

ଏବେ ମୁଁ ମୋର ସବୁଠୁ ନିରାପଦ କୈଫିୟତ ପେସ୍ କଲି ଯାହା ମୁଁ ବାରମ୍ବାର ଦେଇଥାଏ ଓ ନିଜକୁ ନିର୍ଦ୍ଦୋଷ ପ୍ରମାଣିତ କରିଥାଏ । କହିଲି : ମୁଁ କ'ଣ ଯାଉଥିଲି କି ? ମତେ ପରା ଯୋଗିଆ ଡାକିଲା । ନହେଲେ ମୁଁ କାଇଁକି ଯାଇଥାଆନ୍ତି ।

ଏହାପରେ ମୁଁ ମନ୍ତବ୍ୟ ଦେଇଥିଲି ଯେ, ଯାହାହେଲେ ବି ଯଦୁଆ ଜେନାଟା ଗୋଟେ ଭଲ ପାଗଳ । ଏକଥା କହି ମୁଁ ପ୍ରମାଣ କରିବାକୁ ଚାହିଁଲି ଯେ ଭଲ ଲୋକ ଓ ଭଲ ପାଗଳ ପ୍ରାୟ ଏକା ପର୍ଯ୍ୟାୟର ।

ବୋଉ ପଚାରିଲା : ଭଲ ପାଗଳ ମାନେ ?

ମୁଁ କହିଲି : ସେ ଭଲ ପ୍ୟାଣ୍ଟସାର୍ଟ ପିନ୍ଧେ । ତା'ର ମୁହଁରେ ଦାଢ଼ି ଫାଡ଼ି ନାହିଁ । ସେ ଅସନା ନୁହେଁ, ପୂରାପୂରି ଭଦ୍ରଲୋକ । ଅନ୍ୟପାଗଳଙ୍କ ଭଳି ଗାଳିଗୁଲଜ କରେ ନାହିଁ ।

ବୋଉ ତାଛଲ୍ୟ କଲା : ତେଣୁ ତା' ପଛରେ ଗୋଡ଼ାଇବା ଭଲ ?

ମୁଁ କହିଲି : ଆମେ ତ ତା' ପଛରେ ଗୋଡ଼ଉ ନାହୁଁ । ଆମେ କେବଳ ଜାଣିବାକୁ ଚାହୁଁଛୁ, ସେ ପାଗଳା ହେଲା କାହିଁକି ?

ବୋଉ ପଚାରିଲା : କାହିଁକି ପାଗଳା ହେଲା ?

ମୁଁ କହିଲି : ଏଯାକେ ସେ କଥା କ'ଣ ଜଣାପଡ଼ିଲାଣି !

ବୋଉ ପଚାରିଲା : ସେ କାହିଁକି ପାଗଳା ହେଲା ଜାଣିକି ତମେ କ'ଣ କରିବ ?

ମୁଁ ମୋର ଜ୍ଞାନ, ବିଦବତ୍ତା ଓ ଉନ୍ନତ ଚିନ୍ତାଧାରାର ପ୍ରମାଣ ଦେଇ କହିଲି : ପାଗଳଙ୍କ ଉପରେ ଗବେଷଣା ହେବ । ସେମାନେ କେମିତି ଭଲ ହେବେ, ତା'ର ଉପାୟ ବାହାର କରାଯିବ । ଏ ଦେଶରୁ ପାଗଳମାନଙ୍କୁ ଭଲ କରିବାକୁ ପଡ଼ିବ ।

ବୋଉ ସନ୍ଦେହପୂର୍ଣ୍ଣ ଦୃଷ୍ଟିରେ ମୋତେ ଚାହିଁଲା ଓ କହିଲା : ଏ ଦାୟିତ୍ୱ ତତେ କିଏ ଦେଲା ?

ମୁଁ କହିଲି : ଏଟା ସାମାଜିକ ଦାୟିତ୍ୱ ।

ତା' ପରଦିନ ସ୍କୁଲଥିଲା, ତେଣୁ ଆମେ ଯଦୁଆ ଜେନାର ପିଛା କରିନାହୁଁ । ସ୍କୁଲରେ ବସି ଯଥାରୀତି ପାଠପଢ଼ିଲୁ । ତେବେ ମୋର ଉର୍ବର ମସ୍ତିଷ୍କରେ ଗୋଟିଏ କଥା ଖେଳିବୁଲୁଥିଲା, ତାହା ହେଲା, ଆମର ପାଗଳର ପିଛା କରିବା ଉଚିତ୍ । କିଏ ଜାଣେ ଆସନ୍ତା ପରୀକ୍ଷାରେ ଗୋଟାଏ ପ୍ରଶ୍ନ ପଡ଼ିଯାଇପାରେ, "ପାଗଳର ଆତ୍ମକାହାଣୀ" ଲେଖ । ଗାଈର ଆତ୍ମକାହାଣୀ, ଦିନମଜୁରିଆର ଆତ୍ମକାହାଣୀ, ବର୍ଷାକାଳୀନ ପଲ୍ଲୀର ଦୃଶ୍ୟ ପ୍ରଭୃତି ରଚନା ଲେଖୁଥିଲା ବେଳେ ମୋର ମନେ ହୋଇଥିଲା, ଏ ପାଗଳ ସହିତ ଘନିଷ୍ଠ ସମ୍ପର୍କ ଆମର ଜ୍ଞାନ ବୃଦ୍ଧିରେ ନିଶ୍ଚୟ ସହାୟକ ହେବ ।

ସେଦିନ ସ୍କୁଲ ଛୁଟି ହେଲା ଅପରାହ୍ନରେ । ଆମେ ସ୍କୁଲରୁ ବାହାରି ଆସି ଦେଖିଲୁ ଆମ ସ୍କୁଲ୍ ପାଖରେ ଯଦୁଆ ଜେନା ବସିଛି । ସତେ ଯେମିତି ସେ ଆମକୁ ଅପେକ୍ଷା କରିଛି, କହୁଛି, ଆସ ମୋର ପିଛା କର । ତୁମେମାନେ ମୋର ପିଛା ନ କଲେ, ମୁଁ ପାଗଳ ହେବି କେମିତି ? ମୋର ପାଗଳ ହେବାର ମଜା ଆସିବ କୋଉଠୁ ? ଆମକୁ ଦେଖି ସେ ଝାଡ଼ିଝୁଡ଼ି ହୋଇ ଠିଆ ହେଲା । ତା'ର ଚିରାଚରିତ ଢଙ୍ଗରେ ଗାମୁଛା କାଢ଼ିଲା ଓ ଦୁଇ ହାତ ଉପରକୁ କରି ଗାମୁଛା ଉଡେଇ ଉଡେଇ ଆଗେଇଲା,

ଯେମିତିକି ଏବେ ସେ ପକ୍ଷୀଟିଏ ପରି ଉଡିଯିବ ଓ ଆମେ ତା'ର ପିଛା କରିବାକୁ ଉଦ୍ୟମ କରି ବିଫଳ ହେବୁ ।

ସେ ଏବେ ବିଲଗହୀର ଆଡକୁ ନ ଯାଇ ଗାଁ ଦାଣ୍ଡରେ ଆଗେଇଲା ଓ ଆମେ ସ୍କୁଲ୍‌ବ୍ୟାଗ୍ ସହିତ ତା' ପଛେ ପଛେ ଚାଲିଲୁ ।

ପ୍ରକୃତରେ କାହାଣୀଟି ଏଇଠି ଗୋଟିଏ ମୋଡ଼ ନେଲା, ଯେତେବେଳେ ଗାଁଦାଣ୍ଡରେ ଯାଉ ଯାଉ ଯଦୁ ଜେନା ସାମ୍ନାସାମ୍ନି ହେଲା ଆଉ ଗୋଟିଏ ପାଗଳର, ଏଇ ନୂତନ ପାଗଳଟି ଅସନା ପାଗଳଟିଏ ଥିଲା । ତା'ର ଲୁଗାପଟା ଚିରାଫଟା ମଇଳା। ମୁହଁ ସାରା ଅସନା ଦାଢ଼ି । ବାଳ ଆଲୁରୁବାଲୁରୁ । ସେ ପିଠିରେ ବୋହିଥିଲା ଗୋଟାଏ ଅଖାବ୍ୟାଗ୍ । ତା' ଭିତରେ କ'ଣ ଥିଲା ଅଜଣା । ସର୍ବୋପରି ସେ ଦେଖାଯାଉଥିଲା ନିର୍ଘାତ ପାଗଳ ଭଳି । ସେ କେତେବେଳେ ଆସି ଗାଁର ମୁଣ୍ଡ ଛକ ପାଖରେ ଗୋଟାଏ ଦୋକାନ ପାଖରେ ଆସ୍ଥା ଜମାଇ ବସିଛି, ତାହା ଆମକୁ ଜଣାନଥିଲା । କିନ୍ତୁ ତାକୁ ଦେଖିବାକୁ ବା ନିରୀକ୍ଷଣ କରିବାକୁ ଉତ୍ସାହୀ ଜନତାଙ୍କ ଅଭାବ ନ ଥିଲା । ତାଠୁ ନିରାପଦ ଦୂରତ୍ୱରେ ଠିଆ ହୋଇ କିଛି ଲୋକ ଓ ବାଳୁତ ତା'ର କାର୍ଯ୍ୟକଳାପ ଉପରେ ନିଘା ରଖିଥିଲେ ।

ଏହି ଦୁଇ ବ୍ୟକ୍ତିଙ୍କ ସାକ୍ଷାତକାର ଏକ ମଜାଦାର ଦୃଶ୍ୟ ହିଁ ଥିଲା । ପ୍ରଥମେ ଦୁଇଜଣ ଥମକି ଠିଆ ହୋଇଗଲେ, ପରସ୍ପରକୁ ଚାହିଁ ରହିଲେ। ନିରୀକ୍ଷଣ କଲେ। ଚିହ୍ନିବାକୁ ଚେଷ୍ଟାକଲେ, ଯେମିତି ସେମାନେ ବହୁଦିନର ପୁରୁଣା ବନ୍ଧୁ। ତା'ପରେ ଭୀଷଣ ଦେଖାଗଲା ସେମାନଙ୍କର ମୁହଁ। ପ୍ରଥମେ ଅଚିହ୍ନା ପାଗଳଟି ମୁହଁ ଖୋଲିଲା, ଉଚ୍ଚସ୍ୱରରେ ଅଟ୍ଟହାସ୍ୟ କଲା।

କହିଲା : ପାଗଳ! ଇଏ ଗୋଟାଏ ପାଗଳ!

ସେ ହସି ହସି ଲୋଟିଯାଉଥାଏ ରାସ୍ତାରେ। ଆଙ୍ଗୁଠି ଦେଖାଇ ଚିହ୍ନଟ କରୁଥାଏ ଯଦୁଆ ଜେନାକୁ ଓ ସମସ୍ତଙ୍କୁ ଶୁଣାଇ କହୁଥାଏ : ପାଗଳ! ଇଏ ଗୋଟାଏ ପାଗଳ! ପାଗଳ ଦେଖିବ ପରା! ଦେଖ! ଦେଖ! ଦେଖ ଗୋଟାଏ ପାଗଳ!

ନା! ଏ ପ୍ରକାର ବ୍ୟବହାର ବା ପାଗଳ ବୋଲି ଅଭିହିତ କରିବାର କାର୍ଯ୍ୟଟିକୁ ସାଦର ଗ୍ରହଣ କରିପାରିଲା ନାହିଁ ଯଦୁଆ ଜେନା ।

ସେ ମଧ୍ୟ ଅନୁରୂପ ଅଟ୍ଟହାସ୍ୟ କଲା । କହିଲା : ପାଗଳ ହେଉଛୁ ତୁ! ତୁ ଗୋଟାଏ ପାଗଳ । ଲୋକମାନେ ଦେଖ! ପାଗଳଟାକୁ ଦେଖ!

ଉଭୟ ଯୁଝିଲେ କିଛି ସମୟ, ଅଚିହ୍ନା କୁକୁରମାନେ ଯେମିତି ପରସ୍ପର ଆଡକୁ ଚାହିଁ ଭୁକିବାରେ ଲାଗନ୍ତି ।

: ତୁ ପାଗଳ !

: ତୁ ପାଗଳ !

: ଦେଖ ପାଗଳକୁ !

: ତୋର ବଂଶଯାକ ପାଗଳ ।

: ତୋର ସାତପୁରୁଷ ପାଗଳ ।

: ତୋର ଚଉଦପୁରୁଷ ପାଗଳ।

: କୋଉଠୁ ଆଇଲୁରେ ପାଗଳ।

: ଯା' ଯା'ରେ ପାଗଳ।

: ଯା' ଯା ବୁଲିବୁ । ଭିକ ମାଗିବୁ ।

: ଯା' ଯା' ପାଗଳ ଗାରଦକୁ ଯା'।

: ଜଂଜୀରରେ ବନ୍ଧାହେବୁ। ମାଡ଼ ଖାଇବୁ! ଗୋଇଠା ଖାଇବୁ!

: ଯା' ଯା' ଖଲିପତ୍ର ଗୋଟେଇବୁ । ଅଇଁଠା ଖାଇବୁ ।

: ତୁ ପାଗଳ।

: ତୁ ପାଗଳ।

ସେମାନଙ୍କ ଆରୋପ ପ୍ରତ୍ୟାରୋପ କୌଣସି କଥା ପ୍ରମାଣ କରି ପାରୁନଥିଲା, କେବଳ ଏତିକି ଛଡ଼ା ଯେ, ପାଗଳ ନିଜକୁ ପାଗଳ ବୋଲି ସ୍ୱୀକାର କରିପାରେ ନାହିଁ । ଅନ୍ୟକୁ ପାଗଳ କହିବାରେ ସେ ଆନନ୍ଦ ପାଏ। ମୁଁ ମୋର ସମ୍ଭାବ୍ୟ ପାଗଳର ଆତ୍ମ କାହାଣୀ ରଚନା ପାଇଁ ଏତିକି ତଥ୍ୟ ମନ ଭିତରେ ସାଇତି ଦେଲି । କିଛି ସମୟ ରଡ଼ାରଡ଼ି ଚିତ୍କାର ଅଟ୍ଟହାସ୍ୟ ଶେଷରେ ସେ ଦୁହେଁ ନିରବ ହେଲେ ।

ଏହାପରେ ସେମାନେ ଏପରି ଆଲୋଚନା କଲେ, ମନେ ହେଲା ଯେପରି ସେମାନେ ପଣ୍ଡିତମାନ୍ୟ ଲୋକ ଓ ଶାସ୍ତ୍ର ଆଲୋଚନା କରିବାକୁ ଆଗଭର ହୋଇଆସିଛନ୍ତି ।

ଅସନା ପାଗଳ ପଚାରିଲା : ତୁ ଯଦି ପାଗଳ ନୁହଁ, ତେବେ ତୁ କିଏ ?

ଯଦୁଆ ଜେନା କହିଲା : ମୁଁ ରାଜେଶ ଖାନ୍ନା ! ମୋତେ ଜାଣିନୁ ?

ରାଜେଶ ଖାନ୍ନା ସେତେବେଳେ ସବୁଠୁ ଲୋକପ୍ରିୟ ଚଳଚ୍ଚିତ୍ର ଅଭିନେତା ଓ ଭଲ ପାଗଳ ନିର୍ବିଶେଷରେ ସମସ୍ତେ ରାଜେଶ ଖାନ୍ନାକୁ ଅନୁସରଣ କରୁଥାଆନ୍ତି । ଯେତେବେଳେ ଯଦୁ ଜେନା ନିଜକୁ ରାଜେଶ ଖାନ୍ନା ବୋଲି ଦାବି କଲା ଆମେମାନେ ହସିଉଠିଲୁ । ଯା' ହେଉ ପାଗଳମାନେ ବି ରାଜେଶ ଖାନ୍ନାକୁ ଅନୁସରଣ କଲେଣି ।

ପାଗଳ ପଚାରିଲା : ତୋତେ ରାଜେଶ ଖାନ୍ନା କଲା କିଏ ?

ଦଣ୍ଡେ ଚିନ୍ତା କଲା ଯଦୁଆ ଜେନା। କହିଲା : ଭଗବାନ କଲେ ।

ପାଗଳ ପଚାରିଲା : ଭଗବାନ କିଏ ଜାଣିଚୁ ?

ଯଦୁଆ ଜେନା ମୁଣ୍ଡ ହଲାଇଲା । କହିଲା : ଜାଣେନି।

ପାଗଳ ହସିଲା : ତୁ ଭଗବାନଙ୍କୁ ଜାଣିନୁ ?

: ନା !

: ତେବେ ଜାଣିରଖ, ଭଗବାନ ତୋତେ ତିଆରି କରିନାହାନ୍ତି।

: ତେବେ ?

: ଭଗବାନ ମଣିଷ କୀଟପତଙ୍ଗ ସବୁ ତିଆରି କରିଛନ୍ତି, କିନ୍ତୁ ପାଗଳ ତିଆରି କରିନାହାନ୍ତି ।

: ତେବେ ?

: ଭଗବାନ ପାଗଳ ତିଆରି କରିଛନ୍ତି କହି ତାଙ୍କର ଅପମାନ କରନା ।

ଯଦୁଆ ଜେନା କାନ୍ଦିଉଠି କହିଲା : ମୋତେ ତେବେ ଗଢ଼ିଲା କିଏ ?

ପାଗଳ କହିଲା : ସେଇ କଥା ମୁଁ ବି ଭାବୁଚି । ଅନେକଦିନ ହେଲା ଭାବି ଚାଲିଛି ।

ସେମାନଙ୍କ ଆଲୋଚନାଟି ଏକ ଅମୀମାଂସିତ ମୋଡ଼ରେ ପହଞ୍ଚି ପରିବେଶକୁ ଗାମ୍ଭୀର୍ଯ୍ୟପୂର୍ଣ୍ଣ କରିଦେଲା ।

ପାଗଳ ପୁଣି କହିଲା : ଜାଣୁ ! ମୁଁ ତୋତେ ମାରିଦେଇପାରିବି ! କିନ୍ତୁ ମୋର କିଛି ହେବ ନାହିଁ । କାରଣ ମୁଁ ପାଗଳ। ତୁ ମଧ୍ୟ ମୋତେ ମାରିଦେଇପାରିବୁ। ତୋର କିଛି ହେବ ନାହିଁ । କାରଣ ତୁ ମଧ୍ୟ ପାଗଳ।

ଯଦୁଆ ଜେନା ପଚାରିଲା : ତୁ ମୋତେ ମାରିବୁ କାହିଁକି ?

ପାଗଳ କହିଲା : ମୁଁ ପାଗଳ ! ମୁଁ ବି ମଣିଷ ମାରିପାରେ !

ଯଦୁଆ ଜେନା ଫେରିଯିବାକୁ ଉଦ୍ୟତ ହେଲା। ସେ ବିଷାଦଗ୍ରସ୍ତ ଦିଶୁଥିଲା । ଯେମିତି ପଣ୍ଡିତ ସଭାରେ ହାରିଯାଇଥିବା ଗୋଟାଏ ଚରିତ୍ର । ସେମିତି ସେ ଧୀରେ ଧୀରେ ପଛକୁ ବୁଲିଲା ଓ ଚିନ୍ତାଗ୍ରସ୍ତ ମୁହଁରେ ମୁହାଁଇଲା ସାଇଆଡକୁ । ତା' ପାଖରେ ଆଉ ପାଗଳାମିର ଚିହ୍ନବର୍ଣ୍ଣ ନଥିଲା। ସେ ସାଧାରଣ ଲୋକଟେ ଭଳି ଓଜନିଆ ମୁହଁ କରି ଧୀରେ ଧୀରେ ଆଗଉଥିଲା । ଆମେମାନେ ମଧ୍ୟ ତା' ପଛେ ପଛେ ଚାଲୁଥିଲୁ । ନିରବରେ । କୌଣସି କୋଳାହଳ ନ କରି ।

ଅସନାପାଗଳ ତା'ର ଆସବାବପତ୍ର ଠିକ୍ କରୁଥିଲା । ତା ମଇଳା ଛିଣ୍ଡା ଅଖା ଭିତରେ କିଛି ଖୋଜୁଥିଲା।

ମୁଁ ଘରକୁ ଫେରିଆସିଲି । ପାଗଳମାନଙ୍କ ସଂପର୍କରେ ମୁଁ ଯେ ତଥ୍ୟ ସଂଗ୍ରହ କରୁଥିଲି, ସେଥିରେ ଆଉ କୌଣସି ନୂତନ ତଥ୍ୟ ଯୋଗ କରିପାରିନଥିଲି । ହୃଦ୍‌ବୋଧ ହେଉଥିଲା ଯେ ପାଗଳମାନେ ବେଳେବେଳେ ଗୁରୁଗମ୍ଭୀର କଥା କହନ୍ତି କିମ୍ବା ପାଗଳମାନେ ସବୁବେଳେ ପାଗଳ ନ ଥାନ୍ତି ।

ଯଦୁଆ ଜେନା ଘରକୁ ଫେରିଗଲା ଓ ପରବର୍ତ୍ତୀ ଦିନମାନଙ୍କରେ ତା'ର ଆଉ ଦେଖା ମିଳିଲା ନାହିଁ । କିଛିଦିନ ଆମେ ତାକୁ ଅପେକ୍ଷା କଲୁ । କାରଣ ତା'ର ପିଛା କରିବାରେ ଢେର ଆମୋଦ ମିଳୁଥିଲା । ଅବଶେଷରେ ଆମେ ତାକୁ ଖୋଜିବାକୁ ବାହାରିଲୁ ।

ତାଙ୍କ ଘର ପାଖରେ ପହଞ୍ଚିଲା ପରେ ଜାଣିଲୁ, ସେ ସୁସ୍ଥ ହୋଇଯାଇଛି ଏବଂ ପୁଣି କଲିକତା ଫେରିଯାଇଛି । ସେ ଏବେ କଲିକତାରେ ତା'ର ଚାକିରିରେ ଯୋଗଦେଇଦେଇଛି । ମାତ୍ର ଯଦୁଆ ଜେନା ସୁସ୍ଥ ହେଲା କିପରି ? ତା'ର ପାଗଳାମି ହଠାତ୍ ଭଲ ହୋଇଗଲା କିପରି ? ଏଇପରି ଗୁରୁତ୍ୱପୂର୍ଣ୍ଣ ପ୍ରଶ୍ନ ଆମକୁ କିଛି କାଳ ଆନ୍ଦୋଳିତ କରିରଖିଲା ।

ଯୋଗିଆ ମତ ଦେଇଥିଲା ଯେ, ସେ ଜମା ପାଗଳ ହିଁ ନ ଥିଲା, ସେ ଥିଲା ଜାଣି ପାଗଳ । ମିଛଟାରେ ଆମକୁ ଭୂଆଁ ବୁଲଉଥିଲା ।

ମୁଁ ମତ ଦେଇଥିଲି ଯେ, ସେ ପାଗଳ ହେଉ ବା ନହେଉ କିଛିଦିନ ପାଇଁ ସେ ଆମକୁ ମଜା କରିବାକୁ ସୁଯୋଗ ଦେଇଥିଲା ନା ନାଇଁ । ତା'ର ପିଛା କରି ଆମେ ଖୁସି ହେଉଥିଲେ ନା ନାଇଁ । ତା'ର କଥା ଚାଲିଚଳଣକୁ ନକଲ କରି ଆମେ ମଜା ପାଉଥିଲେ ନା ନାଇଁ ?

ଯୋଗିଆ କହିଲା : ଅବଶ୍ୟ ।

ମୋ ମନ ଭିତରେ ଲେଖାଚାଲିଥିବା ପାଗଳମାନଙ୍କ କାହାଣୀରେ ମୁଁ ଆଉ ଦୁଇଧାଡ଼ି ଯୋଡ଼ିଲି, ଯାହା ଠିକ୍ ଭାବରେ ପାଗଳ ସମ୍ପର୍କୀତ ନୁହେଁ । ମୁଁ ଯୋଡ଼ିଲି ଯେ, ମଝିରେ ମଝିରେ ଆମ ସମାଜରେ ଗୋଟେ ଅଧେ ପାଗଳ ଆବିର୍ଭୂତ ହେବାର ଘୋର ଆବଶ୍ୟକତା ରହିଛି । ନ ହେଲେ ମଜା ଆସିବନି ।

ଆମେ ସେ ଅଖା ବାଇଆକୁ ମଧ୍ୟ ଥରେ ଖୋଜିଥିଲୁ । ଜଣା ପଡ଼ିଲା, ସେ ଯଦୁଆ ଜେନା ସାଂଗରେ ଭେଟାଭେଟି ପରଦିନଠୁ ନିରୁଦ୍ଦିଷ୍ଟ ହୋଇଯାଇଛି ।

ଅନେକଦିନ ପରେ ଯଦୁଆ ଜେନା ସହିତ ଯେବେ ଦେଖାହୁଏ, ସେ କଲିକତାରୁ ଛୁଟିରେ ଘରକୁ ଫେରିଥାଏ, ସେ ସାଧାରଣ ଲୋକ ପରି ହସେ ଓ ତା'ର ପାଗଳା ହୋଇଯାଇଥିବା ଦିନର କଥା ପଚାରିଲେ, ନମ୍ରତାର ସହିତ କହେ, ମୋର ମନେନାଇଁ । ■

ବର୍ଷା

ଶ୍ରାବଣ ମାସର ଆରମ୍ଭ । ହଠାତ୍ ବର୍ଷା ଛାଡ଼ିଗଲା । ଆକାଶରେ ମେଘ ଦିଶୁଥିଲା । ଦିଗ୍‌ବଳୟରେ ମୁହଁ ଟେକୁଥିଲା ବେଳେ ବେଳେ କଳାହାଣ୍ଡିଆ ମେଘ । କିଂତୁ ବର୍ଷା ହେଉ ନ ଥିଲା । କୁଆଡ଼େ ଗୋଟେ ଉଡ଼ିଉଡ଼ି ଚାଲି ଯାଉଥିଲେ ଭସା ମେଘ ।

ଲୋକମାନେ ଆକାଶକୁ ଚାହିଁ ରହୁଥିଲେ ଏବଂ ବର୍ଷା ବିଷୟରେ ଆଲୋଚନା କରୁଥିଲେ । ଯୋଉଠି ପାଂଚ ସାତ ଜଣ ଲୋକ ଏକାଠି ବସିଥିଲେ ବା ସାମ୍ନାସାମ୍ନି ହେଉଥିଲେ, ସେମାନେ ଗୋଟିଏ ବିଷୟରେ ହିଁ ଆଲୋଚନା କରୁଥିଲେ । କେବେ ହେବ ବର୍ଷା ? କେବେ ହେବ ? କେବେ ?

ଧାନ ବିଲରେ ଧାନ ଗଛ ସବୁ ଚାଖଣ୍ଡେ ଚାଖଣ୍ଡେ ଉଚ୍ଚା ହୋଇ ସାରିଥିଲା । ମାତ୍ର ବର୍ଷା ନ ହେବାରୁ ଧାନ ବିଲର ମାଟି ଶୁଖି ଆସୁଥିଲା । ଠାଏଠାଏ ବିଲ ଶୁଖିବାକୁ ଆରମ୍ଭ କରୁଥିଲା । ସାବଜା ସାବଜା ଧାନଗଛ ସବୁ ହଳଦିଆ ପଡ଼ିବାକୁ ଯାଉଥିଲା । କିଛିକିଛି ଗଛ ମଳିନ ଓ କ୍ଳାନ୍ତ ଦିଶୁଥିଲେ । ସେମାନେ ବଂଚିଯିବାର ଉଦ୍ଦାମତା ହରେଇ ବସିଥିଲେ ।

ଲୋକମାନେ ଧାନ ବିଲ ମୁଣ୍ଡରେ ଠିଆ ହୋଇ ହତାଶ ଦିଶୁଥିଲେ । କୌଣସି ଉପାୟରେ ଜମିକୁ ଜଳ ମଡ଼ାଇ ହେବ କି ନାହିଁ ତାର ଉପାୟମାନ ଖୋଜୁଥିଲେ । ସେମାନଙ୍କ ଆଖି ସାମ୍ନାରେ ଧାନ ଗଛ ଗୁଡ଼ିକ ନଷ୍ଟ ହୋଇ ଯାଉଥିବାର ଦୃଶ୍ୟ ଭାରି ଦୁଃଖପ୍ରଦ ଥିଲା ।

ଆମ ସ୍କୁଲ୍‌ରେ କ୍ଲାସ୍ ଆରମ୍ଭ ହୋଇ ଯାଇଥିଲା ଓ ନିୟମିତ ସ୍କୁଲ୍ ଯିବାକୁ

ପଡୁଥିଲା ଆମମାନଙ୍କୁ । ବର୍ଷା ନ ହେବାର ଦୃଶ୍ୟ କିଛି ପରିମାଣରେ ଆମକୁ ମଧ୍ୟ ପ୍ରଭାବିତ କରୁଥିଲା । କାରଣ ବର୍ଷା ହେଲେ ସ୍କୁଲ୍‌ସବୁ ବନ୍ଦ ହେବାର ସମ୍ଭାବନା ଥାଏ । ଦିନ ଦଶଟାରେ ବର୍ଷା ହେଉଥିଲେ, ଆମେ ଜମା ସ୍କୁଲ୍‌କୁ ଯାଉନା । ସ୍କୁଲ୍‌ରେ ଥିବାବେଳେ ବର୍ଷା ହେଲେ, ପାଠପଢ଼ା ବନ୍ଦହୁଏ । ବର୍ଷାର ଶବ୍ଦରେ ଶିକ୍ଷକମାନେ ଆଉ ପାଠ ପଢ଼ାଇ ପାରନ୍ତି ନାହିଁ । ସ୍କୁଲ୍ ଘର ଭିତରେ ବର୍ଷାର ଛିଟିକା ପଡ଼େ । ପାଠପଢ଼ା ଛାଡ଼ି ଆମେ ଝର୍କା ବାଟେ ବର୍ଷାକୁ ଦେଖୁ । ଉପଭୋଗ କରୁ । ବର୍ଷା ଛାଡ଼ିଗଲେ ସ୍କୁଲ୍ ଛୁଟି ହୋଇଯାଏ ନିର୍ଦ୍ଧାରିତ ସମୟର ଅନେକ ପୂର୍ବରୁ ।

ହଠାତ୍ ବର୍ଷା ନ ହେବାର କାରଣ କ'ଣ ହୋଇପାରେ ବୋଲି ଗ୍ରାମବାସୀମାନେ ଦଳଦଳ ହୋଇ ଆଲୋଚନା କରୁଥିଲେ । ସବୁଠୁ ବଡ଼ ଦଳଟି ଆଲୋଚନା କରୁଥିଲା ଗ୍ରାମଠାକୁରଙ୍କ ଚଉପାଢ଼ୀରେ । ସେଠି ବସୁଥିଲେ ଗ୍ରାମର ଗଣ୍ୟମାନ୍ୟ ତଥା ଜାଣିବାଶୁଣିବା ଲୋକ ।

ଅପରାହ୍ନରେ ଯେତେବେଳେ ସ୍କୁଲ୍ ଛୁଟି ହୋଇଯାଇଥାଏ, ଆମେସବୁ ଯାଇ ଚଉପାଢ଼ୀ ପାଖରେ ଠିଆ ହେଇ ଗ୍ରାମର ଜାଣିବା ଶୁଣିବା ବୃଦ୍ଧଜନଙ୍କ ଆଲୋଚନା ଶୁଣୁଥିଲୁ । ବର୍ଷା ନହେଲେ ଯେ, ଏ ସୃଷ୍ଟି ନାଶଯିବ, ସଂସାର ଉଚ୍ଛନ୍ନ ହୋଇଯିବ, ପୃଥିବୀ ଧ୍ୱଂସ ହେବ, ଏମିତି ଅନେକ ଆତଙ୍କପ୍ରଦ କଥା ବି ଶୁଣାଯାଉଥିଲା ।

ଜଣେ ବୃଦ୍ଧଜନ ମତଦେଲେ: ଏ ଟୋକାଟାକଳିଆଙ୍କ ଯୋଗୁ ହିଁ ବର୍ଷା ବନ୍ଦ ହେଇଯାଇଛି ।

ଅନୁସନ୍ଧିତ୍ସାର ସ୍ୱର ଉଠିଲା: କାହିଁକି ? କ'ଣ ହେଲା ? ଟୋକାଟାକଳିଆମାନେ କଣ କଲେ କି ?

ବୃଦ୍ଧଜନ ତାଙ୍କର ଗବେଷଣା ଲବ୍ଧ ତଥ୍ୟ ଦେଲେ: କିହୋ ! ଏ ବାବୁଟିମାନେ ପରା ଠିଆ ହୋଇ ପରିଶ୍ରା କଲେ । ବର୍ଷା ବନ୍ଦ ହେବ ନାହିଁ ତ କଣ ହେବ ?

ତେବେ ଠିଆ ହୋଇ ପରିଶ୍ରା କରିବା ସହିତ ବର୍ଷା ବନ୍ଦ ହୋଇଯିବାର କଣ ଯେ ଗୋପନ ସଂପର୍କ ରହିଛି, ତାହା ଆମେ ବୁଝି ପାରୁ ନ ଥିଲୁ । ସେ ସଂପର୍କରେ ଆମେ ନିଜନିଜ ମଧ୍ୟରେ ଆଲୋଚନା କରି ମଧ୍ୟ କୌଣସି ସିଦ୍ଧାନ୍ତରେ ପହଂଚି ପାରି ନ ଥିଲୁ । କିଂତୁ ଗୋଟିଏ କଥାରେ ଆମେ ସମସ୍ତେ ଏକମତ ହୋଇଥିଲୁ ଯେ, ବର୍ଷା ହେବା ଉଚିତ୍। ଯେମିତି ହେଉ ବର୍ଷା ହେବା ଉଚିତ ।

ମନ୍ଦିରର ଚଉପାଢ଼ୀରେ ବସି ଗ୍ରାମର ଜାଣିବା ଶୁଣିବା ଲୋକମାନେ ଯେଉଁ ଆଲୋଚନା କରୁଥିଲେ ତାର ଗୋଟେ ନିର୍ଣ୍ଣାୟକ ଦିଗ ଦେଖାଗଲା, ଯେତେବେଳେ ସ୍ଥିର ହୋଇଗଲା, ଯେ କିଛି କରାଯିବ ! ନିଶ୍ଚୟ କରାଯିବ।

ସେତେବେଳେ ସଭ୍ୟଜଗତ ସହ ସଂପର୍କ କହିଲେ, ରେଡ଼ିଓ ହିଁ ମୁଖ୍ୟ ଆଧାର । ଲୋକମାନେ ଆଗ୍ରହର ସହିତ ରେଡ଼ିଓ ଶୁଣୁଥିଲେ । ସମ୍ବାଦ ଆରମ୍ଭ ହୋଇ ଶେଷ ହୋଇ ଯାଉଥିଲା । କିଂତୁ ବର୍ଷା ସଂପର୍କରେ ପଦେ ହେଲେ ବି ଖବର ନ ଥିଲା । ସେମିତି ବାସୀ ଖବରକୁ ଛାତିରେ ଧରି ଅନିୟମିତ ଭାବରେ ଖବର କାଗଜ ଆସୁଥିଲା ଆମ ଗ୍ରାମକୁ। ସେଥିରେ ବର୍ଷା ଜନିତ କିଛି ବି ଭବିଷ୍ୟବାଣୀ ନ ଥିଲା ।

ଆମ ଘରେ ଗୋଟେ ରେଡ଼ିଓ ଥିଲା । ଆମ ଘରକୁ ଖବରକାଗଜ ମଧ୍ୟ ଆସୁଥିଲା । ଲୋକମାନେ ଆମକୁ ଦେଖିଲେ ପଚାରୁଥିଲେ: ବର୍ଷା କେବେ ହେବ କିଛି ଖବର ବାହାରିଛି ଖବରକାଗଜରେ ? କିମ୍ବା 'ରେଡ଼ିଓ କିଛି କହିଥିଲା କି ?'

ଏ ସମସ୍ତ ପ୍ରଶ୍ନର ଉତ୍ତର ଥିଲା 'ନାଁ '।

ଯେତେବେଳେ ମନ୍ଦିରର ଚଉପାଢ଼ୀରେ ବର୍ଷା ବନ୍ଦ ହେବାର ସମ୍ଭାବ୍ୟ କାରଣ ଭାବରେ କୁହା ଯାଉଥିଲା ଯେ, ଘୋର କଳିକାଳ ଆସିଲା, ଅନ୍ୟାୟ ଅନାଚାର ବଢ଼ିଲା । ଅତି ବୃଷ୍ଟି ହେବ ନୋହିଲେ ଅନାବୃଷ୍ଟି, ପୃଥିବୀ ଧ୍ୱଂସ ହେବ । ଯୋଗିନୀ ମାତିବେ । ଖାଇବାକୁ ଭାତ ମିଳିବ ନାହିଁ । ବ୍ରାହ୍ମଣୀ ହାତରେ ଅଡ଼ା ପଡ଼ିଛି ଇତ୍ୟାଦି ଇତ୍ୟାଦି, ସେତେବେଳେ ଆମ ପିଲାମାନଙ୍କ ଏକାଠି ହେଲେ ବି ଆଲୋଚନା ହେଉଥିଲା ବର୍ଷା କାହିଁକି ବନ୍ଦ ହେଉଛି ।

ଶିଶିର କହିଥିଲା: ମୁଁ ଜାଣିଛି ବର୍ଷା କାହିଁକି ବନ୍ଦ ହେଇଛି ?

ଆମେ ପଚାରିଥିଲୁ: କାହିଁକି ?

ସେ କହିଥିଲା: କିଏ ଜଣେ ବଦମାସୀ କରିଛି ।

: କିଏ ସେ ? କୋଉଠି ?

: ଏଇଠି ! ଏଇ ଆମରି ଗାଁରେ । ଆମରି ଗାଁ ଭିତରେ କିଏ ଜଣେ ଅଛି, ଯିଏ ଏ ଚାଲ୍ ଖେଳୁଛି ? କଣ ବଦମାସୀ କରିଛି ?

: କିଏ ହୋଇପାରେ ଲୋକଟା ?

: ସେକଥା ତ ଜଣା ନାହିଁ, କିଂତୁ କିଏ ଜଣେ ଅଛି ।

: କଣ କରିଛି ସେ ?

: ଗୋଟେ ଚାଲ୍ ଖେଳିଛି ।

: ଏମିତି କଣ ଚାଲ୍ ଖେଳିଲେ ବର୍ଷା ବନ୍ଦ ହେଇଯିବ ।

: ହଁ । ବର୍ଷା ବନ୍ଦ ହେଇଯିବ !

: ହେବନି ! ମିଛ କଥା ! ଅସମ୍ଭବ କଥା !

: ଅସମ୍ଭବ ନୁହେଁ । ତୁମେ ବୁଝ । ଜାଣିବ।

: କଣ ସେ ଚାଲ୍‌ଟା !

: ମୁଁ ତ ଠିକ୍ କରି ଜାଣିନି । ତେବେ ଅନୁମାନ କରୁଛି ।

: କଣ ଅନୁମାନ କରୁଛୁ ?

: କିଏ ଜଣେ ମାଟିତଳେ ସୁନାମୁଦି ପୋତିଛି ।

: ମାଟି ତଳେ ସୁନାମୁଦି ପୋତିଦେଲେ କଣ ବର୍ଷା ବନ୍ଦ ହେଇଯିବ ?

: ହଉଚି ତ !

: କିଏ ଏ ଅପକର୍ମ କରିଛି ?

: କିଏ ଜାଣେ ?

ମାଟିତଳେ ସୁନାମୁଦି ପୋତାଟା ବିଭିନ୍ନ ସୂତ୍ରରୁ ଶୁଣା ଯାଉଥାଏ । ଏ ପ୍ରସଙ୍ଗରେ ଦୋଳିଆ ଭାଇଙ୍କ ମନ୍ତବ୍ୟ ସବୁଠୁ ବେଶି ପ୍ରଣିଧାନ ଯୋଗ୍ୟ । ଦୋଳିଆ ଭାଇ ଆମଠୁ ବୟସରେ ଚାରି ପାଞ୍ଚ ବର୍ଷ ବଡ଼ ହେବେ । ସେ ଆମ ଅଂଚଳର ଜଣେ ଜଣାଶୁଣା ଅଭିନେତା । ବର୍ଷକୁ ଥରେ ଦି'ଥର ଯେଉଁ ନାଟକ ହେଉଥିଲା, ସେଥିରେ ଦୋଳିଆ ଭାଇଙ୍କୁ ମିଳୁଥିଲା ନାୟିକାର ଭୂମିକା । କିଂତୁ ଦୁର୍ଭାଗ୍ୟକୁ ଦୋଳିଆଭାଇଙ୍କ ନାଟକ ମଂଚସ୍ଥ ହେବା ଦିନ ଘମାଘୋଟ ବର୍ଷା ହେଇଯାଏ । ଷ୍ଟେଜ୍ ଭୁଷୁଡ଼ି ପଡ଼େ । ସିନ୍ ସ୍କ୍ରିନ୍ ଓଦା ହେଇଯାଏ । ସେଥିରେ ରଂଗ ଛାଡ଼ିଯାଏ । ଦର୍ଶକମାନେ ବର୍ଷା ଦାଉରୁ ରକ୍ଷା ପାଇବା ପାଇଁ ଖୋଲା ପଡ଼ିଆ ଛାଡ଼ି ମଂଚ ଉପରକୁ ଉଠି ଆସନ୍ତି । କଳାକାର ଆଉ ଦର୍ଶକ ଏକାଠି । ନାଟକର ମଜା ଧୋଇ ହେଇଯାଏ । ଶେଷରେ ଦୋଳିଆଭାଇମାନେ ବର୍ଷା ହୀନସ୍ତାରୁ ନାଟକକୁ ବଂଚାଇ ରଖିବା ପାଇଁ ମାଟିତଳେ ସୁନାମୁଦି ପୋତିବା ଉପାୟ ଖୋଜି ପାଇଥିଲେ । ଶେଷଥର ଯେ ନାଟକ ଅଭିନୟ କାଳରେ ବର୍ଷା ହୋଇ ନ ଥିଲା, ତାର ଗୋପନ କାରଣ ଏହା ବୋଲି ମୋତେ ଦୋଳିଆଭାଇ ଏକାନ୍ତରେ କହିଥିଲେ । ଏବେ ଶିଶିର ଯେତେବେଳେ ସେଇକଥା ଦୋହରାଇଲା, ମୋର ଅବିଶ୍ୱାସ କରିବାର କୌଣସି କାରଣ ରହିଲା ନାହିଁ । ତେବେ ମୋର ମନତଳେ ଅନେକ ଅସମାହିତ ପ୍ରଶ୍ନ ମୁଣ୍ଡ ଟେକୁଥିଲା । ସେଗୁଡ଼ିକ ହେଲା ଏମିତି କେତେଦିନ ବର୍ଷାକୁ ଅଟକାଯାଇ ପାରେ ? ଅନନ୍ତକାଳ ପର୍ଯ୍ୟନ୍ତ କି ? ଏ ପଦ୍ଧତିରେ ବର୍ଷା କୋଉ ସ୍ଥାନରୁ ନିର୍ବାସିତ ହେବ ? ମୁଦି ପୋତା ହୋଇଥିବା ସ୍ଥାନ ବା ଅଂଚଳରୁ ନା ସମଗ୍ର ଓଡ଼ିଶାରୁ, ଭାରତରୁ, ପୃଥିବୀରୁ । ଯଦି ସ୍ଥାନୀୟ ଅଂଚଳ ବୋଲି କୁହାଯାଏ, ତେବେ ମୁଦି ପୋତା ହୋଇଥିବା ସ୍ଥାନର କେତେ ମିଟର ବ୍ୟାସାର୍ଦ୍ଧ ହେବ ବର୍ଷା ବର୍ଜିତ ଇଲାକା ?

ମୋ ପ୍ରଶ୍ନର ସମାଧାନ ଦେଇପାରୁନଥିଲା ଶିଶିର ।

କିଂତୁ ସେ ରହସ୍ୟପୂର୍ଣ୍ଣ ବର୍ଣ୍ଣନା ଜାରି ରଖିଥିଲା । ଯାହାକୁ ପରମ ଆଗ୍ରହରେ ଶୁଣୁଥିଲେ ରାଧାକାନ୍ତ, ଭାନୁ ଆଉ ଭକ୍ତ ।

ଶିଶିର କହିଥିଲା: ଏପରି ସେପରି ମୁଦି ପୋତି ଦେଲେ ହେବନାହିଁ ।

ସେମାନେ ପଚାରୁଥିଲେ: କିପରି ପୋତିବ ?

ଶିଶିର ବୁଝାଉଥିଲା: ରାତି ଅଧ ହୋଇଥିବ ।

ସେମାନେ ପଚାରୁଥିଲେ: ତା'ପରେ ।

ଶିଶିର ଶୁଣାଉଥିଲା: ଲଙ୍ଗଳା ହୋଇ ଘରୁବାହାରିବ । ହାତରେ ଥିବ ଖାଲି ସୁନାର ମୁଦିଟି ।

ସେମାନେ ଆଁ କରି ଚାହିଁ ରହିଲେ: ତା'ପରେ ?

ଶିଶିର କହୁଥାଏ: ହାତେ ପୁଣି ଆଉ ଚାଖଣ୍ଡେ ମାଟି ଖୋଳିବ ।

ସେମାନେ ପଚାରିଲେ: ସେଉଠୁ ?

ଶିଶିର କହୁଥାଏ: ସେଇଠି ମୁଦିକୁ ପୋତିବ । ସାବଧାନ! ସେ ବେଳାରେ ଯେମିତି କୋଉ ଜନ୍ତୁଜନ୍ତା ନ ବୋବାନ୍ତି । କୁକୁର ହେଉ କି ଶିଆଳ କେହି ରଡ଼ି ପକେଇବେନି । ସବୁଆଡ଼ ଥିବ ଶୁନ୍‌ଶାନ୍ । ନୀରବ ।

ଶିଶିରର ଏ ମଧ୍ୟରାତ୍ରୀର ଭୟଙ୍କର ଅଭିସାର ବର୍ଣ୍ଣନା ଶୁଣି ଆମେ ବି ନୀରବ ହୋଇ ଯାଇଥିଲୁ । ଆମ ପାଟିରୁ ବଚନ ବାହାରି ନଥିଲା ।

ସେତେବେଳକୁ ମନ୍ଦିର ଚଉପାଢ଼ୀରେ ଆଲୋଚନାରତ ଗ୍ରାମର ମୁଖିଆମାନଙ୍କ କଥାଭାଷା ଗୋଟେ ପରିଣତିରେ ପହଂଚି ପାରିଥିଲା । ସ୍ଥିର ହୋଇଗଲା ଯେ ମହାଦେବଙ୍କ ବୃଷଭକୁ ଜଳଶାୟୀ କରାଯିବ । ସମ୍ଭବତଃ ବର୍ଷା କରେଇବା ପାଇଁ ସେଇ ଗୋଟିଏ ମାତ୍ର ଉପାୟ ଅବଶିଷ୍ଟ ଥିଲା ଚଉପାଢ଼ୀର ଲୋକମାନଙ୍କ ପାଇଁ ।

ଲୋକମାନେ ହରିବୋଲ ପକେଇଲେ: ହଁ! ହଁ! ତାହାହିଁ ହେବ । ମହାଦେବଙ୍କ ବୃଷଭକୁ ଜଳଶାୟୀ କରାଯିବ । ତା'ପରେ ବର୍ଷା ହେବା ସୁନିଶ୍ଚିତ ।

ପରଦିନକୁ ଏହି କାର୍ଯ୍ୟକ୍ରମ ପାଳିତ ହେବ ବୋଲି ଚୂଡ଼ାନ୍ତ ହୋଇଗଲା । ବାଜାବାଲା, ଶଙ୍ଖୁଆ, ଘଣ୍ଟୁଆ ଓ ବ୍ରାହ୍ମଣ ପୁରୋହିତଙ୍କୁ ପ୍ରସ୍ତୁତ ରହିବାପାଇଁ ଆଦେଶ ହୋଇଗଲା । ଆମେ ପରବର୍ତ୍ତୀ ଦିନ ପାଇଁ ଅପେକ୍ଷା କଲୁ ।

ପରଦିନର ସକାଳଟି ସ୍ୱାଭାବିକ ଥିଲା । ମହାଦେବ ମନ୍ଦିରର ପୂଜାରୀ ଦିକ୍ଷୀତ ନନା ସକାଳେ ମନ୍ଦିରରେ ନିୟମିତ ପୂଜା କରିଥିଲା । ସେ ତାର ନିୟମ ମୁତାବକ ମନ୍ଦିର ସାମ୍ନାରେ ଠାକୁରଙ୍କ ଆଡ଼କୁ ଚାହିଁବସିଥିବା ବୃଷଭ ପିଠିରେ ଫୁଲଟିଏ ଲଗାଇ ଦେଇ ଅବଶିଷ୍ଟ ଫୁଲରେ ଠାକୁରଙ୍କ ନିରାଜନା କରିଥିଲା । ସକାଳୁ ସକାଳୁ ମହାଦେବଙ୍କ

ପ୍ରତି ଭକ୍ତିର ଆସ୍ଥା ରଖୁଥିବା ପରମାର୍ଥୀ ଜନତା ବୃଷଭ ପିଠିରେ ହାତ ବୁଲେଇ ସାରି ଯୋଡ଼ ହସ୍ତରେ ମନ୍ଦିରରେ ପ୍ରବେଶ କରିଥିଲେ । ଦିକ୍ଷୀତ ଭାଇନା ମନ୍ଦିର ଅଭ୍ୟନ୍ତରରୁ ରଡ଼ିକରି ଶୁଣାଇଥିଲା: ଭୋଳାବାବା ହେ! ଭକ୍ତର ମନୋବାଞ୍ଛା ପୂରଣ କର ହେ!

ସବୁକିଛି ସ୍ୱାଭାବିକ ଭାବରେ ଚାଲିଥିଲା । ଆମେ ପିଲାମାନେ ସେଦିନ ସ୍କୁଲରୁ ଖସି ଚାଲି ଆସିଲୁ । ଉଦ୍ଦେଶ୍ୟ ବୃଷଭ କିପରି ଜଳଶାୟୀ ହେବେ, ସେ ଦୃଶ୍ୟ ଦେଖିବୁ । ସ୍କୁଲ୍‌ର ଖାଇବା ଛୁଟି ପରେ ଆଉ କେହି ସ୍କୁଲ୍ ଗଲେନି । ଶିକ୍ଷକମାନେ ମଧ୍ୟ ଏ ଅପୂର୍ବ ଯାତ୍ରା ଦେଖିବାର ଲୋଭ ସମ୍ବରଣ କରିପାରି ନଥିଲେ । ସେମାନେ ମଧ୍ୟ ସ୍କୁଲ୍ ଛାଡ଼ି ଆସି ଠିଆହେଲେ ଚଉପାଢ଼ୀ ପାଖରେ । ଆମେ ପିଲାମାନେ ଗୋଟେ ଯାଗାରେ ଠିଆ ହେଇ ଏଣିକି ତେଣିକି ଚାହୁଁଥାଉ ଓ ବଡ଼ଲୋକମାନେ କଣ କଥାଭାଷା ହେଉଛନ୍ତି ଶୁଣୁଥାଉ । ସେମାନଙ୍କ କଥାଭାଷାରୁ ଆମେ ଘଟଣାର ସ୍ଥିତି ସଂପର୍କରେ କଳନା କରୁଥାଉ । ମୁଁ ଟିକେ ସଂଶୟ ପ୍ରକାଶ କଲି ।

: ଆଚ୍ଛା! ମହାଦେବଙ୍କ ବୃଷଭକୁ ଜଳଶାୟୀ କଲେ ବର୍ଷା ହେବ କାହିଁକି?

ରାଧାକାନ୍ତ ପାଖରେ ଏ ପ୍ରଶ୍ନର ଉତ୍ତର ଥିଲା । ଯଦିଓ ନବଯୁବକମାନେ ଠିଆ ହୋଇ ପରିଶ୍ରା କଲେ, ବର୍ଷା କାହିଁକି ବନ୍ଦ ହୋଇଯିବ, ତାର କାରଣ ତାକୁ ଜଣା ନଥିଲା ।

କହିଲା: ବୃଷଭକୁ ଜଳଶାୟୀ କଲେ ମହାଦେବ ରାଗିବେ । ତାଙ୍କର ପ୍ରିୟ ବାହନର ଏ ଦୂରବସ୍ଥାରେ ସେ କ୍ଷୁବ୍ଧ ହେବେ । ସେ କ୍ଷୁବ୍ଧ ହେଇ କାରଣ ଖୋଜିବେ । କାରଣ ଜାଣିବା ପରେ ଇନ୍ଦ୍ରଙ୍କୁ ରାଗିବେ। ଇନ୍ଦ୍ର ହେଲେ ବର୍ଷାର ଅଧିଶ୍ୱର । ଇନ୍ଦ୍ର ଡରିମରି ବର୍ଷା କରେଇବେ ।

ମୁଁ ପ୍ରଶ୍ନକଲି: ଯଦି ଏହାହିଁ କାରଣ, ତେବେ ଆମ ଗ୍ରାମବାସୀ ଆଗରୁ କାହିଁକି ଏ ଉପାୟ ଅବଲମ୍ବନ କଲେ ନାହିଁ । ଯା ଭିତରେ ମାସେ ପନ୍ଦରଦିନ ଗଲାଣି ପରା ।

ରାଧାକାନ୍ତ ମତେ ଏ ଗୂଢ଼ ରହସ୍ୟ ବୁଝାଇଲା, ଯାହା ସେ ବଡ଼ଲୋକମାନଙ୍କ କଥୋପକଥନରୁ ସାର ସଂଗ୍ରହ କରି ଜାଣିପାରିଥିଲା ।

କହିଲା: ମହାଦେବଙ୍କୁ ରଗାଇବାଟା କଣ ଠିକ୍ । ସେ ପରା ଦେବଦେବ ମହାଦେବ । ମହା କ୍ରୋଧୀ, ବଦରାଗୀ, ଅବୁଝା ଠାକୁର । ତାଙ୍କର ତପେ ବରକୁ କୋପେ ବର । ଏମିତି ବି ହୋଇପାରେ ସେ ଇନ୍ଦ୍ରଙ୍କ ଉପରେ ରାଗୁରାଗୁ ଗ୍ରାମବାସୀଙ୍କ ଉପରେ ବି ରାଗିଯାଇପାରନ୍ତି । ଗ୍ରାମବାସୀଙ୍କ ଉପରେ ରାଗିଗଲେ କଣ ହେବ ଜାଣୁ?

ଆମେମାନେ ଆତଙ୍କିତ ଅବସ୍ଥାରେ ପଚାରିଲୁ: କଣ ହେବ?

ଖୁବ୍ ଫିସଫିସ୍ କରି ରାଧାକାନ୍ତ କହିଲା: ଗାଁରୁ ଗୋଟାଏ ମୁଣ୍ଡ ବି

ଗଡ଼ିଯାଇପାରେ । ସେ ଏମିତି ଫିସ୍‌ଫିସ୍ ସ୍ୱରରେ କଥା କହିଲା, ଯେମିତି କଥାଟା ପ୍ରଘଟ ହେଲେ ବିପଦ । ଯଦି ଭୁଲ ବଶତଃ ମହାଦେବଙ୍କ କାନରେ ପଡ଼ିଗଲା ତେବେ ମହାବିପଦ । ଆମମାନଙ୍କର ଭୟାତୁର ମୁହଁ ଉପରକୁ ଓହ୍ଲାଇ ଆସିଲା ଆହୁରି ଭୟର କାଳିମା ।

ଗାଁରୁ ଗୋଟାଏ ମୁଣ୍ଡ ଗଡ଼ିଯିବା ବିଚିତ୍ର ନୁହେଁ । କିଂତୁ କାହାର ସେ ମୁଣ୍ଡଟି ? କୋଉ ହତଭାଗା ମହାଦେବଙ୍କ କ୍ରୋଧର ଶୀକାର ହୋଇଯିବ। ତାକୁ ଏ ଧରାଧାମ ତ୍ୟାଗ କରିବାକୁ ପଡ଼ିବ ।

ଲୋକମାନେ ହରିବୋଲ ହୁଳହୁଳି ପକେଇଲେ । ବାଜାବାଲାମାନେ ଖୁବ୍ ଜୋରରେ ବାଜା ବଜେଇଲେ । ବାଜା ବଜାଇବା ସହିତ ସେମାନେ ଅତି ଉତ୍ସାହିତ ହୋଇ ନୃତ୍ୟ ମଧ୍ୟ କଲେ । ଘଣ୍ଟୁଆମାନେ ଘଣ୍ଟ ପିଟିଲେ । ଘଂଟ ପିଟିବାରେ ମଧ୍ୟ ସେମାନେ ନୃତ୍ୟ ସଂଯୋଗ କଲେ । କାହାଳିଆମାନେ କାହାଳୀ ଫୁଙ୍କି ପରିବେଶକୁ ଅତ୍ୟନ୍ତ ଶବ୍ଦ ମୁଖର କରି ପକେଇଲେ ।

ଗ୍ରାମର ଜନୈକ ମଧ୍ୟ ବୟସ୍କ ଭକ୍ତ ଭଗବାନ ମହାଦେବଙ୍କୁ ପ୍ରାର୍ଥନା କରି ଯାଇ ଠିଆ ହେଲେ ବୃଷଭ ସାମ୍ନାରେ । ବୃଷଭକୁ ମୁଣ୍ଡିଆ ମାରି ସେ ତାକୁ ଟେକିଲେ । କାନ୍ଧରେ ବସାଇଲେ । ଲୋକମାନେ ଖୁବ୍ ଜୋରରେ ହରିବୋଲ୍ ହୁଳହୁଳି ପକଉଥାନ୍ତି । ଆମେ ଯେ ପିଲାମାନେ ଯେ ଏ ଦୃଶ୍ୟ ଦେଖୁଥିଲୁ, ଆମ ପରସ୍ପର ଭିତରେ କଥାଭାଷା ହୋଇପାରୁ ନ ଥିଲୁ । କାରଣ ଏତେ ମୁଖର ଥିଲା ସେ ପରିବେଶ ଯେ ଆଉ କୌଣସି କଥା ଶୁଣା ଯାଉନଥିଲା, କେବଳ ବାଜା ଆଉ ହରିବୋଲର ଚିତ୍କାର ଛଡ଼ା । ମଧ୍ୟ ବୟସ୍କ ଭକ୍ତ ଶ୍ୟାମଭାଇନା ସଦ୍ୟ ପୋଖରୀରେ ବୁଡ଼ମାରି ଆସିଥାଆନ୍ତି । ତାଙ୍କ ଦେହସାରା ପାଣି ସରସର । ପିନ୍ଧାଲୁଗା ଓଦା । ସେ କାନ୍ଧରେ ମଧ୍ୟ ଗୋଟାଏ ଗାମୁଛା ପକେଇଥାନ୍ତି । ସେଥିରୁ ମଧ୍ୟ ପାଣି ବୋହୁଥାଏ । ସେ ବୃଷଭକୁ କାନ୍ଧରେ ରଖିଲେ ଓ ଭଗବାନ ମହାପ୍ରଭୁଙ୍କୁ ପୁଣିଥରେ ପ୍ରଣିପାତ କଲେ ।

ସମ୍ଭବତଃ ସେ କହିଲେ: ହେ ପ୍ରଭୁ! ଆମେ ଅନିଚ୍ଛା ସତ୍ତ୍ୱେ ତୁମର ଏ ପ୍ରିୟ ବାହାନ ବୃଷଭକୁ ତୁମଠୁ ଅଲଗା କରୁଛୁ । ତାକୁ ତୁମ ପାଖରୁ ନେଇ ଜଳଶାୟୀ କରୁଛୁ । ତୁମେ ଟିକେ କ୍ରୁଦ୍ଧ ହୁଅ । କିଂତୁ ଆମ ଉପରେ ନୁହେଁ । କ୍ରୋଧିତ ହୁଅ ଇନ୍ଦ୍ରଦେବଙ୍କ ଉପରେ । ଯାହାର ଅବିଚାର ପାଇଁ ଆଜି ଆମର ଏ ଅବସ୍ଥା । ଆମେ ଅନାବୃଷ୍ଟିର ଶିକାର ହେଉଛୁ । ଏ ଧରା ଭାସିଯିବାକୁ ବସିଛି । ପ୍ରଭୁ ହେ! ଆମର ଦୋଷ କ୍ଷମାକର ।

ଏହାପରେ ସେ ବୃଷଭକୁ କାନ୍ଧରେ ବସାଇ ପୋଖରୀ ଆଡ଼କୁ ଆଗେଇଲେ ।

ତାଙ୍କ ଆଗରେ ବାଜାବାଲା ବାଜା ବଜେଇ ବଜେଇ ବାଟ କଢ଼େଇ ନେଉଥାନ୍ତି । ତାଙ୍କ ପଛରେ ଜନତା ହରିବୋଲ ପକେଇପକେଇ ଚାଲିଥାନ୍ତି ।

ସେ ସିଧାସଳଖ ପାଣିରେ ପଶିଲେ ।

ଏଇଠି ଅବଶ୍ୟ ବିଜ୍ଞ ଲୋକମାନଙ୍କ ଭିତରେ ଦ୍ୱିମତ ପ୍ରକାଶ ପାଇଥିଲା । ଦଳେ ଲୋକ ମତ ଦେଇଥିଲେ, ଅତୁଠରେ ପୁଷ୍କରିଣୀ ପ୍ରବେଶ କରିବା ପାଇଁ । ସେପରି କ୍ଷେତ୍ରରେ ବୃଷଭ ମହାରାଜ ଅତୁଠରେ ବୁଡ଼ି ରହିବେ । ଆଉ କିଛି ଲୋକ ମତ ଦେଇଥିଲେ: ନାଇଁ ମ ତୁଠରେ ପଶ । ଭଲ ଜାଗାରେ ବୃଷଭ ମହାରାଜାଙ୍କୁ ବିରାଜମାନ କରାଅ । ତୁଠ ସଳଖରେ ଅନ୍ତତଃ ପଙ୍କ କାଦୁଅ ନଥିବ ।

ଯୋଉମାନେ ଅତୁଠରେ ବୃଷଭଙ୍କୁ ଜଳଗତ କରିବାକୁ ଚାହୁଁଥିଲେ, ସେମାନେ ମତଦେଲେ, ନା ! ନା ! ଅତୁଠଟା ଠିକ୍ । ତୁଠରେ ରଖିଲେ କାଲି ସକାଳୁ କିଏ ଗାଧୋଇବାକୁ ଗଲା ତ ଠାକୁରଙ୍କ ଦେହରେ ଗୋଡ଼ ବାଜିବ !

ତୁଠ ସପକ୍ଷବାଦୀ କହିଲେ: କାଲି ସକାଳ ଯାଏଁ କାହିଁକି ଅପେକ୍ଷା କରୁଛ । ଦେଖ ! ଘଣ୍ଟେ ଦି' ଘଣ୍ଟା ଭିତରେ କିପରି ଅତି ପ୍ରବଳ ବୃଷ୍ଟି ହେଉଛି । ସକାଳ ପୂର୍ବରୁ ଠାକୁରେ ପୁଣି ସ୍ୱସ୍ଥାନକୁ ଫେରିଯିବେ ।

ଏମିତି ଯୁକ୍ତିତର୍କ ଚାଲିଥିଲା ତ ବାଜା ବନ୍ଦ ହୋଇ ହରିବୋଲ ବନ୍ଦହୋଇ କେବଳ ପାଟିତୁଣ୍ଡ ଶୁଣା ଯାଉଥିଲା ପୋଖରୀ କୂଳରେ । ଶ୍ୟାମଭାଇନା ତୁଠ ଦେଇ ଅଣ୍ଟେ ପାଣିରେ ଠିଆ ହୋଇ ଲୋକମାନଙ୍କୁ ଚାହୁଁଥିଲେ ଓ କଣ କରିବେ ବୋଲି ପରାମର୍ଶ ମାଗୁଥିଲେ ।

ପୋଖରୀ ଉପରେ ଠିଆ ହୋଇଥିବା ପରାମର୍ଶଦାତାଙ୍କ ସଂଖ୍ୟା ବଢୁଥିଲା ଓ ସେମାନେ ଏକ ସମୟରେ ଏତେ ପ୍ରକାର କଥା କହୁଥିଲେ ଯେ କୌଣସିଟି କଥା ସ୍ପଷ୍ଟ ହେଉ ନ ଥିଲା । ପରାମର୍ଶ ସବୁ କୋଳାହଳ ଭିତରେ ହଜିଯାଉଥିଲା ଓ ଶ୍ୟାମଭାଇନା ଠିକ୍ ଭାବରେ କଣ କରିବେ ଜାଣି ପାରୁ ନଥିଲେ ।

ଅବଶେଷରେ ଶ୍ୟାମଭାଇନା ନିଜେ ହିଁ ନିଜ କାର୍ଯ୍ୟପନ୍ଥା ସ୍ଥିର କରିନେଲେ । ତାଙ୍କ କାର୍ଯ୍ୟକଳାପରୁ ତାହାହିଁ ମନେ ହେଲା । ସେ ବୃଷଭ ସମେତ ଜଳରେ ବୁଡ଼ଦେଲେ । ନୀରବ ହୋଇଯାଇଥିବା ହରିବୋଲ ଧ୍ୱନି ପୁଣି ପ୍ରକମ୍ପିତ ହେଲା । ବାଜା ବାଜିଲା । ଘଣ୍ଟ ବାଜିଲା । କାହାଳୀ ବାଜିଲା

ଶ୍ୟାମଭାଇନା ପାଣି ଭିତରୁ ଉପରକୁ ମୁଣ୍ଡ କାଢ଼ିଲେ ଖଣ୍ଡେ ଦୂରରେ । ଠିକ୍ ଭାବରେ ବୁଝା ପଡ଼ିଲା ନାହିଁ ସେ ତୁଠରେ ବୃଷଭ ମହାରାଜାଙ୍କୁ ଜଳମଗ୍ନ କଲେ ନାଁ ଅତୁଠରେ । ବାଲିଚରରେ କଲେ ନାଁ ପଙ୍କ କାଦୁଅରେ କଲେ ।

କେତେ ଜଣ ଅବଶ୍ୟ ପ୍ରଶ୍ନ କଲେ: କୋଉଠି ଥାପିଲୁ ଆମ ଠାକୁରଙ୍କୁ ? ପଙ୍କ କାଦୁଅରେ ପକାଇ ଦେଇନୁତ ?

ଶ୍ୟାମଭାଇନା କୌଣସି ଉତ୍ତର ଦେଲେନି। ଭଲ କରିଛନ୍ତି। ନୋହିଲେ ପୁଣି ବିବାଦ ଠିଆ ହୋଇଥାଆନ୍ତା।

ସେ ପୋଖରୀରୁ ଉଠି ଆସି ପୁଣି କରପତ୍ର ଯୋଡ଼ି ମନ୍ଦିର ସାମ୍ନାରେ ଠିଆ ହେଲେ । ପ୍ରଭୁଙ୍କୁ ପ୍ରଣାମ ଜଣାଇଲେ ଓ ଘରକୁ ଗଲେ । ବାଣ ବାଜାବାଲା ଯେ ଯୁଆଡ଼େ ଗଲେ । ଲୋକମାନେ ବିଭିନ୍ନ ଦଳରେ ବିଭକ୍ତ ହୋଇ ଆଲୋଚନା ଜାରି ରଖିଲେ ।

ଲୋକମାନଙ୍କ କଥାବାର୍ତ୍ତାର ସାରମର୍ମ ଥିଲା ଏଇଭଳି ।

: ବେଶି ସମୟ ଅପେକ୍ଷା କରିବାକୁ ପଡ଼ିବନି ମ !

: ଦେଖ ! ଘଣ୍ଟେ ଦି'ଘଣ୍ଟା ଭିତରେ ବର୍ଷା ଆସିଯିବ ।

: ଚାହିଁରୁହ ଆକାଶକୁ । ଦେଖ କେମିତି କଳାହାଣ୍ଡିଆ ମେଘ ଆକାଶକୁ ଆବୋରି ବସିବ । ବିଜୁଳୀ ମାରିବ । ଘଡ଼ଘଡ଼ି ହେବ । ବର୍ଷା କେମିତି ପ୍ରବଳତର ହେଇ ବର୍ଷିବ ଦେଖ ।

: ଇଏ ତ ଆଉ ଅନ୍ୟ କାହା କଥା ନୁହେଁ । ପ୍ରଭୁ ମହାଦେବଙ୍କ ଆଦେଶ । ତାଙ୍କ ପ୍ରିୟ ବାହାନ ଜଳମଗ୍ନ ହୋଇଛି ମାନେ ଆଉ ରକ୍ଷା ନାହିଁ ।

: ବର୍ଷା ଅତି ପ୍ରବଳ ହେବ !

ଲୋକମାନେ ଏହିପରି ଆଶା କରୁଥିଲେ । ଅତ୍ୟନ୍ତ ଆଶାନ୍ୱିତ ହୋଇ ପଡ଼ିଥିଲେ । ଭଗବତବିଶ୍ୱାସୀ ହୋଇ ପଡ଼ିଥିଲେ । ଆକାଶ ଆଡ଼କୁ ଚାହିଁଥିଲେ ଓ ଆଲୋଚନା ଜାରି ରଖିଥିଲେ ।

: ଦେଖ ! ଦେଖ ! ଆକାଶର ସେଇ କୋଣକୁ ଦେଖ ! ମେଘ ଦେଖା ଗଲାଣି ।

: ଦେଖ ! ଦେଖ ! ଥଣ୍ଡା ପବନ ବହିଲାଣି । ବର୍ଷା ଆସନ୍ନ।

: ଶୁଣ ! ଶୁଣ ! ବେଙ୍ଗମାନେ ରଡ଼ିଲେଣି । ସେମାନେ ଜାଣିପାରନ୍ତି ବର୍ଷା ଆସିବା କଥା ।

ସେଦିନର ଅପରାହ୍ଣ ସଂଧ୍ୟାରେ ପରିଣତ ହୋଇଗଲା । ଲୋକମାନେ ସେମିତି ଦଳଦଳ ହୋଇ ଆକାଶକୁ ଚାହିଁ ରହିଥାନ୍ତି । କିଂତୁ ଆକାଶରେ କୋଉଠି କୋଉ କୋଣରେ ବି ଦେଖାଯାଉ ନ ଥିଲା ଖଣ୍ଡେ ହେଲେ କଳା ମେଘ । କୋଉ କୋଣରେ ହେଲେ ଚମକି ନଥିଲା ଟିକିଏ ବିଜୁଳୀ । କିମ୍ବା କୋଉ ଦୂରରୁ ବି ଶୁଣା ଯାଇ ନ ଥିଲା ଫାଳେ ଅଧେ ଘଡ଼ଘଡ଼ି । ଲୋକମାନେ କ୍ରମେ ଆତଙ୍କିତ ଦିଶୁଥିଲେ । ଏମିତି

ତ ହେବା କଥା ନୁହେଁ । ବର୍ଷା ହେବା କଥା । ଅତି ପ୍ରବଳ ବର୍ଷା ହେବା କଥା । ଇନ୍ଦ୍ରଦେବ ଡରିମରି ବର୍ଷା କରାଇବା କଥା । ମହାଦେବଙ୍କ ଆଦେଶକୁ ତ ସେ ଉପେକ୍ଷା ହିଁ କରିପାରିବେ ନାହିଁ । ତେବେ ବର୍ଷା ହେଉନି କାହିଁକି ?

ଲୋକମାନେ ତଥାପି ଆଶା ବାନ୍ଧି ବସିଥାନ୍ତି । ବର୍ଷା ହେବ । ନିଶ୍ଚୟ ହେବ । ଅଲବତ ହେବ । ଏମିତି କିଛି ଆଶା ବଜାୟ ରଖି, ଜାଗ୍ରତ ରଖି ଲୋକମାନେ କ୍ରମେ ନିଜନିଜ ଘରକୁ ବାହୁଡୁଥିଲେ । କିଛି ଲୋକ ତଥାପି ଚାହିଁ ରହିଥିଲେ ଆକାଶକୁ ।

ଆମ ପିଲାମାନଙ୍କ ସାନ୍ଧ୍ୟ ଆସର ବେଶ୍ ସରଗରମ ଥିଲା । ଗାଁରେ ଏ ପ୍ରକାର ଆୟୋଜନର ଦ୍ୱାହିଦେଇ ଆମେ ସନ୍ଧ୍ୟାବେଳର ପାଠପଢ଼ା କାର୍ଯ୍ୟକ୍ରମକୁ ବାତିଲ୍ କରିଦେଇ ଥାଉ । ଯେତେବେଳେ ଗାଁ ଟି ଗୋଟେ ଗୁରୁତ୍ୱପୂର୍ଣ୍ଣ ଘଟଣାର ସାମ୍ନା କରିବାକୁ ଯାଉଛି, ସେତେବେଳେ ଗଣିତ କଷିବା ବା ସଂସ୍କୃତ ଘୋଷିବାର କିଛି ଅର୍ଥ ହିଁ ନାହିଁ । ଏମିତି ଘଟଣା ଗାଁରେ ପ୍ରଥମ ଥର ପାଇଁ ହେବାକୁ ଯାଉଥିଲା । ବୃଷଭ ଜଳମଗ୍ନ ହେଲେଣି, ଅଥଚ ବର୍ଷା ଆସୁନାହିଁ । ଏହାଠାରୁ ବଳି ଦୁର୍ବିପାକ ଆଉ କଣ ଥାଇପାରେ ।

ଆମେ ଅନ୍ଧାରରେ ଏକାଠି ବସିଥାଉ । ମୁଁ, ରାଧାକାନ୍ତ, ଶିଶିର ଏବଂ ଭକ୍ତବଲ୍ଲଭ । ଆଲୋଚନାର ପ୍ରସଙ୍ଗ ସେଇ ଏକା କଥା । ବର୍ଷା ହେଉନି କାହିଁକି ?

ଭକ୍ତବଲ୍ଲଭ ତାର ଗୁରୁତ୍ୱପୂର୍ଣ୍ଣ ଆଶଙ୍କା ପ୍ରକାଶ କଲା: ବର୍ଷା ବୋଧେ ଜମା ହିଁ ହେବ ନାହିଁ ।

ଆମେ ଚମକି ପଡ଼ିଲୁ ଅନ୍ଧାରରେ ।

: ହେବ ନାହିଁ ? କାହିଁକି ହେବ ନାହିଁ ?

: ଭଗବାନ ମହାଦେବ ବୋଧେ ରାଗିବେ ନାହିଁ । ଇନ୍ଦ୍ରଙ୍କୁ କିଛି କହିବେ ନାହିଁ ।

: କାହିଁକି ରାଗିବେ ନାହିଁ ?

: ରାଗିବାର ଥିଲେ ତ ସେ କେତେବେଳୁ ରାଗିସାରନ୍ତେଣି ?

: ଅବଶ୍ୟ ତାହା ସତ୍ୟ । କିଂତୁ ସେ ରାଗୁ ନାହାନ୍ତି କାହିଁକି ?

: ବୋଧେ ତାଙ୍କର ରାଗିବାର ନାହିଁ ।

: କାହିଁକି ? ତାଙ୍କର ପ୍ରିୟ ବୃଷଭକୁ ଜଳମଗ୍ନ କରି ଦିଆଯାଇଛି । ଅଥଚ ସେ ରାଗୁ ନାହାଁନ୍ତି । କାହିଁକି ? କଣ ହୋଇପାରେ କାରଣ ?

ଏଥର ଭକ୍ତବହ୍ଲବ ସଂଗ୍ରହ କରିଥିବା ଗୁରୁତ୍ୱପୂର୍ଣ୍ଣ ଗୋପନ ତଥ୍ୟ ଶୁଣାଇଲା ।

କହିଲା: ସେ ବୃଷଭକୁ ସେ ଆଉ ତାଙ୍କର ପ୍ରିୟ ବାହାନ ବୋଲି ମନେ କରୁ ନାହାନ୍ତି ।

ଆମେ ସମସ୍ୱରରେ ପଚାରିଲୁ: କାରଣ ?

ଭକ୍ତବଲ୍ଲଭ ଆମକୁ ଦୁଇମାସ ତଳର ଗୋଟିଏ ଘଟଣା କଥା କହିଲା । ଆମେ ଅବଶ୍ୟ ଘଟଣାଟିକୁ ଜାଣିଥିଲୁ । କିଂତୁ ସେଇ ଘଟଣାର ଯେ ଆଜିର ଘଟଣା ସହ ସଂପର୍କଟିଏ ଅଛି ତାହା ଭୁଲିଯାଇଥିଲୁ ।

ଦୁଇମାସ ତଳେ ଦିକ୍ଷୀତ ଭାଇନା ଆବିଷ୍କାର କରିଥିଲା ଯେ, ବୃଷଭ ମହାରାଜଙ୍କ କାନପାଖରୁ ଖଣ୍ଡେ ଭାଙ୍ଗିପଡ଼ିଛି । ସେ ନିଜର ଆଶଙ୍କା ପ୍ରକାଶ କରିଥିଲା: ବୃଷଭର କାନପାଖରୁ ଖଣ୍ଡେ ଭାଙ୍ଗିଗଲାଣି, ସେ ଆଉ ପୂଜାପାଇବା ଠିକ୍ ନୁହେଁ । ଭଙ୍ଗା ବୃଷଭ ରହିଲେ ମହାଦେବ କ୍ରୋଧିତ ହୋଇ ପାରନ୍ତି ।

ଏଇ ପ୍ରସଙ୍ଗକୁ ନେଇ ଗ୍ରାମବାସୀ ମନ୍ଦିର ଚଉତରାରେ ଏକାଠି ହୋଇଥିଲେ ।

ସେଇଠି ମତପ୍ରକାଶ ପାଇଥିଲା: ହେବନାହିଁ । ଏ ଭଙ୍ଗା ବୃଷଭକୁ ନେଇ ପୂଜାର୍ଚ୍ଚନା କରିବା ଠିକ୍ ହେବନାହିଁ । ନୂତନ ବୃଷଭ ଗଢ଼ାଇବାକୁ ପଡ଼ିବ । ସେଥିପାଇଁ ଶିଳ୍ପୀ ଡକାଇବାକୁ ହେବ କିମ୍ବା ଶିଳ୍ପୀମାନଙ୍କ ଗ୍ରାମରୁ ବୃଷଭ ଖରିଦକରି ଆଣିବାକୁ ହେବ । ସୁବିଧା ଦିନ ଦେଖି ବୃଷଭ ପ୍ରତିଷ୍ଠା ହେବେ ଓ ପୁରୁଣା ବୃଷଭ ବିସର୍ଜନ ହେବେ ।

ଯା ଭିତରେ ଦୁଇମାସ ବିତିଯାଇଥିଲା ଓ ନୂତନ ବୃଷଭ ପ୍ରତିଷ୍ଠା ହୋଇପାରି ନ ଥିଲେ । ଯାହାର କାରଣ ଥିଲା ବିବିଧ । ଯୋଉମାନଙ୍କୁ ନୂତନ ବୃଷଭ ଆଣିବା ଦାୟିତ୍ୱ ଦିଆଯାଇଥିଲା ସେମାନେ ଏପର୍ଯ୍ୟନ୍ତ କାମଟିକୁ ଶେଷ କରିନଥିଲେ । ଅଥଚ ଆଜି ସେଇ ଭଙ୍ଗା ଓ ପୁରୁଣା ବୃଷଭକୁ ଜଳଶାୟୀ କରାଗଲା ।

ଭକ୍ତବଲ୍ଲଭ ଆମକୁ ବୁଝାଇ ଦେଲା: ବୃଷଭ ଭାଙ୍ଗି ଯାଇଥିଲା । ତେଣୁ ସେ ପୂଜାର୍ଚ୍ଚନାର ଅଯୋଗ୍ୟ । ତା ପାଇଁ ଭଗବାନ ମହାଦେବଙ୍କର ଦରଦ ଆସିବ କୋଉଠୁ ? ସେଥିପାଇଁ ତ ପ୍ରଭୁ ଏପର୍ଯ୍ୟନ୍ତ କ୍ରୋଧ କରୁନାହାଁନ୍ତି । ବର୍ଷା ହେଉ ନାହିଁ ।

ସେଦିନର ସେଇ ରାତ୍ରିଟି ଥିଲା ଆମ ଗ୍ରାମ ପାଇଁ ଏକ ଭୟଙ୍କର ରାତ୍ରି । ଲୋକମାନେ ଆକାଶକୁ ଚାହିଁ ରହିଥିଲେ । ରାତି ବଢୁଥିଲା । କିନ୍ତୁ କୌଣସି ଦିଗରୁ ମେଘ ପବନର ସୂଚନା ନ ଥିଲା । ଲୋକମାନେ ଆତଙ୍କିତ ହୋଇ ଆସୁଥିଲେ । ଭଗବାନ ମହାଦେବଙ୍କ ରାଗରେ ଯଦି ଇନ୍ଦ୍ର ବର୍ଷା ନ କରେ ତେବେ କ'ଣ ହେବ ? ଗାଁରୁ କଣ କାହାର ମୁଣ୍ଡ ଗଡ଼ିଯିବ ? କାହାର ମୁଣ୍ଡ ଗଡ଼ିବ ? କିଏ ସେହି ହତଭାଗା ? କଣ ଘଟିବ ପ୍ରକୃତରେ ସକାଳକୁ ?

ଲୋକମାନେ ଗଭୀର ରାତ୍ରୀ ପର୍ଯ୍ୟନ୍ତ ଦାଣ୍ଡପିଣ୍ଡାରେ ବସି ଏହି କଥାମାନ ଗପୁଥିଲେ । ଆମେ ପିଲାମାନେ ଏକାଠି ବସି ସେଇ କଥା ବି ଗପୁଥିଲୁ ।

ମୁଁ କହିଲି: ବୋଧହୁଏ ଜମା ହିଁ ବର୍ଷା ହେବନାହିଁ ।

ରାଧାକାନ୍ତ କହିଲା: ଆମକୁ କିଛି କରିବାକୁ ପଡ଼ିବ ?

ଭକ୍ତବଲ୍ଲଭ କହିଲା: କଣ କରିବା ଆମେ ? କଣ କରିପାରିବା ?

ମୁଁ କହିଲି: ମୋ ପାଖରେ ଗୋଟେ ଭଲ ଉପାୟ ଅଛି ।

ସେମାନେ ସମସ୍ତେ ମୋ ମୁହଁକୁ ଉତ୍ସୁକତାର ସହିତ ଚାହିଁଲେ ।

ମୁଁ କହିଲି: ଚାଲ ଆମେ ଏଇ ରାତିରେ ବେଙ୍ଗ ବେଙ୍ଗୁଲି ବାହାଘର କରିଦେବା ।

ବେଙ୍ଗ ବେଙ୍ଗୁଲି ବାହାଘର ସେତେବେଳେ ବର୍ଷାର ଅନ୍ୟତମ ସହଜ ଓ ସରଳ ଉପାୟ ବୋଲି ଗ୍ରହଣ କରାଯାଉଥିଲା । ମାତ୍ର ଆମ ଗ୍ରାମବାସୀ ଅତ୍ୟଧିକ ଈଶ୍ୱର ବିଶ୍ୱାସୀ ହୋଇଥିବାରୁ ଓ ବର୍ଷବର୍ଷ ଧରି ବୃଷଭ ମହାରାଜଙ୍କୁ ଜଳମଗ୍ନ କରି ବର୍ଷା କରାଇ ପାରୁଥିବାରୁ ଏଇ କ୍ଷୁଦ୍ର ଉପାୟକୁ ଉପେକ୍ଷା କରୁଥିଲେ ।

ମୋ କଥାରେ ରାଜି ହୋଇଗଲେ ଆମର ବନ୍ଧୁମାନେ ।

ସେଇ ରାତିରେ ମୁଁ ଆମ ଘରୁ ଟର୍ଚ୍ଚ ଲାଇଟ୍ ଲୁଚେଇ ଆଣିଲି । ଶିଶିର ଆଣିଲା ଗୋଟେ ସଫା କନା । ଭକ୍ତବଲ୍ଲଭ ଆଣିଲା ହଳଦୀ । ରାଧାକାନ୍ତ ଆଣିଲା ସିନ୍ଦୂର । ଆମେ ଖୋଜିଖୋଜି ଦୁଇଟି ବେଙ୍ଗ ଧରିଲୁ । ସେ ଦୁଇଟା ଯେ ବେଙ୍ଗବେଙ୍ଗୁଲି ତାହା ପରୀକ୍ଷା କରିବାର ବାଟ ନଥିଲା । ବଡ଼ କଷ୍ଟରେ ଦିଟା ବେଙ୍ଗଧରି ସେମାନଙ୍କୁ ପରସ୍ପର ସହ ବାନ୍ଧି ପକେଇଲୁ । ହଳଦୀ ବୋଳିଲୁ । ସିନ୍ଦୂର ବୋଳିଲୁ । ସେମାନଙ୍କୁ କନାଖଂଡେ ପିନ୍ଧାଇ ଦେଲୁ । ପୋଖରୀ କୂଳକୁ ଚାଲିଲୁ ।

ଆମ କାର୍ଯ୍ୟକରିବାର ଶୈଳୀରୁ ମନେ ହେଉଥିଲା, ଆମେ ଯେମିତି ଏକ ଗୁରୁତ୍ୱପୂର୍ଣ୍ଣ ଜାତୀୟ କର୍ତ୍ତବ୍ୟ ପାଳନ କରିବାକୁ ଯାଉଛୁ । ଆମେ ଯେମିତି ଦେଶ ମାତୃକାର ରକ୍ଷାପାଇଁ ସୀମାନ୍ତରେ ପ୍ରହରା ଦେଉଛୁ । ଖୁବ୍ ସନ୍ତର୍ପଣରେ ଆମେ ଗ୍ରାମପାଇଁ ଆମର ସବୁ ଜ୍ଞାନ ବୁଦ୍ଧି ବିବେକ ପ୍ରୟୋଗ କରି ଜୀବନ ଉତ୍ସର୍ଗ କରୁଛୁ ।

ବେଙ୍ଗ ଦୁଇଟାକୁ ବାନ୍ଧିବୁନ୍ଧି ପୋଖରୀ କୂଳରେ ଛାଡ଼ିଦେଲୁ । ନୀରବରେ ଗୋଟିଏ ଦୁଇଟା ଭୁଲ୍‌ଭାଲ୍ ସଂସ୍କୃତ ଶ୍ଳୋକ ଆବୃତ୍ତି କଲା ଶିଶିର । ମୋର ସଂସ୍କୃତ ଶ୍ଳୋକ ମନେ ପଡ଼ିଲାନି । ମୁଁ ସଂସ୍କୃତ ବ୍ୟାକରଣରୁ ଘୋଷିଥିବା ଶବ୍ଦରୂପ, ଧାତୁରୂପ ସେଠି ବୋଲି ପକାଇଲି ।

ବେଙ୍ଗ ଦୁଇଟା ଛଟପଟ ହୋଇ ପୋଖରୀ ପାଣିରେ ବୁଡିଗଲେ ।

ଫେରିବା ବାଟରେ ମୁଁ ପଚାରିଥିଲି: ଏମାନେ ବେଙ୍ଗ ବେଙ୍ଗୁଲି ତ ? ମାନେ ଅଣ୍ଡିରା ଆଉ ମାଇତ ?

ଖୁବ ଗୋଟାଏ ଗୁରୁତ୍ୱପୂର୍ଣ୍ଣ କାର୍ଯ୍ୟ ସଂପାଦନ କରିସାରି ଗର୍ବିତ ମନେ ହେଉଥିବା ରାଧାକାନ୍ତ କହିଲା : ହେଲେ ହେଇଥିବେ ନ ହେଲେ ନାହିଁ !

ମୁଁ ପଚାରିଥିଲି: ଯଦି ଦୁଇଟାଯାକ ଅଣ୍ଡିରା ହୋଇଥିବେ ?

ଶିଶିର କହିଲା : ଦୁଇଟାଯାକ ମାଈ ବି ହେଇପାରନ୍ତି ?

ମୁଁ ପୁଣି ଆଶଙ୍କା ପ୍ରକାଶ କଲି: ତେବେ କଣ ହେବ ?

ଭକ୍ତବଲ୍ଲଭ ସମାଧାନ କରିଦେଲା : ହେବ ଆଉ କଣ ? ବର୍ଷା ହେବ ନାହିଁ !

ରାଧାକାନ୍ତ ଶେଷ ରାୟ ଶୁଣାଇ ଦେଲା : ସକାଳକୁ ଯଦି ବର୍ଷା ହେବ, ଜାଣିବ ସେମାନେ ବେଙ୍ଗ ବେଙ୍ଗୁଲି ହିଁ ଥିଲେ !

ଆମେ ଫେରି ଆସିଲୁ ଓ ନିଜନିଜ ଘରକୁ ଗଲୁ । ଶାନ୍ତିରେ ଶୋଇ ଗଲୁ । ପ୍ରଭାତକୁ କିନ୍ତୁ ଆଶ୍ଚର୍ଯ୍ୟ ଜନକ କଥା ଘଟିଥିଲା । ପ୍ରବଳ ବର୍ଷା ପାହାନ୍ତା ପ୍ରହରକୁ ଆରମ୍ଭ ହୋଇଗଲା । ଲୋକମାନେ ବର୍ଷାକୁ ଖାତିରି ନ କରି ବାହାରକୁ ବାହାରି ଆସିଥିଲେ ଓ ହରିବୋଲ ହୁଳହୁଳୀ ଦେଇ ପୋଖରୀକୂଳରେ ଦେବଦେବ ମହାଦେବଙ୍କ ସ୍ତୁତି ଗାନ୍ କରୁଥିଲେ । ଆମେ କିନ୍ତୁ ଜାଣିଥିଲୁ ଏ ବର୍ଷା ମହାଦେବଙ୍କ କ୍ରୋଧରୁ ହେଉନାହିଁ । କାରଣ କାନ ଭାଙ୍ଗି ଯାଇଥିବା ବୃଷଭ ପାଇଁ ତାଙ୍କର କୌଣସି ଦରଦ ଥିବାର ସୂଚନା ନ ଥିଲା । ବରଂ ବର୍ଷା ହେଉଥିଲା ଆମର ଉଦ୍ୟମରୁ । ବେଙ୍ଗ ବେଙ୍ଗୁଲିଙ୍କ ବାହାଘର ଯୋଗୁ ।

ସେଦିନର ସକାଳେ ରେଡ଼ିଓ ଘୋଷଣା କରିଥିଲା ଯେ ଲଘୁଚାପ ପାଇଁ ସମଗ୍ର ରାଜ୍ୟରେ ପ୍ରବଳରୁ ଅତିପ୍ରବଳ ବର୍ଷା ହେବ ।

ଗୋଟିଏ ପ୍ରଶ୍ନ ମୋ ମନରେ ଉଙ୍କିମାରି ହଜିଯାଇଥିଲା ଯେ, ବୃଷଭ ଜଳମଗ୍ନ ହେଲେ, ବେଙ୍ଗ ବେଙ୍ଗୁଲୀ ବାହାଘର ହେଲେ ଯେଉଁ ବର୍ଷା ହେବ, ତାହା କେଉଁ ସ୍ଥାନରେ ହେବ । ଆମେ ଉପାୟ କଲେ ଅନ୍ୟଗ୍ରାମକୁ ବର୍ଷା ହେବ କାହିଁକି ? ସମଗ୍ର ରାଜ୍ୟରେ ବର୍ଷା ହେବ କାହିଁକି ? ସେମାନେତ ଆମପରି ଉପାୟ ଅବଲମ୍ବନ କରି ନାହାନ୍ତି ନା !

ତେବେ ମୁଁ, ରାଧାକାନ୍ତ, ଶିଶିର ଏବଂ ଭକ୍ତବଲ୍ଲଭ ପ୍ରଭୃତି ବନ୍ଧୁମାନେ ଖୁବ ଉଦାରମନା ଥିଲୁ । ଗ୍ରାମପାଇଁ ଏତେ ସବୁ କାର୍ଯ୍ୟ କରି ମଧ୍ୟ ଆମେ ଶ୍ରେୟ ଦାବୀ କରି ନ ଥିଲୁ । ସେ ସମୟ ଅଲଗା ଥିଲା, ନିଜ ଢୋଲ ନିଜେ ବାଡ଼େଇବାର ଯୁଗ ଆରମ୍ଭ ହୋଇ ନ ଥିଲା ।

■

ଜୀବନ ମୃତ୍ୟୁଠୁ ଅନେକ କଥା ଶିଖେ
କିନ୍ତୁ ମୃତ୍ୟୁର ଜୀବନଠୁ କିଛି ଶିଖିବାର ନାହିଁ

ଗୋଟିଏ ଉତ୍ତୀର୍ଣ୍ଣ ସକାଳର କଥା ଇଏ। ଅଜା ଆଉ ମୁଁ ଫେରୁଥାଉ ନଈକୂଳରୁ। ଖରା ଛୁଟୀରେ ଆମେ ଅଜାଘରକୁ ଯାଉ। ସେଇସବୁ ଦିନଗୁଡ଼ିକରେ ଆମର ଦୈନନ୍ଦିନ କାର୍ଯ୍ୟକ୍ରମର ନିୟାମକ ହୋଇଯାଆନ୍ତି ଅଜା। ଅଜାଙ୍କ ନେତୃତ୍ୱରେ ସକାଳୁ ଉଠି ନଈକୂଳରେ ପ୍ରାତ୍ୟହିକ ନିତ୍ୟକର୍ମ ଶେଷ କରି ଆମେ ଘେରାଏ ବୁଲି ଆସୁ। ଆମେ ସେଦିନ ଫେରି ଆସୁଛୁ। ଦେଖାହୋଇଗଲା ବାନା ଭଣ୍ଡାରୀ ସହିତ।

ଅଜା ପଚାରିଲେ : କଣ ଖବର ଆଉ ?

ବାନା ଭଣ୍ଡାରୀ କହିଲା : ଗତି ପାଟଶାଣୀ ଚାଲିଗଲେ।

ଅଜା କହିଲେ: ଓଃ !

ଏହି 'ଓଃ' ଶବ୍ଦଟା ସେତେ ବେଶି ସ୍ପଷ୍ଟ ଭାବରେ କହି ନ ଥିଲେ ଅଜା। କ୍ରମେ ତାଙ୍କର ମୁହଁର ରଙ୍ଗ ବଦଳିଗଲା ଓ ଚାଲି କ୍ଷିପ୍ର ହୋଇଗଲା। ସେ ମୋ ହାତଧରି ଝିଙ୍କିଝିଙ୍କି ଘର ଆଡ଼କୁ ଏକରକମ ଧାଇଁବାକୁ ଲାଗିଲେ।

ବାନା ଭଣ୍ଡାରୀ ଆଉ କଣ କହିବାକୁ ଚାହୁଁଥିଲା। ମାତ୍ର ତା କଥା ଶୁଣିବାକୁ ଅଜାଙ୍କର ନା ଥିଲା ସମୟ ନା ଥିଲା ସ୍ପୃହା। ତାକୁ ସେମିତି ସେଇଠି ଅପ୍ରସ୍ତୁତ ଭାବରେ ଠିଆ କରିଦେଇ ଅଜା ଆଗେଇଗଲେ।

ଯୋଉ ରାସ୍ତାରେ ଆମେ ସବୁଦିନେ ନଈକୁ ଯାଉ ସେ ରାସ୍ତା ଛାଡ଼ି ସେ ଆଉ ଗୋଟେ ରାସ୍ତା ଧରିଲେ। ଆଉ ଗୋଟେ ଗଳିରେ ଆଉ ଗୋଟେ ସାଇବାଟେ ପଶି ସେ ଆଗେଇବାକୁ ଲାଗିଲେ।

ମୁଁ କହିଲି: ଅଜା ! ଏଇଟା ନୁହଁ। ଆମେ ରାସ୍ତା ଭୁଲିଗଲେ।

ଅଜା କହିଲେ : ତୁ ପାଟିତୁଣ୍ଡ କରନା। ମୁଁ ଯୁଆଡ଼େ ଯାଉଛି ସିଆଡ଼େ ଆ।

ଗୋଟେ ଅସନା ସାଇ ଭିତର ଦେଇ ଅଜା ମୋତେ ଏକରକମ ଘୋଷାରି ଘୋଷାରି ନେଇ ଚାଲିଗଲେ। ମୁଁ ଅନୁମାନ କରି ପାରିଥିଲି ଯେ ସମ୍ଭବତଃ ଆମର ନିତିଦିନିଆ ରାସ୍ତାରେ ଗତି ପାଟଶାଣୀଙ୍କ ଘର। ଯିଏ ସଦ୍ୟ ମୃତ୍ୟୁବରଣ କରିଛନ୍ତି। ଅଜା ସମ୍ଭବତଃ ସେଇ ଘର ସାମ୍ନାଦେଇ ଯିବାକୁ ଚାହୁଁ ନାହାନ୍ତି।

ଆମେ ଗୋଟେ ଗଳିରାସ୍ତାରେ କିଛିବାଟ ଆଗେଇଛୁ ଦେଖିଲୁ ଗୋଟେ ଘର ସାମ୍ନାରେ କୋଳାହଳ ଲାଗିରହିଛି। ଘର ଆଗରେ ଲୋକ ରୁଣ୍ଡ ହେଇଛନ୍ତି। ରାସ୍ତା ଉପରେ କୋକେଇ ସଜା ହେଉଛି।

ଅଜା କିଛି ବାଟ ଆଗେଇଯାଇଥିଲେ। ଅଟକିଗଲେ।

କହିଲେ : ଓଃ ! ଭୁଲ୍ ହେଇଗଲା। ଏ ରାସ୍ତା ନୁହେଁ।

ମୁଁ ପଚାରିଲି : କଣ ହେଲା ଅଜା !

ଅଜା କିଛି କହିଲେନି। ବୁଲିପଡ଼ିଲେ।

ମୁଁ ଜାଣି ସାରିଥିଲି ଯେ ଆଗରେ ଗୋଟେ ଶବ ଶୋଭାଯାତ୍ରା ଆରମ୍ଭ ହେବ। ସେଥିପାଇଁ ପ୍ରସ୍ତୁତି ଚାଲିଛି। ମୋର ସେ ଦୃଶ୍ୟ ଦେଖିବାକୁ ଇଛା ହେଉଥିଲା। ସେଇ ଅଳ୍ପ ବୟସର ଦିନରେ ମୃତ୍ୟୁ ଓ ମୃତ୍ୟୁପରର ଅବସ୍ଥା ସଂପର୍କରେ ପ୍ରଚଣ୍ଡ କୌତୁହଳ ଥାଏ। କାରଣ ସମ୍ଭବତଃ ଏୟା ଯେ ଯାହା ଯେତେ ଅବୁଝା, ତାହା ସେତେ କୌତୁହଳର କାରଣ। ମୃତ୍ୟୁ ସେତେବେଳେ ମୋ ପାଇଁ ଗୋଟେ ଅସମ୍ଭବ ପ୍ରହେଳିକା, ଯାହାର ଉତ୍ତର ଖୋଜିବାକୁ ବ୍ୟାକୁଳ ମୋ ମନ। ମୁଁ ଆଗେଇବାକୁ ଚାହୁଁଥିଲି। ଅଜା ବାଧା ଦେଲେ। ଫେରିପଡ଼ିଲେ।

ସେ ପୁଣି ଦ୍ରୁତ ଗତିରେ ଫେରିବାକୁ ଲାଗିଲେ।

ଅଗତ୍ୟା ମୁଁ ତାଙ୍କୁ ଅନୁସରଣ କଲି।

ଆମେ ଆଉ ଗୋଟେ ଗଳି ରାସ୍ତା ଦେଇ ଘରକୁ ଫେରିଲୁ। ଅଜା ଘର ଭିତରକୁ ପଶିଯାଇ ଘନ ଘନ ନିଃଶ୍ୱାସ ଛାଡ଼ିଲେ ଓ ବସିପଡ଼ି ବିଂଚି ହେଲେ।

ମନେହେଲା ସେ ଯେମିତି ଖୁବ୍ ଗୋଟେ ସଂକଟରୁ ରକ୍ଷା ପାଇ ଯାଇଛନ୍ତି। ଯେମିତି ତାଙ୍କ ପଛରେ କିଏ ଗୋଟେ ଗୋଡ଼ଉଥିଲା। ତାଙ୍କୁ ଧରି ପକେଇବାକୁ, ତାଙ୍କୁ ମାଡ଼ିବସିବାକୁ ଧାଇଁ ଆସୁଥିଲା। ଅଜା ପ୍ରାଣ ବଂଚେଇ ଧାଇଁ ଆସିଲେ। ଏବେ ଘରଟା ଯେମିତି ତାଙ୍କ ପାଇଁ ନିରାପଦ ଆଶ୍ରୟ। ସେଇମିତି ସେ ଦିଶୁଥିଲେ। ଆଈ ପାଖକୁ ଧାଇଁ ଆସିଲା ଓ ତାଙ୍କୁ ପାଣି ଗ୍ଲାସେ ଦେଲା। ଅଜା ଢ଼କ ଢ଼କ କରି ପାଣି ପିଇଲେ ଓ ପଚାରିଲେ : ଗତି ପାଟଶାଣୀ କଣ ମୋଠୁ ବୟସରେ ବଡ଼ଥିଲା ?

ଆଈ କହିଲା : ମୁଁ କେମିତି ଜାଣିବି।

ଅଜା ଶୂନ୍ୟ ଆକାଶକୁ ଚାହିଁଲେ। କଣ ଗୁଡ଼ାଏ ହିସାବ କଲେ।

କହିଲେ : ନା ! ନା ! ସେ ମୋଠୁ ବଡ଼ କେମିତି ହେବ ? ସେ ମୋଠୁ ବର୍ଷେ ଦି ବର୍ଷ ସାନ ହେବ ପରା !

ଆଈ କହିଲା : କାହିଁକି କଣ ହେଲା ଯେ ? ତାଙ୍କ ବୟସ ତମେ କାହିଁକି ହିସାବ କରୁଛ ?

ଅଜା ଦୀର୍ଘଶ୍ୱାସ ପକେଇଲେ।

କହିଲେ : ସେ ଆଜି ଚାଲିଗଲା।

ଆଈ କ୍ଷୀଣ ସ୍ୱରରେ ସ୍ୱଗତୋକ୍ତି କଲା : ଓଃ !

ଅଜା ତାଙ୍କର ହିସାବ ଯେମିତି ଶେଷ କରି ନାହାନ୍ତି।

ସେଇଭଳି ସ୍ୱରରେ କହିଲେ : ଗଡ଼ିତା ମୋଠୁ ସାନ ହେବ କିନ୍ତୁ କପିଳା ଗୌରୀଗଞ୍ଜନ ମୋଠୁ ପାଞ୍ଚବର୍ଷ ବଡ଼। ସେ ଏ ପର୍ଯ୍ୟନ୍ତ ଅଛି। ଶିବ ରଣାଦଳ ସାତବର୍ଷ ସାନ। ସେ କିନ୍ତୁ ଗଲାସନଠୁ ଗଲାଣି।

ଏହାପରେ ଅଜା ତାଙ୍କ ସମସାମୟିକ ଲୋକମାନଙ୍କର ହିସାବଖାତା ପଢ଼ିଲେ। କୋଉମାନେ ତାଙ୍କଠୁ ବଡ଼ ଅବା ସାନ। କୋଉମାନେ ଗଲେଣି ବା ଏବେ ଅଛନ୍ତି। କୋଉମାନେ ଘୁଷୁରୁଛନ୍ତି ଆଉ କୋଉମାନେ ଚେଙ୍ଗା ଅଛନ୍ତି। ଅଜାଙ୍କର ଏ ହିସାବ କିତାବ ଆଈକୁ ଭଲ ଲାଗୁନଥିଲା। ସେ ଚିଡ଼ିଉଠି କହିଥିଲା : ସେଇ ସବୁ ବାଜେ ହିସାବ କାହିଁକି ଏବେ କରୁଛ। ଘରେ ପରା ପିଲାମାନେ ଅଛନ୍ତି। ତମର ଆଉ ଦୁଃଖ କଣ ?

ଅଜାଙ୍କ ମୁହଁ ଟିକେ ଉଜ୍ଜ୍ୱଳ ଦିଶିଲା।

ଅଜାଙ୍କ ଘର ଦିନେ କିନ୍ତୁ ଖୁବ୍ ଗହଳି ଚହଳିର ଘର ଥିଲା। ବିରାଟ ଖଞ୍ଜା। ତିନିପଟେ ଘର। ଦିଟା ବଡ଼ ବଡ଼ ଅଗଣା। ଘର ମଝିରେ ଧାନ କୋଠୀ। ଠାକୁର ଘର। ପୁଣି ଘର ପଛକୁ ଗୁହାଳ। ଘରେ ବହୁତ ଲୋକ ଥିଲେ। ଖୁବ୍ ପିଲାଦିନେ ଦେଖିଛି ଅଜାଘରେ ଏଇ ବେଳେ କୁଣିଆ ମଇତ୍ର ଭର୍ତ୍ତି ହୋଇ ଥାଆନ୍ତି। ଅଜାଙ୍କର ଧାନଚାଷ ଥାଏ। ବାଡ଼ିବଗିଚା ଥାଏ। ଆମ୍ବତୋଟା ଥାଏ। ଘରେ ପାଇଟିଆଳ ଥାଆନ୍ତି। ତା ସାଙ୍ଗକୁ ପୁଣି ଅଜାଙ୍କର ରିକ୍ସା ପଡ଼ିଥାଏ ପାଖ ବସଷ୍ଟାଣ୍ଡରୁ ଗାଁ ପର୍ଯ୍ୟନ୍ତ। ଅଜାଙ୍କର ଅନେକ ଗୁଡ଼ାଏ ହିସାବଖାତା। ରିକ୍ସାର ଆୟବ୍ୟୟ ହିସାବ। ଆମ୍ବତୋଟାର ହିସାବ। ଚାଷବାସର ହିସାବ। ଘରେ ପୁଅଝିଅ ନାତି ନାତୁଣୀଙ୍କ ଗହଳି ଲାଗିଥାଏ। ଆମେ ପ୍ରାୟତଃ ଖରାଛୁଟୀରେ ଅଜାଘରକୁ ଯାଉ। ଅନ୍ୟ ସମୟରେ ଯିବା ସମ୍ଭବ ହୋଇ

ପାରେନା। କାରଣ ବାବାଙ୍କର ଚାକିରୀ ଜାଗାଟା ଦୂର। ବାବାଙ୍କ ମାଷ୍ଟର ଚାକିରୀକୁ ଖରାଛୁଟୀଟା ସବୁଠୁ ଭଲ ସମୟ ବୁଲିଯିବାକୁ।

ହଠାତ୍ ଦିନେ ମୁଁ ଲକ୍ଷ୍ୟକଲି ଅଜାଘରଟା କ୍ରମେ ତାର ଆକର୍ଷଣ ହରେଇ ନିର୍ଜନ ହେଇ ଆସୁଛି। ଘରେ ଗହଳି ଚହଳି କ୍ରମେ କମିଯାଉଛି। ରିକ୍ସା ବନ୍ଦ ହେଇଯାଉଛି। ଘରେ ପାଇଟିଆଳ ନାହାନ୍ତି। ଗାଈଗୋରୁ ବିକ୍ରୀ ହେଇ ଯାଉଛନ୍ତି। ଧାନଚାଷ ବୁଝିବାକୁ ଲୋକ ମିଳୁନାହାନ୍ତି। ଆମ୍ବତୋଟା ଜଗିବାକୁ କେହି ନାହିଁ। ପୁଅପୁତୁରା ସବୁ ପିଲାପିଲିଙ୍କ ଧରି ବିଦେଶ ଭୂଇଁରେ। ଘରଟା ନିର୍ଜନ ଏବଂ ନିଃସଙ୍ଗ।

ମୁଁ ଏବେ ଯେଉଁ ସମୟର ବର୍ଣ୍ଣନା ଦେଉଛି ତାହା ସେହି ପରିଣତ ସମୟର ନିର୍ଜନତାର କାହାଣୀ।

ମୁଁ ପଚାରିଲି : ଆଈ ! ଅଜା କଣ ସବୁବେଳେ ଏଇମିତି କଥାସବୁ କହୁଥାଆନ୍ତି।

ଆଈ କହିଲା : ହଁରେ ! ସବୁବେଳେ ଏଇ କଥା। ଏବେ ସିନା ତମେ ସବୁ ଅଛ। ଘରଟା ଗହଳି ଲାଗୁଛି। ଅଜା ଖାଲି ବଜାରକୁ ଧାଇଁ ଯାଉଛନ୍ତି। ହାଟକୁ ଧାଇଁ ଯାଉଛନ୍ତି। ଜିନିଷପତ୍ର, ସଉଦା ପରିବା ବୋହିବାରେ ଲାଗିଛନ୍ତି। ତମେ ସବୁ ଚାଲିଗଲାପରେ ଘରଟା ପୁଣି ଖାଲି ଖାଲି ହେଇଯିବ। ଅଜା ଖାଲି ଏଇ ଅଶୁଭ କଥା ଗୁଡ଼ାକ କହିବେ।

ମୁଁ ପଚାରିଲି: ଅଜା ! ତମେ ସତରେ ଖାଲି ଏଇମିତି ହିସାବ କରୁଥାଅ। ଏମିତି କାହିଁକି କରୁଥାଅ ଅଜା ?

ଅଜା ମୋ କଥାର କୌଣସି ଜବାବ ଦେଲେ ନାହିଁ। ମୋ ଆଡ଼କୁ କଟମଟ କରି ଅନେଇଲେ।

ସେଦିନ ସଂଧ୍ୟାବେଳେ ଆମର ପୁଣି ନଈକୂଳ ଆଡ଼େ ଯିବାର ଥିଲା। ମାତ୍ର ଅଜା କାର୍ଯ୍ୟକ୍ରମ ବାତିଲ କରିଦେଲେ। କହିଲେ : ନା ! ନା ! ଥାଉ ! ଆମେ ଜୋର ଆଡ଼େ ଯିବା।

ଅଗତ୍ୟା ଆମେ ଜୋର ଆଡ଼େ ଗଲୁ। ସେଇଟା ନଈର ବିପରୀତ ଦିଗରେ। ଆମେ ଗାଁର ସୀମାରେଖା ଡ଼େଇଁ ବିସ୍ତୀର୍ଣ୍ଣ ପଡ଼ିଆ ଦେଇ ଚାଲିଛୁ ହଠାତ୍ କୋଳାହଳ ଶୁଭିଲା। ଦେଖିଲୁ ପୁଣି ଗୋଟେ ଶବ ଶୋଭାଯାତ୍ରା। କିଛି ଲୋକ କୋକେଇ କାନ୍ଧେଇ, ରାମନାମ ସତ୍ୟ ହୈ, ରାମନାମ ସତ୍ୟ ହୈ କହିକହି ଆଗେଇଯାଉଛନ୍ତି।

ଅଜା ଚମକି ପଡ଼ିଲେ ଓ ଅଟକିଗଲେ। ସେ ତ୍ରସ୍ତ ଦିଶିଲେ ଓ ବୁଲିପଡ଼ିଲେ ପଛକୁ।

କହିଲେ: ଚାଲ ! ଆମେ ଘରକୁ ଫେରିଯିବା। ମୋର ଦେହଟା କାଇଁକି ଭଲ ଲାଗୁନି।

ମୁଁ ପଚାରିଲି : ଆମେ ଜୋର ଆଡ଼େ ଯିବାନି ?

ଅଜା କହିଲେ: ନା ! ନା !

ମୁଁ କହିଲି : ରୁହ ! ରୁହ ! ଶାସ୍ତ୍ରରେ ପରା ଲେଖାଅଛି ଶବ ଦେଖିଲେ ଶୁଭ।

ମାତ୍ର ଅଜା ମୋ କଥା ଶୁଣିଲେନି। ଘର ମୁହାଁ କ୍ଷୀପ୍ର ପାଦ ପକେଇଲେ। ମୁଁ ତାଙ୍କ ପଛେ ପଛେ ଯିବାକୁ ବାଧ୍ୟ ଥିଲି।

ମୁଁ ପଚାରିଲି : ଅଜା ! ତମେ କଣ ମୃତ୍ୟୁକୁ ଭୟ କର।

ଅଜା ମୋ ମୁହଁକୁ ଚାହିଁଲେ। ତାଙ୍କ ମୁହଁ ଭୟାର୍ତ୍ତ ଦିଶୁଥିଲା। ଶେତା ପଡ଼ିଯାଇଥିଲା। ମୁଁ ସେତେବେଳେ ବହୁତ ପ୍ରଶ୍ନ ପଚାରୁଥିଲି। ପ୍ରଶ୍ନ ପଚାରିବାଟା ପିଲାମାନଙ୍କର ଭଲ ଲକ୍ଷଣ ବୋଲି କିଏ ଜଣେ କହିଥିଲା। ମୁଁ ସେଇ ଆଦର୍ଶରେ ଅନୁପ୍ରାଣୀତ ଥିଲି। ଅବଶ୍ୟ ମୋର ଏଇ ଅଭ୍ୟାସ ପାଇଁ ଅନେକ ଅନୁଚିତ କର୍କଶ ଓ ଶ୍ରୁତିକଟୁ ପ୍ରଶ୍ନ ପଚାରି ସ୍ଥଳ ବିଶେଷରେ ଦୁଃଖ ଦେଇଛି ଓ ଅପମାନ ପାଇଛି ମଧ୍ୟ।

ଏଥର ଅଜାଙ୍କୁ ପଚାରିଥିବା ପ୍ରଶ୍ନଟା ସେମିତି ଖୁବ୍ ଟାଣ ଓ ହୃଦୟଦାହୀ ଥିଲା। ଅଜା ମୋ ମୁହଁକୁ ବଲବଲ କରି ଚାହିଁଲେ। ମୁଁ ତାଙ୍କ ମୁହଁରେ ଭୟର ସ୍ପଷ୍ଟ ଚିହ୍ନ ଦେଖି ପାରୁଥାଏ।

ଅଜା ଶୁଖିଲା ହସ ହସି କହିଲେ : ଡ଼ରିବ କିଏ କାଇଁକି ମ ! ସେଇଟାତ ମଣିଷ ଜୀବନର ଚରମ ସତ।

ଏଇ ପଦଟା କହିଲାବେଳେ ବି ଅଜାଙ୍କ ଓଠ ଥରୁଥିଲା।

ଅଜାଙ୍କ ଶେଷ ଜୀବନରେ ମୁଁ ଲକ୍ଷ୍ୟକରିଥିଲି ଅନେକଗୁଡ଼ିଏ ବିରୋଧାଭାସ। ସେ ତାଙ୍କ ଜୀବନର ଅର୍ଦ୍ଧାଧିକ କଟେଇଥିଲେ କଣାସ ମଠରେ। ସେ ସେଠି ଗୁମାସ୍ତା ଥିଲେ। ଅରୁଆନ୍ନ ତାଙ୍କର ପ୍ରିୟ ଖାଦ୍ୟ ଥିଲା। ଅଥଚ ଜୀବନର ଶେଷ ବେଳକୁ ସେ ଅକସ୍ମାତ ଆମିଷପ୍ରିୟ ହୋଇପଡ଼ିଲେ। ସେ ଆଗରୁ ଗୋଟେ ଯୁଗ୍ମ ପରିବାରରେ ଥିଲେ। ବଡ଼ଭାଇଠୁ ଭିନ୍ନେ ହେଲେ ସତୁରୀବର୍ଷ ବୟସରେ। ତାଙ୍କ ଘରେ ଠାକୁରଘର ଥିଲା। ପ୍ରାୟ ସମୟରେ ପୂଜାପାଠ ହେଉଥିଲା। ସଂଜବେଳେ ଭାଗବତ ପାଠ ତ ନିଶ୍ଚୟ। ଗାଁରେ ଯେତେବେଳେ ରାମଲୀଳା ହେଉଥିଲା, ସେ ମୂଳରୁ ଶେଷ ଯାଏଁ ବସି ଦେଖୁଥିଲେ। ଧୀରେ ଧୀରେ ସେ ସବୁ ଆଗ୍ରହ ବନ୍ଦ ହୋଇଗଲା। ଶେଷବେଳକୁ ଅଜା ଯେମିତି ନାସ୍ତିକ ପାଲଟି ଯାଇଛନ୍ତି।

ବେଳେ ବେଳେ ସ୍ୱଗତୋକ୍ତି କରୁଥିଲେ : ମିଛ ! ସବୁ କିଛି ମିଛ !

ମୁଁ ପଚାରିଥିଲି : ଅଜା ! ତମେ ଭାଗବତ ପଢ଼ିବା ଛାଡ଼ିଦେଲ କାହିଁକି ?

ଅଜା ଦୀର୍ଘ ନିଃଶ୍ୱାସ ଛାଡ଼ି କହିଲେ : କେତେ ଆଉ ପଢ଼ିବି ?

ସେଦିନ ରାତିର କଥା। ମୋର ପ୍ରଥମ ପ୍ରହରର ନିଦ ଭାଙ୍ଗିଯାଇଛି। ହଠାତ୍ ଶୁଣାଗଲା ଦୂରରୁ ଗୋଟେ ବିକଟ ଚିତ୍କାର। ଚିତ୍କାରଟା ପଶୁର କି ପକ୍ଷୀର ଜାଣିବାର ଉପାୟ ନାହିଁ। ଦେଖିଲି ଅଜା ହାଉଳି ଖାଇ ଉଠିବସିଲେ ତାଙ୍କ ଶଯ୍ୟାରେ।

ମୁଁ ଯେ ଜାଗ୍ରତ ଅଛି ତାହା ସୂଚାଇବା ପାଇଁ କହିଲି: କ'ଣ ହେଲା ଅଜା ?

ଅଜା କହିଲେ: ଗୋଟେ କିଏ ଚିତ୍କାର କଲା !

ମୁଁ କହିଲି: ଚିତ୍କାର ? କାହିଁ କୋଉଠି ?

ଅଜାଙ୍କ ସ୍ୱର ଆତଙ୍କଗ୍ରସ୍ତ ଶୁଣାଗଲା।

: ମାନେ ! ମାନେ ତମେ କେହି ଶୁଣିନ ସେ ଚିତ୍କାର। କେବଳ ମୁଁ ଶୁଣିଛି। ମୁଁ ଜାଣିଥିଲି ଦିନେ ଏଇମିତି ହିଁ ହେବ। ଏଇମିତି ହିଁ ହୁଏ। ଯେତେବେଳେ ଶେଷ ସମୟ ଆସିଯାଏ, ସେତେବେଳେ ଏଇମିତି ହିଁ ହୁଏ। ଭୈରବୀମାନେ ମାତି ଉଠନ୍ତି। କିଳିକିଳା ନାଦ କରନ୍ତି। କିନ୍ତୁ ସେ ସବୁ ଚିତ୍କାର ସମସ୍ତେ ଶୁଣିପାରନ୍ତି ନାହିଁ। କେବଳ ସିଏ ହିଁ ଶୁଣିପାରେ ଯାହାର ସମୟ ଶେଷ ହୋଇଯାଇଛି। ତୁ ସତ କହୁଛୁ ତ ? ତୁ ସତରେ ଶୁଣିନାହୁଁ କିଛି ବି ଚିତ୍କାର ?

ଅଜା ଭାରି ତ୍ରସ୍ତ ଓ ଭାରି ବିଚଳିତ ହୋଇ ଏଇଭଳି ପ୍ରଶ୍ନ କରୁଥିଲେ। ମୋ ହାତରେ ମାତ୍ର ଗୋଟିଏ ଉତ୍ତର ହିଁ ଥିଲା ଏବଂ ତାହା ଥିଲା ଏକମାତ୍ର ଅବଧାରିତ ଉତ୍ତର।

କହିଲି: ମୁଁ ତ ଶୁଣିଛି ସେ ଚିତ୍କାର ! କିଏ କହିଲା ମୁଁ ଶୁଣିନାହିଁ।

ଅଜା ଟିକେ ଆଶ୍ୱସ୍ତ ହେଲେ।

କହିଲେ: ତୁ ତେବେ ଶୁଣିଛୁ ସେ ଚିତ୍କାର ! କିଏ ସେ ତେବେ ଏତେ ଜୋର୍‌ରେ ଚିତ୍କାର କରୁଥିଲା ? ଭୈରବୀ ନୁହେଁ ତ।

ଗୋଟେ ପ୍ରବୀଣ ଗବେଷକ ଭଳି, ପଶୁପକ୍ଷୀଙ୍କ ଚିତ୍କାର ସଂପର୍କରେ ବ୍ୟାପକ ଜ୍ଞାନ ଅର୍ଜନ କରିଥିବା ବିଶାରଦ ଭଳି ମୁଁ କହିଲି: କିଛି ନୁହେଁ ! କିଛି ନୁହେଁ ! ଗୋଟାଏ କୋକିଶିଆଳୀ ଗର୍ଜନ କରୁଥିଲା।

ପରେ ପରେ ମୁଁ ପ୍ରଶ୍ନଟା ଫିଙ୍ଗିଦେଲି ଅଜାଙ୍କ ଆଡ଼କୁ।

କହିଲି: ତୁମେ କ'ଣ କୋକିଶିଆଳୀର କିଳିକିଳା ହସ କେବେ ଶୁଣିନା। ତମେ ପରା ଗତବର୍ଷ ମତେ ଚିହ୍ନେଇ ଦେଇଥିଲ ଏଇ ସ୍ୱର। ଗତବର୍ଷ ବି ଏମିତି ରାତି ଅଧରେ ସେ କୋକିଶିଆଳୀ ଚିଲଉଥିଲା ଆଉ ମୁଁ ଡରିଯାଉଥିଲି ବୋଲି ତମେ ମୋତେ ସାହସ ଦେଇଥିଲ, କହିଥିଲ "ଡରନା ! ଡରନା ! କୋକିଶିଆଳୀ ଏମିତି ବେଳେବେଳେ ଛାତିଫଟା ଚିତ୍କାର କରେ।"

ଅଜା ସଚେତନ ହେଲେ।

କହିଲେ, ମୁଁ ଏମିତି କଥା କହିଥିଲି ? ଗତବର୍ଷ କହିଥିଲି। ମନେପଡୁନିରେ। ମୋର କିଛି ମନେପଡୁନି।

ମନେହୋଇଥିଲା ଗତବର୍ଷରୁ ଏ ବର୍ଷ ଯେମିତି ବହୁତ ଦୂର। ବହୁତ ବହୁତ ଦୂର। ଏତେ ଦୂର ଯେ ଅଜା ଅନେକ କଥା ଭୁଲିଯାଆନ୍ତି। ଅନେକ କିଛି ବଦଳିଯାଏ। ଅନେକ କିଛି ନୂଆ ରୂପରେ ଡରେଇବା ପାଇଁ ଠିଆ ହୁଏ। ଗତବର୍ଷର ଆନନ୍ଦ ଏ ବର୍ଷ ଆତଙ୍କରେ ପରିଣତ ହୋଇଯାଇଥାଏ।

ସେଦିନ ଥିଲା ଜହ୍ନରାତି। ସପ୍ତମୀ ବା ଅଷ୍ଟମୀ ହୋଇପାରେ। ସେଇ ଛାୟାନ୍ଧକାରକୁ ଚାହିଁ ଅଜା ପଚାରିଲେ : କିଏ ?

ଦୂରରେ ଦିଶୁଥିଲା ଗୋଟେ ଛାଇ।

କେହି କୌଣସି ଉତ୍ତର ଫେରେଇଲେ ନାହିଁ।

ମୁଁ ଯଦିଓ ଭୀଷଣ ଡରୁଆ ଥିଲି, ତଥାପି ସେଦିନ ସେତିକି ବେଳେ ଖୁବ୍ ସାହସର ସହିତ ଛାଇଟାକୁ ଲକ୍ଷ୍ୟ କରିଥିଲି।

କହିଥିଲି: କିଛି ନୁହେଁ ମ! ଗଛର ଛାଇଟା।

ଜହ୍ନ ଆଲୁଅ ବେଶ୍ ମ୍ଳାନ ଓ ମଳିନ ଥିଲା। ଅଜା ନିରୀକ୍ଷଣ କରୁଥିଲେ ଛାଇଟାକୁ।

କହିଲେ: ଭଲ କରି ଦେଖିଛୁ ତ ? ଗଛର ଛାଇ !

ମୁଁ କହିଲି : ହଁ! ହଁ! ଭଲକରି ଦେଖୁଛି। ଏପଟେ ଦେଖ। ଗଛଟା ଅଛି। ହେଇ ସେପଟେ ଦେଖ ତା'ର ଛାଇ ପଡ଼ିଛି।

ଅଜା ଦି' ପଟକୁ ଚାହିଁଲେ। ଗଛକୁ ଚାହିଁଲେ। ତା'ର ଛାଇକୁ ଚାହିଁଲେ। ଦି'ଜଣଙ୍କ ଯୋଗସୂତ୍ରକୁ ପରଖିଲେ।

ମତଦେଲେ: ଓଃ ! ଗଛର ଛାଇ ତେବେ। ମତେ ଲାଗିଲା କିଏ ଗୋଟେ ଛିଡ଼ା ହେଇଛି ଯେମିତି।

: କିଏ ଆଉ ଛିଡ଼ା ହେବ ଏଠି ଆସି।

ଅଜା ଶୁଣାଇଲେ: ହଁ! ଜଣେ କାଳପୁରୁଷ ଆସି ଛିଡ଼ା ହୁଅନ୍ତି, ସେ ସମୟ ଆସିଗଲେ ସେମାନେ ଆସନ୍ତି। ଡାକନ୍ତି। ଟାଣି ମଧ୍ୟ ନିଅନ୍ତି।

ଅଜାଙ୍କର ଇଙ୍ଗିତ ଥିଲା ମୃତ୍ୟୁ ଆଡ଼କୁ।

ଆମର ଖରାଛୁଟୀ ଶେଷ ହୋଇ ଆସୁଥିଲା। ଆମର ଏଥର ଅଜାଘରୁ ବିଦାୟ ନେବା କଥା ଓ ବାବାଙ୍କର ଚାକିରୀ ଜାଗାକୁ ଚାଲିଆସିବା କଥା।

ଅଜା ସେତେବେଳେ ବୋଉକୁ ପ୍ରସ୍ତାବ ଦେଲେ : ଆଉ ଦୁଇଚାରିଦିନ ରହିଯାଉନୁ!

ବୋଉ କହିଲା : ଆଉ କୋଉଠି ରହିହେବ। ପିଲାମାନଙ୍କର ସ୍କୁଲ ଖୋଲିଯିବ ପରା।

ଅଜା ଏଥର ମୋତେ ପ୍ରସ୍ତାବ ଦେଲେ : କିରେ! ତୁ ଏଇଠି ରହିଯାଉନୁ! ଏଠିତ ଭଲ ସ୍କୁଲ ଅଛି। ଆମ ପାଖରେ ରହିବୁ! ଏଇଠି ପଢ଼ିବୁ!

ମୁଁ ଅଜାଙ୍କ ମୁହଁକୁ କଟମଟ କରି ଅନେଇଲି।

କହିଲି: ମୋର କିଏ ଏଠି ରହିବ। ଏ ଘରେ ଡ଼ର ମାଡ଼ିବ। ଏଠି ମଣିଷ କାହାନ୍ତି ?

ମୋର ସେତେବେଳେ ଖରାଛୁଟୀ ଶେଷପରେ ଫେରିଯିବାର ନିଶା ବଳବତ୍ତର ହୋଇ ଆସୁଛି। ତା ଛଡ଼ା ଆମେ ଚାରି ଭାଇଭଉଣୀ। ଘରେ ସବୁ ବେଳେ କୋଳାହଳ ଲାଗିରହିଥାଏ। ମୋର ଅନେକ ସାଂଗ ଥିଲେ ସ୍କୁଲରେ। ଏତେ ସାଂଗ ଏତେ କୋଳାହଳକୁ ଛାଡ଼ି ଅଜାଘରର ନିଃସଙ୍ଗ ପ୍ରାୟ ଉଆସ ଭିତରେ ରହିବାକୁ କୋଉ ପିଲା ଅବା ମନ ବଳାଇବ।

ଅଜା କହିଲେ : ତୁମେମାନେ ଆସି ଏଠି ରହିଲ, ଭାରି ଭଲ ଲାଗିଲା। ତୁମେମାନେ ଚାଲିଗଲା ପରେ ଘରଟା ପୁଣି ଖାଲି ହେଇଯିବ। ଖାଁ ଖାଁ ଲାଗିବ। ଖାଇ ଗୋଡ଼େଇବ। ଏଠି ଏକୁଟିଆ ରହିବାଟା ଭାରୀ କଷ୍ଟ। ମୁଁ ସେଥିପାଇଁ ସମସ୍ତଙ୍କୁ କହେ, ଏଇଠିକି ଆସ। ମାସେ ପନ୍ଦରଦିନ ରହିଯାଅ। ହେଲେ ଆସୁଛି କିଏ ? ସମସ୍ତେ ନିଜ ନିଜ ଜଂଜାଳରେ ବ୍ୟସ୍ତ।

ଅଜା ଖୁବ୍ ଦାର୍ଶନିକ ସୁଲଭ ସ୍ୱରରେ ଯେମିତି କହୁଥିଲେ, ଜୀବନ ମାନେ କୋଳାହଳ। ସଂପର୍କ ଓ ସଙ୍ଗ। ସାନ୍ନିଧ୍ୟ। ମୃତ୍ୟୁମାନେ ନିର୍ଜନତା। ମୃତ୍ୟୁମାନେ ନିଃସଙ୍ଗତା।

ଆମ ଫେରିବାର ଦିନ ପହଂଚିଗଲା। ଆମେ ଅଜାଘର ଦୁଆରୁ ରିକ୍ସା ଚଢ଼ିଲୁ। ଦିଟା ରିକ୍ସାରୁ ଆମେ ଚାରି ଭାଇଭଉଣୀ ବାପା ବୋଉ। ସେଠୁ ଆମେ ତିନି କିଲୋମିଟର ବସଷ୍ଟାଣ୍ଡକୁ ଯିବୁ ଓ ସେଠୁ ବସ୍ ଧରିବୁ। ଆଈ ଓ ବୋଉ କାନ୍ଦୁଥିଲେ। ଅଜା କାନ୍ଦୁ ନ ଥିଲେ ବି ତାଙ୍କ ଆଖି ସଜଳ ଦିଶୁଥିଲା। ଆମ ରିକ୍ସା ଆଗକୁ ଗଡ଼ିଲା। ଅଜା ଆମକୁ ବାଟେଇ ଦେବାକୁ ଗାଁ ମୁଣ୍ଡଯାଏଁ ଆସିଥିଲେ।

ଆମ ରିକ୍ସା ଆଗକୁ ଆଗକୁ ଗଡ଼ିଚାଲିଲା।

ଅଜା କିନ୍ତୁ ଗାଁ ମୁଣ୍ଡରେ ହାତ ହଲଉ ହଲଉ ଅଟକି ଯାଇ ନ ଥିଲେ। ସେ ସେଇ ନାଲିଗୋଡ଼ିର ରାସ୍ତାରେ ଆଗକୁ ଆଗକୁ ଆସୁଥିଲେ।

ଆମେ ପଛକୁ ଫେରି ଚାହିଁଥାଉ ।।

ବଡ଼ଭାଇ ଆଶ୍ଚର୍ଯ୍ୟ ହେଲାଭଳି କହିଲା : ଅଜା କଣ ଆଗକୁ ଆସୁଛନ୍ତି। ସେ କଣ ଘରକୁ ଫେରିବେନି କି ?

ମୁଁ କହିଲି : ନା ! ନା ! ସେ ଫେରିବେ। କିନ୍ତୁ ଏଇ ରିକ୍ସା ତାଙ୍କ ଦୃଷ୍ଟିରେ ଥିବା ପର୍ଯ୍ୟନ୍ତ ସେ ଆଗଉଥିବେ। ଶେଷ ଯାଏଁ ଏ ରିକ୍ସାଟିକୁ ଦେଖିବା ପର୍ଯ୍ୟନ୍ତ ସେ ଆଗେଇବେ। କାରଣ ଯାପରେ ତାଙ୍କୁ ପୁଣି ସେଇ ନିର୍ଜନ ଖାଁ ଖାଁ ଘରକୁ ଫେରିବାକୁ ହେବ।

ଆମ ରିକ୍ସା ଆଗକୁ ଆଗେଇଲା। ଅଜା ଚାଲୁଥିଲେ ଆଗକୁ। କିନ୍ତୁ କ୍ରମେ ଆଉ ସେ ଦେଖାଗଲେ ନାହିଁ।

ଏଥର ସେ ଫେରିବେ। ଫେରିବାକୁ ବାଧ୍ୟ। ଫେରିଯାଇ ଘରେ ଖାଁ ଖାଁ ଘରେ, ନିଃସଙ୍ଗ ସେ ବିଶାଳ ଖଞ୍ଜାକୁ ଚାହିଁରହି ତାଙ୍କ ହିସାବ ଖାତା କାଢ଼ିବେ। ସେ ହିସାବ ଖାତାରେ ନ ଥିବ ଧାନଚାଉଳର ହିସାବ। ନ ଥିବ ରିକ୍ସାର ଲାଭକ୍ଷତିର ହିସାବ। ଅବା ଆମ୍ବତୋଟାର ମୂଲମଜୁରୀର ହିସାବ। ସେଥିରେ ଥିବ କିଏ କେତେ ବର୍ଷରେ ଗଲା। ଶିବ ରଣାଦଳ କେତେ ବର୍ଷରେ ଗଲା। ଗତି ପାଟଶାଣୀ କେତେ ବର୍ଷରେ ଗଲା। କିଏ ଯିବ ଯିବ ହଉଛି। କିଏ ଘାଣ୍ଟି ହଉଛି। କିଏ ତାଗଡ଼ା ଅଛି। କିଏ ସାନ। କିଏ ବଡ଼। କାହାର ପାଳି କେତେବେଳେ ?

ଆଉ ଏ ହିସାବଖାତା ସୂଚାଇଦିଏ ନିଃସଙ୍ଗତାରେ କେମିତି ପ୍ରତିଧ୍ୱନିତ ହୋଇଉଠେ ମରଣର ଏ ପାଦଶବ୍ଦ। ମୃତ୍ୟୁ ଦି ପ୍ରକାର ହେଇପାରେ। ମାନସିକ ମୃତ୍ୟୁ ଏବଂ ଶାରୀରିକ ମୃତ୍ୟୁ। ଶାରୀରିକ ମୃତ୍ୟୁର ଅନେକ ଆଗରୁ ମାନସିକ ମୃତ୍ୟୁ ଆସିଥାଏ ହିସାବଖାତା ହେଇ।

ତେବେ ସେଦିନ ଏତେକଥା ବୁଝିବାକୁ ମୋର ବୟସ ନ ଥିଲା।

■

ଦାଢ଼ିଆ ପଣ୍ଡିତେ

ଆମ ଗ୍ରାମରେ ଦାଢ଼ିଆ ପଣ୍ଡିତଙ୍କର ଆବିର୍ଭାବ ବେଶ ନାଟକୀୟ ଥିଲା।

ଅବଶ୍ୟ ସେତେବେଳକୁ ସେ ଦାଢ଼ିଆ ପଣ୍ଡିତ ନାମରେ ନାମିତ ହୋଇ ନ ଥିଲେ। ରାତି ଅଧରେ ସେ ହଠାତ୍ ଆସି ପହଂଚି ଥିଲେ ଗାଁରେ। ସାଂଗରେ ଥିଲେ ଦୁଇଜଣ ଚେଲା। ଗାଁ ମଝିରେ ଗୋଟାଏ ଖୋଲା ଜାଗାରେ ସେମାନେ ଆସ୍ଥାନ ଜମାଇଥିଲେ। ଧୂନୀ ଜଳାଇଥିଲେ। 'ହରହର ବମ୍ ବମ୍' ଧ୍ୱନୀରେ ଚତୁର୍ଦ୍ଦିଗ କମ୍ପାଇ ଥିଲେ। ଗ୍ରାମଲୋକଙ୍କର ଦୃଷ୍ଟି ଆକର୍ଷଣ କରିବାକୁ ତାହା ଥିଲା ଯଥେଷ୍ଟ।

ସେତେବେଳକୁ ଗାଁର ସବୁ ଲୋକ ଶୋଇ ଯାଇ ନାହାନ୍ତି। ଯେଉଁମାନେ ଶୋଇବାକୁ ଯାଉଥିଲେ ପାଟିତୁଣ୍ଡ ଶୁଣି ଫେରି ଆସିଛନ୍ତି। ଲୋକମାନେ ଜମା ହୋଇଗଲେ ଗାଁ ଦାଣ୍ଡରେ। ଆଗନ୍ତୁକମାନଙ୍କୁ କେନ୍ଦ୍ରକରି ଗୋଟିଏ ବୃତ୍ତ ଗଢ଼ିଉଠିଲା ଓ ଉତ୍ସୁକ ନୟନରେ ସେମାନଙ୍କ କାର୍ଯ୍ୟକଳାପକୁ ଲକ୍ଷ୍ୟ କଲେ ଗ୍ରାମବାସୀ। ସମସ୍ତଙ୍କ ମନରେ ସେଇ ଏକା ପ୍ରଶ୍ନ। କିଏ ଏମାନେ ? କୁଆଡ଼େ ଆସିଛନ୍ତି ? କାହିଁକି ଆସିଛନ୍ତି ?

ଗ୍ରାମବାସୀଙ୍କ ଉପସ୍ଥିତିକୁ ଖାତିର ନ ଥାଏ ସେମାନଙ୍କର। ସେମାନେ ଧୂନୀ ଚାରିପଟେ ବୁଲୁଥାଆନ୍ତି। ଖଂଜଣୀ ବଜାଉଥାଆନ୍ତି ଓ 'ହରହର ବମ୍ ବମ୍' , 'ହରହର ଭୋଲେ' ପ୍ରଭୃତି ଧ୍ୱନୀ କରୁଥାଆନ୍ତି। ଗେରୁଆ ବସ୍ତ୍ର, ଲମ୍ବାଦାଢ଼ି, ଦୀର୍ଘକେଶରେ ସେମାନେ ବିଚିତ୍ର ଦେଖାଯାଉଥିଲେ।

ଗାଁର କେତେଜଣ ମୁଖିଆସ୍ଥାନୀୟ ଲୋକ ପ୍ରଶ୍ନକଲେ, କିଏ ଆପଣମାନେ ?

କିନ୍ତୁ ସେମାନଙ୍କ ପ୍ରଶ୍ନ ହଜିଗଲା ବାବାଜୀମାନଙ୍କ କୋଳାହଳ ଭିତରେ।

ଗ୍ରାମବାସୀ ନିଜନିଜ ଭିତରେ ଆଲୋଚନା କଲେ ଓ ଏହି ନିଷ୍କର୍ଷରେ

ପହଂଚିଲେ ଯେ, ଏମାନେ ଚୋର ହୋଇପାରନ୍ତି କିମ୍ବା ପୋଲିସ୍। ପୋଲିସ୍ ମାନେ ଗୁଇନ୍ଦା ପୋଲିସ୍। କୌଣସି ପୁରୁଣା କେଶ୍‌ର ଛାନଭିନ୍ କରିବାକୁ ଛଦ୍ମବେଶରେ ଆସିଥାଇପାରନ୍ତି। କିନ୍ତୁ କେଉଁ ପୁରୁଣା କେଶ୍‌ର ଛାନଭିନ୍ କରିବେ ସେମାନେ? ସେପରି କୌଣସି ରହସ୍ୟପୂର୍ଣ୍ଣ ବା ଅସମାଧିତ କେଶ୍ କଥା ନଜରକୁ ଆସିଲା ନାହିଁ। ନିକଟ ଅତୀତରେ ସେପରି କୌଣସି ଚୋରି ବା ମର୍ଡ଼ର କେଶ୍ ହୋଇ ନ ଥିଲା। ତେଣୁ ଏମାନେ ପୋଲିସ୍ ବା ଗୁଇନ୍ଦା ହୋଇ ନ ପାରନ୍ତି। ନିଃସନ୍ଦେହରେ ଏମାନେ ଚୋର। କିନ୍ତୁ ସାଧୁବେଶରେ ଥିବା ଏହି ଚୋରମାନଙ୍କୁ ଜବତ କରାଯିବ କିପରି?

ଅବଶେଷରେ ଜଣେ ଚେଲାଙ୍କ କାନରେ ବାଜିଲା ଜଣେ ଗ୍ରାମବାସୀଙ୍କ ପ୍ରଶ୍ନ। ସେ ଭାବ ରାଜ୍ୟରୁ ଫେରି ଆସିଲେ। 'ବମ୍ ବମ୍ ଭୋଲେ' ଆରାଧନାରୁ ବାସ୍ତବତାକୁ ଆସିଗଲେ। ଗ୍ରାମବାସୀମାନଙ୍କୁ ଦେଖିଲେ ଓ ପ୍ରକୃତିସ୍ଥ ହେଲେ। କିନ୍ତୁ ଗ୍ରାମବାସୀମାନଙ୍କର ପ୍ରଶ୍ନ ତାଙ୍କର ବୋଧଶକ୍ତି ଭିତରେ ପ୍ରବେଶ କରିପାରିଲା ନାହିଁ।

ସେ ପ୍ରଥମେ ହିନ୍ଦୀରେ କହିଲେ, ହିନ୍ଦୀ ମେ ବାତଚିତ୍ କରୋ।

ପୁଣି ପରେ ପରେ ସଂସ୍କୃତରେ କହିଲେ: ସଂସ୍କୃତେନ ବଦ।

ଗ୍ରାମରେ ଖୋଜାପଡ଼ିଲା ହିନ୍ଦୀ ବା ସଂସ୍କୃତରେ କହିପାରୁଥିବା ଜଣେ ସମଝଦାର ଲୋକର। ଆମ ଗ୍ରାମର କିଛି ଲୋକ ଅବଶ୍ୟ ମନେ କରୁଥିଲେ ଯେ ଓଡ଼ିଆରେ ଗୋଟାଏ 'ହୈ' ବା 'ଥା' ଲଗାଇଲେ ତାହା ହିନ୍ଦୀ ହୋଇଥାଏ। ତେଣୁ ସେମାନେ ଓଡ଼ିଆମାର୍କା ହିନ୍ଦୀରେ ପ୍ରଶ୍ନ ପଚାରୁଥିଲେ, ଯାହା ଆଗନ୍ତୁକମାନଙ୍କ ବୁଝିବା ବାହାରେ ଥିଲା।

ସେମାନଙ୍କ ପ୍ରଶ୍ନ ଥିଲା ଏହିପରି।

: ଆପଣମାନେ କିଏ ହୈ?

: ଆପଣମାନେ କୋଉଠୁ ଆସିଛନ୍ତି ହୈ?

: ଏଠାକୁ ଆସିବାର କାରଣ କ'ଣ ହୈ?

: ଏତେ ରାତିରେ ହୋ ହାଲ୍ଲା କାହିଁକି କରୁଛ ହୈ?

: ଆପଣମାନେ ପ୍ରକୃତରେ ବାବା ନା କଣ ହୈ?

ଆଗନ୍ତୁକମାନଙ୍କର ପ୍ରତିକ୍ରିୟା ଥିଲା ଏକାପରି, ହିନ୍ଦୀ ମେଁ ବାତଚିତ୍ କରେ। ସଂସ୍କୃତେନ ବଦ।

ଇତିମଧ୍ୟରେ ଗ୍ରାମର କିଛି ଉତ୍ସାହୀଯୁବକ ବୁଝିନେଇ ସାରିଥିଲେ ଯେ ସେମାନଙ୍କ ସହାୟ କେବଳ ହାଇସ୍କୁଲର ପ୍ରଧାନ ଶିକ୍ଷକ ଗଣେଶସାର୍ ହୋଇପାରିବେ। ସେତେବେଳକୁ ଗ୍ରାମରେ ନୂଆ ନୂଆ ହାଇସ୍କୁଲ ଆରମ୍ଭ ହୋଇଥାଏ ଓ ଗଣେଶ ସାର୍ ଅବସର ପରେ ଆସି ଯୋଗ ଦେଇଥାନ୍ତି ହାଇସ୍କୁଲରେ ପ୍ରଧାନ ଶିକ୍ଷକ ଭାବରେ।

ସବୁ ବିଷୟରେ ସେ ପାରଙ୍ଗମ ଥିଲେ ଓ ସ୍ୱଳ୍ପ ଶିକ୍ଷକଙ୍କୁ ନେଇ ଚାଲିଥିବା ସେଇ ନୂତନ ହାଇସ୍କୁଲରେ ସବୁ ବିଷୟ ପଢ଼ାଉଥିଲେ।

ସେଦିନ ମଧ୍ୟରାତ୍ରରେ କେତେଜଣ ତାଙ୍କୁ ଡାକି ଆଣିଥିଲେ ଘଟଣାସ୍ଥଳୀକୁ ଓ ସେ ଆସିବା ପରେ ହିଁ ବୁଝାପଡ଼ିଲା ଆଗନ୍ତୁକମାନେ ଚୋର ନୁହନ୍ତି କିମ୍ବା ପୋଲିସ୍ ନୁହନ୍ତି। ସେମାନେ ବାବାଜୀ ସଂପ୍ରଦାୟର। ଗଣେଶ ସାର୍ ସେମାନଙ୍କ ସହିତ ସଂସ୍କୃତରେ କଥାଭାଷା କରିଥିଲେ, ଯାହାର ଓଡ଼ିଆ ଭାଷାନ୍ତର ନିମ୍ନମତେ କରାଯାଇପାରେ।

: ଆପଣମାନେ କିଏ ?

: ଆମ୍ଭେମାନେ ମନୁଷ୍ୟ। ବା ମନୁଷ୍ୟତୁଲ୍ୟ ପ୍ରାଣୀ।

: ଆପଣମାନଙ୍କର ନିବାସ।

: ନିବାସ ଆକାଶତଳେ, ପୃଥ୍ୱୀ ଉପରେ।

: ଆପଣଙ୍କ ଆଦି ବାସସ୍ଥାନ କୋଉଠାରେ ?

: ଆମ୍ଭେମାନେ ଦୀକ୍ଷା ଗ୍ରହଣ କରିବା ପରେ ପୁନର୍ଜନ୍ମ ନେଇଛୁ । ପୂର୍ବ ଜୀବନ ବିସ୍ମୃତ ହୋଇଛୁ ।

: ଯାତ୍ରା କେଉଁ ଦିଗରେ ?

: ଏକ ମାତ୍ର ଧର୍ମ ମାର୍ଗରେ ହିଁ ଯାତ୍ରା।

: ଆପଣମାନଙ୍କର ନାମ କଣ ?

: ନାମ ତ କେବଳ ମନୁଷ୍ୟକୁ ଚିହ୍ନାଇବା ପାଇଁ। ନୋହିଲେ ଆମେମାନେ ତ ପରମାତ୍ମାଙ୍କ ଅଂଶ ।

: ଏଠାକୁ ଆଗମନର କାରଣ ?

: ଯାତ୍ରା ପଥରେ ଆସେ କେତେ ଗ୍ରାମ, କେତେ ଜନପଦ। ଏ ଗ୍ରାମ ମଧ୍ୟ ସେହପରି ଅସ୍ଥାୟୀ ଆଶ୍ରୟ । ଏଠାରେ ସାମାନ୍ୟ ବିରତି ନେଉଛୁ।

ଗଣେଶ ସାର୍ ସମବେତ ଜନତାଙ୍କୁ ବୁଝାଇଦେଲେ, ସନ୍ଦେହ କରିବାର କୌଣସି କାରଣ ନାହିଁ। ସେମାନେ ସାଧୁ ଓ ଭଦ୍ର। ଧର୍ମ ସେମାନଙ୍କର ଏକମାତ୍ର ଧର୍ମ। ଅତଏବ ଗ୍ରାମବାସୀ ଭୟଭୀତ ନ ହୋଇ ସ୍ୱଗୃହକୁ ଫେରିଯାଆନ୍ତୁ। ଗ୍ରାମବାସୀଙ୍କ ସମାବେଶ କ୍ରମେ ଦୁର୍ବଳ ହୋଇ ଆସିଲା।

ତେବେ ଗଣେଶ ସାର୍ ମୁଗ୍ଧ ହୋଇଥିଲେ ଦଳପତିଙ୍କ ସଂସ୍କୃତ କଥନରେ। ସେତେବେଳକୁ ଗ୍ରାମର ହାଇସ୍କୁଲରେ କେହି ସଂସ୍କୃତ ପଣ୍ଡିତ ନାହାନ୍ତି। ପ୍ରଧାନଶିକ୍ଷକ ଗଣେଶସାରଙ୍କୁ ସଂସ୍କୃତ ପଢ଼ାଇବାକୁ ହୋଇଥାଏ। ତେଣୁ ତାଙ୍କ ମନରେ ଗୋଟେ ଆଇଡ଼ିଆ ଜନ୍ମ ନେଲା।

ସେ ପଚାରିଲେ: ଆପଣ ସଂସ୍କୃତରେ ବିଦ୍ୱାନ ମନେ ହେଉଛନ୍ତି।

ଦଳପତି ଉତ୍ତର ଦେଲେ: ବିଦ୍ୱାନ ନୁହେଁ, ସାମାନ୍ୟ ଜ୍ଞାନ ଆହରଣ କରିଛି।

: କୌଣସି ସ୍କୁଲ, କଲେଜ ବା ବିଶ୍ୱବିଦ୍ୟାଳୟରୁ ଶିକ୍ଷାଲାଭ କରିଛନ୍ତି ?

: କରିଥିଲି, ମାତ୍ର ସେ ସବୁ ପ୍ରମାଣପତ୍ର ମୁଁ ଚିରି ଫୋପାଡ଼ି ଦେଇଛି।

: ଉଦ୍ଦେଶ୍ୟ !

: ମଣିଷର ଜ୍ଞାନ ତା ନିଜର ଅର୍ଜନ। ପ୍ରମାଣପତ୍ରର ଆବଶ୍ୟକତା ତୁଚ୍ଛ।

: ଆପଣ କେତେଦିନ ଏହି ସ୍ଥାନରେ ରହିବେ ?

: ସେପରି କୌଣସି ସ୍ଥିରତା ନାହିଁ। ଆମେ ଯାତ୍ରୀ, ଆମର ଗତି ଅସୀମ ଆଡ଼କୁ।

: ଆପଣ ଯେତିକି ଦିନ ଏଠାରେ ରହିବେ, ଚାହିଁଲେ ଆମର ଉପକାର କରିପାରିବେ।

: ଉପକାର କରିବା ତ ସାଧୁର କର୍ତ୍ତବ୍ୟ ! କୁହନ୍ତୁ, କେଉଁ ଉପକାର ଆମେ କରିପାରିବୁ ?

: ଆମ ସ୍କୁଲରେ ଅନେକଦିନରୁ କେହି ସଂସ୍କୃତ ପଣ୍ଡିତ ନାହାନ୍ତି। ପିଲାମାନେ ପଢ଼ା ଅଭାବରୁ ହଇରାଣ ହେଉଛନ୍ତି। ଆପଣଙ୍କ ଭଳି ବିଦ୍ୱାନ ବ୍ୟକ୍ତି ଚାହିଁଲେ ପିଲାମାନଙ୍କୁ ସଂସ୍କୃତରେ କିଛି ଶିକ୍ଷା ଦେଇପାରନ୍ତେ।

ଦଳପତି କହିଲେ: ତଥାସ୍ତୁ !

ଏହି ରକମ ଦଳପତି ନିଯୁକ୍ତି ହୋଇଗଲେ ଆମ ହାଇସ୍କୁଲରେ ସଂସ୍କୃତ ପଣ୍ଡିତ ଭାବରେ। ପରବର୍ତ୍ତୀ କାଳରେ ନାମିତ ହେଲେ ଦାଢ଼ିଆ ପଣ୍ଡିତ ଭାବରେ। କୌଣସି ଲେଖାପଢ଼ା ନାହିଁ, ପ୍ରମାଣପତ୍ର ଦାଖଲ କରିବା ଲୋଡ଼ା ନାହିଁ। କେବଳ ମୌଖିକ ଭାବରେ ଦାଢ଼ିଆ ପଣ୍ଡିତଙ୍କର ନିଯୁକ୍ତି ହୋଇଗଲା। ସ୍କୁଲ ତରଫରୁ ତାଙ୍କୁ ରହିବାପାଇଁ ଘରଟିଏ ଦିଆଗଲା। ତା' ପରଦିନ ଆମେ ସବୁ ସ୍କୁଲରେ ପହଂଚିଲା ବେଳକୁ ଦାଢ଼ିଆ ପଣ୍ଡିତଙ୍କ ରାଜୁତି ଆରମ୍ଭ ହୋଇ ଯାଇଛି। ସେତେବେଳକୁ ଆମର ନବମ ଶ୍ରେଣୀ।

ଗେରୁବସ୍ତ୍ର, ଦୀର୍ଘ ଶ୍ମଶ୍ରୁ, ମଥାରେ ଜଟାଜୁଟ। ଏହିପରି ବିଚିତ୍ର ଚେହେରାର ଦୀର୍ଘକାୟ ବ୍ୟକ୍ତିତ୍ୱ ଶ୍ରୀ ଶ୍ରୀ ଗଙ୍ଗାଧର ଓଁକାରାନନ୍ଦ ସରସ୍ୱତୀ। ଏତେବଡ଼ ନାମ ପାଟିରେ ପଇଟିବ ନାହିଁ, ତେଣୁ ଡାକ ନାମ ହୋଇଗଲା ଦାଢ଼ିଆ ପଣ୍ଡିତେ।

ପଣ୍ଡିତେ ଆମ ଶ୍ରେଣୀକୁ ଆସିଲେ ଓ ପ୍ରଥମ ପ୍ରଶ୍ନ ପଚାରିଲେ ଯେ, କେଉଁମାନେ କୌପୀନ ପରିଧାନ କରୁଛନ୍ତି।

ଆମର ନବମ ଶ୍ରେଣୀ। ଆମେ ସବୁ ହାଫ୍‌ପ୍ୟାଣ୍ଟ ପିନ୍ଧୁଥାଉ। ଅନ୍ତବସ୍ତ୍ର ପ୍ରାୟତଃ କେହି ପିନ୍ଧୁନଥାନ୍ତି।

ପଣ୍ଡିତେ ଘୋଷଣା କଲେ: ଘୋଡ଼ାକା ଜୀନ୍ ହୈ, ଆଦମୀ କା କୌପୀନ ହୈ! ସମସ୍ତେ କୌପୀନ ପିନ୍ଧିବାକୁ ବାଧ୍ୟ। ନୋହିଲେ ମାନବ ଜୀବନ ଅସାର। ଆମେମାନେ ଆତଙ୍କିତ ଦିଶିଲୁ। କୌପୀନ କଣ, ତାହା କୋଉଠି ମିଳେ, କିପରି ପିନ୍ଧାଯାଏ, ଏ ସମ୍ପର୍କରେ ଆମର ବିଶେଷ ଜ୍ଞାନ ନଥିଲା। ଦାଢ଼ିଆ ପଣ୍ଡିତଙ୍କ ଆଦେଶନାମା ଆମକୁ ଭୟଭୀତ କରିପକାଇଲା।

ପଣ୍ଡିତଙ୍କ ପରବର୍ତ୍ତୀ ଘୋଷଣା ଥିଲା, ସମସ୍ତେ ସଂସ୍କୃତରେ କଥାଭାଷା କରିବେ। ସଂସ୍କୃତ ଶ୍ରେଣୀରେ ଓଡ଼ିଆ ଭାଷା ବ୍ୟବହାର ସମ୍ପୂର୍ଣ୍ଣ ନିଷିଦ୍ଧ।

ଯୋଗିଆକୁ ପରିସ୍ରା ଲାଗୁଥିଲା। ସେ ଠିଆହୋଇ ଗୋଟାଏ ଆଙ୍ଗୁଠି ଦେଖାଇ କହିଲା, ସାଆରେ! ବାହାରକୁ ଯିବି!

ସେତେବେଳେ ଗୋଟାଏ ଆଙ୍ଗୁଠି ଦେଖାଇବାର ଅର୍ଥ 'ଏକ'। ଏବଂ 'ଏକ'ର ଅର୍ଥ ପରିସ୍ରା। ଏବଂ 'ଦୁଇ'ର ଅର୍ଥ ଝାଡ଼ା ଯିବା। ସ୍କୁଲରେ 'ଏକ' ଓ 'ଦୁଇ' ଲେଖାଥିବା ଦୁଇଟି ଛୋଟ ପଟା କାଗଜ ଥିଲା। ତାକୁ ଦେଖେଇ ଜଣେ ବାହାରକୁ ଯାଉଥିଲା, ସେ ପଟାକାଗଜର ପାସ୍‌ଟା ଫେରି ନ ଆସିବା ପର୍ଯ୍ୟନ୍ତ ଆଉ ଜଣେ ସେଇ ଉଦ୍ଦେଶ୍ୟରେ ବାହାରକୁ ଯାଇପାରୁ ନ ଥିଲା। ସେଥିପାଇଁ ଛାତ୍ର ମହଲରେ ଅସନ୍ତୋଷ ଥିଲା ଓ ଛାତ୍ରମାନେ ଜାଣିଶୁଣି ସେ ପଟାକାଗଜର ପାସ୍‌କୁ ଫୋପାଡ଼ି ଦେଉଥିଲେ। ହଜେଇ ଦେଉଥିଲେ।

ଯୋଗିଆ ଯେତେବେଳେ ଶୁଦ୍ଧ ଓଡ଼ିଆରେ ଏ ଅନୁମତି ମାଗିଲା ତାହା ଗ୍ରହଣୀୟ ହେଲା ନାହିଁ ପଣ୍ଡିତ ମହାଶୟଙ୍କର।

ପଣ୍ଡିତେ କହିଲେ: ସଂସ୍କୃତେନ ବଦ।

ଯୋଗିଆ କିଏ ଆଉ ସଂସ୍କୃତରେ ବଦ କିଏ।

କହିଲା: ସାଆରେ! ଜୋରରେ ଲାଗିଲାଣି।

ପଣ୍ଡିତେ କହିଲେ: କିଂ ?

ଯୋଗିଆ କହିଲା: ଏକ! ଏକ ସାଆରେ!

ପଣ୍ଡିତେ କହିଲେ: ସଂସ୍କୃତେନ ବଦ!

ଆମେ ପଛରୁ ଯୋଗିଆକୁ ଶିଖାଇଲୁ: କହ! ବର୍ହିଗନ୍ତୁମ୍ ଇଚ୍ଛାମି ଦେବ!

ଅନେକ ଶିଖିଲାପରେ ଯୋଗିଆ କହିଲା, ବହିମ୍ ଇଛାମି!

ପଣ୍ଡିତେ ଦୟାକଲେ। କହିଲେ: ତଥାସ୍ତୁ!

ଯୋଗିଆର ଅବସ୍ଥା ସେତେବେଳକୁ ଶୋଚନୀୟ। ସେ ପେଟଚାପି ନଇଁ ନଇଁ ବାହାରକୁ ପଳାଇଲା। ଆଉ ସାମାନ୍ୟ ଡେରି ହୋଇଥିଲେ ଲଜ୍ୟାକର ପରିସ୍ଥିତି ଉପୁଜି ଥାଆନ୍ତା।

ପାଣୁଆର ସେଦିନ ସ୍କୁଲକୁ ଆସିବାକୁ ଡ଼େରି।

କବାଟ ପାଖରେ ଠିଆ ହୋଇ କହିଲା : ସାଆରେ! ଭିତରକୁ ଯିବି!

ପଣ୍ଡିତେ ପଚାରିଲେ: କଃ!

ପାଣୁଆ କହିଲା: ପାଣୁ!

ପଣ୍ଡିତେ ପଚାରିଲେ: କିମ୍ ଇଛସି ?

ପାଣୁଆ କହିଲା କହୁଚି ପରା, ଯିବି।

ପଣ୍ଡିତେ କହିଲେ: ସଂସ୍କୃତେନ ବଦ।

ପାଣୁଆ କହିଲା: ସାଆରେ! ଟିକିଏ ଡେରି ହେଇଗଲା। ଆଜି ଦିନଟା ଛାଡ଼ି ଦିଅନ୍ତୁ।

ପଣ୍ଡିତେ କହିଲେ: ସଂସ୍କୃତେନ ବଦ।

ଏତିକି ବେଳକୁ ଯୋଗିଆ ଫେରିଆସିଛି।

କହିଲା: ସାଆରେ! ମୁଁ ଆସିଗଲି, ଭିତରକୁ ଯିବି।

ପଣ୍ଡିତେ କହିଲେ: ସଂସ୍କୃତେନ ବଦ।

ଆମେ କ୍ଲାସରୁମ୍ ଭିତରୁ ଶିଖାଇଲୁ: କହ! ଅନ୍ତର୍ଗନ୍ତୁମ୍ ଇଛାମି ନାଥ!

ଯୋଗିଆ କହିଲା: ଅନ୍ତମ୍ ଇଛାମି!

ପଣ୍ଡିତେ ଭାବିଲେ ଯା ହେଉ ଗୋଟାଏ ତ ସଂସ୍କୃତ ଶବ୍ଦ କହିଛି, ତାକୁ କ୍ଷମା କରି ଦିଆଯାଉ।

କହିଲେ: ତଥାସ୍ତୁ! ତଥାସ୍ତୁ!

ପାଣୁଆ ଶେଷ ପର୍ଯ୍ୟନ୍ତ ସଂସ୍କୃତ ଶବ୍ଦଟାଏ କହିପାରିଲାନି। ସେ କ୍ଲାସ ତାର ମାରା ପଡ଼ିଲା। ଦାଢ଼ିଆ ପଣ୍ଡିତେ ସଂସ୍କୃତ ପଢ଼ାଇବାକୁ ଆରମ୍ଭ କଲେ। ସେ ସଂସ୍କୃତକୁ ଇଂରାଜୀରେ ବୁଝାଇଥିଲେ। ଅସ୍ତି କସ୍ମିଶ୍ଚିତ୍ ବନେ ଚଣ୍ଡରବଃ ନାମ ଶୃଗାଳଃ। ଏ ଜ୍ୟାକଲ୍ ନେମ୍‌ଡ଼ ଚଣ୍ଡରବ ୱାଜ ଦେୟାର ଇନ ଏ ଫରେଷ୍ଟ। ସଃ ଅବଦତ୍। ହି ଟୋଲଡ୍। ଭୋ! ଭୋ ବନ୍ଧୁଃ! ଓ ମାଇଁ ଡ଼ିଅର ଫ୍ରେଣ୍ଡ୍। ଇତ୍ୟାଦି ଇତ୍ୟାଦି।

ଅଳ୍ପଦିନ ମଧ୍ୟରେ ଆମେ ଦାଢ଼ିଆ ପଣ୍ଡିତଙ୍କ ସଂସ୍କୃତ ପଢ଼ାଇବା ଷ୍ଟାଇଲ୍ ସହିତ ପରିଚିତ ହୋଇଗଲୁ। କୌପୁନୀର ଆବଶ୍ୟକତା, ବ୍ରହ୍ମଚର୍ଯ୍ୟର ଉପକାରିତା ଭଳି ବିଷୟ ସବୁ କୋର୍ସ ଭିତରକୁ ପ୍ରବେଶ କରିଗଲା।

ସେ ଯେତେ ବେଳେ ସ୍କୁଲକୁ ଆସନ୍ତି ଦୁଇଟାଯାକ ଚେଲା ତାଙ୍କ ଦୁଇପାଖରେ ପତାକା ଉଡ଼ାଇ ଉଡ଼ାଇ ଆସନ୍ତି । ସେ କ୍ଲାସ୍‌ରେ ପାଠ ପଢଉଥିବା ସମୟରେ ଦୁଇଟାଯାକ ଚେଲା ବାହାରେ ବସି ରହି ଚିଲମ ସଜାଡ଼ନ୍ତି । ଆମେ ପ୍ରଧାନଶିକ୍ଷକଙ୍କୁ ଏ ବାବଦରେ ଅଭିଯୋଗ ବି କରିଥିଲୁ। ମାତ୍ର ଗଣେଶସାର୍ କହିଲେ, କିଛି ପାଇବାକୁ ହେଲେ କିଛି ବୁଝାମଣା କରିନେବାକୁ ହୁଏ। ଆମେ ସୁବିଧାରେ ଜଣେ ପଣ୍ଡିତେ ପାଇଛେ ମାନେ ତାଙ୍କ ଦୌରାତ୍ମ୍ୟ ସହିବାକୁ ହେବ।

ଆମେ ଅଭିଯୋଗ କଲୁ : ସେ ଆମକୁ କୌପୁନୀ ପିନ୍ଧିବାକୁ କହୁଛନ୍ତି।

ପ୍ରଧାନଶିକ୍ଷକ ଗଣେଶସାର୍ କହିଲେ : ସହିଯାଅ !

ଆମେ ଗାଁ ସ୍କୁଲରେ ପଢୁଥିଲୁ। କୋଉଠି କୌପୁନୀ ମିଳିବ ଜାଣି ନ ଥିଲୁ ।

ତେବେ ଦିନ ଆସିଲା ଯେତେବେଳେ ନିଜେ ପ୍ରଧାନଶିକ୍ଷକ ଗଣେଶସାର୍ ବୁଝାମଣା କରିନେବାକୁ ପଛଘୁଂଚା ଦେଲେ । ସମସ୍ୟା ଆରମ୍ଭ ହେଲା ପଣ୍ଡିତଙ୍କ ଧର୍ମାଚରଣକୁ ନେଇ। ପଣ୍ଡିତ ମହାଶୟ ଥିଲେ ଶିବଭକ୍ତ। ତେଣୁ ସବୁବେଳେ ତାଙ୍କ ମୁହଁରୁ 'ଜୟ ଶିବଶଙ୍କର' ବାହାରୁଥିଲା। ପାହାନ୍ତି ପହରୁ ତାଙ୍କ ଘରୁ 'ବମ୍ ବମ୍ ଭୋଲେ', 'ହରହର ମହାଦେବ' ଭଳି ଧ୍ୱନୀ ଶୁଣାଯାଉଥିଲା ଓ ଆଖପାଖ ଅଂଚଳକୁ ପ୍ରକମ୍ପିତ କରୁଥିଲା। ଆମ ହେଡ୍‌ମାଷ୍ଟର ଗଣେଶସାର୍ ଥିଲେ କାଳୀ ଭକ୍ତ। ସେ ରାତି ଚାରିଟାରୁ ଉଠି ପଡୁଥିଲେ ଓ ପୋଖରୀକୂଳରେ ଗୋଟିଏ ପଥର ଉପରେ ବସିରହି ନୀରବରେ ଆକାଶ ଆଡ଼କୁ ଚାହିଁ ଧ୍ୟାନମଗ୍ନ ହେଉଥିଲେ। ମଝିରେ ମଝିରେ କ୍ଷୀଣ ସ୍ୱରରେ ଡାକୁଥିଲେ, ମା', ମା' ବୋଲି । ଦାଢ଼ିଆ ପଣ୍ଡିତେଙ୍କ ପାହାନ୍ତି ପହରୁ 'ବମ୍ ବମ୍ ଭୋଲେ' ଧ୍ୱନୀ ତାଙ୍କର ଧ୍ୟାନଭଗ୍ନ କରିବାକୁ ଯଥେଷ୍ଟ ଥିଲା।

ଧ୍ୟାନଭଗ୍ନ ହୁଅନ୍ତେ ଗଣେଶସାର ରକ୍ତଚକ୍ଷୁରେ ଚତୁର୍ଦ୍ଦିଗକୁ ଚାହୁଁଥିଲେ। ଯେମିତି କି ଆଖି ସାମ୍ନାରେ ପଡ଼ିଲେ ସେ ସମସ୍ତଙ୍କୁ ଜାଳିପୋଡ଼ି ଛାରଖାର କରିଦେବେ। ସେ ରାଗିମାଗି ନିଜ ପ୍ରକୋଷ୍ଠକୁ ଫେରି ଆସୁଥିଲେ।

ସ୍କୁଲରେ ହେଡମାଷ୍ଟର ଗଣେଶସାର୍ ଆଉ ଦାଢ଼ିଆ ପଣ୍ଡିତେ ଓଁକାରାନନ୍ଦ ସରସ୍ୱତୀଙ୍କ ସାମ୍ନାସାମ୍ନି ହୋଇଗଲା। ଆଲୋଚନା ହିନ୍ଦୀରେ ହୋଇଥିଲା। ତାର ଓଡ଼ିଆ ଅନୁବାଦ ନିମ୍ନମତେ। ହେଡ୍‌ମାଷ୍ଟର କହିଲେ: ଏତେ ଜୋରରେ ଚିତ୍କାର କରି ଭଗବାନଙ୍କୁ ଡାକିବା କ'ଣ ଦରକାର। ଆପଣମାନେ ନୀରବରେ ଆବାହନ କରିପାରନ୍ତି।

ଦାଢ଼ିଆ ପଣ୍ଡିତେ ଜବାବ ରଖିଲେ ।

: ଆମେ ଭଗବାନ ଶିବଙ୍କ ଭକ୍ତ, ଯିଏ ଚିତ୍କାର କରି ନ ଡାକିଲେ ଶୁଣନ୍ତିନି।

: ଆପଣ କାହିଁକି ତାଙ୍କର ଭକ୍ତ ହୋଇଛନ୍ତି, ଯିଏ ଚିତ୍କାର କରି ନ ଡାକିଲେ ଶୁଣନ୍ତିନି।

: ଶିବ ହିଁ ଶ୍ରେଷ୍ଠ। ଶିବ ହିଁ ପରମ। ଆପଣ ଆମ ଇଷ୍ଟଦେବଙ୍କ ସମ୍ପର୍କରେ ଏପରି କହିବା ଉଚିତ ହେଉନାହିଁ।

: ଆପଣମାନେ ପାହାନ୍ତା ପ୍ରହରରେ ଏପରି ଚିତ୍କାର କରୁଛନ୍ତି ଯେ ମୋର ଇଷ୍ଟଦେବୀ ରୁଷ୍ଟ ହେଉଛନ୍ତି।

: କିନ୍ତୁ ଆପଣ ଆମ ଧର୍ମାଚରଣରେ ବାଧା ଦେଇପାରିବେ ନାହିଁ।

: ଆମ ଧର୍ମାଚରଣରେ ମଧ୍ୟ ଆପଣ ବାଧା ଦେବା ଉଚିତ୍ ନୁହେଁ।

ଏହିପରି ଅସୀମାଂସିତ ଭାବରେ ସେମାନଙ୍କର ଯୁକ୍ତିତର୍କ ଶେଷ ହୋଇଥିଲା। କିନ୍ତୁ ଆମ ଛାତ୍ର ମହଲରେ ଏ ସମ୍ପର୍କରେ ନାନା ଆଲୋଚନା ଜାରି ରହିଲା। ଏଇ ଯେମିତି ଶିବ ବଡ଼ ନା ମହାକାଳୀ ବଡ଼। କିଏ ରାଗିଲେ କେତେ ବଡ଼ କ୍ଷତି ହୋଇପାରିବ। କିଏ ଖୁସି ହେଲେ କେତେ ସାହାଯ୍ୟ କରିପାରିବେ। କିନ୍ତୁ ଯୁକ୍ତିର ଶେଷ ନଥାଏ।

ଦଳେ କହୁଥିଲେ: କିହୋ ଏ ଶିବ ପରା ସ୍ୱାମୀ! କାଳୀ ତାଙ୍କର ସ୍ତ୍ରୀ। ସ୍ୱାମୀ ବଡ଼ ନା ସ୍ତ୍ରୀ ବଡ଼।

ଯୁକ୍ତି ଆସୁଥିଲା: କାଳୀ କାହିଁକି ତାଙ୍କର ସ୍ତ୍ରୀ ହେବେ, ତାଙ୍କର ସ୍ତ୍ରୀ ହେଲେ ପାର୍ବତୀ।

: କାଳୀ ଆଉ କିଏ କି? ସିଏ ପରା ପାର୍ବତୀଙ୍କର ଆଉ ଏକ ରୂପ।

: ହେଇପାରେ,କିନ୍ତୁ କାଳୀ ରୂପ ନେଲାପରେ ସେ ଆଉ କାହାକୁ ମାନନ୍ତିନି। ଦେଖିନା ଚିତ୍ରରେ, କେମିତି ଶିବଙ୍କ ଛାତି ଉପରେ ଚଢ଼ି ମହାକାଳୀ ଚାଲିଯାଉଛନ୍ତି।

: ମହାକାଳୀ ରୂପ ସେ କେବେ କେମିତି ନେବେ ନା ବର୍ଷସାରା ନେଉଥିବେ। ତେଣୁ ତାଙ୍କୁ ବର୍ଷସାରା ଡାକିବାଟା ଠିକ୍ ନୁହେଁ।

: ଶିବ କୋଉ ବର୍ଷସାରା ସୁସ୍ଥ ଥାଆନ୍ତି କି? ସେ ପରା ମଶାଣୀରେ ବୁଲୁଥିବେ, ଗଂଜେଇ ଟାଣୁଥିବେ। ଭୋଳା ହୋଇ ବସିଥିବେ। ଡାକିଲେ ଶୁଣିବେ କେତେବେଳେ।

ଆଲୋଚନାର ଶେଷ ହେଉ ନ ଥାଏ।

ଆମେ ଅପେକ୍ଷା କରୁଥାଉ, ଏ ଯୁକ୍ତିତର୍କରେ କିଏ ଜିତୁଛି। ଶିବ ନା ମହାକାଳୀ।

ହେଡ଼ମାଷ୍ଟର ଗଣେଶସାର୍ ନା ଦାଢ଼ିଆ ପଣ୍ଡିତେ ଗଙ୍ଗାଧର ଓଁକାରାନନ୍ଦ ସରସ୍ୱତୀ। ଆମେ ସ୍କୁଲରେ ଦୁଇ ଭାଗରେ ବିଭକ୍ତ ହୋଇଯାଇଥାଉ । ଦଳେ ଶୈବ ଆଉ ଦଳେ ଶାକ୍ତ । ଦଳେ ସ୍ଲୋଗାନ ଦେଉଥିଲେ, 'ବମ୍ ବମ୍ ଭୋଲେ', ଆଉ ଦଳେ ସ୍ଲୋଗାନ ଦେଉଥିଲେ, 'ଜୟ ମହାକାଳୀ' । ସ୍କୁଲଟା ଏକ ରକମ ଧାର୍ମିକ ଯୁଦ୍ଧକ୍ଷେତ୍ରରେ ପରିଣତ ହୋଇଯାଇଥିଲା ।

ଆମେ ଭାବିଥିଲୁ ଦାଢ଼ିଆ ପଣ୍ଡିତେ ଟିକେ ନରମିଯିବେ। ପାହାନ୍ତି ପହରରେ ଆଉ 'ବମ୍ ବମ୍ ଭୋଲେ' ବୋଲି ଚିତ୍କାର କରିବେ ନାହିଁ। ମାତ୍ର ସେପରି ହେଲାନାହିଁ। ସେ ଆହୁରି ଉତ୍ସାହରେ ଆହୁରି ଅଧିକ ଉଚ୍ଚ ସ୍ୱରରେ ଚିତ୍କାର କରି ଭଗବାନ ଶିବଙ୍କୁ ଆରାଧନା କଲେ। ହେଡ଼ମାଷ୍ଟରଙ୍କ ଆରାଧନା ହୋଇପାରୁନଥିଲା । ସେଥିରେ ବିଘ୍ନ ଆସୁଥିଲା।

ସ୍କୁଲରେ ପୁଣି ସେମାନେ ସାମ୍ନା ସାମ୍ନି ହେଉଥିଲେ।

: ଆପଣମାନେ ଏତେ ଚିତ୍କାର କରିପାରିବେ ନାହିଁ।

: ଆମର ଧର୍ମ ଆଚରଣରେ କେହି ବାଧାଦେଇ ପାରିବେ ନାହିଁ ?

: ତେବେ ମୋର ଧର୍ମ ଆଚରଣରେ ବାଧା କାହିଁକି ?

: ଆପଣ ଆପଣଙ୍କ ଧର୍ମ ଆଚରଣ କଥା ବୁଝିବେ। ଆମର ସେଥିରେ ଯାଏ ଆସେ କେତେ ?

: କିନ୍ତୁ ଆପଣମାନେ ଯେ ବିଘ୍ନ ସୃଷ୍ଟି କରୁଛନ୍ତି।

: ଆମେ ବିଘ୍ନ ସୃଷ୍ଟି କରୁନାହୁଁ। ଆପଣଙ୍କ ଦୁର୍ବଳ ଧର୍ମ ଆଚରଣ ହିଁ ସବୁରି ପାଇଁ ଦାୟୀ। ଶୈବ ଧର୍ମ ଭାରତୀୟ ସଂସ୍କୃତିରେ ସବୁଠୁ ପ୍ରାଚୀନ ଓ ସର୍ବସାଧାରଣ ଧର୍ମ। ଶିବ ହିଁ ସତ୍ୟ। ଶିବ ହିଁ ସୁନ୍ଦର। ଆପଣ ଶୈବ ଧର୍ମରେ ଦୀକ୍ଷିତ ହୁଅନ୍ତୁ। ସମସ୍ତ ସମସ୍ୟା ଦୂର ହୋଇଯିବ।

: ଏହା ଯେ ଅସମ୍ଭବ। ଆମେ ଯେ ଶାକ୍ତ। ଆପଣ ବରଂ ଶାକ୍ତ ଧର୍ମ ଗ୍ରହଣ କରନ୍ତୁ।

: ଆପଣ ଶୈବ ଧର୍ମରେ ଦୀକ୍ଷିତ ହୁଅନ୍ତୁ । ଏହା ଶ୍ରେଷ୍ଠ ଧର୍ମ ।

: ଆପଣ ଶାକ୍ତ ହୁଅନ୍ତୁ ।

: ଆପଣ ଶୈବ ହୁଅନ୍ତୁ ।

: ଶାକ୍ତ ହୁଅନ୍ତୁ ।

: ଶୈବ ହୁଅନ୍ତୁ ।

: ଶାକ୍ତଧର୍ମ ଏବେ ବିଲୁପ୍ତ ପ୍ରାୟ।

: କୋଉ ପାମର କହେ ଯେ ଶାକ୍ତଧର୍ମ ବିଲୁପ୍ତପ୍ରାୟ। ମୁଁ ବଂଚିଥିବା ପର୍ଯ୍ୟନ୍ତ ଶାକ୍ତଧର୍ମର ଏ ଅପମାନ ସହିହେବ ନାହିଁ।

ଯୁକ୍ତିତର୍କ ଏଥର ଖୁବ୍ ତଳକୁ ଖସି ଆସିଥିଲା। ବ୍ୟକ୍ତିଗତ ମାନ ଅପମାନରେ ଅଟକି ଯାଇଥିଲା। ଏବଂ ଶେଷରେ ଶିବ ବଡ଼ ନା ଶକ୍ତି ବଡ଼ରୁ ଖସି ଆସି ତାହା ସ୍ଥିର ହୋଇଗଲା, ହେଡ଼ମାଷ୍ଟ୍ରେ ଠିକ୍ କହୁଛନ୍ତି ନା ସଂସ୍କୃତ ପଣ୍ଡିତେ ଠିକ କହୁଛନ୍ତିରେ।

ଏଥର ହେଡ଼ମାଷ୍ଟ୍ରେ ତାଙ୍କର ପରାକ୍ରମ ଦେଖାଇଲେ। ଶାକ୍ତଧର୍ମର ସୁରକ୍ଷା ତାଙ୍କୁ ଗୁରୁତ୍ୱପୂର୍ଣ୍ଣ ଦେଖାଗଲା। ସ୍କୁଲରେ ଯେ ସଂସ୍କୃତ ପଣ୍ଡିତ ଅନେକଦିନରୁ ନ ଥିଲେ, ପିଲାମାନେ ସଂସ୍କୃତ ଠିକ୍ ଭାବରେ ପଢ଼ିପାରୁନଥିଲେ, ଏସବୁ ତୁଚ୍ଛ ଦେଖାଗଲା।

ସେ ନିର୍ଦ୍ଦେଶ ଦେଲେ: ସ୍କୁଲରେ ଯଦି ସଂସ୍କୃତ ପଢ଼ାଇବାକୁ ଇଚ୍ଛା ତେବେ 'ହରହର ବମ୍ ବମ୍' ଚିତ୍କାର ଛାଡ଼ିବାକୁ ପଡ଼ିବ। ନ ହେଲେ ସ୍କୁଲ୍।

ଦାଢ଼ିଆ ପଣ୍ଡିତେ ଉତ୍ତର ଦେଇଥିଲେ: ମୁଁ ମୋର ଧର୍ମ ଆଚରଣ ଛାଡ଼ି ପାରିବି ନାହିଁ।

ଏହାପରେ ସେ ଉଚ୍ଚସ୍ୱରରେ 'ହରହର ବମ୍ ବମ୍'ବୋଲି କହିଲେ ଓ ସ୍କୁଲ୍ ଛାଡ଼ି ଚାଲିଗଲେ। ସେଦିନ ରାତି ପର୍ଯ୍ୟନ୍ତ ତାଙ୍କ ପ୍ରକୋଷ୍ଠରୁ 'ହରହର ବମ୍ ବମ୍', 'ହର ହର ମହାଦେବ' ପ୍ରଭୃତି ଧ୍ୱନୀ ଶୁଣାଯାଇଥିଲା। ଉତ୍ତୀର୍ଣ୍ଣ ରାତିରେ ସେ ନିଜର ଚେଲା ଚାମୁଣ୍ଡାଙ୍କ ସହ ଅଦୃଶ୍ୟ ହେଲେ। ଯାହାର, ନିବାସ ଆକାଶତଳେ ଓ ମାଟି ଉପରେ, ଯାହାର ଯାତ୍ରା ଧର୍ମ ମାର୍ଗରେ, ଅସୀମ ଦିଗରେ, ସେ କୁଆଡ଼େ ଗଲେ, କେମିତି ଗଲେ, ସେ ସବୁ ଅନୁମାନ କରିବା କଷ୍ଟକର। ସେ ଗଲାପରେ ତାଙ୍କ ପ୍ରକୋଷ୍ଠ ଆଗରେ ଗୋଟେ ଗେରୁଆ ରଙ୍ଗର ପତାକା ପୋତି ଦେଇ ଯାଇଥିଲେ। କିଛିଦିନ ପର୍ଯ୍ୟନ୍ତ ସେ ପତାକା ଉଡୁଥିଲା। ପରେ ତାହା କେବେ କେମିତି ନିଶ୍ଚିହ୍ନ ହେଲା, କେହି ଜାଣେନା।

ଆମେ ଅଭିଯୋଗ କଲୁ : ପଣ୍ଡିତେ ପଳାଇଲେ, ଆମକୁ ସଂସ୍କୃତ ପଢ଼ାଇବ କିଏ ?

: ଆମେ ସବୁ ତ ସହିଯାଉଥିଲୁ। ଏ ହର ହର ବମ୍ ବମ୍ ଚିତ୍କାର ସହି ନେଇଥିଲେ ହୋଇ ଥାଆନ୍ତା।

ମାତ୍ର ଆମ ଅଭିଯୋଗର କେହି ଉତ୍ତର ଦେଉନଥିଲେ ।

ଏ ସବୁ ଆମର ପିଲାଦିନର କଥା। ଆମ ସ୍କୁଲ ଦିନର କଥା। ଆଜି ଏତେ ବର୍ଷପରେ ଦେଖୁଛି ପରିସ୍ଥିତି ସେମିତି ବିଶେଷ କିଛି ବଦଳି ନାହିଁ। ଆମ ପାଇଁ ଆମର ଧର୍ମ ଆଚରଣ ବଡ଼ ହୋଇ ରହିଛି। ସେଥିପାଇଁ ଆଉ କିଏ କୋଉଠି ଅସୁବିଧା ଭୋଗୁଛି ତାହା ବୁଝିବାକୁ ଆମର ମାନସିକତା ନାହିଁ। ଧର୍ମ ପାଇଁ ଆମେ ଦେଶକୁ ବଳିଦେବାକୁ ପ୍ରସ୍ତୁତ, ଯେମିତି କେତେବର୍ଷ ତଳେ ସ୍କୁଲର ପାଠପଢ଼ାକୁ ବଳି ଦେବାକୁ ହୋଇଥିଲା ଶୈବ ଶାକ୍ତ ଝଗଡ଼ାରେ। ଧର୍ମ ନାମରେ ବିଭେଦ ଏବେ ବି ଜାରି ରହିଛି।

■

ଅପୂଜା

ଆମ ସ୍କୁଲର କ୍ଲାସରୁମ୍ ଭିତରୁ ଦିଶେ ସେ ତୋଟା । ଅନେକଗୁଡ଼ିଏ ଗଛ ଓ ତା'ର ଛାୟାଘନ ପରିବେଶ । ମୋତେ ଲାଗେ ତାହା ହିଁ ଜଙ୍ଗଲ । କାରଣ ସେତେବେଳକୁ ମୁଁ ପଢ଼ିସାରିଥାଏ କେତେଗୁଡ଼ିଏ ପରୀ କାହାଣୀ । ରାଜାପୁଅ ରାଜାଝିଅର ଗଳ୍ପ । ମୋର ମନେହୁଏ ସେଇ ତୋଟା ଭିତରେ ପଶିଗଲେ କ୍ରମେ କ୍ରମେ ଦିଶିବ ଅଗନାଅଗନି ବନ । ଏମିତି ଘଂଚ ଜଙ୍ଗଲ ଯେ ଦିନ ମନେହେବ ରାତି ଭଳି । ରାତି ଲାଗିବ କଳା ଝିଟୁ ଅନ୍ଧାର ଭଳି ।

ସେଇ ଜଙ୍ଗଲର ଶେଷରେ ଥାଇପାରେ ନଦୀ ଝରଣା ବା ପାହାଡ଼ । ଥାଇପାରେ କାଚକେନ୍ଦୁ ଭଳି ଜଳ ଥିବା ଗୋଟେ ପୁଷ୍କରିଣୀ, ତାହାର ପାହାଚ ସବୁ ଶଙ୍ଖ ମଲ୍ ମଲ୍ ମାର୍ବଲର ଓ ଦୀପିଦାଣ୍ଡି ମନ୍ଦିର ଭଳି ମନୋରମ । ଏସବୁ କାହାଣୀ ପ୍ରଭାବିତ ସ୍ୱପ୍ନ ମୋତେ ଆବିଷ୍ଟ କରି ରଖେ ।

କ୍ଲାସରୁମରେ ପାଠପଢ଼ା ହେଉଥାଏ । ମୁଁ କିନ୍ତୁ ଝର୍କା ଦେଇ ଚାହିଁ ରହିଥାଏ ସେଇ ଜଙ୍ଗଲ ଆଡ଼କୁ । ଆଶା କରୁଥାଏ କିଛି ଗୋଟାଏ ରହସ୍ୟ ରୋମାଂଚ ସେଠି ରୂପ ନେଇଯିବ ଓ ଆମ ମନରେ ଭରିଦେବ ଚାଂଚଲ୍ୟ । ମୁଁ ଅନ୍ୟମନସ୍କ ହୋଇଯାଏ ଓ କାହାଣୀମାନଙ୍କ ଭିତରେ ପଶିଯାଏ । ପାଖରେ ନ ଥାଏ ପକ୍ଷୀରାଜ ଘୋଡ଼ା । ହାତରେ ନ ଥାଏ ବାରହାତ ଖଣ୍ଡା । ମନ ପବନ କଠଉ ନ ଥାଏ। ଭୋକ ଶୋଷ ଲଡ୍ଡୁ ନ ଥାଏ । କିନ୍ତୁ ମୁଁ ସ୍ୱପ୍ନ ଦେଖୁଥାଏ ଯେ ମୋତେ ଯିବାକୁ ହେବ । ଦିନେ ନା ଦିନେ ଏ ଜଙ୍ଗଲର ରହସ୍ୟ ଉନ୍ମୋଚନ କରିବାକୁ ହେବ ।

ରହସ୍ୟ ଉନ୍ମୋଚନ ପଥରେ ମୋର ସାଥୀ ହେଲା ଯୋଗିଆ । ଯେମିତି

ରଜାପୁଅ ସାଙ୍ଗରେ ଥାଏ କଟୁଆଳ ପୁଅ । ମୁଁ ସେମିତି ଯୋଗିଆକୁ ମନେ କରୁଥିଲି ସଙ୍ଗୀ ।

ମୁଁ ପ୍ରସ୍ତାବ ଦେଲି : ଥରେ କେମିତି ସେ ଜଙ୍ଗଲ ଭିତରକୁ ଯାଆନ୍ତେ ?

ଯୋଗିଆ ଆଶ୍ଚର୍ଯ୍ୟ ହେଲା । ତା'ର ଆଖି ଖୋସି ହୋଇଗଲା ।

କହିଲା : ଜଙ୍ଗଲ କାହିଁ ? କୋଉଠି ଜଙ୍ଗଲ ?

ମୁଁ ମନେ ମନେ ତା' ଉପରେ ବିରକ୍ତ ହେଲି । ପାଜିଟା ଗୋଟାଏ ହେଲେ ବି ପରୀକାହାଣୀ ପଢ଼ିନାହିଁ । ନୋହିଲେ ଏମିତି ମନମରା କଥା କୁହନ୍ତା ନାହିଁ ।

ତାକୁ ବୁଝାଇବାକୁ ସେଇ ତୋଟା ଆଡ଼କୁ ହାତ ଲମ୍ବାଇଲି । କହିଲି : ଆରେ ! ଏଇଟା ହିଁ ଜଙ୍ଗଲ !

ସେ ସେ ପର୍ଯ୍ୟନ୍ତ ବୁଝିନାହିଁ । କହିଲା : ହେଃ ! ଏଇଟା କି ଜଙ୍ଗଲ ?

ମୁଁ ବୁଝାଇଲି : ହଁ ! ଏଇଟା ହିଁ ଜଙ୍ଗଲ !

ସେ ହସିଲା । ମୋର ଅବୁଝା ପଣ ପାଇଁ ଉପହାସ କଲା ।

କହିଲା : ଏଇଟା କେମିତି ଜଙ୍ଗଲ ହେବ ! ଏଇଟା ତ ଛୋଟିଆ ତୋଟାଟେ ।

ମୁଁ ବାଧ ହୋଇ ସ୍ୱୀକାର କଲି । କହିଲି : ଠିକ୍ ଅଛି ! ଏଇଟା ତୋଟା ! ତୋ ପାଇଁ ତୋଟା ହୋଇପାରେ । କିନ୍ତୁ ମୋ ପାଇଁ ଜଙ୍ଗଲ । ଅଗନା ଅଗନି ବନସ୍ତ ।

ସେ ପ୍ରଭାବିତ ହେଲା ଯେମିତି । କହିଲା : କ'ଣ କହିଲୁ ? ଆଉଥରେ କହ !

ମୁଁ କହିଲି : ଅଗନା ଅଗନି ବନସ୍ତ !

'ଅଗନା ଅଗନି ବନସ୍ତ' ଶବ୍ଦ କେତେଟାରେ କି ଯାଦୁ ଥିଲା କେଜାଣି ସେ ସ୍ତବ୍ଧ ହୋଇ ଶୁଣିଲା ।

କହିଲା : 'ଅଗନା ଅଗନି ବନସ୍ତ' । ଭାରି ବଢ଼ିଆ ତ !

ମୁଁ ମନେ ମନେ ଏହିପରି ଶବ୍ଦ ସଂଯୋଜନା କରିଥିବା ପରୀକାହାଣୀର ଅଖ୍ୟାତ ଲେଖକକୁ ସାଧୁବାଦ ଜଣାଇଲି । ଯୋଗିଆ ମନେ ମନେ ଖାଲି 'ଅଗନା ଅଗନି ବନସ୍ତ' ଗୁଣୁ ଗୁଣଉଥାଏ ।

ମୁଁ କହିଲି : ମୁଁ ଜଙ୍ଗଲ ଭିତରକୁ ଯିବି । ତୁ ମୋ ସାଙ୍ଗରେ ଯିବୁ ।

ସେ କହିଲା : ଚାଲୁନ ଯିବା ! ଏବେ ଯିବା ! ଅଗନା ଅଗନି ବନସ୍ତ !

ମୁଁ ଟିକେ ଅଟକିଗଲି । ବିନା ପ୍ରସ୍ତୁତିରେ ଏମିତି ହୁଦସ୍ତ ଜଙ୍ଗଲ ଭିତରେ ପଶିଯିବା ଉଚିତ ନୁହେଁ । ଜଙ୍ଗଲ ଭିତରକୁ ରାଜପୁତ୍ରମାନେ ପଶୁଥିଲେ ପକ୍ଷୀରାଜ ଘୋଡ଼ା, ବାରହାତ ଖଣ୍ଡା, ମନପବନ କଠଉ ନୋହିଲେ ଭୋକଶୋଷ ଲଡୁ ହାତରେ ଧରି । ଏ ସବୁ କିଛି ମୋ ହାତରେ ନାହିଁ । ଏ ମୂଢ଼ ଯୋଗିଆ ସେ ସବୁ ଗଛ

ପଢ଼ିନାହିଁ । ତା'ର ଦିନ ବିତିଛି ବାଟିଖେଳ, ଡାବଲପୁଆ ଖେଳରେ । ସେ ଏ ସମସ୍ତ କେଶବତୀ କନ୍ୟା ସମ୍ପର୍କରେ ଜାଣିବ ବା କାହୁଁ ?

ମୁଁ କହିଲି : ଯିବା ଯେ! ଟିକେ ପ୍ରସ୍ତୁତ ହୋଇ ଯିବାକୁ ପଡ଼ିବ!

ସେ ଅବୁଝା ସ୍ୱରରେ ପଚାରିଲା : ପ୍ରସ୍ତୁତି ଆଉ କ'ଣ? ଅଗନା ଅଗନି ବନସ୍ତ!

ମୁଁ କହିଲି : ମୁଁ ତୋତେ କହିବି! ଅପେକ୍ଷା କର!

ପକ୍ଷୀରାଜ ଘୋଡ଼ା ବା ମନପବନ କଠଉ ଭଳି ବସ୍ତୁ କେଉଁଠି ମିଳେ ତାହା ମୋତେ ଜଣା ନ ଥିଲା । ମୁଁ ବାଉଁଶ ଫାଳେ ଚଞ୍ଚା ଚଞ୍ଚି କରି ତାକୁ ବାରହାତ ଖଣ୍ଡା କଲି । ମାତ୍ର ବାରହାତ ଲମ୍ବ ବାଉଁଶ ପାଡିଆ ଟେକିବା ବା ବୁଲାଇବା ଦୁଃସାଧ୍ୟ ଥିଲା । ତେଣୁ ତାକୁ ଛୋଟ କରି ଦୁଇହାତ ଲମ୍ବରେ ସୀମିତ ରଖିଲି । ତାକୁ ସ୍କୁଲ ପଛପଟେ ଗୋଟେ ଗୋପନ ସ୍ଥାନରେ ଲୁଚେଇ ରଖିଲି ।

ଯୋଗିଆକୁ ପ୍ରସ୍ତାବ ଦେଲି : ଆମେ ଆଜି ଯିବା!

ସେ କହିଲା : ଅଗନା ଅଗନି ବନସ୍ତ! କେତେ ବେଳେ ଯିବା?

ମୁଁ କହିଲି : ସ୍କୁଲ ଛୁଟି ପରେ ।

ସେ ଏବେ ବିନା କାରଣରେ 'ଅଗନା ଅଗନି ବନସ୍ତ', 'ଅଗନା ଅଗନି ବନସ୍ତ' ଘୋଷି ହେଉଥିଲା ।

ସେ ଏକମତ ହୋଇଗଲା : ଅଗନା ଅଗନି ବନସ୍ତ। ମୁଁ ପ୍ରସ୍ତୁତ ଅଛି ।

ସେଦିନର ସ୍କୁଲ ପାଠପଢ଼ା ନିହାତି ଅସାର ଲାଗିଥିଲା । ମୁଁ କେବଳ ଅପେକ୍ଷା କରିଥିଲି ସ୍କୁଲ ଛୁଟିର । ସ୍କୁଲରେ ସେଦିନ ପଢ଼ା ହୋଇଥିଲା ଗୋଟିଏ କବିତା "ଆମେ ତ ଭାଗ୍ୟବାନ ପିଲାରେ" । ସବୁ ପିଲା ସେଇ ଗୀତରେ ରାହା ଧରି ଗାଉଥିଲେ । ମୋତେ କିନ୍ତୁ ତାହା ଗୋଟେ କାନ୍ଦଣା ଭଳି ଶୁଣାଯାଇଥିଲା । ଭାଗ୍ୟବାନ ! କି ଭାଗ୍ୟବାନ ପିଲା ଆମେ ! ଆମ ହାତରେ ନାଇଁ ପକ୍ଷୀରାଜ ଘୋଡ଼ା । ଆମ ହାତରେ ନାଇଁ ମନପବନ କଠଉ ! ଆମ ହାତରେ ନାଇଁ ଭୋକଶୋଷ ଲଡ୍ଡୁ ! ଆଉ କି ଭାଗ୍ୟ ଅଛି ଆମର! ଅବଶ୍ୟ ମୁଁ ବାରହାତ ଖଣ୍ଡା ଆଶା କରୁ ନ ଥିଲି । କାରଣ ମୁଁ ନିଶ୍ଚିତ ଥିଲି ଯେ ମିଳିଲେ ବି ସେ ଖଣ୍ଡାକୁ ମୁଁ ଟେକିପାରିବି ନାହିଁ । ଏମିତି ମନେ ମନେ ବିଦ୍ରୋହ କରୁ କରୁ ମୁଁ ଟିକେ ଘୁମେଇ ପଡ଼ିଥିଲି । ମୋତେ ନିଦରୁ ଉଠାଇଲା ଯୋଗିଆ ।

ସେତେବେଳକୁ ସ୍କୁଲ ଛୁଟି ହୋଇଯାଇଛି । ଯୋଗିଆ ମୋତେ ଉଠେଇଲା ଓ କହିଲା : ତୋଟା ଆଡ଼େ ଯିବା ପରା !

ମୁଁ ସଂଶୋଧନ କରି ପକାଇଲି : ତୋଟା ନୁହେଁ ! ଜଙ୍ଗଲ !

ସେ ବି ସଂଶୋଧିତ ହୋଇଗଲା : ଅଗନା ଅଗନି ବନସ୍ତ !

ମୁଁ ଆନନ୍ଦର ସହ କହିଲି : ଚାଲ !

ମୁଁ ଗୋପନ ସ୍ଥାନରୁ ଉଦ୍ଧାର କରି ଆଣିଲି ମୋ ବାଉଁଶ ପାତିଆ ।

ଯୋଗିଆ ପଚାରିଲା : ଏଇଟା କ'ଣ ?

ମୁଁ କହିଲି : ଏଇଟା ମୋର ବାରହାତ ଖଣ୍ଡା !

ସେ କହିଲା : ଏଇଟା ତ ଜମା ଦି' ହାତ ହେବ ।

ମୁଁ କହିଲି : ଦି'ହାତ ହେଲେ ବି ଏଇଟା ବାରହାତର କାମ କରିବ ।

ଆମେ ଦୁହେଁ ତୋଟାରେ ପ୍ରବେଶ କଲୁ । ତୋଟାର ପରିବେଶ ବେଶ ଶାନ୍ତ, ଶୀତଳ ଓ ମନୋରମ । ଅନେକ ଦ୍ରୁମ ମହାଦ୍ରୁମଙ୍କ ସହାବସ୍ଥାନରେ ସ୍ଥାନଟି ଛାୟାଘନ ହୋଇପଡ଼ିଥାଏ । ଗୋଟିଏ ପାଦଚଲା ରାସ୍ତା ତୋଟା ମଧ୍ୟ ଦେଇ ଲମ୍ବିଯାଇଥାଏ ଦୂରକୁ । ଏଠି ସେଠି ଘାସ ଓ ବୁଦୁବୁଦୁକିଆ ଜଙ୍ଗଲ । ଉଇହୁଙ୍କା । ଶୁଖିଲା ପତ୍ର । କଂଟା ଝଂଟା ।

ଅଦୂରରେ ଗଛ ଛାଇରେ ଆଶ୍ରୟ ନେଇଥିଲା କୁକୁରଟିଏ । ତାହା ମୋତେ ପ୍ରତୀୟମାନ ହେଲା ବ୍ୟାଘ୍ର ଭଳି । ମୁଁ ଅଟକିଗଲି ଓ ଯୋଗିଆକୁ ଇଙ୍ଗିତ କଲି ନିମ୍ନସ୍ୱରରେ : ଦେଖିପାରୁଛୁ ତ ?

ସେ ଚମକିପଡ଼ିଲା : କ'ଣ ?

ମୁଁ ଯଥାସମ୍ଭବ ନିମ୍ନ ସ୍ୱରରେ କହିଲି : ବ୍ୟାଘ୍ର ।

ସେ ଡେଇଁ ପଡ଼ିଲା । ଭୟରେ ଜଡ଼ସଡ଼ ହୋଇ କହିଲା : ବାଘ ! କାହିଁ କୋଉଠି ?

ମୁଁ ପରୀକାହାଣୀର ପୃଷ୍ଠାରୁ ସଂଳାପଟିଏ ଆଣି କହିଲି : ମିତ୍ର ! ଭୟଭୀତ ହୁଅନାହିଁ । ମୁଁ ତୁମ ସହିତ ଅଛି ।

ସେ ଭୟରେ ଚାରିଦିଗକୁ ଚାହୁଁଥାଏ ।

ମୁଁ ଆଶ୍ୱାସନା ଦେଲି : ଦେଖ ! ଦେଖ ! ମୁଁ କ'ଣ କରୁଛି ।

ମୁଁ ଧରିଥିବା ବାଉଁଶବାଡ଼ି ଧରି ଗୋଡ଼େଇ ଯାଇଥିଲି ସେ ଚତୁଷ୍ପଦ ପ୍ରାଣୀ ଦିଗରେ । ମାତ୍ର ସେ ଥିଲା ଏକଜିଦିଆ ଓ ଦୁଷ୍ଟ । ସେ ମୋତେ ବାଳୁତ ମନେକରି ପାସଙ୍ଗରେ ପକାଇଲା ନାହିଁ ଓଲଟି ଭୁକି ଭୁକି ମୋ ଆଡ଼କୁ ମାଡ଼ି ଆସିଲା । ମୋ ହାତରେ ବାଡ଼ି ଥିବା ସତ୍ତ୍ୱେ ମୁଁ ଛତ୍ରଭଙ୍ଗ ଦେଲି ।

ଯୋଗିଆ ପଚାରିଲା : କ'ଣ ହେଲା ?

ମୁଁ ଆତ୍ମ ସମ୍ମାନ ରକ୍ଷା କରି କହିଲି : ଏ ସାଧାରଣ ପଶୁ ନୁହେଁ । ଏ ଗୋଟାଏ ଛଦ୍ମବେଶୀ ରାକ୍ଷସ। ଏହାକୁ ନିପାତ କରିବାକୁ ଅଧିକ ଅସ୍ତ୍ରଶସ୍ତ୍ର ଲୋଡ଼ା ।

ଆମ ହାତରେ ଅବଶ୍ୟ ଅଧିକ ଅସ୍ତ୍ରଶସ୍ତ୍ର ନ ଥିଲା ।

ମୁଁ ପ୍ରସ୍ତାବ ଦେଲି : ତାକୁ ଛାଡ଼ିଦେବା !

ମୋ ପ୍ରସ୍ତାବକୁ ସମର୍ଥନ କଲା ଯୋଗିଆ : ଛାଡିଦିଅ !

କୁକୁର ଆମଠୁ ଆଉ କୌଣସି ଆକ୍ରମଣର ସୂଚନା ନପାଇ ଗୁର୍‌ଗୁର୍ ହେଲା ଓ ଆପଣା ସ୍ଥାନକୁ ଫେରିଗଲା ।

ସେଇ ତୋଟାର ମଧ୍ୟଭାଗରେ ଥିଲା ଗୋଟିଏ କୂଅ । କୂଅ ଚାରିପାଖେ ଚନ୍ଦିନୀ । ଚନ୍ଦିନୀର ଠାଏ ଠାଏ ସିମେଂଟ ଛାଡ଼ିଯାଇଥିଲା । ପରିତ୍ୟକ୍ତ ଦିଶୁଥିଲା ସେ କୂଅ ।

ମୁଁ ଯାଇ ସେଇ କୂଅ ପାଖରେ ପହଂଚିଲି । ଚନ୍ଦିନୀ ଉପରେ ବସିଲି ।

ପ୍ରସ୍ତାବ କଲି : ଏ କୂଅ ଖୁବ୍ ଗୁରୁତ୍ୱପୂର୍ଣ୍ଣ । ଏଠାକୁ ପାଣି ନେବାପାଇଁ ଆସିପାରନ୍ତି କୌଣସି ରାଜକନ୍ୟା ।

ଯୋଗିଆ ହସିଲା : କହିଲା ରାଜକନ୍ୟା ! ରାଜକନ୍ୟା କେଉଁଠୁ ଆସିବେ ?

ମୁଁ ମନେ ମନେ ଯୋଗିଆ ଉପରେ ବିରକ୍ତ ହେଉଥିଲି । ପାଜିଟା ଗୋଟିଏ ହେଲେ ବି ପରୀକାହାଣୀ ପଢ଼ିନାହିଁ । ରାଜକନ୍ୟା ମାନେ ଏମିତି କୂଅ, ପୋଖରୀ, ନଦୀକୂଳରେ ବିଚରଣ କରିବା ଖୁବ୍ ସାଧାରଣ କଥା ସେ ସବୁ କାହାଣୀମାନଙ୍କରେ ।

ଯୋଗିଆ ପୁଣି କଥା ଯୋଡ଼ିଲା : ଏ କୂଅରେ ଯେ ପାଣି ନାହିଁ । ପାଣି ନେବାକୁ ଆସିବ କିଏ ?

ସର୍ବନାଶ ! ମୁଁ ପୁଣିଥରେ ଚିନ୍ତିତ ହୋଇପଡ଼ିଲି ।

ପଚାରିଲି : ପାଣି ନାହିଁ କାହିଁକି ?

ମୁଁ କୂଅ ଭିତରକୁ ଉହୁଁକି ଦେଖିଲି । କୂଅଟା ଭରିଥିଲା ଡାଳପତ୍ର, ମଇଳା କାଠିକୁଟାରେ ।

ଯୋଗିଆ କହିଲା ପୁରୁଣା କାହାଣୀ ।

କହିଲା : କୋଉକାଳୁ ଏ କୂଅ ଏମିତି ପଡ଼ିଛି । ଭାଙ୍ଗିରୁଜି ଗଲାଣି । ପାଣି ନାହିଁ । ଲୋକମାନେ ଏଇଟାକୁ ମଇଳା ଗଡ଼ା କଲେଣି । ଏଇଠି ରହେ ଗୋଟାଏ ଅପୂଜା।

: ଅପୂଜା ! ସିଏ ପୁଣି କିଏ ? ମୁଁ ଚମକିପଡ଼ି ପଚାରିଲି ।

: ଯିଏ ପୂଜା ପାଏନା !

ଅପୂଜା ନାମରେ ଗୋଟାଏ ଚରିତ୍ର ସମ୍ପର୍କରେ ମୁଁ ଜାଣିଲି ଏଇ ପ୍ରଥମ । କଥାଟା ରହସ୍ୟମୟ ମନେ ହୋଇଥିଲା ମୋତେ ।

ମୁଁ ପଚାରିଥିଲି : କିଏ ଏଇ ଅପୂଜା ? ଭୂତ ପ୍ରେତ ନୁହେଁ ତ ?

: ନା !

: ତେବେ କ'ଣ ଦେବାଦେବୀ ?

: ନା !

: ତେବେ କିଏ ? ମଣିଷ ନା ପଶୁପକ୍ଷୀ ।

: ନା ! ନା ! ସେମାନେ କେହି ନୁହନ୍ତି !

ମୁଁ ଅଧୈର୍ଯ୍ୟ ହୋଇପଡ଼ିଲି : ତେବେ ସେ କିଏ ?

ଯୋଗିଆ ସଂକ୍ଷେପରେ ଉତ୍ତର ଦେଲା : ସେ ଅପୂଜା !

ଅପୂଜା ସମ୍ପର୍କରେ ଅଧିକ ଜାଣିବାକୁ ମୁଁ ଆଗ୍ରହୀ ହୋଇପଡ଼ିଥିଲି ।

ପଚାରିଲି : ସେ ଅପୂଜା କରେ କ'ଣ ?

ଯୋଗିଆର କୈଫିୟତ୍ ଥିଲା : କିଛି କରେନା !

: କାହାକୁ ଡରାଏ ?

: ନା !

: ଗୀତ ଗାଏ ? ହସେ ? କାନ୍ଦେ ? ଚିତ୍କାର କରେ ?

: ନା !

: ଖାଏ, ପିଏ ବା ଶୁଏ !

: ନା ! ତାହା ମଧ୍ୟ ଜଣାନାହିଁ ।

: ତେବେ ସେ କରେ କ'ଣ ?

: ସେ ଏଇ କୂଅରେ ହିଁ ଥାଏ !

ମୁଁ କୂଅ ଭିତରକୁ ଅନାଇଲି । ଭଙ୍ଗା ତାଳପତ୍ର କିଛି ପଡ଼ିଥିଲା । ଆଉ କୋଉଠି କିଛି ଦେଖାଯାଉ ନଥିଲା । କୋଉଠି ନଥିଲା ଜୀବନର ଟିକେ ହେଲେ ଆଭାସ । ମୁଁ ଗୋଟାଏ ଯୋଡ଼ାଏ ଗୋଡ଼ି ଆଣି କୂଅ ଭିତରକୁ ପକାଇଲି । କୋଉଠି ହେଲେ ଶୁଣାଗଲାନି ପ୍ରତିକ୍ରିୟା । କେହି କୋଉଠି ଅସ୍ତବ୍ୟସ୍ତ ହୋଇ କହିଲା ନାହିଁ : ଆଉ ! ଟେକା ପକା ନା !

ମୁଁ କୂଅ ଭିତରକୁ ସାମନା ଝୁଙ୍କି ଯାଇ ଚିତ୍କାର କଲି : ହେଃ ! ହେଃ !

କେହି କୌଣସି ପ୍ରତ୍ୟୁତ୍ତର ଦେଲେ ନାହିଁ ।

ମୁଁ କହିଲି : ମୁଁ ଜାଣେ ସେ କିଏ ଓ କଣ କରେ ।

ଯୋଗିଆ ପଚାରିଲା : ସେ କିଏ ?

ମୁଁ କହିଲି : ସେ ରାଜକନ୍ୟାକୁ ବନ୍ଦୀ କରିଛି ।

ଯୋଗିଆ କହିଲା : ନା! ନା! ସେ ସେପରି କିଛି କରି ନ ଥିବ ।

ମୁଁ ଅଟ୍ଟହାସ୍ୟ କଲି : ତାର ଆଉ ରକ୍ଷା ନାହିଁ। ତା କବଳରୁ ରାଜକନ୍ୟାକୁ ମୁଁ ନିଶ୍ଚୟ ଉଦ୍ଧାର କରିବି ।

ଯୋଗିଆ କିନ୍ତୁ ଅପୂଜାକୁ ସମର୍ଥନ କରୁଥିଲା ।

ମୋର ଜଙ୍ଗଲଜୟ କରିବାର ଦୁଃସାହସିକ ଅଭିଯାନ ସେଇଠୁ ଆରମ୍ଭ ହେଲା ଯେମିତି । ମୁଁ ମୋର ବାଉଁଶ ଖଣ୍ଡା ଆଡ଼କୁ ଚାହିଁଲି ଓ ବୀରତ୍ୱର ବ୍ୟଞ୍ଜନାରେ ଉଚ୍ଛୁଳି ପଡ଼ିଲି ।

କହିଲି : ଏ ଅପୂଜାକୁ ମୁଁ ଶେଷ କରିବି!

ଯୋଗିଆ ଆଶ୍ଚର୍ଯ୍ୟ ହେଲା : କିପରି ?

ମୁଁ କହିଲି : ଦେଖ ! ମୁଁ କ'ଣ କରୁଛି ଦେଖ!

ମୁଁ କେତେଟା ଟେକା ଆଣି କୂଅ ଭିତରକୁ ଫିଙ୍ଗିଲି । ଭିତରୁ ଅବଶ୍ୟ କୌଣସି ଆର୍ତ୍ତନାଦ ଶୁଣାଗଲା ନାହିଁ । ମୁଁ ମୋର ବାଉଁଶ ଖଡ଼ଗକୁ ନିକ୍ଷେପ କଲି ଶତ୍ରୁର ବକ୍ଷକୁ ଲକ୍ଷ୍ୟ କଲା ପରି । ଅବଶ୍ୟ ଶୁଣାଗଲା ନାହିଁ "ଆଃ..." ଭଳି ମରଣାନ୍ତକ ଚିତ୍କାର ।

ଯୋଗିଆକୁ ମୁଁ ଆଶ୍ୱାସନା ଦେଲି : ସେ ଶେଷ ହୋଇଗଲା ବୋଲି ଜାଣ!

ଯୋଗିଆ ପଚାରିଲା : ରାଜକନ୍ୟା ?

ମୁଁ କହିଲି : ଅପେକ୍ଷା କର!

ସେତେବେଳକୁ ସନ୍ଧ୍ୟା ହୋଇଆସୁଥିଲା ।

ଆମେ କିଛି ସମୟ ଅପେକ୍ଷା କଲୁ। ମାତ୍ର ମୁକ୍ତି ପାଇଥିବା ରାଜକନ୍ୟା ଆତ୍ମପ୍ରକାଶ କଲା ନାହିଁ । ମୁଁ ମତ ଦେଲି, ହୁଏତ ଆସନ୍ତା କାଲି ସେ ବାହାରିବ ।

ଆମେ ଫେରିଆସିଲୁ ।

ସେଦିନ ସନ୍ଧ୍ୟାରେ ଘରକୁ ଫେରିଆସିବା ପରେ ଆଉ ଗୋଟିଏ ଘଟଣା ଘଟିଥିଲା । ହଠାତ୍ ସାନଭାଇକୁ ଜ୍ୱର ଆକ୍ରାନ୍ତ କଲା । ରାତି ବଢ଼ିଲା ଓ ଜ୍ୱର ବଢ଼ିଲା । ସେତେବେଳେ ଆମେ ଯେଉଁ ମଫସଲ ଗ୍ରାମଟିରେ ରହୁଥିଲୁ, ସେଠି ଉନ୍ନତ ସ୍ୱାସ୍ଥ୍ୟସେବାର ବ୍ୟବସ୍ଥା ହିଁ ନଥିଲା । ଗାଁରେ ଜମା ଡାକ୍ତର ହିଁ ନ ଥିଲେ । ଜଣେ ଅର୍ଦ୍ଧଶିକ୍ଷିତ ଧୋତିପିନ୍ଧା ଭଦ୍ରଲୋକ ଥିଲେ । ଯାହାଙ୍କର ଗୋଟିଏ ଲୁଗା ଦୋକାନ ଥିଲା । ଦୋକାନରେ ଧୋତି, ଲୁଙ୍ଗି, ଗାମୁଛା ଓ କସ୍ତାଲୁଗା ମିଳୁଥିଲା । ତାଙ୍କ ପାଖରେ ଧଳାବଟିକା କିଛି ମହଜୁଦ ଥାଏ । ଲୋକମାନେ ସେଇ ଧଳାବଟିକା ନେଇ ଖାଉଥିଲେ । ଭଲ ମଧ୍ଯ ହେଉଥିଲେ । ଦେହ ବେଶି ଖରାପ ହେଲେ ନିକଟବର୍ତ୍ତୀ ଛୋଟ ସହରକୁ ଯାଉଥିଲେ । ଯାହାର ଦୂରତା ପ୍ରାୟ ଦଶ କିଲୋମିଟର ଥିଲା ।

ତେବେ ସେଇ ମଫସଲିଆ ଗାଁରେ ଡାକ୍ତରଙ୍କଠାରୁ ବେଶି ଋହିଦା ଥିଲା ଗୁଣିଆମାନଙ୍କର । ପ୍ରତି ସାହିରେ ଛୋଟ ମୋଟ ଗୁଣିଗାରେଡ଼ି ବାଲା ଥିଲେ । ସେମାନେ ମନ୍ତୁରାପାଣି ଛିଂଚି କିମ୍ବା ପିଆଇ ରୋଗ ଭଲ କରିଦେଉଥିଲେ ।

ବାବା ଧଳାବଟିକା କିଛି ଆଣିଥିଲେ । କିନ୍ତୁ ବୋଉର ବେଶି ବିଶ୍ୱାସ ଥିଲା ମନ୍ତୁରା ପାଣିରେ । ତେଣୁ ଖୁବ୍‌ଶୀଘ୍ର ଜଣେ ଗୁଣିଆ ଆମ ଘରେ ପହଂଚିଯାଇଥିଲେ ।

ସେ ସାନଭାଇକୁ ଆପାଦମସ୍ତକ ଋହିଁଲେ ଓ ରୋଗର କାରଣ ନିରୂପଣ କଲେ । ପ୍ରଥମେ ଚିନ୍ତିତ ଦିଶୁଥିଲେ ଓଠରେ ଅସ୍ପଷ୍ଟ ଗୀତ ବା ଶ୍ଳୋକ ବା ମନ୍ତ୍ର ପାଠ କରୁଥିଲେ । ବେଳାଏ ମନ୍ତ୍ର ପଢ଼ିଲା ପରେ ତାଙ୍କୁ ସବୁକିଛି ସ୍ପଷ୍ଟ ଦେଖାଗଲା ଯେପରି । ସେ ଆଶ୍ୱସ୍ତିର ହସ ହସିଲେ ।

ସାନଭାଇକୁ ପଋରିଲେ : ତୁମେ ସେଠାକୁ ଯାଇଥିଲ କାହିଁକି ?

ସାନଭାଇ ରୋଗଶଯ୍ୟାରେ ଶୋଇରହି ମ୍ଳାନ ସ୍ୱରରେ କହିଲା : କୁଆଡ଼େ ?

ଗୁଣିଆ ପଋରିଲା : ସେଇ ତୋଟା ଆଡ଼କୁ ?

ସାନଭାଇ କହିଲା : ମୁଁ ତ କୁଆଡ଼େ ଯାଇନି ।

ସାନଭାଇର ଉତ୍ତରକୁ ସମର୍ଥନ କଲା ବୋଉ : ନା ! ନା ! ସେ କୁଆଡ଼େ ଯାଇନି ! କିନ୍ତୁ କଥାଟା ଯାଇ ବାଜିଲା ମୋ ଦେହରେ । ମୋର ଜଙ୍ଗଲ ରାସ୍ତାରେ ଯାଇଥିବା କଥା ମନେପଡ଼ିଲା ଓ ମୁଁ ଟିକେ ସଚେତନ ହୋଇପଡ଼ିଲି । ମୋର ସନ୍ଦେହ ହେଲା ମୁଁ ଯେମିତି ଧରା ପଡ଼ିଯିବି । ମୁଁ ମୋର ସମସ୍ତ ପ୍ରତିକ୍ରିୟାକୁ ନିଜ ଭିତରେ ଋପି ରଖିଲି ।

ଗୁଣିଆ ପଋରିଲା : ତାକୁ ରଗାଇଲ କାହିଁକି ?

ବୋଉ ପଋରିଲା : କାହାକୁ ?

ଗୁଣିଆ ଶୂନ୍ୟକୁ ଋହିଁଲା ଓ ପଢ଼ିବାକୁ ଚେଷ୍ଟା କଲା କିଛି ଅଦୃଶ୍ୟ ଅକ୍ଷରର ପାଠ ।

କହିଲା : ସେ କିନ୍ତୁ ରାଗିଯାଇଛି । ତାକୁ ଇଏ ଟେକା ମାରିଛି । ଗୋଟେ ବାଉଁଶ ବତା ବି ଫିଙ୍ଗିଛି । ତା'ରି କୋପରୁ ଆସିଛି ଏ ଜ୍ୱର !

ବୋଉର ମୁହଁ ଆତଙ୍କିତ ଦିଶିଲା । ସେ ଅଜଣା ଠାକୁରଙ୍କ ଉଦ୍ଦେଶ୍ୟରେ ଯୋଡ଼ିଲା ହାତ ଓ ପ୍ରାର୍ଥନା କଲା : ହେ ଭଗବାନ ! ମୁଁ ଏବେ କ'ଣ କରିବି ?

ଗୁଣିଆ ଏବେ ଆଶ୍ୱାସନା ଦେବାକୁ ଆରମ୍ଭ କରିଥିଲା ।

କହିଲା : କିଛି ହେବନି ! ମୁଁ ଅଛି ପରା !

ବୋଉ ଗୁଣିଆ ମୁହଁକୁ ଋହିଁଲା । ସେଠି ସେ ଖୋଜୁଥିଲା ଆସ୍ଥା ଓ ଆଶ୍ୱାସନା । ମୁଁ ଗୁଣିଆର ମୁହଁକୁ ଋହିଁଲି । ସେ ମୋତେ ଦିଶିଲା ସର୍ବଶକ୍ତିମାନ ପ୍ରାଣୀ ଭଳି । ତା' ସାମ୍ନାରେ ସମସ୍ତ ଭୂତ ପ୍ରେତ ପିଶାଚ, ଅପୂଜାମାନଙ୍କର କ୍ରୋଧ ଅତି ସାଧାରଣ ।

ସାନଭାଇର ଜ୍ୱର ମଧ୍ୟ ଏକ କ୍ଷୁଦ୍ରଦପି କ୍ଷୁଦ୍ର ଘଟଣା । ମୋର ଇଚ୍ଛା ହେଲା ଗୁଣିଆର ପାଦତଳେ ପଡ଼ିଯାଆନ୍ତି । ତା'ର ଚେଲା ବନିଯାଆନ୍ତି । ଏ ପାଠପଢ଼ା, ଗଣିତ, ସାହିତ୍ୟ, ସାମାଜିକ ପାଠର ଯନ୍ତ୍ରଣାରୁ ମୁକ୍ତି ପାଇ ଗୁଣିଆ ହୁଅନ୍ତି ଓ ଭୂତପ୍ରେତମାନଙ୍କ ସହିତ ଖେଳାବୁଲା କରନ୍ତି ।

ବୋଉ କହିଲା : ତମେ କିଛି କର !

ଗୁଣିଆ ଦୃପ୍ତ ହସ ହସି କହିଲା : ମୁଁ କରୁଛି । ସେ ମୋତେ ବଳେଇଯିବ ନାହିଁ ।

ଗୁଣିଆ ତା'ର ପ୍ରାପ୍ୟ ଭାବରେ ଫୁଲ, ସିନ୍ଦୂର, ଚାଉଳ, ଆଳୁ, ବାଇଗଣ ଓ ପଇସା ନେଇ ଫେରିଗଲା ।

ତା' ପରଦିନ ଯୋଗିଆ ସହ ସ୍କୁଲରେ ଦେଖା ।

ମୁଁ ବିରକ୍ତିର ସ୍ୱରରେ କହିଲି : ହଇରେ ଯୋଗିଆ ! ତୁ ପରା କହୁଥିଲୁ ତମର ସେ ଅପୂଜା କାହାର କିଛି କ୍ଷତି କରେନାହିଁ ? ରାଗେନା କି ରଗାଏନା !

ଯୋଗିଆ କହିଥିଲା : ହଁ ତ ! ସେ କାହାକୁ ହଇରାଣ କରିଥିବାର ପ୍ରମାଣ ଏ ଯାବତ ମିଳିନାହିଁ ।

ମୁଁ କହିଥିଲି : ମୋ ହାତରେ ପ୍ରମାଣ ଅଛି ।

: କ'ଣ ?

: ସେ ଗୋଟାଏ ଦୁଷ୍ଟ ଓ କ୍ଷତିକାରକ ଭୂତ !

: ସେ ତ ଭୂତ ନୁହେଁ ! କ'ଣ କ୍ଷତି କରିଛି ଶୁଣେ !

: ସେ ମୋତେ ଭାବି ମୋ ସାନଭାଇକୁ କ୍ଷତି ପହଂଚାଇଛି ।

: କ'ଣ କ୍ଷତି କରାଇଛି ?

: ତାକୁ ଜ୍ୱରରେ ପକେଇଛି ।

: କିଏ କହିଲା ଯେ, ଏସବୁ ତାଆରି କାମ ?

ଗୁଣିଆ କହିଲା । ଆମ ଘରକୁ ଆସିଥିଲା ଗୋଟାଏ ଗୁଣିଆ । ତଳସାହିର ମାଗୁଣି ।

ଯୋଗିଆ କହିଲା : ଓଃ !

କିଛି ସମୟ ପରେ ଯୋଗିଆ ଗୋଟାଏ ଅତ୍ୟନ୍ତ ଗବେଷଣାତ୍ମକ ଟିପ୍ପଣୀ ଦେଲା । କହିଲା : ସେ ମରି ନାହିଁ। ମରିପାରେନା। ତୋର ତାକୁ ମାରିବାକୁ ଚେଷ୍ଟା କରିବା ଉଚିତ ନ ଥିଲା ।

ମୁଁ ଅସହାୟ ସ୍ୱରରେ କହିଲି : ମୁଁ ତ କେବଳ ରାଜକନ୍ୟା ପାଇଁ ଏତକ କରିଥିଲି । ପରୀ କାହାଣୀ ଗୁଡ଼ିକ ଏତେ ମିଛ ବୋଲି କିଏ ଜାଣେ ?

ସେଦିନ ଆମେ ଦୁହେଁ ଅନେକ ସମୟ ପର୍ଯ୍ୟନ୍ତ ବିଚାର ଆଲୋଚନା କରିଥିଲୁ । ଏ ଦୁଃସହ ପରିସ୍ଥିତିରୁ କିପରି ଉଦ୍ଧାର ପାଇବୁ ତା'ର ଉପାୟ ଖୋଜିଥିଲୁ ।

ମୁଁ କହିଥିଲି : ଗୋଟାଏ ବଡ଼ କଥା କ'ଣ ଜାଣୁ !

ଯୋଗିଆ ପଚାରିଲା : କ'ଣ ?

: ସେ ମୁଁ ବୋଲି ଭାବି ସାନଭାଇର କ୍ଷତି କରିବାକୁ ବାହାରି ପଡ଼ିଛି । ପ୍ରକୃତରେ ମୁଁ ହିଁ ତାକୁ ଟେକା ଫୋପାଡ଼ି ଥିଲି ସେଦିନ । ଅଥଚ... ।

ଯୋଗିଆର ଦାର୍ଶନିକ ଉତ୍ତର ଥିଲା : ଭୂତ ବି ମଣିଷ ଚିହ୍ନିବାରେ ଭୁଲ କଲେଣି ।

ଉପାୟ ପୁଣି ଚିନ୍ତା କଲୁ ଆମେ । କିଛି ସମୟ ପରେ ମୁଁ ସମାଧାନର ରାସ୍ତା ପାଇଲି ।

କହିଲି : ତୁମର ଏ ଅପୂଜାଟି ପାଠ ପଢ଼ିଛି ?

ଯୋଗିଆ ପଚାରିଲା : ମାନେ ?

ପଚାରିଲି : ସେ ଓଡ଼ିଆ ପଢ଼ିପାରିବ ?

ଯୋଗିଆ କହିଲା : ସେ କଥା ମୋତେ ଜଣାନାହିଁ ।

ମୁଁ ପ୍ରସ୍ତାବ ଦେଲି : ମୁଁ ଗୋଟେ ଲିଖିତ କ୍ଷମାପ୍ରାର୍ଥନା କରିବାକୁ ଚାହେଁ !

ଯୋଗିଆ କହିଲା : ଅବଶ୍ୟ ଭଲ ହେବ !

ମୁଁ ଅପୂଜା ଉଦ୍ଦେଶ୍ୟରେ ଏକ କ୍ଷମାପ୍ରାର୍ଥନା ପତ୍ର ଲେଖିଥିଲି । ସେହି ପତ୍ରରେ ମୁଁ ତା'ର ଭୂୟସୀ ପ୍ରଶଂସା କରିଥିଲି ଓ ସେ ମଣିଷ ସମାଜର ବନ୍ଧୁ ବୋଲି ଦର୍ଶାଇଥିଲି । ତା'ର କୋପ ଶାନ୍ତ କରିବା ମୋର ପ୍ରମୁଖ ଉଦ୍ଦେଶ୍ୟ ଥିଲା ।

ମୁଁ ଲେଖିଥିଲି; ପ୍ରିୟ ଅପୂଜା ! ଆଶା ତୁମେ ଭଲ ଥିବ । ମୁଁ ଭାରି ଦୁଃଖିତ ଯେ ମୋର ଆଚରଣରେ ତୁମେ ଅପମାନିତ ହୋଇଛ । ମୋର ଆପଣା ଦୋଷରୁ ମୁଁ ତୁମକୁ ଟେକା ଫୋପାଡ଼ି ଥିଲି । କାରଣ ଅନେକ ଗୁଡ଼ିଏ ପରୀକାହାଣୀ ପଢ଼ି ମୋର ବୁଦ୍ଧି ନାଶ ହୋଇଯାଇଥିଲା ଓ ମୁଁ ମନେ କରିଥିଲି ଯେ କୌଣସି ରାଜକନ୍ୟାକୁ ତୁମେ ଲୁଚାଇ ରଖିଛ । ମୋର ଏତାଦୃଶ କାର୍ଯ୍ୟ ପାଇଁ ମୁଁ ଦୁଃଖିତ ଓ କ୍ଷମାପ୍ରାର୍ଥୀ । ତୁମେ ଜଣେ ଉତ୍ତମ ସ୍ୱଭାବର ଅପୂଜା ଓ ମଣିଷ ସମାଜର ବନ୍ଧୁ । ତୁମର ମଣିଷ ସମାଜ ପ୍ରତି ଅମୂଲ୍ୟ ଅବଦାନକୁ କେହି କେବେ ଭୁଲିପାରିବ ନାହିଁ । ମୁଁ କୃତଜ୍ଞତା ପୁଟରେ ନିବେଦନ କରୁଛି ଯେ ମୋତେ କ୍ଷମା ଦିଆଯାଉ ଓ ସାନଭାଇର ଜ୍ୱରକୁ ଭଲ କରିଦିଆଯାଉ । ମୋର କୃତକର୍ମ ପାଇଁ ମୋର ସାନଭାଇ ଉପରେ ରାଗ ଶୁଝାଇବାଟା ଉଚିତ ହେଉନି । ତୁମେ ଭଲରେ ରୁହ । ରାଜକନ୍ୟାକୁ ନେଇ ରୁହ । ଆମର କିଛି ଆପତ୍ତି ନାହିଁ ।

ଗୋଟିଏ କାଗଜରେ ଏହିପରି ଏକ ପତ୍ର ଲେଖି ମୁଁ ସେଇ ତୋଟାକୁ ଯାଇଥିଲି ଓ ଅପୂଜା ରହୁଥିବା କୂଅ ମଧ୍ୟକୁ ପତ୍ରଟିକୁ ଫୋପାଡ଼ି ଦେଇଥିଲି । ନମସ୍କାର କରିଥିଲି ଓ ଫେରି ଆସିଥିଲି । ଅବଶ୍ୟ ଟେକା ଫୋପାଡ଼ିଲା ବେଳେ ଯେମିତି ପ୍ରତିକ୍ରିୟାହୀନ ଥିଲା କୂଅର ଅଭ୍ୟନ୍ତର, ଚିଠି ପକେଇଲା ପରେ ତାହା ମଧ୍ୟ ତଦନୁରୂପ ଶାନ୍ତ ଓ ନିସ୍ତରଙ୍ଗ ଥିଲା ।

ପରଦିନ ଅବଶ୍ୟ ଅଲୌକିକ ଘଟଣା ଘଟିଥିଲା । ସାନଭାଇର ଜ୍ୱର ସମ୍ପୂର୍ଣ୍ଣ ଛାଡ଼ିଯାଇଥିଲା । ଏ ପ୍ରସଙ୍ଗରେ ବାବା ଅମିନ ଭାଇନାଙ୍କ ଧଳାବଟିକା ପ୍ରତି କୃତଜ୍ଞତା ଜ୍ଞାପନ କରୁଥିଲେ । ଆମ୍ଭ ମଫସଲ ଗାଁରେ ଅମିନ ଭାଇନା ଯେ ଜଣେ ପରୋପକାରୀ ଓ ଡାକ୍ତରୀବୁଦ୍ଧି ସମ୍ପନ୍ନ ଲୋକ, ଏ ରୂପେ ବିଚାର କରି ବାବା ତାଙ୍କର ଭୂୟସୀ ପ୍ରଶଂସା କରୁଥିଲେ । ତେବେ ବୋଉର ପ୍ରଶଂସାର ପାତ୍ର ଥିଲେ ମାଗୁଣି ଗୁଣିଆ । ବୋଉ ମତରେ ମାଗୁଣି ଗୁଣିଆ ହିଁ ପ୍ରକୃତ ଗୁଣୀ ବ୍ୟକ୍ତି, ତାଙ୍କର ଅଛି ଅଲୌକିକ କରାମତି ।

କିନ୍ତୁ ମୁଁ ଜାଣିଥିଲି ଯେ ଏସବୁ କାର୍ଯ୍ୟରେ ଏ ଦୁଇ ବ୍ୟକ୍ତିଙ୍କର କୌଣସି ଭୂମିକା ନାହିଁ । ସବୁ କାମ ଅପୂଜା ହିଁ କରିଥିଲା । ସିଏ ହିଁ ଜ୍ୱର କରାଇଥିଲା ଓ ସିଏ ହିଁ ତାକୁ ଭଲ କରିଥିଲା । ଏସବୁ କଥା କାହାକୁ କହିହେଲା ନାହିଁ । କହିଲେ ବି କେହି ବିଶ୍ୱାସ କରିନଥାନ୍ତା । ମୋର ସମ୍ପୃକ୍ତି ସତ୍ତ୍ୱେ ମୁଁ ଧରା ପଡ଼ି ନଥିଲି । ସେସବୁ ଅପୂଜାଙ୍କ ଦୟା ।

ଏହାପରେ ମୁଁ କେବେ ଆଉ ସେ ଜଙ୍ଗଲପଥକୁ ଯାଇନାହିଁ । କାରଣ ମୋର ବିଶ୍ୱାସ ଆସିସାରିଥିଲା ଯେ କାହାଣୀର ଜଙ୍ଗଲ ଏ ଜଙ୍ଗଲ ନୁହେଁ ଓ ହଜିଯାଇଥିବା ରାଜକନ୍ୟାକୁ ଏଠାରେ ଖୋଜିବା ବୃଥା । ଅପୂଜାଟି ଖୁବ ଭଲ । ଚିଠି ପଢ଼େ ଓ ଚିଠି ପଢ଼ି ସାହାଯ୍ୟ କରେ । ତେବେ ଚିହ୍ନିବାରେ ଭୁଲ କରେ । ଜଣକ ଭୁଲ ପାଇଁ ଆଉ ଜଣକୁ ଦଣ୍ଡିତ କରିପକାଏ । ଯେମିତି ମୋର ଭୁଲ ପାଇଁ ସାନଭାଇକୁ ଦଣ୍ଡ ଦେଲା । ଏପରି ଚରିତ୍ରଙ୍କ ଠାରୁ ଦୂରରେ ରହିବା ଆବଶ୍ୟକ ।

ୟା' ଭିତରେ ସମୟ ଗଡ଼ିଗଲା । ଆମେ ସବୁ ବଡ଼ ହେଲୁ । ଗାଁ ଛାଡ଼ିଲୁ । ଗାଁ ମଧ୍ୟ ବଦଳିଲା । କ୍ରମେ ସହର ଭଳି ପରିବର୍ତ୍ତିତ ହୋଇଆସିଲା । ଏବେ ଦିନେ ସେ ରାସ୍ତାରେ ଯାଉଥିଲି ତ ମନେ ପଡ଼ିଲା ଅପୂଜାର କଥା । ସେଇ ତୋଟାକୁ ଖୋଜିଲି । ତାହା ଆଉ ସେଠାରେ ନ ଥିଲା । ଖୋଜିଲି କୂଅଟିକୁ । କୂଅର ଭଙ୍ଗା ଗନ୍ଧିନୀଟିକୁ । ସବୁ କିଛି କାଳଗର୍ଭରେ ବିଲୀନ ହୋଇଯାଇଥିଲା । ସେଠି ଥିଲା ଏକ ପ୍ରଶସ୍ତ ରାସ୍ତା । ରାସ୍ତା କଡ଼ରେ ଧାଡ଼ି ଧାଡ଼ି କୋଠାଘର ।

ଯୋଗିଆ ସହିତ ଦେଖା ହେଲା ।

ପଚାରିଲି : ତୋର ମନେ ଅଛି । ଏଠି ଗୋଟେ କୂଅ ଥିଲା ଓ ସେ କୂଅରେ ବାସ କରୁଥିଲା ଗୋଟେ ଅପୂଜା !

ଯୋଗିଆ ମନେ ପକାଇଲା । ତା'ର ମନେ ପଡ଼ିଲା ନାହିଁ ।

କହିଲା : ନା ତ ! କାହିଁ ମୋର ମନେ ପଡୁନି ତ ସେପରି କୌଣସି କଥା ? କୋଉ ଅପୂଜା ?

ସ୍ମୃତି ବଡ଼ ଅବିଶ୍ୱାସୀ ! କାହା ମନରେ ସିଏ କେମିତି ବସା ବାନ୍ଧି ରହେ ତା'ର ନିୟମ କିଛି ନାହିଁ । ଯୋଉକଥା ମୋର ମନେଥାଏ, ତାହା ହୁଏତ ଆଉ ଜଣଙ୍କର ମନେ ନଥାଏ । ଯୋଉ କଥା ଆଉ ଜଣକର ମନେଥାଏ, ତାହା ହୁଏତ ମୋର ମନେ ନଥାଏ ।

ଯୋଉକଥା ମୋର ମନେଥାଏ ଓ ଆଉ ଜଣଙ୍କର ବି ମନେପଡ଼େ, ଆଲୋଚନା ପ୍ରସଙ୍ଗକୁ ଆସିଲେ ଆମେ ମିଳିତ ଭାବରେ ସେ ଘଟଣାରେ ପୁଷ୍ଟ କରୁ ଆଉ କିଛି କଥା । ସ୍ମୃତି ସଜଳ ହୋଇଉଠେ ଆମର ବର୍ତ୍ତମାନ । ଆମେ ଅତୀତମନସ୍କ ହେଉ । ଉଲ୍ଲସିତ ହେଉ ।

ଦୁର୍ଭାଗ୍ୟ ! ଅପୂଜା କଥାଟି ମୋ ପିଲାଦିନର ସାଙ୍ଗମାନଙ୍କ ଭିତରୁ କାହାରି ସ୍ମୃତିରେ ନ ଥିଲା ଏବଂ ମୁଁ ଜାଣେନାହିଁ ତାହା ମୋ ସ୍ମୃତିରେ ଏ ଯାବତ୍ ବସାବାନ୍ଧି ରହିଛି କାହିଁକି ? ଯା' ଭିତରେ ଯେ ବିତିଗଲାଣି ଅନେକ ବର୍ଷ !

ଏତିକି କୁହାଯାଇପାରେ ଯେ ସ୍ମୃତି କୌଣସି ନିୟମ ମାନେନା !

■

ଭୂତ

ଆମ ପିଲାଦିନ ଗୁଡ଼ିକରେ ଭୂତଙ୍କ ରାଜତ୍ୱ ଥିଲା । ସନ୍ଧ୍ୟା ହେବାମାତ୍ରେ ଗ୍ରାମଟି ବହଳ ଅନ୍ଧକାର ଭିତରେ ଡୁବିଯାଉଥିଲା । ସେଇ ସବୁ ଦିନରେ ରାତିପାଇଁ ଆଲୁଅର ଉତ୍ସଥିଲା ନିଆଁ । ଲଣ୍ଠନ ଓ ଡିବିରି ହିଁ ମାଧ୍ୟମ । ତେବେ ସେମାନେ ଘନୀଭୂତ ଅନ୍ଧକାର ସାମ୍ନାରେ ଭାରି ଅସହାୟ ଥିଲେ । ଅରାଏ ସ୍ଥାନ ମାତ୍ର ଆଲୋକିତ କରୁଥିଲେ । ମିଂଜିମିଂଜି ହୋଇ ଜଳୁଥିଲେ ଅଳ୍ପ ସମୟ । ଲଣ୍ଠନର କାଚ କଳା ହୋଇ ଆସୁଥିଲା । ସାମାନ୍ୟ ପବନରେ ଚହଲୁଥିଲା ଡିବିରିର ଶିଖା । କିରୋସିନୀ ମିଳୁନଥିଲା ପର୍ଯ୍ୟାପ୍ତ ପରିମାଣରେ । ଲଣ୍ଠନ ଓ ଡିବିରି ଖୁବ୍‌ଶୀଘ୍ର ନିଜର ପରାଜୟ ସ୍ୱୀକାର କରି ଲିଭିଯାଉଥିଲେ । ଅନ୍ଧକାର ଗ୍ରାସ କରିଯାଉଥିଲା ଦିଗବିଦିଗ ।

ତା'ପରେ ସବୁକିଛିକୁ ଦଖଲ କରିନେଉଥିଲେ ଭୂତମାନେ । ଆମେ ସେହିପରି ହିଁ ବିଶ୍ୱାସ କରୁଥିଲୁ । ସେମାନେ ଏପରି ରାଜୁତି କରୁଥିଲେ ଯେ ଲୋକମାନେ ଆପଣା ଆପଣା ଘରେ ଲୁଚି ରହୁଥିଲେ । ବାହାରେ ବୁଲାବୁଲି ସମ୍ପୂର୍ଣ୍ଣ ବନ୍ଦ । ଆମେ ଗୋଟାଏ କୋଠରୀରୁ ଆଉ ଗୋଟିଏ କୋଠରୀକୁ ଯିବାକୁ ଡରୁଥିଲୁ । ଚାଦର ଘୋଡ଼ି ହୋଇ ବସୁଥିଲୁ । ଅନ୍ଧାରରେ ଆମର ଦୃଷ୍ଟି ଅଳ୍ପବାଟ ଯାଇ ଫେରି ଆସୁଥିଲା । ଆମେ ଗଛମାନଙ୍କୁ ରାତିରେ କଳାଭୂତ ଭଳି ଭ୍ରମ କରୁଥିଲୁ ଓ ଭୟରେ ଶିହରି ଉଠୁଥିଲୁ ।

ରାତିର ଖାଇବା ପର୍ଯ୍ୟନ୍ତ ଯାହା ଡିବିରି ବା ଲଣ୍ଠନ ଜଳୁଥିଲା । ତା'ପରେ ସମ୍ପୂର୍ଣ୍ଣ ନିର୍ବାପିତ । ଲୋକମାନେ ଖୁବ୍‌ଶୀଘ୍ର ଶୋଇପଡୁଥିଲେ । ଗାଁଟି ସମ୍ପୂର୍ଣ୍ଣ ଶୁନଶାନ ହୋଇ ଆସୁଥିଲା । କେବଳ ରାତିର ସାଇଁ ସାଇଁ ଶବ୍ଦ ଓ ଦୂରରେ କୋଉଠି ବିଲୁଆ ବା ଅଜଣା ଚଢ଼େଇ ରାବିବାର ଶୁଣାଯାଉଥିଲା । କେବେ କେବେ କୁକୁରମାନେ ଏକାଠି

ହୋଇ ଭୁକି ଚାଲିଥିଲେ । ଆମେ ଜାଣିପାରୁଥିଲୁ, ଏବେ ଭୂତମାନେ ପାରିଧିକୁ ବାହାରିଲେ ।

ଆମେ ଶୋଇବା ପାଇଁ ପ୍ରବଳ ଚେଷ୍ଟା କରୁଥିଲୁ । ଆଖିକୁ ତୁରନ୍ତ ନିଦ ଆସିବାକୁ ପ୍ରାର୍ଥନା କରୁଥିଲୁ । ମୁହଁ ଉପରେ ଚାଦର ଘୋଡ଼େଇ ଦେଉଥିଲୁ । କାରଣ ନିଦ ନ ଆସିବାର ଅର୍ଥ ଆହୁରି ଭୟଭୀତ ହେବା । ଭୂତମାନଙ୍କର ପାଦଶବ୍ଦ ଶୁଣି ଶିହରିଉଠିବା । ନିଦଥିଲା ଏକମାତ୍ର ଆଶ୍ରୟ ସେ ବିପଦଜନକ କାଳରେ ।

ଆମେ କେବଳ ଭୂତମାନଙ୍କ ସମ୍ପର୍କରେ ଶୁଣୁଥିଲୁ । ସେମାନଙ୍କ ସହିତ ଆମର କେବେ ସାକ୍ଷାତ୍ ହୋଇନଥିଲା । ଦେଖା ନ ହୋଇଥିଲା ଭଲ ହୋଇଥିଲା । ଦେଖା ହୋଇଥିଲେ କଣ ଯେ ଅବସ୍ଥା ହୋଇଥାଆନ୍ତା, ତାହା ବର୍ଣ୍ଣନାର ବାହାରେ । ସକାଳ ହେଲେ ହିଁ ଭୂତଙ୍କ ରାଜୁତି ଶେଷ ହେଉଥିଲା । ଅନ୍ଧକାର ଅପସରି ଯିବା ସହିତ ସେମାନେ ପଳାୟନ କରୁଥିଲେ । ସେମାନେ ଫେରିଯାଇ ଆସ୍ଥାନ ଜମାଉଥିଲେ ଗାଁ ମୁଣ୍ଡ ଝଙ୍କା ବରଗଛରେ । ଦଣ୍ଡାରେ ଠିଆ ହୋଇଥିବା ଉଚ୍ଚା ତାଳଗଛରେ । କିମ୍ବା ଖୁବ ଦୂରରେ ଥିବା ଜଙ୍ଗଲିଆ ସ୍ଥାନରେ । ଦିନସବୁ ଥିଲା ମନୋରମ । ଆମେ ସ୍କୁଲ ଯାଉଥିଲୁ । ସାଂଗସାଥୀ ହେଉଥିଲୁ । ଖେଳୁଥିଲୁ । ଆମର ସେଇ ସରଳ ତରଳ ପିଲାଦିନକୁ ଉପଭୋଗ କରୁଥିଲୁ । ରାତି ହେବାମାତ୍ରେ ସବୁକିଛି ଓଲଟାପାଲଟା ହେବାକୁ ଆରମ୍ଭ କରୁଥିଲା ।

ମୁଁ ବେଳେବେଳେ ପ୍ରଶ୍ନ କରୁଥିଲି: ଏ ରାତି ଆସୁଚି କାହିଁକି ? ସବୁବେଳେ ଦିନହୋଇ ରହିଲେ କଣ ବା କ୍ଷତି ହୁଅନ୍ତା !

ମୋର ସାଂଗମାନେ ସନ୍ତୋଷଜନକ ଉତ୍ତର ଦେଇପାରୁ ନ ଥିଲେ । ଓଲଟି ପଚାରୁଥିଲେ : ଏ ଭୂତମାନେ ଦିନସାରା କରନ୍ତି କଣ ?

ମୁଁ କହୁଥିଲି : ଦିନ କଥା ଛାଡ଼ ହୋ ! କୁହ, ରାତିରେ ସେମାନେ କରନ୍ତି କଣ ? ରାତିରେ ଯେ ସେମାନେ ଗାଁ ସାରା, ରାସ୍ତାସାରା ସବୁଆଡ଼କୁ ନିଜ ଦଖଲକୁ ନେଇଯାଆନ୍ତି, କରନ୍ତି କଣ ?

ଯୋଗିଆ ଉତ୍ତର ଦେଲା : ନାଚି କୁଦି ଡେଉଁଥିବେ । କିଳିକିଳା କୁହାଟ ମାରୁଥିବେ ।

ପାଣୁଆ କହିଲା : ସେମାନେ ଗୀତ ବି ଗାଆନ୍ତି । ନାଚ ପି କରନ୍ତି ।

ମୁଁ ବିରକ୍ତି ପ୍ରକାଶ କରିଥିଲି: ସେଗୁଡ଼ାକଙ୍କର କିଛି କାମ ନାଇଁ, ଆମକୁ ଡରାଇବା ଛଡ଼ା । କି ବଦମାସ୍ ପ୍ରାଣୀଗୁଡ଼ାକ । ମୋର ଯଦି ସେମାନଙ୍କ ସହିତ ଦେଖା ହୁଅନ୍ତା !

ଯୋଗିଆ କହିଲା : ଦେଖାହେଲେ କଣ ହେବ ? ତୁ କ'ଣ କରିପାରିବୁ ? ବରଂ ପ୍ରାର୍ଥନା କର ଯେ ସେମାନଙ୍କ ସହିତ ଜମା ଦେଖା ନ ହେଉ !

ଯୋଗିଆ କଥାରେ ପ୍ରଚ୍ଛନ୍ନ ଇଂଗିତ ଥିଲା ଏକ ଭୟାନକ ପରିଣତିର। ଯୋଉ ବୀରତ୍ୱର ସହିତ ମୁଁ ଏ ସଂଳାପ କହିଥିଲି, ସେତିକି ଭୀରୁତାର ସହିତ ମୁଁ ମୋର ମତ ଫେରାଇନେଲି। ମୁଁ ମନେମନେ ଡରିବାକୁ ଆରମ୍ଭ କରିଥିଲି। ଭୂତମାନେ ଯଦି ମୋ କଥା ଶୁଣିନେଇଥିବେ! ମୁଁ ସେମାନଙ୍କୁ ବଦମାସ୍ କହିଥିଲି ଯେ!

ମୁଁ କହିଲି: କେମିତି ଏ ଦିନ କଟିବ! ଏମିତି ଡରିମରି କେତେଦିନ?

ବାପାଥିଲେ ସେଇ ଗାଁ ସ୍କୁଲର ପ୍ରଧାନ ଶିକ୍ଷକ। ସ୍କୁଲକୁ ଲାଗି ତିନିବଖରା ଚାଳଘର ଥିଲା ବାପାଙ୍କୁ ମିଳିଥିବା ସରକାରୀ କ୍ୱାଟର୍ସ। ସେଇ ଘରେ ଆମେ ରହୁଥିଲୁ। ସ୍କୁଲର ଗୋଟିଏ କୋଠରୀରେ ସନ୍ଧ୍ୟାପରେ କିଛି ଛାତ୍ର ଏକାଠି ହେଉଥିଲେ। ଉଦ୍ଦେଶ୍ୟ, ରାତିରେ ରହି ପଢ଼ାପଢ଼ି କରିବା। ସେମାନଙ୍କ ଘରେ ପଢ଼ାପଢ଼ିର ସୁବିଧା ନ ଥିବ। ସ୍କୁଲରେ ରାତିରେ ଏକାଠି ହେଲେ ପଢ଼ିବାରେ ଆଗ୍ରହ ଆସିବ। ସର୍ବୋପରି ବାପାଙ୍କଠୁ ବା ଅନ୍ୟ ଶିକ୍ଷକମାନଙ୍କ ଠାରୁ ପାଠ ବୁଝିପାରିବେ। ସ୍କୁଲଛୁଟୀପରେ ଛାତ୍ରମାନେ ନିଜ ନିଜ ଘରକୁ ଚାଲିଯାଉଥିଲେ। ଘରେ ପେଟେ ପଖାଳ ଖାଇ, ଗାମୁଛାରେ ମୁଢ଼ି ମୁଠାଏ ବାନ୍ଧି, ଲଣ୍ଠନ ହସ୍ତେ ସେମାନେ ସ୍କୁଲରେ ପହଂଚିଯାଉଥିଲେ। ସନ୍ଧ୍ୟାପରେ ଜମା ଅଧଘଂଟେ ଘଂଟେ ପାଠପଢ଼ା ହେଉଥିଲା। ପରେ ପରେ ଆରମ୍ଭ ହେଇଯାଇଥିଲା ଦୁଷ୍ଟାମୀ। ଦୁଷ୍ଟାମୀ ଭିତରେ ଥିଲା ପରସ୍ପରର ଭୂଜାଚୂଡ଼ା ଛଡ଼େଇ ଖାଇବା। ଲଣ୍ଠନ ଲିଭାଇଦେବା। ଲଣ୍ଠନରେ କିରୋସିନି ଜାଗାରେ ପାଣି ପୁରାଇବା। ଅତି ଦୁଷ୍ଟମାନେ ବେଳେବେଳେ ଲଣ୍ଠନରେ ପରିସ୍ରା କରିଦେଉଥିଲେ। ଟଣାଟଣି ଭିଡ଼ାଭିଡ଼ି ଦୌଡ଼ାଦୌଡ଼ି ଆରମ୍ଭ ହୋଇଯାଉଥିଲା। ପାଠପଢ଼ା ଚୂଲୀକୁ ଯାଉଥିଲା। ସବୁ ଲଣ୍ଠନ ଲିଭିଗଲାପରେ ଭୂତପ୍ରେତଙ୍କ ସମ୍ପର୍କରେ ଢେର ଆଲୋଚନା ହେଉଥିଲା।

ବାପା ମଝେ ମଝେ ଆମ ପୈତୃକ ଗ୍ରାମକୁ ଯାଉଥିଲେ। ପ୍ରାୟ ଚାରିପାଞ୍ଚଦିନ ସେ ଅନୁପସ୍ଥିତ ରହୁଥିଲେ ଘରେ ଓ ସ୍କୁଲରେ। ସେଇସବୁ ଦିନମାନଙ୍କରେ ଏଇ ସ୍କୁଲଛାତ୍ରଙ୍କ ପଲଟଣ ଘୁଂଚି ଆସୁଥିଲା ଆମ ଘରର ଗୋଟିଏ କୋଠରୀକୁ। ଆମେ ସେତେବେଳେ ଛୋଟ । ନିମ୍ନ ପ୍ରାଥମିକ ଶ୍ରେଣୀର ଛାତ୍ର। ସେମାନଙ୍କୁ ଆମେ ବଡ଼ଭାଇର ମାନ୍ୟତା ଦେଇ ବଗୁଲାଭାଇ, ମେଘାଭାଇ, ଗଜିଭାଇ ନାମରେ ଡାକୁଥିଲୁ। ସେମାନେ ଆମ ଘରେ ପହଂଚିଗଲେ ଆମେ ଆନନ୍ଦରେ ଅଧୀର ହୋଇଯାଉ ଓ ଦୁଷ୍ଟାମୀକୁ ଉପଭୋଗ କରୁ। ପାଠପଢ଼ା ବନ୍ଦ। ବହିଖାତା ବନ୍ଦୀ ହୋଇରହନ୍ତି ବସ୍ତାନିରେ। ଗପସପ ଆରମ୍ଭ ହୋଇଯାଏ ସଂଜପହରୁ। ଗପସପ ଭିତରକୁ ପ୍ରବେଶ କରନ୍ତି ଯାବତ ଭୂତଗପ।

ଖୁବ୍ ଉତ୍ସାହର ସହିତ ଭୂତଗପସବୁ ବର୍ଣ୍ଣନା କରନ୍ତି ବଗୁଲାଭାଇ। ମୁଁ ଭୟରେ କୁଙ୍କୁରି କାଙ୍କୁରି ହୋଇ ବସେ। ଲାଗିଆସେ ବଗୁଲାଭାଇ ଆଡ଼କୁ। ଭୟରେ କୁଣ୍ଢେଇ

ଧରେ । କିଏ ଜଣେ ଗୁରୁଗମ୍ଭୀର ସ୍ୱରରେ କବିତାଟିଏ ଗାଏ 'ଦୁଇଗୋଡ଼ ଦେଇ ମେଲି, ଶିଶୁକୁ ଏନ୍ତୁଡ଼ି ଜାଳି, ବସିଥାଏ ଚିରୁଗୁଣୀ ବିକଟ ହସି' । (ସେତେବେଳେ ଜାଣିନଥିଲି, ପରେ ଜାଣିଲି କବିତାର ଏଇ ଧାଡ଼ିସବୁ ସଚ୍ଚିରାଉତରାୟଙ୍କ 'ଗ୍ରାମ୍ୟ ଶ୍ମଶାନ' କବିତାରୁ ଉଦ୍ଧୃତ ହୋଇଥିଲା ।)

ସଙ୍ଗେ ସଂଗେ ବଗୁଲାଭାଇ ଚିରିଗୁଣୀର ଜୀବନବୃତ୍ତାନ୍ତ ବର୍ଣ୍ଣନା କରନ୍ତି । ତାଙ୍କ ଭୌତିକ ବର୍ଣ୍ଣନାରେ ଆମେ ଛାନିଆଁ ହୋଇ ଥରୁଥାଉ । ବଗୁଲାଭାଇର ତଥ୍ୟ ଅନୁସାରେ ଗର୍ଭବତୀ ନାରୀ ମଲେ ସେ ଚିରୁଗୁଣୀ ହୋଇଯାଏ । ତାକୁ ପୋଡ଼ାଯାଏନା । ପୋତାଯାଏ । ପୋତାଯିବା ପୂର୍ବରୁ ତାର ପେଟକୁ ଚିରାଯାଏ ଟାଙ୍ଗିଆରେ । ମଲାପିଲାଟାକୁ ପେଟରୁ କଢ଼ାଯାଏ । ଏ କାମ ଧୋବା ସମ୍ପ୍ରଦାୟର ଲୋକ କରନ୍ତି । ମା ଓ ପିଲାକୁ ଗୋଟିଏ ଗାତରେ ପୋତାଯାଏ ମଶାଣୀରେ । ଗାତରେ ପଡ଼େ ହଳଦୀ କାଠୁଆ, କଂଚା ହଳଦୀବଟା ଆଉ ତେଲ ଶିଶି । ରାତି ଅଧିକ ହେଲେ ଚିରୁଗୁଣୀ ବାହାରି ଆସେ ଗାତରୁ । ତାର ଲମ୍ବା ଗୋଡ଼ ମେଲାଇ ମଲା ଛୁଆକୁ ଶୁଆଇ ଦିଏ । ତା' ଦେହରେ ମାଖେ ତେଲ ଆଉ ହଳଦୀ । ମଶାଣୀର ନିଆଁରେ ସେକି ଦେଉଥାଏ ଛୁଆଟାକୁ । ତାର ବାଳମୁକୁଳା । ଦାନ୍ତ ବିକଟାଳ । ମଝିରେ ମଝିରେ ସେ ହିଁ ହିଁ ହସେ ।

ବଗୁଲା ଭାଇର ଜୀବନ୍ତ ବର୍ଣ୍ଣନା ମାଫିକ ମଶାଣୀର ଭୟଙ୍କର ଦୃଶ୍ୟ ଆମ ସାମ୍ନାରେ ଉଭାହୁଏ । ମୁଁ ଭୟରେ ଜଡ଼ସଡ଼ ହୋଇ ସେଇଠି ଜାକିଜୁକି ଶୋଇପଡ଼େ । ନିଦ ଭାଂଗେ ସକାଳେ । ମୁଁ ନିଜକୁ ଅବଶ୍ୟ ଆବିଷ୍କାର କରେ ମୋରି ବିଛଣାରେ । ଶୁଣିବାକୁ ପାଏ ଯେ ମୋତେ ସେଇ ଶୋଇଥିବା ଅବସ୍ଥାରେ ବଗୁଲାଭାଇମାନେ ଆଣି ମୋ ବିଛଣାରେ ଶୁଆଇ ଦେଇ ଯାଇଥିଲେ । ସକାଳକୁ ସବୁ ଅବଶ୍ୟ ସ୍ୱାଭାବିକ ହୋଇଯାଇଥାଏ । ଭୂତଙ୍କର ଚିହ୍ନବର୍ଣ୍ଣ ନ ଥାଏ ।

ତେବେ ଭୂତମାନେ କେତେ ମାରାତ୍ମକ ହୋଇପାରନ୍ତି, ତାର ପ୍ରମାଣ ମିଳିଲା କେଇଟି ଦିନ ପରେ ଯେତେବେଳେ ଆମ ସ୍କୁଲର ଜଣେ ଛାତ୍ରର ମୃତ୍ୟୁ ହେଲା । ତାର ନାମ ଚରଣ ଭାଇ । ଚରଣଭାଇ ମଧ୍ୟ ସନ୍ଧ୍ୟାବେଳେ ସ୍କୁଲର ନୈଶ୍ୟ ବିଦ୍ୟାଧ୍ୟୟନରେ ସାମିଲ ହେଉଥିଲା । କିରୋସିନୀ ସରିଯିବା ଭୟରେ ପାଠପଢ଼ା ଆରମ୍ଭରୁ ହିଁ ନିଜ ଲଣ୍ଠନ ଲିଭାଇଦେଇ ଆଉ ଜଣକ ଲଣ୍ଠନରେ ଭାଗ ବସଉଥିଲା । ଅନ୍ୟଜଣକ ପ୍ରତିବାଦ କରୁଥିଲା । ତୁ ତୋ ଲଣ୍ଠନରେ ପଢ଼େ । ମୋ ଲଣ୍ଠନରେ କାହିଁକି ଭାଗ ବସଉଛୁ? ଚରଣଭାଇ ଯୁକ୍ତି କରୁଥିଲା, ତୋ ଲଣ୍ଠନ କଣ ସରିଯାଉଛି ନା କ'ଣ ବା? ମୋ ଲଣ୍ଠନରୁ କିରୋସିନୀ ସରିଗଲା ପରା! ଅନ୍ୟ ଜଣକ ଟାହୁଲି କରୁଥିଲା, ତୋର ତ ସବୁଦିନ କିରୋସିନୀ ସରିଯାଉଛି । ସେ ଅନ୍ୟମାନଙ୍କୁ ଶୁଣାଇ କହୁଥିଲା । ଭାଇମାନେ!

କେହି ଚରଣକୁ ଲଣ୍ଠନ ଆଲୁଅରେ ଭାଗ ଦିଅନା। ସେ ମହା ଚାଲୁ ଅଛି। ନିଜ ଲଣ୍ଠନ ଲୁଚେଇ କି ରଖିଛି। ସମସ୍ତଙ୍କଠୁ ଭାଗ ନେଉଛି।

ସମସ୍ତେ ଏକାଠି ହେଇଯାଉଥିଲେ ଚରଣକୁ ଠେଲି କି ବାହାର କରୁଥିଲେ। ଚରଣ ଭାଇ ସମସ୍ତଙ୍କ ଚାରିପଟେ ବୁଲୁଥିଲା ଓ ଟିକିଏ ଜାଗା ପାଇଲେ ଠେଲିପେଲି ବସିଯାଉଥିଲା। ସେ ଯାହା ପାଖରେ ବସିଯାଉଥିଲା ସେ ଲଣ୍ଠନ ଲିଭାଇ ଦେଇ ମୋର ବି କିରୋସିନୀ ସରିଗଲା ବୋଲି ଘୋଷଣା କରୁଥିଲା। କ୍ରମେ ଏହା ଏକ ଖେଳରେ ପରିଣତ ହୋଇଯାଉଥିଲା ଓ ଲଣ୍ଠନମାନେ ଏକ ପରେ ଏକ ଲିଭିବାକୁ ଆରମ୍ଭ କରୁଥିଲେ। କ୍ରମେ ସବୁଆଡ଼ ଅନ୍ଧାର ହେଉଥିଲା ଓ ପିଲାଙ୍କ ଦୁଷ୍ଟାମୀ ବଢ଼ିବାକୁ ଲାଗିଲା। ସେଇ ଚରଣ ଭାଇର ଅକାଳରେ ମରଣ ହୋଇଥିଲା। ଦିନେ ଚରଣଭାଇ ସ୍କୁଲ ଆସିଲା ନାହିଁ। ଖବର ମିଳିଲା ତାର ଦେହ ଖରାପ। ଦୁଇଦିନ ପରେ ଜଣାଗଲା ଯେ ହଇଜାରେ ତାର ମୃତ୍ୟୁ ହୋଇଯାଇଛି। ଆମେ ମନଦୁଃଖ କଲୁ। ସ୍କୁଲରେ ତା' ପାଇଁ ଶୋକସଭା ହେଲା। ତା' କଥା ମନେପକେଇ କେହି କେହି କାନ୍ଦିଲେ।

ମାତ୍ର ଚାରିଟି ଦିନ ପରେ ବଗୁଲାଭାଇ ସମ୍ପୂର୍ଣ୍ଣ ନୂତନ ଓ ଚାଂଚଲ୍ୟକର ସମ୍ବାଦ ପରିବେଷଣ କଲା ଯେ, ଚରଣଭାଇର ମୃତ୍ୟୁ ହଇଜାରେ ହୋଇନାହିଁ। ବରଂ ତା ମୃତ୍ୟୁରେ କତିପୟ ଭୂତଙ୍କର ପ୍ରଛନ୍ନ ଷଡ଼ଯନ୍ତ୍ର ଅଛି। ସେଦିନ ସନ୍ଧ୍ୟାରେ ବଗୁଲାଭାଇଠୁ ଏକଥା ଶୁଣି ଆମେ ଚମକିପଡ଼ିଲୁ ଓ ବଗୁଲାଭାଇ ପାଖକୁ ଘୁଂଚିଆସିଲୁ, ସବିଶେଷ ବର୍ଣ୍ଣନାର ଅପେକ୍ଷାରେ। ବଗୁଲାଭାଇ ତାର ବର୍ଣ୍ଣନା ଜାରି ରଖିଥାଏ। ଚରଣଭାଇ ସେଦିନ ସନ୍ଧ୍ୟାରେ ସ୍କୁଲକୁ ଆସୁଥାଏ, ରାତିରେ ରହି ପଢ଼ିବା ପାଇଁ। ସେଦିନ ତାର ଟିକେ ଡେରି ହୋଇଯାଇଥିଲା। ଅସଲରେ ତାର ଘର ପାଖ ଏକ ଗାଁରେ। ତେଣୁ ତା'ର ଡେରିହେବା ସ୍ୱାଭାବିକ। ସଞ୍ଜ ହୋଇଯିବାରୁ ସେ ଘରୁ ଲଣ୍ଠନ ଜାଳି ଆସୁଥାଏ। ସ୍କୁଲରେ ଆସିବା ବାଟରେ ଗୋଟେ ଦଣ୍ଡା ପଡ଼େ। ଚରଣଭାଇ ସେଇ ଦଣ୍ଡା ଦେଇ ଧୀରେ ଧୀରେ ଆସୁଥାଏ। ଠିକ ଦଣ୍ଡା ପାଖରେ ହୋଇଛି ଦମକାଏ ପବନ ବୋହିଲା। ହଠାତ୍ ଲଣ୍ଠନର ଆଲୁଅ ଲିଭିଗଲା। ଚରଣଭାଇ ଅନୁମାନ କରି କରି ଚଲା ରାସ୍ତାଟାରେ ଆଗଉଥାଏ।

ଠିକ୍ ଝଙ୍କା ବରଗଛ ପାଖରେ ହୋଇଛି କିଏ ଗୋଟାଏ ତାକୁ ପଛରୁ ଡାକିଲା।

ଆମେ ଗପର ମଝିରେ ଅନୁପ୍ରବେଶ କରିଯାଇ ପଚାରିଲୁ, କିଏ ଡାକିଲା ?

ଜଣେ ଗବେଷକର ଦୃଷ୍ଟିଭଂଗୀରେ ମେଘାଭାଇ କହିଲା : ଭୂତ ହୋଇପାରେ !

ଆମର ପାଟି ଆଁ ହୋଇ ରହିଗଲା : ଭୂତ ?

ବଗୁଲାଭାଇ ଶୁଣାଉଥାଏ ସେଇ କାହାଣୀ। ପଛରୁ କିଏ ଗୋଟାଏ ଡାକିଲା ଓ

ଚରଣଭାଇ ଅଟକିଗଲା। ଚାରିଆଡ଼କୁ ଆଖି ବୁଲାଇଲା। କେହି କୁଆଡ଼େ ନାହାନ୍ତି। ଚାରିଦିଗ ଅନ୍ଧାର। ସେ ପୁଣି ପାଦେ ଆଗକୁ ବଢ଼ିଲା। କୋଉଠୁ କେଜାଣି ଭାସି ଆସିଲା ପଚାମାଛର ଗନ୍ଧ।

କିଏ ଜଣେ ଅନୁନାସିକ ସ୍ୱରରେ କହିଲା : ଶୁଣ!

ଚରଣଭାଇ ପଚାରିଲା : କିଏ?

ଉତ୍ତର ଆସିଲା: ମୁଁ!

: ମୁଁ ମାନେ?

: ମୁଁ ମାନେ ମୁଁ!

କେହି କୁଆଡ଼େ ଦିଶୁନି। ଝଙ୍କା ବରଗଛଟା ଠିଆ ହୋଇଛି କଳାପାହାଡ଼ ଭଳି। ଚାରିଦିଗରେ ଅନ୍ଧାର। ଅନ୍ଧାର ଭିତରୁ କାହାର ଗୋଟାଏ ସ୍ୱର। ତଥାପି ଚରଣଭାଇ ସାହସ ସଂଚୟ କରି ପଚାରିଲା: କ'ଣ କହୁଚ?

ସ୍ୱରଟା ମାଗିଲା: ଖାଇବାକୁ କଣ ଅଛି?

: କିଛି ନାହିଁ!

: ଭାରି ଭୋକ! କଣ ଅଛି ଦେ।

ଚରଣଭାଇ ପାଖରେ ଥିଲା ଅଂଟିଏ ମୁଢ଼ି। ସେ ଗାମୁଛା ସହ ମୁଢ଼ିତକ ଫୋପାଡ଼ି ଦେଲା।

ସ୍ୱରଟା କହିଲା: ମୁଁ ମୁଢ଼ି ଖାଏନା।

ହଠାତ୍ ସାମ୍ନାର ବରଗଛଟା ନଇଁପଡ଼ି ରାସ୍ତାରେ ଲୋଟିଗଲା। ହାବୁକାଏ ନିଆଁ କୋଉଠି ବାହାରିଆସି ଚାରିଦିଗ ଆଲୋକମୟ ହୋଇଗଲା। ସେଇ ଆଲୁଅରେ ଚରଣଭାଇ ଦେଖିଲା ପଲେ କଙ୍କାଳ ସେଠି ଠିଆହୋଇଛନ୍ତି। ଚରଣ ଭାଇ ଦୌଡ଼ିବାକୁ ଲାଗିଲା। କଂଟା ଝଂଟା ନ ମାନି ଦୌଡ଼ିଲା। ଦୌଡ଼ି ଦୌଡ଼ି ଆସି ସ୍କୁଲ ପାଖରେ ପଡ଼ିଗଲା। ତାର ଚେତା ଚାଲିଗଲା। ଆମେ ଦେଖିଲୁ। ତାକୁ ଆଣି ସ୍କୁଲଘରେ ଶୁଆଇଲୁ। ରାତିରେ ତାକୁ ଜର ହେଲା। ଆମେ ସକାଳୁ ତାକୁ ନେଇ ତାଙ୍କ ଘରେ ଛାଡ଼ି ଆସିଲୁ। ଘରେ ତାର ହଇଜା ବାହାରିଲା । ଦୁଇଦିନ ପରେ ସେ ଚାଲିଗଲା।

କାହାଣୀଟି ଶେଷ ହେଲାପରେ ଆମେ ଦୁଃଖିତ ଦିଶୁଥିଲୁ ଯେତିକି, ତତୋଧିକ ଭୟଭୀତ ମନେ ହୋଇଥିଲୁ। ସେତେବେଳେ ଆମ ଅଂଚଳରେ ଯୋଉ ଲୋକ ମରୁଥିଲା, ସେ ମରିବାର ବେଶ୍ କିଛିଦିନ ପର୍ଯ୍ୟନ୍ତ ଭୂତ ହୋଇ ଆଖପାଖରେ ଘୁରିବୁଲୁଥିଲା। ଲୋକମାନେ କହୁଥିଲେ ଅମୁକ ମଲା ଲୋକ କାଲି ଏ ରାସ୍ତାରେ ଯାଉଥିଲା। ସମୁକ ମଲା ଲୋକ ବାଡ଼ି ଠକଠକ କରି ବୁଲୁଥିଲା। ଏ ସମ୍ପର୍କରେ

ବଗୁଲାଭାଇର ତଥ୍ୟ ହେଲା ଯୋଉମାନଙ୍କର କିଛି ଆଶା ଅପୂର୍ଣ୍ଣ ରହିଯାଏ ସେମାନେ ଅତୃପ୍ତ ଆତ୍ମା ହୋଇ ଘୁରିବୁଲନ୍ତି ଓ ନିଜର ଘର ପାଖାପାଖି ବେଶି ବୁଲନ୍ତି।

ଆମେ ପଚାରିଲୁ : ଚରଣଭାଇ କଣ ଭୂତ ହେବ ?

ବଗୁଲାଭାଇ କହିଲେ : ନିଶ୍ଚୟ ଭୂତ ହେବ !

ଆମେ ମତ ଦେଲୁ : ସେ ତେବେ ତାଙ୍କ ଗାଁ ପଟେ ବୁଲାବୁଲି କରିବ !

ବଗୁଲାଭାଇ କହିଲେ: ନା ! ସେ ସ୍କୁଲ ଆଡ଼େ ଆସିପାରେ !

ଆମେ ଡରିଗଲୁ : ସ୍କୁଲ ଆଡ଼େ କାହିଁକି ?

ବଗୁଲାଭାଇ କହିଲେ : ତା'ର ପାଠପଢ଼ା ପ୍ରତି ଭାରି ଦୁର୍ବଳତା ଥିଲା। ସେଇଟା ତାର ଅବଶୋଷ !

ଆମେ ପଚାରିଲୁ : ସିଏ କି ପାଠପଢ଼ିବାକୁ ଆସିବ ସ୍କୁଲକୁ ?

ବଗୁଲାଭାଇ କହିଲେ : ଆସିପାରେ ! ଯେ କୌଣସି ଦିନ ସେ ଗୋଟାଏ ଲଣ୍ଠନ ଧରି, ବହିଖାତା ଧରି ଏଠି ପହଂଚିଯାଇପାରେ। ଏଇଠି ବସି ପାଠ ପଢ଼ିପାରେ !

ଆମେ ମଥାରେ ହାତଦେଲୁ : ସର୍ବନାଶ !

ଚରଣର ଭୂତ ଆଖପାଖ ଅଂଚଳରେ ବୁଲୁଥିବାର କେହି କେହି ଦେଖିଛନ୍ତି ବୋଲି ଦାବୀ କଲେ। ମାତ୍ର ସେ ସ୍କୁଲକୁ ଆସିନଥିଲା। ପନ୍ଦରଦିନ ପରେ ଜଣାଗଲା ଯେ ସେ ଜେନାସାହିର ଗୋଟାଏ ସ୍ତ୍ରୀଲୋକ ଦେହରେ ସବାର ହୋଇଯାଇଛି। ସ୍ତ୍ରୀଲୋକଟା ଘରେ ନାନାଦି ଉତ୍ପାତ କରିବା ଆରମ୍ଭ କରିଦେଇଛି। ତାକୁ ଭୂତ ଛଡ଼ାଇବାକୁ ଗୁଣିଆ ଡକା ହୋଇ ଆସିଲାଣି।

ମୁଁ ଓ ମୋର ଖେଳସାଥୀମାନେ ଘଟଣାସ୍ଥଳରେ ପହଂଚିବାର ଆଗ୍ରହ ଦମନ କରିପାରିନଥିଲୁ। ଉଦ୍ଦେଶ୍ୟଥିଲା ଭୂତ ଦେଖିବା। ମାତ୍ର ସେଠି ଦେଖିଲୁ ଏକ ପାଗଳୀପ୍ରାୟ ଗ୍ରାମ୍ୟବଧୂକୁ।

ସ୍ତ୍ରୀଲୋକଟେ ବାଳମୁକୁଳା କରି ବସିଛି। ତାର ଲୁଗାପଟା ଅସ୍ତବ୍ୟସ୍ତ। ସେ ୟାଡୁ ସ୍ୟାଡୁ ବକିବାରେ ଲାଗିଛି। ତା' ସାମ୍ନାରେ ବସିଛି ଗୁଣିଆ। ଗୁଣିଆର କପାଳରେ ସିନ୍ଦୂରକଲି। ବେକରେ ଫୁଲମାଳ। ନାଲିଗାମୁଛାର ଠେକାଟାଏ ବାନ୍ଧିଛି।

ଗୁଣିଆ ପଚାରିଲା: ତୁ କିଏ ?

ସ୍ତ୍ରୀଲୋକଟା କହିଲା: ମୁଁ ଚରଣ !

: କୁଆଡ଼େ ଆସିଥିଲୁ ?

: ପାଠ ପଢ଼ିବାକୁ !

ସମସ୍ତେ ଖିଲିଖିଲି ହୋଇ ହସିଲେ। ଭୂତ ପାଠପଢ଼ିବାକୁ ଆସିବା ଅବଶ୍ୟ ହାସ୍ୟାସ୍ପଦ ବ୍ୟାପାର ଥିଲା।

: ସ୍କୁଲକୁ ନ ଯାଇ ଏଠିକି କାହିଁକି ଆସିଲୁ ?

: ଇଏ ପଢୁଥିଲା ତ !

ଏବେ ସେ ସ୍ତ୍ରୀଲୋକର ଶ୍ୱଶୁର ଏ ରହସ୍ୟର ଉନ୍ମୋଚନ କଲେ ଟିକିଏ ଦୂରରେ ଠିଆହୋଇ। ତାଙ୍କ ମତରେ ଦାଦନରେ କଲିକତା ଯାଇଥିବା ତାଙ୍କ ପୁଅ କଲିକତାରୁ ଫେରିବା ବେଳେ କେତେଟା ବହି ଆଣିଥିଲା। ଚଣ୍ଡୀମାତା ପୁସ୍ତକ ଭଣ୍ଡାର ପ୍ରକାଶିତ, ସେ ବହି 'ମୋ ସ୍ୱାମୀ ନାହାନ୍ତି ଘରେ'କୁ ପଢୁଥିଲା ବୋହୂ। ବାସ୍! ସେତିକି ବେଳେ ବୋହୂ ଉପରେ ସବାର ହୋଇଗଲା ଭୂତ !

ସାଥୀ ଯୋଗିଆ ମୋ କାନରେ ଫୁସ୍ ଫୁସ୍ କରି କହିଲା: ତା ସ୍ୱରଟା ଅଣ୍ଡିରାସ୍ୱର ଭଳି ଶୁଣାଯାଉନି ?

ମୁଁ କହିଲି: ଅବଶ୍ୟ ଘାଗଡ଼ା ଶୁଣାଯାଉଛି। କିନ୍ତୁ ତାର ମାନେ କଣ ?

ଯୋଗିଆ ବୁଝାଇଦେଲା: ଏଇଟା ଅଲବତ ଭୂତ ! ଚରଣର ଭୂତ।

ମୁଁ ଆଶଙ୍କା ପ୍ରକାଶ କରୁଥିଲି: ଭୂତ ଯଦି ପାଠପଢୁଥିବା ଲୋକଙ୍କୁ ଧରିବ, ତେବେ ତ ଆମ ସ୍କୁଲ ବନ୍ଦ ହୋଇଯିବ।

ଯୋଗିଆ ଖୁସି ହେଲା ପରି ତାଳିମାରିଲା : ଖୁବ୍ ଭଲହେବ। ବଢ଼ିଆ ହେବ !

(ଯୋଗିଆର ଜମା ଗଣିତ ହେଉ ନ ଥିଲା ଓ ସେ ପ୍ରାୟ ପ୍ରତିଦିନ ସ୍କୁଲରେ ଗଣିତ ଶ୍ରେଣୀରେ ମାଡ଼ ଖାଉଥିଲା।) ଏଥର ଗୁଣିଆ ପାହାରେ ପକାଇଲା ଗ୍ରାମ୍ୟବଧୂକୁ।

ପଚାରିଲା : ତୋତେ କିଏ ମାରିଲା ?

: ସେମାନେ !

: ସେମାନେ କିଏ ?

: ଭୂତମାନେ !

: ତୋତେ ତ ଭୂତ ମାରିଲେ। ତୁ ଏବେ ଭୂତ ବନିଛୁ। ଯାଉନୁ ତାଙ୍କୁ ମରାପିଟା କରିବୁ ?

: ମୁଁ କେମିତି ମରାପିଟା କରିବି ? ଆମେ ଯେ ଠେଙ୍ଗାବାଡ଼ି ଧରିପାରୁନା !

: ଆଉ କିଏ ପିଟା ମରା କରିବ ?

: ମୋର କେତେଟା ମଣିଷ ଦରକାର !

: ମଣିଷ କଣ କରିବ ?

: ମାରପିଟ କରିବ !

: କାହାକୁ ?

: ମୋତେ ଯେଉଁମାନେ ମାରିଛନ୍ତି !

ମୁଁ ଯୋଗିଆ ମୁହଁକୁ ଚାହିଁଲି। ଯୋଗିଆ ମୋ ମୁହଁକୁ। ଏହି କଥାବାର୍ତ୍ତାରୁ ନୂଆ ତଥ୍ୟ ମିଳିଲା। ଭୂତ ଠେଙ୍ଗା ଧରିପାରେ ନାହିଁ। ଭୂତ ମରାପିଟା କରିପାରେ ନାହିଁ। ଭୂତ ମରାପିଟା ପାଇଁ ମଣିଷର ସାହାଯ୍ୟ ମାଗେ। ତେବେ ମଣିଷ ଡରେ କାହିଁକି ଭୂତକୁ? ବଗୁଲା ଭାଇ ଯେ କହୁଥିଲା ଭୂତଟାଏ ବାଡ଼ି ଠକ ଠକ କରି ଚାଲୁଥିଲା! ସେ ପୁଣି କିଏ?

ଏବେ ଗୁଣିଆ ଏସବୁ କଥୋପକଥନରେ ସନ୍ତୁଷ୍ଟ ହେଲାଭଳି ଦିଶିଲା ନାହିଁ। କାରଣ ତାର ପ୍ରତିଭା ଓ ପରାକ୍ରମକୁ ସାବ୍ୟସ୍ତ କରିବାପାଇଁ ସୁଯୋଗ ସେ ପର୍ଯ୍ୟନ୍ତ ଆସିନଥିଲା।

ସେ ଚିତ୍କାର କରି କହିଲା: ମୋତେ ଚିହ୍ନିଚୁ?

ସ୍ତ୍ରୀଲୋକଟା ତାକୁ ଚାହିଁଲା। ନିରେଖିଲା। କହିଲା: ତୁଟା କିଏ ବା?

ଗୁଣିଆ ଗୋଟାଏ ନାଟକସୁଲଭ ଅଟ୍ଟହାସ୍ୟ କଲା।

କହିଲା: ମୋତେ ଚିହ୍ନିନୁ? ଏ ସାତଖଣ୍ଡମୌଜାରେ ଯେତେ ଭୂତପ୍ରେତ ପିଶାଚ ଅଛନ୍ତି, ସମସ୍ତେ ମୋ ନାଁ ଶୁଣିଲେ ଭୟରେ ଥରହର ହୁଅନ୍ତି। ତୁ ଗୋଟାଏ କି ଭୂତ ଯେ ମୋ ନାଁ ମଧ୍ୟ ଶୁଣିନାହୁଁ?

ସ୍ତ୍ରୀଲୋକଟା ଗାଲୁମାରିଲା ଭଳି କହିଲା : ଥରେ କହିଲି ପରା, ମୁଁ ତୋତେ ଚିହ୍ନେ ନାହିଁ। ନୋ।

ଯୋଗିଆ ମୋ କାନରେ କହିଲା : ଦେଖୁଚୁ ଏ ଭୂତ ଇଂରାଜୀ କହୁଚି। ଇଏ ଅଲବତ ଚରଣର ଭୂତ। ନହେଲେ ଏ ଗାଁବୋହୂ ଇଂରାଜୀ ଜାଣିଲା କେମିତି?

ମୁଁ ଏକମତ ହେବାକୁ ବାଧହେଲି। ନିଶ୍ଚୟ! ନିଶ୍ଚୟ! ଇଏ ହିଁ ଚରଣର ଭୂତ!

ଏହାପରେ ଗୁଣିଆ ସ୍ତ୍ରୀଲୋକଟିକୁ ନିଷ୍ଠୁର ପ୍ରହାର କରିଥିଲା। ବଡ଼ ନିର୍ଦ୍ଦୟ ଭାବରେ ତା ଉପରେ ଝାଡୁ ବୁଲାଇଲା। ସ୍ତ୍ରୀଲୋକଟି କାନ୍ଦୁଥାଏ। ମରିଗଲି, ମରିଗଲି, ବୋଲି ଆର୍ତ୍ତଚିତ୍କାର କରୁଥାଏ। କିନ୍ତୁ କେହି ଜଣେ ହେଲେ ବି ସମବେଦନା ଜଣାଉନଥାନ୍ତି। ଓଲଟି ଉତ୍ସାହିତ କରୁଥାଆନ୍ତି : ମାର୍। ମାର୍! ଆହୁରି ମାର୍!

ମୁଁ ଯୋଗିଆକୁ କହିଲି : ଇଏତ ମାଡ଼ ଖାଇ ମରିଯିବ ବୋଧେ!

ଯୋଗିଆ ବୁଝାଇଦେଲା : ହେଃ! ସେ କାହିଁକି ମାଡ଼ ଖାଇବ! ମାଡ଼ ଖାଉଚି ଭୂତ!

ମୁଁ ପଚାରିଲି : ଭୂତର କଣ ଦେହହାତ ଅଛି ଯେ ମାଡ଼ ତା ଦେହରେ ବାଜିବ! ସ୍ତ୍ରୀ ଲୋକଟା ହିଁ ମାଡ଼ ଖାଉଚି।

ଯୋଗିଆ ଯୁକ୍ତି କଲା: ଭୂତ ମାଡ଼ ଖାଉଚି !

ସମବେତ ଜନତା ମଜା ଦେଖୁଥିଲେ ।

କିଛି ସମୟ ନିସ୍ତୁକ ମାଡ଼ ଖାଇବା ପରେ ସ୍ତ୍ରୀଲୋକଟି ଚିତ୍କାର କଲା : ଚିହ୍ନିଲି ! ଚିହ୍ନିଲି ।

ଗର୍ବରେ ସହିତ ଗୁଣିଆ ସମବେତ ଜନତାଙ୍କୁ ଚାହିଁଲା, ଯେମିତିକି ତାର ବିଜୟ ହୋଇଛି । ସେ ଯେ ଜଣେ ପ୍ରଭାବଶାଳୀ ଗୁଣିଆ ତାହା ପ୍ରମାଣିତ ହୋଇଛି । ଏବେ ଗୁଣିଆ ସ୍ତ୍ରୀଲୋକଟିର ମୁହଁରୁ ଗୁଣିଆର ପରିଚୟ ସର୍ବସମ୍ମୁଖରେ ପ୍ରକାଶିତ ହେବା ଚାହିଁଲା ନାହିଁ । ଆମେ ସେତେବେଳେ ଆଶା କରୁଥିଲୁ ଗୁଣିଆର ନାମ ଜାଣିବାପାଇ । ଯେଉଁ ନାମ ଭୂତପ୍ରେତ ମହଲରେ ଏକ ଚର୍ଚ୍ଚିତ ନାମ, ତାହା ଆମର ଜାଣିବା ଉଚିତ ।

ସେତେବେଳେ ଗୁଣିଆ ପ୍ରସଙ୍ଗ ବଦଳାଇଦେଲା ।

ପଚାରିଲା: ଏବେ ଚାଲିଯିବୁ ତ !

ସ୍ତ୍ରୀଲୋକଟା ଥରୁଥାଏ । ନେହୁରା ହେଲା ପରି କହିଲା: ହଁ ! ଚାଲିଯିବି !

ଗୁଣିଆ ନିର୍ଦ୍ଦେଶ ଦେଲା: ଏବେ ଏବେ ବାହାରି ଯା !

ଭୂତ ବାହାରିଯିବାର ପ୍ରକ୍ରିୟା ଆରମ୍ଭ ହେଲା । ସ୍ତ୍ରୀଲୋକଟିକୁ ଏକ ଜଳପୂର୍ଣ୍ଣ ଢ଼ାଳ ଧରାଇ ଦିଆଗଲା । ସେ ଢାଳଟିକୁ କାମୁଡ଼ି ଧରିଲା ଦାନ୍ତରେ । ଗୁଣିଆ ସ୍ତ୍ରୀଲୋକକୁ ଝାଡୁପ୍ରହାର ଭୟ ଦେଖାଉଥାଏ ଓ ସ୍ତ୍ରୀଲୋକଟି ଚାଲିବାକୁ ଆରମ୍ଭ କରେ । ନିରାପଦ ଦୂରତ୍ୱରେ ତାକୁ ଅନୁଧାବନ କରୁଥାଆନ୍ତି ଗ୍ରାମବାସୀ । ଗ୍ରାମବାସୀଙ୍କ ମେଳରେ ଥାଉ ଆମେ ।

କ୍ରମେ ସ୍ତ୍ରୀଲୋକଟି ଘରର ଅଗଣାରୁ ବାହାରି ଆସିଲା ଗାଁ ଦାଣ୍ଡକୁ । ଗାଁ ଦାଣ୍ଡ ଡେଇଁ ଗଡ଼ିଲା ବିଲକୁ । ହିଡ଼ରେ ଚାଲିବାକୁ ଆରମ୍ଭ କଲା । ପଛେ ପଛେ ଗୁଣିଆ ତାର ମନ୍ତ୍ର ପାଠ କରି କରି ନାନା ଅଙ୍ଗଭଂଗୀ କରି ଆଗଉଥାଏ । ସ୍ତ୍ରୀଲୋକଟା ଗାଁ ମୁଣ୍ଡ ଦଣ୍ଡା ଆଡ଼କୁ ମୁହାଁଇଲା । ଝଙ୍କା ବରଗଛର କିଛି ଦୂରପୂର୍ବରୁ ବିଲମଝିରେ ମୁହଁମାଡ଼ି ପଡ଼ିଲା ।

ତାର ଚେତା ଚାଲିଗଲା ।

ଗୁଣିଆ ଘୋଷଣା କଲା: ଭୂତ ଛାଡ଼ିଗଲା ।

ଜନତା ଆଶ୍ଚର୍ଯ୍ୟ ହେଲେ: ଭୂତ ଚାଲିଗଲା ତ !

ଗୁଣିଆ କହିଲା: ଏବେ ଏବେ ଭୂତ ଗଲା । ଯାକୁ ଛାଡ଼ି ସେ ଗଛକୁ ଉଡ଼ିଗଲା ।

ଆମେମାନେ ଦୁଃଖିତ ହେଲୁ । ଆମ ଆଖି ସାମ୍ନାରେ ଭୂତଟା ଉଡ଼ିଉଡ଼ି ଚାଲିଗଲା ଗଛ ଡାଳକୁ । ଅଥଚ ଆମେ ଦେଖିପାରିଲୁ ନାହିଁ । ଆମେ ଏପଟ ସେପଟକୁ ଅନିସନ୍ଧିତ୍ସୁ ନୟନରେ ଚାହିଁରହିଲୁ ।

ଗୁଣିଆ ଆଶ୍ୱାସନା ଦେଲା: ଆପଣମାନେ ଏବେ ଦେଖିପାରିବେ ନାହିଁ। ଭୂତଟା ସୂକ୍ଷ୍ମ ରୂପରେ ଅଛିତ ! କେବଳ ଗୁଣୀବଳରେ ମୁଁ ଦେଖିପାରିଲି।

ଆମେ ହତାଶ ଦିଶିଲୁ। ଯାଃ...। ଭୂତଟାଏ ଦେଖା ହୋଇପାରିଲାନି।

ଗୁଣିଆ ସ୍ତ୍ରୀଲୋକଟା ଉପରେ ମନ୍ତୁରାପାଣି ଛିଂଚିଲା ଓ କହିଲା, ଏବେ ଏହାକୁ ଗାଁକୁ ନେଇଯାଅ। ସେ ଠିକ୍ ହୋଇଯିବ। ସ୍ତ୍ରୀଲୋକଟା ବୁହାହୋଇ ଫେରିଗଲା ଗାଁକୁ। ତେବେ ଗ୍ରାମବାସୀ ଭୟାତୁର ଦିଶୁଥାଆନ୍ତି। କାରଣ ଭୂତଟା ଛାଡ଼ି ଚାଲିଯାଇଥିଲେ ବି ସେ ପୁଣିଥରେ ଫେରିଆସିବାର ସମ୍ଭାବନାକୁ ଏଡ଼େଇ ଦିଆଯାଇନପାରେ। ସେ ଗ୍ରାମରେ ନାନା ଉପଦ୍ରବ କରିପାରେ। ତେବେ ଯୋଗିଆ ଖୁସୀଥିଲା। କାରଣ ଭୂତ ପାଠପଢ଼ାରେ ବେଶି ଆଗ୍ରହୀ ଥିବା ପିଲାଙ୍କୁ ଆକ୍ରମଣ କରିବାର ସମ୍ଭାବନା ଥିଲା। ଯୋଗିଆ ସେ ଦଳରେ ନ ଥିଲା। ଗ୍ରମାବାସୀଙ୍କୁ ଅଭୟ ଦେଲା ଗୁଣିଆ। କହିଲା: ମୁଁ ଏ ଭୂତକୁ ବନ୍ଦୀ କରିବି। ଖାଲି ଗୋଟିଏ କାହିଁକି ଏଠି ଥିବା ସବୁ ଭୂତଙ୍କୁ ମୁଁ ଏ ବରଗଛରେ ବନ୍ଦୀ କରିବି। ସେମାନେ କଦାଚ ଗ୍ରାମ ଭିତରକୁ ପ୍ରବେଶ କରିପାରିବେ ନାହିଁ।

ଗୁଣିଆ ତାର ମନ୍ତ୍ରପାଠ କଲା। ଗୋଟାଏ ବଡ଼ ଲୁହାକଂଟା ପିଟିଲା ବରଗଛରେ। ଘୋଷଣା କଲା: ଏ କଂଟା ପ୍ରତି ସାବଧାନ ରହିବ। କସ୍ମିନକାଳେ ଏହାକୁ ଉପାଡ଼ିବ ନାହିଁ। ଉପାଡ଼ିଲେ ବିଷମ ପରିସ୍ଥିତି ଉପୁଜିବ। ଭୂତମାନେ ବାହାରି ଆସି ଗ୍ରାମରେ ଉପଦ୍ରବ କରିବେ। ସେତେ ବେଳେ ମୁଁ ମଧ୍ୟ ରକ୍ଷା କରିପାରିବି ନାହିଁ।

ଗ୍ରାମବାସୀ ଆଶ୍ୱସ୍ତ ଦିଶିଲେ। ଶପଥବଦ୍ଧ ହେଲେ ଯେ ଲୁହାକଂଟାରେ କେହି ହାତମାରିବେ ନାହିଁ। ଗୁଣିଆ ତାର ପୂଜାସାମଗ୍ରୀ ଯଥା ଫୁଲ, ଦୁବ ବରକୋଳି ପତ୍ର, ହଳଦୀ, ଅରୁଆଚାଉଳ ପ୍ରଭୃତିକୁ ସେହି ଗଛମୂଳେ ବିସର୍ଜନ କଲା ଓ ଭୂତଗ୍ରସ୍ତ ସ୍ତ୍ରୀଲୋକର ଶ୍ୱଶୁରଙ୍କଠୁ ଆପଣା ପାରିଶ୍ରମିକ ନେଇ ଫେରିଗଲା। ରକ୍ଷା ପାଇଗଲା ଗାଁଟି ଓ ସର୍ବୋପରି ସ୍କୁଲର ପାଠପଢ଼ା।

ବରଗଛର ନାମ ହୋଇଗଲା ଭୂତ ଗଛ। ଆମେ ପିଲାମାନେ କଦାଚ ସେ ଗଛମୂଳକୁ ଯାଉନଥିଲୁ। ଦୂରରୁ ଠିଆହୋଇ ଲକ୍ଷ୍ୟ କରୁଥିଲୁ। କଳନା କରୁଥିଲୁ କେମିତି ଭୂତମାନେ ସେଠି ବନ୍ଦୀ ହୋଇ ରହିଛନ୍ତି। କିନ୍ତୁ କିଛି ବି ଦେଖାଯାଏନା। କିଛି ବି ଶୁଣାଯାଏନା। ନା, ଶୁଣାଯାଏ ଭୂତମାନଙ୍କର କିଳିକିଳା ରବ, ନା ଶୁଣାଯାଏ ବନ୍ଦୀଜୀବନର କରୁଣ କ୍ରନ୍ଦନ। ଗଛଟା କେବଳ ଠିଆ ହୋଇଥାଏ ନୀରବରେ। ଯଦି କୌଣସି ଛେଳି, ବାଛୁରୀ ବା କୁକୁର ସେ ଗଛଛାଇରେ ଠିଆ ହେଉଥିଲେ, ଆମେ ଆତଙ୍କିତ ହୋଇପଡୁଥିଲୁ। ସନ୍ଦେହ କରୁଥିଲୁ, ହୁଏତ ଭୂତ ସେମାନଙ୍କୁ କବଳିତ

କରିବ। ସେମାନଙ୍କ ଉପରକୁ କୁଟାଟାଏ ଫିଙ୍ଗିଦେବ ଓ କୁଟା ମାଧ୍ୟମରେ ରକ୍ତ ଶୋଷି ନେବ। ରକ୍ତହୀନ ପ୍ରାଣୀଗୁଡ଼ିକ ଟଳିପଡ଼ିବେ ଅଚିରେ ଓ ମୃତ୍ୟୁମୁଖରେ ପଡ଼ିବେ। (ଏସବୁ ବଗୁଲାଭାଇର ଭୂତକାହାଣୀ ଆଧାରରେ ହିଁ କଳ୍ପିତ ହେଉଥିଲା) ଆମେ ଦୂରରୁ ଟେକା ଫୋପାଡ଼ି ନୀରିହ ପ୍ରାଣୀମାନଙ୍କୁ ହୁରୁଡ଼ାଇ ଦେଉଥିଲୁ। ଏହି ଭଳି କାର୍ଯ୍ୟ ଯେ କରିପାରିଲା, ସେ ଏକ ମହାନ ଜନହିତକର କାର୍ଯ୍ୟ କରିପାରିଛି ବୋଲି ବାହାରେ କହିବୁଲୁଥିଲା।

ଯା ଭିତରେ ସମୟ ବଦଳୁଥିଲା। ଆମେମାନେ କ୍ରମଶଃ ବଡ଼ ହେଉଥିଲୁ। କ୍ଲାସ୍‌ପରେ କ୍ଲାସ୍ ଡେଇଁ ଉପରକୁ ବଢୁଥିଲୁ। ବଗୁଲାଭାଇ ଗଜିଭାଇମାନେ ପାସ୍ କରି ଚାଲିଯାଇଥିଲେ। ତେବେ ବଗୁଲାଭାଇମାନେ ଶୁଣାଇଥିବା ଭୂତ କାହାଣୀ ସବୁ ସାମାନ୍ୟ ପରିବର୍ତ୍ତନ ସହ ବାରମ୍ବାର ଶୁଣା ଯାଉଥିଲା। ନିର୍ଜନ ରାତିରେ ଏକାକିନୀ ଧଳାଶାଢ଼ୀ ପିନ୍ଧି ଯାଉଥିବା ଭୂତୁଣୀର ପାଉଁଜି, ସହରତଳି ରିକ୍ସା ଚଳାଉଥିବା ଗୋଟାଏ ଭୂତର କଙ୍କାଳ ହାତ, ପାଟିରୁ ଅନର୍ଗଳ ରକ୍ତ ଝରାଉଥିବା ପିଶାଚୁଣୀର ଟହଟହ ହସ ପ୍ରଭୃତି ଗଳ୍ପ ସବୁ ଦେହସୁହା ହେବାକୁ ଆରମ୍ଭ କରିଥିଲା।

ସମୟ ବଦଳୁଥିଲା। ଗ୍ରାମର ରୂପରେଖ ବଦଳୁଥିଲା। ଦିନେ ଖବର ମିଳିଲା ଯେ, ଭୂତ ଗଛଟି କଟାହେବ। କାରଣ ସେଇ ଜାଗାରେ କେନାଲ ଖୋଳା ହେବ। କେନାଲ ଖୋଳା ବାବୁମାନେ ଦଣ୍ଡାରେ ଠିଆହୋଇ ନକ୍ସା କାଟିଲେ। ମାପଚୁପ କଲେ। ଗଛଟା ନ କାଟିଲେ କାମ ହୋଇପାରିବନି ବୋଲି କହିଲେ। ଗ୍ରାମବାସୀ ଗଛକଟାକୁ ବିରୋଧ କରୁଥିଲେ। କାରଣ ଗଛଟା କଟା ହେଇଗଲେ ଭୂତମାନେ ବାହାରି ଆସିବେ।

ଗ୍ରାମବାସୀଙ୍କ ବିରୋଧର ନେତୃତ୍ୱ ନେଲେ ଜଣେ ଲୋକ। ଯାହାକୁ ଆମେ ବେଶି ସମୟ ଗାଁରେ ଦେଖୁନଥିଲୁ। ନାମ ଗୁଣ ପରିଡ଼ା। ଡେଙ୍ଗା ହୋଇ ଚଉକସିଆ ଲୋକ। ମୁଣ୍ଡରେ ବାବୁରି ବାଳ। ମଥାରେ ସିନ୍ଦୂର କଲୀ। ସେ ମଶାଣୀରେ ବସି ଚଣ୍ଡୀସାଧନା କରେ ବୋଲି ଅପବାଦ ରହିଛି। ସେ ଠିଆ ହୋଇଗଲା ଆଗରେ।

କହିଲା: ନା! ନା! ଏ ଗଛ କଟା ହେବନି!

ନାଳଖୋଳା ଦଳର ନେତା, ସେ ଇଂଜିନିୟରି ବା ଓଭରସିଅର ଜଣାନାହିଁ। କିନ୍ତୁ ସିଏ ହିଁ ଶେଷ ନିଷ୍ପତ୍ତି ନେଇପାରିବାର କ୍ଷମତା ରଖିଥିଲେ। ନମ୍ରତାର ସହିତ କହିଥିଲେ ଯେ ଏଇଟା ତ ସରକାରୀ ନିଷ୍ପତ୍ତି।

ଗୁଣ ପରିଡ଼ା କହିଲା: ଆପଣ ଜାଣନ୍ତି ନାହିଁ ଏ ଗଛରେ କିଏ ରୁହେ?

ସରକାରୀ ବାବୁ ନିଜ ଅଜ୍ଞତା ପାଇଁ ଲଜ୍ଜିତ ଦିଶୁ ନ ଥିଲେ। ପଚାରିଲେ: କିଏ ରୁହେ!

ଗୁଣ ପରିଡ଼ା ଖୁବ୍ ଗୋପନୀୟ ତଥ୍ୟର ପର୍ଦ୍ଦାଫାଶ କଲାଭଳି କହିଲା: ଏ ଗଛରେ ଭୂତ ରହନ୍ତି।

ବାବୁ ଆଶ୍ୱସ୍ତ ଦିଶିଲେ ଓ ହସିଲେ: ଓଃ! ତେବେ ଆପଣ ଭୂତଙ୍କ ପାଇଁ ଓକିଲାତି କରୁଛନ୍ତି!

ଗୁଣପରିଡ଼ା ସର୍ବହରା ନେତା ପରି ପଚାରିଲା: ଗଛଟା କଟିଗଲା ପରେ ଏ ଭୂତମାନେ ଯିବେ କୁଆଡ଼େ?

ବାବୁ ଉପଦେଶ ଦେବାଭଳି ସ୍ୱରରେ କହିଲେ: ଆପଣ ଯଦି କହିଥାଆନ୍ତେ, ଏ ଗଛରେ ବହୁ ଚଢ଼େଇ ବସା ବାନ୍ଧି ଅଛନ୍ତି, ସେମାନେ ଯିବେ କୁଆଡ଼େ। ମୁଁ ଉତ୍ତର ଖୋଜି ପାଇନଥାନ୍ତି। ଆମେ ଯଦି ଏ ଗଛକୁ କାଟିଦେଲେ ସବୁଜିମା ନଷ୍ଟ ହେବ ବୋଲି କହିଥାଆନ୍ତେ, ତେବେ ପରିବେଶବିତ୍‌ମାନେ ଆପଣଙ୍କ ବେକରେ ଫୁଲମାଳ ପକେଇ ସେମାନଙ୍କ ନେତାପଦରେ ବସେଇଥାଆନ୍ତେ। ଆଶ୍ଚର୍ଯ୍ୟ କଥା ହେଲା ଆପଣ ଭୂତଙ୍କ ପାଇଁ କହୁଛନ୍ତି।

ଗୁଣପରିଡ଼ା ଓକିଲ ଭଳି ତର୍କ ଆରମ୍ଭ କରିଦେଲା : ଭୂତମାନେ ବି ତ ମଣିଷ! ନା! ନା! ମଣିଷ ନୁହେଁ, ଏକ ପ୍ରକାର ପ୍ରାଣୀ! ନା! ନା! ପ୍ରାଣୀ ନୁହେଁ। ଏକପ୍ରକାର...।

(ସେ ଉପଯୁକ୍ତ ଶବ୍ଦ ଖୋଜି ପାଇଲା ନାହିଁ।)

ପୁଣି ଯୋଗ କଲା : ଭୂତମାନେ ତ ପୁଣି କୋଉଠି ରହିବେ? କୋଉଠି ରହିବେ?

ବାବୁଙ୍କ ମୁହଁରେ ହସ ଆହୁରି ପ୍ରାଂଜଳ ଦେଖାଗଲା। ସେ କହିଲେ: ଆପଣଙ୍କ କଥା ପ୍ରକୃତରେ ହସର ଯୋଗ୍ୟ!

ଗୁଣ ପରିଡ଼ା ଗମ୍ଭୀର ଦେଖାଯାଉଥିଲା। କହିଲା: ହସନ୍ତୁ ନାହିଁ। ଏଇଟା ଗୋଟାଏ ଗୁରୁତ୍ୱପୂର୍ଣ୍ଣ ପ୍ରଶ୍ନ! ଏଠି ଭୂତମାନେ ବର୍ଷ ବର୍ଷ ଧରି ରହି ଆସିଛନ୍ତି। ଆମେ ପିଲାଟିଦିନରୁ ସେମାନଙ୍କୁ ଡରି ଆସିଛୁ। ଆମ ଗାଁର ପରିଚୟ ଆଉ ଐତିହ୍ୟ ସହିତ ସେମାନେ ଜଡ଼ିତ। ଆମେ ସେମାନଙ୍କୁ ଏମିତି ବେଘର କରିଦେବା କଣ ଉଚିତ୍ ହେବ।

ବାବୁ ଜଣକ ଇତସ୍ତତଃ ହେଲେ। ଏସବୁ ପ୍ରଶ୍ନର ଉତ୍ତର ତାଙ୍କ ପାଖରେ ନଥିଲା। ଏପରି ଆଲୋଚନାକୁ ସେ ହାସ୍ୟାସ୍ପଦ ମନେ କରୁଥିଲେ। ସେ ଆଉ ଜଣେ ଗ୍ରାମବାସୀଙ୍କୁ ପଚାରିଲେ: ଏ ଲୋକ କଣ ପାଗଳ?

ଏ କଥାବି ବାଜିଲା ଗୁଣ ପରିଡ଼ାଙ୍କ କାନରେ। ସେ ନିଜ ଯୁକ୍ତିରେ ଅଟଳ ହୋଇ ଆସୁଥିଲା। କହିଲା: ମୁଁ ପାଗଳ ନୁହେଁ। ମୁଁ ଠିକ୍ କଥା କହୁଚି। ଠିକ୍ କଥା କହୁଥିବା ଲୋକକୁ ଏ ଦେଶରେ ପାଗଳ କୁହାଯାଏ।

ଅଧିକାରୀ ଜଣକ କୌଣସି ପ୍ରତିଶ୍ରୁତି ବା ଅଧିକ ଯୁକ୍ତି କରିବାର ଆଗ୍ରହ ରଖୁ ନ ଥିଲେ। ଗୁଣ ପରିଡ଼ା ଆନ୍ଦୋଳନର ନେତୃତ୍ୱ ନେବାପରେ ଆଉ ପଛଘୁଂଚା ଦେବାର ସୁଯୋଗ ନଥିଲା। ସେ ଗ୍ରାମବାସୀଙ୍କ ଉଦ୍ଦେଶ୍ୟରେ ନିଜର ନିଷ୍ପତ୍ତି ଶୁଣାଇଦେଲା। କହିଲା: ମୁଁ ଛାଡ଼ିବି ନାହିଁ। ମୁଁ ଏଇଠି ବସିଲି। ଅନଶନରେ ବସିଲି। ନ୍ୟାୟ ନ ମିଳିବା ପର୍ଯ୍ୟନ୍ତ ମୁଁ ଏଠୁ ଉଠିବି ନାହିଁ।

ଗୁଣ ପରିଡ଼ା ବରଗଛ ମୂଳେ ବସିପଡ଼ିଲା ଚକାପାରି। ଗ୍ରାମବାସୀଗଣ ଗୁଣପରିଡ଼ାକୁ ଆନ୍ଦୋଳନାତ୍ମକ ନିଷ୍ପତ୍ତିର ପୁନର୍ବିଚାର କରିବାକୁ ଅନୁରୋଧ କଲେ ନାହିଁ। ସେମାନେ ଜାଣିଥିଲେ ଯେ ଗୁଣପରିଡ଼ାର ତନ୍ତ୍ରମନ୍ତ୍ର ଉପରେ ଦଖଲ ଅଛି ଓ ସେ ମଧ୍ୟେ ମଧ୍ୟେ ଶ୍ମଶାନରେ ବସି କାଳୀସାଧନା କରେ। ମୁଁ ଯୋଗିଆକୁ ପଚାରିଥିଲି: ଭୂତମାନେ ଗୁଣପରିଡ଼ାର କିଛି କ୍ଷତି କରିବେ ନାହିଁ ତ? ମାନେ ତା ଦେହ ଉପରକୁ କୁଟାଟାଏ ଫିଙ୍ଗିଦେଇ ରକ୍ତ ଶୋଷି ନେବେନି ତ?

ଯୋଗିଆ କହିଥିଲା: ବୋଧେ ନା! ଗୁଣପରିଡ଼ା ପରା ଭୂତଙ୍କ ସମର୍ଥନରେ ବାହାରିଚି।

ସେଦିନ ସନ୍ଧ୍ୟା ନଇଁ ଆସିଲା। ଗ୍ରାମାବାସୀ ଯେଝାଘରକୁ ଫେରିଆସିଲେ। ଭୂତ ଆକ୍ରାନ୍ତ ଗଛମୂଳେ ଏକା ବସି ରହିଥିଲା ଗୁଣପରିଡ଼ା। ଆମେମାନେ ଗୁଣପରିଡ଼ା ରାତିଟି କିପରି କାଟିବ ତାର କାଳ୍ପନିକ ଚିତ୍ରମାନ ଆଙ୍କିଲୁ ମନେ ମନେ। ପରବର୍ତ୍ତୀ ଦିନ କିନ୍ତୁ ଚମକପ୍ରଦ ଥିଲା। ସକାଳୁକୁ ସେଠି ଗଛ ନ ଥିଲା କି ଗୁଣପରିଡ଼ା ନ ଥିଲା।

ବରଗଛର ଅନ୍ତର୍ଦ୍ଧାନକୁ ନେଇ ଦୁଇଟି କାହାଣୀ ପରବର୍ତ୍ତୀ କାଳରେ ପ୍ରଚାରିତ ହୋଇଥିଲା। ପ୍ରଥମ କାହାଣୀ ଅନୁସାରେ ଠିକ ରାତିଅଧରେ ଗଛରେ ପିଟାହୋଇଥିବା କଂଟାଟାକୁ ଖୋଲିଦେଲା ଗୁଣପରିଡ଼ା। ବନ୍ଦୀଥିବା ଭୂତମାନେ ମୁକୁଳି ଆସିଲେ। ସେମାନେ କୃତଜ୍ଞତା ଜଣାଇଲେ ଗୁଣପରିଡ଼ାକୁ। ତାକୁ ନିଜର ନେତା ମାନିନେଲେ। ଗୁଣ ପରିଡ଼ା ସେମାନଙ୍କୁ କହିଲା ଗଛଟାକୁ କାଟିଦେବାକୁ। ସେମାନେ ନିଜର ପ୍ରକୃତ ପରାକ୍ରମ ଦେଖାଇଲେ। ଗଛଟାକୁ କାଟିଦେଲେ ମୂଳରୁ। ତା'ପରେ ଗଛଟାକୁ ଉଡ଼ାଇ ନେଲେ ଆକାଶକୁ। ଗଛରେ କିନ୍ତୁ ବସିଥାଏ ଗୁଣ ପରିଡ଼ା। ସେମାନେ ଉଡ଼ିଗଲେ କେଉଁ ଦୂର ଦେଶକୁ। ଗୁଣ ପରିଡ଼ାକୁ ଗୁରୁ କରି ।

ଦ୍ୱିତୀୟ କାହାଣୀ ଅନୁସାରେ ରାତି ଅଧିକ ହୁଅନ୍ତେ ଗୁଣପରିଡ଼ା ତାର କିଛି ଧୂର୍ତ୍ତ ବନ୍ଧୁଙ୍କୁ ଗାଁରୁ ଡାକିନେଲା। ସେମାନେ ମିଳିମିଳି ଗଛଟାକୁ କାଟିଦେଲେ। କାଠତକ ଘରକୁ ବୋହିନେଲେ। ରାତି ପାହିଲା ବେଳକୁ ଜାଗା ଖାଲି ଓ ଗୁଣ ପରିଡ଼ା ଫେରାର । ରାତିରେ ଅବଶ୍ୟ ସେଠୁ ଶବ୍ଦ ଆସୁଥିଲା ବୋଲି କେତେକ ଗ୍ରାମବାସୀ ଶୁଣିଥିଲେ। ସେ ସବୁ ଗୁଣର ଭୂତ ସାଧନା ବୋଲି ମନେ କରି ଚୁପ୍ ରହିଲେ।

ଆମେ ପ୍ରଥମ କାହାଣୀଟିକୁ ଶତପ୍ରତିଶତ ବିଶ୍ୱାସ କରୁଥିଲୁ। ଆମେ ଗପସପ ହେଉଥିଲୁ କେମିତି ଗଛଟାକୁ ଉଡ଼ାଇ ନେଇଥିବେ ଭୂତମାନେ। ମିତ୍ରଲାଭ ଗପରେ ଜାଲ ସହ ଉଡିଯାଇଥିଲେ ପଲେ ଚଢ଼େଇ। ସେମିତି ଆକାଶରେ ଉଡ଼ିଥିବ ଗଛଟା। ଗଛଉପରେ ବସି ଦିଗ ନିର୍ଦ୍ଦେଶ କରୁଥିବ ଗୁଣ ପରିଡ଼ା। ସେମାନେ ଉଡ଼ିଉଡ଼ି ଯାଇ ବସିଥିବେ ଦୂର କେଉଁ ନିକାଂଚନ ସ୍ଥାନରେ।

କ୍ରମେ ଦ୍ରୁତଗତିରେ ବଦଳିଗଲା ଗାଁର ଚିତ୍ର। ଗାଁକୁ ରାସ୍ତାଘାଟ ତିଆରିହେଲା। ବିଜୁଳୀ ଆସିଲା। ଲଣ୍ଠନ ଓ ଡିବିରି ହଜିଗଲେ। ଶଗଡ଼ ହଜିଗଲା। ଗାଁକୁ ପଡ଼ିଲା ବସ୍। ଗାଁର ଲୋକମାନଙ୍କ ହାତକୁ ଆସିଲା ମୋଟର ସାଇକେଲ ଆଉ କାର୍। ଗାଁ ଦାଣ୍ଡରେ ଭେଁ ଭେଁ ଉଡ଼ିକରି ଦଉଡ଼ିଲେ ଗାଡ଼ି ସବୁ। ଗାଁରେ ଲାଗିଲା ଟେଲିଭିଜନ୍। ସବୁ ଲୋକଙ୍କ ହାତକୁ ଆସିଲା ମୋବାଇଲ ଫୋନ୍। ଯୋଉ ଗାଁଟି ସନ୍ଧ୍ୟା ହେଉ ହେଉ ଶୋଇପଡୁଥିଲା ଗହନ ନିଦରେ, ସେ ଏବେ ଜାଗ୍ରତ ରହିଲା ଡେରି ରାତି ଯାଏଁ। ରାତିସାରା ଗାଁରେ ଚଳପ୍ରଚଳ ଚାଲିଲା। ଅନ୍ଧକାର ଯେମିତି ଗାଁରୁ ଠେଲି ହୋଇଗଲା ଦୂରକୁ। ଅନ୍ଧକାର ସାଂଗରେ ଦୂରକୁ ଚାଲିଗଲେ ଭୂତ। ଗାଁର ସହରୀକରଣ ହୋଇଯାଇଛି ବ୍ୟାପକ ଭାବରେ। ଏବଂ ଭୂତମାନେ ଗପ ହୋଇ ବଂଚିରହିଛନ୍ତି ପୁରୁଣା ଲୋକମାନଙ୍କ ମନରେ।

ସେଦିନ ଗୁଣ ପରିଡ଼ା ଏକ ନ୍ୟାୟସଂଗତ ପ୍ରଶ୍ନ ପଚାରିଥିଲା: ଭୂତମାନେ ଯିବେ କୁଆଡ଼େ ?

ଏବେ ମୁଁ ଦେଖୁଚି ଭୂତମାନେ କିଛି ପୁରୁଣା ଭୂତଗପ ଓ ହରର୍ ସିନେମା ଭିତରେ ହିଁ ବଂଚି ରହିଛନ୍ତି। ସେମାନେ ସେଇଠି ହିଁ ଥାଆନ୍ତି। ଥିଲେ ଓ ରହିବେ। କୌଣସି ଝଙ୍କା ବରଗଛରେ ସେମାନେ ବାଦୁଡ଼ି ଭଳି ଓହଳି ରହିଥିବା କଥା ହୁଏତ ମିଛ ହୋଇପାରେ। କିନ୍ତୁ ଆମର ଶୈଶବରେ ସେମାନଙ୍କ ଦାଉରେ ଆମେ କେତେ ଯେ ଡରିଛୁ, କେତେ ଯେ ଥରିଛୁ, କେତେ ଯେ ଶିହରି ଉଠିଛୁ, ସେ ସବୁ ମିଛ ନୁହେଁ। ସନ୍ଧ୍ୟା ଗଡ଼ିଯାଉଥିବ, ଲଣ୍ଠନର କାଚ କ୍ରମେ କଳା ଧୂଆଁରେ କଳା ପଡ଼ିଆସୁଥିବ, ଲଣ୍ଠନର ଆଲୁଅ କ୍ରମେ ସ୍ତିମିତ ହେଇ ଆସୁଥିବ। ଚାରିଦିଗର ଅନ୍ଧାର ଆସ୍ତେ ଆସ୍ତେ ବହଳ ପଡ଼ି ଆସୁଥିବ। ମୁଣ୍ଡ ଟେକି ଚାହିଁଲା ବେଳକୁ ଅନ୍ଧାର ଭିତରେ ଆହୁରି ଅନ୍ଧାର ଭଳି କିଏ ଜଣେ ଠିଆ ହୋଇଥିବ, ଭୟ ଓ ଆତଙ୍କରେ ଛାତି ଥରିଉଠିବ। ସେ ସବୁ ମିଛ ନୁହେଁ।

■

କାଉ

ଆମ ପିଲାଦିନମାନଙ୍କରେ କାଉର ଖୁବ୍ ଗୁରୁତ୍ୱପୂର୍ଣ୍ଣ ଭୂମିକା ଥିଲା। ସକାଳ ହେଉଥିଲା କାଉର କା' କା' ରାବରେ। ଆମେ ଯେବେ ଶୀତଦିନେ ଖରା ପୋଉଁଥିଲୁ ସକାଳେ, ଦେଖୁଥିଲୁ କାଉମାନେ ଟିକେ ଦୂରରେ ଆମକୁ ଚାହିଁ ବସୁଥିଲେ। ଆମ ସାଂଗରେ ଖରା ପୋଇଁବାକୁ ଯେମିତି ତାଙ୍କର ମନ। ସେମାନେ କଣେଇଁ କଣେଇଁ ଆମକୁ ଦେଖୁଥିଲେ । କାଠି ଭଳି ପତଳା ପାଦରେ ଡେଇଁ ଡେଇଁ ଯାଉଥିଲେ। ପୋକଜୋକ ଓ ବାସିଖାଦ୍ୟ ଖୋଜି ଖାଉଥିଲେ। ସବୁଠୁ ବେଶି ଦାୟିତ୍ୱସମ୍ପନ୍ନ ଭୂମିକା ଥିଲା ଯେତେବେଳେ ସେମାନେ କୁଣିଆ ଆସିବାର ପ୍ରାକ୍ ସୂଚନା ଦେଉଥିଲେ।

ମୁଁ ଅନେକ ଥର ଲକ୍ଷ୍ୟ କରିଚି, ଆମ ଘରକୁ ଅଜା ଆସିବାର ଥିଲେ, କାଉ ନିଶ୍ଚୟ ଅପରାହ୍ନରେ ଆମ ଘର ସାମ୍ନା ଗଛରେ ବସି କା' କା' କରିବ। ତା'ର ଏଇ କା' କା' କରିବାର ତରିକାଟା ପୁଣି ଭିନ୍ନ। ସକାଳର କା'କା' ଠାରୁ ଅଲଗା। କେମିତି ଗୋଟେ ସମ୍ବାଦ ଶୁଣାଇବାର ବ୍ୟଗ୍ରତା ସେଇ କା' କା' ଭିତରେ ନିହିତ ଥାଏ। ବୋଉ ଭୁଜା ମୁଠାଏ ବାଢ଼ିଦେବ କୁଆ ପାଇଁ। କୁଆ ଗଛ ଡାଳରୁ ତଳକୁ ଓହ୍ଲାଇ ଆସିବ। ଆମକୁ କଣେଇ ଚାହିଁବ ଏବଂ ତା'ର ଥଂଟକୁ ବଙ୍କା କରି ଭୁଜା ଖାଇବ।

କାଉର ଏଇ ଭୂମିକାଟି ମୋତେ ଭଲ ଲାଗିଥିଲା ଓ ମୁଁ ସ୍ଥିର କରି ନେଇଥିଲି ଯେ, ମୁଁ ଯେତେବେଳେ ବଡ଼ ହେବି ଏଇ ବିଷୟଟିକୁ ନେଇ ଗବେଷଣା କରିବି। କେମିତି କାଉ ଜାଣିପାରେ କୁଣିଆ ଆସିବା କଥାଟି। ମୋର ସେଇ କୈଶୋରରେ ମୁଁ ବିଶ୍ୱାସ କରୁଥିଲି ଯେ ଏଇ ଗବେଷଣାଟି ନୂତନ ଓ ଚାଂଚଲ୍ୟକର ହେବ।

ଆମେ ସେତେବେଳକୁ ଚତୁର୍ଥ ଶ୍ରେଣୀରେ "ଆମେ ତ ଭାଗ୍ୟବାନ ପିଲାରେ"

ବୋଲି କବିତାଟି ପଢ଼ି ସାରିଥାଉ ଓ ମଣିଷ ଆକାଶରେ ଉଡ଼ିବା ଓ ସାଗରରେ ବୁଡ଼ିବା ଭଳି ଦୁଃସାହସିକ କାର୍ଯ୍ୟ କରିସାରିଛି ବୋଲି ଜାଣି ସାରିଥାଉ। ମୁଁ ସେତେବେଳେ ଆଉ କ'ଣ ଦୁଃସାହସିକ କାର୍ଯ୍ୟ ବାକି ରହିଲା ବୋଲି ହିସାବ କରୁଥାଏ ଓ କାଉର ଏ ବାର୍ତ୍ତା ଶୁଣାଇବା ତଥ୍ୟର ବିମୋଚନ ବେଶି ଦୁଃସାହସିକ ହେବ ବୋଲି ମନେ କରୁଥାଏ।

ସେଦିନ ଗୋଟିଏ ଗାଈ ମରିଯାଇଥିଲା ଓ ଲୋକମାନେ ମଲାଗାଈକୁ ଟେକି ନେଇ ଗାଁ ମୁଣ୍ଡରେ ପକାଇ ଦେଇ ଆସିଲେ। ଗାଁ ମୁଣ୍ଡରେ ଗୋଟେ ଅନାବାଦୀ କୁଦ ଥିଲା। ସମୁଦ୍ର ଭିତରେ ଦ୍ୱୀପ ଭଳି। ସେଠି ଲୋକମାନେ ମଲା ଗାଈଗୋରୁକୁ ପକାଇ ଆସୁଥିଲେ। କିଛି ସମୟ ପରେ ଦେଖାଗଲା ଦୁଇଜଣ ଲୋକ ଗାଈ ଦେହରୁ ଚମଡ଼ା ଉତ୍ତାରିବାରେ ଲାଗିଛନ୍ତି। ସେମାନେ ନିଜ ନିଜର ସାଜସରଞ୍ଜାମ ସହିତ ଆସିଲେ। ଚମଡ଼ା ଉତ୍ତାରିଲେ ଓ ଚମଡ଼ା ନେଇ ଚାଲିଗଲେ। ଏହା ପରେ ଦୃଶ୍ୟଟି ଅତ୍ୟନ୍ତ ଭୟଙ୍କର ଦେଖାଗଲା।

ଆମେ ସାମାନ୍ୟ ଦୂରରୁ ଏ ଦୃଶ୍ୟକୁ ଲକ୍ଷ୍ୟ କରୁଥାଉ। ଗାଈର ଦେହଟି ରକ୍ତାକ୍ତ ଦିଶୁଥାଏ ଓ ସମୁଦାୟ ଦୃଶ୍ୟଟି ଭାରି ହୃଦୟବିଦାରକ ଲାଗୁଥାଏ। ଆମେ ସ୍କୁଲରେ ବାରମ୍ବାର ଗାଈର ଆତ୍ମକାହାଣୀ ନାମରେ ରଚନା ଲେଖି ସାରିଥାଉ ଓ ଗାଈ ଆମର ମାଆ, ଗାଈ ଆମର ସବୁଠୁ ପରୋପକାରୀ ପ୍ରାଣୀ ବୋଲି ଘୋଷଣା କରିସାରିଥାଉ। ସେହି ଗୋମାତାଙ୍କର ଏ ପ୍ରକାର ରକ୍ତାକ୍ତ ଶରୀର ଆମ ମନଭିତରେ ଶୋକ ତଥା ଭୟ ସୃଷ୍ଟି କରୁଥାଏ। ଏଇ ଦୃଶ୍ୟର ନିକଟରେ ଚାରୋଟି କୁକୁର ଓ ପାଂଚଟି କାଉ ମଧ୍ୟ ପହଂଚି ଥାଆନ୍ତି। ସେମାନେ ଗାଈର ରକ୍ତାକ୍ତ ଶବ ନିକଟରେ ଚକ୍କର କାଟୁଥାଆନ୍ତି। ହଠାତ୍ ଗୋଟାଏ କାଉ ଉଡ଼ିଗଲା। ଉଡ଼ିଗଲା ଦୂରକୁ।

ତାକୁ ଲକ୍ଷ୍ୟ କରୁଥିଲା ପାଣୁଆ।

କହିଲା: ଏ କାଉ କୁଆଡ଼କୁ ଉଡ଼ିଗଲା ଜାଣ?

: କୁଆଡ଼କୁ? ଆମେ ପଚାରିଲୁ।

: ଖବର ଦେବାକୁ। ସେ କହିଲା।

ଆମେ ଟିକେ ପରିହାସରେ ହସିଲୁ: କାହାକୁ ଖବର ଦେବ? ଗାଈର ବନ୍ଧୁବାନ୍ଧବଙ୍କୁ?

: ନା! ସେ ଖବରଦେବ ଶାଗୁଣାମାନଙ୍କୁ। ପାଣୁଆ କହିଲା।

ଆମେ ସଂଶୟ ପ୍ରକାଶ କଲୁ। ଶାଗୁଣାଙ୍କୁ କେମିତି ଖବରଦେବ? କାଉ ଓ ଶାଗୁଣାଙ୍କ ଭାଷା କ'ଣ ଏକା? ସେମାନେ କେମିତି କଥାଭାଷା ହୁଅନ୍ତି?

ପାଣୁଆ ନିଜର ଅଜ୍ଞତା ପ୍ରକାଶ କଲା। ତାକୁ ଜଣାନାହିଁ। କିନ୍ତୁ ମୁଁ ମୋର କାଉ ଗବେଷଣା ପାଇଁ ନୂତନ ତଥ୍ୟ ପାଇଗଲି। ତାକୁ ଭବିଷ୍ୟତରେ ବ୍ୟବହାର କରାଯାଇପାରେ।

ପାଣୁଆର ଭବିଷ୍ୟବାଣୀ କିନ୍ତୁ ସତ୍ୟ ହେଲା। କିଛି ସମୟ ପରେ ବିରାଟ ଆକାରର ଶାଗୁଣା ଆସି ପହଂଚିଗଲେ। ସେଇ ମାଟିକୁଦ ଉପରେ ବସିଲେ ଓ ଚାରିଦିଗକୁ ନିରୀକ୍ଷଣ କଲେ। ସେମାନଙ୍କ ବୃଷାଳ ଚେହେରା, ତୀକ୍ଷ୍ଣ ଚଂଚୁ, ମୁନିଆଁ ନଖ ଓ ଗମ୍ଭୀର ପ୍ରକୃତି ଭାରି ଭୀତିପ୍ରଦାୟକ ଥିଲା। ସେମାନେ ପ୍ରଥମେ ଏକାଠି ବସିଲେ କିଛି ସମୟ। ତା'ପରେ ଧୀରେ ଧୀରେ ଅଗ୍ରସର ହେଲେ ଗାଈର ମଢ଼ ଆଡ଼କୁ। କିଛି ଦୂରରେ କାଉ ପାଂଚଟି ଓ କୁକୁର ଚାରୋଟି ଆତୁର ଦୃଷ୍ଟିରେ ଚାହିଁ ରହିଥାନ୍ତି।

ଯୋଗିଆ ମତ ଦେଲା: ଶାଗୁଣାମାନେ ଏମିତି ଗାଈକୁ ଖାଇଯିବା ଠିକ୍ ହେବନି ?

ମୁଁ ପ୍ରଶ୍ନ କଲି: ଏପରି କହିବାର କାରଣ ?

ଯୋଗିଆ କହିଲା: ଗାଈ ଆମର ମା'। ଆମର ମାଆକୁ ଶାଗୁଣାମାନେ ଏବେ ଖଣ୍ଡ ଖଣ୍ଡ କରି ଖାଇଯିବେ। ତାକୁ କ'ଣ ଆମେ ସହ୍ୟ କରିବା ? ତା' ବକ୍ତବ୍ୟରେ ଯୁକ୍ତି ଥିଲା। ମାତ୍ର କେଇଟି ଘଂଟା ତଳେ ଯେତେବେଳେ ଦୁଇଜଣ ମଣିଷ ଗାଈର ଚମଡ଼ା ଛେଲି ନେଉଥିଲେ ସେତେବେଳେ ଏପରି ପ୍ରଶ୍ନ କେହି ଉଠାଇ ନ ଥିଲା।

ପାଣୁଆ ସମର୍ଥନ କଲା ଯୋଗିଆକୁ।

କହିଲା: ଆମକୁ କିଛି କରିବାକୁ ହେବ !

ଯା'ପରେ ଆମେ ପ୍ରାୟ ସାତଜଣ ସ୍କୁଲପିଲା, ଯୋଉମାନେ ସେହି ଭୀତିପ୍ରଦ ଦୃଶ୍ୟ ଦେଖୁଥିଲୁ, କ୍ରମେ ସମ୍ବେଦନଶୀଳ ହେବାରେ ଲାଗିଲୁ ଓ ସମ୍ବେଦନାର ଫଳସ୍ୱରୂପ ଯୁଦ୍ଧ ପାଇଁ ପ୍ରସ୍ତୁତ ହେଲୁ।

ଯୋଗିଆ ଧରିଲା ଗୋଟାଏ ଭଙ୍ଗା ଇଟା। ପାଣୁଆ ଗୋଟାଏ ଶକ୍ତ ଢେଲା। ମୋ ହାତରେ ଥିଲା ଠେଙ୍ଗା ଭଳି ଡାଳଟାଏ। ପାଣୁଆ ଢେଲାଟାକୁ ଫୋପାଡ଼ିଲା ଶାଗୁଣାମାନଙ୍କ ଆଡ଼କୁ।

ଢେଲା ସେମାନଙ୍କ ଦେହରେ ବାଜିଲା ନାହିଁ। କିନ୍ତୁ ସେମାନେ ଡେଣା ଅଧା ଉଠାଇ ଆମ ଆଡ଼କୁ ଖେଦି ଆସିଲେ। ପ୍ରାୟ ତିନିଫୁଟ ଉଚ୍ଚର ଶାଗୁଣା । ସେମାନଙ୍କ ଡେଣାସବୁ ଦିଶୁଥିଲା ବର୍ଷାଦିନେ ଆମର ଚାଷୀଭାଇମାନେ ମୁଣ୍ଡରେ ଲଗାଉଥିବା ତାଳପତ୍ରର ପକ୍ଷୀଆ ଭଳି। ସେମାନଙ୍କର ତୀକ୍ଷ୍ଣ ଚଂଚୁ ଓ ଆକ୍ରମଣାତ୍ମକ ଭଙ୍ଗୀ ଆମକୁ ଡରାଇ ଦେବାକୁ ଥିଲା ଯଥେଷ୍ଟ। ସେମାନଙ୍କ ଭୟଙ୍କର ରୂପ ଦେଖି କୁକୁର ଚାରୋଟି

ଦଉଡ଼ିଲେ ଆତ୍ମରକ୍ଷା ପାଇଁ। କାଉ ପାଂଚଟି ଆକାଶରେ ଥରେ ଚକ୍କର କାଟି ନେଇ ପୁଣି ଆସି ବସିଲେ ଟିକିଏ ଦୂରରେ। ଆମେ ମଧ୍ୟ କେଇପାଦ ପଛକୁ ଫେରିଆସିଲୁ।

ଦ୍ୱିତୀୟଥର ଯୋଗିଆ କିଛିବାଟ ଆଗେଇଯାଇ ଭଙ୍ଗାଇଟାଟା ଫିଙ୍ଗିଲା। ମାତ୍ର ଆଶ୍ଚର୍ଯ୍ୟଜନକ ଭାବରେ ଇଟାଟା ବାଜିଲା ଗୋଟେ କୁଆ ଦେହରେ। କୁଆଟା ସେଇଠି ଓଲଟିପଡ଼ିଲା। ଅନ୍ୟଚାରୋଟି କୁଆ ଚିତ୍କାର କରିଉଠିଲେ। ଶାଗୁଣାମାନେ ଆମ ଆଡ଼କୁ ଖଣ୍ଡିଉଡ଼ା ଦେଇ ମାଡ଼ି ଆସିଲେ। ଆମେ ଛତ୍ରଭଙ୍ଗ ଦେବାକୁ ବାଧ୍ୟ ହେଲୁ।

ପରଦିନ ସ୍କୁଲରେ ଆମେ ଆମର ବୀରତ୍ୱବ୍ୟଞ୍ଜକ ଗାଥା ପ୍ରଚାର କରୁଥିଲୁ। ସେଇମାନଙ୍କ ସାମ୍ନାରେ କହୁଥିଲୁ, ଯୋଉମାନେ ଘଟଣାସ୍ଥଳୀକୁ ଯାଇ ନ ଥିଲେ ଏବଂ ଶାଗୁଣାକୁ ଦେଖିଲେ ଡରନ୍ତି। ସେମାନେ ଆମ କଥାକୁ ବିସ୍ଫାରିତ ନୟନରେ ଶୁଣୁଥାଆନ୍ତି। ଏତିକି ବେଳେ ଘଟିଲା ଏକ ଅଭାବନୀୟ ପରିସ୍ଥିତି। ଆମେ ଦେଖିଲୁ ଶତାଧିକ କାଉ ଆମ ସ୍କୁଲ ଉପରେ ଉଡୁଛନ୍ତି। ସ୍କୁଲର ଛାତଉପରେ, ପାଖ ଗଛମାନଙ୍କରେ ବସିଛନ୍ତି। ଏତେସବୁ କାଉ ଆମେ ଏକତ୍ର କେବେ ଦେଖି ନ ଥିଲୁ। ଆମେ ଆଶ୍ଚର୍ଯ୍ୟ ହେଲୁ, ଆରେ! କଥା କ'ଣ! ଆଜି କ'ଣ କାଉମାନଙ୍କର ମେଳା ମହୋତ୍ସବ ନା କ'ଣ?

କ୍ରମେ କାଉମାନଙ୍କ ସଂଖ୍ୟା ବଢୁଥିଲା।

ଆସ୍ତେ ଆସ୍ତେ ସେମାନେ ସ୍କୁଲ ଆଡ଼କୁ ଆଗେଇ ଆସୁଥିଲେ। ଏତିକିବେଳେ ଯୋଗିଆ ସେମାନଙ୍କ ହାବୁଡ଼ରେ ପଡ଼ିଲା। କିମ୍ବା ଏମିତି ବି ହୋଇପାରେ ସେମାନେ ଯୋଗିଆକୁ ହିଁ ଲକ୍ଷ୍ୟ ରଖିଥିଲେ। ସେମାନେ ଅଚାନକ ଯୋଗିଆ ମୁଣ୍ଡକୁ ଖୁମ୍ପି ପକାଇଲେ। ଯୋଗିଆ ବହିପତ୍ର ଫୋପାଡ଼ି ଦୌଡ଼ିଲା। ସ୍କୁଲଘର ଭିତରକୁ ପଶିଯାଇ ଆଶ୍ରୟ ନେଲା। ତଥାପି ତା' ପଛରେ ଆସୁଥିଲେ ଆଉ କେତୋଟି କାଉ ଉଡ଼ି ଉଡ଼ି। ଆମେ ଭୟରେ ସେ ପ୍ରକୋଷ୍ଠରେ ଦରଜା ବନ୍ଦ କରିଦେଲୁ।

କିଛି ସମୟ ପରେ ଜଣାପଡ଼ିଲା ବିପୁଳ ସଂଖ୍ୟାରେ କାଉ ଆମ ସ୍କୁଲକୁ ଘେରିଯାଇଛନ୍ତି ଓ ପିଲାମାନେ ସମସ୍ତେ ଭୟଭୀତ ହୋଇ ଶ୍ରେଣୀଗୃହରେ ବନ୍ଦୀ ହୋଇପଡ଼ିଛନ୍ତି।

ପ୍ରଧାନଶିକ୍ଷକ ଆସିଲେ ଓ ଆମକୁ ତାଗିଦ କଲେ : ମୋତେ ସତ କୁହ? କିଏ କ'ଣ କରିଚ?

ଆମେ ସମସ୍ତେ କିଛି ନ ଜାଣିଥିବାର ଛଳନା କଲୁ। ଏଇଭଳି ପ୍ରଶ୍ନରେ ଆମେ ପ୍ରାୟ ଏଇଭଳି ଅଭିନୟ କରିଥାଉ।

ପ୍ରଧାନଶିକ୍ଷକ ପୁଣି ପଚାରିଲେ : କାଉ ବସା ଭାଙ୍ଗିଛ? ତା' ଅଣ୍ଡା ଭାଙ୍ଗିଛ? କାଉ ଛୁଆକୁ ଧରି ଆଣିଛ?

ଆମେ ମୁଣ୍ଡ ହଲାଇ କହିଲୁ : ନା ! ନା ! ନା !

ସେ ଚିନ୍ତିତ ଦେଖାଗଲେ । ତେବେ କାଉମାନେ ଏମିତି ଘେରିଛନ୍ତି କାହିଁକି ?

କାଉମାନେ କା' କା' ଚିତ୍କାର କରି ସେମାନଙ୍କ ଅଭିଯୋଗ ବା ବକ୍ତବ୍ୟ ପେଶ୍ କରୁଥିଲେ । ମାତ୍ର ତା'ର ଅର୍ଥ ବୁଝିବା ପ୍ରଧାନଶିକ୍ଷକ ବା ଆଉ କାହାରି ପକ୍ଷରେ ସମ୍ଭବ ନ ଥିଲା । କାଉମାନଙ୍କ ସାମ୍ନାରେ ସାଇକେଲ ଗଡ଼େଇ ଗଡ଼େଇ ଆସିଲା ପିଅନ ବନମାଳୀ । କାଉମାନେ ତାକୁ ଆକ୍ରମଣ କରିବାର ସୂଚନା ନାହିଁ । କ୍ଲାସକୁ ବହି ଛାତିରେ ଜାକି ଆସିଲେ ତିନୋଟି ବାଳିକା, ସେମାନେ ଅବଶ୍ୟ ଭୀଷଣ ଡରିଯାଇଥିଲେ । କାଉମାନେ ସେମାନଙ୍କ ଆଡ଼କୁ ଚାହିଁଲେ ମଧ୍ୟ ନାହିଁ । ଡେରିରେ ସ୍କୁଲ ଆସନ୍ତି ଯେଉଁ କେତେଜଣ ଛାତ୍ର, ସେମାନେ ଯଥାରୀତି ବିଳମ୍ବରେ ଆସିଲେ ଓ ସ୍କୁଲବାରଣ୍ଡାରେ 'ନିଲ୍ ଡାଉନ୍' ହେବା ପାଇଁ ପ୍ରସ୍ତୁତ ବୋଲି ସେମାନଙ୍କ ଅଙ୍ଗଭଙ୍ଗୀରେ ଜଣାଇଦେଲେ । କାଉମାନେ ସେମାନଙ୍କୁ ଆକ୍ରମଣ କରିବାର ଉଦ୍ୟମ କଲେ ନାହିଁ । ପ୍ରଧାନ ଶିକ୍ଷକ ପଚାରିଲେ: କାଉ କେତେଜଣଙ୍କୁ ଖୁମ୍ପାଖୁମ୍ପି କରିଛି ?

କାଉ ଆକ୍ରମଣରେ ଆହତ ବା କ୍ଷତବିକ୍ଷତ ଛାତ୍ରଛାତ୍ରୀଙ୍କୁ ଖୋଜାଗଲା । ମିଳିଲା କେବଳ ଜଣେ । ସେ ହେଉଛି ଯୋଗିଆ । କାଉ କେବଳ ତା'ରି ମୁଣ୍ଡକୁ ଖୁମ୍ପି ଖଣ୍ଡିଆ କରିଥିଲେ । ଯୋଗିଆ ଧରାହୋଇ ପ୍ରଧାନଶିକ୍ଷକଙ୍କ ସାମ୍ନାରେ ପେଶ୍ ହେଲା ।

ପ୍ରଧାନଶିକ୍ଷକ ପଚାରିଲେ: କ'ଣ କରିଚୁ ସତ କହ ?

ଯୋଗିଆ କହିଲା: ଆଜି କିଛି କରିନି !

ପ୍ରଧାନ ଶିକ୍ଷକ ପଚାରିଲେ: କାଲି ତେବେ କରିଚୁ ?

ଯୋଗିଆ କହିଲା: କାଲି କ'ଣ କରିଥିଲୁ ?

ଯୋଗିଆ ଭାବିଲା ଭଳି ହେଲା । ତେବେ ଯୋଗିଆର ଭୁଲାମନ ଉପରେ ପ୍ରଧାନଶିକ୍ଷକଙ୍କର ସନ୍ଦେହ ନ ଥିଲା । କାରଣ ସେ ଗତକାଲିର ପାଠକୁ ପରଦିନିକୁ ଅନାୟାସରେ ଭୁଲିଯାଉଥିଲା ।

ପ୍ରଧାନଶିକ୍ଷକ ଜୋର ଗଳାରେ କହିଲେ: ମନେ ପକା ! ମନେ ପକା କାଲି କ'ଣ କରିଥିଲୁ ?

ଏତିକିବେଳେ ପାଣୁଆ ହିଁ ମନେ ପକେଇଦେଲା ପୂର୍ବଦିନର କୀର୍ତ୍ତି !

କହିଲା: କିରେ ! ଭୁଲିଯାଉଛୁ କ'ଣ ? ଶାଗୁଣାଙ୍କୁ ଟେକା ମାରି ନ ଥିଲୁ କାଲି ?

ଯୋଗିଆର ମନେପଡ଼ିଲା ପୂର୍ବଦିନର କଥା, ଯାହାକୁ ସେ ଭୁଲିଯାଇଥିବାର ପୋଖତ ଅଭିନୟ କରୁଥିଲା । କହିଲା : ହଁ ! ହଁ ! ଗତକାଲି ଶାଗୁଣାକୁ ଟେକା ମାରିଥିଲି ।

ପ୍ରଧାନଶିକ୍ଷକ ଝିଙ୍ଗାସ ବଚନ ଶୁଣେଇଲେ: ବୀଜଗଣିତ, ପାଟୀଗଣିତ, ଇତିହାସ, ଭୂଗୋଳ ସବୁ ତ ଭୁଲିଯାଉଛୁ। ଏ କଥାଟା ମନେ ରଖିଥାଆନ୍ତୁ କାହିଁକି ? ଶାଗୁଣାକୁ ତ ଟେକା ମାରିଥିଲୁ ଏ କାଉ ଆସିଲେ କୋଉଠୁ ?

ପାଣୁଆ ଭଦ୍ରଲୋକର ଭୂମିକାକୁ ଓହ୍ଲାଇ ଆସିଥିଲା, କହିଲା: ଶାଗୁଣା ଦେହରେ କ'ଣ ଟେକା ବାଜିଥିଲା ? ଟେକାଟା ପରାଯାଇ ବାଜିଲା କାଉ ଦିହରେ।

ପ୍ରଧାନଶିକ୍ଷକ ପଚାରିଲେ: କାଉ ବଂଚିଛି ନା ମରିଛି ?

ଏଥର କୈଫିୟତ୍ ଦେଲି ମୁଁ। କହିଲି : ସେ କଥା ଆମେ ଦେଖିନାହୁଁ। ଆମେ ଭୟରେ ପଳେଇ ଆସିଲୁ। ଆମକୁ ଶାଗୁଣା ଗୋଡ଼ାଇଲେ।

ପ୍ରଧାନଶିକ୍ଷକ କହିଲେ: କାଉ ମଲା କି ବଂଚିଲା ବଡ଼କଥା ନୁହେଁ। ବଡ଼ କଥା ହେଉଛି କାଉମାନଙ୍କ ଭାଇଚାରା। ଦେଖ ! ତୁମ କାର୍ଯ୍ୟର ପ୍ରତିବାଦ କରିବାକୁ ସେମାନେ କେମିତି ଏକାଠି ହେଉଛନ୍ତି।

ଆମେ ପୁଣିଥରେ କାଉମାନଙ୍କ ଆଡ଼କୁ ଚାହିଁଲୁ। ବିପୁଳ ସଂଖ୍ୟାରେ କାଉ ସ୍କୁଲ ଚାରିପଟେ ଏକାଠି ହୋଇଥିଲେ। ଚାରିଦିଗ କୃଷ୍ଣବର୍ଣ୍ଣ ପାଲଟି ଯାଇଥିଲା। କାଉମାନଙ୍କ କା' କା' ଶବ୍ଦରେ ଚାରିଦିଗ ଉଛୁଳି ପଡୁଥିଲା।

ପ୍ରଧାନଶିକ୍ଷକ ଯୋଗିଆକୁ କହିଲେ, ତୁରନ୍ତ ତୁମେ ସ୍କୁଲ ଛାଡ଼ି ଯାଅ। ଘରକୁ ଚାଲିଯାଅ। ନ ହେଲେ ଏ କାଉମାନଙ୍କ ଯୋଗୁ ଏଠି ସ୍କୁଲ ଚାଲିପାରବ ନାହିଁ।

ଆମେ ପଚାରିଲୁ: ଯୋଗିଆ ଘରକୁ ଯିବ କେମିତି ? କାଉମାନେ ଯେ ବାଟ ଜଗିଛନ୍ତି।

ପ୍ରଧାନଶିକ୍ଷକ ପରାମର୍ଶ ଦେଲେ: ଗୋଟାଏ କମ୍ବଳ ଘୋଡ଼ିହୋଇ ଚାଲିଯାଉ। କାଉମାନେ ଚିହ୍ନିପାରିବେ ନାହିଁ।

କାଉମାନଙ୍କ ଉପଦ୍ରବରୁ ସ୍କୁଲ ଗୋଟିଏ ଦିନ ବନ୍ଦ ହୋଇଯିବା ପ୍ରକୃତରେ ଅଭୂତପୂର୍ବ ଥିଲା। ମାତ୍ର ଯୋଗିଆକୁ ଚାଲିଯିବାକୁ ନିର୍ଦ୍ଦେଶ ଦେଇ ପ୍ରଧାନଶିକ୍ଷକ ସ୍କୁଲକୁ ରକ୍ଷା କରିବାକୁ ଚେଷ୍ଟା କରିଥିଲେ। ତେବେ କାଉ ସଂଖ୍ୟା ଏତେ ଅଧିକ ଥିଲା ଯେ, ସେମାନେ ଯଦି ଗୋଟିଏ ଗୋଟିଏ ଗୋଡ଼ି ପକାଇଥାନ୍ତେ, ଆମ ସ୍କୁଲ ଅଧା ପୋତି ହୋଇଯାଇଥାନ୍ତା। କାଉମାନଙ୍କ ଭାଇଚାରା ସମ୍ପର୍କରେ ପ୍ରଧାନଶିକ୍ଷକଙ୍କ ମନ୍ତବ୍ୟ ଏକ ଗୁରୁତ୍ୱପୂର୍ଣ୍ଣ ତଥ୍ୟ ଥିଲା, ଯାହା ମୁଁ ମୋର ଭବିଷ୍ୟତର ଗବେଷଣା କାର୍ଯ୍ୟରେ ବ୍ୟବହାର କରିବି ବୋଲି ମନେରଖିଲି।

ଯୋଗିଆକୁ ଘରକୁ ପଠାଇଦେବାକୁ ଆମର ଉଦ୍ୟମ ଆରମ୍ଭ ହେଲା। ପାଣୁଆ ପ୍ରଥମେ ଯୋଗିଆ ଘରକୁ ଗଲା କମ୍ବଳ ଆଣିବା ପାଇଁ। କମ୍ବଳ ଆଣି ସେ ଆମକୁ

ଯେଉଁ ରିପୋର୍ଟ ଦେଲା ତାହା ମଧ୍ୟ ଚମତ୍କୃତ କରିବା ଭଳି। ପାଣୁଆର ରିପୋର୍ଟ ଅନୁସାରେ ଯୋଗିଆ ଘର ଚାଳ ଉପରେ ମଧ୍ୟ ପଚାଶ ସଂଖ୍ୟାରେ କାଉ ଜଗିବସିଛନ୍ତି।

: ମାନେ କାଉମାନେ ଯୋଗିଆର ଘର ବି ଜାଣିଛନ୍ତି ? ମୁଁ ସନ୍ଦେହ ବ୍ୟକ୍ତ କଲି।

: କାଉମାନେ ସମସ୍ତଙ୍କ ଘର ଜାଣିଛନ୍ତି। ମନ୍ତବ୍ୟ ଦେଲା ବିଷ୍ଣୁ ।

: ସମସ୍ତଙ୍କ ଘର ଜାଣନ୍ତି ବୋଲି ତ କୁଣିଆ ଆସିବା ଖବର ଦିଅନ୍ତି। ଯୋଗକଲା ଲକ୍ଷିଆ।

: ସେମାନେ ଗାଁର ସବୁଲୋକଙ୍କୁ ଜାଣନ୍ତି। ସବୁ ଘରକୁ ଚିହ୍ନନ୍ତି। କହିଲା ସନାତନ।

ଆଶ୍ଚର୍ଯ୍ୟ ! ସେମାନେ ଆମ ସମସ୍ତଙ୍କୁ ଜାଣନ୍ତି। ସମସ୍ତଙ୍କର ଘର ବି ଚିହ୍ନନ୍ତି। ଅଥଚ ଆମେ ସେମାନଙ୍କୁ କେତେ କମ୍ ଜାଣୁ। ଜାଣୁ ଖାଲି କଳାରଙ୍ଗର ପକ୍ଷୀଟେ। ସକାଳୁ ଆସି ରାଉ ରାଉ କରେ। ଏଠି ସେଠି ବସି ପୋକ ଜୋକ ଖାଉ ଥାଏ। ରାତିରେ କୁଆଡ଼େ ଯାଏ କେହି ଜାଣେନା ।

ଯୋଗିଆ ମୁହଁରେ ବାନ୍ଧିଲା ଗାମୁଛା। ଖାଲି ଆଖିଯୋଡ଼ିକ ଦେଖାଯାଉଥାଏ ବାହାରକୁ। ଘୋଡ଼ିହେଲା କମ୍ବଳ। ତାକୁ ଚିହ୍ନିବାର ଉପାୟ ନାହିଁ। ଆମେ ସାତଜଣ ତାକୁ ଘେରି ରହିଲୁ । ସପ୍ତରଥୀ ସୁରକ୍ଷା କବଚ । ଧୀରେ ଧୀରେ ଆମେ ସ୍କୁଲରୁ ବାହାରିଲୁ। ଆମକୁ ଏହି ଦୁଃସାହସିକ ଯାତ୍ରାରେ ବାହାରିଯିବା ବେଳେ କେହି ବିଦାୟ ଜଣାଇବାକୁ ହାତ ହଲାଇ ନ ଥିଲେ। ସ୍କୁଲ ବାରଣ୍ଡାରେ ଠିଆ ହୋଇ ନ ଥିଲେ। ସେମିତି ହୋଇଥିଲେ ଆମେ କାଉମାନଙ୍କ ସନ୍ଦେହ ପରିସରକୁ ଆସିଯାଇଥାଆନ୍ତୁ।

ମୋ ମନରେ ବି ସଂଶୟ ଥିଲା। ଆମେ ପ୍ରକୃତରେ ଯିବୁ କେଉଁଆଡ଼େ ? ଯୋଗିଆର ଘରକୁ ଯେ ଜଗିବସିଛନ୍ତି ପଲେ କାଉ। ସେମାନେ ଯେ ସେଠି ଉପଦ୍ରବ ନ କରିବେ, ଏମିତି କିଛି କଥାନାହିଁ। ତେବେ ବଡ଼ କଥା ହେଲା ସ୍କୁଲଟି ରକ୍ଷା ପାଇଯିବ। ପାଠପଢ଼ା ଶୃଙ୍ଖଳିତ ଭାବରେ ହେବ। ଏହିଭଳି ଏକ ମହାନ୍ ଆଦର୍ଶକୁ ପାଥେୟ କରି ଯୋଗିଆ ଘରକୁ ବାହାରିଲା ଓ ତା'ର ଏହି ସ୍ୱାର୍ଥତ୍ୟାଗ ଗାନ୍ଧୀ ଗୋପବନ୍ଧୁଙ୍କ ତୁଳନାରେ କିଛି କମ ନୁହେଁ ବୋଲି ଆମେ ମନେ କରୁଥିଲୁ। ସେ ନଇଁ ନଇଁ ବାଟ ଚାଲୁଥିଲା ଯେମିତି ବୁଢ଼ା ବା ଅକର୍ମଣ୍ୟ ଲୋକଟେ। ଆମେ ସାତଜଣ ତାକୁ ସୁରକ୍ଷା ଦେଉଥିଲୁ ଯେମିତି ବୃଦ୍ଧ ଓ ଅକର୍ମଣ୍ୟ ଲୋକଙ୍କୁ ସହାୟତା କରିବା ଏକ ମାନବିକ କାର୍ଯ୍ୟ। ସ୍କୁଲପାଠରେ ଏ ପରାମର୍ଶ ଦିଆଯାଇଥିଲା।

ଆମର ଏ ଯୋଜନା ବିଫଳ ହୋଇଥିଲା।

କାଉମାନେ ଯୋଗିଆକୁ ଚିହ୍ନିପାରିଲେ। ଆମର ସହଯୋଗ ଜାଣିପାରିଲେ। ସେମାନେ ପୁଣି ସମ୍ମିଳିତ ଆକ୍ରମଣ ଆରମ୍ଭ କଲେ। ପ୍ରଥମେ ଯୋଗିଆକୁ। ପରେ ପରେ ଆମମାନଙ୍କୁ। ଯୋଗିଆକୁ ସାହାଯ୍ୟ କରିବାକୁ ଯାଇ ଆମେ ସାତଜଣ ମଧ୍ୟ କାଉ-ଶତ୍ରୁ ତାଲିକାରେ ଯୋଡ଼ି ହୋଇଗଲୁ। କାଉମାନେ ଆମମାନଙ୍କ ମୁଣ୍ଡକୁ ବୁଲିବୁଲି ଖୁମ୍ପିବାକୁ ଲାଗିଲେ। ଆମେ ନାଚାର। ପ୍ରାଣରକ୍ଷା କରିବାକୁ ପୁଣି ଧାଇଁଲୁ ଶ୍ରେଣୀଗୃହକୁ।

ଶ୍ରେଣୀଗୃହରେ ପଶିଯାଇ କବାଟ ବନ୍ଦ ନ କଲା ପର୍ଯ୍ୟନ୍ତ ନିରାପତ୍ତା ନ ଥିଲା। ସେଇ ସ୍କୁଲଘର ଭିତରେ ବସି ଆମେ ଆମର କାର୍ଯ୍ୟପନ୍ଥା ନେଇ ବିଶଦ୍ ଆଲୋଚନା କରିଥିଲୁ। ପୁଣି ପ୍ରଧାନଶିକ୍ଷକ ସେ ରୁମ୍‌କୁ ଆସିଲେ ଓ ଆମକୁ ଧିକ୍କାର କଲେ। ଅନ୍ୟ ଶିକ୍ଷକମାନେ ଆସିଲେ ଓ ଆମ ଯୋଗୁ ସ୍କୁଲ ବଦନାମ୍ ହେଉଛି ବୋଲି କହିଲେ। କିନ୍ତୁ ଏ ବଦନାମ୍ କ'ଣ ତାହା ବୁଝିବାକୁ ଆମେ ଅକ୍ଷମ ଥିଲୁ।

ସେଇ ବନ୍ଦ ପ୍ରକୋଷ୍ଠରେ, ଅନ୍ଧାର ଭିତରେ ବସିରହି ଆମେ ବିଚାର ଆଲୋଚନା କରୁଥାଉ।

: ଏବେ କ'ଣ ହେବ?

: ଯୁଦ୍ଧ ହେବ!

: ଯୁଦ୍ଧ!

: ହଁ! ଯୁଦ୍ଧ ହେବ! କାଉ ଓ ମଣିଷ ମହାସମର।

: ଇତିହାସରେ କେବେ ହୋଇଚି ଏ ଯୁଦ୍ଧ?

: ହୋଇନାହିଁ, କିନ୍ତୁ ଏବେ ହେବ।

: ଇତିହାସରେ ସ୍ୱର୍ଣ୍ଣାକ୍ଷରରେ ଲିପିବଦ୍ଧ ହୋଇ ରହିବ ଏ ଯୁଦ୍ଧର ବିବରଣୀ।

: ଆମେ ସବୁ ହେବା ଇତିହାସର ନାୟକ।

: କେମିତି ହେବ ଏ ଯୁଦ୍ଧ?

: ବନ୍ଧୁକ ମଗେଇବା। ପାଂଚଟା ବନ୍ଧୁକ ହେଲେ ଯଥେଷ୍ଟ।

: ଏତେଗୁଡ଼ାଏ କାଉଙ୍କୁ କ'ଣ ମାରିହେବ।

: ଏତେଗୁଡ଼ାଏ କାଉ ମରିବା କ'ଣ ଦରକାର। ଦଶପଚାଶ କାଉ ମଲେ ଅନ୍ୟସମସ୍ତେ ପଳାଇଯିବେ।

: ଅସମ୍ଭବ!

: ଅସମ୍ଭବ କ'ଣ?

: ଗୋଟାଏ କାଉ ଆହତ ହେବାକୁ କେନ୍ଦ୍ରକରି ଏତେଗୁଡ଼ାଏ କାଉ ମେଳି କରିଛନ୍ତି। ଦଶପଚାଶଟା ମରିଗଲେ ପଳାଇଯିବେ ବୋଲି ଭାବୁଚ? ଏହା ଅସମ୍ଭବ!

: ଏବେ ବନ୍ଧୁକ ଆଉ ଗୁଳି କୋଉଠୁ ମିଳିବ, ବିଚାର କର !

ଆମେ ଚିନ୍ତା କରିବାକୁ ଲାଗିଲୁ, ବନ୍ଧୁକ ଓ ଗୁଳି କୋଉଠି ମିଳିବ ? କାହାଘରେ ଅଛି ବନ୍ଧୁକ ? କେମିତି ଅଣାଯିବ ବନ୍ଧୁକ ? କିଏ ଚଳାଇବ ?

ପୁଣି ପରାମର୍ଶ ଆସିଲା : ବନ୍ଦ କର ଏ ବିଲୁଆ ବିଚାର। ଚାଲ ସମାଧାନ କରିବା !

: ସମାଧାନ ! ସମାଧାନ ଆମେ କରିବା ?

: ଉପାୟ ନାହିଁ।

: ମଣିଷ ଆଉ କାଉ ଭିତରେ ସନ୍ଧି ! ଏହା କି ସମ୍ଭବ ?

: ଆମେ ମଣିଷ ହେଇ ଆତ୍ମସମର୍ପଣ କରିବା ?

: ଏହା ଯେ ମଣିଷ ଜାତିର ଅପମାନ !

: ମଣିଷ ଏ ସୃଷ୍ଟିର ଶ୍ରେଷ୍ଠ ଜୀବ। ସବୁଠୁ ବୁଦ୍ଧିମାନ। ସେ କରିବ ସନ୍ଧି ?

: ଆମେ ତ ଭାଗ୍ୟବାନ୍ ପିଲାରେ !

: ଆମେ ତ ଉଡୁ ଆଜି ଆକାଶେ !

: ସନ୍ଧି ଛଡ଼ା ଆଉ ଉପାୟ ନାହିଁ।

ସେତେବେଳେ ସଦ୍ୟ ସରିଥାଏ ଭାରତ ପାକିସ୍ତାନ ଯୁଦ୍ଧ। ଯୁଦ୍ଧରେ ପରାଜିତ ହୋଇ ପାକିସ୍ତାନ ଫୌଜର ମେଜର ଭାରତ ସହିତ ସନ୍ଧିଚୁକ୍ତି ସ୍ୱାକ୍ଷର କରୁଥିବାର ଛବି ସବୁ ଖବରକାଗଜରେ ବାହାରି ଆମକୁ ଗର୍ବ କରିବାର ସୁଯୋଗ ଦେଇଥାଏ। ସେଇ ଭାରତବାସୀ, ଭାରି ସାହସୀ, ବୀର ଓଡ଼ିଆଙ୍କ ବଂଶଧର ଏବେ କାଉଙ୍କ ସହିତ ସନ୍ଧି କରିବେ ?

ବାହାରେ କାଉମାନଙ୍କର କା' କା' ଚିତ୍କାର। ଆକ୍ରମଣ ପାଇଁ ସେମାନେ ପ୍ରସ୍ତୁତ ! ଆମେ ଭୀତତ୍ରସ୍ତ। ଅନ୍ଧାର ଘର ଭିତରେ ଲୁଚି ବସିଛୁ !

: ସନ୍ଧି କରିବା !

: କେମିତି ?

: ପ୍ରଥମେ ଯାହା ପାଖରେ ଯାହା ଭୁଜାଚୁଡ଼ା ଅଛି ଏକାଠି କର।

: ବାହାରେ ପକେଇ ଦେବା।

: କାଉମାନେ ତାକୁ ଖାଇବେ ଓ ଜାଣିବେ, ଆମେମାନେ ଏତେ ଖରାପ ନୁହଁ। ଆମେ ସମାଧାନ ଚାହୁଁ ।

କିଏ ଜଣେ ପରାମର୍ଶ ଦେଲା : ଭୁଜାରେ ବିଷ ମିଶାଇଦେବା କି ? ସବୁ କାଉ ମରିଯିବେ ?

ଆଉ ଜଣେ ପଚାରିଲା : ଏବେ ବିଷ କୋଉଠୁ ମିଳିବ ?

ପୁଣି ପାଟିତୁଣ୍ଡ ହେଲା। ଆଲୋଚନାର ନିଷ୍କର୍ଷ ବାହାରିଲା, ନା! ବିଷ ଫିଷ ଖରାପ କଥା ଉଠାଅ ନାହିଁ। ସ୍ୱଚ୍ଛମନରେ ସନ୍ଧି କରିବାକୁ ଆଗେଇ ଯାଅ।

ଆମେ ଭୁଜାଚୁଡ଼ା ସବୁ ଏକାଠି କଲୁ। ଜଣେ ବାହାରକୁ ଗଲା। ସେ ସବୁକୁ ଢାଳିଦେଇ ଫେରିଆସିଲା। ପୁଣି ଶ୍ରେଣୀଗୃହର କବାଟ ବନ୍ଦ କରିଦେଲୁ। ଝରକା ଅଧାଖୋଲା ରଖି ଚାହିଁରହିଲୁ। କାଉମାନେ କ'ଣ କରୁଛନ୍ତି ଲକ୍ଷ୍ୟ କଲୁ।

ଏ ସନ୍ଧିପତ୍ରକୁ କାଉମାନେ ଗ୍ରହଣ କଲେ ନାହିଁ ଯେମିତି।

ଗୋଟିଏ ହେଲେ ବି କାଉ ଭୁଜାଚୁଡ଼ାର ଗଦା ଆଡ଼କୁ ଆସିଲେ ନାହିଁ। ଖାଇଲେ ନାହିଁ। ବିଷ ମିଶାଇଥିଲେ ବି ଏଇଆ ହୋଇଥାଆନ୍ତା। ସେମାନେ ଖାଇ ନ ଥାନ୍ତେ। ଏବେ ବି ସେମାନେ ଆମକୁ ସନ୍ଦେହ ଚକ୍ଷୁରେ ଦେଖୁଛନ୍ତି। କିମ୍ବା ସେମାନେ ସନ୍ଧିରେ ବିଶ୍ୱାସ କରନ୍ତି ନାହିଁ।

ସେମାନେ କା' କା' ରଡ଼ି କରୁଥାଆନ୍ତି। ଏତେ ରଡ଼ି ଯେ ସହିବା ମୁସ୍କିଲ୍ ।

ଘର ଭିତରେ ଆମେ ମନ୍ତ୍ରଣାରତ।

ପ୍ରଶ୍ନ ଉଠିଲା: ଏବେ କ'ଣ ହେବ ?

: ଚାଲ କ୍ଷମା ମାଗିବା !

: କ୍ଷମା ! ମଣିଷ ହୋଇ କାଉଙ୍କଠାରୁ କ୍ଷମା !

: ଆଉ ଉପାୟ ନାହିଁ।

: କିନ୍ତୁ କ୍ଷମା ପ୍ରାର୍ଥନା ହେବ କେମିତି ? ସେମାନେ କ'ଣ ବୁଝିବେ ଆମର କଥା।

: କ୍ଷମା ଯୋଜନା ପତ୍ରଟାଏ ପଠାଅ। କାଉମାନେ ପଢ଼ିବେ। କିଏ ଜଣେ ବ୍ୟଙ୍ଗ କରି କହିଲା।

: ମନେରଖ ! ଏ ସମସ୍ୟାର ସମାଧାନ ନ ହେଲେ କାଉମାନେ ଏଠାରୁ ଯିବେ ନାହିଁ, ଏମିତି ହୋଇପାରେ, କାଲି ସକାଳକୁ ଆହୁରି କାଉ ଆସିପାରନ୍ତି। ଏ ଅଂଚଳରେ ଯେତେ କାଉ ଅଛନ୍ତି ସମସ୍ତେ ଏକାଠି ହେବେ। ବାହାରୁ ମଧ୍ୟ କାଉ ଆସିବେ।

: କାଉମାନେ ଏମିତି କରିବେ ?

: ତୁମେ କ'ଣ ଦେଖିପାରୁନା। ମଣିଷମାନେ ଏମିତି କରିପାରିବେ ନାହିଁ। କେବେ କରିଛନ୍ତି ଦେଖିଚ ?

ପ୍ରକୃତରେ ମଣିଷମାନେ ଏମିତି ଏକାଠି ହେବା ଆମେ ଦେଖି ନ ଥିଲୁ।

ମଣିଷମାନେ ଏକାଠି ହେଲେ ଆରମ୍ଭ ହୋଇଯାଏ ଯୁକ୍ତିତର୍କ, ବାଦ ବିସମ୍ବାଦ। ଗୋଷ୍ଠୀକନ୍ଦଳ ଆଉ ରାଜନୀତି। ଏକମତ ହୋଇପାରେନା। ଏକମନ ହୋଇପାରେନା। ଏମିତି କି ଭାରତ ପାକିସ୍ତାନ ଯୁଦ୍ଧ ବେଳେ ମଧ୍ୟ କିଛି ଭାରତୀୟ ଭାରତକୁ ସମାଲୋଚନା କରୁଥାଆନ୍ତି। ଯୁଦ୍ଧ ଯୋଗୁ ଭାରତରେ ତେଲ କିରୋସିନିର ଭାଉ ବଢ଼ିଗଲା ବୋଲି ଅଭିଯୋଗ କରୁଥାଆନ୍ତି।

ଅବଶେଷରେ ଆମେ ସେଇ ନିଷ୍ପତ୍ତିରେ ପହଂଚିଲୁ ଯାହା ଅପମାନଜନକ ଥିଲା ମଣିଷ ଜାତି ପାଇଁ। ଭାଗ୍ୟବାନ ପିଲାମାନଙ୍କ ପାଇଁ, ଶ୍ରେଷ୍ଠ ଜୀବ ମଣିଷ ଲାଗି। କିନ୍ତୁ ଆମ ସ୍କୁଲର ସୁନାମ ପାଇଁ, ପାଠପଢ଼ା ଜାରି ରହିବା ନିମନ୍ତେ, ସର୍ବୋପରି ମଣିଷ ଜାତିର ସୁରକ୍ଷା ଲାଗି ଏ ନିଷ୍ପତ୍ତି ନେବାକୁ ପଡ଼ିଲା।

ମୁଁ ଯୋଗିଆକୁ ହିମ୍ମତ ଦେଉଥାଏ। ତତେ ହିଁ ନେତୃତ୍ୱ ନେବାକୁ ହେବ। ଯୋଗିଆ ଡରୁଥାଏ। ସେମାନେ ପୁଣି ଯଦି ଖୁମ୍ପିବେ, କ'ଣ ହେବ? ମୋ ମୁଣ୍ଡରେ ତିନିଟା ଜାଗା ତ ଖଣ୍ଡିଆ ହୋଇଛି। ଏବେ ବି ପୋଡୁଛି।

ମୁଁ କହିଲି: ଏବେ ସମାଧାନ ନ କଲେ ସେମାନେ ସାରାଦେହ ଖଣ୍ଡିଆ କରିଦେବେ। ସେ ସନ୍ଦେହ ପ୍ରକାଶ କଲା : ଯଦି ଏ ଉପାୟରେ ସମାଧାନ ନ ହୁଏ!

ମୁଁ ଆଶ୍ୱାସନା ଦେଲି: ହେବ! ହେବ! ସମାଧାନ ହେବ।

ଆମ ସ୍କୁଲ ଶ୍ରେଣୀଗୃହର କବାଟ ଖୋଲିଲା। ବନ୍ଦଘରର ଅନ୍ଧାର ଭିତରକୁ ଛିଟିକି ପଡ଼ିଲା ଚିକ୍‌ମିକ୍ ସୂର୍ଯ୍ୟାଲୋକ। କାଉମାନେ ଉତ୍ସାହିତ ହୋଇ ପାଦେ ଦୁଇପାଦ ଡେଇଁଲେ। ଶ୍ରେଣୀଗୃହରୁ ବାହାରି ଆସିଲା ଯୋଗିଆ। ହାତଯୋଡ଼ି । କ୍ଷମା ମାଗିବାର ମୁଦ୍ରାରେ। ଯୋଗିଆ ଆଗେଇଲା। ତା' ପଛେପଛେ ଆମେ। ହାତଯୋଡ଼ି ଥାଉ ସମସ୍ତେ।

କାଉମାନେ ଆମକୁ ଲକ୍ଷ୍ୟ କରୁଥାଆନ୍ତି। ଖପଖାପ ଡେଉଁଥାଆନ୍ତି ପଡ଼ିଆରେ। ଖଣ୍ଡିଉଡ଼ା ଦେଇ ପୁଣି ଫେରି ଯାଉଥାଆନ୍ତି ଡାଳ ଉପରକୁ। ଆମେ ସ୍କୁଲ ସାମ୍ନା ପଡ଼ିଆ ମଝିକୁ ଆସିଗଲୁ। ଯୋଗିଆ ହାତ ଯୋଡ଼ିଥିଲା। ଏବେ ଲମ୍ବଦଣ୍ଡ ହୋଇ ପଡ଼ିଗଲା ପଡ଼ିଆରେ। ଆମେ ତା' ପଛେ ପଛେ ପଡ଼ିଆରେ ପ୍ରଣାମ ମୁଦ୍ରାରେ ଶୋଇଗଲୁ। ସମସ୍ତେ ନୀରବ। କାଉମାନେ ଆକ୍ରମଣ କରୁ ନ ଥାନ୍ତି। ଆମକୁ କେବଳ ଲକ୍ଷ୍ୟ କରୁଥାଆନ୍ତି। ଏହା ପରେ ଆମେ ସେମିତି ଯୋଡ଼ହସ୍ତ ମୁଦ୍ରାରେ ଫେରିଆସିଲୁ ଶ୍ରେଣୀଗୃହକୁ।

ପରେ ପରେ ଘଟିଲା ସେଇ ଅଭୂତପୂର୍ବ ଘଟଣା। ଯାହା ଏକ ରକମ ଅସମ୍ଭବ। ଏବେ ଭାବିଲେ ବିଶ୍ୱାସ ହୁଏନା । ବାହାରେ ସମ୍ମିଳିତ କାଉ ସଂଖ୍ୟା ହଠାତ ହ୍ରାସ

ପାଇବାରେ ଲାଗିଲା । କିଛି ସମୟ ପରେ କାଉଶୂନ୍ୟ ହୋଇଗଲା ସ୍କୁଲ୍ ପରିସର । କୋଳାହଳ କରି କାଉମାନେ ଫେରିଗଲେ ନିଜ ନିଜ ଆସ୍ଥାନକୁ ।

ଏ ଘଟଣା ଆଜି ଅବିଶ୍ୱାସ ମନେହୋଇପାରେ । କିନ୍ତୁ ଏହି ପରି କ୍ଷମା ପ୍ରାର୍ଥନାର ଅର୍ଥ ବୁଝିପାରିଥିଲେ କାଉମାନେ ଓ ଆମକୁ କ୍ଷମା କରିଥିଲେ । କୋଉ ଲୋକ କହେ ଯେ ଭାଷା କେବଳ ଶବ୍ଦର ମିଶ୍ରଣ । ସଭ୍ୟ ଶିକ୍ଷିତ ଅର୍ଥବୋଧକ ଉଚ୍ଚାରଣ । ନା ! ନା ! ତା ହୋଇଥିଲେ କାଉର ବାର୍ତ୍ତା କେମିତି ବୁଝିପାରେ ଶାଗୁଣା ! ମଣିଷର କ୍ଷମାପ୍ରାର୍ଥନା ବୁଝିପାରେ କାଉ ?

ଆମେ ପରେ ସେଇ ମାଟିକୁଦକୁ ଯାଇ ଦେଖିଥିଲୁ ଯେ ଗାଈର ମାଂସ ଖାଇସାରି ଶାଗୁଣାପଲ ପ୍ରତ୍ୟାବର୍ତ୍ତନ କରିସାରିଛନ୍ତି । ସେଠି ପଡ଼ିରହିଛି କେବଳ ପଞ୍ଜରାକାଠି କେତେ ଖଣ୍ଡ । ଆଉ କେହି ନାହିଁ ସେଠି । ନା କାଉ ! ନା କୁକୁର !

କାଉମାନଙ୍କ ସମ୍ପର୍କରେ ମୋର ଆହରିତ ତଥ୍ୟ ଆହୁରି ଅଧିକ ହୋଇସାରିଥିଲା ଓ ଭବିଷ୍ୟତରେ ମୁଁ ଗବେଷଣାରେ ସଫଳ ହେବି ବୋଲି ନିଜକୁ ନିଜେ ଆଶ୍ୱାସନା ଦେଉଥିଲି । କିନ୍ତୁ ଭାଗ୍ୟ ! ତାହା ହୋଇପାରିଲା ନାହିଁ । ଭବିଷ୍ୟତରେ ମୁଁ କାକ ଗବେଷକ ହେବାର ଅନନ୍ୟ ସୌଭାଗ୍ୟରୁ ବଂଚିତ ହେଲି । ତାହା ଏକ ବ୍ୟକ୍ତିଗତ ଅବସୋସ ମାତ୍ର ।

ଇତିହାସରେ କାଉ ମଣିଷ ଯୁଦ୍ଧର ବିବରଣୀ ରହି ନାହିଁ । କିନ୍ତୁ କାଉ ମଣିଷ କ୍ଷମାଯାଚନାର ଏ କାହାଣୀ ରହିବ ବୋଲି ମୁଁ ଆଶା କରେ । ଯଦିଓ କେହି କେହି ଏହାକୁ ବିଶ୍ୱାସଯୋଗ୍ୟ ବୋଲି ମନେ କରି ନ ପାରନ୍ତି ।

■

ଯାତ୍ରା

ସାରାବର୍ଷ ଆମେ କଟାଉଥିଲୁ ବାପାଙ୍କ ଚାକିରି ଜାଗାରେ । କେବଳ ଖରାଛୁଟିରେ ଆମେ ନିଜ ଗାଁକୁ ଯାଉଥିଲୁ । ଆମେ ଅବଶ୍ୟ ଗାଁକୁ ଯିବାକୁ ସେତେବେଶି ଆଗ୍ରହୀ ନ ଥିଲୁ । କାରଣ ଗାଁରେ ଆମର ସେତେ ବେଶି ସାଙ୍ଗ ନ ଥିଲେ । ଆମର ସେଇ ପିଲାଦିନର ସମୟଗୁଡ଼ିକ ଥିଲା ସାଙ୍ଗସାଥୀଙ୍କ ସମୟ । ମୋର ଅନେକ ସାଙ୍ଗ ଥିଲେ । ମୁଁ ଖରାଦିନେ ସେମାନଙ୍କ ସାଙ୍ଗରେ ମିଶି ଗୁଡ଼ି ଉଡ଼ାଇବା, ଖେଳିବା, ମାଛଧରିବା ପ୍ରଭୃତି ଯୋଜନା କରିସାରିଥିଲି ।

ମାତ୍ର ବାପା ଥିଲେ ନିଜ ଗାଁକୁ ପ୍ରଚୁର ଭଲପାଉଥିବା ଲୋକ । ସେ ଚାକିରିରୁ ଅବସର ନେବାପରେ ଗାଁକୁ ଚାଲିଯିବାର ସ୍ୱପ୍ନ ଦେଖୁଥିଲେ । ଗାଁରେ ଆମର ପୈତୃକ ଘର ଖୁବ ଅଣଓସାରିଆ ଓ ସୀମିତ ଥିଲା । ତା'ଭିତରେ ଆମେ ସବୁ ସମୟ ପାଇଁ କେମିତି ରହିପାରିବୁ, ତାହା ଭାବିପାରୁ ନଥିଲୁ । ଚାକିରି ଜାଗାର ସ୍ୱାଧୀନତା ସେଠାରେ ମିଳିବ ନାହିଁ ବୋଲି ଜାଣି ବୋଉ ମତ ଦେଉଥିଲା ଯେ, ବରଂ ସେଇ ଚାକିରି ଜାଗାରେ ଗୋଟେ ଜାଗା କିଣି ଘର କରାଯାଉ । ଆମେ ପିଲାମାନେ ଏ ମତର ସମର୍ଥକ ଥିଲୁ । କାରଣ ଆମର ଗାଁରେ କେହି ସାଙ୍ଗସାଥୀ ନ ଥିଲେ । ଏଇ ଚାକିରି ଜାଗାରେ ବହୁତ ଥିଲେ ସାଙ୍ଗସାଥୀ । ଆମେ ସେଇଠି ସବୁଦିନ ପାଇଁ ରହିଯିବାକୁ ଚାହୁଁଥିଲୁ ।

କିନ୍ତୁ ବାପା ଥିଲେ ଗ୍ରାମାଭିମୁଖୀ । ଆମ ନିଜ ଗାଁରୁ ଚାକିରି ଜାଗାର ଦୂରତା ଥିଲା ପ୍ରାୟ ଦେଢ଼ଶହ କିଲୋମିଟର । ଗମନାଗମନର ସୁବିଧା ନଥିଲା । ବାପା ଥିଲେ ବୃତ୍ତିରେ ଶିକ୍ଷକ । ସାକ୍ଷୀଗୋପାଳଠାରୁ ଦଶକିଲୋମିଟର ଦୂର ନିପଟ ମଫସଲ ଗାଁ ଥିଲା ଅଲଗୁମ ଗାଁ । ବାପାଙ୍କ ଚାକିରୀ ଜାଗା । ଆମେ ସେଇଠି ବଡ଼ ହେଉଥିଲୁ । ଆମେ ଅଲଗୁମ ଗାଁକୁ ଖୁବ୍ ଭଲପାଉଥିଲୁ । ଏକା ବାପାଙ୍କୁ ଛାଡ଼ି ।

ଏତେ ଦୂରରେ ରହୁଥିଲେ ବି ସେ ନିଜ ଗାଁ ସହ ନିବିଡ଼ ସମ୍ପର୍କ ରଖିଥିଲେ । ଗାଁର ରାଜନୀତିରେ ତାଙ୍କର ଭୂମିକା ଥିଲା । ଆମ ଗାଁରେ ସେତେବେଳେ ବହୁତ ଗଣ୍ଡଗୋଳ ହେଉଥିଲା । ଏଇ ଗଣ୍ଡଗୋଳର ଖବର ମଝିରେ ମଝିରେ ଅଳଗୁମରେ ପହଂଚୁଥିଲା । ଚିଠି ଆକାରରେ କିମ୍ବା କୌଣସି ଲୋକ ମାଧ୍ୟମରେ । ଖବର ପାଇ ବାପା ଗମ୍ଭୀର ହୋଇଯାଉଥିଲେ । ବୋଉ ମତ ଦେଉଥିଲା, ଆମେ ଆଉ ସେ ଗଣ୍ଡଗୋଳିଆ ଗାଁକୁ ଯିବାନାହିଁ ।

ଆମେ ପିଲାମାନେ ସମର୍ଥନ କରୁଥିଲୁ: ନା ! ସେ ଗଣ୍ଡଗୋଳିଆ ଗାଁକୁ ଯିବା ନାହିଁ ।

ବାପା ଗମ୍ଭୀର ସ୍ୱରରେ କହୁଥିଲେ : ମୁଁ ଗାଁରେ ଯାଇ ରହିଲେ, ସବୁ ଗଣ୍ଡଗୋଳର ସମାଧାନ ହେବ । ଆମକୁ ଗାଁକୁ ଯିବାକୁ ହେବ । ଗଣ୍ଡଗୋଳିଆ ଗାଁକୁ ଶାନ୍ତି ଶୃଙ୍ଖଳାର ଗାଁ କରିବାକୁ ହେବ ।

ସେତେବେଳେ ବାପା ଥିଲେ ଆମ ଗାଁର ସବୁଠୁ ଶିକ୍ଷିତ ବ୍ୟକ୍ତି । ସେଥିପାଇଁ ଗାଁରେ ତାଙ୍କର ଅଲଗା ସମ୍ମାନ ଥିଲା । ବାପା ମଧ୍ୟ ଗର୍ବବୋଧ କରୁଥିଲେ । ଗାଁକୁ ନେଇ ତାଙ୍କର ଅନେକଗୁଡ଼ିଏ ସ୍ୱପ୍ନ ଥିଲା । ସେ ସବୁ ସାକାର ହେଲା ନା ନାହିଁ, ଗଣ୍ଡଗୋଳିଆ ଗାଁ ଶାନ୍ତିପୂର୍ଣ୍ଣ ଗାଁରେ ପରିଣତ ହେଲା ନା ନାହିଁ, ସେ ସବୁ ଆଉ ଏକ କାହାଣୀର ପ୍ରସଙ୍ଗ । ସେଇ ପିଲାଦିନର ଅପରିପକ୍ୱ ଦିନ ଗୁଡ଼ିକରେ ଆମେ ଏତେ କଥା ବୁଝୁ ନ ଥିଲୁ । ଗଣ୍ଡଗୋଳ ନାଁ ଶୁଣି ଡରିଯାଉଥିଲୁ ଅବଶ୍ୟ । ବାପା ତାଙ୍କର ବଜ୍ରଗମ୍ଭୀର ନିର୍ଦ୍ଦେଶ ଜାରି କରି ଦେଉଥିଲେ : ଗାଁକୁ ଯାଅ ! ଗାଁରେ ଲୋକମାନଙ୍କ ସହ ମିଶ । ସମ୍ପର୍କ ରଖ । ସେଇଟା ହିଁ ତୁମର ମାତୃଭୂମି । ତୁମର ଭିଟାମାଟି । ତୁମ ପୂର୍ବପୁରୁଷର ଆଭିଜାତ୍ୟ, ପରଂପରା ସବୁ ସେଇଠି ଅଛି । ତୁମର ଜ୍ଞାତି କୁଟୁମ୍ବ ସମସ୍ତେ ସେଇଠି ଅଛନ୍ତି ।

ଏହାପରେ ବାପା ଆମ ଗ୍ରାମର ଗୌରବମୟ ଅତୀତ ସମ୍ପର୍କରେ ସାମାନ୍ୟ ଆଲୋକପାତ କରୁଥିଲେ । କିପରି ଆମ ଗ୍ରାମର ଲୋକମାନେ ବାଘଭାଲୁ ସହିତ ଲଢ଼େଇ କରି ଜିତିଛନ୍ତି । ଆମ ଗ୍ରାମକୁ ପ୍ରଥମ ସାଇକେଲ ଆଣିଥିଲେ ଆମର ଜେଜେବାପା । କିପରି ଆମଘରକୁ ଏକମାତ୍ର 'ସମାଜ' ଖବର କାଗଜ ଆସୁଥିଲା ଭାରତ ପରାଧୀନ ଥିବା କାଳରେ । ଏକଥା ପଣ୍ଡିତ ଗୋଦାବରୀଶ ମିଶ୍ର କୋଉଠି ଅର୍ଦ୍ଧ ଶତାବ୍ଦୀର ଓଡ଼ିଶା ଓ ତହିଁରେ ମୋ ସ୍ଥାନ ବହିରେ ସ୍ୱୀକାର କରିଛନ୍ତି ଇତ୍ୟାଦି ଇତ୍ୟାଦି ।

ଆମ୍ଭ ଗ୍ରାମର ଗୌରବ ଉଜ୍ଜ୍ୱଳ ଇତିହାସ କଥା ଶୁଣି ଆମର ଲୋମଟାଙ୍କୁରି ଉଠୁ ନ ଥିଲା । କିନ୍ତୁ ବାପା ଖୁବ ଉତ୍ତେଜିତ ଓ ଭାବପ୍ରବଣ ଦିଶୁଥିଲେ । ଆମେ ସେଠୁ ଖସିବାର ଉପାୟ ଖୋଜୁଥିଲୁ ।

ଖରାଦିନ ଛୁଟିରେ ଗାଁକୁ ଯିବାଟା ନିଧାର୍ଯ୍ୟ ହୋଇଗଲା ପରେ ସେଥିପାଇଁ ପ୍ରସ୍ତୁତି ପର୍ବ ଆରମ୍ଭ ହୋଇଯାଉଥିଲା । ପନ୍ଦରଦିନ ପୂର୍ବରୁ ବାପା କାଗଜ କଲମ ଧରି ଲେଖୁଥିଲେ ଯେ ଗାଁରେ କ'ଣ କ'ଣ କାମ କରାଯିବ, ଗାଁକୁ କ'ଣ କ'ଣ ନିଆଯିବ । କେତେବେଳେ କେମିତି ଯାତ୍ରା ଆରମ୍ଭ ହେବ ଓ ଶେଷ ହେବ ।

ସେତେବେଳେ ଅଲଗୁମ ଗାଁଟି ନିପଟ ମଫସଲ ଓ ସେଠୁ ବାହାରକୁ ଯିବାର ଏକମାତ୍ର ସମ୍ମାନଜନକ ମାଧ୍ୟମ ହେଉଛି ଶଗଡ଼ । ଆମର ନିୟମିତ ଶଗଡ଼ିଆ ଥିଲା ଦୟା ଭାଇ । ତେବେ ଦୟାଭାଇ ବୃତ୍ତିରେ ଥିଲା ଚାଷୀ । ତା'ର ଶଗଡ଼ଟିଏ ଥିଲା ଓ ବଳଦ ଦୁଇହଳ ଥିଲେ । ସେ କେବଳ ଆମ ପାଇଁ ଶଗଡ଼ିଆ ସାଜୁଥିଲା । ନୋହିଲେ ବର୍ଷସାରା ସେ ଚାଷବାସ ହିଁ କରୁଥିଲା । ବାପା ତାକୁ ହିଁ ଡାକି ପଠାଉଥିଲେ, ଏ ଯାତ୍ରାର ପନ୍ଦରଦିନ ପୂର୍ବରୁ । ପାଂଚଣ ହସ୍ତେ ପହଂଚିଯାଉଥିଲା ଦୟାଭାଇ । ତା' ସାଙ୍ଗରେ କେହି ବଳଦ ନ ଥିଲେ, ତଥାପି ସେ ମଝେ ମଝେ ପାଂଚଣ ହଲଉଥିଲା ଓ ସତେ ଯେମିତି ଶୁନ୍ୟରେ ବଳଦଙ୍କୁ ଅଡ଼େଇ ନେଉଛି ସେ ରକମ ଭଙ୍ଗୀ କରୁଥିଲା । ଯାହା ପ୍ରମାଣ କରୁଥିଲା ଯେ ସେ ଜଣେ ଅଭିଜ୍ଞ ଶଗଡ଼ିଆ । ଅନ୍ୟ ସମୟରେ ସେ ପାଂଚଣରେ ତା' ପିଠି କୁଣ୍ଡେଇ ହେଉଥିଲା । ତା' ପିଠିରେ ମଳାଏ ଯାଦୁ ଥିଲା ।

ବାପା କହୁଥିଲେ : ପ୍ରସ୍ତୁତ ହୁଅ ! ଯିବା !

ସେ ସମ୍ମତ ହୋଇଯାଉଥିଲା ତତ୍‌କ୍ଷଣାତ୍ : ଯିବା ଆଜ୍ଞା ! କୋଉଦିନକୁ ଯିବା କୁହନ୍ତୁ !

ବାପା ଯିବାର ଦିନ ଧାର୍ଯ୍ୟ କରନ୍ତି ।

ଦୟାଭାଇ ତା'ର ଆଙ୍ଗୁଳିରେ ହିସାବ କରେ । ଆଉ କେତେଦିନ ରହିଲା ଯିବାକୁ । ପୁଣି ହିସାବ କରେ, ଆଜି ହେଲା ସୋମବାର ଆର ସୋମବାରକୁ ଆଠଦିନ । ତା'ପର ଶୁକ୍ରବାର, ମାନେ ଆଉ ପାଂଚଦିନ । ସେ ବାରମ୍ବାର ଆଙ୍ଗୁଳିରେ ହିସାବ କରେ । ତା'ର ହିସାବ ଭୁଲ ହେଉଥାଏ ।

ବାପା ବୁଝିପାରନ୍ତି ଯେ ଦୟାଭାଇର ହିସାବ ଭୁଲ ହେଉଚି ବା ସେ ହିସାବ କରିପାରିବ ନାହିଁ । ବାପା କହନ୍ତି : ଠିକ ଅଛି ! ମୁଁ ମଝିରେ ତୁମକୁ ଆଉଥରେ ଡାକିବି ।

ଦୟାଭାଇ ପାଂଚଣ ହଲାଇ ହଲାଇ ଫେରିଯାଏ । ବାପା ଗାଁକୁ ଗୋଟାଏ ପୋଷ୍ଟକାର୍ଡ ଚିଠି ପଠାନ୍ତି । ସେ ଚିଠିଟା ଯାଇଥାଏ ଆଉ ଜଣେ ଶଗଡ଼ିଆ ପାଖକୁ । ନର୍ସିଂହ ଦାଦା ଉଦ୍ଦେଶ୍ୟରେ ଗାଁ ଠିକଣାରେ । ନର୍ସିଂହ ଦାଦା ଆମକୁ ଗଙ୍ଗାଧରପୁର ରେଲ ଷ୍ଟେସନରୁ ଗାଁକୁ ଶଗଡ଼ରେ ନେବା କଥା । ଚିଠି ଯାଏ ଯେ ଅମୁକ ତାରିଖରେ ଷ୍ଟେସନରେ ଆମକୁ ଅପେକ୍ଷା କରିଥିବ ।

ବାପା କିନ୍ତୁ ତା'ପରେ ପରେ ନିଜର ଶଙ୍କା ପ୍ରକାଶ କରୁଥାଆନ୍ତି, ନର୍ସିଂହ ପାଖରେ ଚିଠିଟା ଠିକ୍ ସମୟରେ ପହଂଚିବ ତ ! ଆଉ ଟିକେ ଆଗରୁ ଚିଠିଟା ପଠାଇଥିଲେ ଭଲ ହୋଇଥାଆନ୍ତା ! ଠିକ୍ ଅଛି ! ଚଲ୍ ! ଯାହା ହେବ ଦେଖାଯିବ !

ସେତେବେଳେ ଟେଲିଫୋନ୍ ନାହିଁ । ଯୋଗାଯୋଗର ଅନ୍ୟ କୌଣସି ବ୍ୟବସ୍ଥା ନାହିଁ । କେବଳ ପୋଷ୍ଟକାର୍ଡ ହିଁ ଭରସା । ପୋଷ୍ଟମ୍ୟାନ୍‌ମାନେ ଆମ ଗ୍ରାମାଂଚଳରେ ଚିଠି ବାଂଟିବାରେ ଭାରି ଢିଲା । ବଜାରରେ ବସି ଚା' ପିଉଥିବେ, ଯୋଉ ଗାଁର ଯାହାକୁ ଦେଖିବେ, ତାକୁ ଚିଠି ଧରେଇଦେବେ । କହିବେ, ଅମୁକ ଲୋକର ଚିଠିଟା ତାକୁ ଟିକେ ଦେଇଦେବ ତ ! ସେଥିପାଇଁ ଚିଠି ସବୁ ଢେର ବିଳମ୍ବରେ ପହଂଚେ। ବେଳେବେଳେ ଚିଠି ଅଧାବାଟରୁ ନିରୁଦ୍ଦିଷ୍ଟ ହୋଇଯାଏ । ସେଥିପାଇଁ ବାପା ପ୍ରତିଦିନ ଚିଠିଟା ପହଂଚିଲା କି ନା, କହି ଶଙ୍କା ପ୍ରକାଶ କରୁଥାଆନ୍ତି । ସ୍ୱଗତୋକ୍ତି କରୁଥାଆନ୍ତି ।

ମୁଁ ଟିକେ ଅଶୁଭ ଚିନ୍ତକ । ମୁଁ ଖାଲି ଦୁଃସ୍ୱପ୍ନ ଦେଖୁଥାଏ ଯେ, ଆମେ ସବୁ ଗଙ୍ଗାଧରପୁର ରେଲଷ୍ଟେସନରେ ଓହ୍ଲାଇ ପଡ଼ିଛୁ । କିନ୍ତୁ ଆମକୁ ନେବାକୁ କେହି ଆସିନାହିଁ । ଆମେ ସେଇ ରେଲଷ୍ଟେସନରେ ଅସହାୟ ଭାବରେ ପଡ଼ିରହିଛୁ ।

ଗାଁକୁ ଯିବାର ଦିନ ଯେତେ ଯେତେ ପାଖେଇ ଆସୁଥିଲା, ବାପା ସେତେ ଅସ୍ଥିର ଲାଗୁଥିଲେ । ସେ ଗାଁକୁ କ'ଣ କ'ଣ ଜିନିଷ ନିବ, ତା'ର ଗୋଟେ ତାଲିକା କରୁଥିଲେ । ଗାଁରେ ସେ ରହିବା ଦିନଗୁଡ଼ିକରେ କ'ଣ କ'ଣ କାମ କରିବେ, ତା'ର ମଧ୍ୟ ତାଲିକା କରୁଥିଲେ ।

ଅବଶେଷରେ ଯିବାର ଦିନ ଆସି ପହଂଚୁଥିଲା । ଆମର ଟ୍ରେନ୍ ଥାଏ ସାକ୍ଷୀଗୋପାଳରୁ । ସକାଳେ । କିନ୍ତୁ ଆମକୁ ବାହାରିବାକୁ ହୁଏ ପୂର୍ବଦିନ ରାତିରୁ । ଏ ବାବଦରେ ବାପା ଭାରି ଶୃଙ୍ଖଳିତ। ସେ ନିର୍ଦ୍ଦିଷ୍ଟ ସମୟର ଦୁଇଘଂଟା ପୂର୍ବରୁ ପହଂଚିବାକୁ ଉଚିତ ମନେ କରନ୍ତି। ତେଣୁ ଆମେ ପୂର୍ବଦିନ ରାତି ଦଶଟା ସୁଦ୍ଧା ଅଳଗୁମରୁ ବାହାରିଯାଉ । ସନ୍ଧ୍ୟା ପୂର୍ବରୁ ଦୟାଭାଇ ଶଗଡ଼ ଆଣି ଆମ ଘର ସାମ୍ନାରେ ରଖିଦିଏ । ତା'ର ବଳଦ ଦୁଇଟିକୁ ପାଖ ନଡ଼ିଆ ଗଛରେ ବାନ୍ଧି ଦେଇଥାଏ । ସେମାନେ ସେଇଠି ବସି ଘାସ ଚରନ୍ତି ଓ ପାକୁଳି କରୁଥାଆନ୍ତି ।

ସେତେବେଳେ ବିଜୁଳି ଆସିନାହିଁ । ରାତି ଦଶଟା ମାନେ ଖୁବ୍ ଗଭୀର ରାତି । ଗାଁଟି ଶୋଇ ପଡ଼ିଥାଏ । ଆମେ ଖାଇପିଇ ପ୍ରସ୍ତୁତ ହେଉ ଶଗଡ଼ରେ ବସିବା ପାଇଁ । ଅନ୍ୟଦିନ ହୋଇଥିଲେ ଆମେ ଆଠଟା ନଅଟା ସୁଦ୍ଧା ଶୋଇପଡୁ । କିନ୍ତୁ ସେଦିନ ଶୋଇପାରୁନା । ନିଦ ମଳମଳ ଆଖିରେ ଆମେ ଅପେକ୍ଷା କରିଥାଉ କେତେବେଳେ ଯାତ୍ରା ଆରମ୍ଭ ହେବ ।

ବାବା ତାଙ୍କର ଜିନିଷ ତାଲିକାକୁ ଆଉଥରେ ପଢ଼ନ୍ତି । ସବୁ ଜିନିଷ ନିଆଯାଇଛି କି ନା ତାହା ପରଖନ୍ତି । ସବୁ ଜିନିଷ ଜଣଜଣକ ଦାୟିତ୍ୱରେ ଦିଆଯାଇଥାଏ । ଆମର ସବୁଠୁ ମୂଲ୍ୟବାନ ଓ ଆକର୍ଷଣୀୟ ସମ୍ପତ୍ତି ଥାଏ ରେଡ଼ିଓ । ତାହା ଅଭୁତପୂର୍ବ ଓ ଜନମନ ହରଣକାରୀ ବସ୍ତୁ । ସେଇଟା ରହେ ବୋଉଙ୍କ ହେପାଜତରେ । ଗାଁକୁ ଯିବାକୁ ଅଧବସ୍ତାଏ ନଡ଼ିଆ ବନ୍ଧା ହୋଇଥାଏ । ତା'ର ଜଗିବା ଦାୟିତ୍ୱ ସାନଭାଇର । ଦୁଇଟା ବ୍ୟାଗ ମୋ ଭାଗରେ ଓ ଅନ୍ୟ ଦୁଇଟାଯାକ ବ୍ୟାଗ ଓ ଚମଡ଼ା ସୁଟ୍‌କେଶ ବଡ଼ଭାଇ ଭାଗରେ । ତା'ଛଡ଼ା ଝାଡୁ ପହଁରା ପ୍ରଭୃତି ଆମ ଅଂଚଳରେ ଭଲ ମିଳେନା, କିନ୍ତୁ ସାକ୍ଷୀଗୋପାଳ ଅଂଚଳରେ ମିଳେ ବୋଲି ତା'ର ମଧ୍ୟ ଗୋଟାଏ ବିଡ଼ା ଯାଇଥାଏ । ସେଟା ମିଳିତ ଦାୟିତ୍ୱରେ ଥାଏ ।

ଗାଁକୁ ବାହାରିଲେ ସମସ୍ତେ ବହିପତ୍ର ନେବାକୁ ବାପା କହିଥାନ୍ତି । କାରଣ ଗାଁରେ ବେଶି ଡିଆଁକୁଦା ନ କରି ବହିପତ୍ର ପଢ଼ିବା ଉଚିତ । କିନ୍ତୁ ଶେଷ ମୁହୂର୍ତ୍ତରେ ସେ ଯୋଜନା ବାତିଲ ହୁଏ । ଏଇ କାରଣରୁ ଯେ ବ୍ୟାଗରେ ଆଉ ଜାଗା ନାହିଁ । ସଦ୍ୟ ପରୀକ୍ଷା ଶେଷ ହୋଇଥିବାରୁ ନୂଆ କ୍ଲାସର ପାଠପଢ଼ାର ରୂପରେଖ ମିଳିନାହିଁ । ବହିପତ୍ର ଗାଁରେ ବି ମିଳିବ । କାରଣ ଆମ ସମସାମୟିକ ଜଣେ ଜଣେ ଛାତ୍ରଛାତ୍ରୀ ଗାଁରେ ଅଛନ୍ତି । ବହିପତ୍ର ନିଆଯିବାର ଯୋଜନା ବାତିଲ୍ ହେଲାପରେ ଆମକୁ ଜଣଜଣ କରି ସତର୍କ କରାଇ ଦିଆଯାଏ ଯେ, ଅମୁକ ଭାଇର ବା ସମୁକ ଅପାର ବହିପତ୍ର ଆଣି ପଢ଼ିବ ।

ଆମେ ଶଗଡ଼ରେ ବସିଯାଉ । ଶଗଡ଼ର ଶେଷରେ ବସେ ବଡ଼ଭାଇ । ଉଦ୍ଦେଶ୍ୟ ସେ ବାହାରର ଦୃଶ୍ୟ ଦେଖିବ । ତା'ପାଖରେ ଥାଏ ମୁଁ । ସେ ମୋତେ ବାହାରର ଦୃଶ୍ୟର ବର୍ଣ୍ଣନା ଶୁଣାଇବ। ବସ୍ ବା ଟ୍ରେନ୍‌ର ଝର୍କାପାଖେ ବସିବାକୁ ଆମ ଭିତରେ ପ୍ରତିଯୋଗିତା ହୁଏ । ଶଗଡ଼ର ଶେଷ ମୁଣ୍ଡଟା ସେମିତି ଆକର୍ଷଣୀୟ ସ୍ଥାନ । ଆମ ଭିତରେ ଟିକେ ଟିକେ ଦ୍ୱନ୍ଦ ଥାଏ । କିନ୍ତୁ ବଡ଼ଭାଇ ତାକୁ ବଡ଼ଭାଇ ସୁଲଭ ଅଧିକାରରେ ଦଖଲ କରିନିଏ ।

ପରେ ଚାବିପତ୍ର ଦିଆଯାଏ । ସେ ଦାୟିତ୍ୱ ବାପାଙ୍କର । ଦାଣ୍ଡଘରଟା ଛାଡ଼ିଦିଆଯାଏ ସ୍କୁଲର ଛାତ୍ରମାନଙ୍କ ପାଇଁ । ସେମାନେ ସେଠି ରହିବେ । ପାଠ ପଢ଼ିବେ ଓ ପରୋକ୍ଷରେ ଘର ଜଗିବେ । ଶଗଡ଼ରେ ବସିସାରିଲା ପରେ ସବୁ ଜିନିଷ ଓ ଯାତ୍ରୀଙ୍କ ଉପସ୍ଥାନ ନିଆଯାଏ ।

ବାପା ବୃତ୍ତିରେ ଶିକ୍ଷକ । ତେଣୁ ଉପସ୍ଥାନ ମଝିରେ ମଝିରେ ନେବା ତାଙ୍କର ଅଭ୍ୟାସ । ପ୍ରଥମେ ସବୁ ଜିନିଷର ଉପସ୍ଥାନ, ଯଥା- ରେଡ଼ିଓ ଅଛି ? ଅଛି ! ନଡ଼ିଆବସ୍ତା ଅଛି ? ଅଛି ! କଳା ବ୍ୟାଗ ଅଛି ? ଅଛି ! ଛାଂଚୁଣୀ ବିଡ଼ା ଅଛି ? ଅଛି ! ଚମଡ଼ା ସୁଟକେଶ ? ଅଛି !

ତା'ପରେ ପିଲାମାନଙ୍କର ଉପସ୍ଥାନ ନିଆଯାଏ। ରୁଲା ଅଛି? ଅଛି! ନିଲୁ? ଅଛି! ଫେଲୁ? ହଁ! ଲିଟିଲି? ହଁ! ବୋଉ? ବୋଉ ଉପସ୍ଥାନ ଦିଏନା । ତା ପକ୍ଷରୁ ଆମେ ସମସ୍ତେ କହୁ, ହଁ, ଅଛି !

ଉପସ୍ଥାନ ନିଆଯାଇ ସାରିଲା ପରେ ବାପା ଦୟାଭାଇଙ୍କୁ ନିର୍ଦ୍ଦେଶ ଦିଅନ୍ତି, ଚଲ୍! ଶଗଡ଼ ଆଗେଇଯାଏ। ଦୟାଭାଇ ଦୁଇ ଛାଟ ପିଟିଦିଏ ବଳଦଙ୍କ ପିଠିରେ । ଆବୁଡ଼ା ଖାବୁଡ଼ା ରାସ୍ତାରେ ଶଗଡ଼ଟା ଛେଚି କୁଟି ହୋଇ ଆଗେଇଯାଏ ।

ବାପା କହନ୍ତି : ଧୀରେ ସୁସ୍ଥେ ଚଲ! ଆମ ହାତରେ ଢେର୍ ସମୟ ଅଛି । ସେତେବେଳକୁ ସମୟ ରାତିଦଶଟା । ଟ୍ରେନର ସମୟ ପରବର୍ତ୍ତୀ ଦିନର ସକାଳେ । ଶଗଡ଼ ଧୀରେ ଧୀରେ ଆଗକୁ ବଢ଼େ । ଗାଁ ସାରା ଶୋଇପଡ଼ିଥାନ୍ତି । ଶଗଡ଼ର ଦଣ୍ଡା ଶେଷରେ ଝୁଲୁଥାଏ ଦୟାଭାଇର ଲଣ୍ଠନ। ରାସ୍ତା ଅସ୍ପଷ୍ଟ। ଅନ୍ଧାରରେ ବୁଡ଼ି ରହିଥାଏ ସବୁକିଛି। ସେଇ ରାସ୍ତାରେ ଶଗଡ଼ ଆଗଉଥାଏ ବା ବଳଦମାନେ ଶଗଡ଼ଙ୍କୁ ଟାଣି ନେଉଥାନ୍ତି। ଆମକୁ ନିଦ ଘାରୁଥାଏ। ନିଦରେ ଟିକେ ଢୁଳେଇବା ଆରମ୍ଭ କଲାମାତ୍ରେ, ଶଗଡ଼ ଏମିତି ଖମାରେ ପଡ଼େ ଯେ, ମୁଣ୍ଡଟା ଢାଏ କିନା ପିଟି ହୋଇଯାଏ ବାଡ଼ରେ। ଓଃ ବୋଲି ଚିତ୍କାର ଆସେ।

ବୋଉ ପଚାରେ : କ'ଣ ହେଲା?

ବାପା କହନ୍ତି : ଶୁଅନି! ଶୁଅନି। ଠିକ୍ ଭାବରେ ବସ ।

ନିଦ ଘାରୁଥାଏ। ରାସ୍ତା କଚ୍ଚା। ଶଗଡ଼ ଛେଚିକୁଟି ହୋଇ ଆଗଉଥାଏ । କୋଉଠି ଖାଲ, କୋଉଠି ଢିପ। ଉଠିଲା ଉପରକୁ। ପଡ଼ିଲା ତଳେ। କେତେବେଳେ ଗୋଟାଏ ଚକ ଟେକି ହୋଇଗଲା। ଆମେ ଗୋଟାଏ ପଟକୁ ଅଣେଇ ହେଇଗଲୁ । ପରସ୍ପର ଉପରେ ଅଜାଡ଼ି ହୋଇପଡ଼ିଲୁ । ଦୟାଭାଇର ପାଂଚଣ ସପାଟ ସପାଟ ପିଟି ହେଲା ବଳଦଙ୍କ ପିଠିରେ। ସେ ବଳଦଙ୍କ ବୁଝିବା ଶବ୍ଦରେ ନିର୍ଦ୍ଦେଶ ଦେଲା। ହେ, ହେ, ଡି, ଡି, ହୁର୍‌ର, ହୁର୍‌ର। ପୁଣି ସଳଖ ହେଲା ଶଗଡ଼। ଶଗଡ଼ ଭିତରେ ହଲି ଦୋହଲି ଆମ ଅବସ୍ଥା ଦୟନୀୟ। ବାପା କହନ୍ତି : ଦେଖି ଚହିଁ ଚଲାଅ ହେ!

ଦୟାଭାଇ ତା'ର ବଳଦମାନଙ୍କ ଉପରେ ଦୁଇ ଚାରି ଧାଡ଼ି ଗାଳି ବର୍ଷି ଦିଏ । କୁଆଡ଼େ କିଛି ସ୍ପଷ୍ଟ ଦିଶୁ ନଥାଏ। ଅନ୍ଦାଜରେ ଶଗଡ଼ ଚଲୁଥାଏ । ମଝିରେ ଶଗଡ଼ ଅଟକେ । ଦୟାଭାଇ ଶଗଡ଼ରୁ ଓହ୍ଲାଇ ଶଗଡ଼ ଚରିପଟେ ବୁଲିଆସେ । ଯେମିତି ସେ ପରୀକ୍ଷା କରି ଦେଖିବାକୁ ଚହେଁ, କିଛି ବୈଷୟିକ ତ୍ରୁଟି ନାହିଁ ତ? ଆମକୁ ଆଗପଛ ହୋଇ ବସିବାକୁ କହେ । ଚକ ଅଖ ପରୀକ୍ଷା କରେ ଲଣ୍ଠନ ନେଇ ।

କହେ : ଟିକେ ଟପାଳିଆ ହେଇଯାଇଥିଲା ।

ମୁଁ ପଚାରେ : ଟପାଳିଆ ମାନେ ?

ବଡ଼ଭାଇ ବୁଝାଏ : ଟପାଳିଆମାନେ ଆମେ ସମାନ ଭାବରେ ଦି'ପଟକୁ ବସିନେ। ତେଣୁ ଶଗଡ଼ଟା ଗୋଟେ ପଟକୁ ଟାଣୁଛି । ବଳଦଙ୍କୁ ଓଜନ ଲାଗୁଛି ।

ମୁଁ କହେ : ଆଚ୍ଛା !

ବାପା କିନ୍ତୁ ମନେ ପକାଉଥାନ୍ତି କ'ଣ କ'ଣ ଆସିଲା । କ'ଣ କ'ଣ ଛାଡ଼ି ଆସିଲେ। ସେ ହଠାତ୍ ଚମକିଲା ଭଳି ପଚାରନ୍ତି : ଆରେ ମୋର ଟର୍ଚ୍ଚଟା ଆଣିଚ ଟି ? ରଖ ଶଗଡ଼ । ଶଗଡ଼ ଅଟକି ଯାଏ ।

ବୋଉ କହେ : ଆସିଚି ! ଆସିଚି !

ବାପା କହନ୍ତି : ଘର ଚାବି କାହା ପାଖରେ ରହିଲା ?

ବୋଉ କହେ : ତମ ପାଖରେ !

ବାପା ଆପଣା ପଞ୍ଜାବୀ ପକେଟ ଅଣ୍ଡାଳନ୍ତି । ଚାବିକୁ ଖୋଜି ପାଆନ୍ତି । ଆଶ୍ୱସ୍ତ ହୁଅନ୍ତି । କହନ୍ତି : ଠିକ ଅଛି ! ଚାଲ !

ଅଟକି ଯାଇଥିବା ଶଗଡ଼ ଆଗାଏ ।

ଶଗଡ଼ ଆଗଉଥାଏ । ବଡ଼ଭାଇ ଯେ ଶଗଡ଼ର ଶେଷ ମୁଣ୍ଡରେ ବସିଥାଏ, ବାହାରର ଦୃଶ୍ୟ ଦେଖିବ ବୋଲି, କ'ଣ ଦେଖୁଥାଏ, ତାକୁ ଜଣା। କାରଣ ବାହାରେ ଥାଏ ଘନ ଅନ୍ଧାର। ଅନ୍ଧାର ଭିତରେ କୋଉଠି ହଜିଯାଇଥାଏ ଗାଁ ସବୁ। ରାସ୍ତାକଡ଼ର ଗଛମାନେ ଦିଶୁଥାନ୍ତି ଆହୁରି ଅନ୍ଧାରିଆ ଭୂତ ଭଳି । ଆକାଶରେ ତାରା ଭରା । ଫାଳିକିଆ ଜହ୍ନ ଉଇଁଥାଏ। ସେଇ ଆଲୁଅ ଯାହା ଅସ୍ପଷ୍ଟ ଭାବରେ ରାସ୍ତା ଚିହ୍ନଉଥାଏ ।

ଦୂରରେ କୋଉଠି ମିଞ୍ଜିମିଞ୍ଜି ହୋଇ ଦିଶେ ଆଲୁଅ ଟିକେ । ବଡ଼ଭାଇ ଗବେଷକ ଭଳି କିଛି ଗୋଟାଏ ଆବିଷ୍କାର କଲାଭଳି ମତେ ଅଧାନିଦରୁ ଉଠାଏ ।

କହେ : ଦେଖୁଚୁ ?

ମୁଁ ପଚାରେ : କ'ଣ ?

ସେ ଦୂରକୁ ଇସାରା କରେ। ଦୂରରେ ମିଞ୍ଜିମିଞ୍ଜି ଆଲୁଅର ବିନ୍ଦୁଟାଏ ଦିଶୁଥାଏ। କ୍ରମେ ସେ ବିନ୍ଦୁଟା ଚାଲିଲା ଭଳି ଦିଶେ।

ବଡ଼ଭାଇ କହେ : ଡାହାଣୀ ହୋଇପାରେ ?

ମୁଁ ଭୟରେ ଜଡ଼ସଡ଼ ହୋଇଯାଏ।

କଥାଟା ସମସ୍ତଙ୍କ କାନରେ ବାଜେ। ଶଗଡ଼ଟାର ଅଭ୍ୟନ୍ତର ଯେ ଛୋଟ ଜାଗାଟେ। ସମସ୍ତେ ଶୁଣିପାରିବା ସ୍ୱାଭାବିକ। ବୋଉ ଆକଟ କରେ : ବାହାରକୁ ଚାହଁନି। ଭିତରକୁ ଚାହଁ।

ଆମେ ଭିତରକୁ ଚାହୁଁ। ଭିତରଟା ବି ଅନ୍ଧାର । ସାନଭଉଣୀ ବୋଉ କୋଳରେ ମୁଣ୍ଡ ଦେଇ ଶୋଇପଡ଼ିଥାଏ। ସାନଭାଇ ଘୁମଉଥାଏ। ସବୁ ଅସ୍ପଷ୍ଟ ଓ ଅନୁମାନ ସାପେକ୍ଷ। ଶଗଡ଼ ଚାଲିବାର ଖଡ଼ଖାଡ଼ ଧଡ଼ଧାଡ଼ ଶବ୍ଦ ଛଡ଼ା ଆଉ କୋଉଠି କିଛି ନାହିଁ ଯେମିତି । ବଡ଼ଭାଇ ଆକଟର ଶିକାର ହେବାକୁ ନାରାଜ। ସେ ବାହାରକୁ, ଅଧା ଅଧା ଅନ୍ଧାରକୁ ଗବେଷଣାତ୍ମକ ଦୃଷ୍ଟିରେ ନିରେଖୁଥାଏ। ରାସ୍ତାରେ ଭୁକନ୍ତି କୁକୁର। ବଡ଼ ବିକଟାଳ ସ୍ୱରରେ। ବଳଦମାନେ ତରକନ୍ତି।

ବୋଉ ପଚାରେ : କ'ଣ ହେଲା । ବୋଉର ସ୍ୱରରେ ଭୟର ସୁସ୍ପଷ୍ଟ ଉଚ୍ଚାରଣ ।

ବାପା କହନ୍ତି : କିଛି ନୁହେଁ ! ସୋମେଶ୍ୱରପୁର ଗାଁ ହେଲା । ଗାଁ ମୁଣ୍ଡେ ଏମିତି ବଜାତ୍ କୁକୁର ଦି'ଚାରିଟା ଏମିତି ଭୁକିବେ।

ବୋଉ ତଥାପି ଆଶଙ୍କିତ। ପଚାରେ : କିଛି କରିବେନି ତ !

ବାପା ଆଶ୍ୱାସନା ଦିଅନ୍ତି : ଆମେ କଣ ଚୋର ଯେ ଡରିବା । ତମେ ଚୁପଚାପ ବସ ।

କୁକୁରମାନେ ନିଜନିଜ ସ୍ଥାନରେ ଠିଆହୋଇ ଚିତ୍କାର କରୁଥାଆନ୍ତି । ଯେମିତି କି ଆମେ ଚୋର ତସ୍କର ବା ହିଂସ୍ରଜନ୍ତୁ । କିମ୍ବା ସେମାନେ ନିଜ ଗ୍ରାମ ପ୍ରତି ନିଜର କର୍ତ୍ତବ୍ୟ ପାଳନ କରୁଛନ୍ତି । ବଳଦମାନେ ଟିକେ କ୍ଷିପ୍ର ହୁଅନ୍ତି । ଖୁବ ଅଭିଜ୍ଞ ଚାଳକ ଭଳି ଦୟାଭାଇ ବଳଦଙ୍କୁ ସାଉଁଳି ଦେଉଥାଏ । ସୋମେଶ୍ୱରପୁର ଗାଁ ଭିତରର ରାସ୍ତା ଅପେକ୍ଷାକୃତ ସମତଳ ଥାଏ । ତେଣୁ ଶଗଡ଼ ଧକଡ଼କଚଡ଼ ବେଶି ହେଉ ନ ଥାଏ । ଗାଁ ମୁଣ୍ଡରେ ଗୋଟାଏ ମନ୍ଦିର । ବୋଉ ସେ ମନ୍ଦିର ଆଡ଼କୁ ଚାହିଁ ପ୍ରଣାମ ଜଣାଏ । ଶୂନଶାନ ଗାଁ ଦାଣ୍ଡରେ ଆମ ଶଗଡ଼ ଆଗେଇଯାଏ । ଗାଁ ଦାଣ୍ଡରେ ଶଗଡ଼ ଯିବାର କେଁ କଟର ଶବ୍ଦରେ ଗାଁର ଜଣେ ଅଧେ ଲୋକ ଉଠିପଡ଼ନ୍ତି । ଝର୍କା ଖୋଲିଯାଏ । ଲଣ୍ଠନ ହାତରେ କେହି ଗ୍ରାମବାସୀ କବାଟ ଖୋଲି ଚାହାନ୍ତି । କିଟମିଟ୍ ଅନ୍ଧାର ଭିତରେ ସେମାନେ ନିରୀକ୍ଷଣ କରନ୍ତି । ଶଗଡ଼ଟା ସେମାନଙ୍କୁ ହାତୀଟାଏ ଗଲାଭଳି ଲାଗେ କି କ'ଣ ? ସେମାନେ ପଚାରନ୍ତି : କିଏ ହୋ !

ବାପା ଉତ୍ତର ଦିଅନ୍ତି : ହଁ! ହଁ! ଆମେ ହୋ !

ଅର୍ଥାତ ଆମେମାନେ ମଣିଷ । ଭୂତ କି ଅଶରୀରୀ ନୋହୁଁ ।

ସେମାନେ ଘର ଭିତରକୁ ଫେରିଯାଆନ୍ତି ।

ଗାଁ ଦାଣ୍ଡର ସମତଳ ରାସ୍ତା ଡେଇଁ ଗାଁ ମୁଣ୍ଡରେ ପହଂଚୁ ତ ଗୋଟାଏ ଖାଲରେ ପଡ଼େ ଶଗଡ଼ଟା । ଚକ ଗୋଟାଏ ପାଖକୁ ଦବିଯାଏ । ବଳଦଙ୍କ ବେକରୁ ଜୁଆଳି

ଉପରକୁ ଟେକି ହୋଇଯାଏ । ଆମେ ଟିକେ ଘୁମେଇ ପଡ଼ିଥାଉ। ହାଉଳି ଖାଇ ଉଠିବସୁ। ଦୟାଭାଇ କହେ : ହଁ।! ହାଁ ! ହାଁ !

ଦୟାଭାଇ ଶଗଡ଼ରୁ ତଳକୁ ଡେଇଁପଡ଼େ । ବଳଦମାନଙ୍କୁ ଅକ୍ତିଆରକୁ ଆଣେ । ଶଗଡ଼ ଦଣ୍ଡାକୁ ଚପିଧରି ଆୟତ୍ତକୁ ଆଣେ ।

ବୋଉ କହେ : ଏଇନା ପଡ଼ିଯାଇଥାଆନ୍ତେ!

ଦୟାଭାଇ ଆଶ୍ୱାସନା ଦିଏ, ଯେମିତି ସେ ହିଁ ଈଶ୍ୱର ଅବା ସଂସାରର ସବୁଠୁ ଅଭିଜ୍ଞ ଶଗଡ଼ିଆ। କହେ : କିଛି ହେବନି! ମୁଁ ଅଛି ପରା!

ବୋଉ ମତ ଦିଏ : ଏ ଗାଁବାଲା କେମିତି ଲୋକ କେଜାଣି? ଗାଁ ଦାଣ୍ଡଟା କେତେ ସୁନ୍ଦର କରିଛନ୍ତି । ଗାଁ ମୁଣ୍ଡରେ ଏତେବଡ଼ ଖାଲ । କେହି ଟିକେ ମାଟି ପକଉନାହାନ୍ତି ।

ବାବା ଦାର୍ଶନିକ ସୁଲଭ ମନ୍ତବ୍ୟ ହାଣନ୍ତି : ସବୁ ଗାଁର ହାଲତ ଏଇଆ। ଲୋକ ଚରିତ୍ର ବଦଳିଲା ନାହିଁ । ନିଜ ଘରଟାକୁ ସଜାଡ଼ି ରଖିବେ, କିନ୍ତୁ ଗାଁ ଦାଣ୍ଡକୁ ହାଣି ଦେଇଥିବେ। ମୁଁ ଆମ ଗାଁକୁ ଫେରିଗଲା ପରେ, ମୋର ପ୍ରଥମ କାମ ହେବ ଲୋକ ଚରିତ୍ରକୁ ବଦଳାଇବା!

ବାପା ଗାଁକୁ ଫେରିଗଲା ପରେ କୋଉ ଲୋକଚରିତ୍ର ବଦଳିଲା ବା ଉଲ୍ଟା ହେଲା ତାହା ଆଉ ଏକ ଗଳ୍ପର କାହାଣୀ ।

ଅକ୍ତିଆରକୁ ଆସିସାରିଥିବା ଶଗଡ଼ ପୁଣି ଆଗକୁ ଆଗାଏ । ଧୀରେ ଧୀରେ ଦୟାଭାଇ ତା'ର ବଳଦମାନଙ୍କ ପ୍ରତି ଦୟାବନ୍ତ ଲାଗେ । ଆଉ ଛାଟିଆ ମାରେ ନାହିଁ । ଶଗଡ଼ ଟିପେଇ ଟିପେଇ ଆଗକୁ ଯାଉଥାଏ । ଆମ ଶଗଡ଼ ବକୁଳବନ ଭିତରେ ପଶିବା କ୍ଷଣି ପରିବେଶ ଆହୁରି ଅନ୍ଧାରିଆ ହୋଇଯାଏ ।

ବାପା କହନ୍ତି : ଏଇ ବକୁଳବନ ହୋଇଗଲା । ଆମେ ପହଂଚିଗଲେ ଜାଣ!

ବଡ଼ଭାଇ ଚୁପ କରି କହେ : ତୁ ବକୁଳବନର ଡାକୁ ବହିଟା ପଢ଼ିଚୁ?

ମୁଁ ଡରିମରି କହେ : ଏଠି ଡାକୁ ଅଛନ୍ତି? ହେ ଭଗବାନ! ଆମେ କେମିତି ପାରି ହେବା ଏ ବନ?

ବାପାଙ୍କ କାନରେ କଥାଟା ପଡ଼େ ଯେମିତି ।

କହନ୍ତି : ବହିର ନାମଟା ବକୁଳବନର ଡାକୁ ନୁହେଁ! ବକୁଳବନର ସନ୍ଥ!

ବକୁଳବନ ଡେଇଁ ସାକ୍ଷୀଗୋପାଳ ଉପକଣ୍ଠରେ ଆମ ଶଗଡ଼ ଅଟକେ । ସେତେବେଳେ ଖରାଦିନ । ସାକ୍ଷୀଗୋପାଳ ମନ୍ଦିର ସାମ୍ନାରେ ରାସ ହେଉଥାଏ ।ବସନ୍ତ ରାସ। ଦୟାଭାଇ ଶଗଡ଼ ଅଟକାଏ । ବଳଦଙ୍କୁ ଖୋଲିଦିଏ । ପାଖ ନଡ଼ିଆ ଗଛରେ

ବାନ୍ଧେ । ଶଗଡ଼ରେ ସେ ରଖିଥାଏ କୁଟା କିଛି । ତାକୁ ବଳଦଙ୍କ ସାମ୍ନାରେ ପକେଇଦିଏ ।

ବଡ଼ଭାଇ ବୋଉ ଓ ସାନଭଉଣୀ ରାସ ଦେଖିବାକୁ ବାହାରି ଯାଆନ୍ତି । ଆମେ ସାନ ଦୁଇଭାଇ ଶଗଡ଼ରେ ଶୋଇଯାଉ । ରାତିଅଧରେ ବି ଗୋଟାଏ ଯୋଡ଼ାଏ ପାନଦୋକାନ ଖୋଲାଥାଏ । ରାସ ଆଗ୍ରହୀ ଦର୍ଶକଙ୍କୁ ପାନ ଯୋଗାଇବାର ଜାତୀୟ କର୍ତ୍ତବ୍ୟ ସମ୍ପାଦନ ଉଦ୍ଦେଶ୍ୟରେ । ବାପା ସେଠୁ ଗୋଟାଏ ପାନ କିଣି ଖାଆନ୍ତି ।

ପାହାନ୍ତି ପହରକୁ ରାସ ସରେ । ଆକାଶ ଫର୍ଚ୍ଚା ହୋଇ ଆସିଥାଏ । ବୋଉ, ବଡ଼ଭାଇ ଓ ସାନଭଉଣୀ ଫେରିଆସନ୍ତି ଶଗଡ଼କୁ । ଦୟାଭାଇ କୁଆଡ଼େ ହଜିଯାଇଥାଏ କେଜାଣି, ଫେରିଆସେ ତରତର ହୋଇ । ବଳଦ ଯୋଖା ହୁଏ ।

ବାପା କହନ୍ତି : ଏବେ ଷ୍ଟେସନକୁ ଚାଲ। ଆମର ଡେରି ହୋଇଯିବ। ଆମେ ନିଦ ମଳମଳ ଆଖିରେ ଏପଟ ସେପଟକୁ ଚାହୁଁଥାଉ।

ବାପା କହନ୍ତି : ରୁହ! ରୁହ! ପ୍ରଥମେ ଜିନିଷ ପତ୍ରର ହିସାବ ଦେଖିଦେବା । ବାପାଙ୍କର ଉପସ୍ଥାନ ନେବା ଆରମ୍ଭ ହୋଇଯାଏ ।

ରେଡ଼ିଓ ? ଅଛି ! ନଡ଼ିଆ ବସ୍ତା ? ଅଛି ! କଳାବ୍ୟାଗ ? ଅଛି ! ଛାଂଚୁଣୀ ବିଡ଼ା ? ଅଛି ! ଚମଡ଼ା ସୁଟକେଶ ? ଅଛି !

ତା'ପରେ ଯାତ୍ରୀମାନଙ୍କ ଉପସ୍ଥାନ ।

ରୁଲା ? ଅଛି ! ନିଲୁ ? ଅଛି ! ଫେଲୁ ? ହଁ ! ଲିଟିଲ୍ ? ହଁ ! ବୋଉ ? ବୋଉ ଏବେ କହେ: ହଁ ! ହଁ ! ହଁ !

ବାପା ଦୟାଭାଇଙ୍କୁ ନିର୍ଦ୍ଦେଶ ଦିଅନ୍ତି : ଏଥର ଚାଲ !

ଆମେ ସାକ୍ଷୀଗୋପାଳ ରେଳଷ୍ଟେସନରେ ପହଂଚିଲା ବେଳକୁ ସକାଳ ହୋଇସାରିଥାଏ । ଆମେ ଶଗଡ଼ରୁ ଓହ୍ଲାଇଲା ପରେ ପୁଣି ଥରେ ଉପସ୍ଥାନ ନିଆଯାଏ । ଦୟାଭାଇଙ୍କ ପଇସା ତୁଟାଇ ବାପା ତାଙ୍କୁ ବିଦାୟ ଦିଅନ୍ତି । କୁହନ୍ତି : ଫେରିବା ଦିନ ଧାର୍ଯ୍ୟ କରି ମୁଁ ଚିଠି ଦେବି । ଆସିବ । ଆମେ ଦୟାଭାଇ, ବଳଦ ଦୁଇ ଓ ଶଗଡ଼କୁ ଏ ଲୋମହର୍ଷକ ଯାତ୍ରା ପାଇଁ ଧନ୍ୟବାଦ ସୂଚକ ହାତ ହଲାଇ ବିଦାୟ ଦେଉ ।

ନିଜନିଜ ଦାୟିତ୍ୱରେ ଥିବା ଜିନିଷ ବୋହି ଆମେ ପ୍ଲାଟଫର୍ମରେ ପଶୁ । ଷ୍ଟେସନ୍‌ର ସିମେଂଟ ବେଂଚରେ ବସୁ । ବସୁ ବସୁ ଶୋଇଯାଉ । ରାତିସାରା ଅଧା ନିଦ । ଶଗଡ଼ ବାଡ଼ରେ ମାଡ଼ ହୋଇ ମୁଣ୍ଡରେ ଠାଏ ଠାଏ ଫୁଲି ଯାଇଥାଏ । ଦେହହାତ ଦରଜ । ନିଦ ଆମକୁ ଘାରି ପକାଉଥାଏ ।

ବାପା କିନ୍ତୁ ଅବିଚଳିତ ଓ ଉତ୍ସାହିତ ଦିଶୁଥାଆନ୍ତି । କାରଣ ସେ ଗାଁକୁ ଯାଉଛନ୍ତି ।

ତାଙ୍କ ଗାଁ । ଯୋଉ ଗାଁକୁ ସେ ଭଲପାଆନ୍ତି ଓ ଗାଁରେ କିଛି କରିବାର ସ୍ୱପ୍ନ ଦେଖୁଥାଆନ୍ତି । ବାପା ଷ୍ଟେସନ ଭିତରୁ ବୁଲିଆସି ଖବର ଦିଅନ୍ତି ଯେ : ଟ୍ରେନ୍ ଏବେ ଏବେ ଆସିବ । ପ୍ରସ୍ତୁତ ହୁଅ ।

ଟଳମଟଳ ପାଦରେ ଆମେ ଠିଆ ହେଉ । ଆଖି ମଳମଳ କରି ଦେଖୁ ଟ୍ରେନ୍ କେତେବେଳେ ଆସିବ । ବଡ଼ଭାଇ ମତେ ଧୀରେ କହେ: ତୋ ପାଖରେ ପଇସା ଅଛି ?

ମୁଁ ପଚାରେ : କାହିଁକି ?

ସେ କହେ : ଗୋଟାଏ ପଇସା ଟ୍ରେନ୍ ଲାଇନ୍ ଉପରେ ପକାଇବା !

ମୁଁ ପଚାରେ : କ'ଣ ହେବ ?

ସେ କହେ : ପଇସାଟା ଚେପି ହୋଇ ଲମ୍ବା ହୋଇଯିବ !

ମୁଁ ପକେଟରୁ ଗୋଟାଏ ପାଂଚପଇସା ମୁଦ୍ରା ବାହାର କରେ, ଯୋଉଟା ମୁଁ ବଡ଼ ସନ୍ତର୍ପଣରେ ବାପାଙ୍କ ମନିବ୍ୟାଗରୁ ଚୋରି କରି ରଖିଥାଏ । ଏ କଥା ଅବଶ୍ୟ ସତ ଯେ ବାପାଙ୍କ ମନିବ୍ୟାଗରୁ ପଇସା ଚୋରି ହେଲେ ସନ୍ଦେହଟା ପ୍ରଥବେ ବଡ଼ଭାଇ ଉପରକୁ ଆସେ । ମୁଁ ନିରାପଦରେ ଖସିଯାଇଥାଏ । ବଡ଼ଭାଇ ଆଉ ମୁଁ ଟ୍ରେନ୍ ଲାଇନ୍ ପାଖକୁ ଆସୁ ।

ବୋଉ ଆମକୁ କଟମଟ ଆଖିରେ ଚାହେଁ । ତାଗିଦ କରେ : ହେଃ ! ହେଃ ! ସେଠିକି ଯାଆନାରେ। ଟ୍ରେନ୍ ଆସିଯିବ ! ଟ୍ରେନ୍ ଟାଣିନେବ ।

ଆମେ କିନ୍ତୁ ଦୁଃସାହସିକ କାର୍ଯ୍ୟ କରିବାର ଉତ୍ସାହରେ ଅମାନିଆ ହୋଇଯାଇଥାଉ । ତା'ଛଡ଼ା ଆମେ ଜାଣିଥାଉ ଯେ ଏ ଖରା ଛୁଟି, ଗାଁରେ ଦିନକାଟିବା ସବୁ ଆମକୁ ଅମାପ ସ୍ୱାଧୀନତା ଆଣିଦେବ । ଆଜି ଦିନ ତାହାର ଆରମ୍ଭ ।

ବଡ଼ଭାଇ ଖୁବ ସତର୍କତାର ସହିତ ଟ୍ରେନ୍ ଲାଇନ ଉପରେ ପାଂଚ ପଇସିଟା ରଖେ । ଅବଶ୍ୟ ପ୍ଲାଟଫର୍ମରୁ ଟିକିଏ ଦୂରକୁ ଯାଇ ଏ କାମ ଆମେ କରୁ, ଯୋଉଠି ଟ୍ରେନ ଲାଇନ ପାଖକୁ ଯାଇହେବ ।

ବୋଉ ଚିତ୍କାର କରି ଆମକୁ ଡକା ପାରୁଥାଏ ।

ବାପା ଆମକୁ ଖୋଜିବାକୁ ତାଗିଦ କରିବାକୁ ଆସିଯାଆନ୍ତି । ଆମେ ପୁଣି ବୋଉ ଓ ଜିନିଷପତ୍ର ପାଖକୁ ଫେରିଆସୁ ।

ବଡ଼ଭାଇ କହେ : ଦେଖିବୁ କେମିତି ହେବ ?

ମୁଁ କଳ୍ପନା କରେ । ଟ୍ରେନ୍ ଲାଇନ୍ ଉପରେ ଲୁହାର ବଡ଼ ବଡ଼ ଚକ ଗଡ଼ିଯାଉଥିବାର ଦୃଶ୍ୟ ଦେଖେ । ତା' ତଳେ ପାଂଚପଇସିଟା ଚେପି ହୋଇ ଲମ୍ବା ହୋଇଯାଉଥାଏ । ବିକୃତ ଓ କିମ୍ଭୁତକିମାକାର ହୋଇଯାଇଥାଏ । ସେଟାକୁ ଆଣି

ଆମେ ସାଙ୍ଗମାନଙ୍କୁ ଦେଖାଇବୁ । ଖୁବ୍ ମଜା ନେବୁ । କହିବୁ ଏ ପଇସାଟା ଆମେରିକାରେ ଚଳେ । ଏତିକିବେଳେ ଟ୍ରେନ୍ ଆସେ ।

ଆମେ ଜଣକ ପରେ ଜଣେ ନିଜନିଜ ଜିନିଷ ଧରି ଟ୍ରେନ୍‌ରେ ଉଠୁ । ଝରକା ପାଖ ସିଟ୍ ପାଇଁ ପ୍ରତିଦ୍ୱନ୍ଦିତା ହୁଏ । ବଡ଼ଭାଇ ଜିତେ ଓ ଝର୍କା ପାଖ ସିଟ୍ ଅକ୍ତିଆର କରିନିଏ । ମୁଁ ତା' ସହ ସାଲିସ୍ କରି ତା' ପାଖରେ ବସେ ଓ ସାମାନ୍ୟ ଦୂରରୁ ଝର୍କା ବାଟେ ଯାହା ଯେତିକି ଦୃଶ୍ୟ ଦେଖାଯିବ, ସେତିକି ମୋର ପ୍ରାପ୍ୟ ବୋଲି ବିଚାରି ନିଏ ।

ବାପା ପୁଣିଥରେ ଆମର ଉପସ୍ଥାନ ନିଅନ୍ତି । ମୁଁ ଜାଣେ ଏ ଉପସ୍ଥାନ ନେବା କାର୍ଯ୍ୟ ଏମିତି ଚାଲିବ । ଆମେ ଗାଁରେ ପହଂଚିବା ପର୍ଯ୍ୟନ୍ତ, ଉପସ୍ଥାନ ନିଆଯାଉଥିବ । ଗାଁରେ ପହଂଚିଗଲା ପରେ ସମସ୍ତେ ସ୍ୱାଧୀନ । ବାପା ତାଙ୍କ ଯୋଜନାରେ ବୁଡ଼ି ରହିବେ । ଆମକୁ ଜମା ଖୋଜିବେନି ବା ତାଗିଦ କରିବେନି । ଉପସ୍ଥାନ ପୁଣି ନିଆଯିବ ଫେରନ୍ତି ଯାତ୍ରାରେ ।

ଟ୍ରେନ୍ ଚାଲିବାକୁ ଆରମ୍ଭ କରିଥିଲା ।

ମୁଁ ହଠାତ୍ ଚମକିପଡ଼ି ବ୍ୟାକୁଳ ସ୍ୱରରେ ପଚାରିଲି : ଆମ ପାଂଚ ପଇସିଟା ?

ବଡ଼ଭାଇ ଆଶ୍ୱାସନା ଦେଲା : ଲମ୍ବା ହୋଇଯାଇଥିବ ! ଚିକଟାଳ ଦିଶୁଥିବ ।

ମୁଁ ଆହୁରି ବ୍ୟାକୁଳ : ତାକୁ ନେବ କିଏ ?

ବଡ଼ଭାଇ ଅସହାୟ ଦିଶିଲା । ମୋର ପ୍ରାୟ କାନ୍ଦକାନ୍ଦ ଅବସ୍ଥା । ସେ ଲମ୍ବା, ବିକୃତ ଦର୍ଶନ ପାଂଚ ପଇସିଟା ଆମେ ପାଇବୁନି । ତାକୁ ପାଇଯିବ ଆଉ କେହି ଭାଗ୍ୟବାନ ପିଲା । ସେ ପାଂଚପଇସିଟା ଦେଖାଇ ସାଙ୍ଗମାନଙ୍କୁ ଚମତ୍କୃତ କରିବି ବୋଲି ମୋର ଯେ ଯୋଜନା ଥିଲା, ତାହା ବ୍ୟର୍ଥ ହୋଇଯିବ । ମୋର ଯେ ପାଂଚ ପଇସାର କ୍ଷତି । ଲାଭ କିଛି ହେଲା ନାହିଁ । ମୁଁ ରାଗରେ ବଡ଼ଭାଇକୁ ଆକ୍ରମଣ କରବାକୁ ଇଚ୍ଛା କଲି । ମାତ୍ର ତାହା କଲି ନାହିଁ । ଯେତେହେଲେ ସେ ବଡ଼ଭାଇ ।

ଟ୍ରେନ୍‌ର ଝର୍କାବାଟେ ଶୀତଳ ପବନ ଆସୁଥିଲା । ରାତିରେ ଭଲ ନିଦ ହୋଇ ନାହିଁ । ଆମେ ଢୁଳେଇବାକୁ ଆରମ୍ଭ କଲୁ ।

■

ଖେଳସାଥୀ

ସ୍କୁଲରୁ ଫେରି ଆମେମାନେ ସେ ଖେଳରେ ମାତିଯାଉଥିଲୁ, ସେ ସବୁ ଖେଳର ସେପରି କିଛି ନିର୍ଦ୍ଦିଷ୍ଟ ସ୍ୱରୂପ ନ ଥିଲା କିମ୍ବା କୌଣସି ଯୋଜନା ହିଁ ନଥିଲା । ଆମେ ଏକାଠି ହେଉଥିଲୁ ତ ଖେଳ ଆରମ୍ଭ ହୋଇଯାଉଥିଲା ବିଭିନ୍ନ ପ୍ରକାରେ । ତଥାପି ଦିନେ ବୁଝିପାରିଥିଲି ଯେ ସଂଧ୍ୟାରେ ଆମେ ଗୋଟେ ଅଜବ ଖେଳରେ ମାତି ଉଠିଛୁ । ଯାହାକୁ ଠିକ୍ ଅର୍ଥରେ ଖେଳ ବୋଲି କୁହାଯାଇପାରେନା । କିନ୍ତୁ ମଜାଦାର ଥିଲା ନିଶ୍ଚୟ । କାରଣ ଆମେ ଖୁବ ଆକର୍ଷଣ ଅନୁଭବ କରୁଥିଲୁ ସେ ପାଇଁ । ଖେଳର ନାମ ଥିଲା ଅନ୍ୟକୁ ଚିଡ଼େଇବା ।

ଆମ ଘରଠୁ ଅଳ୍ପ ଦୂରରେ ଥିଲା ଗୋଟେ ଧାନମିଲ୍ । ଗ୍ରାମର ଜଣେ ସମ୍ପନ୍ନ ଭଦ୍ରଲୋକ ମାଧବ ଜେନା ସ୍ଥାପନ କରିଥିଲେ ଧାନମିଲ୍‌ଟି । ତେବେ ତାଙ୍କ ମିଲ୍‌ର କଳକବଜା ଅଜଣା କାରଣରୁ ଖରାପ ହେଉଥିଲା । ତେଣୁ ସପ୍ତାହର ଅଧେଦିନ ମିଲ୍ ବନ୍ଦ ରହୁଥିଲା । ଲୋକମାନେ ଶଗଡ଼ରେ ଧାନବସ୍ତା ଲଦି ମିଲ୍ ସାମ୍ନାରେ ଅପେକ୍ଷା କରୁଥିଲେ । ସେମାନେ ହୁଏତ ଆଶା କରିନଥିଲେ ଯେ ମିଲ୍‌ଟି ବନ୍ଦ ରହିଛି ବୋଲି । କଳକବଜା ସଜାଡ଼ିବାକୁ କର୍ମଚାରୀମାନେ ଲାଗିପଡୁଥିଲେ ଓ ଲୋକମାନଙ୍କୁ ଅପେକ୍ଷା କରିବାକୁ କହୁଥିଲେ । ଲୋକମାନେ ଅପେକ୍ଷା କରି କରି ବିରକ୍ତ ହେଉଥିଲେ ଓ ବିରକ୍ତିର ସହିତ ଶଗଡ଼ରେ ଯୋଚୁଥିଲେ ବଳଦ । ଫେରିଯାଉଥିଲେ ।

ମାଧବ ଜେନାଙ୍କ ବ୍ୟବସାୟ ମାନ୍ଦା ଧରୁଥିଲା । ଏହିଭଳି ଏକ ସମୟରେ ସେ ଖୋଜି ପାଇଥିଲେ ଜଣେ ବଙ୍ଗାଳୀ ଲୋକକୁ । ଯାହା ମିଲ୍ ଚଲାଇବାରେ ବା ଅସଜ ମିଲ୍‌କୁ ସଜାଡ଼ିବାରେ ଦକ୍ଷତା ଥିଲା । ଲୋକମାନେ କହୁଥିଲେ ମାଧବ ଜେନାଙ୍କ ମିଲ୍‌ଟା

ଗୋଟାଏ ପୁରୁଣା ରଦ୍ଦିମାଲ । ତାକୁ କୋଉଠୁ ଶସ୍ତାରେ ନେଇ ଆସିଥିଲେ ଜେନାଏଁ । ଆଉ କିଛି ଲୋକଙ୍କ ମତରେ ପୁରୁଣା ଯନ୍ତ୍ରପାତି ସଜାଡ଼ିବାରେ ମାଧବ ଜେନା ଯେତିକି ଟଙ୍କା ଖର୍ଚ୍ଚ କଲେଣି, ସେତିକିରେ ନୂଆ ମିଲ୍‌ଟାଏ ହୋଇଯାଇଥାଆନ୍ତା । ଆଉ କିଛି ଲୋକ ଯେଉଁ ମନ୍ତବ୍ୟ ଦେଉଥିଲେ, ତାହା ପ୍ରକୃତ ପକ୍ଷେ ଉତ୍ସାହ ଜନକ । ସେମାନଙ୍କ ମତରେ ମାଧବ ଜେନାଙ୍କ ପୁରୁଣା ଓ ବାରମ୍ବାର ଅସଜ ହେଉଥିବା ମିଲ୍‌ଟି ପ୍ରକୃତରେ ଭଲ ମିଲ୍‌ଟାଏ । ଧାନ ଭଲ ଚୁରେ । ଚାଉଳ ବେଶି ଭାଙ୍ଗିଯାଏନା । ସେଥିପାଇଁ ସେଠି ଭିଡ଼ ଜମେ । ମିଲ୍ ଖରାପ ହୋଇଛି ଶୁଣିଲା ପରେ, ଫେରିଯାଉଥିବା ଲୋକମାନେ ଦୁଃଖିତ ଦିଶନ୍ତି । କେତେଜଣ ଅପେକ୍ଷା କରି ବସନ୍ତି ଦିନେ, ଦୁଇ ଦିନ ।

ବଙ୍ଗାଳୀଲୋକ ମିଲ୍‌ରେ ଯୋଗଦେବା ପରେ ମିଲ୍ ଠିକ ଚାଲିଲା । କିନ୍ତୁ କିଛିଦିନ ପରେ ମିଲ୍ ବନ୍ଦ ରହିଲା । କାରଣ ମିଲ୍‌ର ଭାଙ୍ଗିଯାଇଥିବା କବଜା ସ୍ଥାନୀୟ ଅଂଚଳରେ ମିଳୁନଥିଲା । ଲୋକ କହୁଥିଲେ ମିଲ୍‌ଟା ପୁରୁଣା କମ୍ପାନୀର । ତା'ର କବ୍‌ଜା ଥରେ ଭାଙ୍ଗିଗଲେ ଯାଇ ମିଳିବ କଲିକତାରୁ । କଲିକତା ଖୁବ୍ ଦୂରବାଟ। ଅବଶ୍ୟ ଗ୍ରାମର ବହୁ ଲୋକ କଲିକତାର ଝୋଟକଳ, ଲୁହା ଢଳେଇ କାରଖାନାରେ କାମ କରିବାର ଅଭିଜ୍ଞତା ଅର୍ଜନ କରିଥିଲେ । ସେମାନେ କଲିକତାରେ ଶ୍ରମିକ ଥିଲେ ହେଁ, ଗ୍ରାମରେ ବିଦେଶ ଫେରନ୍ତା ବ୍ୟକ୍ତି ଭାବରେ ସମ୍ମାନ ପାଉଥିଲେ । ଗ୍ରାମରେ ଯେଉଁ କେତେଦିନ ରହୁଥିଲେ, ସେମାନଙ୍କ ଚାଲିଚଳଣରେ କଲିକତିଆ ଷ୍ଟାଇଲ୍ ପରିଲକ୍ଷିତ ହେଉଥିଲା । କଲିକତାକୁ ଏମିତି ଯାଆ ଆସ ଚାଲିଥାଏ ଓ ସେଇମାନଙ୍କ ମାଧ୍ୟମରେ ମାଧବ ଜେନାଙ୍କ ଭଙ୍ଗା କବ୍‌ଜା କଲିକତା ଯାଏ । ଯିଏ ଗାଁକୁ ଫେରିବାର ଥାଏ, ତା' ମାଧ୍ୟମରେ ଫେରେ । ମିଲ୍ ବନ୍ଦ ରହିଲା ଓ ବଙ୍ଗାଳୀଲୋକ ଚାଲିଯିବାକୁ ବସିଲା, ମାଧବ ଜେନା ତାକୁ ଛାଡ଼ିବାକୁ ପ୍ରସ୍ତୁତ ହେଲେ ନାହିଁ । କହିଲେ, ଯିବ କୁଆଡ଼େ; ଦରମାପତ୍ର ଠିକ୍ ମିଳିବ, ଏଇଠାରେ ରୁହ !

ବଙ୍ଗାଳୀ ଲୋକ କହିଲା : ଏଠି ତ ମୋର କିଛି କାମ ନାହିଁ ।

ମାଧବ ଜେନା କହିଲେ : ମୋ ମିଲ୍‌କୁ ଚଲାଇବାକୁ ତୁମଠୁ ଭଲ ମିସ୍ତ୍ରୀ କୋଉଠୁ ମିଳିବ !

ପ୍ରଶଂସା ଶୁଣି ବଙ୍ଗାଳୀ ଖୁସୀ ହେଲା । ମିଲ୍ ବାରଣ୍ଡାରେ ଖଟିଆ ପକେଇ ଶୋଇଲା । କଲିକତାରୁ କଳର ପାର୍ଟସ ଆସିଲେ ମିଲ୍ ଚାଲୁହେବ । ମାଧବ ଜେନା ବି ଆଶ୍ୱସ୍ତ ହେଲେ । କାରଣ ସେ ମିଲ୍‌ଟା କଲିକତାମିଲ୍ । ତାକୁ ଜଣେ ବଙ୍ଗାଳୀ ହିଁ ଠିକ୍ ଚଲେଇପାରିବ । ସେ ମଧ୍ୟ ହିସାବ କରି ଦେଖିଥିଲେ ଯେ ବଙ୍ଗାଳୀ ମିସ୍ତ୍ରୀ ଆସିବା ପରେ ହିଁ ମିଲ୍ ଯାହା କିଛି ଲାଭ କରିଛି । ତେଣୁ କିଛିଦିନ ଅପେକ୍ଷା କରାଯାଉ ।

ସେଇ ଯେ ଧାନକଳ ଘରର ବାରଣ୍ଡାରେ ଖଟିଆ ପକେଇ ଶୋଇଥାଏ ବଙ୍ଗାଳୀ ଲୋକଟା, ସେ ଆମ ଚିଡ଼େଇବା ଖେଳର ଶିକାର ହୋଇଯାଏ ସଂଧ୍ୟା ବେଳଟାରେ । ବଙ୍ଗାଳୀ ଲୋକଟା ଓଡ଼ିଆ ଲୋକଙ୍କ ସହିତ ମିଶିପାରେନା ଭଲ କରି । ତା'ର ବି କିଛି କାମ ନ ଥାଏ । କେହି ଲୋକ ମଧ୍ୟ ତା' ସହିତ ଗପସପ କରିବାକୁ ଆସନ୍ତିନି । ସେ ଏକାଏକା ଜୀବନ କଟଉଥାଏ । ମିଲ୍ ବାରଣ୍ଡାରେ ବସିଥାଏ । ଆମେ ତାକୁ ଚିଡ଼େଇବା ପାଇଁ ସେଠି ସଦଳବଳ ହାଜର ହୋଇଯାଉ ।

କୋଉ ସୂତ୍ରରୁ ଏ ଚାଂଚଲ୍ୟକର ଗୁପ୍ତ ତଥ୍ୟ ହାସଲ ହୋଇଥିଲା, ଜଣା ନାହିଁ । କିନ୍ତୁ ଏତିକି ତଥ୍ୟ ଥିଲା ଯେ, ଲୋକଟାକୁ 'ବୋମା' କହିଲେ ସେ ବିଗିଡ଼ିଯାଏ । ଆମେ ସଂଧ୍ୟାବେଳେ ସେଠି ପହଂଚିଯାଉ ଓ ତାକୁ ଲକ୍ଷ୍ୟ କରି 'ବୋମା', 'ବୋମା' ବୋଲି କହୁ । ଆମ ଗାଁରେ 'ବୋମା'ର ଅପଭ୍ରଂଶ ନାମ ଥିଲା 'ବମ୍ବା' । ଆମେ ତାକୁ ଲକ୍ଷ୍ୟକରି ଶବ୍ଦର ବୋମା ଫୋପାଡୁ, 'ବମ୍ବା ଫୁଟିଲା ଢୋ, ଢୋ' । ଏଥର ଆରମ୍ଭ ହୋଇଯାଏ ବଙ୍ଗାଳୀର ନାଟକ । ସେ ଆମକୁ ଗାଳିଫଜିତ କରେ । ଅବଶ୍ୟ ତା' ଭାଷାରେ । ଆମେ ତାହା ବୁଝିପାରୁନା । ସେ ଆମକୁ ମାରି ଗୋଡ଼ାଏ । ହାତ ଉପରକୁ ଟେକି ଧାଇଁ ଆସେ ଆମ ଆଡ଼କୁ । ଆମେ ଛତ୍ରଭଙ୍ଗ ଦେଇ କିଛି ଦୂରକୁ ଚାଲିଯାଉ । ସେ ଫେରେ ତା'ର ଖଟିଆ ପାଖକୁ । ଆମେ ପୁଣି ଫେରିଆସୁ । ପୁଣି ଆରମ୍ଭ ହୁଏ ଚିଟିକାର । 'ବମ୍ବା ପଡ଼ିଲା ଭୁସ୍' । ସେ ବାଡ଼ି ଉଂଚାଏ । ଆମକୁ ଲକ୍ଷ୍ୟକରି ଛୋଟ ଛୋଟ ଟେକା ପଥର, ଗୋଡ଼ି ଫୋପାଡ଼େ । ଆମେ ଦୂରକୁ ଚାଲିଯାଉଥାଉ । ପୁଣି ଫେରି ଆସୁ । ଦୌଡ଼ା ଦୌଡ଼ି ଚାଲିଥାଏ । ଏଇ ମଜାଦାର ଖେଳ ସଂଧ୍ୟା ରାତି ହେବା ପର୍ଯ୍ୟନ୍ତ ଚାଲେ । ଅନ୍ଧାର ବେଶି ହେଲେ ଆମର ଖେଳ ସରେ ଓ ଆମେ ଘରକୁ ଫେରି ଆସୁ ।

ସ୍କୁଲରେ ଥିବାଯାଏ, ଆମର ଅପେକ୍ଷା ଥାଏ, କେତେବେଳେ ସ୍କୁଲର ପାଠପଢ଼ା ସରିବ । ସ୍କୁଲ ଛୁଟି ହେବ । ଆମେ ଘରକୁ ଫେରିବୁ । ଘରେ ଫିଙ୍ଗିଦେବୁ ବହିବସ୍ତାନି । କ'ଣ ଯୋଡ଼ାଏ ପାଟିରେ ପକେଇ ଦେବୁ । ବେଶି ଡେରି ହେଲେ ଘରୁ ମୁଢ଼ି କି ଚୂଡ଼ାଭଜା ଅଂଟିରେ ବାନ୍ଧି ପଳେଇ ଆସିବୁ । ଆସି ପହଂଚିବୁ ମାଧବ ଜେନାଙ୍କ କଳଘର ସାମ୍ନାରେ । ବଙ୍ଗାଳୀ ବାବୁକୁ ଚିଡ଼େଇବା କାମରେ ମାତିଯିବୁ ।

ଭାସ୍କର କୋଉଠୁ ଖବର ପାଇଥିଲା କେଜାଣି, ସ୍କୁଲରେ ହିଁ ଆମକୁ ଶୁଣାଇଲା କଥାଟି । କହିଲା: ମାଧବ ଜେନାଙ୍କ ଧାନକଳ ହୁଏତ ବନ୍ଦ ହୋଇଯାଇପାରେ !

ଆମେ ପଚାରିଲୁ : କାହିଁକି ?

: ପାର୍ଟସ ମିଳୁନି !

: କଲିକତାରୁ ଆସିବା କଥା ପରା !

: ସାରା କଲିକତା ଖୋଜା ସରିଲାଣି । କିନ୍ତୁ ମିଳୁନି !

: କାହିଁକି ମିଳିବନି ! କଲିକତାରୁ ଦୋକାନ ବଜାର କ'ଣ ଉଠିଗଲା କି ?

ଆମେ ସେ ପର୍ଯ୍ୟନ୍ତ କଲିକତା ଦେଖିବାର ସୌଭାଗ୍ୟ ଅର୍ଜିନାହୁଁ । କଲିକତା ବିଷୟରେ ଢେର କଥା ଶୁଣିଛୁ । ଖୁବ୍ ବଡ଼ ସହର । ବହୁତ ଲୋକବାକ । ଟିକିଏ ଅସାବଧାନ ହୋଇଗଲେ ହଜିଯିବ ଯେ, ଆଉ ଫେରିପାରିବ ନାହିଁ । କଲିକତା ଫେରନ୍ତା ଲୋକମାନେ ବଢ଼ିଆ ଚିକ୍କଣ କାଗଜରେ ଛପା ଚିତ୍ରିତ କ୍ୟାଲେଣ୍ଡର ଆଣି ଘରେ ଟାଙ୍ଗନ୍ତି । ସେଇ କ୍ୟାଲେଣ୍ଡର ଉପରେ ମୋର ଭାରି ଲୋଭଥାଏ । ମୁଁ ମନେ ମନେ ଭାବିଥାଏ ଯେ, କେବେ ଦିନେ କଲିକତା ଯିବି ଓ ଚିକ୍କଣ କାଗଜରେ ଛପା ଚିତ୍ରିତ କ୍ୟାଲେଣ୍ଡର ଆଣିବି । ଘର ଟାଙ୍ଗିବି ।

ଭାସ୍କର ଶୁଣାଇଲା : କମ୍ପାନୀ ବନ୍ଦ ହୋଇଗଲାଣି । ଏଇଟା ପୁରୁଣା ମାଲ । ପୁରୁଣା ଯନ୍ତ୍ରପାତି ।

ସେଦିନ ଆମେ ମାଧବ ଜେନାଙ୍କ କଳଘର ପାଖକୁ ଅପରାହ୍ଣରେ ପହଂଚିଥିଲୁ । କିନ୍ତୁ ବାହାରେ ବଙ୍ଗାଳୀବାବୁ ଖଟିଆ ପକେଇ ଶୋଇ ନ ଥିଲା । କଳଘରର କବାଟ ଖୋଲାଥିଲା ଓ ବଙ୍ଗାଳୀ କଳର ଯନ୍ତ୍ରପାତି ଖୋଲି ବସିଥିଲା । ସେ ଖୁବ ଝାଳନାଳ ହୋଇ କାମରେ ଲାଗିଯାଇଥିଲା । ତାକୁ ଗୋଟାଏ ଲୋକ କାମରେ ସାହାଯ୍ୟ କରୁଥିଲା ।

ଆମେ ଖୁବ୍ ହତାଶ ଦିଶିଲୁ । ଏତିକିବେଳେ ସେ ବାହାରେ ଖଟିଆ ଉପରେ ଶୋଇଥିବା କଥା । ଆମେ ତାକୁ ଚିଡ଼େଇବା କଥା । ସେ ଆମକୁ ଗାଳି କରିବା କଥା ଓ ଆମକୁ ଟେକା ପଥର ଫୋପାଡ଼ି ଆମ ଆଡ଼କୁ ମାଡ଼ି ଆସିବା କଥା । ମାତ୍ର ସେପରି କିଛି ହେଲାନାହିଁ ।

ଆମେ କଳଘର ଭିତରକୁ ପଶିବାକୁ ସାହସ କରିପାରି ନ ଥିଲୁ ।

ବାହାରେ ଠିଆ ହୋଇ ଚିତ୍କାର କରିଥିଲୁ : ବୋମା ପଡ଼ିଲା ଢୋ ! ଢୋ !

ବଙ୍ଗାଳୀବାବୁର କୌଣସି ପ୍ରତିକ୍ରିୟା ନ ଥିଲା । ସେ କଳକବଜା ସଜାଡ଼ିବାରେ ଲାଗିଥିଲା । ସେ ବାହାରକୁ ଆସିଲା ନାହିଁ ବା ଗାଳିଗୁଲଜ କଲାନାହିଁ ।

ଆମେ ନିରାଶ ହୋଇ ଫେରିଆସିଲୁ । ସେଦିନର ସଂଧ୍ୟାଟି ଖୁବ୍ ଉଦାସ ଓ ନିସ୍ତରଙ୍ଗ ଥିଲା । ଆମେ ସଂଧ୍ୟା ପରେ ଘରକୁ ଫେରିଲୁ, କିନ୍ତୁ ମନ ଭାଙ୍ଗିଯାଇଥିଲା ।

ପରଦିନ ସ୍କୁଲରେ ଭାସ୍କର ଜଣାଇଲା ଯେ, ବଙ୍ଗାଳୀବାବୁ କହୁଚି, ସେ କଳଟାକୁ ସଜ କରିଦେବ ।

ଆମେ ପଚାରିଲୁ : ପାର୍ଟସ ପରା ମିଳୁନାହିଁ! ସଜ କରିଦେବ କେମିତି ?

ଭାସ୍କର ଶୁଣାଇଲା : ପାର୍ଟସ ମିଳୁନାହିଁ ତ! ସେଥିପାଇଁ ବଙ୍ଗାଳୀବାବୁ କମାରଶାଳରେ ବସି କ'ଣ ସବୁ ତିଆରି କରିଚି, କହୁଚି ଯୋଡ଼ାଯୋଡ଼ି କରି କାମ ଚଳେଇ ଦେବ!

: ସତରେ ସେ ପାରିବ ?

: କହୁଚି ତ କରିଦେବ ବୋଲି । କାଲିଠୁ ସେମାନେ କାମରେ ଲାଗିଛନ୍ତି ।

ଏଇ ପ୍ରସଙ୍ଗକୁ ନେଇ ଆମ ସାଙ୍ଗମାନଙ୍କ ଭିତରେ ଦି'ଟା ମେଳି ହୋଇଗଲା । ଗୋଟାଏ ଦଳ କହିଲେ : ବଙ୍ଗାଳୀବାବୁ କେବେ ବି ଧାନକଳକୁ ସଜକରି ଦେଇପାରିବ ନାହିଁ । ଆଉ ଗୋଟିଏ ଦଳ କହିଲେ : ନିଶ୍ଚୟ କରିଦେବ! ଲାଗିଚି! ଖୁବ୍ ମନପ୍ରାଣ ଦେଇ ଲାଗିଚି! ଜିଦ୍‌ବାଦ ବି ପଡ଼ିଗଲା ।

: ଦେଖିବା କେମିତି ସଜ କରିଦେବ । ଭାରି ସଜ କଲାବାଲା!

: ଦେଖିବ! ସଜ କରିଦେବ! ତାକୁ ଜଣାଅଛି! କାମ ଜଣାଅଛି ।

: କାମ ଜଣାଅଛି ତ! ପନ୍ଦରଦିନ ହେଲା ଖଟିଆ ପକେଇ ଶୋଇଥିଲା କାହିଁକି ? କଲିକତାରୁ ପାର୍ଟସ ମଗେଇଥିଲା କାହିଁକି ?

: ଦେଖିବ! ଦେଖିବ, ସେ ଧାନକଳକୁ ସଜ କରିଦେବ!

: ଜମା ପାରିବ ନି ଦେଖିବ!

ଆମେ ସବୁ ବଙ୍ଗାଳୀକୁ ସମର୍ଥନ କରି ସେ ନିଶ୍ଚୟ ଧାନକଳ ସଜ କରିପାରିବ ବୋଲି ବାଜି ଲଗେଇଲୁ । ଯୋଗିଆ ଅନ୍ୟ ଏକ ଦଳର ନେତୃତ୍ୱ ନେଇ ବଙ୍ଗାଳୀବାବୁ ବିଫଳ ହେବ ବୋଲି ବାଜି ଲଗେଇଥିଲା । ଦୁଇପକ୍ଷର ସହମତିରେ ଏକଥା ସ୍ଥିର ହୋଇଗଲା ଯେ, ଯେଉଁ ପକ୍ଷ ହାରିବ ସେ ପାଂଚଥର ବସଉଠ ହେବାର ସଜା ଭୋଗିବ ।

ସେତେବେଳେ ମା' ଜାଗୁଳାଇ ଆମର ପ୍ରତ୍ୟକ୍ଷ ଠାକୁରାଣୀ । ଆମେ ସବୁକଥାରେ ମା'ଜାଗୁଳାଇଙ୍କ ଆଶିର୍ବାଦ ଓ ସହାୟତା ଆଶା କରିଥାଉ । ଆମର ଖାତା କଲମ କି ବହି ହଜିଗଲେ, ତାହା ଖୋଜିପାଇବା ପାଇଁ ମାଆଙ୍କୁ ପ୍ରାର୍ଥନା କରୁଥିଲୁ । ପରୀକ୍ଷାରେ ଭଲ ନମ୍ବର ପାଇଁ ମଧ୍ୟ ମାଆଙ୍କୁ ପ୍ରାର୍ଥନା କରୁଥିଲୁ । ଏମିତିକି ସ୍କୁଲରେ ଗୁରୁଜୀ ମାଡ଼ ମାରିବାକୁ ପାଂଚଣ ଉଂଚେଇଲେ ଆମେ ମନେ ମନେ 'ରକ୍ଷାକର ମା' ଠାକୁରାଣୀ' ବୋଲି ନିବେଦନ କରୁଥିଲୁ । ଏବେ ବଙ୍ଗାଳୀବାବୁର ଏ ପ୍ରକାର କାର୍ଯ୍ୟର ସଫଳତା ଆଶା କରି ଓ ଆମର ବାଜିକୁ ଗୁରୁତ୍ୱ ଦେଇ ଆମେ ମା' ଜାଗୁଳାଇଙ୍କ ଶରଣାପନ୍ନ ହୋଇଥିଲୁ । ପ୍ରାର୍ଥନା କରିଥିଲୁ, ମା'ଲୋ, ଧାନକଳକୁ

ସଜ କରିଦିଅ । ଆମେ ବାଜି ଜିତିଯାଉ । ପନ୍ଦରଟା ମନ୍ଦାରଫୁଲରେ ଆମେ ତମର ପୂଜା କରିବୁ ।

ଆମର ମନ ଖରାପ ହୋଇଗଲା ଯେତେବେଳେ ଖବର ପାଇଲୁ ଯେ, ଯୋଗିଆର ଦଳ ମଧ୍ୟ ମା'ଜାଗୁଳାଇ ଠାକୁରାଣୀଙ୍କୁ ଅନୁରୂପ ଭାବରେ ନିବେଦନ କରିଥିଲେ । ସେମାନେ ମଧ୍ୟ ମନ୍ଦାରଫୁଲ ଭେଟି ଦେଇ ଆଶା କରିଥିଲେ ବଙ୍ଗାଳୀବାବୁର ବିଫଳତା ଓ ବାଜିରେ ବିଜୟ । ଏବେ ପ୍ରଶ୍ନ ଥିଲା, ମା' ଜାଗୁଳାଇ କାହାକୁ ସମର୍ଥନ କରିବେ । ଆମେ ସମସ୍ତେ ଜାଣିଥିଲୁ ଯେ ମା' ଜାଗୁଳାଇ ଯାହାକୁ ସମର୍ଥନ କରିବେ, ସିଏ ହିଁ ବିଜୟ ଲାଭ କରିବ ।

ଶେଷରେ ମା'ଜାଗୁଳାଇ ଆମଦଳ ପ୍ରତି ସଦୟ ହେଲେ । ମାଆଙ୍କ ସହାୟତାରେ ହିଁ ବଙ୍ଗାଳୀବାବୁ ଧାନକଳ ସଜ କରିଦେଲା । ପାର୍ଟସ କଲିକତାରେ ମିଳିଲା ନାହିଁ । ତଥାପି ସ୍ଥାନୀୟ କମାରଶାଳରେ ନଟବୋଲ୍ଟ ବନେଇ ସେ ମେସିନ ଚାଲୁକଲା । ମେସିନ୍‌ର ଶବ୍ଦରେ ଆଖପାଖ ଦୁଲୁକିଲା । ଲୋକମାନେ କହିଲେ ଆଗରୁ ଏ କଳ ଯେତିକି ଶବ୍ଦ କରୁଥିଲା, ଏବେ ତା'ଠୁ ବେଶି ଗର୍ଜନ କରୁଛି । ମେସିନ୍ ବେଶିଦିନ ଚାଲିବ ନାହିଁ । ବାଜିରେ ହାରିଯାଇଥିବା ସତ୍ତ୍ୱେ ଯୋଗିଆର ଦଳ କିନ୍ତୁ ପରାଜୟ ସ୍ୱୀକାର କରିନଥିଲେ । ସେମାନେ ପାଂଚଥର ବସଉଠ ହେବାକଥା । ତାହା କରି ନ ଥିଲେ । ବରଂ ଆମକୁ ଖୋଲା ଆହ୍ୱାନ ଦେଇ ଶୁଣାଇଦେଲେ, ଅପେକ୍ଷା କର ! ଦେଖ କ'ଣ ହେଉଚି ! ମେସିନ ପୁଣି ବିଗିଡ଼ିବ। ଧାନକଳ ପୁଣି ବନ୍ଦ ହେବ। ଆମେ ବି ମା'ଜାଗୁଳାଇଙ୍କୁ ବିନତୀ କରିଛୁ ।

ଆମେ ଧାନକଳ ସାମ୍ନାରେ ଦେଇ ବୁଲିଆସିଲୁ । ମେସିନ୍ ଘଁ ଘଁ ଶବ୍ଦ କରି ଚାଲୁଥିଲା । ବାହାରପଟେ ଗୋଟାଏ କୁଣ୍ଡରେ ପାଣି ପାଇପ୍‌ରୁ ଝରି ପଡୁଥିଲା । ଆମେ ଆଶ୍ୱସ୍ତ ହେଲୁ । ସେଦିନ ଅବଶ୍ୟ ଆମେ ବଙ୍ଗାଳୀବାବୁକୁ ଚିଡ଼ାଇ ନାହୁଁ ।

ପରଦିନ ଭାସ୍କର ଖବର ଦେଲା ଯେ, ଧାନକଳ ବିକ୍ରୀ ହୋଇଯିବ !

: କାହିଁକି ? ଆମେ ପଚାରିଲୁ ।

: ମାଧବ ଜେନା ସ୍ଥିର କରିଛନ୍ତି ଯେ ଧାନକଳ ବିକି ଦେବେ !

: କାରଣ ?

: ମାଧବ ଜେନାଙ୍କ ମତରେ ଏଇଟା ହିଁ ଠିକ୍ ସମୟ ଧାନକଳ ବିକି ଦେବାକୁ ।

: କିପରି ?

: ଏବେ ଧାନକଳ ଚାଲୁ ଅବସ୍ଥାରେ ଅଛି । କେହି ଜଣେ କିଣି ନେଇପାରେ । ଅସଜ ହୋଇଗଲେ ରଦି ଲୁହା ହିସାବରେ ବିକ୍ରୀ ହେବାକୁ କଷ୍ଟ ହେବ ।

: ଇଏତ ଖୁବ୍ ଅନ୍ୟାୟ ! ବଙ୍ଗାଳୀବାବୁ ଯେ ବହୁତ ପରିଶ୍ରମ କରି କଳଟାକୁ ସଜ କରିଥିଲା ।

: ଯା' ହେଲେ ବି ମାଧବ ଜେନା ଧାନକଳର ମାଲିକ । ସିଏ ଯାହା ସ୍ଥିର କରିବେ ।

: ବଙ୍ଗାଳୀବାବୁ ପୁଣି କ'ଣ କରିବ ?

: କିଏ ଜାଣେ ?

ଯୋଗିଆ ହେରିକା ଯେ ମା'ଜାଗୁଲାଇଙ୍କୁ ବିନତୀ କରିଥିଲେ, ଆମର ଜିତାପଟ ନ ହେଉ ବୋଲି, ବୋଧେ ପରୋକ୍ଷରେ ଜିତିଲେ । ମା'ଜାଗୁଲାଇ ବୋଧହୁଏ ତାଙ୍କ କଥା ଶୁଣୁଛନ୍ତି । ଅବଶ୍ୟ ସେ ଆମ କଥା ବି ଶୁଣିଥିଲେ ପ୍ରଥମେ ।

ସେଦିନ ସଂଧ୍ୟା ପୂର୍ବରୁ ଆମେମାନେ ପୁଣି କଳଘର ପାଖରେ ରୁଣ୍ଡ ହୋଇଥିଲୁ । ଧାନକଳ ବନ୍ଦ ଥିଲା । ଭାସ୍କର ଦେଇଥିବା ଖବର ସମ୍ଭବତଃ ଠିକ୍ ଥିଲା । ଯୋଉମାନେ ଧାନ ପେଷିବା ପାଇଁ ଆସୁଥିଲେ, ସେମାନଙ୍କୁ ଫେରାଇ ଦିଆଯାଉଥିଲା । ଧାନକଳ ବାରଣ୍ଡାରେ ଖଟିଆ ଉପରେ ବସିଥିଲା ବଙ୍ଗାଳୀବାବୁ । ସେ କିନ୍ତୁ ଉଦାସ ଦେଖାଯାଉଥିଲା । ଆମେ ଦୂରରୁ ଥାଇ ତାକୁ ଲକ୍ଷ୍ୟ କରୁଥିଲୁ । ଚିଡ଼େଇବାକୁ ସାହସ ହେଉନଥାଏ । ଆମ ଭିତରୁ କେହି ବି 'ବୋମା ପଡ଼ିଲା, ଢୋ' ବୋଲି କହି ନଥାଏ । ଆମକୁ ଦେଖି ବଙ୍ଗାଳୀବାବୁ ଖଟିଆରୁ ଓହ୍ଲାଇ ଠିଆ ହେଲା । ହଠାତ୍ ସେ ଆମକୁ ଦେଖି ତା' ଭାଷାରେ ଗାଳି ଦେବାକୁ ଆରମ୍ଭ କଲା । ବିନା କାରଣରେ ସେ ଉତ୍ତେଜିତ ହୋଇ ଆମକୁ ମାରିବାକୁ ଗୋଡ଼ାଇଲା । ଆମେ କିଲିବିଲି ହୋଇ ଧାଇଁବାକୁ ଲାଗିଲୁ । ସେ ବାଡ଼ି ଉଂଚାଇ ଧାଇଁଲା ଆମ ପଛେ ପଛ । ମନେ ହୋଇଥିଲା ସେ ଯେମିତି ଅଭିନୟ କରୁଛି । ଆମକୁ ଗୋଡ଼ାଇବାରେ ତା'ର ଉଦାସପଣ ଛପି ଯାଉନାହିଁ । ଆମକୁ ଗୋଡ଼ାଇବା ଭିତରେ ସେ ଯେମିତି ଖୋଜୁଛି ଗୋଟେ ପ୍ରାଣ ଚଂଚଲ୍ୟ ।

ସେଦିନ ସଂଧ୍ୟାରେ ଚିଡ଼ାଚିଡ଼ି ଖେଳ ହେଲା ସତ, କିନ୍ତୁ ଖେଳରେ ସେମିତି ମଜା ଆସିଲା ନାହିଁ ।

ପରଦିନର ସ୍କୁଲ ବେଳାରେ ଦେଖାଗଲା ବଙ୍ଗାଳୀବାବୁ ଆମ ସ୍କୁଲ ଗେଟ୍ ପାଖରେ ବୁଲୁଛି । ତାକୁ ପ୍ରଥମେ ଦେଖିଲା ଗିରିଧାରୀ ।

: ସେ ଏଠାକୁ କାହିଁକି ଆସିଛି ।

: ଆମ ନାମରେ ଅଭିଯୋଗ ଆଣିପାରେ ! ଗୁରୁଜୀଙ୍କୁ କହିପାରେ ଆମ ନାଁରେ !

: କ'ଣ କହିବ ?

: କହିବ, ଆମେ ତାକୁ ଚିଡ଼ଉଛେ । ହଇରାଣ କରୁଛେ !

: ତେବେ ତ ଅସୁବିଧା ହେବ !

: ଆମ ଉପରେ ମାଡ଼ ପଡ଼ିଯାଇପାରେ !

: ବାରଣ୍ଡାରେ ଆଣ୍ଠୁମାଡ଼ି ବସିବାକୁ ହୋଇପାରେ !

: ଏବେ କ'ଣ କରାଯିବ ?

: କ'ଣ ଆଉ କରିବା ? ଆଜି ଭାଗ୍ୟରେ ମାଡ଼ ଅଛି ବୋଧେ !

ଆମେ ଡରିବାକୁ ଆରମ୍ଭ କରିଥିଲୁ ଓ ବିଚାର କରିନେଲୁ, ଖେଳଛୁଟିରେ ବାହାରକୁ ବାହାରିବୁ ନାହିଁ । ସେଇ ଶ୍ରେଣୀ ଗୃହ ମଧ୍ୟରେ ଲୁଚି ରହିବା । ବଙ୍ଗାଳୀବାବୁ ଆମ ନାମରେ ଅଭିଯୋଗ ଦେଉଛି ତ ଦେଉ । କିନ୍ତୁ ସେ କାହାରିକୁ ଚିହ୍ନଟ କରିପାରିବ ନାହିଁ । କାରଣ ସେ ଆମମାନଙ୍କ ନାମ ଜାଣେନା । ଆମେ ଏ ରକମ ନିଜକୁ ସାନ୍ତ୍ୱନା ଦେଲୁ ଓ ଖସିବାର ବାଟ ଖୋଜିଲୁ ।

କ୍ରମେ ଖେଳଛୁଟି ହେଲା । ଆମେ ଶ୍ରେଣୀ ଗୃହରେ ଲୁଚି ରହି ଝର୍କାବାଟେ ତାକୁ ଲକ୍ଷ୍ୟ କଲୁ । ସେ ସେମିତି ଗେଟ୍ ପାଖରେ ଠିଆ ହୋଇଥାଏ । ସ୍କୁଲ ପରିସର ଭିତରେ ପଶୁ ନ ଥାଏ କିମ୍ବା ଶ୍ରେଣୀ ଶିକ୍ଷକଙ୍କୁ ଭେଟି ଅଭିଯୋଗ କରିବାର ଉପକ୍ରମ କରୁ ନଥାଏ ।

ଆମେ, ଯୋଉମାନେ ବଙ୍ଗାଳୀବାବୁକୁ ଚିହ୍ନୁ, ତାକୁ ହଇରାଣ କରିଥାଉ, ବିରକ୍ତ କରିଥାଉ ସେଇମାନେ ଶ୍ରେଣୀ ଗୃହରେ ଲୁଚିଥାଉ । କିନ୍ତୁ ଅନ୍ୟ ଛାତ୍ରମାନେ ଥିଲେ ଏ ସମ୍ପର୍କରେ ଅଜ୍ଞ । ତେଣୁ ଖେଳଛୁଟିର ସ୍ୱାଧୀନତାକୁ ଉପଭୋଗ କରିବାକୁ ସେମାନେ ବାହାରକୁ ବାହାରିଲେ ଓ ସ୍କୁଲ ପଡ଼ିଆରେ ଧାଁ ଧପଡ଼ କଲେ । ସେମାନଙ୍କ କୋଳାହଳରେ ମୁଖରିତ ହୋଇଆସିଲା ସ୍କୁଲ ପରିସର । ଆମେ ଲକ୍ଷ୍ୟ କରିଚୁ, ବଙ୍ଗାଳୀବାବୁ ଉତ୍ସାହିତ ଦେଖାଗଲା । ତା' ମୁହଁରେ ହସ ଫୁଟିଲା । ସେଇ ପିଲାମାନଙ୍କ ଆଡ଼କୁ ଚାହିଁ ହାତ ହଲାଇଲା ।

ଆମେ ଆଶ୍ଚର୍ଯ୍ୟ ହେଲୁ । ବଙ୍ଗାଳୀବାବୁକୁ ଲକ୍ଷ୍ୟ କଲୁ । ସେ ଖେଳୁଥିବା ପିଲାମାନଙ୍କୁ ଚାହିଁ ହାତ ହଲଉଥିଲା । ତା' କାନ୍ଧରେ ଥିଲା ବ୍ୟାଗ । ସେ ଅପେକ୍ଷାକୃତ ଭଲ ପ୍ୟାଂଟସାର୍ଟ ପିନ୍ଧିଥିଲା । ମନେହେଲା ସେ ଯେମିତି ଚାଲିଯାଉଛି । ଏଇ ହାତ ହଲାଇବାଟା ତା'ର ବିଦାୟର ସୂଚନା ।

ସେ ଏହାପରେ ଫେରିଯାଇଥିଲା । ଖୁବ ଧୀରେ ଧୀରେ ପାଦ ପକେଇ ଚାଲିଗଲା । ଯେମିତି ଆମ ସହିତ ତା'ର କେବେ ବି କୌଣସି ଶତ୍ରୁତା ନ ଥିଲା । ଥିଲା ଅନ୍ତରଙ୍ଗ ସମ୍ପର୍କ । ଆମେ ଯେ ତାକୁ ଚିଡ଼ଉଥିଲୁ, ହଇରାଣ କରୁଥିଲୁ, ସେଟାକୁ ସେ ଉପଭୋଗ କରୁଥିଲା । ଆଜି ଗାଁ ଛାଡ଼ି ଚାଲିଗଲା ବେଳେ ସେ ସେଇ ସମ୍ପର୍କକୁ ଝୁରି ଝୁରି ବିଷର୍ଣ୍ଣ ଦିଶୁଚି ଯାହା ।

ସେଦିନ ସଂଧ୍ୟା ପୂର୍ବରୁ ଆମେ କଳଘର ଆଡ଼କୁ ଯାଇଥିଲୁ । ସ୍ଥାନଟା କେମିତି ଉଦାସୀନ ଓ ବାତ୍ୟାପରର ବିପର୍ଯ୍ୟସ୍ତ ଦୃଶ୍ୟ ଭଳି ମନେ ହେଉଥିଲା । ଯଦିଓ କୋଉଠି କିଛି ଭାଙ୍ଗିରୁଜି ଯାଇ ନ ଥିଲା । କଳଘର ସାମ୍ନାରେ ଦରଜାରେ ତାଲା ପଡ଼ିଥିଲା । ବାରଣ୍ଡାରେ ଯେ ପଡ଼ିଥାଏ ଗୋଟାଏ ଖଟିଆ, ତା' ଉପରେ ବସିଥାଏ ବା ଶୋଇଥାଏ ବଙ୍ଗାଳୀ, ସେଟା ଡେରା ହୋଇ ରହିଥିଲା କାନ୍ଥକୁ । ତାହା ସୂଚନା ଦେଉଥିଲା ଯେ, ଜଣେ ଏଠି ଥିଲା, ଏବେ ନାହିଁ । ସେ ହୁଏତ ଆଉ ଫେରିବ ନାହିଁ ।

ବଙ୍ଗାଳୀବାବୁଟିର ପ୍ରକୃତ ନାମ ଆମେ ଜାଣୁନା । ତା'ର ଘର ଠିକଣା ମଧ୍ୟ ଜଣାନାହିଁ । ସେ କୁଆଡୁ ଆସିଥିଲା, ପୁଣି କୁଆଡ଼କୁ ଗଲା, ତାହା ମଧ୍ୟ ଜଣାନଥିଲା । କିନ୍ତୁ ଆମେ ବୁଝିପାରୁଥିଲୁ ଯେ ତା' ପ୍ରତି ଅବିଚାର ହୋଇଥିଲା, ଅସଜ ହୋଇଯାଇଥିବା ଗୋଟାଏ କଳକୁ ସେ ସଜ କରିଥିଲା ନିଜର ସମସ୍ତ କଳା କୌଶଳ ପ୍ରୟୋଗ କରି, ଏଇ ଆଶାରେ ଯେ ସେଠି ତାକୁ କର୍ମସଂସ୍ଥାନ ମିଳିବ । ସେ କିଛିଦିନ ଚାକିରି ପାଇବ । କିନ୍ତୁ ତାହା ହେଲାନି । ପ୍ରତିବଦଳରେ ତାକୁ ମିଳିଲା କର୍ମଚ୍ୟୁତି । ସ୍ୱପ୍ନଭଙ୍ଗ ।

ସେ କିନ୍ତୁ କିଛିଦିନ ପାଇଁ ଆମର ଭଲ ଖେଳସାଥୀଟିଏ ଥିଲା ।

ଚିଡ଼ା ଚିଡ଼ି ଖେଳ ଶେଷ ହୋଇଯାଇଥିଲା । ଆମେ ଆଉ ଗୋଟେ ମଜାଦାର ଖେଳର ସନ୍ଧାନ କରୁଥିଲୁ ।

■

କ୍ଷେତରା ଜେନାର ଧାନକ୍ଷେତ

କ୍ଷେତରା ଜେନାକୁ ଚିହ୍ନିବା ପୂର୍ବରୁ ଆମେ ତା'ର ଧାନକ୍ଷେତକୁ ଚିହ୍ନିଥିଲୁ । କାରଣ ତା'ର ଧାନକ୍ଷେତଟି ଥିଲା ନିଆରା । ଆମେ ସଂଧ୍ୟାରେ ଖେଳି ଖେଳି ଯେବେ ଧାନକ୍ଷେତ ଆଡ଼େ ବୁଲିଯାଉଥିଲୁ, ସେଇ ଧାନ କ୍ଷେତଟିକୁ ଦେଖି ମୁଗ୍ଧ ହେଉଥିଲୁ । ତା'ର ଧାନ କ୍ଷେତଟି ଥିଲା ପରିଷ୍କାର। ଅନାବନା ଘାସ ନ ଥିଲା । ଧାନଗଛ ଗୁଡ଼ିକ ଗୋଟିଏ ସରଳରେଖାରେ ରହିଥିଲା। ଧାନଗଛର ମୂଳସବୁ ସଫା ଥିଲା। ବେଶ ସବଳ ଭାବରେ ବଢ଼ିଥିଲା ଧାନଗଛଗୁଡ଼ିକ। ଆଖପାଖର ଧାନ କ୍ଷେତର ଧାନଗଛ ତୁଳନାରେ ତାହା ଥିଲା ଅଧିକ ସବୁଜ। କିଛି ଦୂରରୁ ବାରି ହେଇଯାଉଥିଲା ଯେ ଧାନ କ୍ଷେତଟି ବହୁ ପରିଶ୍ରମ ଅବା ବିଶେଷ ସାର ପିଡ଼ିଆ ପ୍ରୟୋଗରେ ଏମିତି ଛନ୍ନଛନ୍ନ ହୋଇ ବଢ଼ିପାରିଛି।

ମୁଁ ଯୋଗିଆକୁ ପଚାରିଥିଲି : ଏ ଲୋକ କେମିତି ଏତେ ସୁନ୍ଦର ଧାନ ଚାଷ କରୁଛି । ଅନ୍ୟମାନେ କରୁନାହାନ୍ତି କାହିଁକି ?

ଯୋଗିଆ ପାଖରେ ଯଥାର୍ଥ ଉତ୍ତର ନଥିଲା, କିନ୍ତୁ ସେ ପ୍ରତ୍ୟୁତ୍ତର ଦେବାରେ ବିଳମ୍ବ କଲାନାହିଁ। କହିଲା : ଅନ୍ୟମାନେ ଶିଖୁନାହାନ୍ତି ?

: କାହିଁକି ଶିଖୁନାହାନ୍ତି !

ଯୋଗିଆ କହିଲା : ମୋ ଦ୍ୱାରା କ'ଣ ଗଣିତ ହେଲା ? ମୁଁ ଏତେ ଦିନ ଶିଖିଲିଣି ? କିନ୍ତୁ ସବୁଦିନେ ଗୁରୁଜୀଙ୍କଠାରୁ ଗାଳି ଶୁଣୁଛି ।

ସେତେବେଳେ ଗୁରୁଜୀଙ୍କଠାରୁ ଗାଳିମାଡ଼ ଖାଇବା ଯୋଗିଆର ଦୈନନ୍ଦିନ ଅଭ୍ୟାସରେ ପରିଣତ ହୋଇଯାଇଥିଲା। ଆମେ କ୍ଲାସ୍‌ରେ ମଧ୍ୟ ସମସ୍ତେ ଜାଣିସାରିଥିଲୁ

ଯେ, ଗଣିତ ପାଠ ଆରମ୍ଭ ହେଲା ମାତ୍ରେ ଯୋଗିଆ ଉପରେ ମାଡ଼ ପଡ଼ିବ । ଗଣିତ ସାର୍ କ୍ଲାସ୍ ଆରମ୍ଭରେ ଯେତେବେଳେ ପଚାରୁଥିଲେ : ଆଜି କ'ଣ ପଢ଼ିବା ?

ଆମେ ଅନୁଚ୍ଚ ସ୍ୱରରେ କହୁଥିଲୁ : ଯୋଗିଆକୁ ମାଡ଼ !

ସାର୍ ହସୁଥିଲେ ଓ ଯୋଗିଆକୁ ଖୋଜୁଥିଲେ । ଯୋଗିଆ ମୁହଁ ଫୁଲାଇ ଶ୍ରେଣୀର ପଛବେଂଚରେ ବସିଥିଲା ଓ ମାଡ଼ଗାଳିର ଅପେକ୍ଷା କରୁଥିଲା ।

ଗଣିତ ସାର୍ ଉଦାରତାର ସହ କହୁଥିଲେ ଯେ, ଥାଉ ! ଆଜି ଅନ୍ୟ ବିଷୟ ପଢ଼ିବା ! ଯୋଗିଆ ମୁହଁରେ ଆଶ୍ୱସ୍ତିର ହସ ଫୁଟିଉଠୁଥିଲା । ତେବେ ଗଣିତରେ ବରାବର ବିଫଳ ହେଉଥିବା ଯୋଗିଆର ସାହିତ୍ୟ ଜ୍ଞାନ ବେଶ୍ ଅଧିକ ଥିଲା ଓ କ୍ଷେତରା ଜେନାର ଧାନକ୍ଷେତ ଦେଖି ସେ ଗୋଟିଏ କବିତା ରଚନା କରିଥିଲା । ତେବେ ଏ ଗଳ୍ପଟି ଯୋଗିଆର ସାହିତ୍ୟ ପ୍ରତିଭା ସଂପର୍କରେ ନୁହେଁ, ବରଂ କ୍ଷେତରା ଜେନାର ଧାନକ୍ଷେତ ବିଷୟରେ ।

ସାହିତ୍ୟ ଶ୍ରେଣୀରେ ଯେତେବେଳେ ଧାନକ୍ଷେତ ସଂପର୍କରେ ରଚନା ଲେଖିବାକୁ କୁହାଯାଉଥିଲା କିମ୍ବା ବର୍ଷାକାଳୀନ ପଲ୍ଲୀର ଦୃଶ୍ୟ ବିଷୟରେ ପଢ଼ାଯାଉଥିଲା ଆମ ଆଖିରେ ଭାସିଉଠୁଥିଲା କ୍ଷେତରା ଜେନାର ଧାନ କ୍ଷେତ । ତା'ର ସାବ୍‌ଜା ଲହଲହକା ଧାନପତ୍ର । ବେଶ ସବଳ ଧାନବୁଦା ଓ ତା'ର ସୌନ୍ଦର୍ଯ୍ୟ । ଗୋଟିଏ ଆଦର୍ଶ ଧାନ କ୍ଷେତ କହିଲେ, ତାହା କ୍ଷେତରା ଜେନାର ଧାନ କ୍ଷେତ ହିଁ ଥିଲା ।

ଅସଲ ସମସ୍ୟା ଉପୁଜିଲା କିଛିଦିନ ପରେ । ଆମ ଗ୍ରାମରେ ଠାକୁରାଣୀ ପୂଜା ବିଶେଷ ଗୁରୁତ୍ୱ ବହନ କରୁଥିଲା ଏଇଥିପାଇଁ ଯେ, ଠାକୁରାଣୀ କାଳିସୀ ହୋଇ ଜଣକ ଦେହରେ ବିଜେ ହେଉଥିଲେ ଓ ସେ କାଳିସୀ ଲୋକଙ୍କ ଭଲମନ୍ଦ, ଦୁଃଖକଷ୍ଟ, ରୋଗ ବୈରାଗ, ସଂସାରର ଭଲମନ୍ଦର ସମାଧାନ ଦେଉଥିଲେ । ଏଇ ଠାକୁରାଣୀ ପୂଜା କାଳରେ ବେଶ ଯାକଜମକରେ ପୂଜା ହେଉଥିଲା ଓ କାଳିସୀ ଲାଗୁଥିଲେ । ଠାକୁରାଣୀଙ୍କ କାଳିସୀ ଗାଁ ବାହାରେ ଥିବା ଗୋଟେ ପଡ଼ିଆରେ ଏକ ବଡ଼ ଖମ୍ବରେ ଚଢୁଥିଲେ ଓ ଖମ୍ବ ଉପରେ ବସି ଲୋକଙ୍କ ଦୁଃଖକଷ୍ଟ ଦୂର କରିବାକୁ ଉଦ୍ୟମ କରୁଥିଲେ । ଖମ୍ବ ସାରା ଶାଢ଼ିବନ୍ଧା ହୋଇଥାଏ ଓ ଖମ୍ବ ଶୀର୍ଷରେ ଗୋଟାଏ ଗରା ଓଲଟା ହୋଇ ରଖାଯାଇଥାଏ । କାଳିସୀ ଶାଢ଼ି ଟାଣିଟାଣି ଖମ୍ବ ଉପରେ ପହଂଚନ୍ତି ଓ ଗରା ଉପରେ ବସନ୍ତି । ତଳେ ଲୋକମାନେ ଜୟଜୟକାର କରୁଥାଆନ୍ତି । ବାଜା ବାଜୁଥାଏ । ଘଂଟ ଘଂଟା ବାଜୁଥାଏ । ଏକପ୍ରକାର ଧାର୍ମିକ ଉତ୍ତେଜନାର ସମୟ । ଏହିପରି ଖମ୍ବ ଉପରେ ଚଢ଼ିବା ଓ ଗରା ଉପରେ ବସିଯିବାକୁ ଅଲୌକିକ ବା ସାଧାରଣ ମଣିଷ ପକ୍ଷରେ ଅସମ୍ଭବ ବୋଲି ବିବେଚନା କରାଯାଉଥାଏ । ଆମେ ବିଶ୍ୱାସ କରୁଥାଉ ଯେ, ପ୍ରକୃତରେ

ଠାକୁରାଣୀ ଅଛନ୍ତି, ପ୍ରକୃତରେ କାଳିସୀ ଦେହରେ ବିଜେ ହୋଇଛନ୍ତି ଓ କାଳିସୀ ଯାହା ଯାହା କହୁଛି, ତାହା ଠାକୁରାଣୀଙ୍କ ବାଣୀ ।

କାଳିସୀ ଖମ୍ଭ ଉପରେ ବସିଥାଏ, ଲୋକମାନେ ତଳୁଥାଇ ପ୍ରଶ୍ନ କରନ୍ତି, ମା' ! ଏ ବର୍ଷ ବର୍ଷା କେମିତି ହେବ ?

କାଳିସୀ ଉତ୍ତର ଦିଅନ୍ତି, ଆଠଣା ! ଆଠଣା !

ମୁଁ ଏ ଉତ୍ତର ବୁଝିପାରେନା, ଯୋଗିଆକୁ ପଚାରେ। ଗଣିତରେ ଦୁର୍ବଳ ଯୋଗିଆ କିନ୍ତୁ ଏ ଉତ୍ତର ବୁଝିଥାଏ। କହେ, ଆଠଣା ମାନେ ଅଧା। ଅଧା ବର୍ଷା ହେବ । ଆଉ ଅଧା ଚାଲିଯିବ । ମେଘମାନେ ବର୍ଷା ନ କରି ଫେରିଯିବେ ।

ଭକ୍ତମାନେ ବିଚଳିତ ହୁଅନ୍ତି । କାରଣ ଗ୍ରାମର ସମୁଦାୟ ଲୋକ ଚାଷ ଉପରେ ନିର୍ଭରଶୀଳ। ବର୍ଷା ନହେଲେ ଚାଷ ଯେ ଉଜୁଡ଼ିଯିବ।

ଲୋକମାନେ ହାତଯୋଡ଼ି ନିଜର ବିନତି ପ୍ରକାଶ କରନ୍ତି : ମା', ଆମେ ମରିଯିବୁ ମା' ! ଚାଷ ଉଜୁଡିଯିବ। ଆମକୁ ରକ୍ଷା କର ମା' !

ଖମ୍ଭ ଉପରେ ଆସୀନ କାଳିସୀ ଭିତରେ ବିରାଜି ଥିବା ଠାକୁରାଣୀ ଲୋକମାନଙ୍କର ଆକୁଳ ପ୍ରାର୍ଥନାକୁ ଏଡେଇ ପାରନ୍ତି ନାହିଁ । କହନ୍ତି : ଠିକ୍ ଅଛି ! ବାରଣା ଚାରଣା କରିଦେଲି ।

ଏ ଉତ୍ତରକୁ ବି ଯୋଗିଆ ମତେ ବୁଝାଇଦିଏ, ବର୍ଷାର ପରିମାଣ ବାରଣା ଭାଗ ହେବ । ଚାରଣା ଉଡିଯିବ ।

ଲୋକମାନେ ମା'ଙ୍କର ଗୁଣଗାନ କରୁଥାଆନ୍ତି, ମା', ତୁ ଆମର ରକ୍ଷାକର୍ତ୍ତୀ ! ତୁ ଇ ମା' ଆମର ସାହାଭରସା ! ତୁ ମା' ଆମର ଗ୍ରାମଦେବତୀ ! ତୁ ଆମର ସବୁକିଛି ! ସେତେବେଳେ ମନେହୁଏ, ବର୍ଷାଟା ଯେମିତି ମା'ଙ୍କର ଆଦେଶମାନି ଚଳିବାକୁ ବାଧ୍ୟ । ମା' ଅଛନ୍ତି ବୋଲି, ଆଦେଶ ଦେଉଛନ୍ତି ବୋଲି ବର୍ଷା ହେଉଛି, ନହେଲେ କୋଉଦିନୁ ଏ ଗାଁ ମରୁଭୂମି ପାଲଟି ଯାଆନ୍ତାଣି।

ସେତେବେଳେ ଗାଁରେ ନୂଆ କରି ହାଇସ୍କୁଲ ହୋଇଥାଏ । ହାଇସ୍କୁଲର ପରୀକ୍ଷା ଫଳ ଉପରେ ନିର୍ଭର କରୁଥାଏ ସ୍କୁଲର ଭବିଷ୍ୟତ । ତେଣୁ ଲୋକମାନେ ଟିକେ ସନ୍ଦେହରେ ଥାଆନ୍ତି । ସେ କଥାବି ପଡ଼େ ମାଆଙ୍କ ସାମ୍ନାରେ ।

ଲୋକମାନେ ପଚାରନ୍ତି, ମାଆ ! ଏବର୍ଷ ହାଇସ୍କୁଲ୍‌ରେ କେତେ ପିଲା ମାଟ୍ରିକ୍ ପାସ୍ କରିବେ ?

ମାଆଙ୍କ କାଳିସୀ, ଯିଏ ସଂସାରର ସବୁ ଭଲମନ୍ଦ ବୁଝନ୍ତି ଓ ଆମ ଗ୍ରାମବାସୀଙ୍କୁ ସୁରକ୍ଷା ଦେଇଆସିଛନ୍ତି, କହନ୍ତି, ଏ ବର୍ଷ ତିନିଜଣ ପାସ୍ କରିବେ !

ଲୋକଙ୍କ ଭିତରେ ଭାଳେଣୀ ପଡ଼ିଯାଏ ।

ଲୋକ ଆବେଦନ କରନ୍ତି : ମାଆ ! ସେମିତି କରନା ମା' ! ସେମିତି ହେଲେ ସ୍କୁଲ୍ ଉଠିଯିବ । ଆଉ ପିଲାଏ ପାଠ ପଢ଼ିବାକୁ ଆସିବେନି । ଅନ୍ୟ ସ୍କୁଲ୍‌କୁ ଚାଲିଯିବେ । ଟିକେ ଦୟା କର ମା' ।

ମାଆ ପୁଣି ଦୟାଶୀଳା ହୋଇଉଠନ୍ତି । କହନ୍ତି : ଠିକ୍ ଅଛି, ଦଶ ପିଲା ପାସ୍ କରିବେ । ପକାଅ ହରିବୋଲ !

ଲୋକମାନେ ମାଆଙ୍କ ଜୟଗାନ କରନ୍ତି ।

ମନେହୁଏ, ମାଆ ଠାକୁରାଣୀ ଯେମିତି ମାଟ୍ରିକ୍ ବୋର୍ଡରେ ପ୍ରଭାବ ପକେଇ ପିଲାଙ୍କୁ ପାସ୍ କରାଇଦେବେ କିମ୍ବା ପିଲାଙ୍କ ଭିତରେ ସରସ୍ୱତୀ ହେଇ ବିଜେ କରିବେ ଯେ, ପିଲା ସବୁ ପ୍ରଶ୍ନର ଉତ୍ତର ଠିକ୍ ଠାକ୍ ଲେଖିଦେବେ । ଆମେ ସବୁ ନିରବରେ ପ୍ରାର୍ଥନା କରୁ, ଆମକୁ ସାହା ହୁଅ ମା' । ବର୍ଷସାରା ପାଠ ନ ପଢ଼ିଲେ ବି, ଖେଳିଲେ ବୁଲିଲେ ବି, ଆମକୁ ସାହା ହୁଅ ମା' । ଆମକୁ ପରୀକ୍ଷା ବେଳେ ସାହା ହୋଇ ଆମର ନମ୍ବର ବଢ଼େଇ ଦିଅ ମା' !

ଠାକୁରାଣୀ ପୂଜା ଦିନ ମାଆଙ୍କ କାଳିସୀ ଯେ ମନ୍ଦିର ଗମ୍ଭୀରାରୁ ବାହାରି ମେଳନ ପଡ଼ିଆକୁ ଯାଆନ୍ତି, ସେ ଦୃଶ୍ୟ ବେଶ ଚମକପ୍ରଦ । ମନ୍ଦିର ସାମ୍ନାରେ ଘଂଟଘଂଟା ବାଜୁଥାଏ । ଢୋଲ ବାଜୁଥାଏ । କାଳିସୀ ମାଆଙ୍କ ଗମ୍ଭୀରା ଭିତରେ କବାଟ କିଳି ପଶିଥାଏ । ଲୋକମାନେ ବାହାରେ ଠିଆ ହୋଇ ହରିବୋଲ ପକାଉଥାଆନ୍ତି । କାଳିସୀ ସକାଳୁ କିଛି ନ ଖାଇ ମାଆ ବିଜେ ହେବାକୁ ଅପେକ୍ଷା କରି ଅଧିଆ ପଡ଼ିଥାଏ । ହଠାତ୍ ମନ୍ଦିରର କବାଟ ଖୋଲିଯାଏ । ଲୋକମାନେ ଆହୁରି ଉତ୍ସାହିତ ହୋଇ ହରିବୋଲ ପକାନ୍ତି । ଢୋଲ ବାଜାର ମାତ୍ରା ବଢ଼ିଯାଏ । ହଲି ଦୋହଲି ମନ୍ଦିରରୁ ବାହାରନ୍ତି କାଳିସୀ । ଡେଇଁକୁଦି ମୁଣ୍ଡ ହଲାଇ ହଲାଇ ସେ ବାଜାବାଲାଙ୍କ ସହ ବହେ ନାଚନ୍ତି । ବେକରେ ମନ୍ଦାରମାଳ, ମୁହଁରେ ସିନ୍ଦୂର କଲି । ଦେହରେ ଗୋଟାଏ ଗେରୁରଙ୍ଗର ଲୁଗା ଓ କାନ୍ଧରେ ଗାମୁଛା । କିଛି ସମୟ ନାଚିଲା ପରେ କାଳିସୀ ଧାଆଁନ୍ତି ମେଳନ ପଡ଼ିଆକୁ । ଏକ ମୁଖା ଧାଆଁନ୍ତି । ତାଙ୍କ ପଛେ ପଛେ ଲୋକ । ବାଜାବାଲା ଧାଉଁଥାଆନ୍ତି । ତାଙ୍କ ଯିବାର ରାସ୍ତା ହେଉଛି ବିଲ । ସେ ଅମାନିଆଁ ଚରିତ୍ର ଭଳି ବିଲହିଡ ଡେଇଁ ଧାଉଁଥାଆନ୍ତି ମେଳନ ପଡ଼ିଆକୁ । କୌଣସି ବାଧାବିଘ୍ନକୁ ଖାତିର ନ କରି ସେ ଝଡ଼ଭଳି ଆଗେଇ ଯାଉଥାଆନ୍ତି ।

ସେତେବେଳେ ବର୍ଷାକାଳ । ବିଲରେ ପାଣିଥାଏ । ଧାନଗଛ ସବୁ ସାବଜା ରଙ୍ଗ ନେଇ ଉଠିଆସୁଥାଆନ୍ତି କଅଁଳ ଛନଛନ ହୋଇ । କାଳିସୀ କିଛି ମାନନ୍ତି ନାହିଁ । ବିଲ ଭିତରେ ଡେଇଁ କୁଦି ଧାନଗଛକୁ ପଦାନତ କରି ସେ ଯାଆନ୍ତି । ଅବଶ୍ୟ

ଧାନକ୍ଷେତର ମାଲିକମାନେ ଏହାକୁ ନିଜର ପରମ ସୌଭାଗ୍ୟ ବୋଲି ମନେକରନ୍ତି। ମାଆଙ୍କ କାଳିସୀ ପାଦରେ କେତଟା ଧାନଗଛ ଯଦି ଦଳିମକଚି ହୋଇଗଲା, ହୋଇଯାଉ । ଏ ତ ମାଆଙ୍କ ପାଦ ନା ! ଆମର ମଙ୍ଗଳ ହେବ ।

ମାତ୍ର ସେଇ ଯିବା ବାଟରେ ପଡ଼େ କ୍ଷେତରା ଜେନାର ଚମତ୍କାର ବିଲଟା। ମାଆଙ୍କ କାଳିସୀ ସେଇ ବିଲ ଉପରେ ଡେଇଁକୁଦି ତାଙ୍କୁ ଧ୍ୱସ୍ତବିଧ୍ୱସ୍ତ କରି ପକାଏ । ଏହାକୁ ପରମ ସୌଭାଗ୍ୟ ବୋଲି ମନେ କରି ନ ଥିଲା କ୍ଷେତରା ଜେନା । ସେଥିପାଇଁ ସେ ଧାନବିଲର ହିଡରେ ହିଡରେ ପକେଇଥିଲା କଂଟା । କାନକୋଳି ଗଛର ଶୁଖିଲା କଂଟାଡାଳ । ସପ୍ତଫେଣୀ ଗଛର ପତ୍ର । ସେ ବର୍ଷ କାଳିସୀଙ୍କ ପାଦରେ କଂଟା ଗଳିଗଲା । ପାଦରୁ ଝରିଲା ରକ୍ତ। ସେ କିନ୍ତୁ ସେଇ ରକ୍ତଝରା ପାଦରେ ଡେଇଁ ଡେଇଁଗଲେ ମେଳନ ପଡ଼ିଆକୁ। ଆଉ ବିଶେଷ ନାଚିଲେ ନାହିଁ ବାଜାବାଲାଙ୍କ ସହିତ । ମୁଣ୍ଡ ଦୋହଲାଉଥାଆନ୍ତି । ହୁଁ ହୁଁ ହେଉଥାଆନ୍ତି । ପାଦକୁ ଅଣ୍ଡାଳିଲେ ନିଜେ। କଂଟା ଖୋଜିଲେ । କଂଟା ବାହାରି ଯାଇଥିଲା। ରକ୍ତ ଯାହା ବୋହୁଥିଲା ସେ ସବୁ ସେ ପୋଛିଲେ ଗାମୁଛାରେ। ତା'ପରେ ଖମ୍ୱ ଉପରେ ଚଢ଼ିଲେ ।

ଲୋକମାନେ ଦେଶର ଭଲମନ୍ଦ, ବର୍ଷା ପାଣିପାଗ ବା ଫସଲ କେମିତି ହେବ ପଚାରିବା ପୂର୍ବରୁ, ଖମ୍ୱ ଉପରେ ଥାଇ କାଳିସୀ ଗର୍ଜିଉଠିଲେ।

: ସେ କ୍ଷେତରା ଜେନା କାହିଁ ? ମୁଁ ତା' ରକ୍ତ ପିଇବି !

କ୍ଷେତରା ଜେନାକୁ ଖୋଜା ହେଲା ସେଇ ଗହଳି ଭିତରେ । ସେ ମଧ ମିଳିଗଲା । ତାକୁ ଧରି ଲୋକମାନେ ଖମ୍ୱମୂଳକୁ ନେଲେ । ବାଜା ବନ୍ଦ ହୋଇଗଲା। ଗହଳିଟା କେନ୍ଦ୍ରୀକୃତ ହୋଇଗଲା ଖମ୍ୱର ପାଖରେ । ଆମେ କିନ୍ତୁ କ୍ଷେତରା ଜେନାକୁ ଦେଖିପାରିନଥାଉ । କାରଣ ଆମେ ଗହଳିର ବାହାରେ ଥିଲୁ । ଚେଷ୍ଟା କରି ମଧ ଗହଳି କାଟି ସାମ୍ନାକୁ ଯାଇପାରିଲୁ ନାହିଁ । ଆମକୁ ସବୁ କଥୋପକଥନ ଠିକ୍ ଭାବରେ ଶୁଣାଯାଉନଥାଏ। ପରେ ଆମେ ସେସବୁ ଶୁଣିଲୁ ଅନ୍ୟମାନଙ୍କଠାରୁ।

କାଳିସୀ ଗର୍ଜନ କରି ପଚାରିଲେ : ତୁ ମୋ ରାସ୍ତାରେ କଂଟା ପକାଇଲୁ କାହିଁକି ?

କ୍ଷେତରା ଜେନା ହାତଯୋଡ଼ି କହିଲା : ମୋ' ବିଲ ହିଡରେ କଂଟା ପକାଇ ଥିଲି ମା' !

କାଳିସୀ କହିଥିଲା : ନା ! ତୁ ମୋ ରାସ୍ତାରେ କଂଟା ପକାଇଚୁ ?

କ୍ଷେତରା ଜେନା କହିଥିଲା : ପଶୁ ମଣିଷମାନଙ୍କ ପାଇଁ ସିନା କଂଟା ! ତୁ ତ ମା' ଜଗତର ଜନନୀ, ତୋର ରାସ୍ତାରେ ପୁଣି କଂଟା କ'ଣ ?

କାଳିସୀ କହିଥିଲା : ତୋ' ଘରୁ ଗୋଟାଏ ମୁଣ୍ଡ ମୁଁ ନେବି !

କ୍ଷେତରା ଜେନା କହିଥିଲା : ମା'! ତୁ ଆମର ମା'! ତୁ ଆମକୁ ସାହା ହେବା କଥା!

କାଳିସୀ କହିଥିଲା : ଦେଖିପାରୁଚୁ! ମୋ ଗୋଡ଼ରୁ କେମିତି ରକ୍ତ ବୋହୁଚି । ଦେଖିପାରୁଚୁ, ମୋ ଗୋଡ଼ କେମିତି ବିନ୍ଧାଛିଟିକା କରୁଚି!

କ୍ଷେତରା ଜେନା ମନେ ପକେଇଦେଲା ଯେମିତି, ଖୁବ୍ ସାହସର ସହିତ କହିଲା- ମା'! ସେ ରକ୍ତ ତୋର ନୁହଁ, କାଳିସୀ ବନା ସ୍ୱାଇଁର। ତା'ର ଗୋଡ଼ ବିନ୍ଧାଛିଟିକା କରୁଥିବ। ହେଲେ ତୁ ତ ଆମର ମା'! ଜଗତର ମା'! ଆମର ରକ୍ଷାକାରିଣୀ।

କାଳିସୀ କିଛି ସମୟ ପାଇଁ ଚୁପ୍ ରହିଗଲା!

ପରେ ପରେ ଗର୍ଜନ କରି କହିଥିଲା : ତୋ' ଘରୁ ଗୋଟାଏ ମୁଣ୍ଡ ଆଜି ରାତିରେ ଯିବ । ପକାଅ ହରିବୋଲ!

ଏହାପରେ ଖମ୍ବ ଉପରୁ ତଳକୁ ଓହ୍ଲାଇ ଆସିଥିଲା କାଳିସୀ। ପରେ ପରେ ତା'ର ଅନ୍ୟାନ୍ୟ କାର୍ଯ୍ୟକ୍ରମରେ ଯୋଗ ଦେଇଥିଲା । ଯେମିତି ଭକ୍ତମାନଙ୍କର ଦୁଃଖ ଶୁଣିବା, ଗୁହାରିଆମାନଙ୍କ ବ୍ୟକ୍ତିଗତ ଯାତନା ଦୂର କରିବା । ପରେ ସେ ଭକ୍ତମାନଙ୍କ କାନ୍ଧରେ ବସି ପୁଣି ଫେରିଥିଲା ମନ୍ଦିର ଭିତରକୁ। ମନ୍ଦିର ଗମ୍ଭୀରା ଭିତରେ ପଶିଥିଲା ଓ ମୂର୍ଚ୍ଛା ଯାଇଥିଲା। ଲୋକମାନେ ହରିବୋଲ ପକାଇଲେ। ଘୋଷଣା କଲେ ଯେ, ମାଆ ଏବେ କାଳିସୀ ଦେହ ଛାଡ଼ି ଚାଲିଗଲେ । ଲୋକମାନେ କାଳିସୀ ବନା ସ୍ୱାଇଁର ମୁହଁରେ ପାଣିଛିଟା ଦେଲେ। ତା'ର ଚେତା ଫେରାଇ ଆଣିଲେ ।

ବନା ସ୍ୱାଇଁ ଠାକୁରାଣୀଙ୍କୁ ମୁଣ୍ଡିଆ ମାରି ଛୋଟେଇ ଛୋଟେଇ ଘରକୁ ଗଲା । ଆମେ ସେଦିନ ଆଶା କରୁଥିଲୁ ଯେ ଭୟାବହ ଘଟଣା କିଛି ଘଟିବ । କ୍ଷେତରା ଜେନାର ଘରୁ କେହି ଜଣେ ଅଚାନକ ରକ୍ତବାନ୍ତି କରି ମରିବ । ଠାକୁରାଣୀଙ୍କ ଦ୍ରୋହୀ ହୋଇ ବଂଚିରହିବା ପ୍ରାୟ ଅସମ୍ଭବ। ଖୁବ୍ ଭୟରେ ଆମର ସେଦିନଟି କଟିଥିଲା । ମାତ୍ର ପରଦିନକୁ ଜଣାପଡ଼ିଥିଲା ଯେ ସେପରି କିଛି ଅଘଟଣ ଘଟିନାହିଁ । ଏମିତି କିଛିଦିନ ବିତିଯାଇଥିଲା ଓ କୌଣସି ଦୁର୍ଘଟଣା ଘଟି ନ ଥିଲା କ୍ଷେତରା ଜେନାର ଘରେ। ପୁଣି ଥରେ ପ୍ରମାଣିତ ହୋଇଗଲା ଯେ ମାଆ ଠାକୁରାଣୀ କଲ୍ୟାଣମୟୀ। ଜଗତକୁ ପାଳିବା ତାଙ୍କର କର୍ମ । ଭକ୍ତର ପ୍ରାଣନେବା ତାଙ୍କର ଧର୍ମ ନୁହେଁ ।

ତେବେ ଆମ ପିଲାମାନଙ୍କ ଭିତରେ ଏହି ଯୁକ୍ତି ଅନେକ ଦିନ ପର୍ଯ୍ୟନ୍ତ ଚାଲିଥିଲା ଯେ କଂଟା ବାଜି ଖଣ୍ଡିଆ ହୋଇଥିବା, ରକ୍ତ ଝରୁଥିବା ଓ ବିନ୍ଧାଛିଟିକା ହୋଇଥିବା ଚରିତ୍ରଟି କିଏ? କାଳିସୀ ନା ମା' ଠାକୁରାଣୀ। ଯଦି ସେ କାଳିସୀ,

ତେବେ ଖମ୍ବ ଉପରେ ବସି ସଂସାରର ଭଲମନ୍ଦ ବଖାଣୁଥିବା, ଲୋକଙ୍କର ଦୁଃଖକଷ୍ଟ ଦୂର କରୁଥିବା ଚରିତ୍ରଟି ଠାକୁରାଣୀ ନା କାଳିସୀ! ଠାକୁରାଣୀର ପାଦରେ ତ କଂଟା ଗଳି ନାହିଁ । କାଳିସୀର କଷ୍ଟ ତା' ପାଖକୁ ଗଲା କେମିତି ? ଏ ସଂସାରକୁ ଯେ ଚଳାଏ, ସାମାନ୍ୟ କଂଟା ତା' ପାଦରେ ଗଳିଗଲା କେମିତି ? ତେବେ ଏଇସବୁ ଆଲୋଚନା କୌଣସି ନିର୍ଦ୍ଦିଷ୍ଟ ନିଷ୍କର୍ଷରେ ପହଂଚି ପାରିନଥିଲା । ସେଇଦିନ କିନ୍ତୁ ଆମେ ପ୍ରଥମେ ଦେଖିଲୁ କ୍ଷେତରା ଜେନାକୁ । ମା' ଠାକୁରାଣୀଙ୍କ ମେଳନ ସରିଯାଇଥିଲା, କାଳିସୀ ଲୋକମାନଙ୍କ କାନ୍ଧରେ ବସି ଚାଲିଯାଇଥିଲା। ମେଳନ ପଡ଼ିଆ ଆସ୍ତେ ଆସ୍ତେ ଫାଙ୍କା ହୋଇଆସୁଥିଲା । ଭିଡ଼କାଟି ବାହାରକୁ ଆସିଥିଲା କ୍ଷେତରା ଜେନା । ତାକୁ ଘେରିରହିଥିଲେ କିଛି ଗ୍ରାମବାସୀ । ସେ ଦିଶୁଥାଏ ବିଷର୍ଣ୍ଣ ।

ମା' ଠାକୁରାଣୀଙ୍କୁ ସିଧାସଳଖ ଚ୍ୟାଲେଞ୍ଜ କରିଥିବା ଲୋକଟି ଖୁବ୍ ସାଧାସିଧା ଓ ଗ୍ରାମୀଣ ଦିଶୁଥାଏ । କିନ୍ତୁ ତା' ମୁହଁରେ ଗୋଟାଏ ଆଶ୍ଚର୍ଯ୍ୟଜନକ ଛିଟା ଥାଏ । ସାହସ ଓ ସତ୍ୟବାଦୀତାର।

ଜଣେ ଲୋକ ତାକୁ ବୁଝାଉଥାଏ : ତୁ ପାଦତଳେ ପଡ଼ିନଗଲୁ କାହିଁକି ? ତୋର ଦୋଷ ହୋଇଚି ବୋଲି କହିଦେଲୁ ନାହିଁ କାହିଁକି ?

କ୍ଷେତରା ଜେନା କହୁଥାଏ : ମୋର ଦୋଷ କ'ଣ ? ମୋ କ୍ଷେତଲୁ ମୁଁ ଜଗାରଖା କରିବି ନାହିଁ!

ଲୋକମାନେ ବୁଝାଉଥିଲେ : ମା' ଠାକୁରାଣୀ ଯେତେବେଳେ କହୁଛନ୍ତି, ଦୋଷ ମାନିଗଲେ ଯାଏ !

କ୍ଷେତରା ଜେନା କହିଥିଲା : ସେଇଟା କଦାଚ ମାଆ ଠାକୁରାଣୀଙ୍କ ଯିବା ବାଟ ନୁହେଁ, ବନା ସ୍ୱାଇଁ ଜାଣି ଜାଣି ମୋ' ବିଲ ଉଜାଡ଼ିବାକୁ ଏ କାଣ୍ଡ କରିଛି । ଠାକୁରାଣୀଙ୍କ ନାଆଁ ନେଇ ମୋ ବିଲରେ ଦଳାଚକଟା କରିଛି ।

ଲୋକମାନେ ତା' ପାଟିରେ ହାତ ଦେଲେ।

: ହେ! ହେ! ସେମିତି କଥା କହନି! ନାନା ବିଭ୍ରାଟ ହୋଇଯିବ!

କ୍ଷେତରା ଜେନା କହିଲା : ଯାହା ହେବାର ଥିବ ହେବ!

ଆଉ ଜଣେ ଶୁଭେଚ୍ଛୁ ପରାମର୍ଶ ଦେଇଥିଲେ : ତୁ ଘରକୁ ଯା'! ଗୋଟାଏ ଘରେ ଚୁପ୍‌ଚାପ ବସି ମାଆଙ୍କୁ ଧ୍ୟାନ କର । ମାଆ ତୋ ଗୁହାରି ନିଶ୍ଚୟ ଶୁଣିବେ । ଆଜିକାଲି ବନା ସ୍ୱାଇଁ ଦେହରେ ଠାକୁରାଣୀ ପୂରାପୂରି ଲାଗୁନାହାନ୍ତି । ସେ ଯାହା କହୁଚି ତା' କ'ଣ ସବୁ ସତ ହେଉଚି ?

କ୍ଷେତରା ଜେନା ଘରକୁ ଫେରିଯାଇଥିଲା । ସେଦିନ ବା ତା'

ପରଦିନମାନଙ୍କରେ ଯେ କୌଣସି ଅଘଟଣ ତା' ପରିବାର ଭିତରେ ଘଟିନାହିଁ, ତା'ର କାରଣ କେହି ଜାଣନ୍ତି ନାହିଁ । ହୋଇପାରେ, କ୍ଷେତରା ଜେନା ଘରେ ବସି ନିରବରେ ମାଆଙ୍କୁ କ୍ଷମା ମାଗିନେଲା ଓ ମାଆ ତାକୁ ସମସ୍ତଙ୍କ ଅଗୋଚରରେ କ୍ଷମା କରିଦେଲେ । ଭକ୍ତ ଆଉ ଭଗବାନଙ୍କ ସଂପର୍କ ସବୁବେଳେ ପ୍ରକାଶ୍ୟ ନୁହେଁ। ସବୁବେଳେ ସର୍ବସମକ୍ଷରେ ଘଟେ ନାହିଁ। ଶବ୍ଦରେ ବା ଚିତ୍କାରରେ ବା ଘୋଷଣାରେ ନଥାଏ।

ପରବର୍ଷ କ୍ଷେତରା ଜେନା ତା' ବିଲହିଡରେ କଂଟା ପକାଇ ନଥିଲା । କାଳିସୀ ସେ ବିଲ ଭିତରେ ଉଦଣ୍ଡ ନୃତ୍ୟ କରି କରି, ଧାନଗଛ ସବୁ ଧ୍ୱସ୍ତବିଧ୍ୱସ୍ତ କରି, ଯାଇନଥିଲା ମେଳନ ପଡ଼ିଆ ଆଡକୁ । ଯୋଉମାନଙ୍କ ଧାନବିଲ ଦଳିମକ୍ଟି ସେ ଯାଇଥିଲା, ସେମାନେ ନିଜକୁ ମହା ଭାଗ୍ୟବାନ ବୋଲି ମନେକରୁଥିଲେ। ସେମାନେ ଦାବି କରୁଥିଲେ ଯେ, ସେମାନଙ୍କର ସବୁ ଭଲ ହେବ। ସେ ଦୃଷ୍ଟିରୁ କ୍ଷେତରା ଜେନା ହତଭାଗ୍ୟ! ତା' ବିଲ ବାଟ ଦେଇ ଠାକୁରାଣୀ ଯେ ଯାଉନାହାନ୍ତି, ଏହାଠୁ ବଳି ଦୁଃଖ ଆଉ କ'ଣ ଥାଇପାରେ। ବିଚରାଟା ନିଜ ଦୋଷରୁ ସେ ସୌଭାଗ୍ୟରୁ ବଂଚିତ ହେଲା ।

ସେଇ ବର୍ଷ କିନ୍ତୁ ଆଉ ଗୋଟାଏ ଘଟଣା ଘଟିଲା । ଯାହା ପ୍ରକୃତରେ ଚାଂଚଲ୍ୟକର। ଆମ ଗ୍ରାମରେ ଆସି ପହଂଚିଲେ ସହରର କିଛି ବାବୁ । ସେମାନେ ଜିପ୍‌ଗାଡ଼ି ଚଢ଼ି ଆସିଥିଲେ। ସେତେବେଳେ ଆମ ଗ୍ରାମକୁ ଗାଡ଼ି ଆସିବା ଦିବାସ୍ୱପ୍ନ ଭଳି । ଆମେ ସବୁ ସେଇ ଗାଡ଼ିକୁ ଦେଖିବାକୁ ବେଶି ଭିଡ଼ ଜମାଇଥାଉ। ପାଣୁଆଟା ଗାଡ଼ି ପଛପଟ ଧୂଆଁନଳୀଟାକୁ ଶୁଙ୍ଘୁଥାଏ । କହୁଥାଏ, ବଢ଼ିଆ ବାସ୍ନା। ଡ୍ରାଇଭର ଆମକୁ ଉପେକ୍ଷା କଲାଭଳି ଚାହୁଁଥାଏ ଓ ମଝିରେ ମଝିରେ ପାଟି କରୁଥାଏ : ଏ ପିଲାମାନେ! ଦୂରରେ ଠିଆ ହୁଅ।

ସତେ ଯେମିତି ଆମେ ଗାଡ଼ିଟାକୁ ଭାଙ୍ଗିଦେବୁ କି ଚୋରେଇ ନେଇଯିବୁ । ତେବେ ମୂଳ ଘଟଣାଟି ଏମିତି ଥିଲା। ଆକାଶମାର୍ଗରୁ ଗବେଷଣା ହୋଇ ଜଣାପଡ଼ିଥିଲା ଯେ ଆମ ଗ୍ରାମର ମାଟିତଳେ ପ୍ରଚୁର ପରିମାଣରେ ତେଲ ଗଚ୍ଛିତ ଅଛି। ତେଣୁ ବାବୁମାନେ ଆସିଛନ୍ତି ପରୀକ୍ଷା ନିରୀକ୍ଷା କରିବେ । ମାଟି ପରୀକ୍ଷା କରିବେ । ମାଟିତଳେ କେତେ ବାଟରେ ତେଲ ଅଛି, ତାହା ଜାଣିବେ । ସର୍ବୋପରି ଆକାଶମାର୍ଗରୁ ଯେଉଁ ସର୍ବେକ୍ଷଣ ହୋଇଛି, ତାହାର ସତ୍ୟାସତ୍ୟ ପରଖିବେ। ସେମାନଙ୍କ ହାତରେ ମ୍ୟାପ୍ ଥିଲା। ସେମାନେ ମ୍ୟାପ୍ ଖୋଲି ଗାର କଟାକଟି କରୁଥିଲେ । କୋଉଟା କୋଉଦିଗ ବୋଲି ଚିହ୍ନଟ କରୁଥିଲେ। ସେମାନଙ୍କୁ ଘେରି ରହିଥିଲେ ଗ୍ରାମବାସୀ ।

ସେମାନେ ମ୍ୟାପ୍ ଚିହ୍ନିତ ଜାଗାଗୁଡ଼ିକ କ'ଣ ଓ କୋଉ ଲୋକଙ୍କର ତାହା ଲେଖୁଥିଲେ ।

ବଡ଼ବାବୁ କହିଲେ : ଯୋଉମାନଙ୍କ ବିଲରେ ଗବେଷଣା କାମ ହେବ, ସେମାନଙ୍କୁ ଉପଯୁକ୍ତ କ୍ଷତିପୂରଣ ମିଳବ !

ଗ୍ରାମବାସୀ କହିଲେ : ଆମର ଭାଗ୍ୟ ! ଆମ ଗ୍ରାମର ଭାଗ୍ୟ ଯେ ଆମ ଗ୍ରାମର ମାଟି ତଳେ ତେଲ ଅଛି ।

ଜମିଚିହ୍ନଟ ହେବା ପରେ ସେହି ଭାଗ୍ୟବାନ ଜମି ମାଲିକମାନଙ୍କର ତାଲିକା ପ୍ରସ୍ତୁତ ହେଲା। ଯୋଉମାନଙ୍କର ନାମ ସେହି ତାଲିକାରେ ରହିଲା, ସେମାନେ ନିଜକୁ ଭାଗ୍ୟବାନ ମନେ କରୁଥିଲେ । ମାତ୍ର ଦୁର୍ଭାଗ୍ୟକୁ ସେଇ ତାଲିକାରେ ରହିଥିଲା କ୍ଷେତରା ଜେନାର ନାମ ଓ ସେ ଏ ପ୍ରସ୍ତାବକୁ ଗ୍ରହଣ କରୁନଥିଲା। ସେଇଟା ଥିଲା ନଭେମ୍ବର ମାସ । ଧାନ ଗଛରେ ଧାନଫଳି ଆସିଥାଏ । ପବନରେ ଦୋହଲୁଥାଆନ୍ତି ଧାନ କେଣ୍ଡାସବୁ। ଆଉ ଦିନ କେଇଟାରେ ଧାନ ଅମଳ ହେବ । ଏବେ କ୍ଷୀରଟାଣିବାର ବେଳ।

ବଡ଼ବାବୁଙ୍କ ସାମ୍ନାରେ ଠିଆ ହୋଇଥାଏ କ୍ଷେତରା ଜେନା ବିଦ୍ରୋହୀ ଭଳି ।

ବଡ଼ବାବୁ କହିଲେ : ତୁମେ ରାଜି କାହିଁକି ହେଉନ ?

କ୍ଷେତରା ଜେନା କହିଲା : ଆଉ ମାସେ ଦି'ମାସ ପରେ ଆସୁନାହାନ୍ତି। ଧାନ ଅମଳ ସରିଯାଇଥିବ !

ବଡ଼ବାବୁ କହିଲେ : ତୁମକୁ କ୍ଷତିପୂରଣ ମିଳିବ ?

କ୍ଷେତରା ଜେନା କହିଥିଲା : କି କ୍ଷତିପୂରଣ ?

ବଡ଼ବାବୁ କହିଲେ : ତୁମର ଯାହା କ୍ଷତି ହେବ, ତା'ର ଦି'ଗୁଣ ପଇସା ଆମେ ଦେବୁ । ତୁମର ଧାନ ଅମଳ କଲେ ଯେତିକି ଟଙ୍କା ତୁମେ ପାଇଥାଆନ୍ତ, ଆମେ ତା'ର ଚାରିଗୁଣା ପଇସା ଦେବୁ! ଏବେ ରାଜି ତ !

କ୍ଷେତରା ଜେନା ଦୃପ୍ତ କଣ୍ଠରେ କହିଥିଲା: ନା! ମୁଁ ରାଜି ନାହିଁ ।

ଯୋଉମାନଙ୍କ ଜମିରେ ସର୍ବେକ୍ଷଣ କାମ ହେବ ବୋଲି ସ୍ଥିର ହୋଇଥାଏ, ସେମାନେ ଖୁସୀରେ ନାଚୁଥାଆନ୍ତି । ସେମାନେ କ୍ଷେତରା ଜେନାକୁ ବୁଝାଉଥାଆନ୍ତି, ଏ ଅପୂର୍ବ ସୁଯୋଗ । ଏମିତି ସୁଯୋଗ ସବୁବେଳେ ମିଳେନାହିଁ । ତୁ ରାଜି ହୋଇ ଯା' !

ମାତ୍ର କ୍ଷେତରା ଜେନାର ସେଇ ଗୋଟିଏ ଉତ୍ତର : ନା! ମୁଁ ରାଜି ନାହିଁ । ମୋ ଆଖି ସାମ୍ନାରେ ମୋ ଧାନବିଲ ଧ୍ୱଂସ ହୋଇଯିବ, ସେଟା ମୁଁ ସହିପାରିବି ନାହିଁ ।

ସର୍ବେକ୍ଷଣ ଅଧିକାରୀମାନେ ବୁଝାଇଲେ, ଗ୍ରାମବାସୀ ବୁଝାଇଲେ, ବନ୍ଧୁବାନ୍ଧବମାନେ ମଧ୍ୟ ବୁଝାଇଲେ। ମାତ୍ର କ୍ଷେତରା ଜେନା ବୁଝିଲା ନାହିଁ । ତା' ଦୃଷ୍ଟିରେ ତା'ର ଧାନ ବିଲ ଅମୂଲ୍ୟ । ତା'ର ବିଲରେ ଲହରି ଖେଳୁଥିବା ଧାନକେଣ୍ଡା ଅମୂଲ୍ୟ ।

ବାବୁମାନେ ନିରାଶ ହୋଇ ଫେରିଲେ । ଯୋଗିଆ ମତେ କହିଲା, ବୁଝିଲୁ!

ମାଟିତଳେ ତେଲ ରହିବାଟା ବିପଦ । କେବେ ଯଦି ସେଥିରେ ନିଆଁ ଲାଗିଗଲା ସବୁ ନଷ୍ଟଭ୍ରଷ୍ଟ ହୋଇଯିବ । ଆମ ଗାଁଟା ଧ୍ୱଂସ ହୋଇଯିବ !

ତେଲଖଣିର ବାବୁମାନେ ଏବେ ବାରମ୍ବାର ଗାଁକୁ ଆସିଲେ। ଚିହ୍ନଟ ଜମି ମାଲିକମାନଙ୍କ ସହ କାଗଜପତ୍ର କଲେ । ବିଲ ମଝିରେ ଠିଆ ହୋଇ ଯନ୍ତ୍ରପାତି ଲଗାଇଲେ । ଲୋକମାନଙ୍କୁ କ୍ଷତିପୂରଣ ଦେଲେ । ଧାନବିଲକୁ ଧ୍ୱସ୍ତବିଧ୍ୱସ୍ତ କରି, ଖୋଳିତାଡ଼ି ମାଟି ଭିତରକୁ ପାଇପ ପୂରାଇଲେ । ସେସବୁ ଦୃଶ୍ୟ ଆମେ ଦେଖିଲୁ ଓ ଆମୋଦିତ ହେଲୁ। ଆମ ଗ୍ରାମରେ କିଛିଦିନ ପାଇଁ ଆଖଡ଼ା ଚାଲିଲା ଯେମିତି। କିଛିଦିନର କସରତ ପରେ ବାବୁମାନେ ଫେରିଗଲେ ।

ସେମାନେ ଚାଲିଯିବା ପରେ ଧାନକ୍ଷେତ ସବୁ ଦିଶୁଥାଏ ଉଜୁଡ଼ା। ଧ୍ୱସ୍ତବିଧ୍ୱସ୍ତ। ତା' ମଝିରେ କ୍ଷେତରା ଜେନାର ଧାନ କ୍ଷେତଟି ସୁନ୍ଦର ଦିଶୁଥାଏ । କ୍ରମେ ସୁନେଲି ପଡ଼ିଆସୁଥାଏ ଧାନକ୍ଷେତ । ଧାନକେଣ୍ଡା ସବୁ ପରିପୁଷ୍ଟ ଦିଶୁଥାଆନ୍ତି । ଅଥଚ ଆଖପାଖ ଧାନକ୍ଷେତ ସବୁ ଦିଶୁଥାଏ ଆବର୍ଜନା ଭଳି। ତେବେ ସେସବୁ ଜମିର ମାଲିକମାନେ ଉପଯୁକ୍ତ କ୍ଷତିପୂରଣ ପାଇଥାଆନ୍ତି ଓ ଖୁସୀ ଥାଆନ୍ତି।

ସର୍ବେକ୍ଷଣ ସରିଗଲା । ମାତ୍ର ସେ ସର୍ବେକ୍ଷଣର ଫଳାଫଳ କ'ଣ ହେଲା ତାହା ଆଉ ଜଣାପଡ଼ିଲା ନାହିଁ। ସେଇ ବାବୁମାନେ ଆଉ ଗାଁକୁ ଫେରିଲେ ନାହିଁ । କେହି କେହି କହିଲେ, ବୋଧେ ତେଲ ମିଳିଲା ନାହିଁ। ଆଉ କେହି କେହି ମତ ଦେଲେ ଯେ, ତେଲଟା ଠିକ୍ କ୍ଷେତରା ଜେନାର ବିଲ ତଳକୁ ଥିଲା । ସେ ହତଭାଗାଟା କ୍ଷତିପୂରଣ ନେଲା ନାହିଁ କି ଜମି ଦେଲା ନାହିଁ । ଏ ଲୋକମାନେ ଯେତେ ମାଟି ଖୋଳିଲେ କ'ଣ ହେବ ? ତେଲ କୋଉଠୁ ଆସିବ ? ତେଲ ମିଳିଥିଲେ ଆମ ଗାଁଟା ମାଲେମାଲ ହୋଇ ଯାଇଥାଆନ୍ତା । କେବଳ କ୍ଷେତରା ଜେନା ଭଳି କିଛି ଲୋକଙ୍କ ପାଇଁ ଗାଁ ଆଜି ଏ ସୁଯୋଗ ହରାଇଲା, ହତଶ୍ରୀ ହୋଇଗଲା । ଲୋକମାନେ କ୍ଷେତରା ଜେନାକୁ ଗାଳି ଗୁଲଜ କରୁଥିଲେ ।

କ୍ଷେତରା ଜେନା କିନ୍ତୁ ଅନୁତପ୍ତ ନ ଥିଲା । ବେଶ ଖୁସୀ ଥିଲା ଓ ତା'ର ସାଧମତେ ତା' ଧାନକିଆରୀକୁ ସବୁଠୁ ନିଆରା, ସବୁଠୁ ଅଲଗା, ସବୁଠୁ ଶ୍ରେଷ୍ଠ ଭାବରେ ତିଆରି କରୁଥିଲା ।

ଆମେ ଅପେକ୍ଷା କରୁଥିଲୁ, ତେଲଖଣି ବାବୁମାନେ କେତେବେଳେ ଫେରିଆସିବେ । ପୁଣି ସର୍ବେକ୍ଷଣ ହେବ। ଗ୍ରାମବାସୀ କ୍ଷତିପୂରଣ ପାଇବେ । ସେମାନେ କିନ୍ତୁ ଫେରୁନଥିଲେ ।

■

ଅଲୌକିକ

ଅଲୌକିକ ବା ଆଶ୍ଚର୍ଯ୍ୟଜନକ ପଛରେ ଧାଇଁବା ସେତେବେଳେ ଆମର ପ୍ରକୃତି ହୋଇଯାଇଥାଏ। ଆମକୁ ଖୁବ ଆଶ୍ଚର୍ଯ୍ୟଜନକ ମନେ ହେଉଥାଏ ପ୍ରକୃତି ଓ ପ୍ରକୃତିର ଭିଆଣ। ଫୁଲଟିଏ ଫୁଟି ଉଠିବା ଆମକୁ ଖୁବ୍ ଅଦ୍ଭୁତ ମନେ ହୁଏ। ସେଥିପାଇଁ ଆମେ ରାତି ଅନ୍ଧାରୁ ଜଗି ବସିଥାଉ। ମନ୍ଦାର ଗଛରେ ଫୁଲ କଢ଼ିଟିଏ ପବନରେ ଦୋହଲୁଥାଏ। ଆମେ ଚାହିଁ ରହିଥାଉ କେତେବେଳେ କଢ଼ିଟି ମେଲିବ। ଆସ୍ତେ ଆସ୍ତେ ମୁକୁଳିତ ହେବ। ଫୁଟି ଉଠିବ। ଏକ ସୁନ୍ଦର ମନୋରମ ପୂର୍ଣ୍ଣାଙ୍ଗ ଫୁଲରେ ପରିଣତ ହୋଇଯିବ। ଫୁଲ ଫୁଟିବାର ଦୃଶ୍ୟଟା ପ୍ରତ୍ୟକ୍ଷ କଲା ପରେ ମନରେ ଗୋଟେ ଗର୍ବ, ଗୋଟେ ଆନନ୍ଦ, ଗୋଟେ ରହସ୍ୟ ଜାଣିପାରିବାର ଜ୍ଞାନାର୍ଜନ ମିଶି ଏକ ବିଚିତ୍ର ଆମୋଦ ଦେଉଥାଏ।

ସେମିତି ଆମେ ଚାହିଁ ବସୁ ପୂର୍ବଦିଗକୁ। କେତେବେଳେ ଲାଲ ପେଣ୍ଡୁଟିଏ ଭଳି ଉପରକୁ ଉଠି ଆସିବ ସୂର୍ଯ୍ୟ। ଧୀରେ ଧୀରେ ଉପରକୁ ଉଠୁଥିବ ଆଉ ଉଜ୍ଜଳ ହୋଇଆସୁଥିବ ସୂର୍ଯ୍ୟର ଚେହେରା। ରଂଗ ବଦଳି ଯାଉଥିବ ସୂର୍ଯ୍ୟର କ୍ରମେ କ୍ରମେ। ଆଖି ଆଉ ସମର୍ଥ ହେବ ନାହିଁ କ୍ରମେ ସିଧାସଳଖ ଦେଖିବାକୁ ସୂର୍ଯ୍ୟର ମୁହଁ। ସେତେବେଳେ ଯାଇ ଆମେ ଅବ୍ୟାହତି ନେବୁ।

ବର୍ଷା ଆସିଲେ, ଆମେ ବର୍ଷାରେ ଭିଜୁ। ଆକାଶକୁ ମୁହଁ କରି ଚାହୁଁ । ଠିକ୍ କୋଉ ବିନ୍ଦୁରୁ ଝରି ଆସୁଚି ବର୍ଷା ଟୋପା, ଜାଣିବାକୁ ମନ କରୁ। ଆଖିରେ ବର୍ଷା ଟୋପା ପଡ଼ି ଏକ ବିଚିତ୍ର ଅନୁଭବ ଦିଏ। ଆଖି ଆକ୍ତାମାକ୍ତା ହୋଇଯାଏ। ମନକୁ ମନ ବନ୍ଦ ହୋଇଯାଏ। ତଥାପି ଆମେ ଆଖିକୁ ଜୋର୍ କରି ଖୋଲୁ। ଦେଖୁ। ବୁଝିବାକୁ ଚେଷ୍ଟା କରୁ। କୋଉଠୁ କେମିତି ଝରିପଡ଼େ ବିନ୍ଦୁବିନ୍ଦୁ ବର୍ଷାଜଳ।

ସଂଜ ପହରୁ ଆମେ ଆକାଶକୁ ଚାହିଁ ବସିଥାଉ । କେମିତି ଗୋଟିକ ପରେ ଗୋଟିଏ ତାରା ଫୁଲ ଫୁଟିଉଠିବ । ଆକାଶର ଖାଲି ଅଗଣାଟା କେମିତି ଚିକ୍‌ମିକ୍ ତାରାଫୁଲରେ ଛାଇ ହୋଇଯିବ । ଆମେ ଗଣିବାକୁ ଆରମ୍ଭ କରୁ । ହେଇ ଗୋଟାଏ ଫୁଟିଲା । ହେଇରେ ଦୁଇଟା ଫୁଟିଲା । ଦେଖ, ଦେଖ, ତିନି ହୋଇଗଲା । ଏବେ ଦେଖ ଚାରି । କ୍ରମେ ସଂଖ୍ୟା ବଢ଼ି ଚାଲେ । କ୍ରମେ ଏତେ ବଢ଼ିଯାଏ ଯେ, ଆମ ଗଣିବା ଅସମ୍ଭବ ହୋଇଆସେ । ଆକାଶର ସୁବିସ୍ତୃତ ଚାଦର ସଜେଇ ହୋଇଯାଏ ତାରାର ବିନ୍ଦୁରେ ।

କେବେକେବେ ଅପରାହ୍ଣରେ ଆମେ ଅକାଶ ଆଡ଼କୁ ଚାହୁଁ । ନୀଳ ଆକାଶରେ ଶିମିଳିତୁଳା ଭଳି ଭାସି ଭାସି ଯାଉଥାନ୍ତି ଖଣ୍ଡଖଣ୍ଡ ମେଘ । ଆମେ ମେଘ ଖଣ୍ଡରେ ବିଭିନ୍ନ ଆକୃତି କଳ୍ପନା କରୁ ଓ ଆମୋଦିତ ହେଉ । ହେଇ ଦେଖ, ଦେଖ ସେ ମେଘକୁ, ହାତୀର ଶୁଣ୍ଢ ଭଳି ଦିଶୁଚି । ଦେଖ ଦେଖ ସେ ମେଘକୁ, ଦିଶୁଚି କୁକୁର ଭଳି । ଆରେ... ଦେଖ ! କୁକୁର ମୁହଁ ବଦଳି ଗଲାଣି ବର ଗଛ ଭଳି । ମେଘମାନେ ଭାସି ଚାଲିଥାଆନ୍ତି । ସେମାନଙ୍କ ଆକୃତି ବଦଳୁ ଥାଏ । ହାତୀର ଥୋର ପାହାର ଭଳି ଦିଶୁଥିବା ମେଘ କ୍ରମେ ସାପର ଫଣା ଭଳି ଦିଶେ । କୁକୁରର ମୁହଁ ବଦଳିଯାଏ କୁକୁଡ଼ାର ଚୂଳରେ । କୁଆଡୁ ଆସେ ଏତେ ମେଘ ? ପୁଣି କୁଆଡ଼େ ଯାଉଥାଏ ? କିଏ ଏମିତି ଚେହେରାମାନ ଆଙ୍କି ଦେଇଯାଏ ମେଘ ପିଠିରେ । ଆମେ ଚମତ୍କୃତ ହେଉ ।

ବଗଟିଏ ବସିଥାଏ ପୋଖରୀ କୂଳରେ । ଗୋଟିଏ ଗୋଡ଼ ଉପରକୁ ଟେକି ଦେଇ ଧ୍ୟାନ ମୁଦ୍ରାରେ ଠିଆ । ସ୍ଥିର ଅଚଂଚଳ ତା'ର ଠାଣି । ଯେମିତି ଠିଆ ଠିଆ ଶୋଇଯାଇଛି ସେ । ଆମେ ସାମାନ୍ୟ ଦୂରରୁ ତାକୁ ଲକ୍ଷ୍ୟ କରୁଥାଉ । ହଠାତ୍ ବଗ ଝାମ୍ପିପଡ଼େ ପାଣି ଭିତରକୁ । ତା'ର ଲମ୍ବା ଥଂଟ ଖୁମ୍ପା ଦିଏ ପାଣିକୁ ଓ ଫେରିଆସେ ଥଂଟରେ ଚାପି ଛଟପଟ ଗୋଟାଏ ମୀନ । ଆମେ ଆଶ୍ୱସ୍ତ ହେଉ । ଯା'ହେଉ ଧରି ପକାଇଲା । ଆମେ ତାଳି ମାରିବାକୁ ଚାହୁଁ । କିନ୍ତୁ ମାରୁନା । କାରଣ ବଗ ହୁଏତ ଉଡ଼ି ଚାଲିଯିବ ।

ଏମିତି ଥିଲା ଆମର ଶୈଶବ । ପ୍ରକୃତି ପ୍ରଭାବିତ ଓ ପ୍ରକୃତିର ବୈଚିତ୍ର୍ୟରେ ବିମୋହିତ । ଠିକ୍ ଏତିକିବେଳେ ଆଉ ଏକ ଅଲୌକିକ ଘଟଣା ଘଟିବାର ଖବର ପ୍ରଚାରିତ ହୋଇଗଲା । ତେବେ ଏହା ପ୍ରକୃତି ବିରଚିତ ନ ଥିଲା । ଥିଲା ମନୁଷ୍ୟକୃତ ଖେଳ । ଆମେ ଅଧିକ ଆଗ୍ରହୀ ହେବା ସ୍ୱାଭାବିକ ।

ଗାଁ ରାସ୍ତାରେ ଦେଖା ଗଲେ କିଛି ଯୁବକ । ଶ୍ୱେତବସ୍ତ୍ରଧାରୀ ଓ ମଥାରେ ଚିତା ଚଇତନ କାଟିଥିବା ଏଇ ଯୁବକମାନେ ଥିଲେ ଆକର୍ଷଣର ଆଧାର । ସେମାନେ

କାନ୍ଥବାଡ଼ରେ ଲେଖିଦେଇଗଲେ ଏକ ବାର୍ତ୍ତା । 'ଛୁଆ ବାବାଜୀଙ୍କ ଚମତ୍କାରୀ' । ଗୋଟିଏ ହାଣ୍ଡିରୁ ଭୋଗ ପାଇବେ ଦଶହଜାର ଲୋକ। କଥାଟି ବିଜୁଳୀ ବେଗରେ ଗାଁ ସାରା ଖେଳିଗଲା ଓ ଆଲୋଚନାର ମୁଖ୍ୟ ପ୍ରସଙ୍ଗ ହୋଇଠିଆ ହେଲା।

ଆମେ ଠିଆ ହେଲୁ ସେ କାନ୍ଥ ସାମ୍ନାରେ। ଘୋଷଣାଟିକୁ ପଢ଼ିଲୁ। ବାରମ୍ୱାର ପଢ଼ିଲୁ। ଏତେ ଥର ପଢ଼ିଲୁ ଯେମିତି ସେଇଟା ଆମକୁ ସ୍କୁଲରେ ଶିକ୍ଷକ ଦେଇଥିବା ହୋମ୍‌ୱାର୍କ! ଆମେ ଘୋଷଣାଟିକୁ ଅକ୍ଷରେ ଅକ୍ଷରେ ଘୋଷି ସ୍କୁଲରେ ପରିବେଷଣ କଲୁ ବନ୍ଧୁ ମହଲରେ। ଗୋଟିଏ ହାଣ୍ଡିରୁ ଭୋଗ ପାଇବେ ଦଶହଜାର ଲୋକ! ଆରେ... ଇଏତ ଅଦ୍ଭୁତ କଥା! ଚମତ୍କାରୀ ହୋଇଗଲା! କେମିତି ଏହା ସମ୍ଭବ? କିଏ ଏଇ ଛୁଆ ବାବାଜୀ? ଛୁଆ ବାବାଜୀ କ'ଣ ଭଗବାନ?

ଛୁଆ ବାବାଜୀଙ୍କୁ ଆମେ ଦେଖି ନ ଥିଲୁ। କିନ୍ତୁ ତାଙ୍କ ସମ୍ପର୍କରେ ଏ ବିଜ୍ଞାପନ କାନ୍ଥବାଡ଼ରେ ପ୍ରଚାର କରି ଚେଲାମାନେ ଚାଲିଗଲା ପରେ, ତାଙ୍କୁ କେନ୍ଦ୍ର କରି ନାନା କାହାଣୀ ଆମ ଅଂଚଳରେ ପ୍ରଚାରିତ ହେବାରେ ଲାଗିଲା।

ଯେଉଁସବୁ କାହାଣୀ ଶୁଣାଗଲା, ତାହା ଏହିପରି। ଛୁଆ ବାବାଜୀ କୌପୀନ ପିନ୍ଧି ହିଁ ଜନ୍ମ ହୋଇଥିଲେ। ଜନ୍ମ ହେଉହେଉ ପିତାମାତାଙ୍କୁ କହିଥିଲେ, ମୋତେ ତୁରନ୍ତ ବ୍ରତ କରିଦିଅ। ମୁଁ ତପସ୍ୟା କରିବାକୁ ଚାଲିଯିବି। ଦଶବର୍ଷ ବୟସରେ ସେ ତପସ୍ୟା କଲେ ଜଂଗଲରେ ଓ ଜଂଗଲ ଜଂଗଲ ଦେଇ ପହଂଚିଲେ ହିମାଳୟରେ। ହିମାଳୟର ଗୁମ୍ଫାରେ ସେ ପୁଣି ତପସ୍ୟା କଲେ। ତାଙ୍କୁ ଢାଙ୍କି ହୋଇ ଗୋଟେ ବରଫର ପାହାଡ଼ ବି ତିଆରି ହୋଇଗଲା। ଚାଳିଶ ବର୍ଷ ତପସ୍ୟା ଉତ୍ତାରୁ ସେ ତପବଳରେ ବରଫର ପାହାଡ଼ ତରଳାଇ ବାହାରକୁ ବାହାରିଲେ। ଏବେ ସେ ଫେରି ଆସିଛନ୍ତି ଜନପଦକୁ। ଧର୍ମ ପ୍ରଚାର କରିବେ। ମାନବ ଜାତିର କଲ୍ୟାଣ କରିବେ।

ମନ୍ଦିର ପିଣ୍ଡାରେ ବସି ବନା ଭାଇନା ଶୁଣାଇଲେ, ଏ ଦଶହଜାର ଲୋକଙ୍କୁ ଖୁଆଇବାରେ ବଡ଼ କଥା କ'ଣ ରହିଲା। ପୁରାଣରେ ପରା ଅଛି, ବଶିଷ୍ଠଙ୍କ ପାଖରେ ଗୋଟାଏ ଗାଈ ଥିଲା। ନାମ ତା'ର କାମଧେନୁ। ସେଇ କାମଧେନୁ ଗାଈକୁ ଧରି ବଶିଷ୍ଠ ଲକ୍ଷେ ଲୋକଙ୍କୁ ଖାଇବାକୁ ଦେଉଥିଲେ।

ଅକ୍ରୁର ଭାଇନା ସନ୍ଦେହ ପ୍ରକାଶ କରୁଥିଲେ : ଇଏ ଛୁଆ ବାବାଜୀ କ'ଣ ସେମିତି ଗୋଟାଏ ଗାଈ ରଖିଥିବ?

ବନା ଭାଇନା ଉତ୍ତର ଦେଲେ : ରଖିଥିବ! ସେଇ ଗାଈ ବଳରେ ଏମିତି ବାହାସ୍ଫୋଟ ମାରୁଛି। ହିମାଳୟ ପଟେ ସେମିତି ଗାଈ ମିଳୁଥିବେ। ହିମାଳୟରେ ପରା କେତେ ବର୍ଷ ଥିଲା ସେ ବାଆଜୀ! ସେଇଠୁ ଆଣିଥିବ।

ଜଣେ ଅଭିଜ୍ଞ ବିଶେଷଜ୍ଞ ଭଳି ଜଗୁନନା କହିଲେ : ନାଇଁ! ସେ ଗାଈ ଏଠି ବଂଚିବେନି। ହିମାଳୟର ଗାଈ ଏଠି ଏ ଗରମ ସହି ପାରିବେନି। ମରିଯିବେ। ମୋତେ ଲାଗୁଛି ସେ ବାବାଜୀ ପାଖରେ ଅକ୍ଷୟପାତ୍ର ଅଛି। ସେ ପାତ୍ରଟା ଏମିତି ଯେ ଯେତେ କାଢୁଥିବ ସେତେ ବାହାରୁଥିବ, ଜମା ସରିବନି।

ଧନୁକକା କହିଲେ : ନାଇଁ ମ! ପାତ୍ରଫାତ୍ର ନୁହଁ। ଇଏ ଗୋଟାଏ ମନ୍ତ୍ର। ଏ ମନ୍ତ୍ର ଦ୍ରୌପଦୀ ଜାଣିଥିଲେ। ମହାଭାରତରେ ପରା ଅଛି। ହାଣ୍ଡିରେ ଗୋଟେ ମାତ୍ର ଭାତ ଥିଲା। କୃଷ୍ଣ ଆସି ଖାଇବାକୁ ମାଗିଲେ। ସେତେବେଳକୁ ସମସ୍ତେ ଖାଇ ସାରିଲେଣି। ଘରେ ଆଉ କିଛି ନାଇଁ। ଦ୍ରୌପଦୀ ଏମିତି ମନ୍ତ୍ର ପଢ଼ିଲେ ଯେ ଗୋଟାଏ ଭାତ ହାଣ୍ଡିଏ ଭାତ ହୋଇଗଲା। ସେଇଆକୁ କୃଷ୍ଣ ଖାଇଲେ। ସେଇ ମନ୍ତ୍ରଟା ହିମାଳୟରୁ ଶିଖିକି ଆସିଛି ଏ ବାବାଜୀ!

ବଡ଼ମାନଙ୍କ କଥା ଶୁଣି ଶୁଣି ଆମେ ବି ସ୍କୁଲରେ ଆଲୋଚନା କଲୁ। କ'ଣ ଅଛି ସେ ବାବାଜୀ ପାଖରେ। କାମଧେନୁ ଗାଈ ନା ଅକ୍ଷୟ ପାତ୍ର ନା ଅନ୍ନବ୍ୟଞ୍ଜନ ମନ୍ତ୍ର। ତେବେ ସବୁଠୁ ବେଶି ଆଲୋଚନା ହେଲା ଛୁଆ ବାବାଜୀର ଅଲୌକିକ କାରନାମାର।

ଯୋଗିଆ କହିଥିଲା: ଶୁଣାଯାଉଛି ଛୁଆ ବାବାଜୀ କୋଉଠି ଆକାଶରେ ଉଡ଼ିପାରେ।

ଆମେ ଅତି ଆଚମ୍ବିତ ଦୃଷ୍ଟିରେ ଯୋଗିଆ ଆଡ଼କୁ ଚାହିଁଲୁ। ଆକାଶରେ ଉଡ଼ିପାରେ! ସେ କ'ଣ ଚଢ଼େଇ ନା ଉଡ଼ାଜାହାଜ?

ଯୋଗିଆ କହିଲା : ଚାଳିଶ ବର୍ଷ ହିମାଳୟରେ ତପସ୍ୟା କରିଛନ୍ତିଟି? ଉଡ଼ିବା ଶିଖିବ ନାହିଁ କେମିତି?

ପାଣୁଆ କହିଲା : ଆମେ ତେବେ ଏଠି କ'ଣ କରୁଛେ? ଆମେ ବି ହିମାଳୟ ଚାଲିଯିବା ଭଲ!

ଗିରିଧାରୀ ପଚାରିଲା : ହିମାଳୟ ଗଲେ କ'ଣ ହେବ?

ପାଣୁଆ ମନ୍ତବ୍ୟ ଦେଲା : ଆମେ ଉଡ଼ିବା ଶିଖିଯିବା। ଉଡ଼ିଉଡ଼ି ଘରକୁ ଆସିବା। ଏ ପାଠପଢ଼ାରୁ ତ ରକ୍ଷା ମିଳିଯିବ!

ସେଇସବୁ ଦିନମାନଙ୍କରେ ପାଠପଢ଼ାଟିକୁ ସବୁଠୁ ବଡ଼ ବୋଝ ବୋଲି ଆମେ ମନେ କରୁଥିଲୁ। କାରଣ ପାଠପଢ଼ା ଥିଲା ଏକ ଶୃଙ୍ଖଳ ଭଳି। ଆମ ସ୍ୱାଧୀନତାରେ ଅଂକୁଶ ଭଳି। ଯୋଉ ସମୟରେ ଆମର ଖେଳିବା କଥା, ଆମେ ସେତେବେଳେ ସ୍କୁଲଯିବାକୁ ବାଧ୍ୟ ହେଉଥିଲୁ। ଯେତେବେଳେ ଆମର ପ୍ରକୃତିର ଅଲୌକିକ ଦୃଶ୍ୟସବୁ ଦେଖିବା କଥା, ଆମେ ସେତେବେଳେ ପାଠ ଘୋଷୁଥିଲୁ।

ଦୀର୍ଘ ବିଚାର ଆଲୋଚନାର ଶେଷରେ ମୁଁ ମନ୍ତବ୍ୟ ଦେଇଥିଲି ଯେ, ଆମର ଛୁଆ ବାବାଜୀଙ୍କୁ ଦେଖା କରିବା ଉଚିତ !

ଯୋଗିଆ ପଚାରିଲା : ଦେଖା କଲେ କ'ଣ ହେବ ?

ମୁଁ କହିଲି : ହିମାଳୟକୁ ଯିବାକୁ ବାଟ ତ ବତେଇବେ ।

ପାଣୁଆ କହିଲା : ବାଟ ମତେ ଜଣା ଅଛି ।

ସେ ସ୍କୁଲ ପାଠରୁ ଧାଡ଼ିଏ ମନେ ପକାଇଲା, 'ଭାରତର ଉତ୍ତରରେ ହିମାଳୟ ପାର୍ବତ୍ୟଶ୍ରେଣୀ ଅବସ୍ଥିତ' ।

ମୁଁ ସତର୍କ କରାଇଦେଲି : ଏମିତି ହୁମ୍‌ଦୁମ୍ ହୋଇ ପଳେଇଲେ ହିମାଳୟରେ ପହଂଚି ପାରିବାନି । ବରଂ ପାକିସ୍ତାନରେ ପହଂଚିଯିବ । ପାକିସ୍ତାନରେ ପହଂଚି ଗଲେ ଆଉ ଫେରିପାରିବନି । ସେଇଠି ବନ୍ଦୀ ହୋଇଯିବ । ତେଣୁ ବାଟଘାଟ ଭଲ କରି ବୁଝିନେବା ଭଲ !

ହଠାତ୍ ଯୋଗିଆ ଦାର୍ଶନିକ ଭଳି ଦେଖାଗଲା । କହିଲା : ଆମେ ସମସ୍ତେ ଯଦି ହିମାଳୟ ଚାଲିଯିବା, ଏ କ୍ଲାସ୍‌ର ଅବସ୍ଥା କ'ଣ ହେବ । ଏଠି କିଏ ପାଠ ପଢ଼ିବ । ଗୁରୁଜୀମାନେ କାହାକୁ ପାଠ ପଢ଼ାଇବେ ? ଯୋଗିଆର କଥାରେ ଆମେ ସମସ୍ତେ ଚିନ୍ତିତ ଓ ବିମର୍ଷ ହୋଇପଡ଼ିଲୁ ।

ପରଦିନକୁ ଗାଁରେ ପୁଣି ଦେଖାଗଲେ ଛୁଆ ବାବାଜୀର ଚେଲାମାନେ । ଏବେ ସେମାନଙ୍କ ସଂଖ୍ୟା ବୃଦ୍ଧି ହୋଇଥିଲା । ଯୋଉଯୋଉ କାନ୍ଥରେ ସେମାନେ ଲେଖି ଯାଇଥିଲେ 'ଛୁଆବାବାଜୀଙ୍କ ଚମତ୍କାରୀ', ସେଇ ଜାଗାରେ ଯୋଗ କଲେ ଆଉ କିଛି ଖବର । ସେଠି ଲେଖିଲେ - ତାରିଖ, ବାର ଓ ସ୍ଥାନ । କୋଉଠି କୋଉଦିନ କେତେବେଳେ ବାବା ତାଙ୍କ ଚମତ୍କାରୀ ଦେଖାଇବେ ।

ଆମେ ଯାଇ ଠିଆ ହେଲୁ ସେଇ ଚମତ୍କାରୀ ବିଜ୍ଞାପନ ସାମ୍ନାରେ । ଲେଖାସବୁ ବାରମ୍ବାର ପଢ଼ିଲୁ । ପଢ଼ିଲୁ ଓ ପୁଲକିତ ହେଲୁ । ହିସାବ କରି ଦେଖିଲୁ, ଆଉ ମାତ୍ର ସାତୋଟି ଦିନ ରହିଲା ଚମତ୍କାରୀ ପ୍ରଦର୍ଶନ ପାଇଁ । ସ୍ଥାନଟି ମଧ୍ୟ ଥିଲା ଆମ ଗ୍ରାମଠାରୁ ଦୁଇ କିଲୋମିଟର ଦୂର ଏକ ପଡ଼ିଆରେ । ବାରଟି ଥିଲା ରବିବାର । ଆମର ସ୍କୁଲ ଛୁଟି । ଆମେ ଚମତ୍କାରୀ ଦେଖିବା ପାଇଁ ଉତ୍କଣ୍ଠିତ ହୋଇପଡ଼ିଲୁ ।

ମୁଁ ସ୍କୁଲରେ ଯୋଗିଆକୁ ସାଂଗ କଲି ଯିବାକୁ ।

ଯୋଗିଆ କହିଲା : ମୁଁ ତ ବିଚାରିଛି, ଏମିତି ଖାଇକି ଆସିବି ଯେ ଦି'ଦିନ ଯାଏ ଯେମିତି ଭୋକ ହେବ ନାହିଁ ।

ପାଣୁଆ କହିଲା : ମୁଁ ବି ତିନି ଦିନର ଖାଇବା ଏକାବେଳକେ ଖାଇଆସିବି ।

ମୁଁ ସନ୍ଦେହ ପ୍ରକାଶ କଲି : ତୁମେମାନେ ଯଦି ଏମିତି ଦୁଇ ଚାରି ଦିନର ଖାଇବା ଏକାଥରକେ ଗେଫିବ, ତେବେ ଖାଦ୍ୟ ନିଅଂଟ ପଡ଼ିଯିବ।

ଯୋଗିଆ ଆଶ୍ୱାସନା ଦେଲା : ନା! ନିଅଂଟ ପଡ଼ିବନି। ସେଇଟା ପରା ଅକ୍ଷୟ ପାତ୍ର। ଯେତେ ଖାଇଲେବି ସରିବନି!

ପାଣୁଆ ପଚାରିଲା : ତୁ ଠିକ୍ ଜାଣିଛୁ ସେଇଟା ଅକ୍ଷୟପାତ୍ର!

ଯୋଗିଆ କହିଲା : ପକ୍କା। ମୋ ପାଖରେ ସବୁ ଖବର ଅଛି।

ପାଣୁଆ ଗର୍ବର ସହିତ କହିଲା : ସେ ଅକ୍ଷୟପାତ୍ର ସେଠୁ ହରଣଚାଳ ହୋଇଯିବ।

ମୋ ଆଖି ବଡ଼ ବଡ଼ ହୋଇଗଲା : କିଏ ହରଣଚାଳ କରିବ?

ପାଣୁଆ ଫିସ୍‌ଫିସ୍ ସ୍ୱରରେ କହିଲା : ମୁଁ!

ପାଣୁଆର ଦୁଃସାହସିକ ଯୋଜନା ଶୁଣି ମୁଁ ଚମକି ପଡ଼ିଥିଲି। ମାତ୍ର ଏହା ଅସମ୍ଭବ ନ ଥିଲା। ସ୍କୁଲ ଗଛରୁ ନଡ଼ିଆ ତୋଳିନେବା ଭଳି ସାହସ କେବଳ ପାଣୁଆର ଥିଲା ଓ ଚୋରି ତା' ପାଇଁ ଥିଲା ବୀରତ୍ୱ ପ୍ରଦର୍ଶନର ଏକ କ୍ଷେତ୍ର।

ସେ ଏଥର ଆମ୍ଭମାନଙ୍କୁ ଡରାଇବା ଭଳି କହିଲା : ସାବଧାନ! ଏ କଥା ଯେମିତି କାନକୁ ଦୁଇକାନ ନ ହୁଏ!

ଯା' ଭିତରେ ଛୁଆବାବାଜୀ ଚେଲା ସଂଖ୍ୟା ବଢ଼ିଥିଲା। ଆମ ଗ୍ରାମରୁ ମଧ୍ୟ ଅନେକ ଯୁବକ ଚେଲା ବନି ଯାଇଥିଲେ ଓ ବାବାଜୀଙ୍କ ଗୁଣ କୀର୍ତ୍ତିକରୁଥିଲେ। ସେମାନେ ଏତେ ଶୀଘ୍ର କିପରି ଚେଲା ବନିଗଲେ, ତାହା ମୁଁ ବୁଝି ପାରୁ ନ ଥିଲି। ଏବେ ଏଇ ଧଳାଧୋତି ପିନ୍ଧା ଚେଲାମାନେ ସାଇ ସାଇ ବୁଲୁଥିଲେ ଓ ମୁଷ୍ଟିଭିକ୍ଷା କରୁଥିଲେ। ସାଂଗରେ ସଂକୀର୍ତ୍ତନ ଦଳଟେ ଖୋଳ କରତାଳ ବଜାଇ ନାଟକୀୟ ପରିବେଶ ସୃଷ୍ଟି କରୁଥିଲେ।

ଜଣକ ଘର ସାମ୍ନାରେ ଖୋଳ କରତାଳ ଖୁବ୍ ବାଜିଲା। ବିଳମ୍ବରେ ବାହାରିଲେ ଗୃହକର୍ତ୍ତୀ। ଜଣେ ବୃଦ୍ଧା।

ପଚାରିଲେ : ତମର ଗୁରୁପରା ଗୋଟିଏ ହାଣ୍ଡିରୁ ଦଶ ହଜାର ଲୋକଙ୍କୁ ଖାଇବାକୁ ଦେବ। ତମେ ଚେଲାଗୁଡ଼ା ପୁଣି ଭିକ ମାଗୁଛ କାହିଁକି?

ଜଣେ ପ୍ରମୁଖ ଚେଲା ଏ ପ୍ରଶ୍ନର ଉତ୍ତର ଦେଲା। କହିଲା : ମାଉସୀ! ଖାଲି ଭାତ ହୋଇଗଲେ ତ ହେବନି! ତା' ସାଂଗକୁ ଡାଲମାଟେ ହେବ ନା ନାହିଁ! ଖଟା କ୍ଷିରୀ ହେବ ନା ନାହିଁ?

ବୁଢ଼ୀ ପୁଣି ଚେତେଇକି ପଚାରିଲା : ତମ ଗୁରୁ କ'ଣ ସେଇ ଗୋଟାଏ ଭାତ ମନ୍ତ୍ର ଜାଣିଛି! ଡାଲି ମନ୍ତ୍ର, ତରକାରୀ ମନ୍ତ୍ର, କ୍ଷୀରି ମନ୍ତ୍ର ନ ଶିଖିଲା କାହିଁକି?

ପ୍ରମୁଖ ଚେଲା ଟିକେ ଅପ୍ରସ୍ତୁତ ଦିଶିଲା।

ତେବେ ଉପଯୁକ୍ତ କୈଫିୟତ ଧରି ସାମ୍ନାକୁ ଆସିଲା ଆଉ ଜଣେ ଚେଲା। କହିଲା : ମାଉସୀ! ଆମ ଗୁରୁଙ୍କ ପାଖରେ ସବୁ ମନ୍ତ୍ର ଅଛି। ସେଥିରୁ ସବୁ ବ୍ୟଞ୍ଜନ ବାହାରିବ। ହେଲେ ଏ ମୁଷ୍ଟିଭିକ୍ଷା ହେଉଛି ଯଜ୍ଞ ପାଇଁ। ବାବା ଗୋଟେ ଯଜ୍ଞ କରିବେ। ବିଶ୍ୱ ଶାନ୍ତି ମହାଯଜ୍ଞ। ସେଇ ଯଜ୍ଞ ପାଇଁ ଆପଣମାନେ ଦାନ କରନ୍ତୁ।

ଏ କୈଫିୟତରେ ବୁଢ଼ୀର ଅସନ୍ତୋଷ ସନ୍ତୋଷରେ ପରିଣତ ହେଲା କି ନାଇଁ ଜଣା ନାହିଁ, କିନ୍ତୁ ବୁଢ଼ୀ ମାଣେ ଚାଉଳ ଆଉ ଦଶ ପଇସା ଏପରି ଢଙ୍ଗରେ ଭିକ୍ଷା ଥାଳରେ ଢାଳିଲା, ଯେ ମନେ ହେଲା ସେ ଯେମିତି ସାହାଯ୍ୟ ନୁହେଁ, ଅଭିଶାପ ଦଉଛି। ଆମ ଅଂଚଳରେ ଲୋକମାନେ ଅତ୍ୟନ୍ତ ଧର୍ମପରାୟଣ ଥିଲେ। ଖୋଳ କରତାଳ ବାଜିବା ମାତ୍ରେ ହାତ ଉପରକୁ କରି ପରମପିତାଙ୍କୁ ପ୍ରଣାମ କରି ପକାଉଥିଲେ। ଏପରି ଏକ ଯଜ୍ଞ ହେବା ଖବର ଶୁଣି ବଡ଼ବଡ଼ କୃପଣମାନେ ମଧ୍ୟ ଦାନଶୀଳ ହୋଇପଡ଼ିଥିଲେ। ତେଣୁ ପ୍ରଚୁର ପରିମାଣରେ ଚାଉଳ ଓ ପଇସା ଆଦାୟ ହେଉଥିଲା।

ଆମ ସ୍କୁଲରେ ଆମେ ତା'ପରଦିନ ଗପସପ ହେଲାବେଳେ ଛୁଆ ବାବାଜୀର ଶହେଟା ହାଣ୍ଡି ଥିବା କଥା ପଡ଼ିଲା। ପାଣୁଆ ପୁଣି ଥରେ ତା'ର ଯୋଜନା ଦୋହରାଇଲା। ଅକ୍ଷୟ ପାତ୍ର ଚୋରି ବା ହାଣ୍ଡି ହରଣଚାଳ।

ମୁଁ ପଚାରିଲି : ହାଣ୍ଡି ହରଣଚାଳ କଥା କାହିଁକି ଭାବୁଛୁ।

ପାଣୁଆ ପ୍ରକୃତରେ ସମାଜସେବୀ ହୃଦୟର ଥିଲା। କହିଲା : ହାଣ୍ଡିଟା ଆମ ସ୍କୁଲରେ ରହିବ। ଦି'ପହରେ ଆମେ ସମସ୍ତେ ସେଇଠୁ ଖାଇବା।

ମୋତେ ପାଣୁଆର ଯୋଜନାଟା ଲୋଭନୀୟ ଦେଖାଗଲା।

ପାଣୁଆ କହିଲା : ସ୍କୁଲରେ ଖାଇବାକୁ ମିଳିଲେ କେତେ ବଢ଼ିଆ ହେବ, ଭାବିଚୁ ?

ମୁଁ ପ୍ରଭାବିତ ହେଲି। ସ୍କୁଲ ଶେଷବେଳକୁ ଭାରି ଭୋକ ହୁଏ। ଖାଇବାର ବ୍ୟବସ୍ଥା ନାହିଁ। ଅଥଚ ପାଠପଢ଼ା ଜାରି ରହେ। ପାଠ ଜମା ମନରେ ପଶେ ନାହିଁ। ଆମେ ସବୁ ସ୍କୁଲ ଶେଷ ବେଳକୁ ଛଟପଟ ହେଉଥାଉ ଭୋକରେ। ପାଣୁଆର ଏ ଯୋଜନା ଯଦି କାର୍ଯ୍ୟକାରୀ ହୁଏ ତେବେ ଏହା ଏକ ଯୁଗାନ୍ତକାରୀ ପଦକ୍ଷେପ ହେବ।

ଅବଶେଷରେ ପ୍ରତୀକ୍ଷିତ ରବିବାରଟି ଆସି ପହଂଚିଲା। ସେଦିନ ରବିବାର ଥିଲା ଓ ମୁଁ ଘରେ ନୋଟିସ୍ ଦେଇଦେଲି ଯେ, ମୋର ସକାଳ ବେଳା ଖାଇବା ବନ୍ଦ। ମୁଁ ଛୁଆବାବାଜୀଙ୍କ ଅକ୍ଷୟପାତ୍ରରୁ ପ୍ରସାଦ ପାଇବି। ଆମେ ସାଙ୍ଗମାନେ ମିଶି ଘଟଣାସ୍ଥଳୀରେ ପହଂଚିଲୁ। ସେଠାରେ ବିରାଟ ଆୟୋଜନ ହୋଇଥିଲା। ସାମିଆନା

ଟଙ୍ଗା ହୋଇଥିଲା । ଗୋଟାଏ ମଂଚ ପ୍ରସ୍ତୁତ ହୋଇଥିଲା । ମଂଚର କେନ୍ଦ୍ରରେ ଫୁଲମାଳ ପକେଇ ବସିଥିଲେ ଛୁଆବାବାଜୀ । ସେ ଆଖିବୁଜି ଧ୍ୟାନ ମୁଦ୍ରାରେ ବସିଥିଲେ । ସାମ୍ନାରେ ଭକ୍ତମାନେ ଖୋଳ କରତାଳ ବଜାଇ ନୃତ୍ୟ କରୁଥିଲେ । ଦୂରଦୂରାନ୍ତରୁ ଆସିଥିବା ଭକ୍ତମାନେ ଧାଡ଼ିରେ ଯାଇ ବାବାଙ୍କୁ ଦର୍ଶନ କରୁଥିଲେ ଓ ସାମ୍ନାରେ ଥିବା ଏକ ପିତଳ ଥାଳୀରେ ଦର୍ଶନୀ ସ୍ୱରୂପ ଟଙ୍କା ପଇସା ପକାଉଥିଲେ । ବାବା କିନ୍ତୁ ନିର୍ବିକାର ଭାବରେ ବସିଥିଲେ ।

ଆମେ ସେଠୁ ଗଲୁ ଖନ୍ଦାଶାଳକୁ । ଖନ୍ଦାଶାଳରେ ବଡ଼ବଡ଼ ହଣ୍ଡା ବସିଥିଲା ଓ ରୋଷେଇ ଚାଲିଥିଲା । ଝାଳନାଳ ହୋଇ ଭାଇନାମାନେ ହଣ୍ଡାରୁ ଭାତ ଛାଣି ନେଇ ଝୁଡ଼ିରେ ଗଦା କରୁଥିଲେ ।

ମୁଁ ଯୋଗିଆକୁ ନିମ୍ନ ସ୍ୱରରେ ପଚାରିଲି : ଅକ୍ଷୟପାତ୍ର କାହିଁ ?

ଯୋଗିଆ ଆଶ୍ଚର୍ଯ୍ୟ ଭାବ ପ୍ରକଟ କଲା : ଏଠି ତ ରୋଷେଇ ଚାଲିଛି । ରୋଷେଇ କ'ଣ ହବା କଥା ?

ଆମକୁ ଖନ୍ଦାଶାଳ ପାଖରେ ଦେଖି ଭାଇନାମାନେ ପାଟି କରି ଉଠିଲେ ।

: ଏଠି ଆଉ ଗହଳି କରନି । ସେପଟେ ଯାଇ ଧାଡ଼ିରେ ବସ । ଡେରି କରନି । ଏବେ ଏବେ ଖାଇବା ଆରମ୍ଭ ହେବ ।

ଏବେ ଖାଇବା ଆରମ୍ଭ ହେବ । ଏଇ ଧାଡ଼ିଟି ଯେମିତି ଆମ ପାଇଁ ଥିଲା ଅମୃତତୁଲ୍ୟ । ଆମେ ତତ୍‌କ୍ଷଣାତ ସଚେତନ ହୋଇପଡିଲୁ ଯେ, ଆମେ ଏଠିକି କେବଳ ଖାଇବା ପାଇଁ ଆସିଛୁ । ମୁଁ ସକାଳୁ କିଛି ଖାଇ ନାହିଁ । ଯୋଗିଆ ଦୁଇଦିନର ଖାଇବା ଏକା ଥରକେ ଠୁଙ୍କିବ । ଗିରିଆ କେବଳ ଖାଇବ ନାହିଁ, ସୁବିଧା ପାଇଲେ ଗୋଟାଏ ପୁଟୁଳୀ ଘରକୁ ମଧ୍ୟ ନେବ । ଆମେ ଧାଇଁଲୁ ଖାଇବା ପାଖକୁ ।

ଭାଇନାମାନଙ୍କ ଉପଦେଶ ସମୟୋଚିତ ବୋଲି ଉପଲବ୍ଧ ହେଲା । କାରଣ ସେଠି ଶତାଧିକ ଲୋକ ଧାଡ଼ିରେ ବସି ରହିଥିଲେ ଓ ଆହୁରି ଲୋକ ଠେଲାପେଲା ହେଉଥିଲେ । ସେମାନଙ୍କୁ ଦେଖି ମନେ ହେଲା, ସେମାନେ ଯେମିତି ସପ୍ତାହେ ହେଲା ଖାଇ ନାହାନ୍ତି । ଛୁଆ ବାବାଜୀ ଏବେ ଧ୍ୟାନରେ ବସିଛନ୍ତି । ସାମ୍ନାରେ ସଂକୀର୍ତ୍ତନ ଚାଲିଛି । ଛୁଆ ବାବାଜୀଙ୍କ ଧ୍ୟାନ ଭଗ୍ନ ହେଲା ପରେ ସେ ଦିବ୍ୟ ଭଗବତବାଣୀ ଶୁଣାଇବେ । ତାହା ଶୁଣିଲେ ଏ ଭବ ସଂସାରରୁ ମୁକ୍ତିର ପଥ ମିଳିବ । ମାତ୍ର ମନେ ହେଉଥିଲା ଏଇ ଲୋକମାନଙ୍କର ମୁକ୍ତିର ପଥ ଲୋଡ଼ା ନାହିଁ । ଏମାନଙ୍କ ପାଇଁ ଭୋଜନ ହିଁ ମୁଖ୍ୟ ।

ଲୋକମାନେ ଧାଡ଼ିରେ ବସି ଯାଇଥିଲେ ଓ ଚିତ୍କାର କରୁଥିଲେ, ଶୀଘ୍ର ଶୀଘ୍ର

ପତ୍ର ପକାଅ। ଆଉ ଡେରି କରନି ହେ! ଲଙ୍କା ଲୁଣ ଦିଅ! ଲେମ୍ବୁ ଦିଅ। ଶୀଘ୍ର ଶୀଘ୍ର ଅନ୍ନ ଆଣ!

ଆମର ସୌଭାଗ୍ୟ, ଆମକୁ ଗୋଟାଏ ଧାଡ଼ିର ଶେଷରେ ସ୍ଥାନ ମିଳିଲା। ସୌଭାଗ୍ୟ ଏଇଥିପାଇଁ କୁହାଯାଉଛି ଯେ, ଆମେ ବସି ସାରିଲା ପରେ ଆଉ ତିରିଶ ଲୋକ ସେଠି ଠିଆ ହୋଇ ରହିଲେ ଯୋଉମାନଙ୍କୁ ସ୍ଥାନ ମିଳି ନ ଥିଲା। ସେମାନେ ଆମକୁ ଏପରି ଈର୍ଷାତୁର ନୟନରେ ଚାହିଁ ରହିଥିଲେ, ଯେମିତି ଆମେ ଗୋଟାଏ ଯୁଦ୍ଧ ଜିତି ଯାଇଛୁ। ସେମାନେ କେବଳ ହାରି ନାହାନ୍ତି, ମୃତ୍ୟୁଦଣ୍ଡ ପାଇବାକୁ ଅପେକ୍ଷା କରିଛନ୍ତି ଯେମିତି!

ସମୟକ୍ରମେ ବିତୁଥିଲା। ସବୁଲୋକ ବସି ବସି ବିରକ୍ତ ହେଉଥିଲେ। ନାନା ପ୍ରକାର ବାକ୍ୟବାଣ ବୃଷ୍ଟି ହେଉଥିଲା। କେହି କୁଆଡୁ ଆସୁ ନ ଥିଲେ। ନା ପତ୍ର ପଡୁଥିଲା ନା ଭାତ ବଢ଼ା ହେଉଥିଲା। ଆମେ କ୍ରମେ ଅଧୈର୍ଯ୍ୟ ହୋଇଆସୁଥିଲୁ। ବାରମ୍ବାର ନିଜ ଜାଗାରେ ଠିଆ ହୋଇ ଅଳସ ଭାଂଗୁଥିଲୁ। ଆମ ଭିତରୁ କେହି ଜଣେ ଠିଆ ହେଲେ, ଅପେକ୍ଷାରତ ଲୋକମାନଙ୍କ ଭିତରେ ଆଶାର ସଂଚାର ହେଉଥିଲା। ସେମାନଙ୍କ ଶୁଖିଲା ମୁହଁରେ ହସର କ୍ଷୀଣ ରେଖାଟିଏ ଦିଶୁଥିଲା। ଖାଲି ହେବାକୁ ଯାଉଥିବା ସମ୍ଭାବ୍ୟ ସ୍ଥାନଟିକୁ କେମିତି ଚଟାପଟ୍ ଦଖଲ କରି ହେବ, ସେ ଯୋଜନା ସେମାନେ କରୁଥିଲେ। ସେମାନଙ୍କ ଯୋଜନାକୁ ଫୁସ୍ କରିଦେଇ ଆମେ ପୁଣି ବସିପଡୁଥିଲୁ।

କିଏ ଗୋଟେ ଅସହିଷ୍ଣୁ ସ୍ୱରରେ କହିଲା : ଏପଟକୁ ଭୋଗ ଆସିବନି।

ଆମ ଧାଡ଼ିରେ ଆତଙ୍କ ଖେଳିଗଲା। ଗର୍ଜନ କଲା ଜଣେ : ଆସିବନି ମାନେ?

କିଏ ଜଣେ ସବଜାନତା ଲୋକ ଶୁଣାଇଲା : ଏପଟେ ବସିବାକୁ କିଏ କହିଲା? ଏ ପଟେ ବାବାଜୀ ବିଜେ କରିବେ। ଖାଇବା ଜାଗା ସେ ପଟେ! ସେପଟେ ତ ଖାଇବା ଅଧା ହେଲାଣି!

ଜଣେ ନେତା ଭଳି ଲୋକ ପାଟି କରି ଉଠିଲା : ଏମିତି କେମିତି ହେବ? ଆମକୁ ପ୍ରଥମରୁ କହିଲନି!

ଆଉ ଜଣେ ସମର୍ଥନ କଲା : ସେପଟେ କାହିଁକି ଆଗ ଖାଇବାକୁ ଦେଇଦେଲ। ଆମେ ସବୁ କ'ଣ ଏ ପଟେ ଭକୁଆ ବସିଛୁ।

ରାଗ ଜରଜର ହୋଇ ଚାରି ପାଂଚଜଣ ଉଠି ପଡ଼ିଲେ ଓ ମାଡ଼ିଗଲେ ସେପଟକୁ। ଅନ୍ତତଃ ଯୋଉପଟେ ଖାଇବା ପିଇବା ଚାଲିଛି ବୋଲି ସୂଚନା ମିଳିଥିଲା। ସେମାନଙ୍କ ଖାଲି ଜାଗାକୁ ତତ୍କ୍ଷଣାତ୍ ଦଖଲ କରିନେଲେ ଆଉ କିଛି ଅପେକ୍ଷମାନ

ଲୋକ। ହଠାତ୍ ଠେଲାପେଲା ଆରମ୍ଭ ହୋଇଗଲା। କିଏ କାହାକୁ କାହିଁକି ଠେଲୁଥିଲା ଜଣା ପଡୁ ନ ଥିଲା। କିନ୍ତୁ ସମସ୍ତେ ହୋ ହୋ ଘୋ ଘୋ ହେଉଥିଲେ। ଚିତ୍କାର କରୁଥିଲେ।

ଯାହାସବୁ କଥାବର୍ତ୍ତା, ଆଲୋଚନା ବା ପ୍ରତିକ୍ରିୟା ଶୁଣାଯାଉଥିଲା, ତାହା ଥିଲା ହତାଶାବାଚକ।

: ସରିଗଲାଣି ସବୁ!

: ସରିଗଲା ମାନେ। ଖାଇବା ସରିଗଲା!

: ଯାହା ଯାହା ରୋଷେଇ ହୋଇଥିଲା, ସବୁ ସରିଗଲା!

: ସରିଗଲା କେମିତି ?

: ଏମିତି କେମିତି ସରିଯିବ ?

: ସରିଯିବନି କେମିତି ? କେତେ ଜମା ହୋଇଛନ୍ତି ଏଠି ଦେଖୁଚଟି ?

: ହୁଅନ୍ତୁ ହେ ଯେତେଲୋକ! ବାବାଙ୍କ ଅକ୍ଷୟପାତ୍ର କୁଆଡ଼େ ଗଲାକି ?

: ବାବା ବ୍ୟଞ୍ଜନ ମନ୍ତ୍ର ଭୁଲି ଗଲେକି ?

: ବାବା ପରା ଲକ୍ଷ ଲକ୍ଷ ଲୋକଙ୍କୁ ଖାଇବାକୁ ଦେଇପାରନ୍ତି!

: ଆହେ କୋଉ ବାବା ? ବାବା କୁଆଡ଼େ ଲୁଚିଲେଣି!

ଲୋକମାନେ ଉତ୍କ୍ଷିପ୍ତ ହୋଇ ଗର୍ଜନତର୍ଜନ କରୁଥିଲେ। ଗୋଟାଏ ବଡ଼ଦଳ ବାବାଙ୍କ ପ୍ରବଚନ ମଣ୍ଡପ ଆଡ଼କୁ ଅଗ୍ରସର ହେଉଥିଲେ। ପ୍ରବଚନ ମଣ୍ଡପ ସାମ୍ନାରେ ଗଣ୍ଡଗୋଳ ବଢ଼ି ଯାଇଥିଲା। ଉତ୍କ୍ଷିପ୍ତ ଲୋକମାନେ ସେଠି ଭଙ୍ଗାରୁଜା କରୁଥିଲେ। ଛାମୁଣ୍ଡିଆ ଭାଙ୍ଗି ତଳେ ଶୁଆଇ ଦେଲେ। ଯାହା ଆସବାବପତ୍ର ସେଠି ରଖାଯାଇଥିଲା ସବୁକିଛି ଜନତାଙ୍କ କ୍ରୋଧରେ ଛିନ୍‌ଛତ୍ର ହୋଇଗଲା। ଲୋକମାନେ ରଡ଼ି କରୁଥିଲେ

: କୁଆଡ଼େ ଗଲା ସେ ବାବା। ତାକୁ ପ୍ରଥମେ ଧର।

: ସେଇଟା ଗୋଟାଏ ଭଣ୍ଡ। ଠକ। ପାଜି।

: ଭଗବାନଙ୍କ ନାଁରେ ସେ ଏଠି ଠକେଇ ଆରମ୍ଭ କରିଛି!

: ମାଡ଼ ମାରି ତା'ର ଚୁଟି ଉପାଡ଼ି ଦିଅ।

: ତା'ର ବାବାଜୀପଣିଆ ଛଡ଼ାଇ ଦିଅ।

ଛୁଆ ବାବାଜୀର କିନ୍ତୁ ସନ୍ଧାନ ମିଳି ନ ଥିଲା। ସେ ଗଣ୍ଡଗୋଳ ଆଶଙ୍କାରେ ହଠାତ୍ କୋଉଠି ଲୁଚିଗଲେ, ଯାହାକୁ ଲୋକମାନେ ଖୋଜି ଖୋଜି ପାଇଲେ ନାହିଁ। ତେବେ ତାଙ୍କର କିଛି ଚେଲାଙ୍କ ଉପରେ ଉତ୍ତମ ମଧ୍ୟମ ହୋଇଗଲା। ଚେଲାମାନେ ହାତଯୋଡ଼ି କ୍ଷମା ମାଗି ପାଦତଳେ ପଡ଼ି ଛାଡ଼ ପାଇଲେ। ସେମାନଙ୍କ କୈଫିୟତ

ଥିଲା, ଆମେ କି ଜାଣୁ ବାବାଙ୍କ କଥା। ଆମେ ପରା ହପ୍ତାଏ ହବ ଦୀକ୍ଷା ନେଇଥିଲୁ। ଆମେ କି ଜାଣୁ ବାବାଙ୍କ ମନରେ କ'ଣ ଥିଲା!

ଆମେ ସେଠୁ ଅଖିଆ ଅପିଆ ଫେରିଥିଲୁ। ପୂରାପୂରି ହତାଶ। ଅକ୍ଷୟପାତ୍ରର କୌଣସି ସନ୍ଧାନ ମିଳି ନ ଥିଲା। ତେବେ ଛୁଆ ବାବାଜୀଙ୍କୁ ପୂରାପୂରି ଭଣ୍ଡ ବୋଲି କିଛି ଲୋକ ଗ୍ରହଣ କରି ନ ଥିଲେ। ସେମାନଙ୍କ ମତ ହେଲା- ଯଦି ସେଇଟା ପୂରା ଭଣ୍ଡ ହୋଇଥାଆନ୍ତା ତେବେ ଧରା ପଡ଼ିଯାଇଥାଆନ୍ତା ଓ ମାଡ଼ ଖାଇଥାଆନ୍ତା। ସେ ଏତେ ଶୀଘ୍ର ଅନ୍ତର୍ଦ୍ଧାନ ହୋଇଗଲା କେମିତି ? ତାକୁ ନିଶ୍ଚୟ କିଛି ବିଦ୍ୟା ମାଲୁମ! ଏଇ ଅନ୍ତର୍ଦ୍ଧାନ ବିଦ୍ୟାଟା କିଛି କମ୍ ସାଧନାର କଥା ନୁହେଁ।

ଏହି ମନ୍ତବ୍ୟକୁ ସାଦରେ ଗ୍ରହଣ କରି ପାରୁ ନ ଥିବା ଲୋକ ପଚାରୁଥିଲେ, ଯଦି ବାବାଙ୍କୁ ଏତେ ବିଦ୍ୟା ମାଲୁମ ଥିଲା, ସେ ଲୁଚି ପଳାଇଲେ କାହିଁକି ? ଏତେ ଲୋକଙ୍କୁ ଡାକି ଖାଇବାକୁ ଦେଇପାରିଲେ ନାହିଁ କାହିଁକି ? ଲୋକମାନଙ୍କୁ ଶାନ୍ତ କରି ପାରିଲେ ନାହିଁ କାହିଁକି ?

ବାବାଜୀଙ୍କ ସମର୍ଥକମାନେ କହୁଥିଲେ, କ'ଣ ଗୋଟାଏ ଭୁଲ ହୋଇଥିବ ତାହା ଆମେ ସାଧାରଣ ଲୋକ କେମିତି କହିବା। ଭଗବାନ ରାମଚନ୍ଦ୍ର ତ ପୁଣି ସୁନାହରିଣୀକୁ ଦେଖି ଭଲି ଯାଇଥିଲେ। ଭଗବାନ ହୋଇ ମଧ୍ୟ କି କଷ୍ଟ ନ ପାଇଲେ। ଏତେ ବଡ଼ ଜ୍ଞାନୀ ହୋଇ ମଧ୍ୟ ରାବଣ ତ ପୁଣି ସୀତା ହରଣ କରିପକାଇଲା। ଭାଗ୍ୟରେ ଯାହା ଥିବ, ତାହା ଭୋଗିବାକୁ ହେବ। ଛୁଆବାବାଜୀର ଭାଗ୍ୟରେ ବଦନାମ ଯୋଗ ଥିଲା।

ବିଫଳତାର ଆଉ ଗୋଟେ କାରଣ ମଧ୍ୟ ଶୁଣାଯାଉଥିଲା। ତାହା ହେଲା ମୁଷ୍ଟି ଭିକ୍ଷାରେ ମିଳିଥିବା ଚାଉଳ। ସେସବୁ ଭିନ୍ନ ଭିନ୍ନ ଘରୁ ସଂଗ୍ରହ କରାଯାଇଥିଲା। ତେଣୁ ସେସବୁ ବାରମିଶା ଚାଉଳ ଥିଲା। ବିଭିନ୍ନ ରଂଗ, ବିଭିନ୍ନ ଆକାରର ବିଭିନ୍ନ ପ୍ରଜାତିର ଚାଉଳ। ପୋକରା, ପୁରୁଣା, ଖତରା, ପୁଣି ଅରୁଆ, ଉଷୁନା, ଖୁଦ। ନାନା ପ୍ରକାରର ଚାଉଳ। ସେସବୁ ହାଣ୍ଡିରେ ପକାଇଲେ କ'ଣ ଭାତ ହେବ? ସେସବୁ ଜାଉ ହୋଇଗଲା।

ଆଉ ଗୋଟାଏ ମତ ହେଲା, ବାବା ତାଙ୍କ ଗୁରୁଙ୍କଠୁ ଆଦେଶ ପାଇ ହିମାଳୟ ଚାଲି ଯାଇଥିଲେ। ଆକାଶ ମାର୍ଗରେ ହିମାଳୟ ଚାଲିଗଲେ। ତାଙ୍କ ନ ଥିବା ସମୟରେ ଏଠି ଲଙ୍କାକାଣ୍ଡ ଘଟିଗଲା। ବାବା ଆଉ ଫେରିଲେ ନାହିଁ। ଜମା ଅଧଘଂଟାକ ପାଇଁ ଯାଇଥିଲେ, ମାତ୍ର କିଏ ଜାଣିଥିଲା ସେଇ ଅଧଘଂଟାକ ଭିତରେ ଏତେ ବିଭ୍ରାଟ ହୋଇଯିବ।

ଏହିପରି ନାନା ଉଡ଼ା କଥାରେ ପରବର୍ତ୍ତୀ ଦିନଗୁଡ଼ିକର ଆଲୋଚନା ଉଷ୍ମ ହେଉଥିଲା। ମାତ୍ର ଏସବୁ କାହାଣୀ କୋଉଠୁ ସୃଷ୍ଟି ହେଉଥିଲା, ତାହା କେହି ଜାଣେନା। ବନା ଭାଇନା ଭାଗବତକୁ ଉଦ୍ଧାର କରି କହିଲେ : ବହୁତ ଲୋକ ଯହିଁ ମିଳି, ଅବଶ୍ୟ ଉପୁଜଇ କଳି। ଟୁନା ଭାଇନା କହିଲେ : ଆମରି ଠୁ ଚାଉଳ ନେଇ ରୋଷେଇ କରି ଖାଇବାକୁ ଦେଇଥାଆନ୍ତା। ତାକୁ କହିଥାଆନ୍ତା ଚମତ୍କାରୀ! ହେଲା ନାହିଁ।

ପ୍ରକୃତରେ ସେଦିନ କାହିଁକି ଛୁଆ ବାବାଜୀଙ୍କ କାର୍ଯ୍ୟକ୍ରମ ବିଫଳ ହୋଇଥିଲା, ତାର ଠିକ କାରଣ ଜଣା ପଡ଼ିଲାନି। ଛୁଆ ବାବାଜୀଙ୍କ ଅନ୍ତର୍ଦ୍ଧାନ ମଧ୍ୟ ସେମିତି ରହସ୍ୟ ହୋଇ ରହିଗଲା।

ପାଣୁଆର ଅକ୍ଷୟପାତ୍ର ହରଣଚାଳ ଯୋଜନା ମଧ୍ୟ ପଣ୍ଡ ହୋଇଥିଲା। ମୁଁ ଦୁଃଖ ପ୍ରକାଶ କରି କହିଥିଲି : ଦି'ପହରେ ଗଣ୍ଡେ ଭଲ ଖାଇବାକୁ ମିଳି ଥାଆନ୍ତା! କି ଚମତ୍କାର ସୁଯୋଗ ଥିଲା ଆହା!

ଯୋଗିଆ କହିଥିଲା : ଆମେ ମନ ଦେଇ ପାଠ ବି ପଢ଼ି ଥାଆନ୍ତେ!

ଅବଶ୍ୟ ପରେ ସରକାର ସ୍କୁଲରେ ଖାଇବାକୁ ଦେଲେ, ପିଲାମାନେ ଭଲ ପଢ଼ିବେ ବୋଲି ହୃଦୟଙ୍ଗମ କରିଥିଲେ ଓ ମଧ୍ୟାହ୍ନ ଭୋଜନ ଯୋଜନା ଆରମ୍ଭ ହେଲା। ମାତ୍ର ଏ ସମ୍ପର୍କରେ ବହୁବର୍ଷ ତଳେ ଆମେମାନେ ଯେ ସ୍ୱପ୍ନ ଦେଖିଥିଲୁ ଓ ଉଦ୍ୟମ କରି ବିଫଳ ହୋଇଥିଲୁ ତା'ର ଐତିହାସିକ ସ୍ୱୀକୃତି ଆମକୁ ମିଳି ନ ଥିଲା।

ଏହାପରେ ଗ୍ରାମରେ ମଣିଷମାନେ ହଟଚମଟ ଆରମ୍ଭ କରିଥିଲେ। ବିଭିନ୍ନ ସମୟରେ ଭିନ୍ନ ଭିନ୍ନ ରୂପରେ ବାବାମାନେ ଗ୍ରାମରେ ଆବିର୍ଭୂତ ହେଉଥିଲେ ଓ ଅଲୌକିକ କାର୍ଯ୍ୟ କରି ଦେଖାଇବେ ବୋଲି ଆସ୍ଫାଳନ କରୁଥିଲେ। ବାରମ୍ବାର ଠକିବା ସତ୍ତ୍ୱେ ଲୋକମାନେ ତାଙ୍କୁ ପୁଣି ବିଶ୍ୱାସ କରୁଥିଲେ ଓ ନାଟକବାଜୀ ଆରମ୍ଭ ହେଉଥିଲା। ବାବାମାନେ ବିଫଳ ହେଉଥିଲେ। ପଳାୟନ କରୁଥିଲେ ଅବା ମାଡ଼ ଖାଉଥିଲେ। ତଥାପି ନୂଆ ନୂଆ ବାବା ଆସୁଥିଲେ। ନୂଆ ଚେଲା ବନୁ ଥିଲେ। ନାଟକ ଜାରି ରହିଥିଲା ଓ ଆମେ ଏଇ ମଣିଷ ନାଟ ଦେଖି ବଡ଼ ହେଉଥିଲୁ। ପ୍ରକୃତିକୁ ଦେଖି ଅଭିଭୂତ ହେବାର ସୁଯୋଗ ଆମ ହାତରୁ ଆସ୍ତେ ଆସ୍ତେ ଖସି ଯାଉଥିଲା।

■

ମେଣ୍ଢା

ମେଣ୍ଢାଟିଏ ହେବାର ସ୍ୱପ୍ନ ସେତେବେଳେ ମୁଁ ଦେଖିଥିଲି ବାରମ୍ବାର। ବେଳେବେଳେ ମୁଁ ଅନୁଭବ କରୁଥିଲି ମୋ ଦେହ ସାରା ଯେମିତି ମାଟିଆ ମାଟିଆ ରୁମ କଅଁଳି ଯାଉଛି, କାନ ଅସମ୍ଭବ ଭାବରେ ଲମ୍ବିଯାଉଛି, ମୁହଁ ଗୋଜିଆ ହୋଇ ଆସୁଛି। ଶିଙ୍ଗ ଉଠିଆସୁଛି, ହାତ ଦୁଇଟା ଆଗ ଗୋଡ଼ରେ ପରିଣତ ହୋଇଯାଉଛି, ମୁଁ ଲାଞ୍ଜେଇ ଯାଉଛି। ଅବଶେଷରେ ବନିଯାଉଛି ଚମତ୍କାର ମେଣ୍ଢାଟିଏ। ଅଦ୍ଭୁତ ଯାହାର କଣ୍ଠସ୍ୱର। ନରମ ଯାହାର ଦେହ ଓ ନିରୀହ ଯାହାର ଦୃଷ୍ଟି।

ମେଣ୍ଢା ହେବାର ସ୍ୱପ୍ନଟିଏ ମୋ ମନରେ ପ୍ରବେଶ କରିଯାଇଥିଲା କେବଳ ଏଇଥିପାଇଁ ଯେ ନାଟକରେ ଅଭିନୟ କରିବାର ଇଚ୍ଛାଥିଲା ମୋର ବହୁ ପ୍ରାଚୀନ। ପ୍ରଚୁର ପରିମାଣରେ ରାତି ଅନିଦ୍ରା ହୋଇ ଯାତ୍ରା ଦେଖି ଏବଂ ଦିନରେ ଅଳତା ମିଶା ପାଣିକୁ ମଦକରି ପିଇଲା ବେଳେ କିମ୍ବା ବାଉଁଶଫାଳିଆ ଧରି ଯୁଦ୍ଧ କଲାବେଳେ ମୋର ମନେହେଉଥିଲା ସତେ ଯେମିତି ମୁଁ ବିଶ୍ୱର ଶ୍ରେଷ୍ଠ ଅଭିନେତା ହୋଇ ସାରିଛି। ନିଜକୁ ଶ୍ରେଷ୍ଠ ଅଭିନେତା କରିବାକୁ ବାବା ବୋଉ ତଥା ମାଷ୍ଟ୍ରମାନଙ୍କ ମାଡ଼ଗାଳି ସତ୍ତ୍ୱେ ମୋତେ ହାଣ୍ଡିକଳାରେ ନିଶ କରିବାକୁ ପଡୁଥିଲା, କାଗଜର ମୁକୁଟ ନାଇବାକୁ ପଡୁଥିଲା ଏବଂ ମୁହଁରେ ଚକ୍‌ଖଡ଼ିର ଗୁଣ୍ଡ ବୋଳିବାକୁ ପଡୁଥିଲା। କହିବା ବାହୁଲ୍ୟ ସେତେବେଳେ ମୁଁ ଥିଲି ନିମ୍ନ ପ୍ରାଥମିକ ବିଦ୍ୟାଳୟର ଛାତ୍ର।

ଠିକ୍ ସେହି ସମୟରେ ଆମ ସ୍କୁଲର ଉପର ଶ୍ରେଣୀ ଛାତ୍ରମାନଙ୍କ ଦ୍ୱାରା ନାଟକଟିଏ ଅଭିନୀତ ହେବା ପାଇଁ ସ୍ଥିର ହେଲା। ନାଟକର ନାମ ଥିଲା 'ପଞ୍ଚାୟତିରାଜ'। ସବୁଦିନେ ଶ୍ରେଣୀରେ ପାଠପଢ଼ା ସରିବା ପରେ ନାଟକର ରିର୍ହଲସାଲ୍

ହେଉଥିଲା, ଅପରାହ୍ନରେ । ରିର୍ହିଲସାଲ୍ ରୁମ୍‌ରେ ପ୍ରବେଶ କରିବାର ଅଧିକାର ଯେହେତୁ ଆମମାନଙ୍କୁ ଦିଆଯାଇ ନ ଥିଲା ସେଥିପାଇଁ ମୁଁ ତଥା କତିପୟ ସିଂଘାଣିନାକା ବାଳକ ଶ୍ରେଣୀଗୃହର ବଡ଼ ଝରକାର ବାହାର ପାଖରେ ନାକେଇବାକୁ ବାଧ୍ୟ ହେଉଥିଲୁ ଓ ଭିତରେ ଚାଲିଥିବା ଅଭିନୟ ଦେଖି ତୃପ୍ତ ହେଉଥିଲୁ ।

ନାଟକରେ ଥିଲା ଏକ ଗୁରୁତ୍ୱପୂର୍ଣ୍ଣ ଦୃଶ୍ୟ । ସେଇ ଦୃଶ୍ୟଟି ହିଁ ମୋ ମନରେ ଛାପ ପକାଇ ଆସିଛି ଅଦ୍ୟାବଧି । ଗ୍ରାମପଥରେ କଥୋପକଥନରତ ଦୁଇ ଜଣ ଗ୍ରାମବାସୀଙ୍କୁ ନେଇ ଦୃଶ୍ୟଟି ପରିକଳ୍ପିତ । ଜଣେ ହାଟରୁ ଫେରୁଛି ମେଣ୍ଢାଟିଏ କିଣି ଓ ଅନ୍ୟଜଣେ ତାକୁ ଭେଟିଛି ସେହି ଦୃଶ୍ୟରେ ଓ ପଚାରୁଛି ମେଣ୍ଢାଟି ସମ୍ପର୍କରେ । ମେଣ୍ଢାର ଦାମ୍ କେତେ ? ତାହା କେତେ ମାଂସ ହେବ ଇତ୍ୟାଦି ସେହି ଆଲୋଚନା ପ୍ରସଙ୍ଗର ଅନ୍ତର୍ଭୁକ୍ତ ।

ଯେତେବେଳେ ଏହି ଦୃଶ୍ୟଟିର ରିହର୍ଲସାଲ୍ ହୁଏ ସେତେବେଳେ ମେଣ୍ଢାବିହୀନ ଗ୍ରାମବାସୀଟି ଫେରୁଥାଏ ହାଟରୁ । ଅପର ଅଭିନେତା କେବଳ ଶୂନ୍ୟକୁ ଆଙ୍ଗୁଠି ଦେଖାଇ କହେ:କେତେରେ କିଣିଲ କିଓ ଏଇଟାକୁ ?' ପ୍ରଥମ ଅଭିନେତା ଉତ୍ତର ଦିଏ: ଟଙ୍କା ତିରିଶି ଦେଇଚି ! କ'ଣ ବେଶି ହୋଇଗଲା ?'ଇତ୍ୟାଦି ଇତ୍ୟାଦି । ଯଦିଓ ସେଠାରେ ମେଣ୍ଢାଟିଏ ନ ଥାଏ । ଏଭଳି ଏକ ଅବାସ୍ତବ ଅଭିନୟ ସମ୍ଭବତଃ ନିର୍ଦ୍ଦେଶକଙ୍କୁ ବ୍ୟଥିତ କରିଥିଲା । କାରଣ ସେ ବାସ୍ତବତାରେ ବିଶ୍ୱାସ କରୁଥିଲେ । ସେ ଦିନେ କହିଉଠିଲେ: ଗୋଟେ ମେଣ୍ଢା ଆଣ, ନୋହିଲେ ରିର୍ହିଲସାଲ୍‌ରେ ରିଅଲିଟୀ ଆସୁନି ।

ହାଟ ଫେରନ୍ତା ଗ୍ରାମବାସୀ ଭୂମିକାରେ ଅଭିନୟ କରୁଥିବା ଅଷ୍ଟମ ଶ୍ରେଣୀର ମଧୁଭାଇ ସାଙ୍ଗେ ସାଙ୍ଗେ ଝର୍କା ପାଖରେ କାଙ୍ଗାଳ ଭଳି ଚାହିଁଥିବା କ୍ଷୀଣତନୁ ବାଳକମାନଙ୍କ ଆଡ଼କୁ ଚାହିଁ କହିଲେ,'ତମ ଭିତରୁ କିଏ ଜଣେ ମେଣ୍ଢା ହେବ ଆସିଲ !'

ଠିକ୍ ସେତିକି ବେଳେ ସେଇ ଅପୂର୍ବ ସୁଯୋଗଟିକୁ କରଗତ କରିପାରିଥିଲି ମୁଁ । ରିର୍ହିଲସାଲ୍ ରୁମ୍ ଭିତରକୁ ଡେଇଁ ପଡ଼ିଥିଲି । ଜୀବନରେ ପ୍ରଥମ ଥର ପାଇଁ ଅଭିନୟ କରିବାର ଆନୁଷ୍ଠାନିକ ସୁଯୋଗ ଆସିଥିଲା ଏହିପରି । ନ ହେଉ ପଛେ ରାଜା କିମ୍ବା ସେନାପତିର ରୋଲ୍, ପାର୍ଟଟେ ମିଳିଛି, ତାହା ହିଁ ଯଥେଷ୍ଟ ।

ମୁଁ ଦୌଡ଼ି ଯାଇଥିଲି ରିର୍ହିଲସାଲ୍ ମଞ୍ଚକୁ । ମଧୁଭାଇଙ୍କ ପାଖରେ ହାମୁଡ଼ି ପଡ଼ିଥିଲି ।

ଅପର ଅଭିନେତା ଭୂମିକାରେ ଅଭିନୟ କରୁଥିବା ଶରତ ଭାଇ ପଚାରିଲେ: କେତେ ମାଂସ ହବ ଏଇଟା ?

ମଧୁଭାଇ ସଂଳାପ ମନେପକେଇ କହିଲେ: ଦେଖୁନା !

ଶରତ ଭାଇ ମୋର ଛନ୍ଦ ଫିତା ଲଗା ହାଫ୍ ପ୍ୟାଣ୍ଟର ମଝିକୁ ଧରି ଟେକି ଟେକି ନେଇଥିଲେ । ଶୂନ୍ୟରେ ଝୁଲି ପଡ଼ିଥିଲି ମୁଁ କିୟତ୍‌କ୍ଷଣ ।

ତା'ପରଦିନ ରିର୍ହଲସାଲ୍ ରୁମ୍ ଭିତରକୁ ଯିବାକୁ ମୋତେ ପାସ୍‌ପୋର୍ଟ ମିଳିଯାଇଥିଲା। ହାଫ୍ ପ୍ୟାଣ୍ଟ୍‌ପିନ୍ଧା ସମସ୍ତ ବନ୍ଧୁମାନଙ୍କୁ ଉପେକ୍ଷା କରି ମୁଁ ପଶିପାରୁଥିଲି ରିର୍ହଲସାଲ୍ ଘରେ। ନିଖୁଣ ଭାବରେ ଅଭିନୟ କରିବାକୁ ଉଦ୍ୟମ କରୁଥିଲି ମେଣ୍ଢା ପାର୍ଟଟିକୁ । ସେତିକି ବେଳେ ହିଁ ମୋର ମନେହୋଇଥିଲା ସତକୁ ସତ ମୁଁ ଗୋଟେ ମେଣ୍ଢା ହୋଇଆସୁଛି। ନାଟକ ମଞ୍ଚସ୍ଥ ହେବା ଦିନଯାକେ ମୁଁ ମୋ ଅଭିନୟରେ ଉନ୍ନତି ଆଣିଥିଲି। ନିଖୁଣତା ଆଣିବା ଚେଷ୍ଟାରେ ମାତିଥିଲି। ଦିନେ ମୋ ବେକରେ ଦଉଡ଼ିଟେ ବାନ୍ଧି ତାକୁ ଧରେଇ ଦେଇଥିଲି ମଧୁଭାଇଙ୍କ ହାତରେ। ଦିନେ ମୁହଁରେ ପୁଳାଏ ଘାସ ଚୋବେଇଥିଲି। ଦିନେ ମେଣ୍ଢାପରି ରଡ଼ି କରିଥିଲି। ଦିନେ ଆଣ୍ଠୁ ଛିଡ଼ିବା ଯାକେ ମଧୁଭାଇଙ୍କ ଚାରିପାଖରେ ଘୂରିବୁଲିଥିଲି। ଗୋଟେ ମେଣ୍ଢାର ରୋଲ୍ ପାଇଁ ମୋତେ ଅକ୍ଲାନ୍ତ ପରିଶ୍ରମ କରିବାକୁ ପଡ଼ିଥିଲା। ମୁଁ ବେଶ୍ ଆଗ୍ରହୀ ଥିଲି। କାରଣ ସିଏ ତ ଆରମ୍ଭ ମାତ୍ର। କଳାକାର ଜୀବନର ଅୟମାରମ୍ଭ!

ନାଟକରେ ମୁଁ ଅଭିନୟ କରୁଛି ବୋଲି ମୋର ବନ୍ଧୁମାନଙ୍କଠାରୁ ବିଶେଷ ସମ୍ମାନ ପାଉଥିଲି। ମୋ ଉପର କ୍ଲାସର ପିଲାମାନେ ମତେ ପଚାରୁଥିଲେ,'ତୁ ନାଟକରେ ପାର୍ଟ କରୁଚୁ ପରା।' ମୁଁ ଗର୍ବର ସହ 'ହଁ' ବୋଲି କହୁଥିଲି। ତଳ ଶ୍ରେଣୀର ପିଲାମାନେ ମୁଁ ଗଲାବେଳେ ପଛରେ କଥାଭାଷା ହଉଥିଲେ,'ଇଏନା! ନାଟକରେ ପାଆର୍ଟ କରୁଚି।' ମୁଁ କୃତ୍ୟକୃତ୍ୟ ମନେ କରୁଥିଲି ନିଜକୁ। କିଛି ମନ୍ତବ୍ୟ ଦଉ ନ ଥିଲି। ଖାଲି ହସି ଦେଉଥିଲି।

ଦେଖିବ ପିଲାମାନେ! ଦେଖିବ! ନାଟକ ଯେଉଁଦିନ ଷ୍ଟେଜ୍ ହେବ, ସେଇଦିନ ଦେଖିବ! ସେଇଦିନ ଦେଖିବ ମୋର କଳାଚାତୁରୀ। ମୋର ଅଭିନୟର ପାରଦର୍ଶିତା! ସେଇଦିନ ଆରମ୍ଭ ହେବ ଏକ ମହାନ କଳାକାରର ଅଭିନୟ ଜୀବନ।

ଅବଶେଷରେ ନାଟକ ମଞ୍ଚସ୍ଥ ହେବାର ଦିନ ଆସି ପହଞ୍ଚିଲା। ନାଟକରେ ଅଭିନୟ କରିବାର ସକଳ ଗର୍ବ, ଅହଂକାର, ସମ୍ମାନବୋଧ ସବୁକିଛିକୁ ଛାତିରେ ବୋହି ମୁଁ ପଶିଥିଲି ଗ୍ରୀନ୍‌ରୁମ୍‌ରେ। କିନ୍ତୁ ହାୟ! ସେଠାରେ କେହି ମୋତେ ସାମାନ୍ୟତମ ସମ୍ମାନ ଦେଖାଇ ନ ଥିଲେ।

ଗ୍ରୀନ୍‌ରୁମ୍ ଭିତରେ ଘୁରି ବୁଲିଲାବେଳେ ମୁଁ ହଠାତ୍ ଆବିଷ୍କାର କରିଥିଲି ବପୁମାନ ମେଷଟିଏ। ହଠାତ୍ ରାଗିଗଲି। ମଧୁଭାଇଙ୍କ ପାଖକୁ ଧାଇଁଗଲି। ଅବଶ୍ୟ ତାଙ୍କୁ ଖୋଜି ପାଇବାକୁ ଟିକେ ସମୟ ଲାଗିଥିଲା। ନକଲି ଦାଢ଼ି ଓ ପରଚୂଳାରେ ସବୁ ଚିହ୍ନା ମୁହଁ ଅଚିହ୍ନା ଦିଶୁଥିଲେ।

ମଧୁଭାଇଙ୍କୁ ପାଇଲି। ପଚାରିଲି,'ଏ ମେଣ୍ଢା ଏଠିକି ଆସିଚି କାହିଁକି?'

'ସେଇଟାକୁ ଧରି ମୁଁ ପରା ଷ୍ଟେଜ୍‌କୁ ଯିବି।' ନକଲି ନିଶକୁ ହଲେଇ ମନ୍ତବ୍ୟ ଦେଲେ ମଧୁଭାଇ।

'ଆଉ ମୁଁ...!' ଏକଥା କହିଲାବେଳେ କାରୁଣ୍ୟରେ ମୋ କଣ୍ଠ ଓଦା ହୋଇଆସୁଥିଲା। ମଧୁଭାଇ ହସିଲେ ଓ ମୋତେ ପୁଳାଏ ଘାସ ଦେଇ କହିଲେ 'ଦେ! ଦେ! ତାକୁ ଖାଇବାକୁ ଦେ।'

ମୋର ସ୍ୱପ୍ନ ଭାଙ୍ଗିଯାଇଥିଲା। ମୁଁ ହୋଇପଡ଼ିଥିଲି ନିର୍ବାକ। ଦୁଃଖର ଝଡ଼ ମୋତେ ଆଚ୍ଛନ୍ନ କରି ଆସୁଥିଲା। ମୁଁ ଫୋପାଡ଼ି ହୋଇ ପଡ଼ିଲି ଗ୍ରୀନ୍‌ରୁମ୍ ବାହାରକୁ। କେମିତି ମୁହଁ ଦେଖାଇବି ମୋର ସାଙ୍ଗମାନଙ୍କୁ ? କ'ଣ ହେବ ଏଇ କଳାକାର ଜୀବନର ଭବିଷ୍ୟତ ?

ନାଟକ ଯଥାରୀତି ମଞ୍ଚସ୍ଥ ହୋଇଥିଲା। ଅବଲୀଳାକ୍ରମେ ମେଣ୍ଢାଟି ଉଠିଥିଲା ମଞ୍ଚ ଉପରକୁ। ଉଇଙ୍ଗ୍‌ସ୍ ଧାରରେ ଛିଡ଼ା ହେଇ ମୁଁ ଏ ଦୃଶ୍ୟ ଦେଖିଥିଲି। ମୋ ରକ୍ତରେ ନିଆଁ ଲାଗିଯାଇଥିଲା। ହାଡ଼ ଶୂଳେଇ ହେଉଥିଲା। ଇଚ୍ଛା ହେଉଥିଲା ଡେଇଁପଡ଼ିବି ମଞ୍ଚ ଉପରକୁ। ମେଣ୍ଢାଟାର ତଣ୍ଟିଚିପି ତାକୁ ଶେଷ କରିଦେବି।

ଏବେ ମଞ୍ଚ ଉପରେ ମେଣ୍ଢା। ତା' ବେକରେ ଦଉଡ଼ି। ଦଉଡ଼ି ରହିଚି ମଧୁ ଭାଇଙ୍କ ହାତରେ। ମଧୁଭାଇ ଏବେ ଜନୈକ ଗ୍ରାମବାସୀର ଭୂମିକାରେ। ଉଇଙ୍ଗସ୍ ଦାଢ଼ରୁ ଭାସି ଆସୁଚି ପ୍ରମ୍ପଟିଂର ଅନୁଚ୍ଚ ସ୍ୱର। ମଧୁଭାଇ ନାଟକର ସଂଳାପ ମନେ ପକଉଛନ୍ତି।

ମଧୁଭାଇ କହୁଛନ୍ତି: ଏଇନା ତ ଫେରୁଚି ହାଟରୁ!

ଶରତ ଭାଇ ଅପର ଗ୍ରାମବାସୀର ଭୂମିକାରେ। ହାତଠାରି ଦେଖଉଛନ୍ତି ମେଣ୍ଢାକୁ। ସଂଳାପ ଉଚ୍ଚାରଣ କରୁଛନ୍ତି: କେତେରେ କିଣିଲ କିଓ ଏଇଟାକୁ ?

ବିପୁଳ ଦର୍ଶକଙ୍କୁ ଦେଖି ମେଣ୍ଢାଟି ଡରିଯାଇଥିଲା। ଦୁଇବାର ପଘା ଛିଣ୍ଡାଇ ପଳାଇ ଯିବାକୁ ଉଦ୍ୟମ କରିଥିଲା। ତା'ପରେ ବିକଟ ଚିତ୍କାର କରି ସେ ମଞ୍ଚ ଉପରେ ମଳମୂତ୍ର ତ୍ୟାଗ କରିପକାଇଲା। ଏହି ସମୟରେ ଦର୍ଶକମଣ୍ଡଳୀରୁ ପ୍ରଚୁର ତାଳି ମାଡ଼ରେ ମଞ୍ଚ ଫାଟିପଡ଼ିଲା। ମେଣ୍ଢାଟି ପଳେଇ ଯାଇଥିଲା ଡିଆଁମାରି।

ମୁଁ ବହୁତ ଖୁସୀ ହୋଇଯାଇଥିଲି। କାରଣ ସେଇ ଅଭିନୟଟି ମୁଁ କରିଥିଲେ ଏତେ ସବୁ ଦୁର୍ଘଟଣା ଆଦୌ ଘଟି ନ ଥାନ୍ତା। ମୁଁ ନିରବରେ ନାଟକର ପାଟିଅର୍ ଓ ନିର୍ଦ୍ଦେଶକଙ୍କୁ କହିଲି, ପାଅ ଏବେ ମଜା! ମତେ ରୋଲ୍ ନ ଦବାର ମଜା ପାଅ। ନାଟକ ତ ମର୍ଡ଼ର ହେଇଗଲାଣି ନା!

ତା'ପରଦିନ ମୋ ସାଙ୍ଗସାଥୀମାନେ ଆଲୋଚନା କରୁଥିଲେ, କାହା ପାର୍ଟ

ସବୁଠୁ ଭଲ ହୋଇଥିଲା । ମୁଁ ଆଲୋଚନା ଭିତରେ ପଶି ଯାଇଥିଲି ଓ ଆଲୋଚନାର ଦିଗକୁ ବୁଲାଇଦେଲି ।

କହିଥିଲି, 'ସବୁଠୁ କାହା ରୋଲ୍‌ଟା ବାଜେ ହେଲା ଜାଣ ?'

'କାହାର ?' ସମସ୍ତେ ପଚାରିଥିଲେ ସମସ୍ୱରରେ ।

'ସେଇ ମେଣ୍ଢାଟାର । ସେ ଜମା ମେଣ୍ଢା ରୋଲ୍‌ଟା କରିପାରୁ ନ ଥିଲା । ଆମ ରିର୍ହଲସାଲ୍‌ରେ କେତେ ବଢ଼ିଆ ହଉଥିଲା ସେଇ ସିନ୍‌ଟା ।' ମୁଁ ମନ୍ତବ୍ୟ କରିଥିଲି ।

ମୋର ବନ୍ଧୁମାନେ ମୋ କଥା ବୁଝିପାରି ନ ଥିଲେ । ତେଣୁ ହସିଥିଲେ । ମୁଁ ଅପମାନବୋଧ କରିଥିଲି । ସେଠୁ ଖସି ଆସିଥିଲି ।

ଏଥର ମୁଁ ଅନୁଭବ କଲି ମୁଁ ଯେମିତି ବଦଳି ଯାଉଛି ଗୋଟାଏ ମେଣ୍ଢାରେ । ମୋ ମୁଣ୍ଡ ଉପରେ ଉଠିଯାଉଛି ଦୁଇଟା ଶିଙ୍ଗ । ଗୋଜିଆ । ଟାଣ ଏବଂ ବଣ୍ୟ । ମୋର କପୋଳ କ୍ରମଶଃ ଶକ୍ତ ହୋଇଆସୁଛି । ମୋ ଆଖିରେ ଯୁଦ୍ଧ କରିବାର ଅସମ୍ଭବ ଆଗ୍ରହ । ମୁଁ ଏବେ ଗୋଟାଏ ହିଂସ୍ର ମେଣ୍ଢା । ଆକ୍ରମଣ କରିବାକୁ ପ୍ରସ୍ତୁତ । ଶିଙ୍ଗରେ ଭୁଷି ଛିନ୍ନଛତ୍ର କରିଦେବାକୁ ଉତ୍ସାହୀ ଗୋଟେ ମାରଣା ମେଣ୍ଢା ।

ମୁଁ ଏଥର ଦୌଡ଼ିବାକୁ ଲାଗିଲି । ରାସ୍ତାସାରା ।

ମୋର ଯୁଦ୍ଧ ଦରକାର । ମୋର ପ୍ରତିଶୋଧ ଦରକାର । ମୋର ପ୍ରତିଦ୍ୱନ୍ଦ୍ୱୀ ସେଇ ମେଣ୍ଢାଟା, ଯିଏ ଛଡ଼ାଇ ନେଲା ମୋ'ଠୁ ନାଟକରେ ଗୋଟାଏ ପାର୍ଟ । ଲିଭାଇ ଦେଲା ଗୋଟେ କଳାକାରର ଉଜ୍ଜ୍ୱଳ ଭବିଷ୍ୟତ । ଆଶାର ଆଲୋକ । ନିଶ୍ଚିହ୍ନ କରିଦେଲା ସହସ୍ର ସମ୍ଭାବନା । ମୁଁ ଏତେ ସହଜରେ ଏ ସବୁକୁ ଭୁଲିଯାଇପାରେନା । ମୋର ପ୍ରତିଶୋଧ ନେବା ଦରକାର । ମୁଁ ବି ଗୋଟାଏ ମେଣ୍ଢା । ମତେ ବି ଜଣାଅଛି ମେଣ୍ଢା ଲଢ଼େଇ । ମତେ ବି ଆସେ ତାଳ ପକେଇ ।

ମୁଁ ଗୋଟାଏ ଅସଲି ମେଣ୍ଢା । ହିଂସ୍ର ଏବଂ ପ୍ରତିଶୋଧପରାୟଣ । ମୁଁ ଦୌଡ଼ିବାକୁ ଲାଗିଲି ।

ସେଦିନ ଥିଲା ନାଟକ ଅଭିନୀତ ରଜନୀର ପରବର୍ତ୍ତୀ ଦିନର ଅପରାହ୍ଣ । ସେତେବେଳକୁ ଷ୍ଟେଜ୍ ପୂରାପୂରି ଖୋଲା ସରି ନ ଥିଲା । ସ୍କ୍ରିନ୍ କି ସିନ୍ ନ ଥିଲା । ଉଇଙ୍ଗ୍‌ସ ସବୁ ଫେରସ୍ତ ସରିଥିଲା । ଷ୍ଟେଜ୍‌ଟା ସାରା ପଡ଼ିରହିଥିଲା ଖାଲି ଖଟ । ଚାଞ୍ଚରାବାଡ଼ ଆଉ ଲଙ୍ଗଳା ବାଉଁଶକୁ ନେଇ । ଦିଶୁଥିଲା ଗୋଟେ ରୁମଛଡ଼ା ରୋଗୀଣା କୁକୁର ଭଳି । ସେଇ ଷ୍ଟେଜ୍‌ର ଗୋଟେ କୋଣରେ ତିନି ଚାରି ଜଣ ଶୋଇ ରହିଥିଲେ । ସେମାନଙ୍କ ଶୋଇରହିବାଟା ଭାରି ବେଖାପ ଅଡୁଆ ଦିଶୁଥିଲା ଆଖିକୁ ।

ମୁଁ ସେଠାରେ ପହଞ୍ଚିଗଲି ଏବଂ ଚିତ୍କାର କରିବାକୁ ପ୍ରସ୍ତୁତ ହେଲି। ଚିତ୍କାର କରିବାର ଥିଲା ଏମିତି: କାହିଁଗଲା ସେ ପାପିଷ୍ଠ ମେଷ? କିମ୍ବା, 'ରେ! ରେ! ଦୁଷ୍ଟ ମେଷ, ଯଦି ପ୍ରକୃତରେ ମେଷର ରକ୍ତ ତେବେ ସାମ୍ନାକୁ ଆ! ଯୁଦ୍ଧ କର।'

ମଧୁଭାଇଙ୍କ ନାକତଳେ ନିଶ ନ ଥିଲା। ତଥାପି ସେ ନାଟକର ପୁରୁଣା ସଂଳାପ ଉଚ୍ଚାରଣ କରୁଥିଲେ ଅନୁଚ୍ଚ ସ୍ୱରରେ।

ମତେ ଦେଖିଲେ। ପଚାରିଲେ: କିରେ! କ'ଣ ହେଲା?

ମୁଁ ଚିତ୍କାର କରି କହିଲି: କୁଆଡ଼େ ଗଲା ସେ ମେଣ୍ଢାଟା?

ମଧୁଭାଇ ଚାଞ୍ଚରାବାଡ଼ ଆରପଟକୁ ଇଙ୍ଗିତ କଲେ।

:ହେଇ ସେଇପଟେ। ହେଲେ କାମ ସରିଲାଣି। ମୁଁ ତାଙ୍କ କଥା ବୁଝିପାରିଲିନି। ବୁଝିବାକୁ ସମୟ ନ ଥିଲା। ମୁଁ ଚାଞ୍ଚରା ଆରପଟକୁ କ୍ଷେପିଗଲି। ସେଠି ମୋ ପାଇଁ ଅପେକ୍ଷା କରି ରହିଥିଲା ଅଭାବିତ ଦୃଶ୍ୟଟେ।

ମେଣ୍ଢାର ଛିନ୍ନ ମସ୍ତକ ପଡ଼ିରହିଥିଲା ଟିକିଏ ଦୂରରେ। ତଳେ ଭିଜିଯାଇଥିଲା କିଛି ରକ୍ତ। ମେଣ୍ଢାର ଆଗଗୋଡ଼ ଲଟକା ଯାଇଥିଲା ଗଛରେ। ଏବଂ ଜଣେ ଲୋକ ତା' ଦେହରୁ ଚମଡ଼ା ଛଡ଼ଉଥିଲା। ସମ୍ଭବତଃ ସିଏ ହିଁ ଘାତକ।

କାର୍ଯ୍ୟକ୍ରମଟିକୁ ତଦାରଖ କରୁଥିଲେ ଗଜିଭାଇ।

ମତେ ଦେଖି ମନ୍ତବ୍ୟ ଦେଲେ: ମାଂସ ଚାଳିଶ କେଜି ପରେ ହେବ।

ମୁଁ ମେଣ୍ଢାର ଛିନ୍ନ ମସ୍ତକ ଉପରେ ନଜର ଠୁଳକଲି। ଆଖିଦୁଇ ତଥାପି ରହିଛି ଖୋଲା। ସେଇ ଆଖିର ଗୋଲକ ଧାରରେ ଟିକିଏ ଲୁହ। ବଡ଼ କରୁଣ ସେ ଦୃଷ୍ଟି। ସେଇ ମୃତ ଆଖି ତଥାପି ଚାହିଁ ରହିଛି ପୃଥିବୀକୁ। ପଚାରୁଛି କିଛି ପ୍ରଶ୍ନ।

କାହିଁକି ମେଣ୍ଢାଟିଏ ଜନ୍ମ ହୁଏ ଏଇ ପୃଥିବୀରେ? କାହିଁକି ଦିନ ଗଣି ପ୍ରତି ସନ୍ଧ୍ୟାରେ ଫେରିଆସେ ଗୁହାଳକୁ? କାହିଁକି ଅନୁରକ୍ତ ରହେ ମାଲିକର? କାହିଁକି ଅବା ବଡ଼ ହୁଏ? କାହିଁକି ଅବା ପହୁଞ୍ଚେ ଚାଳିଶ କେଜିର ଓଜନରେ?

ଗଜିଭାଇ ପୁଣି ମନ୍ତବ୍ୟ ଦେଲେ: ତତେ ଆଜି ସଞ୍ଜକୁ ନିମନ୍ତ୍ରଣ ରହିଲାରେ!

ମୁଁ କିଛି ଶୁଣିପାରୁ ନ ଥିଲି।

ସତରେ ମୁଁ କ'ଣ ପ୍ରତିଦ୍ୱନ୍ଦ୍ୱିତା କରୁଥିଲି ଏଇ ମେଣ୍ଢାଟି ସହ? ପ୍ରତିଦ୍ୱନ୍ଦ୍ୱିତା କରିପାରିବି କି? ମୁଁ କ'ଣ ଦାନ କରିପାରିବି ମୋର ଦେହର ମାଂସସବୁ କାହାରି ସଞ୍ଜର ନିମନ୍ତ୍ରଣକୁ? ମୁଁ କ'ଣ ଚାଳିଶ କେଜିର ଓଜନରେ ପହଞ୍ଚିଯାଇ ବରଣ କରିନେଇ ପାରିବି ଏଇ ଅକାଳ ମରଣର ନିୟତି? ମୁଁ କ'ଣ କେବଳ ମାଂସ ହେବା ପାଇଁ ହିଁ ବଢ଼ି ଚାଲିପାରିବି ଏଇ ଅସହାୟ ପୃଥିବୀରେ ଅବଶିଷ୍ଟ ଦିନ?

ସତରେ କ'ଣ ମୁଁ ମେଣ୍ଢାଟିଏ ହୋଇପାରିବି ।

ପରବର୍ତ୍ତୀ କାଳରେ ମୁଁ ମୋର ସାଙ୍ଗମାନଙ୍କୁ ବାରମ୍ବାର ବୁଝାଇଚି 'ମେଣ୍ଢାଟି ସେଦିନ କିଛି ଭୁଲ୍ କରି ନ ଥିଲା । ସେ ତା'ର ପାର୍ଟ ଠିକ୍ ଜାଣେ । ସେ ଜାଣେ, ସେ ବଞ୍ଚିରହିଛି ଖାଲି ମାଂସ ହେବା ପାଇଁ । ମଣିଷର ଭୋକର ଆଧାର ହେବା ପାଇଁ !'

କିନ୍ତୁ ମୋର ସାଙ୍ଗମାନେ କିଛି ବୁଝି ନ ଥିଲେ ।

କାରଣ ସେମାନେ ସମସ୍ତେ ମାଂସ ଖାଇ ହାକୁଟି ମାରିବା ଜାଣିଥିଲେ । କିନ୍ତୁ ମଲା ମେଣ୍ଢାର ଆଖି ଦେଖି ନ ଥିଲେ । ଆଖି କୋଣର ଲୁହ ଦେଖି ନ ଥିଲେ । ସେଇ ନିର୍ଜୀବ ଆଖିର ପ୍ରଶ୍ନକୁ ସାମ୍ନା କରି ନ ଥିଲେ ।

ଦେଖିଲେ ବି କ'ଣ ସେମାନେ ବୁଝିପାରିବେ !

ବାଉଁଶରାଣୀ ଓ ଲୌହକନ୍ୟା

ରେଡ଼ିଓରେ ପ୍ରଚାରିତ ହୋଇ ନ ଥିଲା। ଖବରକାଗଜରେ ପ୍ରକାଶିତ ହୋଇ ନ ଥିଲା। କିମ୍ବା ଗାଁ ଦାଣ୍ଡରେ ଡେଙ୍ଗୁରା ବଜେଇ ବୁଲି ଯାଇ ନ ଥିଲା କୋଉ ହାଡ଼ିପିଲା। ତଥାପି ଖବର ପ୍ରସାରିତ ହୋଇ ସାରିଥିଲା। ଚାରି ଦିଗରେ।

ଖବରଟା ଏମିତି। ସାକ୍ଷୀଗୋପାଳକୁ ଆସିଚି ଗୋଟାଏ ଅଦ୍ଭୂତ ବାଳିକା। ତା'ର ଆଣ୍ଠୁଠୁ ତଳକୁ ଓ କହୁଣୀଠୁ ଆଗକୁ ଲୁହାରେ ଗଢ଼ା। ଦେହର ଅନ୍ୟାନ୍ୟ ଅଂଶ ଅବଶ୍ୟ ହାଡ଼ ମାଂସ। ଖୁବ୍ ଧନୀ ଘରର ଝିଅ ସେ। ସେ ଖେଳେ କବାଡ଼ି। ସେ ସର୍ତ୍ତରଖିଚି, ଯିଏ ତାକୁ କବାଡ଼ି ଖେଳରେ ପରାସ୍ତ କରିଦେବ, ସିଏ ହିଁ ହେବ ତା'ର ସ୍ୱାମୀ। ତା'ର ସବୁ ସମ୍ପତ୍ତି ପତ୍ରର ସିଏ ହେବ ମାଲିକ। ଅଥଚ ଏ ଯାଏଁ ତାକୁ କେହି ହରାଇପାରିନି। ଏମିତି ଖେଳି ଖେଳି ସେ ସାରା ଭାରତ ବୁଲି ଆସିଲାଣି। କିନ୍ତୁ କେହି ତାକୁ ହରାଇ ପାରୁନି କି ସେ ବାହା ହୋଇପାରୁନି। ଏବେ ସେ ସାକ୍ଷୀଗୋପାଳରେ ଆସି ପହଞ୍ଚିଛି।

ସାକ୍ଷୀଗୋପାଳଠୁ ଦଶ କିଲୋମିଟର ଦୂର ଗୋଟେ ନିପଟ ମଫସଲରେ ଆମେ ସବୁ ସେତେବେଳେ ମାଇନର ସ୍କୁଲର ଛାତ୍ର। ସମ୍ବାଦଟା ଆମକୁ ଯେତିକି ଚକିତ କରିଥିଲା ସେତିକି ଆଗ୍ରହୀ ବି କରିଦେଇଥିଲା। ମୁଁ ସମ୍ବାଦଟାକୁ ଅଧେ ବୁଝିଥିଲି। ଅଧେ ବୁଝି ପାରି ନ ଥିଲି। ତା'ଛଡ଼ା ମୁଁ ଟିକେ ବୋକା ବି ଥିଲି।

ପଚାରିଥିଲି: ଝିଅଟାର ହାତ ଆଉ ଗୋଡ଼ ଲୁହାରେ ତିଆରି ହେଲା କେମିତି ?

ଶୁଣାଯାଇଥିବାର ତଥ୍ୟକୁ ଭିତ୍ତି କରି ଯୋଗିଆ ବୁଝାଇଲା: ଝିଅଟା କେବଳ କ୍ଷୀର ପିଇ ବଞ୍ଚେ। ଭାତଫାତ ଖାଏନା। ସେ ଯୋଉ କ୍ଷୀର ପିଏ ସେଥିରେ ଲୁହା ଗୁଣ୍ଡ ମିଶେ।

ମୁଁ ପଚାରିଲି: କ୍ଷୀରରେ ଲୁହାଗୁଣ୍ଡ ମିଶେ କେମିତି ?

ସେ ବୁଝାଇଲା: କ୍ଷୀରରେ ଲୁହାଗୁଣ୍ଡ ଏକାଠି ବଟାଯାଏ। ତା'ପରେ ଯାଇ ସେଇ କ୍ଷୀରକୁ ଝିଅଟା ପିଏ। କ୍ଷୀର ପେଟ ଭିତରକୁ ଚାଲିଯାଏ। ହେଲେ ଲୁହା ଟିକେ ଓଜନିଆ। ସେଟା ଯାଇ ଜମେ ଗୋଡ଼ରେ ନୋହିଲେ ହାତରେ । ଏମିତିକା ଜମି ଜମି ତା'ର ହାତ ଆଉ ଗୋଡ଼ ଲୁହା ହେଇଯାଇଛି।

ଯୋଗିଆର ଉତ୍ତର ସନ୍ତୋଷଜନକ ଥିଲା। ମୁଁ ସେଟାକୁ ସାଦରେ ଗ୍ରହଣ କରିନେଲି। ମାତ୍ର ତତ୍‌କ୍ଷଣାତ୍ ସେ ଝିଅକୁ କବାଡ଼ି ଖେଳରେ ହରାଇବାର ଗୋଟେ ସୁନ୍ଦର ଉପାୟ ମୋ ମଥାରେ ବସାବାନ୍ଧି ପକେଇଲା।

ମୁଁ କହିଲି: ପାଇଚି ! ପାଇଚି !

ଯୋଗିଆ ପଚାରିଲା: କ'ଣ ?

ମୁଁ କହିଲି: ସେ ଝିଅକୁ କବାଡ଼ିର ହରାଇବାର ଉପାୟ !

ଯୋଗିଆ ପଚାରିଲା: କେମିତି ହରାଇବ ?

ମୁଁ କହିଲି: ନା ! ସେ କଥା ତତେ କୁହାଯିବନି। କାରଣ ତୁ ଉପାୟଟା ନେଇ ଆଗତୁରା ତାକୁ ହରେଇଦେବୁ।

ଯୋଗିଆ ମତେ ବହୁ ପ୍ରକାରେ ସାକୁଲା ସାକୁଲି କଲା। ମାତ୍ର ମୁଁ ଉପାୟଟାକୁ ତାକୁ ଦେଲିନାହିଁ। ଯୋଗିଆ ହତାଶ ହୋଇ ଫେରିଗଲା। ସେତେବେଳକୁ ଲୌହକନ୍ୟା ସମ୍ବାଦ ଆମ ଅଞ୍ଚଳ ସାରା ଚାଞ୍ଚଲ୍ୟ ସୃଷ୍ଟି କରିଚି। ଦଳଦଳ ପିଲା ତାକୁ ଦେଖିବାକୁ , ସାକ୍ଷୀଗୋପାଳ ଯିବାକୁ ପ୍ରସ୍ତୁତ ହେଉଥିଲେ। କେହି କେହି କବାଡ଼ି ଖେଳିବାର ଯୋଜନା କରୁଥିଲେ। କେତେଜଣ ଜିତିସାରି ମିଳିବାକୁ ଥିଲା ସୌଭାଗ୍ୟ ସମ୍ପର୍କରେ ସ୍ୱପ୍ନ ଦେଖୁଥିଲେ। ସେଇ ବିରାଟ ଚାଞ୍ଚଲ୍ୟକର ସମ୍ବାଦ ଭିତରେ ଛୋଟ ହାଲ୍ଲାଟେ ହେଇଗଲା ଯେ ଲୌହକନ୍ୟାକୁ ହରାଇବାର ତରିକା ମୋ ପାଖରେ ଅଛି।

ମତେ ଦଳଦଳ ପିଲା ଭେଟିଥିଲେ ଓ ଉପାୟ ନେବାକୁ ଅନୁରୋଧ କରିଥିଲେ। ମାତ୍ର ମୁଁ ଏତେବଡ଼ ପ୍ରାପ୍ତିକୁ ହଜାଇ ଦେବାକୁ ଇଚ୍ଛା କରି ନ ଥିଲି। ତେଣୁ କାହାକୁ ଦେଇ ନ ଥିଲି। ଆମ ଶ୍ରେଣୀରେ ସବୁଠୁ ବଦମାସ ପିଲା ଥିଲା ଗିରିଧାରୀ। ସେ ମତେ ଏକୁଟିଆ ଏକ ପ୍ରାୟ ନିର୍ଜନ ସ୍ଥାନକୁ ଘେନିଗଲା। ଧମକ ଦେବାର ସ୍ୱରରେ କହିଲା: ତୋ ପାଖରେ ସେ ଝିଅକୁ ହରାଇବାର ଉପାୟ ଅଛି ?

ମୁଁ କହିଲି: ହଁ !

ସେ କହିଲା: ସେଟା ମତେ ଦେ। ମୁଁ କାଲି ସାକ୍ଷୀଗୋପାଳ ଯାଇ ତା' ସାଙ୍ଗରେ କବାଡ଼ି ଖେଳିବି। ତାକୁ ହରେଇବି।

ମୁଁ କହିଲି: ମୁଁ ଦେବିନାହିଁ।

ଗିରିଧାରୀର ଆଖି ହିଂସ୍ର ହୋଇଉଠିଲା। ସେ ମୋ ବେକରେ ରଖିଲା ତା'ର ହାତ। ମୃଦୁ ଚାପ ଦେଲା। କହିଲା: ମତେ ନ କହିଲେ ମୁଁ ତତେ ଏଇଠି ସଫା କରିଦେବି।

ବାସ୍! ମୋର ଭୟ ଆସିଗଲା। କାରଣ ଗିରିଧାରୀ ଥିଲା ଗୁଣ୍ଡା କିସମର ପିଲା। ମତେ ସେଇଠି ହତ୍ୟାକରି ଫିଙ୍ଗିଦେବା ତା' ପକ୍ଷରେ କିଛି ଅସମ୍ଭବ ନ ଥିଲା। ସେଇଠି ସେମିତି ଅସହାୟ ମୃତ୍ୟୁଟେ ମୁଁ ଆଶା କରିପାରିଲିନି। ଉପାୟଟାକୁ ଫିଙ୍ଗି ଦେଲି ଗିରିଧାରୀ ଉପରକୁ।

କହିଲି: କହୁଚି! କହୁଚି! ଜଣେ ଯଦି ଆଜିଠୁ କ୍ଷୀରରେ ଲୁହାଗୁଣ୍ଡ ବାଟିକି ପିଏ ତା'ର ମଧ୍ୟ ହାତ ଓ ଗୋଡ଼ ଲୁହା ହୋଇଯିବ। ତା'ପରେ ଯଦି ସେ ଝିଅଟି ସହ କବାଡ଼ି ଖେଳେ, ତେବେ ଅତି ସହଜରେ ଜିତି ଯାଇପାରିବ।

ଗିରିଧାରୀର ହାତ ମୋ କଣ୍ଠନଳୀ ଉପରୁ ହୁଗୁଳା ହୋଇଗଲା। ସେ ବେଶ୍ ଖୁସୀ ହୋଇଚାଲିଗଲା। ଫର୍ମୁଲାଟାକୁ ହରେଇ ସାରି ମୁଁ ଦୁର୍ବଳ ଲାଗୁଥିଲି। ଅବଶ ପାଦରେ ଫେରିଥିଲି ଘରକୁ।

ତା' ପରଦିନ ଆମ ସ୍କୁଲ ବନ୍ଦ ହୋଇଯିବା ଅବସ୍ଥା। ପ୍ରାୟ କୌଣସି ଶ୍ରେଣୀରେ କେହି ପିଲା ନ ଥିଲେ। ସମସ୍ତେ ଦଳ ଦଳ ହୋଇ ସାକ୍ଷୀଗୋପାଳ ଆଡ଼କୁ ଯାଉଥିବା ଦେଖାଯାଇଥିଲା। ଯୋଉମାନେ ସାଇକେଲ ଚଳାଇ ଜାଣିଥିଲେ ସେମାନେ ଆଗତୁରା ପହଞ୍ଚିବା ଆଶାରେ ତୀବ୍ର ବେଗରେ ଛୁଟୁଥିବାର ଦେଖାଯାଇଥିଲା।

ଆମେ କେତେଜଣ ଚାଲିଚାଲି ଯାଉଥିଲୁ। କାରଣ ଆମର ସାଇକେଲ୍ ନ ଥିଲା। ବାଟରେ ଦଳଦଳ ପିଲା ଯାଉଥିବାର ଦେଖିଲୁ। କବାଡ଼ି ଖେଳର ଅନ୍ୟାନ୍ୟ ସର୍ତ୍ତ ସବୁ ଶୁଣିଲୁ। ଯଥା-ମାତ୍ର ଗୋଟିଏ ବାଜି ଖେଳ ହେବ। ଖେଳରେ ଝିଅର ହାତକୁ କହୁଣୀଠୁ ପାପୁଲି ପର୍ଯ୍ୟନ୍ତ ଓ ପାଦକୁ ଆଣ୍ଠୁଠୁ ତଳକୁ ଛୁଇଁ ହେବ। ଅନ୍ୟାନ୍ୟ ଅଙ୍ଗକୁ ଛୁଇଁବା ନିଷିଦ୍ଧ। ଖେଳରେ ହାରିଗଲେ, ଯୁବକଟିକୁ ସେଇଠି ତିନିଥର କାନ ଧରି ବସଉଠ ହେବାକୁ ପଡ଼ିବ।

ଆମେ ଗାଁ ସୀମାରେଖା ଡେଇଁ ମୁଖ୍ୟ ସଡ଼କ ଉପରକୁ ଉଠିଗଲା ପରେ ଆମ ଉପର ଶ୍ରେଣୀର ଦଳେ ଛାତ୍ରଙ୍କ ଦ୍ୱାରା ଅବରୁଦ୍ଧ ହେଲୁ। ସେମାନେ ଆମକୁ ଧମକାଇବା ସ୍ୱରରେ ପଚାରିଲେ: ତମେ କ'ଣ ସବୁ କବାଡ଼ି ଖେଳିବ!

ଆମେ କହିଲୁ: ହଁ!

ସେମାନେ ପଚାରିଲେ: ଜିତିଲେ ସେ ଝିଅକୁ ବାହା ହେବ? ଆମେ ଚୁପ୍

ରହିଲୁ କିଛି ସମୟ। ସେତେବେଳେ ବାହାଘର ସଂପର୍କରେ ଆମେ ବିଶେଷ କିଛି ଜାଣି ନ ଥିଲୁ। ଅନେକ ବାହାଘରରେ ଭୋଜି ଖାଇଥିଲୁ। ଏତିକି ଜାଣିଥିଲୁ ଯେ ବଡ଼ବଡ଼ ଲୋକମାନେ ବାହା ହୁଅନ୍ତି। ପୁଅମାନେ ଝିଅମାନଙ୍କୁ ହିଁ ବାହା ହୁଅନ୍ତି ଏବଂ ବାହାଘର କଥା ପଡ଼ିଲେ ସମସ୍ତେ ଟିକେ ଲାଜ କରନ୍ତି ଏବଂ ଚୁପ୍ ଚୁପ୍ ହସନ୍ତି।

ସେମାନେ କହିଲେ: ବଦମାସ୍! ଅଭଦ୍ର! ହଇରେ! ତମର ବାହା ହେବାକୁ ବଅସ ହେଲାଣି? ଯାଅ ପଳାଅ! ଆମକୁ ବାଟ ଛାଡ଼!

ନା! ଆଉ ଆଗକୁ ଯିବା ସମ୍ଭବ ହେଲାନି। ଆମେ ହତାଶ ହୋଇ ସେଇଠୁ ଫେରିଲୁ। ପରେ ଶୁଣିଲୁ ଆମ ଉପର ଶ୍ରେଣୀର ପିଲାମାନେ ବି ସାକ୍ଷୀଗୋପାଳରେ ପହଞ୍ଚି ପାରିଲେନି। ଅଧାବାଟରୁ ତାଙ୍କ ଉପର ଶ୍ରେଣୀର ପିଲାମାନେ ତାଙ୍କୁ ଧମକାଇ ବିଦା କରିଦେଲେ। ସେମାନଙ୍କୁ ହାଇସ୍କୁଲର ପିଲାମାନେ ସାକ୍ଷୀଗୋପାଳ ଉପକଣ୍ଠରୁ ମାଡ଼ଦେଇ ଘଉଡ଼ାଇ ଦେଇଥିବାର ମଧ୍ୟ ଶୁଣିବାକୁ ମିଳିଲା।

କୋଉ କୋଉମାନେ ସାକ୍ଷୀଗୋପାଳରେ ପହଞ୍ଚିପାରିଲେ ତା'ର ସଠିକ ଚିତ୍ର ମିଳିଲା ନାହିଁ। ତେବେ ବାଟସାରା ପିଲାମାନେ ବାଡ଼ିଆବାଡ଼ି ହୋଇଥିବା, ସାଇକେଲରୁ ପବନ ଖୋଲି ଦେଇଥିବା, ସାଇକେଲ ଭାଙ୍ଗିଥିବା ଭଳି ଚାଞ୍ଚଲ୍ୟକର ସମ୍ବାଦମାନ ପହଞ୍ଚୁଥିଲା। ଆମେ ଉତିଯାଏ ଏଇସବୁ ସମ୍ବାଦ ପାଇଁ ଅପେକ୍ଷା କରୁଥିଲୁ।

ମୁଁ ମତ ଦେଲି: ଆମେ ସିନା ଯାଇ ପାରିଲେନି କି ଦେଖିପାରିଲେନି, ଚାଲ ଯିଏ ସବୁ ଦେଖିଛନ୍ତି ତାଙ୍କଠୁ ବୁଝିବା।

ଭାସ୍କର କହିଲା: ଆମ ଏଠା ପିଲା ଯଦି କିଏ କବାଡ଼ି ଖେଳିଥିବେ, ତେବେ ନିଶ୍ଚେ ଜିତିଥିବେ। ସେ ଝିଅକୁ ବି ଆମେ ଦେଖିପାରିବା।

ସେଦିନ ସନ୍ଧ୍ୟାସାରା ଆମେ ଅମୁକଭାଇ, ସମୁକଭାଇ, ଅମୁକ କକା, ସମୁକ ଦାଦାମାନଙ୍କୁ ଖୋଜି ଘଟଣାର ସର୍ବଶେଷ ବିବରଣୀ ଚାହିଁଲୁ। ମାତ୍ର କୋଉଠୁ ହେଲେ ସଠିକ୍ ଚିତ୍ର ମିଳିଲା ନାହିଁ।

ତେବେ ଜଣକ ସାଙ୍ଗରେ ଦେଖାହେଲା ଯିଏ ସାକ୍ଷୀଗୋପାଳରେ ପହଞ୍ଚି ପାରିଥିଲେ। ସେ ହାଇସ୍କୁଲ ଛାତ୍ର। ଦିବାକର ଭାଇ। ସେ କହିଲେ ଆମେ ତ ପ୍ରଥମେ ଶୁଣିଲୁ, ବକୁଳବନଠି ଖେଳ ହେଉଛି। ସେଠି ପହଞ୍ଚି ଶୁଣିଲୁ ଖେଳ ହେଉଚି ଷ୍ଟେସନ ପାଖରେ। ଷ୍ଟେସନ ପାଖରେ ପହଞ୍ଚି ଜାଣିଲୁ ଖେଳହେଉଚି ନଡ଼ିଆ ଫାର୍ମଠି। ନଡ଼ିଆ ଫାର୍ମଠି ଯାଇ ଶୁଣିଲୁ ଖେଳ ହେଉଚି ସାତଶଙ୍ଖଠି। ଆଉ ସାତଶଙ୍ଖ ଯାଏଁ ଯାଇ ପାରିଲୁନି। ଫେରି ଆସିଲୁ।

ଆମେ ବି ହତାଶ ହୋଇ ଫେରିଲୁ ଦିବାକର ଭାଇଙ୍କ ଘରୁ। ପରବର୍ତ୍ତୀ

ଦିନମାନଙ୍କରେ ଲୌହକନ୍ୟା ସମ୍ପର୍କରେ ଅଧିକରୁ ଅଧିକ ଆକର୍ଷଣୀୟ ସମ୍ବାଦମାନ ମିଳିଲା। ଯଥା-ସେ ସାତଶଙ୍ଖରୁ ବାହାରି ସାକ୍ଷୀଗୋପାଳରେ ପହଞ୍ଚି ସାରିଲାଣି। ଧର୍ମଶାଳା ପାଖରେ ରହୁଚି। କିଏ କହିଲା ସେଦିନ ଥାନା ପାଖରେ ଖେଳ ହେଇଯାଇଛି। ପୁଣି ଶୁଣାଗଲା ତା'ର ଗୋଟାଏ ଲୁହାଗୋଡ଼ ଭାଙ୍ଗିଯାଇଥିଲା ଯେ କମାରଶାଳରେ ମରାମତ ହେଲା। ପୁଣି ଶୁଣାଗଲା ଆମ ପାଖ ଗାଁର କିଏ ଜଣେ ବୀରଯୁବକ ତାକୁ ଖେଳରେ ହରାଇ ଦେଇଛି ଓ ବାହା ହୋଇସାରିଲାଣି। ସଂଶୋଧନୀ ପ୍ରସ୍ତାବ ପୁଣି ପହଞ୍ଚିଲା ଯେ ସେ ଯୁବକ ବିବାହିତ ତେଣୁ ଏ ଦ୍ୱିତୀୟ ବିବାହ ହୋଇପାରିବ ନାହିଁ। ଅନ୍ୟ ଏକ ସୂତ୍ରରୁ ଖବର ମିଳିଲା ଯେ ବୀରଯୁବକର ପ୍ରଥମ ସ୍ତ୍ରୀ ଓ ଲୌହକନ୍ୟା ମଧ୍ୟରେ ମରାମରି ହୋଇଛି ଓ ଲୌହକନ୍ୟାକୁ ପୁଲିସ ବାନ୍ଧି ନେଇଛି। କିଏ ଜଣେ ତାଜା ସମ୍ବାଦ ଦେଲା ଯେ, ଏସବୁ ମିଛ। ସେ ହାରିନି। ଖେଳ ଏ ଯାଏଁ ଚାଲୁ ରହିଛି।

ଏଇ ସବୁକଥା ଗପୁ ଗପୁ ଆମର ସେଇ ସରଳ ଶୈଶବର ସ୍କୁଲ ଦିନସବୁ ବିତିଯାଉଥିଲା। ସକାଳ ହେଉଥିଲା ସନ୍ଧ୍ୟା। ଦିନ ସପ୍ତାହ ପକ୍ଷ ସବୁ ଆଗେଇ ଯାଉଥିଲେ ସମୟର ସିଡ଼ିରେ। ଲୌହକନ୍ୟାର ଆଲୋଚନା ଆମର ଦିନସବୁକୁ ଉଷ୍ମ କରି ରଖିଥିଲା କିଛିଦିନ।

ହଠାତ୍ ଦିନେ ଶୁଣାଗଲା ଭୂତିଆ ଗୁଣିଆ ସମ୍ବାଦ ଏବଂ ଏଇ ସମ୍ବାଦ ଆମ ଆଲୋଚନା ପ୍ରସଙ୍ଗ ଭିତରକୁ ଆସିବା ମାତ୍ରେ ଆମେ ଲୌହକନ୍ୟାକୁ ଭୁଲିଯିବାକୁ ଆରମ୍ଭ କଲୁ।

ଭୂତିଆ ଗୁଣିଆ ସମ୍ବାଦ ଥିଲା ଏଇଭଳି। ଭୂତିଆ ଥିଲା ଆମ ଆଖପାଖ ଅଞ୍ଚଳରେ ଏକମାତ୍ର ଗୁଣିଆ। ଆମେ ପ୍ରାୟ କେହି ଭୂତିଆକୁ ଦେଖି ନ ଥିଲୁ। କିନ୍ତୁ ତା'ର ଅଲୌକିକ କାର୍ଯ୍ୟକ୍ରମ ସଂପର୍କରେ ଶୁଣିଥିଲୁ। ସେ ଯେ କୌଣସି ମଣିଷକୁ ଦିନ ଦି'ପହରେ ଘରଚଟିଆରେ ପରିଣତ କରିପାରିବାର ଢେରଢେର ନଜିର ଥିଲା। ତେବେ ଭୂତିଆ ଏଥରକ କରିପକାଇଥିଲା ଅଜବ କାମଟେ।

ସେତେବେଳେ ଗାଁରେ ଗାଁରେ ବାଉଁଶରାଣୀ ନାଟ ହେଉଥିଲା। ଭ୍ରାମ୍ୟମାଣ କେଳା ଦଳଟିଏ ଏଇ ନାଟ ଦେଖାଉଥିଲେ। ନାଟ ଭିତରେ ଦୋଳି ଖେଳ, ଦଉଡ଼ି ଉପରେ ଚାଲିବା, ନିଆଁ ଭିତରେ ଡେଇଁବାଠୁ ଆରମ୍ଭ କରି ନାନା ଖେଳ କସରତ ଦେଖାଉଥିଲେ ଦଳେ ବାଳିକା। ସେମାନଙ୍କ ଦଳପତି ଅନବରତ ଢୋଲ ଡାଉଁ ଡାଉଁ କରି ଚିତ୍କାର କରୁଥିଲା। ଖେଳର କ୍ଲାଇମାକ୍ସରେ ସବୁଠୁ କ୍ରୀଡ଼ାନିପୁଣା ବାଳିକାଟି, ଯାହାକୁ ବାଉଁଶରାଣୀ ବୋଲି କୁହାଯାଉଥିଲା ଲମ୍ବା ଏକ ବାଉଁଶର ଶୀର୍ଷକୁ ଉଠିଯାଉଥିଲା। ସେଠି ପେଟ ଲଗାଇ ସମାନ୍ତର ଭାବରେ ରହୁଥିଲା ଭୂମିରେ। ତା'ପରେ ଚକ୍ରଭଳି ଘୁରୁଥିଲା।

ଆମ ପାଖ ଗାଁରେ ଥରେ ଏମିତି ବାଉଁଶରାଣୀ ନାଟ ହେଉଥିଲା । ବାଉଁଶରାଣୀ ବାଉଁଶ ଶୀର୍ଷରେ ଘୁରୁଥିଲା । ସେତିକିବେଳେ ସେଇ ବାଟ ଦେଇଯାଉଥିଲା ଭୂତିଆ । ତା' ମନ ଭିତରେ ଦୁଷ୍ଟବୁଦ୍ଧି ପ୍ରବେଶ କରିଗଲା ଓ ସେ ବାଉଁଶ ଶୀର୍ଷରୁ ଉଡ଼ାଇ ନେଲା ବାଉଁଶରାଣୀକୁ । ଲୋକେ ହଠାତ୍ ବାଉଁଶ ଆଗକୁ ଚାହିଁ ଦେଖିଲେ ସେଠି କେହି ନାଇଁ । କିଛିକ୍ଷଣ ଆଗରୁ ସେଠି ଚକ୍ରବତ୍ ଘୁରୁଥିବା ନାରୀଟି ଉଭାନ୍ ହୋଇଯାଇଛି । ଲୋକମାନେ ଆତଙ୍କରେ ଥରି ଉଠିଲେ । ଅନ୍ୟ ବାଳିକାମାନେ ବାହୁନି ଉଠିଲେ । ଦଳପତି ମୁଣ୍ଡକଚାଡ଼ି ଦେଲା ଭୂଇଁରେ ।

ସେଇ ଯେ ଭୂତିଆ ଝିଅଟାକୁ ଉଡ଼େଇ ନେଲା ଏବେ ବି ଆକାଶ ମାର୍ଗରେ ଉଡ଼େଇକି ରଖିଛି । ଲୋକମାନେ ଯେତେବେଳେ ଜାଣିଲେ ଏସବୁ ସେଇ ଗୁଣିଆ ଭୂତିଆର କାମ ସେମାନେ ତାକୁ ବହୁତ ନେହୁରା ହେଲେ ବୁଝାସୁଝା କଲେ । ଶେଷରେ ଭୂତିଆ ରାଜି ହୋଇଛି ଛାଡ଼ିଦେବ । କିନ୍ତୁ ତାକୁ ତ ଏମିତି ସେମିତି ଛାଡ଼ିହେବନି । ଯେମିତି ନେଇଥିଲା ସେମିତି ହିଁ ଛାଡ଼ିବ । ଗୋଟେ ଉଚ୍ଚା ବାଉଁଶ ଅଗରେ ସେମିତି ଶୁଆଇ ଦେଇ ଚାଲିଯିବ ।

ଏଇ ସମ୍ବାଦ ଗାଁରେ ଗାଁରେ ଘୁରିଘୁରି ଆମ ସ୍କୁଲର ଅଗଣାରେ ଆସି ପହଞ୍ଚିଗଲା । ଆମେ ସାରା ଦ୍ୱିପ୍ରହର ଏଇ ବିଷୟରେ ଆଲୋଚନା କରୁଥିଲୁ ।

ଈଶ୍ୱର କହିଲା: ବାଉଁଶରାଣୀ ଆକାଶରେ ଖାଉଚି କ'ଣ ?

ଲକ୍ଷିଆ ପାଣ୍ଡେ ମତ ଦେଲା: ଭୂତିଆ ଗୁଣିଆ ଖାଇବାକୁ ପଠାଉଥିବ ।

ଈଶ୍ୱର ପଚାରିଲା: ସେ ଝାଡ଼ା ପରିସ୍ରା ଯାଉଛି କୋଉଠି କି ?

ଲକ୍ଷିଆ ପାଣ୍ଡେ କହିଲା: ସେ ଆକାଶରେ ନିଶ୍ଚେ ଝାଡ଼ାପରିସ୍ରା କରୁଥିବ । ଆକାଶକୁ ମୁହଁ କରି ଅନେଇଲେ ବିପଦ ।

ଆମେ ସମସ୍ତେ ହସିଲୁ ଓ ସତର୍କ ହେଲୁ ।

ଆମ ଅଞ୍ଚଳ ସାରା ଯୁବକମାନେ ଅନ୍ୟବାଗରେ ଉତ୍ସାହିତ ହେବାକୁ ଆରମ୍ଭ କରିଥିଲେ । ସେମାନେ ନିଜ ନିଜ ବାଡ଼ିରେ ଏକ ଏକ ବାଉଁଶ ଖମ୍ବ ପୋତିଥିଲେ । ଉଦ୍ଦେଶ୍ୟ କାଳେ ଭୂତିଆ ବାଉଁଶରାଣୀକୁ ସେଇଠି ଛାଡ଼ି ଦେଇଯିବ ।

ଆସ୍ତେ ଆସ୍ତେ ସମସ୍ତେ ବାଉଁଶଟାଏ ପୋତିବାକୁ ଲାଗିଲେ । ଆମ ଶ୍ରେଣୀର ସାଙ୍ଗପିଲାମାନେ ମଧ୍ୟ ଏ ପ୍ରତିଯୋଗିତାରେ ଥିଲେ । ମାତ୍ର ମତେ ପୋତିବା ଯୋଗ୍ୟ ବାଉଁଶଟିଏ ମିଳି ନ ଥିଲା । ଆମ ସ୍କୁଲର ପଡ଼ିଆ ମଝିରେ ଥିଲା ପତାକା ଖୁଣ୍ଟି । ସ୍ୱାଧୀନତା ଦିବସ ଓ ଗଣତନ୍ତ୍ର ଦିବସମାନଙ୍କରେ ସେଇ ଖୁଣ୍ଟିରେ ପତାକା ଉତ୍ତୋଳନ ହେଉଥିଲା । ବେଶ୍ ଶକ୍ତ ଓ ସବଳ ଖମ୍ବଟେ । ପତାକା ଖୁଣ୍ଟିର ମୂଳରେ ଥିଲା ସିମେଣ୍ଟର

ଚଉତରାଟେ। ମୋର କାହିଁକି ମନେହେଉଥିଲା ଯଦି ଭୂତିଆ ଗୁଣିଆ ବାଉଁଶରାଣୀକୁ ଛାଡ଼ିଦେବ ତେବେ ଆମ ସ୍କୁଲ ପତାକା ଖୁଣ୍ଟି ଉପରେ ହିଁ ଛାଡ଼ିବ।

ମୁଁ ପତାକା ଖୁଣ୍ଟି ମୂଳରେ ଚାନ୍ଦିନୀ ଉପରେ ଶୋଇ ରହୁଥିଲି ସନ୍ଧ୍ୟାମାନଙ୍କରେ। ଆକାଶରେ କ୍ରମେ କ୍ରମେ ଫୁଟି ଉଠୁଥିଲେ ଅସଂଖ୍ୟ ତାରା। କୋଉଠି ଗୋଟେ ଗୋଟେ ଉଲ୍‌କା ଉଜଳି ଉଠି ପୁଣି ମିଶିଯାଉଥିଲେ ଅନ୍ଧକାରରେ। କୋଉ ଦୂରରେ ଉଡ଼ାଜାହାଜଟେ ଉଡ଼ି ଯାଉଥିଲା ଯେ ତା'ର ଆଲୁଅଟା ଦିଶୁଥିଲା ଗୋଟାଏ ଚଳମାନ ତାରକା ଭଳି। ମୋର ମନେହେଉଥିଲା ଆକାଶର ଏଇ ଅସଂଖ୍ୟ ତାରା ଭିତରେ କୋଉଠି ଯେମିତି ଘୁରିବୁଲୁଚି ବାଉଁଶରାଣୀ। ଭାରି ଅସହାୟ ଭାବରେ।

ପରଦିନମାନଙ୍କରେ ଆମେ ସ୍କୁଲରେ ବାଉଁଶରାଣୀ ବିଷୟରେ ଗପୁଥିଲୁ। ଯୋଗିଆ କହିଲା: ଜାଣୁ! କାଲି ରାତିରେ ବାଉଁଶରାଣୀ ଆମ ବାଉଁଶଖୁଣ୍ଟ ଉପରକୁ ଆସିଯାଇଥିଲା। କିନ୍ତୁ ବାଉଁଶଟା ସମ୍ଭାଳିଲା ନାହିଁ। ଭାଙ୍ଗି ପଡ଼ିଲା।

ଆମେ ପଚାରିଲୁ: ସତରେ।

ଯୋଗିଆ ସତ୍ୟର ପ୍ରତ୍ୟୟ ଦେଲା: ଆଖି ଛୁଉଁଚି।

ସ୍କୁଲଛୁଟି ପରେ ଆମେ ସରଜମିନ୍ ତଦନ୍ତ ପାଇଁ ଯୋଗିଆର ଘର ବାରିକୁ ଯାଇଥିଲୁ। ଦେଖିଥିଲୁ, ସେଠି ଭାଙ୍ଗି ପଡ଼ିଥିଲା ବାଉଁଶ ଖୁଣ୍ଟଟେ। ସେଟା ବାଉଁଶରାଣୀର ଓଜନ ସମ୍ଭାଳି ନ ପାରି ଭାଙ୍ଗି ଯାଇଥିଲା ବୋଲି କୌଣସି ପ୍ରମାଣ ବା ଉପାୟ ନ ଥିଲା। ଆମେ ଯୋଗିଆ କଥାକୁ ବିଶ୍ୱାସ କରିଥିଲୁ ଓ ହାୟ ହାୟ କଲୁ।

ଯୋଗିଆକୁ ନବ କହିଲା: ତୁ ଗୋଟେ ଭଲ ଶକ୍ତ ବାଉଁଶ ପୋତି ଦେ'।

ଯୋଗିଆ ଅସହାୟ ଦିଶିଲା। କରୁଣ ସ୍ୱରରେ କହିଲା: କୋଉଠୁ ପାଇବି?

ଆମ ଅଞ୍ଚଳ ସାରା ଆସ୍ତେ ଆସ୍ତେ ବାଉଁଶର ଅଭାବ ଆରମ୍ଭ ହେଉଥିଲା। ଏବଂ ଏଇ ବାଉଁଶକୁ ନେଇ ଝଗଡ଼ା ଓ ଫୌଜଦାରୀ ମଧ୍ୟ ହେଉଥିଲା।

ଲକ୍ଷିଆ ପାଣ୍ଡେ କହିଲା: ବାଉଁଶରାଣୀ ଏତେ ଘୁରିଲାଣି ଆକାଶରେ, ତା' ମୁଣ୍ଡ ଗୋଳମାଳ ହୋଇଯିବଣି।

ଈଶ୍ୱର କହିଲା: ତେବେ ସିଏ କ'ଣ ପାଗଳୀ ହେଇଯିବ?

ନବ କହିଲା: ହୁଏତ।

ଆମେ ସମସ୍ତେ ଦୁଃଖିତ ଦିଶିଲୁ। ଯୋଗିଆ ଘରଠୁ ଆମେ ଯେତେବେଳେ ସମସ୍ତେ ଫେରି ଆସୁଥିଲୁ ମୁଁ ପଛେଇ ଗଲି ଓ ଯୋଗିଆକୁ ଗୁପ୍ତରେ ପଚାରିଲି: ବାଉଁଶରାଣୀ ଯଦି ଏଇଠି ଓହ୍ଲାଇଥାଆନ୍ତା, ତୁ କ'ଣ ତାକୁ ବାହା ହୁଅନ୍ତୁ।

ଯୋଗିଆ ଟିକେ ଲାଜେଇଗଲା। ତଳକୁ ମୁହଁ ପୋତିଦେଲା।

କହିଲା: ହେତ୍!

ମୁଁ ପତାକା ଖୁଣ୍ଟି ତଳେ ସିମେଣ୍ଟ ଚାନ୍ଦିନୀରେ ଶୋଇରହି ଅଜବ ଅଜବ ସ୍ୱପ୍ନମାନ ଦେଖୁଥିଲି। ଆକାଶମାର୍ଗରୁ ଏକ ଘୂର୍ଣ୍ଣାୟମାନ ଚକ୍ରଭଳି ଅବତରଣ କରିଆସୁଚି ବାଉଁଶରାଣୀ ଓ ପତାକା ଖୁଣ୍ଟିର ଶୀର୍ଷରେ ଘୁରିବାକୁ ଲାଗିଛି। ମୁଁ ଅସହାୟ। ଜାଣେନା କେମିତି ସେ ଘୁରିବା ବନ୍ଦ ହେବ। ଜାଣେନା, ଖୁଣ୍ଟିରେ ଚଢ଼ି ଶୀର୍ଷରେ ପହୁଞ୍ଚିବାର ଉପାୟ। କିମ୍ବା ଜାଣେନା ପାଇଲେ ବାଉଁଶରାଣୀକୁ ମୁଁ ବାହା ହେଇପାରିବି କି ନା!

ମୁଁ କିଂକର୍ତ୍ତବ୍ୟବିମୂଢ଼ ଭାବରେ ସେଠୁ ଉଠି ଘରକୁ ଦୌଡ଼ି ପଳାଉଥିଲି।

ଆସ୍ତେ ଆସ୍ତେ ପୋତାଯାଇଥିବା ବାଉଁଶ ସବୁ ଭାଙ୍ଗିବାକୁ ଲାଗିଲା। ଜଣାଗଲା ଅସହିଷ୍ଣୁ ଯୁବକମାନେ ରାତି ଅଧରେ ଅନ୍ୟର ବାଉଁଶସବୁ ଭାଙ୍ଗି ଦେଉଛନ୍ତି। ଆସ୍ତେ ଆସ୍ତେ ବର୍ଷା ପବନ ଓ ସମୟ ବାଉଁଶ ଉପରେ ଦାଉ ସାଧିଲେ। ଆସ୍ତେ ଆସ୍ତେ ଆମ ମନ ଭିତରୁ ବାଉଁଶରାଣୀ ଘଟଣାର ଚାଞ୍ଚଲ୍ୟ ଏବଂ ତା'ର ଅବତରଣର ଉତ୍ତେଜନା ଦୁର୍ବଳ ହୋଇ ଆସିଲା।

ସେତିକିବେଳେ ପୁଣି ଶୁଣାଗଲା ଭିନ୍ନ ଏକ ଖବର । ମଧ୍ୟ ରାତ୍ରରେ ଆକାଶରେ ଉଡ଼ିଯାଉଛି ଗୋଟାଏ ଖଟ। ବିଚିତ୍ର ଭାବରେ। ପୂର୍ବ ଦିଗରେ ଉଦିତ ହେଉଛି। ତାରା ଓ ଜହ୍ନମାନଙ୍କୁ ବେଖାତିର କରି ଏକ ରାତ୍ରିଚର ପକ୍ଷୀ ଭଳି ଉଡ଼ିଯାଉଛି। ଅସ୍ତ ଯାଉଛି ପଶ୍ଚିମ ଦିଗରେ। ଆମେ ସ୍କୁଲର ଖେଳଛୁଟି ସାରା ଏ ସଂପର୍କରେ ଆଲୋଚନା ଜାରି ରଖିଲୁ।

ଯୋଗିଆ କହିଲା: ସେ ଖଟକୁ କାନ୍ଧେଇଛନ୍ତି ଚାରିଜଣ ଲୋକ।

ଭାସ୍କର କହିଲା: ଖଟର ଆଗେ ଆଗେ ଯାଉଛି ଜଣେଲୋକ । ତା' ହାତରେ ନିଆଁହୁଳା।

ପାଣୁଆ ଶୁଣାଇଲା: ଖଟର ପଛରେ ଯାଉଛି ଗୋଟେ ବାଆଜୀ। ତା' ହାତରେ ଏକ ଚିମୁଟା। ଓଠରେ ଚିଲମ ଜଳୁଛି।

ଦ୍ୱିପ୍ରହରର ସ୍ୱଚ୍ଛ ଆଲୋକରେ ବି ଆମେ ସବୁ ଥରି ଉଠିଥିଲୁ ଭୟରେ। ଆକାଶକୁ ଚାହିଁ ପକେଇଥିଲୁ ଆଗ୍ରହରେ। କିଛି ନ ଥିଲା। ଟିକିଏ ବି ଚିହ୍ନବର୍ଣ୍ଣ ନ ଥିଲା ସେ ଭୌତିକ କାଣ୍ଡର। କୋଉ କୋଣରେ ଖଟର ଗୋଡ଼ ବା ଚିଲମର ଧୂଆଁ ଦିଶୁ ନ ଥିଲା। କୋଉଁଠି ମଧ୍ୟ ଦିଶୁ ନ ଥିଲା କାହାରି ପାଦଚିହ୍ନ। ସେ ମାୟାବୀ ବାବାଜୀ ଆମ ନିରୀହ ଶିଶୁମାନଙ୍କ ପାଇଁ ଛାଡ଼ି ଯାଇ ନ ଥିଲା ଗୋଟେ ହେଲେ ବି ଚିହ୍ନ। ତଥାପି ଆମେ ବିଶ୍ୱାସ କରିଗଲୁ।

ମୁଁ ପଚାରିଲି: ତୁ ଦେଖିଛୁ?

ଯୋଗିଆ କହିଲା: ନା ! ମତେ ଡର ଲାଗିଲା ।

ଈଶ୍ୱର କହିଲା: କାଲି ରାତିରେ ମତେ ନିଦ ଆସିଗଲା ।

ଭାସ୍କର କହିଲା: ମୋର ପରା ସେତିକି ବେଳକୁ ଆଖିପତା ପଡ଼ିଗଲା ।

ପାଣୁଆ ଶୁଣାଇଲା: ମୁଁ ଦେଖିନି ଯେ ! ମୋ ଦାଦି ଦେଖିଚି !

ଆମେ ସେଇଦିନ ସେତିକିବେଳେ ଶପଥବଦ୍ଧ ହେଲୁ ଯେ ଏ ଅଦ୍ଭୁତ ଦୃଶ୍ୟ ଆମେ ଅଲବତ୍ ଦେଖିବୁ । ଆଜି ରାତିରେ ହିଁ । ଆମେ ଉନ୍ନିଦ୍ର ରହିବୁ । ଆକାଶକୁ ଚାହିଁ ଚାହିଁ ବିତାଇବୁ । କିନ୍ତୁ ଦେଖିବୁ । ଏ ସୁଯୋଗ ଛାଡ଼ିବାର ନୁହେଁ ।

ଯଥାରୀତି ସ୍କୁଲ ଛୁଟି ହେଲା । ମୁଁ ଘରକୁ ଫେରି ଆସିଲି । ସଂଧ୍ୟା ହେଲା । ତା'ପରେ ରାତି । ମୁଁ ରାତି ଖାଇବା ଶେଷକରି ଶେଯରେ ଏପଟସେପଟ ଗଡ଼ୁଥିଲି । ବୋଉକୁ ଗୋଟାଏ ନିର୍ଦ୍ଦେଶନାମା ଶୁଣାଇଦେଲି: ମତେ ଟିକେ ରାତି ଅଧରେ ଉଠେଇ ଦେବୁ ତ !

ମାତ୍ର ବୋଉ ମତେ ଉଠାଇଲାବେଳକୁ ସକାଳ । ସୂର୍ଯ୍ୟ ଉଇଁ ସାରିଲେଣି । ମୁଁ ରାଗିଯିବା ଥିଲା ସ୍ୱାଭାବିକ । କହିଲି : ବୋଉ ! ମତେ ରାତିରେ ଉଠେଇଲୁ ନାହିଁ କାହିଁକି ?

ବୋଉ କହିଲା: ତୁ ଉଠିଲେ ତ ! ତତେ ଯେତେଥର ଉଠେଇଲି ତୁ ସେତେଥର ଯାଇ ଖଟରେ ଶୋଇଲୁ ।

ମୁଁ ଚୁପ୍ ହେଇଗଲି । ଦୋଷଟା ତେବେ ମୋ ନିଜର । ମାତ୍ର ଏଇ ସାମାନ୍ୟ ନିଦ୍ରାଲୋଭ ପାଇଁ ମୁଁ ଏତେବଡ଼ ଅଲୌକିକ ଦୃଶ୍ୟ ଦର୍ଶନର ସୁଯୋଗ ହାତଛଡ଼ା କରିପକାଇଲି । ମୁଁ କପାଳରେ କର ମାରିଲି ।

ସାରା ସ୍କୁଲ ସମୟ ସେଇ ଆଲୋଚନାରେ ବ୍ୟସ୍ତ ରହିଲା ।

ପାଣୁଆ କହିଲା: ମୁଁ ଖାଲି ଚିଲମର ଧୂଆଁଟା ଦେଖିଚି ।

ଗିରିଧାରୀର ଅଭିଜ୍ଞତା ହେଲା: ସେ ବାବାଜୀ ଫୁଲ ଫିଙ୍ଗୁଥିଲା । ସେଇ ଫୁଲଗୁଡ଼ାକ ହୋଇଯାଉଥିଲା ତାରା ।

ଲକ୍ଷିଆ ପାଣ୍ଡେ ଶୁଣାଇଲା: ସେ ଲୋକଗୁଡ଼ାକ ନିପଟ କଳା । ଆକାଶ ସାଙ୍ଗେ ପୂରାପୂରି ମିଶିଯାଉଥିଲେ ।

ଆମ ଅଞ୍ଚଳର ଆବାଳ ବୃଦ୍ଧବନିତା ରାତିରାତି ଜାଗି ରହୁଥିଲେ । ଉଦ୍ଦେଶ୍ୟ ସେଇ ଅପୂର୍ବ ଦୃଶ୍ୟକୁ ପ୍ରତ୍ୟକ୍ଷ କରିବେ । ମାତ୍ର ସଠିକ ସମ୍ବାଦ ମିଳୁ ନ ଥିଲା । କିଏ କହୁଥିଲା ଏଇଟା ଏକୋଇଶି ଦିନ ହେବ । ଆଉ କିଏ କହୁଥିଲା ଏକୋଇଶି ଦିନ ପାରି ହୋଇଗଲାଣି । ପୁଣି ଶୁଣାଯାଉଥିଲା ଏଇଟା ଶହେ ଆଠ ଦିନ ହେବ । କିଏ

କହୁଥିଲା ଏଇଟା ପାପୀମାନଙ୍କୁ ଦେଖାଯିବ ନାହିଁ। ପୁଣି ଶୁଣାଗଲା ଦି'ଜଣ ଲୋକ ଏକାଠି ଦେଖିଲେ ଦିଶିବନି। ଏକୁଟିଆ ଦେଖିବାକୁ ହେବ। ହଠାତ୍ ଶୁଣାଗଲା ଗୋଟେ ଡେଉଁରିଆ ପିନ୍ଧିଲେ ଦିଶିବ। ଡେଉଁରିଆର ଦାମ୍ ପାଁ ସୁଉକା।

ଏମିତି ଏମିତି ସମୟ ଆଗେଇ ଯାଉଥିଲା। ସମୟ ସହ ତାଳ ଦେଇ ନୂଆନୂଆ ଗୁଜବ ଓ ଚାଞ୍ଚଲ୍ୟକର ସମ୍ବାଦ ଶୁଣାଯାଉଥିଲା। ପୁରୁଣା ସମ୍ବାଦ ନିଜର ଓଜନ ଓ ଗୁରୁତ୍ୱ ହରାଇ ବସୁଥିଲା। ଆମେ ସ୍କୁଲର ଖେଳଛୁଟି ସାରା ଏମିତି ଏମିତି ଆଲୋଚନା ଜାରି ରଖୁଥିଲୁ। ପାଖ ଗାଁରେ ଦେଖାଯାଇଥିବା ମଣିଷଖିଆ ବାମନ ଆଖପାଖ ଅଞ୍ଚଳରେ ଆତଙ୍କ ସୃଷ୍ଟି କରୁଥିବା ଦୁଷ୍ଟ ଭୂତ, ନୂଆ ଗୁଣୀ ଶିଖିଥିବା ଜଗାର କାର୍ନାମା ଇତ୍ୟାଦି ସମ୍ବାଦ ଆମକୁ ସଂକ୍ରମିତ କରି ରଖୁଥିଲା। ଏବଂ ସବୁରି ଭିତରେ ଆମର ବୟସ ବଢୁଥିଲା।

ଆମେ ଆସ୍ତେ ଆସ୍ତେ ବଡ଼ ହେଉଥିଲୁ। ଆମ ପକେଟରେ ଟୁକୁରା ଟୁକୁରା ହେଇ ରହିଯାଉଥିଲା ଯୋଉ ଗତକାଲିର ଅମୀମାଂସିତ ଆଗ୍ରହ ଆମେ ସେ ସବୁକୁ ପକେଟରୁ ଝାଡ଼ି ସଫା କରୁଥିଲୁ। କିଏ ଆଉ ହିସାବ ରଖିଚି ଯେ ଲୌହକନ୍ୟା ବାହା ହେଲା କି ନା? ଭୂତିଆ ଗୁଣିଆ ବାଉଁଶରାଣୀକୁ ଛାଡ଼ିଲା କି ନା? କିମ୍ବା ଆକାଶର ଅଦ୍ଭୁତ ଖଟ ବୁହାଳିମାନେ କୁଆଡ଼େ ଗଲେ? ମଣିଷଖିଆ ବାମନ ଏବେ କୋଉଠି ଅଛି?

ଆମର ବୟସ ଏମିତି ବଢୁଥିଲା ଯେ ଏ ପ୍ରଶ୍ନସବୁ ନିରର୍ଥକ ଓ ଅନାବଶ୍ୟକ ମନେହେଉଥିଲା। ଏବଂ ଦିନେ ମୁଁ ଚମକି ପଡ଼ି ଦେଖିଲି ଯେ ଆମେ ସବୁ ବୟସ୍କ। ଏବଂ ଏସବୁ ଚାଞ୍ଚଲ୍ୟକର ସମ୍ବାଦ ସବୁ କେବଳ ଗତକାଲିର। ତା' ପିଠିରେ ସ୍ମୃତିର ମୋହର।

ଆଜି ଯେତେବେଳେ ମୁଁ କୌଣସି ସ୍କୁଲ ପାଖ ଦେଇଯାଏ ଦେଖେ କଳରୋଳ କରି କୁନିକୁନି ପିଲା ବେଶ୍ ପ୍ରଗଳଭ ଭାବରେ ଗପି ଚାଲିଥାଆନ୍ତି। ଖେଳଛୁଟିସାରା ଆଲୋଚନା କରୁଥାଆନ୍ତି। ମୋର ଭାରି ଲୋଭ ହୁଏ ସେମାନଙ୍କ ସାଙ୍ଗରେ ଗପିବାକୁ। ଶୁଣିବାକୁ ସେମାନଙ୍କ ଆଲୋଚନା। ସେମାନେ କ'ଣ ସତରେ ଗପୁଥିବେ ଲୌହକନ୍ୟା ସଂପର୍କରେ? ସେମାନେ କ'ଣ ଗପୁଥିବେ ବାଉଁଶରାଣୀ ଅଥବା ଅଦ୍ଭୁତ ନଭଚାରୀମାନଙ୍କ ସଂପର୍କରେ?

ସେମାନଙ୍କ କଥା ଶୁଣିବାକୁ ଇଚ୍ଛା ଜାଗେ। କିନ୍ତୁ ସେମାନେ କ'ଣ ମୋତେ ସେମାନଙ୍କ କଥା ଶୁଣାଇବେ?

■

ବିଲେଇ

ବିଲେଇଟିଏ କ'ଣ କେବଳ ମୂଷା ହିଁ ମାରିବ ? ଅନ୍ୟ କିଛି ନୁହେଁ ! ତାକୁ କ'ଣ ଅନ୍ୟ କୌଣସି କାମରେ ବ୍ୟବହାର କରାଯାଇ ପାରିବ ନାହିଁ ? ସେ ସବୁବେଳେ କେବଳ ମୂଷାମରା ଜୀବନଟିଏ ହିଁ ବିତାଉଥିବ ? ପୃଥିବୀରେ ଏତେ ଚମତ୍କାର ଚମତ୍କାର ଜୀବନର ରାସ୍ତା ଥାଉଁ ଥାଉଁ ସେ କେବଳ ମୂଷା ହିଁ ମାରିବ ? ଏ ପ୍ରକାର ଏକ ବିଦ୍ରୋହୀ ଚିତ୍କାର ମୁଁ କରିଥିଲି ସର୍ବପ୍ରଥମେ।

କିନ୍ତୁ ବାବା ପୁରୁଣା ମୂଲ୍ୟବୋଧରେ ବିଶ୍ୱାସ କରୁଥିଲେ। ମୂଷା ମାରିବା ପାଇଁ ନୂତନ ବିଜ୍ଞାନ ସମ୍ମତ ଉପାୟମାନ ଅନୁସୃତ ହେଉଥିଲେ ହେଁ ବାବା ବିଲେଇଟିଏ ରଖିବା କଥା ଚିନ୍ତା କରିଥିଲେ ଓ ତାଙ୍କ ଛାତ୍ରମାନଙ୍କୁ ଗୋଟେ ବିଲେଇର ଅନୁସନ୍ଧାନ କରିବାକୁ କହିଥିଲେ। ବାବା ଥିଲେ ସ୍କୁଲରେ ପ୍ରଧାନ ଶିକ୍ଷକ । ଆଉ ଆମେ ଥିଲୁ ଭାଇ ଭଉଣୀ ମିଶି ଚାରି ।

ସେତେବେଳକୁ ମୂଷାମାନଙ୍କର ଦୌରାତ୍ମ୍ୟ ଆମ ଘରେ ସୀମା ଅତିକ୍ରମ କରିଥାଏ। ମୂଷାମାନେ ସମ୍ଭବତଃ ଜାଣିନେଇ ଥାଆନ୍ତି ଯେ ଚେଷ୍ଟା କଲେ ବି ଆମେ ସେମାନଙ୍କର କିଛି କରିପାରିବୁ ନାହିଁ। ସେମାନେ ବେଶ୍ ନିର୍ଭୟରେ ସ୍ପଷ୍ଟ ଦିବାଲୋକରେ ଆମ ସାମନାରେ ଡିଆଁକୁଦା କରୁଥିଲେ। ଘରର ଧାନ ଚାଉଳକୁ ଗର୍ଭସ୍ଥ କରିବାଠୁ ଆରମ୍ଭ କରି ମୋର ବହିପତ୍ର ତଥା ସାନ ଭଉଣୀର କଣ୍ଢେଇମାନଙ୍କୁ ସ୍ନେହରେ ଚୁମ୍ବନ ଦେଇ ବିକଳାଙ୍ଗ କରିଦେବାରେ ଥିଲା ସେମାନଙ୍କର ପ୍ରଚୁର ଆନନ୍ଦ।

ଏହିଭଳି ଏକ ଦୁଃସମୟରେ ଛୋଟ ପୁଷିଟି ଆମ ଘରକୁ ଆମଦାନୀ ହୋଇଥିଲା। ସେ ଘରେ ପହଞ୍ଚିବାକ୍ଷଣି ଆମେ ସମସ୍ତେ ଖୁସୀ ହୋଇଥିଲୁ ଓ ତାକୁ ସମ୍ବର୍ଦ୍ଧନା ଦେବାରେ କାର୍ପଣ୍ୟ କରି ନ ଥିଲୁ।

ସମସ୍ୟାଟି ପ୍ରଥମେ ପହଞ୍ଚିଲା ଯେତେବେଳେ ଆମ ଭାଇଭଉଣୀମାନଙ୍କ ଭିତରେ ବଚସା ଆରମ୍ଭ ହେଲା ପୁଷିର ନାମକରଣକୁ କେନ୍ଦ୍ରକରି। ବଡ଼ଭାଇ ଯଦିଓ ଏ ସବୁଥିରେ ସେତେ ଆଗ୍ରହୀ ନ ଥିଲା ତଥାପି ତାକୁ ପଚରାଗଲା ପରେ ସେ ଏକ ବୈଜ୍ଞାନିକ, ଚିନ୍ତାଦ୍ୟୋତକ, ଆଧୁନିକ ନାମ ଦେବାକୁ ପରାମର୍ଶ ଦେଲା। ତା' ମତରେ ବିଲେଇଟିଏର ନାମ 'ସ୍ପୁଟନିକ୍', 'ଏପୋଲୋ' କିମ୍ବା 'ସୋୟୁଜ୍' ହେବା ଉଚିତ୍।

ମାତ୍ର ଏହାର ପ୍ରତିବାଦ କରିଥିଲି ମୁଁ। କହିଥିଲି ଏତେ ଆଧୁନିକ ନାମ ଆମର ସେ ନିପଟ ମଫସଲରେ ଚଳିବ ନାହିଁ। ତା'ର ନାମ ବରଂ 'ଟାଇଗର୍' କିମ୍ବା 'ଲାୟନ୍' ହେଲେ ଭଲ ହେବ। ପଶୁର ନାମ ପଶୁଭଳି ହେବା ଦରକାର। 'ଟାଇଗର୍' କିମ୍ବା 'ଲାୟନ୍' ନାମ ଦିଆଗଲେ ସେ ବଡ଼ ହୋଇ ଭବିଷ୍ୟତରେ ବାଘ ବା ସିଂହ ହୋଇଯିବାର ସମ୍ଭାବନା ବି ରହିଛି।

ସାନଭାଇ ଏକମତ ହେଲାନାହିଁ। କହିଲା-'ହେଃ ! ଏ ସବୁ କ'ଣ ଗୋଟେ ଗୋଟେ ନାଁ। ତା'ର ନାମଟା ବରଂ ଗୋଟେ ଗୁଣ୍ଡା ବା ଖେଲୁଆଡ଼ର ନାମ ହେବା ଦରକାର। ଏଇ ଯେମିତି 'ଶୋଭନ ସିଂ' କିମ୍ବା 'ଶାନ୍ତିଦତ୍ତ'। ଏମାନେ ସେତେବେଳେ ଡିଟେକ୍‌ଟିଭର ଲୋକପ୍ରିୟ ଚରିତ୍ର ।

ସାନଭଉଣୀର ମତାମତ ଥିଲା ଅଲଗା। ତା' ମତରେ ବିଲେଇର ନାମ 'କୁନ୍‌ମୁନ୍' କିମ୍ବା 'ବୁଲ୍‌ବୁଲ୍' ହେଲେ ବଢ଼ିଆ ହୁଅନ୍ତା। ଅଥଚ ବୋଉ ବିଲେଇକୁ ଗୋଟେ ପରମ୍ପରାଗତ ନାମ ଯଥା 'ଶୁକେଇ' କିମ୍ବା 'ପିତେଇ' ଦେବାର ସପକ୍ଷରେ ଥିଲେ। ଏଥିପାଇଁ ଆମ ଭିତରେ ଢେର୍ ବେଳଯାଏଁ ଯୁକ୍ତିତର୍କ ହେଲା। ଆଲୋଚନା ଅବଶେଷରେ ଅମୀମାଂସିତ ଭାବରେ ଶେଷ ହୋଇଥିଲା। ପ୍ରତ୍ୟେକ ନିଜ ନିଜ ଯୁକ୍ତିରେ ଓ ନାମକରଣରେ ଯଥାର୍ଥ୍ୟ ଉପରେ ଗୁରୁତ୍ୱ ଦେଇ ଅଟଳ ରହିଥିଲେ।

ବାବା ଆମର ସେଇ ନାମକରଣ ଆଲୋଚନାଚକ୍ରରେ ଅଂଶଗ୍ରହଣ କରି ନ ଥିଲେ। କିନ୍ତୁ ସେ ବିଲେଇର ନାମ ରଖିଥିଲେ ଅଦ୍ଭୁତ। ତାଙ୍କ ପାଟିକୁ ଯେଉଁ ଶବ୍ଦ ଆସିଯାଉଥିଲା ସେ ସେଇ ଶବ୍ଦକୁ ବିଲେଇର ନାମ ଭାବରେ ବ୍ୟବହାର କରୁଥିଲେ। ଏଇ ଯେମିତି 'ସେ ଜାମ୍ବବାନ କୁଆଡ଼େ ଗଲା' କିମ୍ବା 'ସେ ପାମରକୁ ଖାଇବାକୁ ଦିଆଯାଇଛି ତ ?' ବୋଲି ମଧ୍ୟେ ମଧ୍ୟେ ସେ କହୁଥିଲେ।

ବାବା ବିଲେଇର ଜୀବନଯାପନ ଉପରେ ଏକ ଚିଠା ପ୍ରସ୍ତୁତ କରିଥିଲେ। ତାହା ଏହିପରି-ବିଲେଇଟି ସକାଳୁ ବନ୍ଧା ହୋଇ ରହିବ ଘରର ଗୋଟେ ପଥର ଖୁଣ୍ଟିରେ। ସକାଳବେଳା ତାକୁ ପେଟପୂରା ଖାଦ୍ୟ ଦିଆଯିବ ଓ ରାତିବେଳେ ଜମା ଖାଇବାକୁ ଦିଆଯିବ ନାହିଁ। ସନ୍ଧ୍ୟାବେଳେ ତା' ବେକରୁ ଦଉଡ଼ି ଖୋଲି ଦିଆଯିବ।

ମାତ୍ର ଆମେ ସବୁ ରାତ୍ରଭୋଜନ କଲାବେଳେ ସେ ସେଠାରେ ଦୌରାତ୍ମ କରିବାର ସମ୍ଭାବନା ଥିବାରୁ କେବଳ ସେଇ ସୀମିତ ସମୟ ପାଇଁ ସେ ବନ୍ଧା ହୋଇରହିବ। ରାତିସାରା ସେ ମୁକ୍ତ ହୋଇ ବୁଲିବ। ଭୋକିଲା ଥିବାରୁ ସେ ମୂଷା ଅବଶ୍ୟ ମାରିବ। ତା'ର ଅନ୍ୟ କାହାରି ଘରକୁ ଯିବା ଉପରେ କଟକଣା ଜାରି ରହିଲା। ସେ ଅନ୍ୟ କାହାରି ଘରକୁ ଯାଉଥିବାର ଦେଖାଗଲେ ଉଚିତ୍ ଶାରୀରିକ ଶାସ୍ତି ଦେବାର ନିୟମ ମଧ୍ୟ ରହିଲା।

ପ୍ରତିବାଦ କରିଥିଲି ମୁଁ। ଅବଶ୍ୟ ନିରବରେ। କେତେ ବଡ଼ ଆଶା, କେତେ ମହାନ୍ ସମ୍ଭାବନାକୁ ଛାତିରେ ବୋହି ଜୀବଟି ଜନ୍ମ ନେଇଛି ପୃଥିବୀରେ। ଅଥଚ ପରିବେଶ କି ନିଷ୍ଠୁର। କି ଭୟଙ୍କର। ହୁଏତ ଏସବୁ ତା'ର ଦୁର୍ଭାଗ୍ୟ ! ପଶୁଟିଏ ହେଲେ ବି ସେ କ'ଣ ସ୍ୱପ୍ନ ଦେଖିନାଇଁ ସୁସ୍ଥ ସୁନ୍ଦର ମୁକ୍ତ ଜୀବନଯାପନ କରିବାକୁ। ଅଥଚ ବାବା ଭୀଷଣ ଭାବରେ ନିର୍ଦ୍ଦୟ। ତାକୁ ବନ୍ଧାହୋଇ ରହିବାର ଆଦେଶ ଦେଇଥିଲେ। ତାକୁ ରାତିରେ ଭୋକିଲା ରହି ଚାଳସନ୍ଧିରୁ, ଗାତ ଭିତରୁ ମୁହଁ କାଢୁଥିବା ମୂଷାମାନଙ୍କୁ ଧରିବାର କଷ୍ଟପ୍ରଦ କାର୍ଯ୍ୟ କରିବାକୁ ବାଧ୍ୟ କରିଥିଲେ।

ହାୟ ! ମଣିଷ କି ବିଚିତ୍ର। ଜଣକୁ ବନ୍ଦୀ କରିବ। ତା'ର ସ୍ୱାଧୀନତା ଅପହରଣ କରିବ। ପୁଣି ଖଟେଇବ ଅନିଚ୍ଛାକୃତ କାର୍ଯ୍ୟରେ। ମୁଁ ଅନୁଭବ କରିଥିଲି ବିଲେଇଟିର ଦୁଃଖ। ମୁଁ ଜାଣିଥିଲି ମୂଷାଧରିବା କି କଷ୍ଟକର। ମୂଷାମାନେ ଭୀଷଣ ଚାଲାକ। ନିଜେ ମୁଁ ଅନେକ ଥର ମୂଷାବଧ କରିବାର ପ୍ରଚେଷ୍ଟାରେ ଅସଫଳ ହୋଇଚି। ଅଥଚ ସେ ଦୁଃଖଦାୟକ ଦୁଃସାଧ୍ୟ କାର୍ଯ୍ୟ ଲେଖି ହୋଇଗଲା ବିଚରା ବିଲେଇଟିର ଭାଗ୍ୟରେ। ଛୋଟିଆ ପୁଷିଟିର ଲଲାଟରେ। ତା'ର ଆଗମନର ପ୍ରଥମ ଦିନରୁ ହିଁ।

ମୁଁ ଚାହୁଁଥିଲି ଭିନ୍ନ କଥାଟିଏ। ଚାହୁଁଥିଲି ବିଲେଇଟା ହୋଇ ଯାଆନ୍ତା ଭଲ ଶିକାର ସାଥୀଟିଏ। ଯଦିଓ ଆମ ଅଞ୍ଚଳରେ ଅରଣ୍ୟ ନ ଥିଲା ତଥାପି ମଧ୍ୟ ମୁଁ ଯଥେଷ୍ଟ ଶିକାର କାହାଣୀ ପଢ଼ିଥିଲି ଓ ଆଫ୍ରିକାର ଘନ ଅରଣ୍ୟରେ ସିଂହ ଶିକାରର ସ୍ୱପ୍ନ ଦେଖିଥିଲି କିଛିବାର। ଆମେ କେବଳ କିଆବୁଦା, ନଡ଼ିଆ ଗୋରଡ଼ା ଓ ଘରପୋଡ଼ି ଗଛର ମେଳନକୁ ବଣବୋଲି ମନେକରୁଥିଲୁ ଏବଂ ଏଣ୍ଡୁଅ, ଗୁଣ୍ଡୁଚି ମୂଷା, ବଣି ପ୍ରଭୃତିଙ୍କୁ ଅତିକାୟ ଆରଣ୍ୟକ ଜୀବ ବୋଲି ମନେକରୁଥିଲୁ।

ଶିକାର କରିବା ପାଇଁ ମୁଁ ବାଉଁଶର ଗୋଟେ ଧନୁ ଓ କିଛି ଶର ତିଆରି କରିଥିଲି। ସ୍କୁଲରୁ ଫେରି ଶିକାର କରିବା କଥା ଚିନ୍ତା କରିଥିଲି। ସେତିକିବେଳେ ଭାବିଥିଲି ବିଲେଇଟି ମୋର ଶିକାରସାଥୀ ହୁଅନ୍ତା କି ? ତେବେ ହୁଏତ ମୁଁ ବଡ଼ ହେଲେ ଜିମ୍‌କର୍ବେଟ୍ ବା ଗଦାଧର ରାୟ ହୋଇଯାଆନ୍ତି।

ଏଇଠି ଅବଶ୍ୟ ଆଉ ଗୋଟେ କଥା ସ୍ପଷ୍ଟ କରିଦେବା ଉଚିତ। ତା' ହେଲା କୁକୁର ଯଦିଓ ଏକ ଚମତ୍କାର ଶିକାର ସାଥୀ ବୋଲି ମୁଁ ଜାଣିଥିଲି, ମାତ୍ର ବୋଉ କୁକୁରକୁ ଭୀଷଣ ଘୃଣା କରୁଥିବାରୁ ଦୁଇ ଥର କୁକୁର ପାଳନ ପାଇଁ ମସୁଧା କରି ବିଫଳ ହୋଇଥିଲି ଓ ଯଥେଷ୍ଟ ମାଡ଼ଗାଳି ହାସଲ କରିଥିଲି। ତେଣୁ କୁକୁରଟିଏ ପାଳି ତାକୁ ଶିକାର ସାଥୀ ବନେଇବାର ସ୍ୱପ୍ନ ମୋର ହୋଇ ସାରିଥିଲା ସୁଦୂର ପରାହତ। ଏଣୁ ସମସ୍ତଙ୍କ ସମ୍ମତିରେ ଆମଘରେ ପ୍ରତିପାଳିତ ବିଚରା ବିଲେଇଟିକୁ ଏକ ଶିକାର ସାଥୀ କରି ମୁଁ ବିଶ୍ୱଶିକାର ରାଜ୍ୟରେ ଚମକ ଆଣିବା କଥା ଭାବୁଥିଲି।

ଅଥଚ ମୋ ସାନଭାଇ ଭାବୁଥିଲା ଅନ୍ୟକଥା। ତା' ମତରେ ବିଲେଇଟିକୁ ଗୋଟେ ଖେଳୁଆଡ଼୍ ଭାବରେ ଗଢ଼ି ତୋଳିବା ଉଚିତ। ସେ ଚାହୁଁଥିଲା ବିଲେଇଟିକୁ ଖେଳ ଶିଖେଇବ। ସର୍କସର ଖେଳ। ଏଇ ଯେମିତି ଚାରିଫୁଟ୍ ଉଚ୍ଚର ଗୋଟେ ପାଚେରୀକୁ ଏକା କ୍ଷେପାକେ ଡେଇଁଯିବା, ଅଗ୍ନିବଳୟ ମଧ୍ୟଦେଇ କୁଦା ମାରିବା। ଦୁଇ ଗୋଡ଼ରେ ଚାଲିବା, ଦାନ୍ତରେ ବନ୍ଧୁକ ଫୁଟାଇବା କିମ୍ବା ଦଉଡ଼ି ଉପରେ ଚାଲିବା ଇତ୍ୟାଦି। ସାନ ଭାଇ ଥିଲା ଜିଦ୍‌ଖୋର୍ ଓ ଆବଶ୍ୟକତାଠାରୁ ଅଧିକ ପରିମାଣରେ ବଦରାଗି। ତେଣୁ ତା'ର କାର୍ଯ୍ୟକ୍ରମ କାର୍ଯ୍ୟକାରୀ ହେଉ ବୋଲି ସେ ଦାବି କରିଥିଲା।

ବିଲେଇକୁ ନେଇ ସ୍ୱପ୍ନ ଦେଖିବାରେ ସାନ ଭଉଣୀ ମଧ୍ୟ ବିଳମ୍ବ କରି ନ ଥିଲା। ସେ ତା'ର କନାର କୁନି କୁନି କଣ୍ଢେଇ ଆଉ ରବରର ଦାସୀ ପରିବାରୀଙ୍କ ମେଳରେ ବସି ଭାବିଥିଲା ବିଲେଇଟି ହେବ ତା' କଣ୍ଢେଇ ଖେଳର ଗୋଟେ ଚରିତ୍ର। ସେ ତା' ପାଖରେ ଶୋଇବ। କୋଳରେ ବସି ଗେହ୍ଲା ହେବ। ଅଲଗା ସମୟରେ ମୁହଁକୁ ମୁହଁ ଯୋଡ଼ି ଗପ ଶୁଣିବ ଏବଂ 'ହୁଁ' ମାରିବ। ବିଲେଇଟି ମଣିଷର ଭାଷା ବ୍ୟକ୍ତ କରିପାରୁ ଥାଆନ୍ତି କି ଶବ୍ଦରେ ?

ବଡ଼ଭାଇ ବିଲେଇକୁ ଆଦୌ ସହିପାରୁ ନ ଥିଲେ। ତା' ମତରେ ବିଲେଇ ଗୋଟେ ଅସନା ଜୀବ। ତା' ରୁମରେ ଏକ ପ୍ରକାର ଜୀବାଣୁ ଅଛନ୍ତି। ସେ ଘରଦ୍ୱାର ଅପରିଷ୍କାର କରେ। ତେଣୁ ତାକୁ ବାହାର କରିଦିଆଯାଉ। ବଡ଼ ଭାଇ ଏତେ ସଉଖିନିଆ ଥିଲା ଯେ ଖାଇଲା ବେଳେ ସେ ବିଲେଇର କାନ ଦେଖି ଦେଉଥିଲେ ବାନ୍ତି କରିପକାଉଥିଲେ।

ଆମେ ଭାଇଭଉଣୀମାନେ ନିଜ ନିଜ ସ୍ୱପ୍ନନେଇ ବିଲେଇଟିକୁ ନିଜ ଚିନ୍ତାର ନିଜ ରୁଚିର ଜୀବଟିଏ କରି ଗଢ଼ି ତୋଳିବାର ଆଗ୍ରହ ଭିତରେ ବଞ୍ଚି ରହିଲୁ। ବିଲେଇଟି ତା' ଜୀବନଯାପନ ଆରମ୍ଭ କଲା ବାବାଙ୍କ ନିର୍ଦ୍ଧାରିତ କାର୍ଯ୍ୟ ନିର୍ଘଣ୍ଟ ଅନୁସାରେ। ଆମେ ପ୍ରତ୍ୟେକ ସୁବିଧା ଦେଖି ନିଜ ନିଜ ଇଚ୍ଛାନୁସାର ଶିକ୍ଷା ଦେବାକୁ ଲାଗିଲୁ

ବିଲେଇଟିକୁ । ବଡ଼ଭାଇ ସୁବିଧା ଦେଖି ତାକୁ ଭୀଷଣ ମାଡ଼ ଦେବାପାଇଁ ମଧ୍ୟ ଭୁଲିଲା ନାହିଁ ।

ମୁଁ ଧନୁଶର ଧରି ଏଣ୍ଡୁଅ ବା ଝିଟିପିଟି ଶିକାର କରିବାକୁ ଗଲାବେଳେ ତାକୁ ସାଙ୍ଗରେ ନେଉଥିଲି । ସାନଭାଇ ତାକୁ ଜବରଦସ୍ତି ଖେଳ ଶିଖାଉଥିଲା । ଦଉଡ଼ିରେ ଚାଲିବା ଶିକ୍ଷା ଦେଲା ବେଳେ ବିଲେଇଟି ବାରମ୍ବାର ଖସି ପଳାଉଥିଲା । ସାନଭାଇ ତାକୁ ପୁନର୍ବାର ଧରିଆଣି ରିଂ ମାଷ୍ଟର ଭଳି ମାଡ଼ ଦଉଥିଲା । ସାନ ଭଉଣୀ ତା' ସୁବିଧାନୁସାରେ ବିଲେଇକୁ ଦଖଲ କରୁଥିଲା ଓ ତାକୁ ଗେଲ କରୁଥିଲା । ତା' ସହ ଗପସପ ହେଉଥିଲା । ଛାତି ଉପରେ ଶୁଆଇ ଧୋ'ରେ ବାଇଆ ଧୋ ଗୀତ ଗାଉଥିଲା । ତା'ଠୁ ଆମ୍ଭୁଡ଼ା ଖାଇବା ପର୍ଯ୍ୟନ୍ତ ଆଦର ସୋହାଗ ଚାଲୁଥିଲା ।

କିନ୍ତୁ ବୋଉ ଥିଲେ ଦୟାମୟୀ । ସେ ବିଲେଇର ଭୋକିଲା ପେଟକୁ ଦେଖି ଦୁଃଖାର୍ଦ୍ର ଅନୁଭବ ଆଣୁଥିଲେ ନିଜ ଭିତରେ । ଯଦିଓ ବାବାଙ୍କର ନିର୍ଦ୍ଦେଶ ଥିଲା ରାତି ଓଳି ତାକୁ କ୍ଷୁଧାର୍ତ୍ତ ରଖିବାକୁ ଓ ବାଧ୍ୟ କରିବାକୁ ମୂଷାମାରି ପେଟ ଭର୍ତ୍ତି କରିବା ପାଇଁ ତଥାପି ମଧ୍ୟ ଆମେ ସବୁ ଖାଇଲାବେଳେ ବନ୍ଧା ହୋଇ ପଡ଼ିଥିବା ବିଲେଇଟିର ଆର୍ତ୍ତଚିତ୍କାର ବୋଉଙ୍କ ଛାତିକୁ ତରଳେଇ ଦେଉଥିଲା ଦୟାରେ । ତେଣୁ ସେ ବାବାଙ୍କ ଅଲକ୍ଷ୍ୟରେ ପେଟପୂରା ଭୋଜନ ଦେଇ ପକଉଥିଲେ ବିଲେଇଟିକୁ ।

ଯା' ଭିତରେ କେଇଟି ଦିନ ବିତିଗଲା ଆପଣା ରାସ୍ତାରେ । ଆମେ ପ୍ରତ୍ୟେକ ନିଜ ନିଜ କାମରେ ମାତିଥାଉ । ହଠାତ୍ ଦିନେ ଦେଖାଗଲା ବିଲେଇଟା ଆମ ପ୍ରତ୍ୟେକଙ୍କ ସ୍ୱପ୍ନକୁ କେତେକାଂଶରେ ସଫଳ କରିପକାଇଛି । ଦାରୁଣ ଭାବେ ଲଙ୍ଘନ କରି ବାବାଙ୍କର କାର୍ଯ୍ୟନିର୍ଘଣ୍ଟକୁ/ସ୍ୱପ୍ନକୁ /ଉଦ୍ଦେଶ୍ୟକୁ । ସେ ବନିଯାଇଥିଲା ଶିକାରୀ । ଝିଟିପିଟି ଶିକାର କରିବାରେ ତା'ଠୁ ପାରଦର୍ଶୀ କେହି ନ ଥିଲେ । ମୁଁ କାନ୍ଥର ଝିଟିପିଟିକୁ ଶରସନ୍ଧାନ କରି ଭୂପତିତ କରିବା ମାତ୍ରେ ହିଁ ସେ ଆହତ ଜୀବଟିକୁ ହତ୍ୟା କରିପାରୁଥିଲା ଓ ଉଦରସ୍ଥ କରି ଦେଉଥିଲା ।

ସାନଭାଇର ସର୍କସମାର୍କା ଖେଳରେ ମଧ୍ୟ ସେ କ୍ରମଶଃ ହୋଇଆସୁଥିଲା ପ୍ରବୀଣ । ଚାରିଫୁଟ୍ ଉଚ୍ଚର ପାଚେରୀକୁ ଡେଇଁପାରୁଥିଲା କୁଦାକେ । ଅଗ୍ନିହୀନ ବଳୟ ମଧ୍ୟ ଦେଇ ଡେଇଁ ପଡୁଥିଲା । ଦୁଇ ଗୋଡ଼ରେ ଚାଲିବାକୁ ଆରମ୍ଭ କରୁଥିଲା । ସାନ ଭାଇ ସେହି ସମୟରେ ତା' ବିଲେଇର ଖେଳକୁ ନେଇ ଗୋଟେ ଟିକେଟ୍ ସେଲ୍ ପବ୍ଲିକ୍ ସୋ କରିବା କଥା ଭାବୁଥିଲା ଓ ଉପଲବ୍ଧ ଅର୍ଥକୁ ନେଇ କ'ଣ କରିବ ତାହାର ଏକ ଚିଠା ପ୍ରସ୍ତୁତ କରୁଥିଲା ।

ସାନ ଭଉଣୀ ମଧ୍ୟ ହାରିଯାଇ ନ ଥିଲା । ସେ ବିଲେଇକୁ ଆପଣା କୋଳରେ

ଶୁଆଇ ପାରୁଥିଲା। ମଣିଷର କଥା ବୁଝିପାରିଲା ଭଳି ମୁଣ୍ଡ ହଲେଇ ପାରୁଥିଲା ବିଲେଇଟି।

କେବଳ ଭାଙ୍ଗିଯାଇଥିଲା ବାବାଙ୍କର ସ୍ୱପ୍ନ। ହତ ହୋଇଯାଇଥିଲା ମୂଷିକ ବଂଶ ନିବଂଶ ହେବାର ସମ୍ଭାବନା। ରାତିରେ ପେଟଭର୍ତ୍ତି ଆହାର ପାଇ ବିଲେଇଟି ଆନନ୍ଦରେ ଶୋଇ ଯାଉଥିଲା। ମୂଷାମାନେ ନିର୍ଭୟରେ ଚୌର୍ଯ୍ୟ ବୃତ୍ତିରେ ବ୍ୟାପୃତ ରହୁଥିଲେ। ଏପରିକି ଦିନେ ବାବା ଆବିଷ୍କାର କଲେ ବିଲେଇଟି ଶୋଇରହିଛି ଗାଢ଼ ନିଦ୍ରାରେ ଓ ମୂଷିକମାନେ ତା' ଚାରିପଟେ ଅପୂର୍ବ ନୃତ୍ୟ ଶୈଳୀରେ ଡେଇଁ ବୁଲୁଛନ୍ତି।

ବାବା ରାଗି ଉଠିଥିଲେ। ଏବଂ ଏହି ସନ୍ଧିକ୍ଷଣରେ ବଡ଼ଭାଇ ହଠାତ୍ ବିଲେଇଟିକୁ ବହିଷ୍କାର କରିବା ପ୍ରସ୍ତାବ ଆଗତ କଲା। ଏହି ପ୍ରସ୍ତାବକୁ ସମର୍ଥନ କଲେ ବାବା ଦୃଢ଼ ଭାବରେ। ବୋଉ ଯଦିଓ ସପକ୍ଷ ବା ବିପକ୍ଷରେ ନ ଥିଲେ ତଥାପି ସେ ବାବା ଓ ବଡ଼ଭାଇଙ୍କୁ ସମର୍ଥନ କଲେ ଅଜ୍ଞାତ କାରଣରୁ। ଆମେ ତିନି ଜଣ ଯଥାକ୍ରମେ ମୁଁ, ସାନଭାଇ ଓ ସାନ ଭଉଣୀ ଏହି ନିଷ୍ଠୁର ପ୍ରସ୍ତାବ ବିରୋଧରେ ଭୋଟ ଦେଇଥିଲୁ। ମାତ୍ର ଆମ କଥାକୁ ଗୁରୁତ୍ୱ ଦେଇ ବିଚାର କରାଯାଇ ନ ଥିଲା।

ଝିଟିପିଟି ଶିକାରରେ ଅପୂର୍ବ ସଫଳତା ହାସଲ କରି ସାରିବା ପରେ ମୁଁ ସେତେବେଳେ ଆଫ୍ରିକାର ଘନ ଅରଣ୍ୟରେ ସିଂହ ଶିକାର କରିବା କଥା ଭାବୁଥିଲି। କିପରି କେଉଁ ଉପାୟରେ ମୁଁ ଓ ଆମ ବିଲେଇ ବନ୍ଧୁକଟିଏ ପ୍ରାପ୍ତ ହୋଇ ଆଫ୍ରିକାରେ ପହଞ୍ଚିପାରିବୁ ତା'ର ରାସ୍ତା ଖୋଜୁଥିଲି। ସାନଭାଇ ବିଲେଇ ଖେଳ ଦେଖାଇ ଯେଉଁ ଅର୍ଥ ପାଇବା କଥା ନିଶ୍ଚିତ ହୋଇପଡ଼ିଥିଲା ମନେମନେ ସେଇ ଅର୍ଥରେ ଗୋଟେ ତିନିଚକିଆ ସାଇକେଲ୍ ଓ ସିନେମା ହଲ୍‌ଟିଏ କିଣିସାରିବା ପରେ ଆଉ କେତେ ପଇସା ବଳିବ ତା'ର ହିସାବ କରୁଥିଲା। ସାନ ଭଉଣୀ ତା'ର ଆସନ୍ନ କଣ୍ଢେଇ ବାହାଘରରେ ବିଲେଇକୁ ଘୋଡ଼ା ଭାବରେ ବ୍ୟବହାର କରି ତା' ଉପରେ ବରକୁ ବସାଇ କନ୍ୟାଘର ପର୍ଯ୍ୟନ୍ତ ନେବାକୁ ସ୍ଥିର କରିଥିଲା। ଠିକ୍ ଏଇଭଳି ଏକ ଘଡ଼ିସନ୍ଧି କାଳରେ ଦୁଃସମୟ ଛାଇଗଲା ଆକାଶକୁ ଓ ବିଲେଇଟିର ନିର୍ବାସନ ଆଦେଶ ଆସିଗଲା ବାବାଙ୍କ ଦପ୍ତରରୁ।

ଆଦେଶ ପାଳନ କରିଥିଲା ବଡ଼ଭାଇ। ଗୋଟେ ବଡ଼ ଅଖାରେ ବିଲେଇକୁ ରଖି, ମୁହଁ ବାନ୍ଧି ସାଇକେଲରେ ନେଇ ସେ ଆମ ଘରଠାରୁ ପାଞ୍ଚ କିଲୋମିଟର ଦୂର ଗୋଟେ ମଶାଣୀରେ ଛାଡ଼ିଦେଇ ଆସିଲା। ମଶାଣୀର ଅବସ୍ଥିତି ଥିଲା ତିନି ମିଟର ଓସାର ଏକ ନାଳର ଅପର ପାର୍ଶ୍ୱରେ। ଅତଏବ ନାଳ ଡେଇଁ ବିଲେଇଟି ଫେରିବାର ସମ୍ଭାବନା ନ ଥିଲା। ବଡ଼ଭାଇ ଫେରିଆସିଲା। ଆମେ ସାନ ଭାଇ ଭଉଣୀ ତିନି ଜଣ

ଗୋଟେ ଶୋକସଭା ପାଳନ କରିଥିଲୁ । ଆମ ଶୋକସଭାରେ କାହାରି ଆଖିରୁ ଲୁହ ଗଡ଼ିବା ପୂର୍ବରୁ ଆକାଶରୁ ଝରିଥିଲା ବର୍ଷା ଓ ଆମ ବର୍ଷାରେ ଭିଜୁଥିବା ମଶାଣୀରେ ଏକାକିନୀ ବିଲେଇଟି କଥା ଭାବି ଭାବି ଆହୁରି ଅଧିକ ଦୁଃଖିତ ହୋଇପଡ଼ିଥିଲୁ ।

ତା'ପରଦିନ ସକାଳେ ବିଲେଇଟି ଦାଣ୍ଡ ଦୁଆରେ ଚୁପ୍‌ଚାପ୍ ନିରୀହ ଦୃଷ୍ଟି ବିଞ୍ଚିବିଞ୍ଚି ବସିଥିବାର ଆବିଷ୍କାର କରାଯାଇଥିଲା । ଆମେ ପୁଣିଥରେ ତାକୁ କ୍ଷମା ଦେବା ପାଇଁ ବାବାଙ୍କୁ ଅନୁରୋଧ କରିଥିଲୁ । ମାତ୍ର ଆମର ଆବେଦନ ଖାରଜ ହୋଇଯାଇଥିଲା । ପୁନଶ୍ଚ ଦଶ କିଲୋମିଟର ଦୂରକୁ ଠେଲି ହୋଇପଡ଼ିଥିଲା ଆମର ସ୍ନେହ । ତଥାପି ବିଲେଇଟି ଫେରିଆସିଥିଲା ମମତାବୋଧର ଡୋରିରେ ବନ୍ଧାହୋଇ । ଅଥଚ ତାକୁ କ୍ଷମା ମିଳିଲାନି । ଅବଶେଷରେ ବାବା ତାକୁ ଦୂର ଗାଁର ଜଣେ ଭଦ୍ରଲୋକଙ୍କୁ ଦାନ କରିଦେଲେ ।

କିଛିଦିନ ପରେ ଶୁଣିଲୁ ସେଠାରେ ବିଲେଇଟି ଚମତ୍କାର ଭାବେ ମୂଷା ମାରୁଛି ଓ ତା' ଦାଉରେ ଗ୍ରାମଛାଡ଼ି ପଳାଇଗଲେଣି ଖଳବୁଦ୍ଧି ମୂଷିକମାନେ । ଅଥଚ ତା' ସହ ଆମର ଆଉ ଦେଖାହୋଇ ନାହିଁ । ଦେଖାହେଲେ ସେ କ'ଣ ଆମକୁ ଚିହ୍ନିପାରିବ ? ମନେପକେଇ ପାରିବ ଆମ ଭାଇ ଭଉଣୀମାନଙ୍କ ଛାତି ତଳର ସ୍ୱପ୍ନ କଥା । ଗୋଟେ ଜୀବର ଜୀବନ ରାସ୍ତାକୁ ବଦଳେଇ ଗୋଟେ ନୂଆ ପରମ୍ପରା, ଏକ ବୃହତ୍ତର ଅଲୌକିକ କାର୍ଯ୍ୟର ମୀନାର ଗଢ଼ିବାର ହାସ୍ୟାସ୍ପଦ ଅସଫଳ ପ୍ରଚେଷ୍ଟାର କଥା । ସମ୍ଭବତଃ ନୁହେଁ ।

ଏବେ ମୁଁ ଆଉ ଝିଟିପିଟି ଶିକାର କରୁନି । ଶିକାରୀ ହେବା କଥା ଭାବୁନି । ସାନଭାଇ ଭାବୁନି ସର୍କସ କରିବା କଥା । ସାନ ଭଉଣୀ କଣ୍ଢେଇ ଖେଳ ଛାଡ଼ି ପଢ଼ାପଢ଼ିରେ ମନଦେଇଛି । ସବୁଠୁ ଆଶ୍ଚର୍ଯ୍ୟର କଥା ଏହି ଯେ ବଡ଼ଭାଇ ଏବେ କାହାରିକୁ ହେଲେ ଘୃଣା କରୁନି । ଏପରିକି ଗୋଟେ ପିମ୍ପୁଡ଼ିକୁ ବି ନୁହେଁ ।

■

ରେଡ଼ିଓ ସଂପର୍କରେ ଗୋଟେ ରଚନା

ଆମ ଘରକୁ ରେଡ଼ିଓ ଅଣାଯିବା ପଛରେ ନିଶ୍ଚୟ ଯଥେଷ୍ଟ କିଛି କାରଣ ଥିବ। ତାହା ଜାଣିଥିବେ ବାବା। ଯିଏ ଏଇ ଭଳି ଏକ ସୁଖବର ଆମ ଭିତରେ ବାଣ୍ଟିଥିଲେ। ଆମକୁ ଉତ୍‌ଫୁଲ୍ଲିତ କରିପାରିଥିଲେ। କିନ୍ତୁ ମୁଁ ମୋର ହାଫ୍‌ପ୍ୟାଣ୍ଟ୍ ପିନ୍ଧା ସେଇ ଦାରୁଣ ଶୈଶବରେ ଡିଟେକ୍‌ଟିଭ୍ ସୁଲଭ ଚିନ୍ତା କରିପାରୁଥିଲି ଓ ରେଡ଼ିଓ ଭଳି ଏକ ଦୁର୍ଲ୍ଲଭ ଅତ୍ୟାଧୁନିକ ଯନ୍ତ୍ରର ଆଗମନ ପଛପଟେ ଥିବା ସଂଖ୍ୟାଧିକ କାରଣର ସନ୍ଧାନ କରିପାରିଥିଲି।

ପ୍ରଥମ କାରଣଟି ଥିଲା ବୋଉ। ଚାକିରୀର ଦାୟରେ ବାବାଙ୍କୁ ସପରିବାର ଏକ ନିପଟ ମଫସଲରେ ରହିବାକୁ ପଡୁଥିଲା। ସେଠାରେ ମନୋରଞ୍ଜନର କୌଣସି ସୁବିଧା ସୁଯୋଗ ନ ଥିଲା। ଅବଶ୍ୟ ବର୍ଷକରେ ଥରେ ଦୁଇ ଥର ବାଉଁଶରାଣୀ ନାଟ, ପାଞ୍ଚ ସାତ ଥର ସାପୁଆ କେଳାର ମୂଷା ସାପ ଖେଳ, ତିନି ଥର ଧୁଡୁକି ନାଚ ଓ ଦୁର୍ଗାପୂଜା ବେଳେ ହାଡ଼ିର ଢାଉଁ ଢାଉଁ ଢୋଲ ବାଜା ଯେ ଦେଖିବାକୁ ମିଳୁ ନ ଥିଲା, ତା' ନୁହେଁ। କିନ୍ତୁ ବୋଉ ସେଇ ମଫସଲ ଗାଁର ରହଣୀକୁ ରୀତିମତ ବନବାସ ବୋଲି ବର୍ଣ୍ଣନା କରୁଥିଲା। ଅତଏବ ବନବାସ କାଳରେ ନିରୁଦ୍‌ବିଗ୍ନ ମଧ୍ୟାହ୍ନ ଓ ନିସ୍ତରଙ୍ଗ ସନ୍ଧ୍ୟା ସବୁକୁ ମୁଖର କରିବା ପାଇଁ ରେଡ଼ିଓ ଥିଲା ଏକମାତ୍ର ମାଧ୍ୟମ।

ଦ୍ୱିତୀୟ କାରଣଟି ଥିଲେ ନିଜେ ବାବା। ବାବାଙ୍କର ସାଂପ୍ରତିକ ରାଜନୀତିର ଖବର ଅନ୍ତର ସଂଗ୍ରହ କରିବାର ସଉକ ଥିଲା। ନେତାମାନଙ୍କର ମିଥ୍ୟା ପ୍ରତିଶ୍ରୁତି ଓ ଆସ୍ଫାଳନକୁ ସବିସ୍ତାର ବର୍ଣ୍ଣନା କରିପାରୁଥିବା ଖବରକାଗଜମାନେ ସେଇ ମଫସଲରେ ଦୁଷ୍ପାପ୍ୟ ଥିଲେ। ଗମନାଗମନର ଦାରୁଣ ଦୁର୍ଭିକ୍ଷ ଯୋଗୁଁ ଡାକଯୋଗେ ଚଲାବୁଲା କରୁଥିବା ଏଇ ସମ୍ବାଦପତ୍ରମାନେ ସପ୍ତାହକେ ଥରେ ଦୁଇଥର ନିଜର ନୂଆ ପୁରୁଣା

ସଂଖ୍ୟା ସହ ଉପଗତ ହେଉଥିଲେ। ତେଣୁ ତାଜା ସମ୍ବାଦ ପ୍ରାପ୍ତ ହେବାର ଏକମାତ୍ର ସାଧନ ଥିଲା ରେଡ଼ିଓ। ଯାହାକୁ ଦଶ କିଲୋମିଟରର କାଦୁଅ ପଙ୍କର ମାଟିରାସ୍ତା କିମ୍ବା ଡାକ ବିଭାଗର ଉପେକ୍ଷା ପ୍ରତିହତ କରିବାର ସମ୍ଭାବନା ନ ଥିଲା।

ତୃତୀୟ କାରଣଟି ଥିଲା ଆମର ସାମାଜିକ ସମ୍ମାନ। ସେଇ ସମୟରେ ରେଡ଼ିଓ ଥିଲା ବିଜ୍ଞାନର ସବୁଠୁ ଆଶ୍ଚର୍ଯ୍ୟପ୍ରଦ ଉଦ୍ଭାବନ। ତା' ପୂର୍ବରୁ ଶୁଆସାରୀ ଓ ବଣିଙ୍କ ମୁହଁରୁ ମଣିଷର ଭାଷାନୁରୂପ ଚିତ୍କାର ଶୁଣି ମଣିଷମାନେ ଆମୋଦିତ ହେଉଥିଲେ। କିନ୍ତୁ ରେଡ଼ିଓ ଥିଲା ଏକ ବାକ୍ୟମାର୍କା ଯନ୍ତ୍ର ଯାହା ସ୍ପଷ୍ଟ ମଣିଷର ଭାଷା ଓ ଗୀତ ବୋଲିପାରୁଥିଲା। ସେତେବେଳେ ରେଡ଼ିଓର ଗୁଣଗ୍ରାହୀ ମାଲିକମାନଙ୍କୁ ସମ୍ମାନାସ୍ପଦ ବ୍ୟକ୍ତି ବୋଲି ବିଚାର କରାଯାଉଥିଲା। ତେଣୁ ଘରେ ରେଡ଼ିଓ ସ୍ଥାପନ କରି ସେଇ ସାମାଜିକ ଆଭିଜାତ୍ୟ ଅର୍ଜନ କରିବାର ସମ୍ପୂର୍ଣ୍ଣ ଅଧିକାର ଆମର ଥିଲା।

ଚତୁର୍ଥ କାରଣଟି ଥିଲୁ ଆମେ ଚାରି ଭାଇ ଭଉଣୀ। ଆମର ଭବିଷ୍ୟତ ସମ୍ପର୍କରେ ସେଇ କାଦୁଅ ଓ ଲଙ୍ଗଳା ଛୁଆ ପ୍ରପୀଡ଼ିତ ମଫସଲ ଗାଁଟିରେ ବାବା କ'ଣ ସ୍ୱପ୍ନ ଦେଖୁଥିଲେ ତା' ଆମେ ଜାଣୁନା। କିନ୍ତୁ ସେ ନିଶ୍ଚିତ ଭାବରେ ଚାହୁଁଥିଲେ ଆମେ ରେଡ଼ିଓ ଶୁଣି ସ୍ମାର୍ଟ ହେବା ଉଚିତ। କାରଣ ସେତେବେଳକୁ ଆମ ବିନୀ ମାଉସୀଙ୍କ ପିଲାମାନେ ଯେଉଁମାନେ କଟକରେ ରହନ୍ତି, ସେମାନେ ଶିଶୁ ସଂସାର କାର୍ଯ୍ୟକ୍ରମରେ 'ମୋ ନାଁ ରୁନୁ, ମୁଁ ବକ୍ସିବଜାରରୁ ଆସିଛି' ଭଳି ବାକ୍ୟ ଉଚ୍ଚାରଣ କରିପାରି ଆମ ମାମୁଁଘର ଅଞ୍ଚଳରେ କିମ୍ବଦନ୍ତୀରେ ପରିଣତ ହୋଇପଡ଼ିଥିଲେ। ଆମର ବି ସେମିତି ହେବାର ଅଧିକାର ଥିଲା।

ବାବା ରେଡ଼ିଓ ଖରିଦ କରିବା ଉଦ୍ଦେଶ୍ୟରେ କଟକ ଯାଇଥାନ୍ତି। ସଂଧ୍ୟା ଗଡ଼ିଯାଇଥାଏ। କିନ୍ତୁ ବାବା ଫେରି ନ ଥାନ୍ତି। ରାତି କ୍ରମଶଃ ଗଡ଼ିବାରେ ଲାଗିଥାଏ। ବୋଉ ଖାଇ ନ ଥିଲା। ଆମେ ଭାଇ ଭଉଣୀ ଚାରିଜଣ ଖାଇ ସାରିଥିଲୁ। ସାନ ଭାଇ ଓ ସାନ ଭଉଣୀ ଅପେକ୍ଷା କରି କରି ନିଦ ମୁହଁରେ ପଡ଼ିଯାଇଥିଲେ। ଆମେ ବଡ଼ ଦି'ଭାଇ ବୋଉ ସହ ଦାଣ୍ଡଦୁଆରେ ମାଟି ପିଣ୍ଡାରେ ବାବାଙ୍କ ଅପେକ୍ଷାରେ ବସିଥାଉଁ।

ମୁଁ ଟିକିଏ ଢୋଳେଇ ପଡ଼ିଲି। ଗୁରୁତ୍ୱପୂର୍ଣ୍ଣ ସମୟମାନଙ୍କରେ ଏଇଭଳି ସୁଲଭ ରୋଗରେ ଆକ୍ରାନ୍ତ ହେବାର ଅଭ୍ୟାସ ମୋର ଥିଲା। ବଡ଼ଭାଇ ମୋତେ ଖେଂକି ଦେଇ କହିଲା: ଯାଉନୁ ଶୋଇବୁ।

ମୁଁ କଥାଟାକୁ ଏଡ଼େଇ ଦେଲି: ମତେ ନିଦ ଲାଗିନି।

କଥାଟାକୁ ଏଡ଼େଇ ଦେବା ସହଜ ଥିଲା। କିନ୍ତୁ ଆଖିପତାରେ ହାତୀଭଳି ଯେ ନିଦର ଖୋଜ ପଡ଼ି ଆସୁଥିଲା ତାକୁ ଏଡ଼େଇଦେବା ଶହେଭାଗ କଷ୍ଟକର ଥିଲା। ମୁଁ ବୋଉ ଆଡ଼କୁ ଢଳିଯାଇ ଜାକିଜୁକି ହେଇ ବସିବାକୁ ଚେଷ୍ଟାକଲି।

ବଡ଼ଭାଇ ବିଗିଡ଼ିଗଲା: ଏଠି ଶୋଇଲେ ହବନି। ତୁ ଯା' ଏଠୁ।

ମୁଁ କିନ୍ତୁ ତା' କଥା ଶୁଣିଲିନି।

ବଡ଼ଭାଇ ବୋଉ ଆଗରେ ଅଭିଯୋଗ ବାଢ଼ିଲା: ବୋଉ ଦେଖିଲୁ! ଇଏ କେମିତି ଏଠି ତଳେ ଶୋଇଲାଣି।

ବଡ଼ ଭାଇର କପଟ ଉଦ୍ଦେଶ୍ୟ ସଂପର୍କରେ ମୁଁ ସମ୍ପୂର୍ଣ୍ଣ ଅବଗତ ଥିଲି। ରେଡ଼ିଓକୁ ପ୍ରଥମେ ପ୍ରତ୍ୟକ୍ଷ କରିବାର ଗର୍ବ ଓ ଗୌରବକୁ ସେ ହାତେଇ ନେବାକୁ ଚାହୁଁଥିଲା। ଆମ ଚାରି ଭାଇ ଭଉଣୀଙ୍କ ଭିତରେ ସେତେବେଳେ ଏଇ ରକମ ଗୋଟେ ପ୍ରତିଦ୍ୱନ୍ଦ୍ୱିତା ଥିଲା। ଆମ ଘରକୁ ଅଜା କିମ୍ବା ଅନ୍ୟ କେହି ଅତିଥି ଆସିଲେ ତାଙ୍କୁ ପ୍ରଥମେ ଯିଏ ଦେଖିଥାଏ, ସେ ଏକ ବିଶେଷ ସମ୍ମାନ ଦାବି କରେ। ସାରାଦିନ ସେ କେବଳ ଗୋଟିଏ ପଦ କହିବୁଲେ 'ଆଜି ଅଜାଙ୍କୁ କିଏ ଆଗ ଦେଖିଲା ?' 'ମୁଁ' 'ମୁଁ ନିଜେ ହିଁ ଉତ୍ତର ଦେବାକୁ ହୁଏ ଏଇ ପ୍ରଶ୍ନର। ସେଇମିତି ଶୁଖୁଆର ଆଖି, କ୍ଷୀରର ସର ଏବଂ ନଡ଼ିଆର ମଞ୍ଜି ପାଇଁ ମଧ୍ୟ ପ୍ରତିଯୋଗିତା ହଉଥିଲା। ବିଜେତା ପରବର୍ତ୍ତୀ ସମୟଗୁଡ଼ିକ 'ଶୁଖୁଆର ଆଖି ଆଜି କିଏ ଖାଇଚି, ମୁଁ, ମୁଁ' ବୋଲି ଘୋଷଣା କରି ବୁଲୁଥିଲା।

ବଡ଼ ଭାଇର ଚକ୍ରାନ୍ତ ଏଇ ପର୍ଯ୍ୟାୟର ଥିଲା। ସେ ଚାହୁଁଥିଲା ନିରଙ୍କୁଶ ଭାବରେ ରେଡ଼ିଓକୁ ପ୍ରଥମେ ଦେଖିବ ଓ ଅବଶିଷ୍ଟ ଦିନଗୁଡ଼ିକ ପାଇଁ କହିବୁଲିବ, ''ରେଡ଼ିଓକୁ ଆଗ କିଏ ଦେଖିଲା ? ମୁଁ, ମୁଁ!''

କିନ୍ତୁ ତା'ର ଏଇ ଚକ୍ରାନ୍ତକୁ ପଣ୍ଡ କରିବା ପାଇଁ ମୁଁ ସଜାଗ ଥିଲି। ଯଦିଓ ଆଖିପତାରେ ଆଞ୍ଜୁଳା ଆଞ୍ଜୁଳା ନିଦର ବର୍ଷା ହେଉଥିଲା।

ମୁଁ ପ୍ରସ୍ତାବ ଦେଲି, ଚାଲ ଦଉଡ଼ିବା। ଝାଉଁଗଛକୁ ଯାଇ ଯିଏ ଆଗ ଛୁଇଁବ ସିଏ ଏଠି ବସିବ। ଯିଏ ହାରିବ ସିଏ ଶୋଇବାକୁ ଯିବ।

ଝାଉଁଗଛ ଥିଲା ପ୍ରାୟ ଶହେ ମିଟର ଦୂରରେ। ବଡ଼ଭାଇ ମଧ୍ୟ ଜାଣିଥିଲା ଏମିତି ଦୌଡ଼ାଟାଏ ହେଲେ ସେ ଅଲବତ୍ ଜିତିବ। କିନ୍ତୁ ସେ ପ୍ରସ୍ତାବକୁ ଗ୍ରହଣ କଲାନାହିଁ। କାରଣ ଦୌଡ଼ଭଳି କସରତ କରିଦେଲେ ମୋ ଆଖି ପତାରେ ବସା ବାନ୍ଧୁଥିବା ନିଦମାନେ ଅନ୍ତତଃ ପରବର୍ତ୍ତୀ ଏକଘଣ୍ଟା ପାଇଁ ନିରୁଦ୍ଦିଷ୍ଟ ହୋଇଯିବେ। ପରାଜିତ ହେବା ସତ୍ତ୍ୱେ ମୁଁ ଶୋଇବାକୁ ଯିବି ନାହିଁ।

ମୁଁ ଦୁସରା ପ୍ରସ୍ତାବ ଦେଲି: ଚାଲ୍ ପଦ୍ୟାନ୍ତ କରିବା !

ଏଇ ଦ୍ୱିତୀୟ ପ୍ରସ୍ତାବକୁ ବଡ଼ଭାଇ ଅନୁରୂପ କାରଣରୁ ଗ୍ରହଣ କଲାନାହିଁ। ପୁନଶ୍ଚ ମୋ ସହ ବକ୍‌ବାଜି କଲେ, ମୋର ନିଦ ଚାଲିଯିବାର ସମ୍ଭାବନା ଥିବାରୁ ମୋ ସହିତ କଥାଭାଷା ବନ୍ଦ କରିଦେଲା। ସେ ଓଠଚାପି ବସିଲା। ଅନ୍ୟ ଦିଗକୁ ଚାହିଁ ରହିଲା।

ମୁଁ ତୃତୀୟ ପ୍ରସ୍ତାବ ସମ୍ପର୍କରେ ଚିନ୍ତା କରୁ କରୁ କେତେବେଳେ ଯେ ଶୋଇପଡ଼ିଛି ଜାଣେ ନାହିଁ। ମୋ ନିଦ ଭାଙ୍ଗିଲା ଯେତେବେଳେ ବଡ଼ଭାଇ ମତେ ନିଦରୁ ଉଠେଇଲା। ସଗର୍ବ ଘୋଷଣା କଲା ଯେ, ଏଇ! ଉଠ୍! ଉଠ୍ ମୁଁ ଜିତି ସାରିଲିଣି।

ମୁଁ ହାଉଳି ଖାଇ ପଚାରିଲି: ବାବା କାହାନ୍ତି?

ବାବା ତଥାପି ଦାଣ୍ଡପିଣ୍ଡା ଉପରକୁ ଉଠି ନାହାନ୍ତି। ଅଳ୍ପ ଦୂରରେ ଦିଶୁଥାଏ ତାଙ୍କର କଳାଛାଇ। ଏବଂ ସେଇଆଡ୍ରୁ ଭାସି ଆସୁଥାଏ ରେଡ଼ିଓର ଧାତବ ଚିତ୍କାର।

ମୁଁ ପ୍ରତିବାଦ କଲି: ନା! ନା! ତୁ ଜିତିନାହୁଁ! ରେଡ଼ିଓ ଏ ଯାଏଁ ଦେଖାଯାଇନି।

ମୋ ପ୍ରତିବାଦକୁ ବଡ଼ଭାଇ ଅସ୍ୱୀକାର କଲା: ଆଗ ଶୁଣିଚି ତ!

ମୁଁ ଅନନ୍ୟୋପାୟ ହୋଇ ସାନ ଭାଇକୁ ଉଠେଇ ପକେଇଲି। କାରଣ ସିଏ ମୋର ଏକନମ୍ବର ସାକ୍ଷୀଥିଲା। ଯିଏ ଘଟଣାର ବିନ୍ଦୁବିସର୍ଗ ନ ଜାଣି ମତେ ସମର୍ଥନ କରୁଥିବାର ଏକାଧିକ ନଜିର ଥିଲା। ବଡ଼ ଭାଇର ଅନୁଗତ ସାକ୍ଷୀ ଥିଲା ସାନ ଭଉଣୀ। ସେ ବାଧ୍ୟ ହୋଇ ସାନ ଭଉଣୀକୁ ଉଠାଇ ଦେଲା। ଆମେ ଚାରି ଜଣ ଦାଣ୍ଡପିଣ୍ଡାରେ ଠିଆହୋଇ ଏକ ସମୟରେ ରେଡ଼ିଓକୁ ସ୍ୱାଗତ କଲୁ।

ବାବା ପିଣ୍ଡା ଉପରକୁ ଉଠିଲେ। ତାଙ୍କ କାନ୍ଧରେ ଚାରି କୋଣିଆ ବାକ୍ସଟା ଗୋଟାଏ ଚମଡ଼ା ପୋଷାକ ପିନ୍ଧି ଝୁଲି ରହିଥିଲା। ଚମଡ଼ା ପୋଷାକର ଫାଙ୍କ ଦେଇ ଦୁଶୁଥିଲା ତା'ର ଚିକ୍‌ମିକ୍ ଚେହେରାର କିୟଦଂଶ। ବାବା ପାନ ଖାଇଥିଲେ ଓ ଗର୍ବର ସହ ହସୁଥିଲେ। ସେଇ ଝୁଲନ୍ତ ରେଡ଼ିଓରୁ ଭାସି ଆସୁଥିଲା ଜୋର୍‌ଦାର୍ ଆୱାଜ୍ ସବୁ।

ବୋଉ ପଚାରିଲା: ଏତେ ଡେରି କ'ଣ ହେଲା?

ବାବା କହିଲେ: ଡେରି କାହିଁ? ଆସୁଚୁ ତ!

ବୋଉ ଘର ଭିତରକୁ ଉଠିଗଲା। ତାଙ୍କ ପଛେ ପଛେ ବାବା। ତାଙ୍କ କାନ୍ଧରେ ତଥାପି ମଧ୍ୟ ଝୁଲୁଥାଏ ରେଡ଼ିଓ। ପଛେ ପଛେ ଆମର ଶୋଭାଯାତ୍ରା। ହଠାତ୍ ଆମ ସମସ୍ତଙ୍କୁ ବିସ୍ମିତ କରି ରେଡ଼ିଓରୁ ଜାତୀୟ ସଂଗୀତ 'ଜନଗଣ ମନ' ଶୁଣାଗଲା। ବାବା ଘୋଷଣା କଲେ: ଏଥର ରେଡ଼ିଓ ବନ୍ଦ ହେଲା।

ଆମେ ଚକିତ ଓ ହତୋତ୍ସିତ ହୋଇପଡ଼ିଲୁ। ନୂଆ ଜିନିଷଟାକୁ ଆମେ ଭଲକରି ଦେଖିନାହୁଁ। ଶୁଣିନାହୁଁ। କ'ଣ ନା ବନ୍ଦ ହୋଇଯିବ?

ବଡ଼ ଭାଇର ଏ ବାବଦରେ କିଛି ଅକଲ ଥିଲା। ଏ ସବୁ ଅକଲ ସେ ବିନୀ ମାଉସୀଙ୍କ କଟକ ପିଲାମାନଙ୍କଠୁଁ ଉଧାର କରିଥିବା ନିଶ୍ଚିତ।

ସେ ତତ୍‌କ୍ଷଣାତ୍ କହିଉଠିଲା: ସେଇଟାକୁ ମୋଡୁନ! ଆଉ କୋଉ ସେଣ୍ଟରେ ଲାଗିବ!

ବାବା ଆଖି ବଡ଼ ବଡ଼ କରି ଚାହିଁଲେ। କହିଲେ: ଆଉ ମୋଡ଼ା ମୋଡ଼ି ନାହିଁରେ ବାବା! ବଡ଼ କଷ୍ଟରେ ସେ ଦୋକାନୀ କଟକ ସେଣ୍ଟରେ ଲଗେଇଚି। ଥରେ ହଜିଗଲେ ଆଉ ମିଳିବନି।

ଆମେ ହତାଶ ହେଲୁ ସତ, କିନ୍ତୁ ରେଡ଼ିଓ ଦର୍ଶନର ଉଲ୍ଲାସରେ ଶେଯକୁ ଚାଲିଗଲୁ।

ପରଦିନ ସକାଳେ ଚାରିଆଡ଼େ ହଲ୍ଲା ହୋଇଗଲା ଆମର ଗୋଟାଏ ରେଡ଼ିଓ ଆସିଚି। ମୋର ସମସ୍ତ ମ୍ଳେଚ୍ଛବନ୍ଧୁ ମୋତେ ସ୍ୱାଗତ ଜଣାଇଥିଲେ। କେହି କେହି ସନ୍ଦେହୀ ପଚାରିଥିଲେ: ତମରସତରେ ରେଡ୍ରୁଅଟେ ଆସିଚି।

ମୁଁ କହିଥିଲି: କ୍ୱାଟ୍! କ୍ୱାଟ୍!

ସେମାନେ ବୁଝିପାରି ନ ଥିଲେ।

:କ୍ୱାଟ୍! କ୍ୱାଟମାନେ କ'ଣ?

ମୁଁ ଗର୍ବର ସହ କହିଥିଲି: ତମେ ତ ଡିକ୍‌ଭାଷା ଜାଣିନ! ବୁଝିବ କୋଉଠୁ? ଆମେ ଆଜିକାଲି ରେଡ଼ିଓରୁ ସେଇ ଭାଷା ଶିଖୁଚୁ। ସେଇ ଭାଷାରେ କଥାବାର୍ତ୍ତା କରୁଚୁ!

ରେଡ଼ିଓଟି ରଖାଯାଇଥିଲା ଗୋଟେ ର୍ୟାକ୍‌ରେ। ଯୋଉଠିକି ମୋର ହାତ ପୂରାପୂରି ପାଉ ନ ଥିଲା। ବଡ଼ ଭାଇର ହାତ ପାଉଥିଲା। କିନ୍ତୁ ବିଭିନ୍ନ ନଟ୍‌କୁ ସୁବିଧାନୁସାର ମୋଡ଼ାମୋଡ଼ି କରିବାର ସୁଯୋଗ ହେଉ ନ ଥିଲା। କେବଳ ବାବା ହିଁ ତାକୁ ଚମତ୍କାର ଭାବରେ ଛୁଇଁ ପାରୁଥିଲେ। ଖୋଲିପାରୁଥିଲେ।

ସେଦିନ ବାବାଙ୍କର ଚିହ୍ନାଜଣା କିଛି ଲୋକ ଆସିଥିଲେ। ସେମାନଙ୍କ ସହ ଗପସପ କଲାବେଳେ ବାବା ବହୁତ ପ୍ରଫୁଲ୍ଲ ଦିଶୁଥିଲେ। ରେଡ଼ିଓର ଦାମ୍ କେତେ ପଡ଼ିଲା? କେତୋଟି ବ୍ୟାଟେରୀ ପଡୁଛି? ଥରେ ବ୍ୟାଟେରୀ ପକେଇଲେ କେତେ ଦିନ ଯିବ? କୋଉ କୁମ୍ପାନିର ରେଡ଼ିଓ ଆଜିକାଲି ଭଲ ପଡୁଚି ଇତ୍ୟାଦି ଅନେକ ରସହୀନ ବୈଷୟିକ ଆଲୋଚନା କରି ସେମାନେ ଫେରିଯାଇଥିଲେ।

ବଡ଼ ଭାଇର ସାଙ୍ଗମାନେ ଓ ମୋ ସାଙ୍ଗମାନେ ପ୍ରାୟତଃ ଏକ ସମୟରେ ରେଡ଼ିଓ ଦେଖିବା ପାଇଁ ଆସିଥିଲେ। ତେବେ ମୋର ବହୁତ କମ୍ ସାଙ୍ଗ ଆସିଥିଲେ। ଯାହାର କାରଣ ଥିଲା ସହପାଠୀ ନବକିଶୋର। ନବକିଶୋରର ବାପା ସେ ଅଞ୍ଚଳରେ ଏକମାତ୍ର ଧନୀକ ଓ ରେଡ଼ିଓଧାରୀ ଥିଲେ। ନବକିଶୋର ଆମ ରେଡ଼ିଓଟା ଭଲ ନୁହେଁ ବୋଲି (ରେଡ଼ିଓ ଦେଖିବା ପୂର୍ବରୁ) ଆଶଙ୍କା ପ୍ରକାଶ କରି ଦେଇଥିଲା। କତିପୟ ଅର୍ଦ୍ଧଉଲଗ୍ନ ବନ୍ଧୁ ଏହି ବିବୃତି ଶୁଣିବା ପରେ ଆସିବା ପାଇଁ ଆଗ୍ରହୀ ହୋଇପାରି ନ ଥିଲେ।

ସେମାନଙ୍କ ସାମ୍ନାରେ ଆମ ବଡ଼ ଦି' ଭାଇଙ୍କର ଏକ ପ୍ରକାର ତକାତକି ଅବସ୍ଥା ଆସିଗଲା। କାରଣ ରେଡ଼ିଓ ଭିତରେ ସର୍ବନିମ୍ନ କେତୋଟି ମଣିଷଙ୍କୁ ବାନ୍ଧିକି ରଖାଯାଇଛି ସେ ସଂପର୍କରେ ଏକ ସାରଗର୍ଭକ ଭାଷଣ ମୁଁ ଦେଇଥିଲି। ସକାଳୁ ଶୁଣାଯାଇଥିବା ସମସ୍ତ ସ୍ତ୍ରୀପୁରୁଷଙ୍କ ସ୍ୱର ହିସାବ କରି ଏଇ ତତ୍ତ୍ୱ ମୁଁ ପ୍ରକାଶ କରିଥିଲି। ବଡ଼ଭାଇ ଏହାର ପ୍ରତିବାଦ କଲା। ଅସମ୍ଭବ! ମଣିଷ ଏହା ଭିତରେ ରହି ନ ପାରେ। ବରଂ କେତୋଟି ଭୂତ ରହିଛନ୍ତି। ଏଇ ରକମ ତର୍କ କରିଥିଲା। ରେଡ଼ିଓର ସାମ୍ନାରେ ଅସଂଖ୍ୟ ଛିଦ୍ରଥିଲା। ସେଇ ବାଟେ ଭିତରର ମଣିଷମାନେ ନିଃଶ୍ୱାସ ନିଅନ୍ତି ବୋଲି ମୁଁ ଅନୁମାନ ଲଗେଇଥିଲି। କିନ୍ତୁ ବଡ଼ଭାଇ ଏକମତ ହୋଇ ନ ଥିଲା। ତା' ମତରେ ସେଇ ଛିଦ୍ରବାଟେ ଭୂତମାନେ ନାହୁଡ଼ ବାହାର କରନ୍ତି।

ତତ୍‌କ୍ଷଣାତ୍ ମୋର ଯୁକ୍ତି ଗ୍ରହଣ ନ ହେବା କାରଣରୁ ମୋର ସମ୍ମାନହାନି ଘଟିଲା। ବଡ଼ ଭାଇର ବନ୍ଧୁମାନଙ୍କ ସାମ୍ନାରେ ମୋର ତା' ପ୍ରତି ବେଖାତିରକୁ ନେଇ ବଡ଼ ଭାଇର ମଧ୍ୟ ସମ୍ମାନ ହାନି ଘଟିଲା। ଏଇ ଘଟଣାକୁ କେନ୍ଦ୍ରକରି ଆମ ଭିତରେ ଗୋଟେ ଫାଇଟିଂ ହେଇଗଲା। ଫାଇଟିଂ ଆରମ୍ଭ ହେବାରୁ ବନ୍ଧୁମାନେ ପ୍ରାଣରକ୍ଷାର୍ଥେ ପଳାଇଗଲେ।

ଆମ ଭିତରେ ଦ୍ୱିତୀୟଥର ଏକ ବିଶ୍ୱଯୁଦ୍ଧ ହେଲା ଯେତେବେଳେ ସାନଭାଇ ଓ ସାନ ଭଉଣୀର ସାଙ୍ଗମାନେ ରେଡ଼ିଓ ଦେଖିବାକୁ ଆସି ପହଞ୍ଚିଲେ।

:ଝିଅପିଲାମାନେ ରେଡ଼ିଓ ଦେଖିବା ଅନୁଚିତ! ମୁଁ ମତ ଦେଇଥିଲି।

:ଛୋଟ ପିଲାମାନେ ରେଡ଼ିଓ ଦେଖିଲେ ଡରିବେ। ଏକଥା କହିଲା ବଡ଼ ଭାଇ ।

ସାନ ଭାଇ କିନ୍ତୁ ଛାଡ଼ିବା ପିଲା ନ ଥିଲା। ତା'ର ମଧ୍ୟ ସେଇ ପ୍ରାୟ ଉଲଗ୍ନ ବନ୍ଧୁ ମହଲରେ ଯଥେଷ୍ଟ ଇଜ୍ଜତ ଥିଲା। ତେଣୁ ସେ ତା'ର ସିଂଘାଣିନାକା ପିଳେହୀପେଟା ବନ୍ଧୁମାନଙ୍କୁ ଗୁରୁତ୍ୱ ଦେଲା ଭଳି କହିଲା: ମୋ ସାଙ୍ଗମାନେ ଦେଖିବେ!

ଆମେ ବଡ଼ ଦୁଇ ଭାଇ ପ୍ରତିବାଦ କଲୁ: ନା!

ସାନ ଭାଇ ଯୁକ୍ତିକଲା: କାଇଁକି ଦେଖିବେନି ନା!

ସାନ ଭଉଣୀର ସମ୍ମାନହାନି ସରିଥିଲା। ସେ କାନ୍ଦିବାରେ ମନ ଦେଇଥିଲା। ତା'ର ସଖୀମାନେ ହତାଶ ହେଇ ଫେରିଯାଇଥିଲେ। ମାତ୍ର ସାନ ଭଉଣୀ କାନ୍ଦିବା ବଜାୟ ରଖିଥିଲା। ତା'ର କୋହଭରା...ଏଁ... ଏଁ... ଟିକିଏ ଟିକିଏ ସମୟ ଉତ୍ତାରୁ ବାଜି ଉଠୁଥିଲା। କିଛି ସମୟ ପରେ ସେ କାହିଁକି କାନ୍ଦୁଛି ତାହା ମଧ୍ୟ ଭୁଲିଗଲା।

ସାନ ଭାଇ କିନ୍ତୁ ଭୁଲିଯିବା ଭଳି ପ୍ରାଣୀ ନୁହେଁ। ସେ ଯାବତୀୟ ଦୁଷ୍ଟ ଓ

ବାରବୁଲା ଶିଶୁଙ୍କର ଅବିସମ୍ବାଦିତ ନେତାଥିଲା। ସାରା ଦ୍ୱିପ୍ରହର ଖରାରେ ବୁଲିବା , ପିଜୁଳି ଗଛରେ ଚଢ଼ିବା ଓ ଯା'କୁ ତାକୁ ବିଧା ଗୋଇଠା ଉପହାର ଦେବାରେ ତା'ର ରେକର୍ଡ଼ ଥିଲା। ତେଣୁ ଆମର ପ୍ରତିବାଦ ଓ ତା'ର ଜିଦ୍‌କୁ ନେଇ ଦ୍ୱିତୀୟ ଯୁଦ୍ଧ ଘଟିଗଲା। ସେ ଉତ୍‌କ୍ଷିପ୍ତ ହୋଇ ଆମ ଉପରକୁ ଏକ ଢେଲା ଫୋପାଡ଼ିଲା। ତାହା ରେଡ଼ିଓରେ ବାଜି ନ ଥିଲା। ମାତ୍ର ତାହା ରେଡ଼ିଓରେ ବାଜିଛି ବୋଲି ଆମେ ବଢ଼ି ଦି'ଭାଇ ତା' ନାମରେ ଅଭିଯୋଗ ଫର୍ଦ୍ଦଟିଏ ପ୍ରସ୍ତୁତ କରି ବାବାଙ୍କ ନିକଟରେ ପେଶ୍ କରିଦେଲୁ।

ବୋଉର ସମସାମୟିକମାନେ ଆସିଲେ ଦ୍ୱିପ୍ରହରେ। ସେମାନେ ଆସିବେ ବୋଲି ବୋଉ ଯେମିତି ଆଗରୁ ଜାଣିଥିଲା। ସେ ଅପେକ୍ଷାକୃତ ସଫା ଲୁଗାପିନ୍ଧି ମୁଣ୍ଡ କୁଣ୍ଡେଇ ସ୍ୱାଗତ ଭଙ୍ଗୀରେ ଘର ଭିତରେ ଟହଲ ମାରୁଥିଲା। ତା'ର ସମସାମୟିକମାନେ ପାନ ଖାଇ ଖାଇ କାଖରେ ଲଙ୍ଗଳାଛୁଆ ଜାକି, ପାଟିରୁ ଅବିରାମ ଶବ୍ଦର ବାଣ ଫୁଟାଇ ଫୁଟାଇ ପହଞ୍ଚିଲେ।

ସେମାନଙ୍କ ଜିଜ୍ଞାସା ଭିତରେ ଏଇସବୁ ପ୍ରସଙ୍ଗ ଥିଲା। ଯେଉଁ ପୁଅଝିଅଙ୍କ ସ୍ୱର ରେଡ଼ିଓରୁ ବାହାରୁଛି ସେମାନେ ସ୍ୱାମୀ, ସ୍ତ୍ରୀ କି ନା ? ସେମାନେ ସବୁ କେଉଁଠାରେ ବସିଛନ୍ତି ? ଏତେ ସୁନ୍ଦର ସୁନ୍ଦର କଥା ସେମାନେ କିପରି ଜାଣିଲେ। ସେଇ ସ୍ତ୍ରୀଲୋକମାନେ ଶାଢ଼ୀ ପିନ୍ଧନ୍ତି ନା ଫ୍ରକ୍ ? ତେବେ ଜିଜ୍ଞାସା ଛଡ଼ା ସେମାନଙ୍କ ମୁହଁରେ ଅଧିକ ଝଲମଲ କରୁଥିଲା ଈର୍ଷା ! ଅସହଣି ପଣିଆ। ବୋଉର ସମସାମୟିକ ନ ହେଲେ ମଧ୍ୟ ଅନ୍ୟତମ ଶୁଭେଚ୍ଛୁ ଭାବରେ ଅନୁଘର ମା'ବୁଢ଼ୀ ସେଠାରେ ପହଞ୍ଚିଲେ। ଦୁର୍ଭାଗ୍ୟକୁ ସେତେବେଳେ ରେଡ଼ିଓରୁ ପ୍ରସାରିତ ହେଉଥିଲା ଗୋଟେ ନାଟକ। ନାଟକର ଏକ ତୀବ୍ର ସଂଳାପ ଚିତ୍କାର କରିଉଠିଲା।

:ପାପିନୀ ! ଦୂର ହୁଅ ମୋ ସମ୍ମୁଖରୁ।

ଅନୁଘର ମା'ବୁଢ଼ୀ ପହଞ୍ଚୁ ପହଞ୍ଚୁ ଏକଥା ଶୁଣିଲେ ଓ ଡରିଗଲେ। ତୁରନ୍ତ ସ୍ଥାନ ତ୍ୟାଗ ଛଡ଼ା ଗତ୍ୟନ୍ତର ନ ଥିଲା। ଗଲାବେଳେ ସେ କହି କହି ଯାଉଥିଲେ: ଦେଖୁନା ! ଶେଷକୁ ରେଡ଼ିଓଟା ବି ମୋ ଉପରେ ଦାଉ ସାଧିବାକୁ ଥିଲା।

ବାବା ରେଡ଼ିଓର ଯତ୍ନ ଓ ଦୀର୍ଘ ଜୀବନ ପାଇଁ ଗୋଟେ ଆଚରଣବିଧି ପ୍ରସ୍ତୁତ କରିଥିଲେ। ତାହା ହେଲା ପିଲାମାନେ ରେଡ଼ିଓ ଖୋଲାଖୋଲି କରିପାରିବେ ନାହିଁ। କେବଳ ବାବା ବୋଉଙ୍କର ସେ ଅଧିକାର ରହିବ। ରେଡ଼ିଓଟି ସପ୍ତାହକରେ ଥରେ ଧୂଳି ମଳିର ଆସ୍ତରଣରୁ ସଫା କରାଯିବ। ମାସକରେ ଥରେ ବ୍ୟାଟେରୀ ଚେକ୍ କରାଯିବ। ନୋହିଲେ ବ୍ୟାଟେରୀ ଲିକ୍ କରି ରେଡ଼ିଓ ଖରାପ କରିଦେଇପାରେ।

ରେଡ଼ିଓ କ୍ରମାଗତ ଏକଘଣ୍ଟା ବାଜିବ ଓ ଅଧଘଣ୍ଟା ବିଶ୍ରାମ ନେବ। ରେଡ଼ିଓକୁ କୌଣସି ପରିସ୍ଥିତିରେ ତା'ର ନିର୍ଦ୍ଦିଷ୍ଟ ସ୍ଥାନରୁ ତଳକୁ ବା ଅନ୍ୟ କୌଣସି ସ୍ଥାନକୁ ନିଆଯିବ ନାହିଁ। ଚମଡ଼ା ଖୋଳର ଫ୍ରକ୍‌ରୁ ମଧ୍ୟ ତାକୁ ଲଙ୍ଗଳା କରାଯିବ ନାହିଁ। ବର୍ଷା ଓ ବିଜୁଳୀ ମାରିବା ସମୟରେ ରେଡ଼ିଓ ବନ୍ଦ ରହିବ।

ସପ୍ତାହକରେ ଥରେ ଯେ ରେଡ଼ିଓ ସଫା କରାଯାଉଥିଲା ସେ ଦୃଶ୍ୟ ମନୋରମ ଥିଲା। ଗୋଟେ ସଫା ବେଡ୍‌ସିଟ୍ ଖଟ ଉପରେ ପକାଯାଉଥିଲା। ତା' ଉପରେ ରେଡ଼ିଓକୁ ନିଃଶବ୍ଦରେ ଶୁଆଇ ଦିଆଯାଉଥିଲା। ଖୁବ୍ ଯତ୍ନରେ ମୃଦୁ ଓ କୋମଳ ଭଙ୍ଗୀରେ ସଫା ଧଳା କନାରେ ପୋଛା ଯାଉଥିଲା। ବ୍ୟାଟେରୀ ପରିବର୍ତ୍ତନ କାଳରେ ମଧ୍ୟ ଅନୁରୂପ ସତର୍କତା ଅବଲମ୍ବନ କରାଯାଉଥିଲା। ଏହିସବୁ କାର୍ଯ୍ୟକ୍ରମ ସମୟରେ ଆମେ ଘଟଣାସ୍ଥଳରୁ ତିନିଫୁଟ ଦୂରତାରେ ଠିଆହୋଇ ତାହା ଦେଖିବାର ଅନୁମତି ପାଉଥିଲୁ ଓ ରେଡ଼ିଓର ଅନ୍ତଃଦୃଶ୍ୟ ଦେଖିବାର ମହାର୍ଘ୍ୟ ସୁଯୋଗ ହାସଲ କରୁଥିଲୁ।

ରେଡ଼ିଓ ଉପରୁ ଧୂଳିମଳିଙ୍କ ଅତ୍ୟାଚାରର ପ୍ରତିରୋଧ କରିବା ପାଇଁ ବୋଉ ଗୋଟେ କନାର ପୋଷାକ ତିଆରି କରିଥିଲା ଓ ତାହା ଚମଡ଼ା ଫ୍ରକ୍ ଉପରେ ପିନ୍ଧାଇ ଦିଆଯାଇଥିଲା। ବର୍ଷା ଓ ବିଜୁଳି କାଳରେ ରେଡ଼ିଓର ସୁରକ୍ଷା ପାଇଁ ଆଉ ଗୋଟାଏ ଚାଦର ଘୋଡ଼ାଇ ଦିଆଯାଉଥିଲା। ରେଡ଼ିଓଟି ଦୃଷ୍ଟି ହେଇ ଯିବାର ସମ୍ଭାବନା ଥିବାରୁ ରେଡ଼ିଓ ରହୁଥିବା ର୍ୟାକ୍ ସାମ୍ନା ଝର୍କାଟିକୁ ସବୁଦିନ ପାଇଁ ବନ୍ଦ କରିଦିଆଯାଇଥିଲା।

ଆମ ଅଞ୍ଚଳର ଅନ୍ୟତମ ରେଡ଼ିଓଧାରୀଙ୍କ ସୁପୁତ୍ର ନବକିଶୋର ବନ୍ଧୁ ମହଲରେ ଦିନେ ପ୍ରକାଶ କରିଥିଲା ଯେ କୋଉଠି ମଧ୍ୟ ରାତ୍ରରେ ତାଙ୍କ ରେଡ଼ିଓଟି ବାଦୁଡ଼ି ଭଳି ଘରଭିତରେ ଘୂରିବୁଲେ।

ମୋର ବନ୍ଧୁମାନେ ମୋତ ପ୍ରଶ୍ନ କରିଥିଲେ: ତମ ରେଡ଼ିଓ ଉଡ଼ି ପାରୁଚି ? ଅନେକ ମଧ୍ୟରାତ୍ର ଉନ୍ନିଦ୍ର ରହି ମୁଁ ରେଡ଼ିଓର ଉଡ୍ଡୟନ ଆବିଷ୍କାର କରିପାରି ନ ଥିଲି। ତଥାପି ମୁଁ ହାରିଯାଇ ନ ଥିଲି। ମୁଁ ମୋ ବନ୍ଧୁମାନଙ୍କୁ କହିଥିଲି ମଧ୍ୟରାତ୍ରରେ ଆମ ରେଡ଼ିଓରୁ ଗୋଟେ ଖୁବ୍ ବଡ଼ ଆଲୁଅ ଜଳେ। ଜହ୍ନଠୁ ବଡ଼। ସେଇଥିରେ ମୁଁ ମୋର ପଢ଼ାପଢ଼ି କରିଥାଏ।

ଏହା ନବ ଅବିଶ୍ୱାସ କଲା। ଆମ ଭିତରେ ଝଗଡ଼ା ହେଲା ଓ ତାହା ଅପଢ଼ ଭଳି କଥାବାର୍ତ୍ତା ବନ୍ଦ ରହିବା ସ୍ତରରେ ସୀମିତ ରହିଲା କିଛିଦିନ।

ପିଲାମାନଙ୍କ ରେଡ଼ିଓ ଛୁଇଁବା ଉପରେ ବାବା କଟକଣା ଜାରି କରିଥିଲେ। ତଥାପି ବଡ଼ଭାଇ ତା'ର ବଡ଼ ଭାଇପଣିଆର ପରାକାଷ୍ଠା ପ୍ରଦର୍ଶନାର୍ଥେ ତାକୁ ବାବା ବୋଉଙ୍କ ଅବର୍ତ୍ତମାନରେ ଛୁଇଁ ଦେଉଥିଲା। ମୁଁ ଏ ବାବଦରେ ବାବାଙ୍କ ଆଗରେ ବହୁବାର ଅଭିଯୋଗ

ବାଢ଼ିଥିଲି। କିନ୍ତୁ କୌଣସି ସୁଫଳ ମିଳିଲା ନାହିଁ। ବଡ଼ଭାଇ ପ୍ରତି ଦଣ୍ଡବିଧାନ କରିବା ପରିବର୍ତ୍ତେ ବାବା ତା' ପ୍ରତି କୋହଳ ମନୋଭାବ ପୋଷଣ କରିଥିଲେ।

ଏହାର ପ୍ରତିବାଦରେ ମୁଁ ମଧ୍ୟ ରେଡ଼ିଓଟିକୁ ମଧ୍ୟେ ମଧ୍ୟେ ସ୍ପର୍ଶ କରି ଆପଣାର ଗୁରୁତ୍ୱ ଓ ଯୋଗ୍ୟତା ଦେଖାଇବା ଉଚିତ୍ ବୋଲି ଭାବିନେଲି। ମୁଁ ପ୍ରଥମେ ସାନଭାଇ ଓ ସାନ ଭଉଣୀଙ୍କ ସାମ୍ନାରେ ରେଡ଼ିଓଟିକୁ ଛୁଇଁଲି। ଏଥିପାଇଁ ମୋତେ ଗୋଟିଏ ଡେଙ୍ଗା ପିଢ଼ାର ସାହାଯ୍ୟ ନେବାକୁ ପଡ଼ିଥିଲା। ସାନଭାଇ ଓ ସାନ ଭଉଣୀ ହତଚକିତ ହୋଇ ଘଟଣା ପ୍ରତି ବଡ଼ ଭାଇର ଦୃଷ୍ଟି ଆକର୍ଷଣ କରିଥିଲେ। ମୁଁ ବଡ଼ ଭାଇ ସାମ୍ନାରେ ରେଡ଼ିଓକୁ ଛୁଇଁଲି। ବଡ଼ଭାଇ ପ୍ରତି ଏହା ଘୋର ଅପମାନ ଥିଲା। ସେ ଆଉ ପାଦେ ଆଗେଇ ଯାଇ ରେଡ଼ିଓ ଖୋଲିଦେଲା। ମୁଁ ମଧ୍ୟ ଯୁଦ୍ଧଂ ଦେହି ଅବସ୍ଥାରେ ଥିଲି। ମୁଁ ସେଣ୍ଟର ନବ୍‌କୁ ମୋଡ଼ି ଏକ ଅବୋଧ୍ୟ ଭାଷାର କେନ୍ଦ୍ରରେ କଣ୍ଟା ଲଗେଇଦେଲି। ବଡ଼ ଭାଇ ଆଉ ପାଦେ ଆଗେଇଯାଇ ରେଡ଼ିଓକୁ ର୍‍ୟାକ୍ ଉପରୁ ଆଣି ଟେବୁଲ୍ ଉପରେ ଥୋଇଦେଲା। ମୁଁ ରେଡ଼ିଓ ଉପରୁ କନାର ପୋଷାକ ଖୋଲିଦେଲି। ବଡ଼ଭାଇ ଚମଡ଼ାର ଆବରଣ ବାହାର କରିଦେଲା। ମୁଁ ତା'ର ନଟ୍ ସବୁ ଖୋଲିବାରେ ଲାଗିଗଲି।

ଅଚାନକ ବୋଉର ଘଟଣାସ୍ଥଳୀରେ ଆବିର୍ଭୂତି ଘଟିଲା। ସେ ଆମ ଦୁଇ ଜଣଙ୍କୁ ଦୁଇ ତତକଣା ଦେଇ ଘରୁ ନିକାଲି ଦେଲା। ଆମେ ବାହାରେ ଏକ ଅମୀମାଂସିତ ବାହୁଯୁଦ୍ଧରେ ବ୍ୟାପୃତ ରହିଲୁ ସନ୍ଧ୍ୟାଯାଏ।

ଏହିଭଳି ଭାବରେ ରେଡ଼ିଓଟି ଆମ ଘରର ଜଣେ ସକ୍ରିୟ ସଦସ୍ୟ ଭାବରେ ସାମିଲ୍ ହୋଇଗଲା। ଆମେ ଯେତେବେଳେ ବାବାଙ୍କର ସେଇ ଚାକିରୀ ଜାଗା ଛାଡ଼ି ଖରାଛୁଟିରେ ଗାଁକୁ ଯାଉଥିଲୁ ତାକୁ ସାଙ୍ଗରେ ନେଉଥିଲୁ। ଟ୍ରେନ୍ ଓ ଶଗଡ଼ଯାତ୍ରାର ଦୀର୍ଘ ସମୟ ତାକୁ ଆମେ ଚାରି ଭାଇଭଉଣୀ ପାଳିକରି କାନ୍ଧରେ ଝୁଲାଉଥିଲୁ। ଆମେ ଯେତବେଳେ ଛୋଟ ନାଟକ କରୁଥିଲୁ, ତହିଁରେ 'ହାତରେ ରେଡ଼ିଓ ଧରି ଗ୍ରାମବାସୀର ପ୍ରବେଶ' ଭଳି ସିନ୍ ଯୋଡ଼ି ଦେଉଥିଲୁ। ଆମ ଘରକୁ କେହି ଅତିଥି ଆସିଲେ ଚା'କପ୍ ସହ ରେଡ଼ିଓଟି ତାଙ୍କ ପାଖକୁ ଚାଲିଯାଉଥିଲା।

ବଡ଼ଭାଇ ସ୍ୱପ୍ନ ଦେଖୁଥିଲା ରେଡ଼ିଓକୁ ଛାତି ଉପରେ ରଖି ମୁକୁଳା ଆକାଶ ତଳେ ସେ ଚିତ୍ ହୋଇ ଶୋଇଯିବ ଓ ଘୂରେଇଯିବ ପୃଥିବୀର ସବୁ ସେଣ୍ଟର୍। ସେ ସେତେବେଳେ ହିନ୍ଦୀ ସିନେମାର ଗୀତ ବୁଝି ନ ପାରୁଥିଲେ ବି ଶୁଣିବାକୁ ଆରମ୍ଭ କରୁଥିଲା। ମୁଁ ସ୍ୱପ୍ନ ଦେଖୁଥିଲି ରେଡ଼ିଓ ପାଖରେ କାଗଜ କଲମ ଧରି ବସିରହିବି। ସାରା ସମୟ। ଟିପିଯିବି ସବୁ ଗୀତ। ସବୁ ନାଟକ। ସବୁ ବକବାଜି। ସାନ ଭାଇ ସ୍ୱପ୍ନ ଦେଖୁଥିଲା ସେ ରେଡ଼ିଓକୁ ଖୋଲିଦେବ। ତା'ର ସବୁ ଯନ୍ତ୍ରପାତିକୁ ଅଣ୍ଡାଳିଯିବ। ପୁଣି

ଯୋଡ଼ିଦେବ ଯାହା ଯେମିତି ଥିଲା। ସାନ ଭଉଣୀ ସ୍ୱପ୍ନ ଦେଖୁଥିଲା ରେଡ଼ିଓର ପ୍ରତି ଗୀତ ସହ ସେ ସ୍ୱର ମିଳାଇବ ଓ ଖୁବ୍ ଶୀଘ୍ର ଏକନମ୍ବର ଗାୟିକା ବନିଯିବ।

ବର୍ଷ ପରେ ବର୍ଷ ସେମିତି ସ୍ୱପ୍ନ ଭିତରେ ବୁଡ଼ିବୁଡ଼ି ଆମେ ଆବିଷ୍କାର କଲୁ ଆମର ସ୍ୱପ୍ନ ଅଜାଣତରେ କେତେବେଳେ ପାଣିଚିଆ ହୋଇଯାଇଛି। ସମୟ ଏବଂ ଦାୟିତ୍ୱବୋଧ ଆମକୁ ବୟସ୍କ କରିଦେଇଛି। ସେତେବେଳକୁ ରେଡ଼ିଓର ଜମାନା ଗଲାଣି। ତାହା ଫିଙ୍ଗି ହୋଇଯାଇଛି ପଛଘରର ଅନ୍ଧାର ଭିତରକୁ। ଖୁବ୍ ସହଜରେ ତାହା ବାଜୁନାହିଁ। ସେଥିପାଇଁ ତାକୁ ଦୁଇଟା ଚାପଡ଼ା ମାରିବାକୁ ପଡ଼େ। ବ୍ୟାଟେରୀ ତା' ଭିତରେ ପୋଚାହେଇ ବାହାରକୁ ରସ ଉବୁକି ଆସେ। ତା' ଦେହ ସାରା ମଇଳା ଓ ଅଳନ୍ଧୁ। କନାର ଫ୍ରକ୍ ଚିରିଗଲାଣି। ଚମଡ଼ାର ଆବରଣ ହଜିଗଲାଣି କୋଉକାଳୁ। ରେଡ଼ିଓଟାର ସ୍ୱର ଏବେ ଗାଁ ଗାଁ ହଉଛି। ଅନାବଶ୍ୟକ ଘଡ଼ଘଡ଼ ଶବ୍ଦ ମାଡ଼ିବସୁଚି ଅନେକ ସମୟରେ।

ଏବେ ବାବା ରିଟାୟାର୍ କରିସାରିଛନ୍ତି। ଆମେ ସବୁ ଗାଁରେ ଡେରାବାନ୍ଧିଛୁ। ଆମ ଘରେ ଟେଲିଭିଜନ୍ ଅଛି। ଭି.ସି.ଆର୍ ଅଛି। ଶନି ରବିବାର ଆମେ ଗାଁକୁ ଯାଉ। ଟି.ଭି.ରେ ଫିଲ୍ମ ଦେଖୁ। ଭି.ସି.ଆର୍.ରେ କ୍ୟାସେଟ୍ ପକାଉ। ଗାଁରେ ଲୋ ଭୋଲ୍ଟେଜ ପାଇଁ ସାନ ଭଉଣୀ ସାରା ମହଲାର ବିଜୁଳିବତୀ ଲିଭେଇଯାଏ। ଟି.ଭି. ଚାଲିବ ବୋଲି । ତାରି ଭିତରେ ଲିଭିଯାଏ ବାବାଙ୍କ ରୁମ୍‌ର ଆଲୁଅ। ଆମେ ଟେଲିଭିଜନ୍‌ର ରଙ୍ଗୀନ ପର୍ଦ୍ଦା ଉପରେ ସିନେମାର ନାଚଗୀତ ଦେଖୁ। ଘର ତମାମ ବିଛାଡ଼ିହୁଏ ସିନେମା ସଂଗୀତ। ସେତେବେଳେ ବାବା ତାଙ୍କ ରୁମ୍‌ର ଅନ୍ଧାର ଭିତରେ ରେଡ଼ିଓ ଖୋଲନ୍ତି, ଗୋଟାଏ ପରିତ୍ୟକ୍ତ ବୁଜୁଳା ଭଳି ଯାହା ଟେବୁଲ ଉପରେ ମୁହଁମୋଡ଼ି ପଡ଼ିଥାଏ।

ବାବା ସମ୍ବାଦ ଶୁଣିବାକୁ ଚେଷ୍ଟା କରନ୍ତି। ବେଳେ ବେଳେ ସେଣ୍ଟର୍ ଠିକ୍ ଧରେ ନାହିଁ। ବାବା ଯତ୍ନର ସହ ରେଡ଼ିଓକୁ ହଲାହଲି କରନ୍ତି। ଅବଶେଷରେ ଏକ ରୋଗଗ୍ରସ୍ତ ବୃଦ୍ଧର ଯନ୍ତ୍ରଣା ଭଳି ସମ୍ବାଦ ଶୁଣାଯାଏ। କିନ୍ତୁ ସାରା ଘର ଉଚ୍ଛୁଳୁଥିବା ସିନେମାର ସଂଗୀତ ଭିତରେ ରେଡ଼ିଓର ମୁମୂର୍ଷୁ ସ୍ୱର କେଉଁଠି ହଜିଯାଏ।

ମୋର ମନେପଡ଼େ ବାରମ୍ବାର। ବହୁ ବର୍ଷ ତଳର ଚିକ୍‌ମିକ୍ ରେଡ଼ିଓ କଥା। କେମିତି ଯତ୍ନର ସହ ସେ ଶୋଇଯାଉଛି ଖଟର ଶେଯରେ। ବାବା ତାଙ୍କର ପଇଁତିରିଶ ଚାଳିଶ ବର୍ଷର ସୁନ୍ଦର ସ୍ୱାସ୍ଥ୍ୟର ହସ ହସୁଛନ୍ତି ପାଖରେ ବସି। ତାଙ୍କ ହାତରେ ସଫାକନା। ସେ ଆଦରରେ ପୋଛି ଦେଉଛନ୍ତି ରେଡ଼ିଓଟିକୁ।

ମୋର ବେଳେବେଳେ ମନେହୁଏ ବାବା ଆଉ ରେଡ଼ିଓ ଯେମିତି ଏକାଲୋକ। କିମ୍ବା ଖୁବ୍ ପାଖାପାଖି।

■

ଏକ ଚୋରିର କାହାଣୀ

ଆମ ଗ୍ରାମରେ ସେତେବେଳେ ଚୋର ଧରିବା ପାଇଁ ମାତ୍ର ପାଞ୍ଚୋଟି ପଦ୍ଧତି ଅନୁସୃତ ହେଉଥିଲା। ସେଗୁଡ଼ିକ ହେଲେ ଯଥାକ୍ରମେ-ନଖଦର୍ପଣୀ, କୁଲାବୁଲା, କୁଞ୍ଚି କୋଲପ, ସର୍ବଜଣା ଓ ପୋଲିସ୍।

ନଖଦର୍ପଣୀର ପଦ୍ଧତି ଏହିଭଳି। ନଖଦର୍ପଣୀ ବିଦ୍ୟା ହାସଲ କରିଥିବା ଗୁଣିଆ କେବଳ ଏଇ କାମ କରିପାରେ। ସେ ଆପଣା ବୁଢ଼ା ଆଙ୍ଗୁଠିରେ କଳାକଜ୍ଜଳ ଲଗାଇ ଦେବ ଓ ମନ୍ତ୍ରପାଠ କରିବ। ସେଇ କଜ୍ଜଳକଳା ଉପରେ କଳାଧଳା ସିନେମାର ଚିତ୍ର ଭଳି ସମୁଦାୟ ଚୋରିର ଦୃଶ୍ୟ ଓ ଚୋରର ଚିତ୍ରପଟ ଦୃଶ୍ୟ ହେବ। ଏହାକୁ ଦେଖିପାରିବ ଆଠବର୍ଷରୁ କମ ବୟସର ଶିଶୁ। ବାସ୍! ଏହି କ୍ଷୁଦ୍ରାୟତନର ଅସ୍ପଷ୍ଟ ଚିତ୍ରରୁ ହିଁ ଚୋରର ହୁଲିଆ ଜାଣିହେବ। ତେବେ ଅଧିକାଂଶ କ୍ଷେତ୍ରରେ ନଖଦର୍ପଣୀର ଚିହ୍ନଟ ବିଫଳ ହେଉଥିଲା। କାରଣ ଚିହ୍ନଟ କରିବା ଚରିତ୍ରଟି ଥିଲା ନିପଟ ଶିଶୁ।

ଦ୍ୱିତୀୟ ଓ ତୃତୀୟ ପଦ୍ଧତି କୁଲାବୁଲା ଓ କୁଞ୍ଚିକୋଲପ ପ୍ରାୟ ଏକ ରକମର ଥିଲା। କୁଲାବୁଲା ପଦ୍ଧତିରେ ଗୋଟେ ଚାଉଳ ପାଛୁଡ଼ା ନୂଆ କୁଲାର ମୁଣ୍ଡରେ କତୁରୀଟିଏ ଲଗାଇ ଦିଆଯାଉଥିଲା। ତା'ପରେ ମନ୍ତ୍ରପାଠ। କୁଲାକୁ ତାନ୍ତ୍ରିକ ଟେକି ଧରେ। ଏଥର କୁଲା ସାମ୍ନାରେ ସନ୍ଦେହ କରାଯାଉଥିବା ଲୋକମାନଙ୍କର ନାମ ଶୁଣାଇ ଦିଆଯାଏ। ଚୋରି କରିଥିବା ଲୋକର ନାମ ଉଚ୍ଚାରିତ ହେବା ମାତ୍ରେ କୁଲାଟି ମନକୁ ମନ ଘୁରିବାରେ ଲାଗେ।

କୁଞ୍ଚି କୋଲପ କ୍ଷେତ୍ରରେ ବି ସେୟା। ତାନ୍ତ୍ରିକ ମନ୍ତ୍ରପାଠ କରିସାରି କୋଲପକୁ ଟେକିକି ଧରେ। କୁଞ୍ଚିଟି ଲାଗିଥାଏ କୋଲପରେ। ସମ୍ଭାବ୍ୟ ଚୋରମାନଙ୍କ ନାମ ପାଠ

କରାଯାଏ କୋଲପ ସାମ୍ନାରେ । ଚୋରର ନାମ ପଡ଼ିଲେ ହିଁ ଚାବି ମନକୁ ମନ ଘୁରିଯାଏ । ତାଲା ପଡ଼ିଯାଏ ।

ତେବେ ଏଇ ଦ୍ୱିତୀୟ ଓ ତୃତୀୟ ପଦ୍ଧତିରେ ଅସଫଳତା ଥିଲା ବେଶି । କାରଣ ସନ୍ଦେହ କରାଯାଉଥିବା ଲୋକମାନଙ୍କ ତାଲିକାରେ ଚୋରର ନାମ ରହି ନପାରିଲେ ତାକୁ ଧରିବା ମୁସ୍କିଲ ଥିଲା । ତା'ଛଡ଼ା ''ସନ୍ଦେହ କରାଯାଉଛି'' ବୋଲି ଖବର ପାଇଗଲେ ଅନେକ ଲୋକ ଆସି ଚୋରି ହୋଇଥିବା ଲୋକ ସହ ଝଗଡ଼ା କରୁଥିଲେ । ''ତୁ ଆମକୁ ସନ୍ଦେହ କରୁଛୁ ? ତୋର ଏଇ ବୁଦ୍ଧି ?'' ଇତ୍ୟାଦି କହି ଗାଳିଗୁଲଜ କରୁଥିଲେ ।

ଚତୁର୍ଥ ପଦ୍ଧତିଟା ଥିଲା ସର୍ବଜଣା ପାଖକୁ ଯିବା । ଆମ ଗ୍ରାମରେ ନଖଦର୍ପଣୀ, କୁଲାବୁଲା ଓ କୁଞ୍ଚି କୋଲପ ବିଦ୍ୟା ଜାଣିଥିବା ଲୋକଥିଲେ । ମାତ୍ର ସର୍ବଜଣା ନଥିଲେ । ଦୂର ଏକ ଗ୍ରାମରେ ଥିଲା ଜଣେ ସର୍ବଜଣା । ତାକୁ ପୂର୍ବଦିନ ରାତିରୁ ଯୋଗାଯୋଗ କରିବାକୁ ପଡୁଥିଲା ଓ ତାର ପାଉଣା ଦେବାକୁ ହେଉଥିଲା । ସେ ସୂର୍ଯ୍ୟୋଦୟ ପୂର୍ବରୁ ତାର ପୂଜାପାଠ ଆରମ୍ଭ କରୁଥିଲା । ପୂଜାପାଠ ସରିବା ପରେ ତାକୁ ପୁଣିଥରେ ଭେଟିବାକୁ ପଡୁଥିଲା ଓ ପ୍ରଶ୍ନ ପଚାରିବାକୁ ପଡୁଥିଲା । ଉତ୍ତରରେ ସେ ଚୋରର ବର୍ଣ୍ଣନା ଦେଉଥିଲା । ତେବେ ସେ ଚୋରର ନାମ କହୁ ନଥିଲା । ବରଂ ଚୋରର ଉଚ୍ଚତା, ଚେହେରା ଓ ''ସେ କଣ କରେ'' ଇତ୍ୟାଦି ସଂପର୍କରେ ସୂଚନା ଦେଉଥିଲା । ସେଇ ସୂଚନାକୁ ଆଧାର କରି ଚୋରକୁ ଧରିବାକୁ ହେଉଥିଲା । ଯାହା ଅନେକ କ୍ଷେତ୍ରରେ ସଫଳ ହୋଇପାରୁ ନଥିଲା ।

ପଞ୍ଚମ ପଦ୍ଧତିଟା ଥିଲା ପୋଲିସର ସାହାଯ୍ୟ ନେବା । ଏଇ ପଞ୍ଚମ ପଦ୍ଧତିଟା ଜମା ଆଦୃତ ନଥିଲା ଆମ ଅଞ୍ଚଳରେ । କାରଣ ଲୋକମାନେ ଜାଣି ସାରିଥିଲେ ଯେ ପୋଲିସ୍ ପାଖକୁ ଗଲେ ଚୋରତ ଧରାପଡ଼ିବ ନାହିଁ ବରଂ ଅନେକ ଝମେଲାରେ ପଡ଼ିବାକୁ ହେବ । ପଇସାପତ୍ର ବି ଢ଼େର ଖର୍ଚ୍ଚ ହେବ । ତା'ଛଡ଼ା ଥାନାଟା ଥିଲା ଦୂରରେ ।

ତେଣୁ ଯେତେବେଳେ ସୋମନାଥ ମହାରଣାର ଧାନବିଲରୁ ସମୁଦାୟ କଳେଇ ଚୋରି ହୋଇଗଲା ଓ ସେ ଗ୍ରାମବାସୀମାନଙ୍କ ଆଗରେ ଫେରାଦି ହେଲା, ସେତେବେଳେ ଗ୍ରାମବାସୀମାନେ ମିଳିତ ସିଦ୍ଧାନ୍ତ ନେଲେ ଯେ ଏଇ ଚୋରିଟି ପକଡ଼ିବା ପାଇଁ ଖଟିଆ ଅଣାଯିବ । କାରଣ ଯା ପୂର୍ବରୁ ଗାଁରେ ଯେତେ ଯେତେ ଚୋରି ହୋଇଥିଲା ସେ ସବୁ ଥିଲା ଛୋଟକାଟିଆ ଚୋରି । କିନ୍ତୁ ଏଟା ଥିଲା ଗୁରୁତ୍ୱପୂର୍ଣ୍ଣ । ଅନୁସୃତ ହୋଇ ଆସୁଥିବା ପଦ୍ଧତିରେ ଅନେକ ସମୟରେ ଚୋର ଧରା ପଡୁ ନଥିଲେ । ତେଣୁ ଖଟିଆ ଅଣାଯିବ ଓ ସମସ୍ତଙ୍କ ସାମ୍ନାରେ ହିଁ ଚୋରକୁ ଧରାଯିବ ।

ଆମ ଗାଁକୁ ଖଟିଆ ଆସିବା ସେଇଥିଲା ପ୍ରଥମ ଓ ଖଟିଆ ମାଧ୍ୟମରେ ଯେ ଚୋର ଧରାଯାଇପାରେ, ସେପରି ଶୁଣିବା ଆମ ପାଇଁ ଥିଲା ନୂତନ କଥାଟେ।

ସୋମନାଥ ମହାରଣା ଗ୍ରାମସଭାରେ ଆବଶ୍ୟକୀୟ ଟଙ୍କା ଦାଖଲ କଲା ଓ ଗ୍ରାମର ଦୁଇଜଣ ପ୍ରତିନିଧି ଖଟିଆବାଲା ସହିତ କଥାବାର୍ତ୍ତା କରିବା ପାଇଁ ନୟାଗଡ଼ ଆଡ଼େ ଯାତ୍ରା କଲେ। ସେଇସବୁ ଦିନ ଆମ ଶିଶୁମାନଙ୍କ ପାଇଁ ଥିଲା ବେଶ୍ ରୋମାଞ୍ଚକର। ଗାଁ ଲୋକମାନେ ଏଠି ସେଠି ଖଟିଆ ସଂପର୍କରେ ଆଲୋଚନା କରୁଥିଲେ। ଆମେ ଶିଶୁମାନେ ସେଇ ଆଲୋଚନାଠୁ ଦୂରରେ ଠିଆ ହୋଇ ସବୁ ଶୁଣୁଥିଲୁ ଓ ଆମୋଦିତ ହେଉଥିଲୁ। ଆମ ଭିତରୁ କେତେଜଣ ସୋମନାଥ ମହାରଣାର ଘର ସାମ୍ନାରେ ଟହଲ ମାରୁଥିଲେ। ସେ ଯେତେବେଳେ ଘରୁ ବାହାରୁଥିଲା, ତା ପଛେ ପଛେ ଯାଉଥିଲେ। ବାଟରେ କେହି ବୟସ୍କଲୋକ ସୋମନାଥ ମହାରଣା ସହିତ ଭେଟ ହେଲେ ଓ ଗପସପ ହେଲେ, ଆମ ଶିଶୁଦଳର ସଦସ୍ୟମାନେ ପାଖକୁ ଲାଗି ଆସୁଥିଲେ ଓ ସେମାନଙ୍କ ଆଲୋଚନାରୁ ଖଟିଆ ସଂପର୍କରେ ତଥ୍ୟ ଆହରଣ କରୁଥିଲେ।

ସୋମନାଥ ମହାରଣା ଯେଉଁଆଡ଼େ ଯାଉଥିଲେ, ତାଙ୍କଠୁ ସମଦୂରତାରେ ଚାଲିଥିଲା ଆମ ମାନଙ୍କର ଶୋଭାଯାତ୍ରା। ଏକଥା ସୋମନାଥ ମହାରଣା ଜାଣିପାରୁଥିଲା ଓ ଥରେ ଦି'ଥର ଗାଳି ଦେଇଥିଲା। ଥରେ ପଛକୁ ବୁଲିପଡ଼ି ବାଡ଼ି ଉଞ୍ଚାଇ ମାରିବାକୁ ଗୋଡ଼େଇ ଥିଲା। କିନ୍ତୁ ଆମେ ଏଥିରେ ଆଦୌ ଅପମାନିତ ବୋଧ କରିନଥିଲୁ। କାରଣ ଖଟିଆ ସଂପର୍କରେ ଜ୍ଞାନ ଆହରଣ କରିବା ଆମପାଇଁ ସେତେବେଳେ ଚରମ ଓ ପରମ କର୍ତ୍ତବ୍ୟ ଭଳି ମନେ ହୋଇଥିଲା।

ଥରେ ରାଗିଯାଇ ସୋମନାଥ ମହାରଣା କହିଥିଲା: ଆରେ ଶଳାଏ ! ମୁଁ ଏବେ ଝାଡ଼ା ଯାଉଚି। ତମେ ମୋ ପଛରେ ଆସୁଚ କାହିଁକି ? ଝାଡ଼ା ଦେଖିବ ?

ଆମ ଶିଶୁଦଳର ଉତ୍ସାହୀ ଡ଼ିଟେକ୍ଟିଭମାନେ ଦୌଡ଼ି ପଳାଇ ଯାଇଥିଲେ।

ସେଇ ରକମ ଗ୍ରାମର ମୁଖିଆ ଲୋକମାନଙ୍କ ଘରସାମ୍ନାରେ ମଧ୍ୟ ଆମର ପ୍ରତିନିଧି ମୁତୟନ ହୋଇଥିଲେ। ଉଦ୍ଦେଶ୍ୟ ଖଟିଆ ସଂପର୍କରେ ଖବର ସଂଗ୍ରହ କରିବା। ଆମେ ସ୍କୁଲରେ ଏକାଠି ହେଉଥିଲୁ ଓ ଖଟିଆ ସଂପର୍କରେ ଆଧାରିତ ତଥ୍ୟ ନିଜ ନିଜ ଭିତରେ ବାଣ୍ଟି ପକାଉଥିଲୁ।

ସଦ୍ୟ ସଂଗୃହୀତ ଜ୍ଞାନକୁ ଭିତ୍ତି କରି ଯୋଗିଆ କହିଥିଲା: ଖଟିଆଟା ଆକାଶ ମାର୍ଗରେ ଖାଲି ଉଡ଼ିବ। ଚୋରକୁ ଠାବ କରିବା ମାତ୍ରେ ତା'ଉପରେ ମାଡ଼ି ବସିବ।

ନବ ଏ କଥାର ପ୍ରତିବାଦ କଲା। କହିଲା: ଉଡ଼ିବ ଯେ ! ହେଲେ ମନକୁ

ମନ ନୁହେଁ। ତାର ଚାରି କୋଣରେ ବନ୍ଧା ହେବେ ଚାରିଟା ଗଞ୍ଜା। ସେଇମାନେ ଉଡ଼ାଇ ନେବେ। ମୁଁ ନିଜେ ଦେଖିଚି ଚାରିଟା କୁକୁଡ଼ା ପାଇଁ ଭୋଲି ନାୟକକୁ ବହିଣା ଦିଆ ହେଇଚି।

ଗିରିଧାରୀ କହିଲା: ନା ! ନା ! ସେ କୁକୁଡ଼ା କେବଳ ବଳି ପଡ଼ିବ। ପ୍ରକୃତରେ ଖଟିଆର ଚାରିକୋଣରେ ଥୁଆ ହେବ ଚାରିଟା ଅଣ୍ଡା। ସେ ଅଣ୍ଡା ଫୁଟି ଛୁଆ ବାହାରିବ। ସେ ଛୁଆ ତତ୍‌କ୍ଷଣାତ୍ ବଡ଼ ହୋଇଯିବେ ଓ ଖଟିଆକୁ ଉଡ଼େଇ ନେବେ।

ମୁଁ ପଚାରିଲି: ଅଣ୍ଡା ଫୁଟିବା ମାତ୍ରେ କ'ଣ ଚିଆଁ ଗୁଡ଼ାକ ବଡ଼ ହୋଇଯିବେ ?

ବିଶିଆ ମନ୍ତବ୍ୟ ଦେଲା: ହେବେ ! ହେବେ ! ଅଲବତ୍ ହେବେ ! ଏସବୁ ଗୁଣୀ ବଳରେ ହେବ।

ଆମ ସମସ୍ତଙ୍କର ଆଖି ସାମ୍ନାରେ ଭାସି ଉଠିଲା ସେଇ ଅଭାବିତ ଦୃଶ୍ୟ। ଅଣ୍ଡାଫୁଟି ବାହାରି ଆସୁଥିବା ଚିଆଁମାନେ ମୁହୂର୍ତ୍ତକ ମଧ୍ୟରେ ବଡ଼ କୁକୁଡ଼ାରେ ପରିଣତ ହୋଇଯାଉଛନ୍ତି ଓ କୁହୁକ ଗାଲିଚା ଭଳି ଗୋଟେ ରଙ୍ଗୀନ ଖଟିଆକୁ ଉଡ଼େଇ ନେଇଯାଉଛନ୍ତି ଦିଗ୍‌ବଳୟର ଆରପାରିକୁ, ଆମେ ଦୃଶ୍ୟଟିକୁ କଳ୍ପନା କରି ବିମୋହିତ ହୋଇଗଲୁ।

ଖଟିଆ ଅଣାଯିବାର ଦିନ ଯେତେଯେତେ ପାଖ ହୋଇଆସୁଥିଲା, ଆମେମାନେ ସେତେ ସେତେ ରୋମାଞ୍ଚିତ ହେଉଥିଲୁ। ହଠାତ୍ ଖବର ମିଳିଲା ଖଟିଆ ଆସିବାର ସାତଦିନ ଆଗରୁ ଗାଁସାରା ଆମିଷ ଭକ୍ଷଣ ନିଷିଦ୍ଧ। ସମସ୍ତେ ଅରୁଆ ଖାଇବାକୁ ବାଧ୍ୟ। ଆମେମାନେ ଆତଙ୍କିତ ହୋଇପଡ଼ିଥିଲୁ। ମାତ୍ର ଖବରଟିକୁ ଖଣ୍ଡନ କଲା ପାଣୁଆ। କହିଲା: ଯୋଉମାନେ ଖଟିଆ କାନ୍ଧେଇବେ କେବଳ ସେଇମାନେ ହିଁ ଅରୁଆ ଖାଇବେ ! ମୁଁ ପଚାରିଲି: ଖଟିଆକୁ ତ କୁକୁଡ଼ା ଉଡ଼େଇବେ, ଏ ଲୋକମାନେ ଖଟିଆ କାନ୍ଧେଇବେ କାହିଁକି ? ପାଣୁଆ ଉତ୍ତର ଦେଲା: ଆଖି ଛୁଉଁଚି ! ମୁଁ ବାପାଙ୍କ ମୁହଁରୁ ଶୁଣିଚି। ଚାରିଜଣ ଲୋକ ନୂଆ ଲୁଗା ପିନ୍ଧିବେ। ସାତଦିନ ଅରୁଆ ଖାଇ ଚଳିବେ। ସେଇମାନେ ଖଟିଆ କାନ୍ଧେଇବେ।

ପାଣୁଆର ନୂତନ ତଥ୍ୟକୁ ସମର୍ଥନ କଲା ସନିଆ।

କହିଲା: ଖଟିଆ ଉପରେ ବସିବ ନାଲି ଲୁଗାପିନ୍ଧା ଗୁଣିଆ। ସେ ମନ୍ତ୍ର ପଢ଼ିବ। ତା'ପରେ ଯାଇ ଖଟିଆ ଆକାଶରେ ଉଡ଼ିବ।

ମୁଁ ଭାବିଲି ହୋଇପାରେ। କାରଣ ଗୁଡ଼ିଟା ଯେମିତି ମନକୁ ମନ ଆକାଶକୁ ଉଡ଼ିଯାଏ ନାହିଁ। ତାକୁ କିଛି ଦୂରରୁ ଆକାଶକୁ ଠେଲିଦେବାକୁ ହୁଏ, ଖଟିଆକୁ ମଧ୍ୟ ସେମିତି ଆକାଶ ଆଡ଼କୁ ଠେଲି ଦେବାକୁ ହେବ ପରା। ମୁଁ ଏଇ ନୂତନ ତଥ୍ୟକୁ ପ୍ରାସଙ୍ଗିକ ମନେକଲି।

ମୋତେ ଟିକିଏ ଦୂରକୁ ଡାକି ନେଲା ଯୋଗିଆ।

ମୁଁ ପଚାରିଲି: କ'ଣ କହିବୁ?

ଯୋଗିଆ କହିଲା: ମୋତେ ଭାରି ଡର ଲାଗୁଛି!

ମୁଁ ପଚାରିଲି: କାହିଁକି? ତୁ କ'ଣ ସୋମନାଥ ମହାରଣାର କଳେଇ ଚୋରି କରିଛୁ?

ସେ କହିଲା: ନା।

ମୁଁ ପଚାରିଲି:ତେବେ ଏତେ ଡରୁଛୁ କାହିଁକି ?

ସେ କହିଲା: ମୁଁ ଶୁଣୁଚି ଖାଲି ସୋମନାଥ ମହାରଣାର କଳେଇ ଚୋରି କଥା ନୁହେଁ, ଏବେ ଏବେ ଯେତେ ଚୋରି ହୋଇଚି ସବୁ କଥା ପଡ଼ିବ ଖଟିଆ ସାମ୍ନାରେ।

ମୁଁ କହିଲି: ତ' କ'ଣ ହେଲା?

ଯୋଗିଆ କାନ୍ଦ କାନ୍ଦ ଦିଶିଲା।

କହିଲା: ମୁଁ ସ୍କୁଲ ଗଛରୁ ଦି'ଟା ପଇଡ଼ ତୋଳିକି ଖାଇ ଦେଇଚି। ଯଦି ହେଡ୍‌ମାଷ୍ଟ୍ରେ ଖଟିଆ ଆଗରେ କଥାଟା ପକେଇ ଦିଅନ୍ତି! ମୋ ଅବସ୍ଥା କ'ଣ ହେବ?

ଯୋଗିଆ କଥାଟା ଶେଷ କରୁ କରୁ କାନ୍ଦି ପକେଇଲା। ମୁଁ ବି ଚିନ୍ତାଶୀଳ ଦିଶିଲି। ବହୁତ ଭାବିଚିନ୍ତି କହିଲି: ସେମିତି ହେଲେ ବହୁତ ପିଲା ଧରା ହେବେ! ତୁ ଭୟ କରନା। ଯୋଗିଆ କାନ୍ଦି କାନ୍ଦି କହିଲା: କିନ୍ତୁ ମୁଁ ତ ଏବେ ଖାଇଚି ନା! ଆଗ ଧରା ପଡ଼ିଯିବି । ନିଶ୍ଚେ ଧରାପଡ଼ିଯିବି!

ମୁଁ କହିଲି: ତୁ କୁଆଡ଼େ ଗୋଟେ ପଳା!

ଯୋଗିଆ ଅସହାୟ ସ୍ୱରରେ କହିଲା: କୁଆଡ଼େ ଯିବି?

ମୁଁ ଉପଦେଶ ଦେଲି: କୋଉ କୁଣିଆ ଘରକୁ ପଳା। ଖଟିଆ ଗଲାପରେ ଆସିବୁ।

ଯୋଗିଆ ଆଶ୍ୱସ୍ତ ଦିଶିଲା।

ଖଟିଆ ଆସିବା ଦିନ ଆମେ ସ୍କୁଲରୁ କେମିତି ଠକି କି ରହିବୁ ସେଇକଥା ଯୋଜନା କରୁଥିଲୁ। ସୌଭାଗ୍ୟକୁ ସେଦିନ ପଡ଼ିଲା ଶନିବାର। ସ୍କୁଲରେ ସାର୍‌ମାନେ ମଧ୍ୟ ଅପେକ୍ଷାକୃତ ଉଦାର ଦିଶିଥିଲେ। କାରଣ ସେମାନେ ବି ଖଟିଆ ଦେଖିବାର ଆଗ୍ରହ ଜାରି ରଖିଥିଲେ। ତେଣୁ ସ୍କୁଲକୁ ପ୍ରଥମ ପିରିୟଡ୍ ପରେ ପରେ ହିଁ ଛୁଟି କରିଦିଆଗଲା। ଆମେ ଧାଇଁଲୁ ଘଟଣାସ୍ଥଳୀକୁ।

ଗାଁର ମଝି ମଝିଆ ଗୋଟେ ଜାଗାରେ ଖଟିଆ ପୂଜା ହେଉଥିଲା। ଆମେ ଘଟଣାସ୍ଥଳରେ ପହଞ୍ଚି ଦେଖିଲୁ ଖଟିଆ ଦେଖିବା ପାଇଁ ପ୍ରବଳ ଜନସମାଗମ ହୋଇଛି।

ସତେ ଯେମିତି ଯାନିଯାତ୍ରା ବା ମେଳଣ। ଗୋଟେ ପୁରୁଣା ଦଉଡ଼ିଆ ଖଟିଆ ଥୁଆ ହୋଇଛି ଗାଁ ଦାଣ୍ଡରେ। ଟିକିଏ ଦୂରରେ ଗୋଟେ ଦୁର୍ବଳିଆ ଦାଢ଼ିବାଲା ଲୋକ ବସି ମନ୍ତ୍ରପାଠ କରୁଛି। ମୁଁ ଟିକିଏ ହତାଶ ହୋଇଗଲି। କାରଣ ମୋର ଧାରଣା ଥିଲା ଯେ ମଖମଲି ଶେଯ ପରା ହୋଇଥିବା ଗୋଟେ ସିଂହାସନ ମାର୍କା ଦାମିକା ଖଟ ସେଠି ପକାହେବ। ତାନ୍ତ୍ରିକ ଗୋଟେ ବଳିଷ୍ଠ ଦୀର୍ଘକେଶୀ ଲୋକ ହୋଇଥିବା ଆବଶ୍ୟକ। ମୁଁ ମନେ ମନେ ଟିକେ ଅସନ୍ତୁଷ୍ଟ ହେଲି ଓ ବାସ୍ତବ ସତ୍ୟକୁ ଗ୍ରହଣ କରିନେଲି।

ଖଟିଆର ଆଖପାଖରେ ନୂଆଲୁଗା ପିନ୍ଧିଥିବା ଦଶବାରଜଣ ଆତଯାତ ହେଉଥିଲେ ଓ ଗାଁର ମୁଖିଆ ଲୋକମାନେ ଅପେକ୍ଷାକୃତ ପରିଷ୍କାର ଦିଶୁଥିଲେ ନିଜ ନିଜର ପୋଷାକ ଓ ଚେହେରାରେ।

ପାଣୁଆ ମୋତେ ଚିହ୍ନାଇ ଦେଲା। ଦାଢ଼ିବାଲାଟା ହେଲା ଗୁଣିଆ। ନୟାଗଡ଼ ସାଇଡ଼ରୁ ଆସିଚି। ଏଇ ଚୋରି ଧରିବା ପାଇଁ ସେ ନେବ ଦି' ହଜାର ଟଙ୍କା। ଯୋଉ ଦଶବାର ଜଣ ଲୋକ ନୂଆ ଲୁଗାପିନ୍ଧି ବୁଲୁଛନ୍ତି ସେମାନେ ସାତ ଦିନ ହେଲା ଅରୁଆ ଖାଇକି ଅଛନ୍ତି। ସେଇମାନେ ହିଁ ଖଟିଆ କାନ୍ଧେଇବେ।

ଗୁଣିଆ ମନ୍ତ୍ର ପାଠ କରୁଥିଲା। ଅରୁଆ ଚାଉଳ, ଦୁବ, ବରକୋଳି ପତ୍ର ସିନ୍ଦୂର ହଳଦୀ ଇତ୍ୟାଦି ବୃଷ୍ଟି କରୁଥିଲା ଖଟିଆ ଉପରେ। ଚାରିଟା କୁକୁଡ଼ାଙ୍କୁ ମାରି ଖଟିଆର ଚାରିକୋଣରେ ରକ୍ତ ଦିଆଗଲା। ମଲା କୁକୁଡ଼ାମାନଙ୍କୁ ଫିଙ୍ଗି ଦିଆଗଲା ଦୂରକୁ। ଖଟିଆର ଚାରି ଖୁରାରେ ଛେଚାହେଲା ଚାରିଟି ଅଣ୍ଡା।

ମୁଁ ପାଣୁଆକୁ ପଚାରିଲି: ଏ ମଲା କୁକୁଡ଼ାକୁ କିଏ ନେବେ?

ପାଣୁଆ କହିଲା: ଏ କୁକୁଡ଼ାକୁ ଖାଇ ହେବନି। ମନ୍ତ୍ର ବଳରେ ତା' ଦେହରୁ ସବୁ ରକ୍ତ ମାଂସ ଚାଲିଯାଇଛି। ଏବେ କେବଳ ଖୋଳପାଟା ଯାହା ଅଛି।

ମୁଁ କୁକୁଡ଼ା ପାଖକୁ ଯାଇ, ତାକୁ ଛୁଇଁ ପାଣୁଆ କଥାର ସତ୍ୟାସତ୍ୟ ଅନୁସନ୍ଧାନ କରିପାରିଲିନି। ଭୟ ଲାଗିଲା।

ଏଥରକ ଗୁଣିଆ ଠିଆ ହେଲା, ଆକାଶକୁ ଚାହିଁ ଅଦୃଷ୍ଟ ଦେବୀଙ୍କୁ ପ୍ରଣାମ କଲା। ଆବାହନ କଲା। ନିର୍ଦ୍ଦେଶ ଦେଲା। ଚାରିଜଣ ନୂଆ ଲୁଗାପିନ୍ଧା ଲୋକ ଖଟିଆକୁ କାନ୍ଧେଇଲେ । ଗୁଣିଆ ଆପଣା ଅଣ୍ଟିରେ ଧରିଥାଏ କିଛି ଅରୁଆ ଚାଉଳ। ତା' ପଛେ ପଛେ ସୋମନାଥ ମହାରଣାର ପୁଅ ଚାଉଳ ବାଉଁଶିଆଟାଏ ଧରି ଠିଆ ହୋଇଥାଏ।

ଗୁଣିଆ କିଛି ହଳଦୀମିଶା ଅରୁଆ ଚାଉଳ ଛାଟି ଦେଲା ଭୂମିରେ ଏବଂ ଚିତ୍କାର କଲା: ଚାଲ୍!

ଏଥର ଚାରିଜଣ ଲୋକ ଆଗେଇଲେ। ସେମାନଙ୍କ କାନ୍ଧରେ ଖଟିଆ। ଏଇ ଯିବାଟାକୁ ଜନତା କହିଲେ ଖଟିଆ ଯାଉଚି। ଚାରିଜଣ ଲୋକ ଖଟିଆ ବୋହି ନେଉଛନ୍ତି ବୋଲି କେହି କହିଲେ ନାହିଁ। ଆସ୍ତେ ଆସ୍ତେ ଖଟିଆର ଗତି ବଢ଼ିଲା। ଦର୍ଶକ ସଂଖ୍ୟା ଯା' ଭିତରେ ଆଶାତୀତ ଭାବରେ ବୃଦ୍ଧି ପାଇଥିଲା। ଖଟିଆ ସେଇ ଲୋକ ଗହଳି ଭିତରେ ଦିଶାହୀନ ତରୀ ଭଳି ବୁଲିବାକୁ ଲାଗିଲା। କେବେ ଏପଟକୁ ଧାଇଁଯାଏ ତ କେବେ ସେପଟକୁ । ଲୋକମାନେ କିଲିବିଲି ହୋଇ ଦଉଡୁଥାନ୍ତି। ଆମେ ବି ଧାଇଁ ଧାଇଁ ଅଣନିଃଶ୍ୱାସୀ ହୋଇଯାଇଥାଉ। ହୋ ହଲ୍ଲାରେ ଭରିଥାଏ ବାୟୁମଣ୍ଡଳ।

ଗୁଣିଆ ଘୋଷଣା କଲା: ଚୋର ଏଇ ଲୋକମାନଙ୍କ ଭିତରେ ଅଛି !

ମୋ ଛାତିରେ ଧଡ଼୍ କରି ହେଲା। ଚୋର ଆମରି ଭିତରେ ଅଛି ! ଅଥଚ ଆମେ ତାକୁ ଜାଣୁନା ! ତା'ର ସାହସ ତ କିଛି କମ୍ ନୁହେଁ ! କିଏ ? କିଏ ହୋଇପାରେ ଲୋକଟା ? ମୁଁ ସବୁ ଲୋକଙ୍କ ମୁହଁକୁ ବଲ ବଲ କରି ଚାହିଁଲି।

ଜଣେ ନେତୃସ୍ଥାନୀୟ ଲୋକ ଭ୍ରମର ବିଶ୍ୱାଳ ଘୋଷଣା କଲେ: ଦୟାକରି ଲୋକମାନେ ଦଉଡ଼ାଦଉଡ଼ି କରନ୍ତୁ ନାହିଁ। ଗୋଟିଏ ଜାଗାରେ ସ୍ଥିର ହୋଇ ରୁହନ୍ତୁ। ନୋହିଲେ ଚୋର ଧରିବାକୁ କଷ୍ଟ ହେବ।

କେତେଜଣ ସ୍ୱେଚ୍ଛାସେବକ ବାହାରି ଆସିଲେ ଆପେ ଆପେ। ଲୋକମାନଙ୍କୁ ଶାନ୍ତ କଲେ। ଏଥର ଲୋକମାନେ ସ୍ଥିର ହୋଇ ଠିଆ ହେଲେ। ଆମେ ଛୁଆମାନେ ବଡ଼ ଲୋକଙ୍କ ପଛପଟେ ଲୁଚି ରହିଲୁ। ଲୁଚିକି ପ୍ରତ୍ୟକ୍ଷ କରିବାରେ ଲାଗିଲୁ ଏଇ ବିସ୍ମୟକର ନାଟକକୁ। ଏଥର ଖଟିଆ ଚାରିଲୋକଙ୍କ ସାହାରାରେ ଆଗେଇଲା ଓ ଜଣେ ଲୋକ ଦେହରେ ଘଷି ହୋଇ ରହିଲା।

ଗୁଣିଆ ସଗର୍ବେ ଜଣାଇ ଦେଲା: ଏଇ ହେଉଚି ଚୋର !

ଆମେ ସମସ୍ତେ ଚୋର ମୁହଁକୁ ଚାହିଁଲୁ। ସେ ଥିଲା ଶିବ ପଣ୍ଡା। ସେ ବି ଜଣେ ମାମଲତକାରିଆ ଲୋକ। ବଜାର ଉପରେ ଛୋଟକାଟିଆ ଲୁଗା ଦୋକାନଟେ କରିଛି। ତା'ର ଗୋଟେ ପୁଅ ଆମ ତଳ ଶ୍ରେଣୀରେ ବି ପଢ଼େ। ଏଇ ତେବେ ଚୋର ? ଏତେ ଭଦ୍ରଲୋକ ବୋଲି ମନେହେଉଥିବା ଲୋକଟା ତେବେ ସୋମନାଥ ମହାରଣାର ଧାନ ଚୋରି କରିଥିଲା।

ଆମେ ଆଶା କରୁଥିଲୁ ଧରାପଡ଼ିଯିବା ପରେ ଲୋକଟିର ମୁହଁ କଳା ପଡ଼ିଯିବ ସେ କାନ୍ଦି ପକେଇବ ଏବଂ ସମ୍ମିଳିତ ଜନତା ତାକୁ ମାଡ଼ି ବସିବେ। କିମ୍ବା ବାନ୍ଧି ପକେଇବେ। ମାଡ଼ ଦୁଇ ଚାରିଟା ମଧ୍ୟ ହୋଇଯାଇପାରେ। ମାତ୍ର ସେପରି କିଛି ଘଟିଲା ନାହିଁ। ବରଂ ଲୋକଟି ହସିବାକୁ ଲାଗିଲା।

ଏତିକିବେଳେ ନେତୃସ୍ଥାନୀୟ ବ୍ୟକ୍ତି ଭ୍ରମର ବିଶ୍ୱାଳ ସମ୍ମିଳିତ ଲୋକଙ୍କୁ ଭାଷଣଟିଏ ଦେବାର ସୁଯୋଗ ପାଇଥିଲେ। ସେ ସୁଯୋଗର ଅସଦ୍‌ବ୍ୟବହାର କଲେ ନାହିଁ। କହିଲେ ଯେ ଏଇ ପ୍ରଥମ କେସ୍‌ଟା ଥିଲା ପରୀକ୍ଷାମୂଳକ। ପ୍ରକୃତରେ ଖଟିଆ ଚୋର ଧରିପାରୁଛି କି ନାହିଁ ତା'ର ଗୋଟେ ପରୀକ୍ଷା। ଶିବପଣ୍ଡା ଗାଁର ମାମଲତକାରମାନଙ୍କ ଜ୍ଞାତସାରରେ ହିଁ ବନାପଣ୍ଡାର ଗୋଟେ ଲଙ୍ଗଳ ଚୋରି କରିଥିଲା। ଏବେ ଗୁଣିଆକୁ ସେଇ ଲଙ୍ଗଳ ଚୋରିର ସମାଧାନ କରିବାକୁ କୁହାଗଲା ଓ ଖଟିଆ ଶିବ ପଣ୍ଡାକୁ ଚିହ୍ନଟ କଲା। ଏଥିରୁ ପ୍ରମାଣିତ ହେଲା ଯେ ଖଟିଆର ପ୍ରକୃତରେ ଚୋର ଧରିବାର କ୍ଷମତା ଅଛି।

ଯଦିଓ ଏଇ ପ୍ରଥମ ପରୀକ୍ଷାରେ ଖଟିଆ କୃତିତ୍ୱର ସହ ଉତ୍ତୀର୍ଣ୍ଣ ହୋଇଗଲା। ଗୁଣିଆ କିନ୍ତୁ ଖୁସି ଜଣାଗଲା ନାହିଁ। ସେ କହୁଥିବାର ଶୁଣାଗଲା: ମତେ ପୁଣି ପରୀକ୍ଷା।! ମୋ ଖଟିଆକୁ ପୁଣି ପରୀକ୍ଷା ! ହଉ ଠିକ୍ ଅଛି। ଗୁଣିଆକୁ କେତେ ଜଣ ନେତୃସ୍ଥାନୀୟ ବ୍ୟକ୍ତି ବୁଝାଉଥିବାର ଦେଖାଗଲା ଏବଂ ଏଇ ସମୟରେ ଖଟିଆ କାନ୍ଧେଇଥିବା ଲୋକମାନେ ବଦଳିଲେ। ଆଉ ଚାରିଜଣ ନୂଆଲୋକ ଖଟିଆ କାନ୍ଧେଇଲେ।

ଖଟିଆ କାନ୍ଧେଇବାର ସଦ୍ୟ ଅନୁଭୂତି ଅର୍ଜନ କରି ସାରିଥିବା ଏଇ ଚାରିଜଣ ଲୋକଙ୍କ ଚାରିପଟେ ଗଢ଼ି ଉଠିଲା ଉତ୍ସାହୀ ଜନତାଙ୍କ ବୃତ୍ତ। ଜନତା ସେମାନଙ୍କୁ ସେମାନଙ୍କର ଅଭିଜ୍ଞତା ସଂପର୍କରେ ଗୁଡ଼େଇ ତୁଡ଼େଇ ପ୍ରଶ୍ନ କରୁଥିଲେ। ମୁଁ ଗୋଟେ ବୃତ୍ତ ଭିତରେ ଗଳିଗଲି ଓ ସାମ୍ନାରେ ବାହାରିଲି। ପ୍ରତ୍ୟକ୍ଷ ଅଭିଜ୍ଞତାରୁ କିଛି ଶୁଣିଲି। ଯୁବକ ଶୁଣାଉଥିଲେ ଏହିପରି - ପ୍ରକୃତରେ ଆମେ ଧାଉଁଥିଲୁ ସିନା, ହେଲେ ଆମର କିଛି ନ ଥାଏ। ଖଟିଆ ହିଁ ଟାଣିନିଏ। ଆମର ଖାଲି ଚାଲିବା କଥା। ପ୍ରକୃତରେ ଖଟିଆର ମନ୍ତ୍ର ଶକ୍ତି ଅଛି। ମିଛ ନୁହେଁ। ଖଟିଆ କଥା ସତ।

ଏଇ ସବୁ ଦୃଶ୍ୟ ଶୁଣୁଥିବା ବେଳେ ହିଁ ଦେଖିଲି ସେଠି ଯୋଗିଆ ଠିଆ ହେଇଚି। ଯିଏ ସେଦିନ ସ୍କୁଲ ଯାଇ ନ ଥିଲା ଓ ମୋର ପରାମର୍ଶ ମୁତାବକ କୁଣିଆ ଘରକୁ ଚାଲିଯିବାର ଥିଲା। ଅଥଚ ଏବେ ସେ ନିର୍ଭୟରେ ଜନଗହଳି ଭିତରେ ଘୁରୁଛି। ମୁଁ ତା'ର ହାତକୁ ଖପ୍‌କିନା ଧରିପକାଇଲି।

ପଚାରିଲି: କିରେ! ତତେ ପରା କହିଥିଲି କୁଣିଆ ଘରକୁ ପଳେଇବୁ?

ସେ କହିଲା: ଗଲିନି।

ମୁଁ ପଚାରିଲି: ଗଲୁନି କାହିଁକି?

ସେ କହିଲା: ନାଇଁ! ଦରକାର ନାହିଁ। ହେଡ୍‌ମାଷ୍ଟ୍ରେ ଏଠି କିଛି ପଚାରିବେ ନାଇଁ।

ମୁଁ ପଚାରିଲି: ତୁ କେମିତି ଜାଣିଲୁ ?

ସେ କହିଲା: କାଲି ସନ୍ଧ୍ୟାବେଳେ ହେଡ଼ମାଷ୍ଟ୍ରଙ୍କ ଘରକୁ ଗଲି । ତାଙ୍କ ପାଦତଳେ ସିଧା ପଡ଼ିଗଲି । ସବୁ କଥା ମାନିଗଲି । ସେ ମତେ କ୍ଷମା କରି ଦେଇଛନ୍ତି । ଆଉ କହିଛନ୍ତି ସେ କଥା ଗୁଣିଆକୁ ପଚାରିବେ ନାହିଁ ।

ମୋ ମନଟା କାହିଁକି କେଜାଣି ଭାଙ୍ଗିଗଲା ।

ମୁଁ ମନ୍ତବ୍ୟ ଦେଲି: ଡରକୁଳା ! ଛେରୁଆ ।

ଯୋଗିଆ ମତେ ଆଉ କିଛି ନୂତନ ସମ୍ବାଦ ବି ଶୁଣାଇଦେଲା ।

କହିଲା: ମୁଁ ମୋର ସବୁ ଦୋଷ ମାନି ଯାଇଛି । ଆଉ ଅନ୍ୟ ସମସ୍ତଙ୍କ କଥା ବି କହିଦେଇଛି । ମୁଁ କହି ଦେଇଛି, ଗିରିଧାରୀ ଗୋଟେ ଚକ୍ ଡବା ଚୋରି କରିଛି । ଆଉ ତୁ ଡଷ୍ଟରଟାକୁ ବିଲ୍ ଭିତରକୁ ଫୋପାଡ଼ି ଦେଇଛୁ !

ମୁଁ ସଙ୍ଗେ ସଙ୍ଗେ ରାଗିଗଲି । ଯୋଗିଆକୁ ଆକ୍ରମଣ କରିଥାନ୍ତି । ମାତ୍ର ଏତେ ଲୋକଙ୍କ ସାମ୍ନାରେ ସେପରି କରିବା ସମ୍ଭବ ନ ଥିଲା । ସହଜେ ମୁଁ ଥିଲି ଦୁର୍ବଳ । ଯୋଗିଆ ଖବରଟା ଶୁଣାଇ ସାରି ଦାନ୍ତ ଦେଖେଇଲା ଓ ଗହଳି ଭିତରେ ଅଦୃଶ୍ୟ ହେଇଗଲା । ମୁଁ ଏ ସଂପର୍କରେ ଗିରିଧାରୀର ସାହାଯ୍ୟ ନେଇ ଯୋଗିଆକୁ ପାନେ ଦେବାପାଇଁ ମନେ ମନେ ସ୍ଥିର କରିନେଲି । ଯା' ଭିତରେ ଗୁଣିଆକୁ ବୁଝାସୁଝା କରିବା ପର୍ବ ଶେଷ ହୋଇସାରିଥିଲା । ସୋମନାଥ ମହାରଣାର କଳେଇ ଚୋରି ଘଟଣାକୁ ବେପରଦା କରିବା ଦାୟିତ୍ୱ ସେ ହାତକୁ ନେଇ ସାରିଥିଲା । ଏଥର ସେ ମୁଠାଏ ଚାଉଳ ଫୋପାଡ଼ିଲା ଓ ଖଟିଆକୁ ନିର୍ଦ୍ଦେଶ ଦେଲା ସୋମନାଥ ମହାରଣାର ବିଲକୁ ଯିବାପାଇଁ । ଏଥର ଖଟିଆ ଧାଇଁବାକୁ ଲାଗିଲା ବିଲଆଡ଼େ । ସେଟା ଥାଏ ଶୀତରତୁ । ଫସଲ ଅମଳର ସମୟ । ବିଲ ସବୁ ପୂରାପୂରି ଶୁଖି ନ ଥାଏ । ଠାଏ ଠାଏ କାଦୁଅ । ହିଡ଼ସାରା କୋଇଲିଖିଆ କଣ୍ଟା ଭରପୂର । ଗୋଟେ ଗୋଟେ ଜମିରେ ମୁଗବିରି ଛଟା ହୋଇଥାଏ । ଗଛ ସବୁ ଛୋଟ ଛୋଟ । ସେଇ ଛୋଟ ଗଛକୁ ରକ୍ଷା କରିବା ପାଇଁ ବିଲ ମୂଳରେ କଟା ହେଇ ପଡ଼ିଥାଏ ସପ୍ତଫେଣୀ କଣ୍ଟା, ମାତ୍ର ସେ ସବୁକୁ ଖାତିର ନ କରି ଖଟିଆ ଧାଇଁଲା ଗହୀର ବିଲରେ । ଖଟିଆ ପଛେ ପଛେ ଜନତାଙ୍କ ଶୋଭାଯାତ୍ରା ।

ଗୋଟାଏ ବିଲ ମଝିରେ ଠିଆ ହୋଇଗଲା ଖଟିଆ ।

ଗୁଣିଆ ଘୋଷଣା କଲା: ଏଇ ବିଲରୁ ଚୋରି ହୋଇଛି ।

ଜନତା ଉଲ୍ଲସିତ ଦିଶିଲେ । ମନ୍ତବ୍ୟ ଦେଲେ: ଖଟିଆ ଠିକ୍ ଚିହ୍ନୁଚି ।

ପାଣୁଆ ମୋ କାନରେ କହିଲା: ଦେଖିଲୁ ! ଖଟିଆ କେମିତି ସୋମନାଥ ମହାରଣାର ବିଲକୁ ଚିହ୍ନିଗଲା । ମନ୍ତ୍ରଯନ୍ତ୍ର କଥାଟା ଠିକ ମ !

ମୁଁ ଯୁକ୍ତି କଲି: କିନ୍ତୁ ଖଟିଆ କାନ୍ଧେଇଥିବା ଲୋକମାନେ ସମସ୍ତେ ତ ଆମ ଗାଁର। ସେମାନେ କ'ଣ ସୋମନାଥ ମହାରଣାର ବିଲ ଚିହ୍ନି ନାହାନ୍ତି ?

ପାଣୁଆର ମୁହଁ ମଳିନ ପଡ଼ିଗଲା। ସେ ଚୁପ୍ ରହିଲା।

ଗୁଣିଆ ତେଣେ ଭାଷଣ ଦଉଥାଏ। ଖଟିଆକୁ ନିର୍ଦ୍ଦେଶ ଦେଲା, ଚାଉଳ ଫୋପାଡୁ ଫୋପାଡୁ : ଏଇ ବିଲରୁ ଚୋରି ହେଇଛି। କଳେଇ ଚୋରି। ଯୋଡ ଯୋଡ ବାଟେ ଚୋରମାନେ ଗଲେ ସେ ବାଟ ଦେଖା। ଦେଖା !

ବାସ୍ ! ଏଥର ଖଟିଆ ଧାଇଁବାକୁ ଲାଗିଲା ହିଡ଼ ଉପର ଦେଇ। ଚାରିଜଣ ଲୋକଙ୍କୁ ନେଇ ଆଗଉଥିବା ଖଟିଆ ହିଡ଼ ଉପର ଦେଇଯିବା ପ୍ରାୟ ଅସମ୍ଭବ ଥିଲା। ତେଣୁ ହିଡ଼ର ଦୁଇପଟେ ଦି'ଜଣ ଲେଖାଏଁ ଧାଉଁଥିଲେ। ଯାହା ପ୍ରମାଣ କରୁଥିଲା ଚୋର ଏଇ ହିଡ଼ଦେଇ ହିଁ କଳେଇ ବୋହି ନେଇଛି। ଏହାପରେ ଖଟିଆ ବାଟୁଳୀପଡ଼ା, ଆମ ଗ୍ରାମର ଅନ୍ୟତମ ସାହି, ଦିଗରେ ଚାଲିଲା। ବାରିପଟୁ ହିଁ ଘରମାନଙ୍କର ପଶିଲା। ଏହିପରି ଅନେକ ଘରର ବାରିପଟ ଦରଜାରେ ଧକ୍କା ଦେଇସାରିବା ପରେ ଖଟିଆ ସ୍ଥିର ହେଲା।

ଗୁଣିଆ ମନ୍ତବ୍ୟ ଦେଲା: ଏହିସବୁ ଘର ଭିତରକୁ କଳେଇ ନିଆଯାଇଛି।

ଜନତା ପ୍ରଭାବିତ ହୋଇସାରିଥିଲେ। ମନ୍ତବ୍ୟ ଦେଲେ: ନିଶ୍ଚୟ ! ନିଶ୍ଚୟ ! ବିଶିଷ୍ଟ ନେତୃସ୍ଥାନୀୟ ବ୍ୟକ୍ତି ଭ୍ରମଣ ବିଶ୍ୱାଳ ଗୁଣିଆକୁ କହୁଥିଲେ: ଆମର ଚୋର ଧରାହେବା ଦରକାର। ଚୋରକୁ ଶୀଘ୍ର ଧର ହୋ ! ଡେରି ହେଲାଣି।

ଶୀତ ଦିନର ସକାଳ ଏବେ ଉଷ୍ଣ ହେବାକୁ ଆରମ୍ଭ କରୁଥିଲା। ସୂର୍ଯ୍ୟ ମୁଣ୍ଡ ଉପରକୁ ଉଠି ସାରିଥିଲେ।

ଗୁଣିଆ ମତ ଦେଲା: ମୁଁ ତ ଚୋରକୁ ପ୍ରଥମରୁ ହିଁ ଧରିପାରିଥାଆନ୍ତି। ମାତ୍ର ଆପଣମାନେ ଅବିଶ୍ୱାସ କଲେ। ତେଣୁ ଏ ଖେଳ ଦେଖଉଚି !

ଜନତା ଆଶ୍ୱସ୍ତ ହେଲେ। ହସିଲେ। ଖୁସି ହେଲେ। ପ୍ରଭାବିତ ଦିଶିଲେ।

ଗୁଣିଆ ଘୋଷଣା କଲା: ଏ ଚୋରିର ଯିଏ ମୂଳ, ତାକୁ ଚିହ୍ନାଇ ଦେ।

ପୁଣି କିଛି ଚାଉଳ ଫିଙ୍ଗିଲା। ଏବଂ ଖଟିଆ ଧାଇଁଲା। ଏଥରକ ଖଟିଆ ଗାଁ ଦାଣ୍ଡକୁ ଆସିଗଲା। ଜନଗହଳିକୁ ମନ୍ଥି ପକାଇଲା। ଶେଷରେ ଧକ୍କା ଦେଲା ଜଣେ ଲୋକ ଦେହରେ। ଲୋକଟା ବିଷଣ୍ଣ ଦିଶିଲା।

ଗୁଣିଆ ଘୋଷଣା କଲା: ଇଏ ହିଁ ମୂଳ।

ଆମେ ଚୋରଟିକୁ ଚିହ୍ନିଲୁ। ସେ ବାଟୁଳିପଡ଼ା ଗାଁର ଲୋକ। ମୁଁ ତାକୁ ଆଗରୁ ଦେଖିଚି। ନାଁ ଜାଣେନା। ପାଣୁଆ ମୋ କାନ ପାଖରେ ଶୁଣାଇଦେଲା: ଏ ହେଉଛି ଚକରା ପ୍ରଧାନ।

ଚକରା ପ୍ରଧାନକୁ ଚାରିପଟୁ ଲୋକ ଘେରି ଯାଇଥିଲେ ।

ଚକରା ପ୍ରଧାନ ନିଜର କୈଫିୟତ୍ ଦେଉଥିଲା । କହୁଥିଲା: ମୁଁ ତ ଚୋରି ଦିନ ଗାଁରେ ନ ଥିଲି । କଲିକତାରେ ଥିଲି । ଏଇ ଜମା କାଆଲି ଗାଁକୁ ଆସିଚି ।

ବାଟୁଳୀପଡ଼ା ଗାଁର କିଛି ଲୋକ ତା'ର ମନ୍ତବ୍ୟକୁ ସମର୍ଥନ କଲେ ।

ଗୁଣିଆ ବିରକ୍ତ ଦିଶିଲା । ପଚାରିଲା: ତୁ ତେବେ ସୋମନାଥ ମହାରଣାର ବିଲରୁ କଳେଇ ଚୋରି କରିନାହୁଁ?

ଚକରା ପ୍ରଧାନ କହିଲା: ନା !

ଗୁଣିଆ କହିଲା: ତୁ କରିଚୁ ।

ଚକରା ପ୍ରଧାନ କହିଲା: ନା ! ମୁଁ ତ ଗାଁରେ ନ ଥିଲି । ଚୋରି କରିବି କେମିତି ?

ଗୁଣିଆ ଛାଡ଼ିବା ଲୋକ ନୁହେଁ । ପଚାରିଲା: ସତ ସତ କହ ! ତୁ ଆଗରୁ କେବେ ଚୋରି କରିଛୁ କି ନା ? ନୋହିଲେ ତୋର ଗୁମର ଖୋଲିଦେବି ।

ଚକରା ପ୍ରଧାନ କହିଲା: ଆଗରୁ ଥରେ ଅଧେ କରିଛି ।

ଗୁଣିଆ କହିଲା: ତେବେ ତୁ ସୋମନାଥ ମହାରଣାର କଳେଇ ଚୋରି କରିବୁ ବୋଲି ଯୋଜନା ନିଶ୍ଚେ କରିଥିଲୁ ।

ଚକରା ପ୍ରଧାନ ଚୁପ୍ ରହିଲା । ଚିନ୍ତା କଲା । ଜନତା ବି ଚିନ୍ତିତ ଦିଶିଲେ ଏବଂ ଉତ୍ସୁକ । ଗୁଣିଆ ରାଗିକି ଚାହିଁଥାଏ । ଯେମିତିକି ତାକୁ ଆହୁରି ଅନେକ ମନ୍ତ୍ରଯନ୍ତ୍ର ଜଣାଅଛି ଏବଂ ସେ ସବୁ ମଧ୍ୟ ପ୍ରୟୋଗ ହୋଇଯାଇପାରେ ।

ଚକରା ପ୍ରଧାନ କହିଲା: ମାସେ ତଳେ ଅବଶ୍ୟ ଭାବିଥିଲି । ସୋମନାଥ ମହାରଣା ବିଲ ବାଟେ ଥରେ ଯାଉଥିଲି । ଫସଲ ଭଲ ହେଇଥିବାର ଦେଖି ଟିକେ ଲୋଭେଇ ଯାଇଥିଲି ଓ ସୁବିଧା ପାଇଲେ ଚୋରି କରିନେବି ବୋଲି ଭାବିଥିଲି, କିନ୍ତୁ ଏ ଚୋରି ମୁଁ କରିନି ।

ଗୁଣିଆ ଏଥର ହସିଲା । ଜିତାପଟର ହସ ।

କହିଲା: ଠିକ୍ ଅଛି ! ଠିକ୍ ଅଛି ! ମୁଁ ଜାଣେ ସେ କଥା । ତେବେ ତୁ ହେଉଛୁ ଏ ଚୋରିର ମୂଳ । ମାନେ ପ୍ରଥମେ ଚୋରି କଥା ଭାବିଥିଲୁ ।

ଜନତା ମଧ୍ୟ କୋଳାହଳ କଲେ । ସମର୍ଥନ ସୂଚକ ଧ୍ୱନିମାନ ଦେଲେ । ଚକରା ପ୍ରଧାନକୁ ମାଫ ହୋଇଗଲା ବୋଲି ମନେହେଲା । ସେ ହାତଯୋଡ଼ି ଗୁଣିଆ ପଛରେ ଠିଆ ହୋଇଥିବାର ଦେଖାଗଲା । ଆଗରୁ ସେ ଖୋଲା ଲୁଙ୍ଗିଟେ ପିନ୍ଧିଥିଲା । ଏବେ ତାକୁ କଛା ମାରି ପକାଇଲା । ଜଣେ ମନ୍ତବ୍ୟ ଦେଉଥିବାର ଶୁଣାଗଲା: ଖଟିଆ ଠିକ୍ ! ଶହେଭାଗ ଠିକ୍ !

ଗୁଣିଆ ଏଥର ହସିଲା ଆଉଥରେ। ଜନତାଙ୍କୁ ଶୁଣାଇ କହିଲା: ଏତେ ଶୀଘ୍ର ମୁଁ ଚୋରକୁ ଧରୁନି ହୋ ! ତାକୁ ଖେଳେଇ ଖେଳେଇ ଧରିବି। ଏଥରକ ଆଉ ଗୋଟେ ସାଥୀ ଧରୁଚି ଦେଖ !

ସେ ଖଟିଆ ଉପରକୁ ଅରୁଆ ଚାଉଳ ଫୋପାଡ଼ିଲା ଓ କହିଲା: ଏ ଚୋରିର ଶେଷ ଲୋକ କିଏ ? ତାକୁ ଧର୍ !

ଖଟିଆ ପୁଣି ଧାଇଁଲା। ଗାଁ ଦାଣ୍ଡକୁ ମନ୍ଥି ପକାଇଲା। ଶେଷରେ ଗୋଟେ ଲୋକ ଦେହକୁ ଲାଗି ସ୍ଥିର ହେଲା। ସେ ଲୋକଟା ଥିଲା ହରିଆ ଜେନା। ହରିଆ ଜେନା ବିକଳ ଦିଶୁଥାଏ। ଖଟିଆ ତା' ଦେହରୁ ଛାଡୁ ନ ଥାଏ। ହରିଆ ଜେନା ଥିଲା ପଙ୍ଗୁ। ଚାଲିପାରେନା ! ଘୁଷୁରି ଘୁଷୁରୁ ଯିବା ଆସିବା କରେ। ସେ ଯେ ଗୋଟେ ଚୋରି ଘଟଣାରେ ସାମିଲ୍ ହୋଇପାରେ ଏମିତି ବିଶ୍ୱାସ କରାଯାଏନା। ତେଣୁ ଜନତା ଟିକେ ଶଙ୍କିତ ଦେଖାଗଲେ।

କେତେଜଣ ଅଗ୍ରଗାମୀ ଯୁବକ ଗୁଣିଆକୁ ପ୍ରଶ୍ନ କଲେ: ଇଏତ ଅକର୍ମଣ୍ୟଟା ! ଚୋରି କେମିତି କଲା !

ଗୁଣିଆ ଦୃପ୍ତଭଙ୍ଗୀରେ ଠିଆ ହୋଇଥାଏ। କହିଲା: କିନ୍ତୁ ଖଟିଆର ନିର୍ଣ୍ଣୟ ମିଛ ହବାର ନୁହେଁ।

ଅଗ୍ରଗାମୀ ଯୁବକମାନେ କହିଲେ: କିନ୍ତୁ ଏହା କିପରି ସମ୍ଭବ ? ଜନତାଙ୍କ ମଧ୍ୟରୁ ଅଧିକାଂଶ ଏହି ଯୁବକମାନଙ୍କୁ ସମର୍ଥନ ସୂଚକ ମନ୍ତବ୍ୟ ଦେଲେ। ଅବଶିଷ୍ଟ ସନ୍ଦେହୀ ମନେହେଉଥିଲେ। ଗୁଣିଆ ଚିନ୍ତିତ।

ସେ ହରିଆ ଜେନା ପାଖକୁ ଆସିଗଲା।

ଧମକାଇବା ସ୍ୱରରେ କହିଲା: ତୁ କରୁ କ'ଣ ? ସବୁ ସତ ସତ ମାନିଯା'। ନୋହିଲେ ତୋର ଭେଦ ଖୋଲି ଦେବି।

ହରିଆ ଜେନା କାନ୍ଦ କାନ୍ଦ ସ୍ୱରରେ କହିଲା:-ମୁଁ କିଛି ଜାଣେନା। ଗୁଣିଆ ପଚାରିଲା-ତୁ କରୁ କ'ଣ ? ମାନେ କି କାମ କରୁ ?

ହରିଆ ଜେନା କହିଲା: ଚାଉଳ ବେପାର କରେ।

ଆମେ ସମସ୍ତେ ଜାଣିଥିଲୁ ହରିଆ ଜେନା ଗରିବ ଲୋକଟେ, ଜମିବାଡ଼ି କିଛି ନାହିଁ, ସେ ଧାନ କିଣେ, ତା'ର ସ୍ତ୍ରୀ ତାକୁ ଉଷେଇଁ ଦିଏ। ସେ ସବୁ ଚୁରେଇ ଚାଉଳ କରି ହରିଆ ଜେନା ବିକେ। ଏକରକମ ଚଳିଯାଏ।

ଗୁଣିଆ ପଚାରିଲା: ଗତ ପନ୍ଦର ଦିନ ଭିତରେ ଧାନ କିଣିଚୁ ?

ହରିଆ ଜେନା କହିଲା: ହଁ।

ଗୁଣିଆ ମନ୍ତବ୍ୟ ଦେଲା: ତେବେ ସେଇ ଧାନ ଭିତରେ ଚୋରି ଧାନ ବି ଥିଲା। ନିଶ୍ଚୟ ଥିଲା।

ହରିଆ ଜେନା ହାତଯୋଡ଼ି ଦେଲା। କହିଲା: ହେଇଥିବ। ଜନତା ପୁଣି ଉଲ୍ଲସିତ ଦିଶିଲେ। ସମବେତ ଜନତା ମନ୍ତବ୍ୟ ଦେଲେ: ଖଟିଆ ଠିକ୍। ପୂରାପୂରି ଠିକ୍!

ଭ୍ରମର ବିଶ୍ୱାଳେ ଗୁଣିଆକୁ ବୁଝାଇଲେ: ତମେ ବହୁତ ଖେଳ ଦେଖେଇଲଣି। ଆମେ ମାନୁଚୁ ପରା ତୁମେ ମହାନ ତାନ୍ତ୍ରିକ। ଆଉ ଡେରି କରନି। ଚୋରକୁ ଧର ହେ!

ଗୁଣିଆ ମୁରକି ହସା ଦେଲା। କହିଲା: ଏଇଥରକ ଧରୁଚି । କ'ଣ ମୋ ଗୁଣୀକୁ ବିଶ୍ୱାସ ହେଲା ତ!

ଭ୍ରମର ବିଶ୍ୱାଳେ ମନ୍ତବ୍ୟ ଦେଲେ: ବିଶ୍ୱାସ ହଉନି ତ! ତୁମକୁ ଡାକିଚୁ କାହିଁକି?

ଗୁଣିଆ କହିଲା: ଠିକ୍ ଅଛି!

ସମବେତ ଜନତା କଳରୋଳ କଲେ: ଖଟିଆ ଠିକ୍! ପୂରାପୂରି ଠିକ୍!

ଏଥର ଖଟିଆ ଉପରକୁ ଫିଙ୍ଗାହେଲା ପୁଣି କିଛି ଚାଉଳ। ଗୁଣିଆର ଓଠରୁ ଉଚ୍ଚାରିତ ହେଲା କିଛି ମନ୍ତ୍ର। ଏବଂ ଖଟିଆ ପୁଣି ଥରେ ଜାଗ୍ରତ ହେଲା। ପୁଣି ଜନତାଙ୍କ ସମ୍ମେଳନକୁ ଦଳି ମଚ୍ଛିବାରେ ଲାଗିଲା।

ମୋର ପାଦଟା କାହିଁକି କେଜାଣି ଥରୁଥିଲା।

ମୁଁ ପାଣୁଆକୁ ପଚାରିଲି: ଯଦି ଖଟିଆଟି ମୋ ମୁଣ୍ଡ ଉପରେ ଠିଆ ହୋଇଯାଏ?

ପାଣୁଆ କହିଲା: ହେଃ... ସେମିତି କାହିଁକି ହେବ?

ମୁଁ କହିଲି: ଯଦି ଭୁଲ୍‌ରେ ବି ଠିଆ ହୋଇଯାଏ?

ପାଣୁଆ କହିଲା: ନା! ସେମିତି ହେବନି! ଖଟିଆର କେବେ ଭୁଲ୍ ହେବନି।

ମୁଁ କହିଲି: ତଥାପି ଯଦି ହୋଇଯାଏ! ମତେ ତ ସମସ୍ତେ ଚୋର ବୋଲି ଭାବିବେନା! ମୋ ଆଖି କାନ୍ଦ କାନ୍ଦ ହୋଇଗଲା। ମୁଁ ସେଇଠୁ ଘରକୁ ଫେରି ପଳେଇବି ବୋଲି ମନେ ମନେ ସ୍ଥିର କରିନେଲି। ଘର ଆଡ଼କୁ ପାହୁଣ୍ଡେ ବଢ଼େଇଚି କି ନାଇଁ ଦେଖିଲି ଖଟିଆଟା ଆଉ ଜଣେ ଲୋକ ଉପରେ ସ୍ଥିର ହୋଇଯାଇଛି। ଖଟିଆ ଲୋକଟାକୁ ଧକ୍କା ଦେଇଥିଲା। ଲୋକଟା ପଡ଼ିଗଲା। ଆଉ ତା' ଉପରେ ମାଡ଼ି ବସିବାର ଭଙ୍ଗୀରେ ସ୍ଥିର ହୋଇ ରହିଚି ଖଟିଆ।

ଏଥର ଜନତାର ବୃତ୍ତ ସଂକୁଚିତ ହୋଇଆସିଲା ଲୋକଟି ପାଖରେ। ଏବଂ ଖଟିଆ ଚାରିଦିଗେ। ଆମେ ଦେଖିଲୁ ସେ ଲୋକଟି ଆଉ କେହି ନୁହେଁ, ନିଜେ ସୋମନାଥ ମହାରଣା। ଯାହାର ଚୋରି ଧରିବା ପାଇଁ ଖଟିଆକୁ ଡକାଯାଇଥିଲା।

ଗୁଣିଆ କହିଲା: ଏଇ ଲୋକ ହିଁ ଚୋର।

ଜନତାଙ୍କ ଭିତରୁ କେହି କହିଲା: ଇଏ ଯେ ସୋମନାଥ ମହାରଣା।

ଗୁଣିଆ କହିଲା: ସେ କଥା ମୁଁ ଜାଣେନା। ଇଏ ଯିଏ ହେଉ ଚୋର ହିଁ। ଖଟିଆର ଚିହ୍ନଟ କେବେ ଭୁଲ୍ ହେଇପାରେନା।

ଥର ଥର ଓଠରେ ସୋମନାଥ ମହାରଣା କହୁଥିଲା: ମୋ ନିଜର ଚୋରି ହୋଇଛି ପରା।

ଗୁଣିଆ କହିଲା: ତମେ ହିଁ ଚୋର!

ଜନତାଙ୍କ ଭିତରୁ କେତେଜଣ ସମର୍ଥନ କଲେ: ଅସମ୍ଭବ ନୁହେଁ। ଖଟିଆର ଚିହ୍ନଟ ଭୁଲ୍ ହେଇ ପାରେନା। ଆଉ କେତେ ଲୋକ ଭିନ୍ନ ମତ ଦେଉଥିଲେ: ଅସମ୍ଭବ! ସେ ନିଜେ ଚୋରିକଲା ଆଉ ଖଟିଆ ଡକେଇଚି। ଅସମ୍ଭବ! ଏ ଚିହ୍ନଟ ଭୁଲ୍। ପୁଣି କେତେଜଣ ଯୁକ୍ତି କରୁଥିଲେ: ଅସମ୍ଭବ କ'ଣ? ଆଜିକାଲି ଲୋକମାନେ ଏମିତି ଜାଲମ ହେଲେଣି ଯେ ନିଜେ ଚୋରି କରି ପୁଣି ନାଲିସ୍ କରୁଛନ୍ତି! ସୋମନାଥ ଚୋରି କରିନି ବୋଲି ପ୍ରମାଣ କ'ଣ?

କେତେଜଣ କହୁଥିଲେ: ଅସମ୍ଭବ! ଅସମ୍ଭବ!

କେଇଜଣ କହୁଥିଲେ: ସମ୍ଭବ! ସବୁ ସମ୍ଭବ!

ଆସ୍ତେ ଆସ୍ତେ ଜନତାଙ୍କ ଭିତରେ ଯୁକ୍ତି ପ୍ରତିଯୁକ୍ତି ବଢ଼ିବାରେ ଲାଗିଲା। ଜନତା ଦୁଇ ଦଳରେ ବିଭକ୍ତ ହୋଇସାରିଥିଲେ। ଗୋଟିଏ ଦଳ ଦାବି କରୁଥିଲେ ଖଟିଆର ଚିହ୍ନଟ ଭୁଲ୍! ଆଉ ଦଳେ ଦାବି କରୁଥିଲେ, ଖଟିଆର ଚିହ୍ନଟ ଶତକଡ଼ା ଶହେ ଭାଗ୍ ଠିକ୍! ଦଳେ ଦାବି କରୁଥିଲେ, ଏ ଗୁଣିଆ ପ୍ରକୃତ ଗୁଣୀ ଜାଣେ! ଆଉ ଦଳେ କହୁଥିଲେ ,ଏ ଗୁଣିଆ କିଛି ଜାଣେ ନାହିଁ । ଏଇଭଳି ଯୁକ୍ତିତର୍କ ହଠାତ୍ ହିଂସାତ୍ମକ ମୋଡ଼ ନେଇଗଲା। ମୁଣ୍ଡ ଉପରେ ଖରା ଟାଇଁ ଟାଇଁ। ଲୋକମାନଙ୍କ ମଥାକୁ ବି ରକ୍ତ ଚହଟି ଯାଇଥିଲା। ଆମେ ଦେଖିଲୁ 'ଧର ଧର' 'ମାର ମାର' ଚିତ୍କାରରେ ଖଣ୍ଡମଣ୍ଡଳ କମ୍ପି ଉଠିଚି। କିଏ କାହାକୁ ମାରୁଚି ଜଣାପଡୁ ନ ଥିଲା। ତେବେ ଗୁଣିଆ ଉପରେ ପ୍ରଥମେ ଆକ୍ରମଣ ହେଲା ବୋଲି ଶୁଣାଯାଉଥିଲା। ମୁରବୀସ୍ଥାନୀୟ ଲୋକମାନେ 'ରୁହ, ରୁହ, ବୁଝିବା, ବୁଝିବା' ବୋଲି ପାଟି କରୁଥିଲେ।

ମୁଁ ଏବଂ ମୋର ସମବୟସ୍କମାନେ ଆତ୍ମରକ୍ଷା ପାଇଁ ଦୂରକୁ ଦୌଡ଼ି ପଳାଇଥିଲୁ। ଏକ ଘଣ୍ଟାକାଳ ଦଙ୍ଗାହଙ୍ଗାମା ଚାଲୁ ରହିଲା ପରେ ଅବସ୍ଥା ଶାନ୍ତ ପଡ଼ିଲା। ଜଣାପଡ଼ିଲା ମାରପିଟରେ ପ୍ରାୟ ପଚାଶଜଣ ଲୋକ ଆହତ ହୋଇଛନ୍ତି। ସେମାନଙ୍କ ଭିତରୁ ଗୁଣିଆର ଅବସ୍ଥା ଗୁରୁତର।

ଖଟିଆଟାକୁ ବି ଭାଙ୍ଗି ପକେଇଥିଲା କେହି। ତାହା ପଡ଼ି ରହିଥିଲା ଅଦୂରରେ।

ଆହତମାନଙ୍କୁ ଡାକ୍ତରଖାନା ପଠାହେଲା। ସେହିଦିନ ସଂଧ୍ୟାରେ ଖବର ପାଇ ପୋଲିସ ଆସିଲା ଓ ପ୍ରାୟ ଶହେ ଲୋକଙ୍କୁ ଥାନାକୁ ଧରିନେଲା। ପୋଲିସକୁ ଢେର କିଛି ଦେବାପରେ ସେମାନେ ଛାଡ଼ ପାଇଲେ।

ଆମେ ସ୍କୁଲରେ ପରବର୍ତ୍ତୀ ଦିନମାନଙ୍କରେ 'ଖଟିଆର ଚିହ୍ନଟ ଠିକ୍ କି ଭୁଲ୍' 'ଗୁଣୀଗାରେଡ଼ି ଅଛି କି ନାହିଁ' ଇତ୍ୟାଦି ସଂପର୍କରେ ଯୁକ୍ତିତର୍କ କରୁଥିଲୁ। ମୁଁ ମନ୍ତବ୍ୟ ଦେଇଥିଲି: ମତେ ଯଦି ଖଟିଆ କାନ୍ଧେଇବାକୁ ସୁଯୋଗ ମିଳିଥାନ୍ତା ତେବେ ମୁଁ ସେ ଗୁଣିଆର ଭେଦ ଖୋଲି ଦେଇଥାନ୍ତି !

ପାଣୁଆ ମତେ ଆଶ୍ୱାସନା ଦେଇଥିଲା: ଠିକ୍ ଅଛି, ଆଉ ଥରେ ଖଟିଆ ଆସୁ ତତେ କାନ୍ଧେଇବାର ସୁଯୋଗ ଦିଆଯିବ। ବାପାଙ୍କୁ କହି ମୁଁ ବ୍ୟବସ୍ଥା କରିଦେବି !

ପାଣୁଆର ବାପା ଜଣେ ମାମଲତକାରିଆ ଲୋକଥିଲେ। ତେଣୁ ସେ ଏ ପ୍ରକାର ପ୍ରତିଶ୍ରୁତି ଦେଇପାରିଥିଲା। କିନ୍ତୁ ମୁଁ ଜାଣିଥିଲି ଏ ଆଶ୍ୱାସନା ବୃଥା। କାରଣ କସ୍ମିନ୍‌କାଳେ ବଡ଼ମାନେ ମୋ ଭଳି ଜଣେ ବାଳୁତକୁ ଖଟିଆ କାନ୍ଧେଇବାକୁ ଦେବେ ନାହିଁ। ତେବେ ସବୁଠୁ ବଡ଼ ଆଶ୍ୱାସନାର ବିଷୟ ଥିଲା ଏହି ଯେ ଆମ ଗ୍ରାମରେ ଘଟିଥିବା ଏଇ ଦୁର୍ଘଟଣା ପରେ ଆଖପାଖ ଗାଁରେ ମଧ୍ୟ ଖଟିଆ ଆଣିବା କଥା କେହି ବିଚାର କରୁ ନ ଥିଲେ। ଆମ ଗ୍ରାମ ତ ଜମା ନୁହେଁ ।

ଗାଁରେ ପୂର୍ବବତ୍ ଛୋଟମୋଟ ଚୋରି ଲାଗି ରହିଥିଲା ଓ ଲୋକମାନେ ପୂର୍ବ ଅନୁସୃତ ପାଞ୍ଚୋଟି ପଦ୍ଧତିର ସାହାରା ନେଉଥିଲେ।

ଗୁଣିଆର ଭେଦ ଖୋଲିବା ମୋ ଦ୍ୱାରା ସମ୍ଭବ ହୋଇପାରି ନ ଥିଲା। ଆମେ ପିଲାମାନେ ବେଳେବେଳେ ଭଙ୍ଗାଖଟିଆ ପାଖକୁ ଯାଉଥିଲୁ। ସେଟା ସେଇଦିନୁ ସେଇଠି ସେମିତି ଭାଙ୍ଗିରୁଜି ପଡ଼ି ରହିଥିଲା। ତାକୁ କେହି କୁଆଡ଼େ ନେଉ ନ ଥିଲେ କିମ୍ବା ନିଜର ଦାବି ସାବ୍ୟସ୍ତ କରୁ ନ ଥିଲେ। ସମସ୍ତଙ୍କର ବିଶ୍ୱାସ ଥିଲା ତାହା ମନ୍ତ୍ରପୂତ।

ଆମେ ପିଲାମାନେ ଅନେକ ଦିନ ପର୍ଯ୍ୟନ୍ତ ସେଇ ଖଟିଆକୁ ସାକ୍ଷୀରଖି ଆମ ଭିତରେ ଚୋର ଧରିଥିଲୁ। ଆଶ୍ଚର୍ଯ୍ୟ ! 'ଭଙ୍ଗା ଖଟିଆକୁ ଛୁଇଁ ଶପଥ କରିବୁ ଆ' ବୋଲି କହିଲେ ଆମ ସାଙ୍ଗସାଥୀମାନେ ସତ ମାନିଯାଉଥିଲେ।

■

ସାପ

ଯୋଗୀ ଆଉ ମୁଁ ଏକ ଗୁରୁତ୍ୱପୂର୍ଣ୍ଣ ବିଷୟରେ ଆଲୋଚନା କରୁଥିବା କାଳରେ ହିଁ ସାନଭାଇ ଆସି ଡିଷ୍ଟର୍ବ କଲା। ମୁଁ ବିରକ୍ତିର ସହ ତା' ଆଡ଼କୁ ଚାହିଁଲି। କ'ଣ ହେଲା ? ମୋ ଚାହାଣୀରେ ପ୍ରଶ୍ନ ଥିଲା ଏମିତି।

:''ମତେ କ'ଣ ଗୋଟାଏ କାମୁଡ଼ି ଦେଲା। ସାପ ହୋଇପାରେ।'' ସାନଭାଇ ଜଣାଇଲା।

ସେତେବେଳକୁ ସନ୍ଧ୍ୟା ନଇଁ ଆସିଚି। ଚାରିଆଡ଼େ ଛାଇଛାଇଆ ଅନ୍ଧାର। ସାପ ତଥା ସେମାନଙ୍କ ସମ୍ପ୍ରଦାୟର ପ୍ରାଣୀମାନେ ପଦାକୁ ବାହାରି ଆସିବାର ବେଳ। କିନ୍ତୁ ମୁଁ ତତ୍‌କ୍ଷଣାତ୍ ସାନ ଭାଇର କଥାକୁ ବିଶ୍ୱାସ କଲି ନାହିଁ। କାରଣ ସେ ଶତକଡ଼ା ଅନେଶୋତ ମିଛ କହିବାରେ ରେକର୍ଡ଼ କରିଥିଲା। ଏବଂ ମୁଁ ଥିଲି ଅଳସୁଆମାନଙ୍କର ଗୁରୁ। ଦାୟିତ୍ୱଟା ମୋ ମଥାରୁ ମୁଁ ହଟାଇ ଦେଲି। ତାକୁ ଘରକୁ ପଠାଇଦେଲି। କହିଲି:ଯା'... ଯା'... ଘରକୁ ଯା'।

ସାନଭାଇ ଘରକୁ ଚାଲିଗଲା। ମୁଁ ପୁଣି ଗୁରୁତ୍ୱପୂର୍ଣ୍ଣ ଆଲୋଚନା ଭିତରକୁ ଫେରିଯିବାକୁ ଚେଷ୍ଟାକଲି। ହଠାତ୍ ଘରଆଡୁ ବଡ଼ ଭାଇର ଚିତ୍କାର ଶୁଣାଗଲା। ଆମେ ବସି ଗପସପ ହେଉଥିବା ଜାଗାଟା ଥିଲା ଆମ ଘରଠୁ ଗୋଟେ ଫର୍ଲଙ୍ଗ ଦୂରରେ। କିନ୍ତୁ ପୃଥିବୀର ଯେ କୌଣସି ଘଟଣାକୁ ସିରିୟସ୍ ଦୃଷ୍ଟିରେ ନେଉଥିବା ବଡ଼ ଭାଇର ଡାକରାରେ କେମିତି ଆତଙ୍କର ଛିଟା ମୁଁ ଅନୁଭବ କରିପାରିଲି। ବଡ଼ଭାଇ ମୋ ନାଁ ଧରି ଡାକ ପକାଉଥିଲା।

ମୁଁ ଘରଆଡ଼କୁ ଧାଇଁଗଲି। ଘରେ ପହଞ୍ଚି ଦେଖିଲି ଅଭାବନୀୟ ଦୃଶ୍ୟ। ସାନ

ଭାଇ ବାରଣ୍ଡାରେ ଶୋଇଯାଇଛି ଉପରକୁ ମୁହଁକରି। ତା' ଗୋଡ଼ରେ ବହୁ ଜାଗାରେ ବନ୍ଧା ହୋଇଛି ଦଉଡ଼ି। ବେଶ୍ ଜପାକସ୍ ଭାବରେ। ବାବା ବିବ୍ରତ ଭାବରେ ପଦଚାରଣା କରୁଛନ୍ତି। ବୋଉ ସାନ ଭଉଣୀକୁ ଝିଙ୍କିନେଇ ଗୋଟେ ଘରେ କବାଟ କିଳି ରହିଛି ଓ ଠାକୁରଙ୍କୁ ପ୍ରାର୍ଥନା କରୁଛି। ବଡ଼ଭାଇ ନଇଁପଡ଼ିଚି ସାନ ଭାଇର ପାଦ ପାଖରେ। ଯୋଉଠି ଲଣ୍ଠନର ମଳିଛିଆ ଆଲୁଅରେ ଦିଶୁଚି ଦୁଇଟି ରକ୍ତିମ ବିନ୍ଦୁ।

ବଡ଼ଭାଇ ମୋ ଆଡ଼କୁ ବିରକ୍ତି ଓ ଶାସନର ଢଙ୍ଗରେ ଚାହିଁଲା।

:ତତେ ସେ ଆସି ପ୍ରଥମେ କହିଲା, ତୁ କିଛି କହିଲୁନି ?

ମୁଁ କୈଫିୟତ୍ ଦେଲି: ମୁଁ ତ ତାକୁ ଘରକୁ ପଠାଇ ଦେଲି।

ବଡ଼ଭାଇ ଧମକେଇଲା: ତୁ ତା' ଗୋଡ଼ରେ ଦଉଡ଼ିଟେ ବାନ୍ଧି ଦେଇ ପାରିଥାଆନ୍ତୁ।

ମୁଁ କହିଲି: ତ' କ'ଣ ହେଇଯାଇଥାନ୍ତା ?

ବଡ଼ଭାଇ ମୋ ପ୍ରଶ୍ନର ଉତ୍ତର ଦେଲାନି। ଉତ୍ତର ଦେବା ଅନୁଚିତ ମନେକଲା। କାରଣ ସାମ୍ନାରେ ଥିଲା ଯେଉଁ ଦୃଶ୍ୟଟି ସେଥିରୁ ମୋର ସବୁକିଛି ବୁଝିଯିବା ଉଚିତ୍ ବୋଲି ସେ ମନେକରୁଥିଲା।

ବାବାଙ୍କ ମୁହଁରେ ବିରକ୍ତି, ବିବ୍ରତବୋଧ ଓ ଭୟର ମିଶ୍ରିତ ଚିହ୍ନ ଛାଇହୋଇ ଆସୁଥିଲା। ସେ ଏପଟ ସେପଟ ହେଉଥିଲେ। ଏବଂ ସ୍ୱଗତୋକ୍ତି କରୁଥିଲେ।

:ମୁଁ ମନା କରୁଛିଟି ! ଏ ବଦମାସ ପିଲା କ'ଣ ଶୁଣିବ ? କଣ୍ଟା ଝଣ୍ଟାରେ ବୁଲିବ। ସାପ କାମୁଡ଼ିବନି ତ ଆଉ କ'ଣ ହେବ ? କିଓ ସଞ୍ଜ ହେଲା ପରେ ପିଲା ଘରକୁ ଯାଇ ପାଠ ପଢ଼ନ୍ତି ନା ଘଡ଼ିଏ ଅନ୍ଧାର ଯାଏଁ ବିଲବଣରେ ଡିଆଁ ମାରନ୍ତି ? ଏଥର ପାଅ ମଜା ! କଥା କହିଲେ କିଏ କ'ଣ ଶୁଣିବ ଏ ଘରେ ? ଏ କାନରେ ପୂରେଇ ସେ କାନରେ ବାହାର କରିଦେବ। ବଦମାସ କୋଉଠିକାର୍ ! ଏ ରାତିଟାରେ କୋଉଠି କିଏ କ'ଣ କରିବ ? କୋଉ ଡାକ୍ତର ଏ ପାଖରେ ଅଛନ୍ତି ଯେ ଡାକି ଆଣିବ !

ବନ୍ଦ ଘର ଭିତରୁ ଶୁଣାଯାଉଥିଲା ବୋଉର କାତର ପ୍ରାର୍ଥନା ! ଅନାମଧେୟ କୌଣସି ଶାସ୍ତ୍ର ସୂତ୍ରରୁ ବୋଉ ଜାଣିବାକୁ ପାଇଥିଲା ଯେ, ନାରୀମାନଙ୍କର ଛାଇ ପଡ଼ିଲେ କୋଉଠି ବିଷରଜ୍ୱାଳା ତୀବ୍ର ହୋଇଯାଏ। ତେଣୁ ସେ ସକନ୍ୟା ଘର ଭିତରେ ଦୁଆର କିଳି ଅଟକି ରହିଥିଲା। ପୃଥିବୀର ସମସ୍ତ ଦେବ ଦେବୀଙ୍କ ଉଦ୍ଦେଶ୍ୟରେ ଅକୁଣ୍ଠିତ ଚିତ୍ତରେ ଭୋଗ ଓ ପୂଜା ଯାଚିବାରେ ଲାଗିଥିଲା।

ବଡ଼ଭାଇ ପଚାରିଲା: କିରେ ! କେମିତି ଲାଗୁଛି ?

ସାନଭାଇ ଆଖିବନ୍ଦ କରିଦେଇଥିଲା। ଏବେ ଆଖି ଖୋଲିଲା। ତା' ଆଖି

ଲାଖି ରହିଥିଲା ଛାତର ନିମ୍ନାଂଶରେ। ସେ ସେଇଠି ସେଇମିତି ଆଖିର ଡୋଳା ସ୍ଥିର ରଖି କହିଲା: ଭଲ ?

ବଡ଼ଭାଇ ପ୍ରଶ୍ନ କଲା: ଝିମ୍ ଝିମ୍ ଲାଗୁଚି କି ?

ସାନ ଭାଇ କିଛି ସମୟ ଚିନ୍ତାକଲା। କହିଲା: ଟିକେ ଟିକେ।

ତା'ର ଏଇ କଥା ପଦକରୁ ଆତଙ୍କ ସଂକ୍ରମିତ ହୋଇଆସିଲା ବଡ଼ ଭାଇର ମୁହଁ ଉପରକୁ। ସ୍ୱଗତୋକ୍ତି କଲା: ବିଷ ହୋଇପାରେ।

ମୁଁ ସେ ଯାଏ ଡରି ନ ଥିଲି। କିନ୍ତୁ ଏବେ ଡରିବାକୁ ଆରମ୍ଭ କଲି।

ପଚାରିଲି: ମୁଣ୍ଡ ବୁଲଉଚି ?

କହିଲା: ଟିକେ, ଟିକେ !

ପଚାରିଲି: ବାନ୍ତି ଲାଗୁଛି ?

କହିଲା: ଟିକେ, ଟିକେ !

ପଚାରିଲି: ହାଲିଆ ଲାଗୁଛି ?

କହିଲା: ଟିକେ, ଟିକେ !

ପଚାରିଲି: ଚାରିଆଡ଼େ ଅନ୍ଧାର ଦିଶୁଚି ?

କହିଲା: ଟିକେ, ଟିକେ !

ମୁଁ ବଡ଼ ଭାଇର ମୁହଁକୁ ଚାହିଁଲି। ବଡ଼ଭାଇ ମୋ ମୁହଁକୁ। ମୋ ମୁହଁରେ ପ୍ରଶ୍ନ। କ'ଣ କରିବା ଏବେ ?

ସାନ ଭାଇକୁ ସାପ କାମୁଡ଼ିବା ସମ୍ବାଦ ବାହାରେ ହାଲ୍ଲା ହେବାକୁ ନେଇଥିଲା ଖୁବ୍ କମ୍ ସମୟ। ତେଣୁ ବିପୁଳ ସଂଖ୍ୟାରେ ଶୁଭେଚ୍ଛୁ ଆମଘର ଆଡ଼କୁ ଆଗେଇ ଆସୁଥିଲେ। ଆମର ଘରର ଛୋଟ ବାରଣ୍ଡାଟି ଏଇ ଶୁଭେଚ୍ଛୁମାନଙ୍କ ଉପସ୍ଥିତି ଓ ପ୍ରଶ୍ନରେ ଜର୍ଜରିତ ହୋଇ ଆସୁଥିଲା।

:ସାପ କୋଉଠି କାମୁଡ଼ିଲା ? ପ୍ରଶ୍ନ କଲେ ଜଣେ ଅନିସନ୍ଧିତ୍ସୁ କାଶୀଭାଇ ।

ବଡ଼ଭାଇ ସମ୍ଭବତଃ ସାନଭାଇଠୁ ବୁଝିନେଇଥିଲା ସବିଶେଷ। ସିଏ ହିଁ ଉତ୍ତର ଦେଲା।:ପୋଖରୀ କୂଳରେ। କନିଅର ଗଛ ଏପଟକୁ। ଡୁଠ ପାଖରେ।

:ନାଗ ହୋଇପାରେ। ମତ ଦେଲେ କାଶୀଭାଇ।

ସ୍ଥାନରୁ ସାପର ଜାତି ନିରୂପଣ କରିବାରେ ସେ କିପରି ସଫଳ ହୋଇପାରିଲେ। ସେ ସଂପର୍କରେ କେହି କିଛି ପ୍ରଶ୍ନ କଲେନାହିଁ। ଅଗତ୍ୟା କାଶୀ ଭାଇ ସ୍ପଷ୍ଟୀକରଣ ଦେଲେ। କହିଲେ: ଆଜିଠୁଁ ଠିକ୍ ଏକ ମାସ ତିନି ଦିନ ତଳେ ମୁଁ ସେଠି ମସ୍ତ ଏକ ନାଗ ବୁଲୁଥିବାର ଦେଖିଚି।

କାଶୀଭାଇଙ୍କର କୌଣସି କଥାକୁ ସହ୍ୟ କରୁ ନ ଥିବା ଯୋଗିଆ ଥଟ୍ଟା କଲା।

:ସେ ନାଗ ତୁମ ମୁଣ୍ଡ ଉପରେ ଫଣାଟେକିବା ପାଇଁ ବୁଲୁଥିଲା କାଶୀ ଭାଇ ।

କାଶୀ ଭାଇ ଅସନ୍ତୁଷ୍ଟ ଦିଶିଲେ: ହେଃ... ମୋ କଥା କେହି ବିଶ୍ୱାସ କରୁନାହାନ୍ତି ଦେଖୁଚି !

ଯୋଗୀ ହିଁ ଉତ୍ତର ଦେଲା: ବିଶ୍ୱାସ କରୁଛୁ। ତମେ ନାଗସାପ ଚିହ୍ନିଚଟି ? କହିଲ ନାଗସାପ ଫଣାରେ ଚକ୍ରଚିହ୍ନ ଥାଏ ନା ହାତ ଚିହ୍ନ ଥାଏ ? କାଶୀ ଭାଇ ଅବିଳମ୍ବେ ଉତ୍ତର ଦେଲେ: ସେ ସେତେବେଳେ ଫଣା ଟେକି ନ ଥିଲା।

ଯୋଗିଆ ହସିଲା। କାଶୀଭାଇ ଅପମାନିତ ହେଲେ। ମାତ୍ର ପରିସ୍ଥିତିର ଭୟାବହତା ଦୃଷ୍ଟିରୁ ସେ ଦୁଇ ଜଣଙ୍କର ଯୁକ୍ତିତର୍କ ଓ ମାନ ଅପମାନ ଅପ୍ରାସଙ୍ଗିକ ଥିଲା। ତେଣୁ ସର୍ବସାଧାରଣ ସେ ଦୁହିଁଙ୍କୁ ଠେଲି ବାହାର କରିଦେଲେ। ତେବେ ସେ ଦୁଇ ଜଣ ବାହାରେ ମଧ୍ୟ ଯୁକ୍ତିତର୍କରେ ମଜ୍ଜି ରହିଥିଲେ।

ଆଗନ୍ତୁକ ଯିଏ ବା ଆସୁଥିଲା ସେ ସବିଶେଷ ଶୁଣୁଥିଲା ଓ ତତ୍‌କ୍ଷଣାତ୍ ଆଲୋଚନାରେ ସାମିଲ୍ ହୋଇଯାଉଥିଲା। ଆଲୋଚନା ମଧ୍ୟରେ ଥିଲା ମାଈ ସାପ ଓ ଅଣ୍ଡିରା ସାପ ମଧ୍ୟରେ ପାର୍ଥକ୍ୟ। ସାପ ଓ କୁଆ ମଧ୍ୟରେ ଝଗଡ଼ା ଲାଗିଲେ କିଏ ଜିତିବ ? ତଥା ସାପର ସଂଗୀତ ପ୍ରତି ଦୁର୍ବଳତା।

ବଡ଼ ଭାଇର ଅନ୍ୟତମ ବନ୍ଧୁ ପୂର୍ଣ୍ଣଭାଇ ଲଣ୍ଠନର କ୍ଷୀଣ ଆଲୁଅରେ 'ସହଜ ପ୍ରାଥମିକ ଘରୋଇ ଚିକିତ୍ସା' ନାମକ ଏକ କ୍ଷୁଦ୍ର ପୁସ୍ତିକାର ପୃଷ୍ଠା ଓଲଟାଇ ସାପ କାମୁଡ଼ାର ସୁଗମ ଚିକିତ୍ସା ଶୀର୍ଷକ ପରିଚ୍ଛେଦର ସନ୍ଧାନ କରୁଥିଲେ। ମାତ୍ର ତାହା ମିଳୁ ନ ଥିଲା।

ବଡ଼ଭାଇ କହିଲା: ଥାଉ ! ମୁଁ ଜାଣିଛି ! ପ୍ରଥମ ଚିକିତ୍ସା ହେଲା- ଗୋଡ଼ରେ କିଛି ଗୋଟାଏ ବାନ୍ଧିଦେବା। ଆମେ ବାନ୍ଧି ସାରିଛେ। ବିଷ ଅଟକି ଯାଇଛି।

ଅସଲରେ ସାନଭାଇର ଗୋଡ଼ରେ ଦଉଡ଼ି, ଗାମୁଛା, କନାଧଡ଼ି, ପ୍ଲାଷ୍ଟିକ୍ ସୂତା ଇତ୍ୟାଦି ଅନେକ ବନ୍ଧନ ଥିଲା। ପାଦଠାରୁ ଜଙ୍ଘ ପର୍ଯ୍ୟନ୍ତ ବନ୍ଧା ଚାଲିଥିଲା। ଉଦ୍ଦେଶ୍ୟ ଯଦି ବିଷ ଥାଏ ତା'ର ଗତିରୋଧ କରିବା। ବନ୍ଧନ ଏତେ ଶକ୍ତ ଥିଲା ଯେ ପାଦ ଛିଣ୍ଡିଯିବା ବି ଅବିଚିତ୍ର ନ ଥିଲା।

ପୂର୍ଣ୍ଣଭାଇ ଚିତ୍କାର କଲେ: ପାଇଛି ! ପାଇଛି !

ସମବେତ ଜନତା ଆଗ୍ରହୀ ହେଲେ: କ'ଣ ?

ପୂର୍ଣ୍ଣଭାଇ ଶୁଣାଇଲେ: ରୋଗୀକୁ ଢେର୍ ଲୁଣ ଓ ଚିନିପାଣି ଦିଅନ୍ତୁ।

ଜଣେ ଅଭିଜ୍ଞ ଝାଡ଼ାରୋଗୀ ମତଦେଲା: ଏଟା ହଇଜାର ଚିକିତ୍ସା !

ପୂର୍ଣ୍ଣଭାଇ ନିରୁତ୍ସାହିତ ଦିଶିଲେ।

ବଡ଼ଭାଇ କହିଲେ: ଦ୍ୱିତୀୟ ଚିକିତ୍ସା ହେଲା ବିଷକୁ ଝାଡ଼ିବା ! କାମୁଡ଼ା ଜାଗାରେ ବାରୁଦ ଲଗେଇ ନିଆଁ ଚେଙ୍ଗି ଦେଲେ ବିଷ ଝଡ଼ିଯିବ ।

ପୂର୍ଣ୍ଣଭାଇ ବହିପୃଷ୍ଠା ନ ଖୋଜି ସମବେତ ଜନତାଙ୍କୁ ପଚାରିଲେ: କାହା ପାଖରେ ଦିଆସିଲି ଅଛି ?

ଜଣେ ସଦାଶୟ ବିଡ଼ି ପାନକାରୀଙ୍କ ଅଣ୍ଟାରେ ଥିଲା ଦିଆସିଲିଟାଏ । ସେ ଅକୃପଣ ଚିତ୍ତରେ ତାହା ପ୍ରଦାନ କଲେ । ପୂର୍ଣ୍ଣଭାଇ ତିନି ଚାରୋଟି ଦିଆସିଲି କାଠିରୁ ସଂଗ୍ରହ କଲେ ବାରୁଦ । ବଡ଼ ଭାଇ ତାକୁ ଗୁଞ୍ଜିଦେଲା କ୍ଷତ ସ୍ଥାନରେ । ପୂର୍ଣ୍ଣଭାଇ ଦିଆସିଲି ଜଳାଇଲେ । ବଡ଼ଭାଇ ଜଳନ୍ତା ନିଆଁ ଚେଙ୍ଗିଲା କାମୁଡ଼ା ଜାଗାଟାରେ । ନିଆଁ ଫଁ କିନା ଜଳି ଉଠିଲା । କ୍ଷତ ସ୍ଥାନରେ କିଛି କଳାଦାଗ । ଏବଂ ପବନରେ ବାରୁଦର ପୋଡ଼ାଗନ୍ଧ ସହ ସାନଭାଇ କଣ୍ଠରୁ ଭାସି ଆସିଲା 'ଆଃ' ଚିତ୍କାରଟିଏ ।

ସମସ୍ତେ ନିରବ ଥିଲେ ସେତେବେଳେ ।

ସମବେତ ନିରବତାକୁ ଭାଙ୍ଗି ଶୁଣାଗଲା ଗୀତଟିଏ । ଆମେ ଆଶ୍ଚର୍ଯ୍ୟ ! ଲକ୍ଷ୍ୟକରି ଦେଖିଲୁ ଗୀତଟାକୁ ସାନ ଭାଇ ହିଁ ଗାଉଛି । ଗୀତର ମର୍ମ ବଡ଼ ଭୟଙ୍କର । ହିନ୍ଦୀ ଫିଲ୍ମର ପୁରୁଣା ଗୀତଟା । 'ଏକ ଦିନ୍ ବିତ୍ ଜାଏଗା ମାଟିକା ମୋଲ । ଜଗମେଁ ରହଜାଏଗା ପ୍ୟାରେ ତେରେ ବୋଲ୍ ।''

ବଡ଼ଭାଇ ଆତଙ୍କଗ୍ରସ୍ତ ଆଖିରେ ମୋ ଆଡ଼କୁ ଚାହିଁଲା । ମୁଁ ଭୟରେ ଥରିଉଠିଲି । ଗୀତଟା ଶୁଣାଯାଉଥିଲା ଏକ ଦୁର୍ଭାଗ୍ୟଜନକ ପରିଣତିର ପଦଧ୍ୱନୀ ଭଳି । ମୁଁ ଅସହାୟ ଭାବରେ ଏଣେତେଣେ ଚାହିଁଲି । ଦେଖିଲି ଭିଡ଼ ଠେଲି ଆମ ପଡ଼ିଶା ଘରର ଗୋଟେ ଛୋଟ ଝିଅ ରୁନୁ ଘଟଣାସ୍ଥଳୀ ଆଡ଼କୁ ଅଗ୍ରସର ହେଉଛି । ମୋର ହଠାତ୍ କାହିଁକି ମନେହେଲା ସମସ୍ତ ଦୁର୍ଭାଗ୍ୟର କାରଣ ରୁନୁ ହେବା ଖୁବ୍ ବେଶି ସମ୍ଭବ । ଯଦିଓ ମୁଁ କୁସଂସ୍କାର ବିରୋଧରେ ଭାଷଣ ଦେଇ ପୁରସ୍କାର ପାଇପାରୁଥିଲି,ସେଇ ମୁହୂର୍ତ୍ତରେ କୁସଂସ୍କାରର ଦାସ ହୋଇଗଲି । ବୋଉର କଥା ମନେପଡ଼ିଲା । ନାରୀମାନଙ୍କର ଛାଇ ବିଷକୁ ତୀବ୍ର କରେ । ସେ ନାରୀ ଶିଶୁଟିଏ ହେଉନା କାହିଁକି ? ମୁଁ କଟମଟ କରି ଅନେଇଲି ରୁନୁ ଆଡ଼କୁ । କହିଲି: ଯାଃ... ଭାଗ୍..ଏଠୁ ।

ରୁନୁ ପ୍ରାଣଘେନି ପଳାଇଗଲା ।

ଯେତେବେଳେ ବଡ଼ଭାଇ ଓ ମୁଁ ଏକ ଭୟାନକ ପରିଣତି କଥା ଭାବି ଥରି ଉଠୁଥୁ । ଯେତେବେଳେ ବାବା କ'ଣ କରିବେ ବୋଲି କିଛି ସ୍ଥିର କରିପାରୁ ନାହାନ୍ତି । ଯେତେବେଳେ ବୋଉର ପ୍ରାର୍ଥନା ଆସ୍ତେ ଆସ୍ତେ କାନ୍ଦଣାରେ ବଦଳିଯିବାକୁ ଆରମ୍ଭ କରିଚି । ସେତେବେଳେ ସମବେତ ଜନତା କ୍ରମଶଃ ଯୁକ୍ତିତର୍କ ଓ କଳିଗୋଳରେ ମାତି

ଉଠୁଥିଲେ। ମୋର କ୍ରମଶଃ ମନେହେଉଥିଲା ସହାନୁଭୂତି ପାଇଁ ଯେତେ ନୁହେଁ, ଚାଞ୍ଚଲ୍ୟ ଓ ଆମୋଦ ପାଇଁ ଏମାନେ ସେତେ ଏକାଠି ହେଉଛନ୍ତି।

କିଏ ଜୀବନରେ କେତୋଟି ସାପ ମାରିଛି। କିଏ କେତୋଟି ସାପ କାମୁଡ଼ାର ଅଭିଜ୍ଞତା ପ୍ରତ୍ୟକ୍ଷ କରିଛି। କେଉଁ କେଉଁ ପ୍ରକାରର ଗୁଣିଆ ସାପ ବିଷ ଝାଡ଼ି ପାରନ୍ତି। କୋଉ ଗୁଣିଆ ଡାକ ଦେଲେ ସାପ ଆସି ବିଷ ଫେରାଇ ନେବ। କୋଉ ଗୁଣିଆ ସାପ କାମୁଡ଼ା କଥା ଶୁଣିବା ମାତ୍ରେ ପାଖରେ ବସିଥିବା ଲୋକକୁ ଚାପୁଡ଼ାଟେ କଷିଦେବ, ଇଆଡ଼େ ବିଷ ଝଡ଼ିଯିବ ଇତ୍ୟାଦି ବହୁ ବିଚିତ୍ର ଓ ଆମୋଦଦାୟକ ଗୁଲିଖଟି ଚାଲୁ ରହିଥିଲା।

ଯେଉଁ ଯେଉଁ ନବାଗତ ଶୁଭେଚ୍ଛୁମାନେ ଜନତାର ଦଳରେ ଯୋଗଦେଉଥିଲେ ସେମାନେ ପୁଣି ମୂଳରୁ ଅନୁସନ୍ଧାନ କରୁଥିଲେ। କେତେବେଳେ କାମୁଡ଼ିଲା ? କୋଉଠି କାମୁଡ଼ିଲା ? କ'ଣ କାମୁଡ଼ିଲା ? କାହାକୁ କାମୁଡ଼ିଲା ? କେମିତି କାମୁଡ଼ିଲା ? ବର୍ତ୍ତମାନ ଅବସ୍ଥା କ'ଣ ? କ'ଣ ସବୁ ପ୍ରତିକାର ହୋଇଛି ବୁଝୁଥିଲେ। ଯେଉଁମାନେ ଫେରିଯାଉଥିଲେ ସେମାନେ ଶୁଣେଇ ଦେଇ ଯାଉଥିଲେ 'କିଛି ହେବନି ହୋ।' ଏଇ ବାକ୍ୟଟି ଆମକୁ ଆଶ୍ୱାସନା ଦେବାପାଇଁ ଯେତେ ନୁହେଁ କିଛି ଚାଞ୍ଚଲ୍ୟକର ଘଟୁନାହିଁ ବୋଲି ନିଜକୁ ସେତିକି ସାନ୍ତ୍ୱନା ଦେଲା ଭଳି ମନେହେଉଥିଲା।

ଜଣେ ବିଶାରଦ କହିଲେ: ପଚାର ! ଆଖିକୁ ସବୁ ଠିକ୍ ଦୁଶୁଚି କି ନା ? ଯଦି ବିଷ ଚହଟିଥିବ, ସବୁ ଜାଲୁଜାଲୁଆ ଦିଶିବ !

ସମସ୍ତେ ପଚାରିବାକୁ ଆଗ୍ରହ କଲେ। ସମ୍ମିଳିତ ସ୍ୱର 'ଘୋ' କରି କମ୍ପି ଉଠିଲା। ଏତେ ଜୋର୍ 'ଘୋ' ହେଲା ଯେ, ଯେ କେହି ଡରିଯିବା ଥିଲା ସ୍ୱାଭାବିକ୍।

ସାନଭାଇ ଉତ୍ତର ଦେଲା: ସବୁ ଦୁଇ ଦୁଇଟା ଦିଶୁଚି।

ବଡ଼ଭାଇ ମୋ ମୁହଁକୁ ଚାହିଁଲା। ମୁଁ ବଡ଼ ଭାଇର ମୁହଁକୁ ଚାହିଁଲି। ଭୟରେ। ଆତଙ୍କରେ।

ଆଉଜଣେ ତତ୍ତ୍ୱବିତ୍ କହିଲେ: କିଛି ନିମ୍ବପତ୍ର ଚୋବେଇବାକୁ ଦିଅ। ଯଦି ମିଠା ଲାଗିବ ତେବେ ବିଷ ଚହଟିଛି ବୋଲି ଜାଣିବାକୁ ହେବ !

ନିମ୍ବପତ୍ର ଆଣିବାକୁ ଅନେକ ଶୁଭେଚ୍ଛୁ ଧାଇଁଗଲେ। ଅବଶ୍ୟ ଜଣେ ଶାସ୍ତ୍ରଜ୍ଞ ବାରଣ କରୁଥିଲେ। ନିଶାକାଳେ ନିମ୍ବପତ୍ର ଚୟନ ନିଷେଧ। ମାତ୍ର ତାଙ୍କ ନିଷେଧାଜ୍ଞା କେହି ଶୁଣିଲେ ନାହିଁ। ମୁହୂର୍ତ୍ତକ ମଧ୍ୟରେ ଗଛଯାକର ନିମ୍ବପତ୍ର ଗଦା ହୋଇଗଲା। ସେଥିରୁ ଜମା ଗୋଟେ ପତ୍ର ସାନ ଭାଇକୁ ଦିଆଗଲା। ସେ ଚୋବେଇଲା।

ସମସ୍ତେ ଉତ୍ତର ପାଇବାକୁ ଆଗ୍ରହ କଲେ। ପୁଣି ମିଳିତ ଚିତ୍କାରର ବିସ୍ଫୋରଣଟିଏ ସୃଷ୍ଟିହେଲା।

ସାନଭାଇ ଉତ୍ତର ଦେଲା: ରାଗ ଲାଗୁଛି !

ବଡ଼ଭାଇ ମୋ କାନ୍ଧରେ ହାତ ରଖିଲା। ତା' ହାତ ଥରୁଥିଲା। ମୁଁ ପୂରାପୂରି ଡରି ଆସୁଥିଲି।

ବଡ଼ଭାଇ କହିଲା: କ'ଣ କରିବା ଏବେ ?

ମୁଁ ଉତ୍ତର ଦେବା ପୂର୍ବରୁ ସମବେତ ଜନତା ଚିତ୍କାର କଲେ: ମନ୍ଦିରକୁ ଯିବାକୁ ହେବ !

ସେତେବେଳେ ସେଇ ମୁହୂର୍ତ୍ତରେ ମନ୍ଦିର ହିଁ ଥିଲା ଏକମାତ୍ର ଆଶ୍ରୟ। ଈଶ୍ୱର ହିଁ ଥିଲେ ଏକମାତ୍ର ଭରସା। ଜନତା ସାନ ଭାଇକୁ ଶୂନ୍ୟେ ଶୂନ୍ୟେ ଟେକିନେଲେ। ଆମେ ଅନୁଧାବନ କଲୁ। ଜନତାଙ୍କ ମଧ୍ୟରୁ ଥୋକେ ଆମ ଘରଠି ଅଟକି ଗଲେ। ସେମାନେ ବାବା ବୋଉଙ୍କୁ ସଙ୍ଗ ଦେବେ। ଥୋକେ ଆମ ସହ ଚାଲିଲେ। ବାଟସାରା ଜନତା ଆମ ସହ ସାମିଲ ହେଉଥାନ୍ତି ଓ ସେମାନଙ୍କ ଆଲୋଚନା ଚାଲୁ ରଖିଥାଆନ୍ତି। ମତେ ବଡ଼ ବିରକ୍ତିକର ମନେହେଉଥାଏ ସେ ଆଲୋଚନା। କିନ୍ତୁ ମୁଁ କିଛି କହିପାରୁ ନ ଥାଏ !

କେଉଁଠି ସିନେମାହଲ୍‌ରେ ନାଗେଶ୍ୱରୀ ବାଜା ଶୁଣି ସତସତିକା ନାଗଟାଏ ପର୍ଦ୍ଦା ସାମ୍ନାରେ ଫଣା ଟେକିଥିଲା। କୋଉଠି ନାଗ ମଲା ପରେ ନାଗୁଣୀ ପ୍ରତିଶୋଧ ନବାକୁ ଗଛମୂଳେ ଜଗି ବସିଥିଲା। ନାଗର ଆଖି କିପରି ଗୋଟେ କ୍ୟାମେରା ଭଳି। ଯାହା ଶତ୍ରୁ ମଣିଷମାନଙ୍କର ଫଟୋ ଉଠାଇ ନିଏ। କୋଉଠି ଗାଈର ପଛାରେ ଓହଳି ରହି ନାଗ କ୍ଷୀର ପିଉଥିଲା ଇତ୍ୟାଦି ସୁଖକର ଗପ୍ପ ଆଲୋଚିତ ହେଉଥିଲା।

ବଡ଼ ପୋଖରୀରେ ବୁଡ଼ ପକେଇ ଗତିଶ୍ୱରଙ୍କ ମନ୍ଦିରରେ ଆଠଗରା ପାଣି ଅଜଡ଼ା ହେଲା। ଝାରମହୁରାଟିଏ କ୍ଷତରେ ଲଗାହେଲା। ଶିବ ମହାପ୍ରଭୁଙ୍କ କରୁଣା ପାଇଁ ଚିତ୍କାର କରି ପ୍ରାର୍ଥନା କରାଗଲା। ସମବେତ ଜନତା ଖୁସୀ ହେଲେ। ଈଶ୍ୱରଙ୍କର ଜୟଜୟ କାର କଲେ। ଆମେ ଘରକୁ ଫେରିଲୁ। ଘରେ ପହଞ୍ଚି ଦେଖିଲୁ ଜନତାଙ୍କ ସଂଖ୍ୟା ବୃଦ୍ଧି ହୋଇଛି। ଆଲୋଚନାର ପରିସର ମଧ୍ୟ ବ୍ୟାପକ ହୋଇଛି। ରଣାସାପ ଏକଦା ମହା ବିଷଧର ଥିଲା। ସେ ନିଜର ବିଷ ହରାଇଲା କିପରି ? ଅହିରାଜ ସାପ ଜଙ୍ଗଲ ରାସ୍ତାରେ ମୁଣ୍ଡ ପଟୁ ଆକ୍ରମଣ କରେ। ତେଣୁ ଲୋକେ ଜଙ୍ଗଲରେ ମୁଣ୍ଡରେ ଦୁଇ ତିନିଟା ଠେକା ମାରି ଯାଆନ୍ତି। ବୋଡ଼ା ସାପର ବିଷ ଏକୋଇଶିଦିନ ପରେ ବାହାରେ। ସାପ ଶୋଇଲା ଲୋକକୁ କାମୁଡ଼େ ନାହିଁ। ଯଦି କାମୁଡ଼ିଲା ତେବେ ବଞ୍ଚିବା ଅସମ୍ଭବ ଇତ୍ୟାଦି ଥିଲା ଗପ୍ପ।

ସେଦିନ ଆମେ ଘରେ ଶୋଇଲୁ ନାହିଁ। ତାହା ଥିଲା ଶାସ୍ତ୍ରାନୁସାର ଆଦେଶ।

ସ୍କୁଲ ଘରେ କୁଟାର ବିଛଣା ହେଲା । ସେଇଠି ଶୋଇଲୁ । ଭାତଖିଆ ମଧ୍ୟ ବନ୍ଦ । ଚୂଡ଼ା ନଡ଼ିଆ ଖାଇ ରାତ୍ରଭୋଜନ ଶେଷ କଲୁ । ସେଠାରେ ମଧ୍ୟ କିଛି ସହୃଦୟ ଜନତା ଆମ ପାଖରେ ଜଗିକି ଶୋଇବାକୁ ସ୍ଥିର କଲେ । ସେଠାରେ ମଧ୍ୟ ସାରାରାତି ସାପ ସମ୍ପର୍କୀୟ ଆଲୋଚନା ଚାଲୁ ରହିଲା ।

ନାଗ ସାପର ମୁଣ୍ଡରେ ଥିବା ମଣି କିପରି ତାକୁ ଟର୍ଚ୍ଚ ଲାଇଟ୍ ଦେଖାଇବା ଭଳି ଅନ୍ଧାରରେ ବାଟ ଦେଖାଏ । ବୋଡ଼ା ସାପର ଲାଙ୍ଗୁଡ଼ କଟିଗଲା ପରେ ତା'ର କେମିତି ଯୋଡ଼ିଏ ଡେଣା ଗଜୁରି ଉଠେ ଓ ସେ ଚନ୍ଦନ ବନକୁ ଉଡ଼ିଯାଏ । ସାପର ଲାଞ୍ଜରେ ହିଁ ବିଷ ଥାଏ, ସେ କାମୁଡ଼ି ସାରି ଲାଞ୍ଜକୁ ଭୂଇଁରେ ଦୁଇଥର ପିଟି ସାରିଲେ ହିଁ ବିଷ ଆସେ । ଆସ୍ତିକ ଆସ୍ତିକ କହିଲେ ଯେତେ ଭୟଙ୍କର ସାପ ହେଉ ପଛେ ପଳାଇଯିବ ଇତ୍ୟାଦି ନାନା ଅସତ୍ୟ ଓ ଅସମର୍ଥିତ କାହାଣୀରେ ସ୍କୁଲ ଘରର ରାତି ଭୋର୍ ହୋଇଗଲା ।

ସକାଳେ ପୋଖରୀ କୂଳରେ, କନିଅର ଗଛ ମୂଳେ ତୁଠ ପାଖରେ ମୋଟା ଧଣ୍ଡଟାଏ ବେଙ୍ଗଗିଳି ପଡ଼ି ରହିଥିବାର ଦେଖାଯାଇଥିଲା । ଯଥା ସମୟରେ ବାଡ଼ିଆ ଖାଇ ମଲା । ଆମେ ସନ୍ଦେହ କଲୁ କାମୁଡ଼ିଥିବା ସାପଟା ଧଣ୍ଡ ହୋଇପାରେ । ବାବା କିନ୍ତୁ ତିନି କିଲୋମିଟର ଦୂରସ୍ଥ ଡାକ୍ତରଖାନାକୁ ସାଇକେଲରେ ବସେଇ ସାନଭାଇକୁ ନେଇଥିଲେ ଓ ଯଥାରୀତି ଇଞ୍ଜେକ୍ସନ ଓ ଔଷଧ ଖୁଆଇଲେ ।

କିନ୍ତୁ ଆମର ସେ ମଫସଲ ପ୍ରାୟ ଛୋଟ ଗାଁଟିରେ କେହି ସହଜରେ ଭୁଲିପାରି ନ ଥିଲେ ଘଟଣାଟିକୁ । ଯାହା ଚାଞ୍ଚଲ୍ୟକର ପରିଣତି ହେବ ହେବ ବୋଲି ହେଲା ନାହିଁ । ଆମ ପରିବାରର ଯାହାକୁ ଦେଖିଲେ ବି ସେମାନେ ସାପକାମୁଡ଼ା କଥା କ'ଣ ହେଲା ବୋଲି ପଚାରୁଥିଲେ ଓ ଶୁଣା କାହାଣୀର ପେଡ଼ି ଖୋଲି ଦେଉଥିଲେ ।

ସଞ୍ଜବେଳେ ଆମଘରେ ଶୁଭେଚ୍ଛୁ ଜନତାଙ୍କର ଭିଡ଼ ହେଉଥିଲା ଓ ଦେହ କେମିତି ଅଛି ପଚାରିବା ବାହାନାରେ ସେମାନେ ଯିଏ ଯେତେ ସାପ କଥା ଜାଣିଥିଲେ ସବୁ ବିବୃତ୍ତ କରିବାରେ ଉଦାର ହୋଇପଡୁଥିଲେ ।

ଧଣ୍ଡ କାମୁଡ଼ିଛି ଅନୁମାନ ପରେ ସାନ ଭାଇକୁ ଖୁସୀ ଲାଗୁଥିଲା । କାରଣ ଏକ ଅସମର୍ଥିତ କାହାଣୀର ସୂତ୍ର ଅନୁଯାୟୀ ଧଣ୍ଡ କୋଉଠି ସାପ ଜାତିର ଅସ୍ପୃଶ୍ୟ ଜୀବ । ତେଣୁ ଯାହାକୁ ଧଣ୍ଡ କାମୁଡ଼େ ତାକୁ ଅନ୍ୟ କୌଣସି ସାପ କାମୁଡ଼ିବା ସମ୍ମାନଜନକ ମନେକରନ୍ତି ନାହିଁ । ତେଣୁ ଏଇ ଧଣ୍ଡର ଆଘାତଟା ସାନ ଭାଇକୁ ଅନ୍ୟ ସାପର ଆକ୍ରମଣ ଆଗରେ ଗୋଟେ ରକ୍ଷାକବଚ ଭଳି ମନେହେଇଥିଲା । ତେଣୁ ସେ ନିର୍ଭୟରେ ଭୟଙ୍କର ଲଟା ବଣ ବୁଦାରେ ଡେଇଁବା ଆରମ୍ଭ କଲା ଅଧିକ ପରିମାଣରେ ।

ଆମ ଅଞ୍ଚଳର ଶୁଭେଚ୍ଛୁ ଜନତା ସାପ ସମ୍ପର୍କରେ ନୂଆ ନୂଆ କାହାଣୀ ଗପୁଥିଲେ

ଓ ଗପିବା ପାଇଁ ହିଁ ଏକାଠି ହେଉଥିଲେ। ଆମ ଘର ପାଖାପାଖି ଅଞ୍ଚଳ ଥିଲା ଏଇ ସବୁ ଆଲୋଚନାର ପ୍ରକୃଷ୍ଟ ସ୍ଥାନ।

ଏମିତି ଚାଲୁରହିଲା ପରବର୍ତ୍ତୀ ଚାଞ୍ଚଲ୍ୟକର ଘଟଣାଟି ଘଟିବା ପର୍ଯ୍ୟନ୍ତ। ଅନ୍ୟ ଏକ ସାଇରେ ଜଣେ କମ୍ ବୟସ୍କା ସ୍ତ୍ରୀଲୋକକୁ ଭୂତ ଲାଗିଲା ଓ ଶୁଭେଚ୍ଛୁ ଜନତା ସେଠାରେ ଭିଡ଼ ଜମାଇଲେ। ଭୂତ ସମ୍ପର୍କରେ ଯିଏ ଯେତେ କାହାଣୀ ଜାଣିଥିଲେ ତାହା ବ୍ୟକ୍ତ କରିବାର ଉପଯୁକ୍ତ ସମୟ ଓ ସ୍ଥାନ ଖୋଜି ପାଇଥିବାରୁ ଖୁସୀ ଲାଗୁଥିଲେ।

ସାପ କାମୁଡ଼ା କଥା ପ୍ରାୟ ସମସ୍ତେ ବିସ୍ମୃତ ହୋଇ ଆସୁଥିଲେ। କେବଳ ଗ୍ରାମଦେବ ଗତୀଶ୍ୱରଙ୍କ ମହିମା ବର୍ଣ୍ଣନା କାଳରେ ସେ କିପରି ଏକଦା ହେଡ୍‌ସାର୍‌ଙ୍କ ସାନ ପୁଅକୁ ବିଷଧର ସର୍ପ କବଳରୁ ରକ୍ଷାକରି ନିଜର ଯଶୋବାନା ଉଚ୍ଚତର କରି ଉଡ଼ାଇଥିଲେ ତାହା ଆଲୋଚିତ ହେଉଥିଲା।

ସାନଭାଇ କିନ୍ତୁ ଭୁଲି ନ ଥିଲା। ସେ ଅଧିକ ଅବାଧ୍ୟ ଓ ଉଚ୍ଛୃଙ୍ଖଳ ହୋଇ ବିଲବନରେ ଡେଉଁଥିଲା। କାରଣ ତା' ହାତରେ ଥିଲା ଅନ୍ୟ ସାପମାନଙ୍କ ବିରୋଧରେ ସୁରକ୍ଷା କବଚ। ମୁଁ ମଧ୍ୟ ଭୁଲି ନ ଥିଲି। ମତେ କାମୁଡ଼ିବା ଯୋଗ୍ୟ ଗୋଟାଏ ଧଣ୍ଡ ସାପର ସନ୍ଧାନ କରୁଥିଲି ମନେମନେ।

■

ସ୍କୁଲଦିନ

ସ୍କୁଲର୍ ରୁଟିନ୍ ଥିଲା ଏହିଭଳି। ଦିନ ଦଶଟାରେ ବାଜୁଥିଲା ପ୍ରଥମ ଘଣ୍ଟା। ଆମେ ସବୁ କ୍ଲାସ୍‌ରୁମ୍‌ରେ ବହିଖାତା ରଖି ଦେଇ ସ୍କୁଲ ପଡ଼ିଆରେ ଏକାଠି ହେଉଥିଲୁ। ସେଇଠୁ ଆରମ୍ଭ ହେଉଥିଲା ସଫାଇ କାର୍ଯ୍ୟକ୍ରମ। ସ୍କୁଲର ପରିବେଶ ସଫା କରାଯାଉଥିଲା। ସାଢ଼େ ଦଶଟାରେ ବାଜୁଥିଲା ପ୍ରାର୍ଥନା ଘଣ୍ଟା। ସେଠି ଛାତ୍ରଛାତ୍ରୀମାନଙ୍କର ଉପସ୍ଥାନ ନିଆଯାଉଥିଲା। ପ୍ରାର୍ଥନା ପରେ ପରେ ଥିଲା ଖବରକାଗଜ ପାଠର କାର୍ଯ୍ୟକ୍ରମ।

ଖବରକାଗଜ ପଠନର ପଦ୍ଧତି ଏହିଭଳି। ପୂର୍ବଦିନ ଆସିଥିବା ଖବରକାଗଜର ମୁଖ୍ୟ ଓ ପଠନଯୋଗ୍ୟ ସମ୍ବାଦଗୁଡ଼ିକରେ ଚିହ୍ନ ଦିଆଯାଉଥିଲା। ଏହି କାର୍ଯ୍ୟଟି କରୁଥିଲା ଜଣେ ଛାତ୍ର। ଏବଂ ତାକୁ ସଂସ୍କୃତି ମନ୍ତ୍ରୀ ବୋଲି କୁହାଯାଉଥିଲା। ସଂସ୍କୃତି ମନ୍ତ୍ରୀର କାର୍ଯ୍ୟକାଳ ଏକମାସ ଥିଲା। ସେହି ଛାତ୍ରମନ୍ତ୍ରୀଟି ଶ୍ରେଣୀ ଶିକ୍ଷକଙ୍କ ସହାୟତାରେ କେଉଁ କେଉଁ ସମ୍ବାଦ ପଢ଼ାଯିବ ତାହା ସ୍ଥିର କରୁଥିଲା। (ମୁଁ ଅବଶ୍ୟ ଥରେ ଅଧେ ସଂସ୍କୃତି ମନ୍ତ୍ରୀ ହୋଇଛି। କିନ୍ତୁ ସମ୍ବାଦ ଚୟନ କାଳରେ ଆପଣା ବୁଦ୍ଧି ପ୍ରୟୋଗ କରୁଥିଲି। ଏ ସଂପର୍କରେ ଶ୍ରେଣୀ ଶିକ୍ଷକଙ୍କ ପରାମର୍ଶ ନେଉ ନ ଥିଲି। ତେଣୁ ହତ୍ୟା ଡକାୟତି ଓ ଦୁର୍ଘଟଣାର ସମ୍ବାଦ ସବୁକୁ ନିଶ୍ଚୟ ଚିହ୍ନ ଦେଉଥିଲି ଏବଂ ମୋ କାର୍ଯ୍ୟକାଳ ମଧ୍ୟରେ ସମ୍ବାଦ ପଠନ ଛାତ୍ରଛାତ୍ରୀମାନଙ୍କ ପାଇଁ ବେଶି ରୁଚିକର ଥିଲା। ମୋତେ ଅବଶ୍ୟ ପରେ ଏଥିପାଇଁ ଗାଳି ଶୁଣିବାକୁ ପଡ଼ିଥିଲା ଓ ସଂସ୍କୃତି ମନ୍ତ୍ରୀ ପଦରୁ ବିତାଡ଼ନ କରାଯାଇଥିଲା। କିନ୍ତୁ ମୁଁ ବିଶ୍ୱାସ କରୁଥିଲି ଯେ ମୋ କାର୍ଯ୍ୟକାଳ ମଧ୍ୟରେ ମୁଁ ଛାତ୍ରଛାତ୍ରୀମାନଙ୍କର ବହୁବିଧ ଉନ୍ନତି କରିଯାଇଥିଲି। ଯଥା ରୁଚିକର ସମ୍ବାଦ ପରିବେଷଣ।

ଏବଂ ମୋର ଛାତ୍ରପ୍ରିୟତାରେ ପ୍ରତିହିଂସା ପରାୟଣ ହୋଇ ମୋ ପ୍ରତି ଅବିଚାର କରାଯାଇଥିଲା ।)

ଖବରକାଗଜରୁ ସମ୍ବାଦ ପଠନ ଅନ୍ତେ ସ୍ଥାନୀୟ ସମ୍ବାଦ ପରିବେଷଣର ବ୍ୟବସ୍ଥା ହେଉଥିଲା । ଏହି କାର୍ଯ୍ୟକ୍ରମରେ ଆଖପାଖ ଅଞ୍ଚଳରେ ଘଟିଯାଇଥିବା ଘଟଣା ସମ୍ପର୍କରେ ଛାତ୍ରଛାତ୍ରୀମାନେ ସୂଚନା ଦେଉଥିଲେ । ତେବେ ଏଇ ପର୍ଯ୍ୟାୟରେ ପରିବେଷିତ ସମ୍ବାଦ ମଧ୍ୟରେ ଘରପୋଡ଼ି, ସାପକାମୁଡ଼ା, ବଜ୍ରପାତ, ଗଣ୍ଡଗୋଳ ତଥା ଚୋରି ସମ୍ବାଦ ଥିଲା ମୁଖ୍ୟ ।

ତା'ପରେ ପରେ ଆମେ ଆସି ଯାଉଥିଲୁ କ୍ଲାସ୍‌ରୁମ୍‌କୁ । ଏବଂ ରୁଟିନ୍ ଅନୁସାରେ ପିରିୟଡ୍ ପରେ ପିରିୟଡ୍ ଆରମ୍ଭ ହେଉଥିଲେ ହେଁ, ଘଣ୍ଟା ବାଜୁଥିଲେ ହେଁ ଏକ ଅଲିଖିତ ରୁଟିନ୍‌ର କାର୍ଯ୍ୟକ୍ରମ ଆରମ୍ଭ ହେଉଥିଲା ।

ପ୍ରଥମ ପିରିୟଡ୍‌ର ଅଧାରେ ହିଁ ଅଭିରାମ ଦୃଶ୍ୟ ହେଉଥିଲା ଝର୍କା ପାଖରେ । ଅଭିରାମ ପାଖ ଗାଁର ପିଲା । ତାକୁ ଆଡ଼ପାଗଲା ବୋଲି ସମସ୍ତେ ମନେକରନ୍ତି । ପାଠ ପଢ଼ିନାହିଁ । ପଢ଼ିଥିଲେ ଅଙ୍କ କ'ଣ ପଢ଼ିଥିବ । ସବୁବେଳେ ଏଣେ ତେଣେ ବୁଲୁଥାଏ ନିରୁଦ୍ଦେଶ୍ୟ ଭାବରେ । ତେବେ ସକାଳୁ ତା'ର ଦେଖା ନ ଥାଏ । ସେ ଲୁଚିଛପି ରହିଥାଏ କୋଉଠି କେଜାଣି । ପ୍ରଥମ ପିରିୟଡ୍‌ର ଠିକ୍ ଅଧାରେ ହିଁ ତା'ର ଚେହେରା ନଜରକୁ ଆସେ ।

ସେ ଚୁପ୍‌ଚାପ୍ ଆସି ଝର୍କା ଦେହରେ ମାଙ୍କଡ଼ ଭଳି ଓହଳି ପଡୁଥିଲା ଓ ନିଜର ଉପସ୍ଥିତି ଘୋଷଣା କରିବା ପାଇଁ ଏକ ନାଟକୀୟ ମୁହୂର୍ତ୍ତର ଅପେକ୍ଷା କରୁଥିଲା । ଯେତେବେଳେ ଶ୍ରେଣୀ ଶିକ୍ଷକ କିଛି ଗୋଟାଏ ପ୍ରଶ୍ନ କରୁଥିଲେ, ଆମେ ଛାତ୍ରଛାତ୍ରୀମାନେ କେହି କୌଣସି ଉତ୍ତର ଦେବା ଆଗରୁ ଅଭିରାମ ଝର୍କା ବାହାରୁ କହି ଉଠୁଥିଲା: ମୁଁ କହିବି ।

ଆମେ ସମସ୍ତେ ହସୁଥିଲୁ ।

ଶ୍ରେଣୀ ଶିକ୍ଷକ ବିରକ୍ତ ହେଉଥିଲେ ।

କହୁଥିଲେ: ଅଭି ! ତୁ ସେଠି କ'ଣ କରୁଚୁ ! ଯା' ପଳା !

ଅଭିରାମ ଶ୍ରେଣୀ ଶିକ୍ଷକଙ୍କ ବିରକ୍ତିକୁ ଧୂଳି ଭଳି ଝାଡ଼ି ଦେଉଥିଲା ଦେହରୁ ଓ ମାଙ୍କଡ଼ ଭଳି ଶବ୍ଦ କରୁଥିଲା । କହୁଥିଲା: ଆମକୁ କ'ଣ ପାଠ ଆସେନି ବୋଲି ଭାବୁଚ କି ମାଷ୍ଟ୍ରେ !

ଶ୍ରେଣୀ ଶିକ୍ଷକ କହୁଥିଲେ: ଆସେ, ଢେର୍ ପାଠ ଆସେ । ମାତ୍ର ଏବେ ଏମାନେ ପାଠ ପଢୁଛନ୍ତି । ତୁ ଚୁପ୍ ରହ ।

ଅଭିରାମ ମୁଣ୍ଡ ହଲେଇ କହୁଥିଲା: ହଉ ।

ଶ୍ରେଣୀ ଶିକ୍ଷକ ପାଠପଢ଼ା ଜାରି ରଖୁଥିଲେ। ମାତ୍ର ଅଭିରାମ ଜାରି ରଖୁଥିଲା ତା'ର ଦୁଷ୍ଟାମୀ। ସେ ଛାତ୍ରମାନଙ୍କ ମୁହଁକୁ ଲକ୍ଷ୍ୟକରି ଖତେଇ ହଉଥିଲା। ନିରବରେ ବିକୃତ ମୁଖଭଙ୍ଗୀ ଦେଖଉଥିଲା। ଆମେ ସମସ୍ତେ ନିଜକୁ ସମ୍ଭାଳି ପାରୁ ନ ଥିଲୁ। ହୋ ହୋ ହୋଇ ହସି ପକାଉଥିଲୁ। କ୍ଲାସ୍‌ରୁମ୍‌ଟା ହସରେ ବିସ୍ଫୋରିତ ହୋଇଯାଉଥିଲା।

ଶ୍ରେଣୀ ଶିକ୍ଷକ ରାଗିଯାଉଥିଲେ।

କହୁଥିଲେ: ଅଭି ! ତୁ ଏଠୁ ଯାଉଚୁ ନା ଦେଖିବୁ।

ଅଭି କୌଣସି ଉତ୍ତର ଦେଉ ନ ଥିଲା। ମାଙ୍କଡ଼ ଭଳି ଖିଙ୍କାରି ହଉଥିଲା।

ଶ୍ରେଣୀ ଶିକ୍ଷକ ଆଦେଶ ଦଉଥିଲେ: ଗଲ ପିଲେ ! ସେ ଅଭିକୁ ଧରି ଆଣିବ। ତାକୁ ଏଇ ଗଛରେ ବାନ୍ଧି ପକେଇବା।

ଶ୍ରେଣୀରେ ବଳଶାଳୀ ବୋଲି ବିଚାର କରାଯାଉଥିବା ଚାରି ପାଞ୍ଚଜଣ ଲଗୁଡ଼ ହସ୍ତେ ଏଇ ଦୁଃସାହସିକ କାର୍ଯ୍ୟ ସମାପନ କରିବାକୁ ବାହାରୁଥିଲେ। ଏବଂ ଅଭିରାମ କ୍ଷେପା ମାରି ଦୌଡ଼ୁଥିଲା। ବିଲବାଡ଼ ଡେଇଁ। ଅମରିବୁଦା କିଆବୁଦା ସବୁକୁ ଅତିକ୍ରମ କରି। ଧୁ ଧୁ ଖରାରେ ଅଭିରାମକୁ ଧରିବା ପାଇଁ ଗୋଟେ ଖେଳ ଆରମ୍ଭ ହେଉଥିଲା ଓ ପାଠ ପଢ଼ାରୁ ତ୍ରାହି ପାଇ ଆମେ ଝର୍କାବାଟେ ସେଇ ଦୃଶ୍ୟ ଦେଖିବାରେ ମନ ଦେଉଥିଲୁ। କହିବା ବାହୁଲ୍ୟ ମୁଁ ଦୁର୍ବଳ ଶ୍ରେଣୀୟ ଛାତ୍ରମାନଙ୍କ ଭିତରେ ଯାଉଥିଲି। ତେଣୁ ଶ୍ରେଣୀଗୃହରୁ ପ୍ରୋତ୍ସାହନମୂଳକ ଶବ୍ଦମାନ କରି ବଳଶାଳୀମାନଙ୍କୁ କାର୍ଯ୍ୟରେ ତ୍ୱରିତ କରିବା ଆପଣାର ଗୁରୁତ୍ୱପୂର୍ଣ୍ଣ କର୍ତ୍ତବ୍ୟ ମନେକରୁଥିଲି।

ଯେତେବେଳେ ଶ୍ରେଣୀ ଶିକ୍ଷକ ଅନୁଭବ କରୁଥିଲେ ଯେ ଏ ବାବଦରେ ଅଧିକ ସମୟ ବ୍ୟୟ ହୋଇସାରିଲାଣି ଓ ଅଭିରାମ ଧରାପଡ଼ି ନାହିଁ, ଧରା ପଡ଼ିଲେ ବି କିଛି ଲାଭ ନାହିଁ, ସେ ଆଦେଶ ଦେଉଥିଲେ: ଫେରିଆସ, ଅଭିରାମକୁ ଧରିବା ଦରକାର ନାହିଁ।

ମାତ୍ର ତାଙ୍କର ଆଦେଶର ସ୍ୱର ଖରାବେଳିଆ ବିଲ ମଝିରେ ପହଞ୍ଚିପାରେ ନାହିଁ। ତେଣୁ ଶ୍ରେଣୀ ଗୃହରୁ ଆଉ ଚାରିଜଣ ବଶମ୍ବଦ ସ୍ଥାନୀୟ ଛାତ୍ର ଯାଉଥିଲେ ଦୁଃସାହସୀମାନଙ୍କୁ ଫେରାଇ ଆଣିବା ପାଇଁ। ସେମାନଙ୍କୁ ଡକାହକା କରି ଫେରିଲା ପରେ ଦୁଃସାହସୀମାନେ ଆପଣା କୃତିତ୍ୱର ବିବରଣୀ ଶୁଣାଉଥିଲେ।

ଦୀର୍ଘଶ୍ୱାସ ଛାଡ଼ି ଗିରିଧାରୀ କହୁଥିଲା: ଆଉ ଟିକକରେ ଧରା ପଡ଼ିଯାଇଥାନ୍ତା। ଗୁରୁଜୀ ପଳେଇ ଆସିବାକୁ କହିଲେ ବୋଲି ଆମେ ପଳେଇ ଆସିଲୁ ସିନା। ହେଲେ ଆଜି ଖସିବାର ବାଟ ନ ଥିଲା।

ଝାଳନାଳ ଭାସ୍କର କହୁଥିଲା: ମୁଁ ଗୋଟେ ଟେକା ନାଦି ଦେଲି ଯେ, ଟିକିଏ କେ ଖସିଗଲା। ଯଦି ବାଜିଥାଆନ୍ତା ନା ସେଇଠି ଶୋଇଥାଆନ୍ତା।

ବିଶ୍ୱନାଥ ଖବର ଦଉଥିଲା: ଦୌଡୁ ଦୌଡୁ କଚଡ଼ାଟେ ଖାଇଚି ଯେ ! ଏମିତି ଶକ୍ତ କଚଡ଼ା ଖାଇଚି ଯେ ଏବେ ଯାଇ କୋଉଠି ଗୋଡ଼ ଆଉଁସୁଥିବ। ନ ହେଲେ ଓଷଦ ଖୋଜୁଥିବ।

ପାଣୁଆ କହୁଥିଲା: ଦେଖିବ କାଲି ସେ କଦାପି ଆସିବନି। ଆଜି ଦୌଡ଼ି ଦୌଡ଼ି ତା'ର ମଜା ବାହାରି ଯାଇଛି।

(ଅଥଚ ପରବର୍ତ୍ତୀ ଦିନମାନଙ୍କରେ ବି ଅଭିରାମ ଆସୁଥିଲା। ହେଲେ ଆମେ ତା'ର ଆଗମନକୁ ଅପେକ୍ଷା କରି କରି ବିତେଇ ଦଉଥିଲୁ ପିରିୟଡ୍ ପରେ ପିରିୟଡ୍।)

ଶ୍ରେଣୀ ଶିକ୍ଷକ ଟେବୁଲ ଉପରେ କଚାଡ଼ି ଦିଅନ୍ତି ତାଙ୍କର ବେତ ଦୁଇବାର।

ଉଚ୍ଚ ସ୍ୱରରେ କହନ୍ତି: ଶାନ୍ତି ! ଶାନ୍ତି ! ପାଟି ବନ୍ଦ କର। ଯାହା ତ ହେବାର ହେଲାଣି। ଏବେ ଚୁପ୍‌ଚାପ୍ ବସ। ଆମେ ପାଠପଢ଼ା ଆରମ୍ଭ କରିବା।

ଆମର କୋଳାହଳ ଥମି ଯାଉଥିଲା। ଆମେ ଅନିଚ୍ଛା ସତ୍ତ୍ୱେ ଓଲଟାଉଥିଲୁ ବହି। ଏତିକିବେଳେ ପ୍ରଥମ ପିରିୟଡ୍ ଶେଷ ହେବାର ଘଣ୍ଟା ବାଜୁଥିଲା।

ଶ୍ରେଣୀ ଶିକ୍ଷକ ବିରକ୍ତିର ସହ କକ୍ଷ ପରିତ୍ୟାଗ କରୁଥିଲେ।

ଏହାପରେ ଅନ୍ୟ ପିରିୟଡ଼୍‌ମାନଙ୍କରେ ଯଥାରୀତି ପାଠପଢ଼ା ହେଉଥିଲା। ଆମେ ଥରେ ଶିକ୍ଷକଙ୍କ ମୁହଁକୁ ତ ଥରେ ଝରକା ଆଡ଼କୁ ଚାହୁଁଥିଲୁ। ଅଭିରାମ ଫେରି ଆସିଲା କି ? କିନ୍ତୁ ଅଭିରାମ ଫେରୁ ନ ଥିଲା। ଯଦିଓ ଆମେ ଅନ୍ତଃକରଣରେ ଚାହୁଁଥିଲୁ ଅଭିରାମ ଫେରିଆସୁ। ଝରକା ଦେହରେ ମାଙ୍କଡ଼ ଭଳି ଝୁଲିପଡୁ। ବିକୃତ ମୁଖଭଙ୍ଗୀ କରୁ। ଆମକୁ ଆମୋଦିତ କରୁ। ଏବଂ ପାଠପଢ଼ାରୁ ତ୍ରାହି ପାଇ ଆମେ ଅଭିରାମ ପଛରେ ଧାଇଁ ଧାଇଁ ଘୁରିବୁଲୁ ସାରା ଦ୍ୱିପ୍ରହର।

ଦିନ ଗୋଟାଏ ବେଳକୁ ଖାଇବା ଛୁଟି ହେଉଥିଲା। ଅଧ ଘଣ୍ଟାକ ପାଇଁ। ଆମେ କ୍ଲାସରୁମରୁ ବାହାରି ଆସି ସ୍କୁଲ୍ ପଡ଼ିଆରେ ବୁଲିଲାବେଳେ, ମୁଢ଼ି ଚୋବାଇବା ବେଳେ, ପାଣି ପିଇବା ବେଳେ ଯେଉଁ ଚରିତ୍ରଟିକୁ ଭେଟୁ, ଲୋକମୁଖରେ ତା'ର ନାମ ସୁଶୀଳା ବାୟାଣୀ।

ସୁଶୀଳା ବାୟାଣୀର ସେଇଟା ଗାଧୁଆ ବେଳ। ଦିନ ଗୋଟାଏରେ ଯେତେବେଳେ ସୂର୍ଯ୍ୟ ପଶ୍ଚିମ ଦିଗକୁ ଗଡ଼ିବାର ପ୍ରୟାସ ଆରମ୍ଭ କରିବେ ସେତେବେଳେ ସମ୍ଭବତଃ ଗାଧୋଇବା କଥା ମନେପଡ଼େ ସୁଶୀଳ ବାୟାଣୀର। ସେ ଆମ ସ୍କୁଲ ସାମ୍ନା ବିରାଟ ପୋଖରୀରେ ଗାଧୋଇବା ପାଇଁ ପହଞ୍ଚିଯାଏ। ପୋଖରୀ କୂଳରେ ବସି ଦାନ୍ତ ଘଷୁଥାଏ। ଏବଂ ଆମକୁ ଲକ୍ଷ୍ୟ କରୁଥାଏ। ତା'ର ଦାନ୍ତକାଠିଟା ବି ଗୁରୁତ୍ୱପୂର୍ଣ୍ଣ। ଦାନ୍ତକାଠି

ତ ନୁହେଁ ଗୋଟିଏ ଭଙ୍ଗାଡାଳ। ତାର ଗୋଟାଏ ପଟ ସେ ଚୋବେଇ ଚାଲିଥାଏ। ଅପରପାର୍ଶ୍ୱରେ ଦୋହଲୁଥାନ୍ତି ମେଞ୍ଚାଏ ପତ୍ର।

ଆମେ ସ୍କୁଲ ପଢ଼ିଆରୁ ସୁଶୀଳା ବାୟାଣୀକୁ ଚାହୁଁ। ସୁଶୀଳା ବାୟାଣୀ ଆମକୁ ଚାହେଁ। ଆମ ଭିତରୁ ଚୁପ୍‌କିନା କିଏ ଜଣେ କହିଦିଏ 'କାଉହାସ୍'। ଏଇଟା ହିଁ କୋର୍ଡ଼ୱାର୍ଡ଼। ସୁଶୀଳା ବାୟାଣୀକୁ ଚିଡ଼େଇବା ପାଇଁ ଏଇ ଶବ୍ଦଟି ଯଥେଷ୍ଟ। କୋଉ ଗବେଷକ କେତେବର୍ଷ ଗବେଷଣା କରି ଏଇ ଶବ୍ଦଟି ପାଇଥିଲା କିଏ ଜାଣେ? ମାତ୍ର ଓଠରୁ ଓଠକୁ ଡେଇଁ ଶବ୍ଦଟି ପହଞ୍ଚିଥିଲା ଆମ ପାଖରେ। ଏବଂ ଆମେ ଶବ୍ଦଟିକୁ ଚିପି ବିସ୍ଫୋରଣଟିଏ କରିଦେଉ।

ଯେତେ କ୍ଷୀଣ ସ୍ୱରରେ କହିଲେ ବି ଶବ୍ଦର ଲକ୍ଷ୍ୟ ହୁଏ ନିର୍ଭୁଲ। ତାହା ନିଶ୍ଚୟ ସୁଶୀଳା ବାୟାଣୀର କର୍ଣ୍ଣକୁହରରେ ପ୍ରବେଶ କରିଯାଏ। ସୁଶୀଳାବାୟାଣୀ ଯେମିତି ଅପେକ୍ଷା କରିଥାଏ ଏଇ ଶବ୍ଦଟି ଶୁଣିବା ପାଇଁ। ଯେ ଯାଏଁ ପୋଖରୀ ପାଣିରେ ପଶି ନ ଥାଏ। ହୁଡ଼ା ଉପରେ ଗଛ ଛାଇରେ ବସିଥାଏ। ଦାନ୍ତକାଠି ରେକଟୁଥାଏ। ଏଣେତେଣେ ଛେପ ଫୋପାଡୁଥାଏ।

ଶବ୍ଦଟି ଉଚ୍ଚାରିତ ହେବା ପରେ ପରେ ଯେମିତି ବିସ୍ଫୋରଣଟିଏ ହୁଏ ତା' ଭିତରେ। ସେ ଫିଙ୍ଗିଦିଏ ଦାନ୍ତକାଠି। ଠିଆ ହୋଇଯାଏ। ଏବଂ ଗାଳି ଦେବାକୁ ଆରମ୍ଭ କରେ। ନାନା ଅଶ୍ରାବ୍ୟ ଭାଷାର ଗାଳି। ଡିଏଁ। ନାଚେ। ଚିତ୍କାର କରେ। ସେଇ ଦୃଶ୍ୟଟା ବେଶ୍ ଉପଭୋଗ୍ୟ ହୁଏ, ଆମ ପିଲାମାନଙ୍କର। ଆମେ ଖିଲ୍‌ଖିଲ୍ ହସୁ। ଆମେ ଯେତେଯେତେ ହସୁ, ସୁଶୀଳାବାୟାଣୀ ସେତେସେତେ ଡିଏଁ। ଉଦଣ୍ଡ ନୃତ୍ୟ କରେ।

ଏତିକିବେଳେ ଘଟଣାର ସମାଧାନ କରିବାକୁ ଶିକ୍ଷକ ମହାଶୟ ପହଞ୍ଚିଯାନ୍ତି।

ପଚାରନ୍ତି: କିଏ କ'ଣ କହିଲା ତାକୁ?

ସୁଶୀଳାବାୟାଣୀ ଚୁପ୍ ହୁଏ ଓ ଶିକ୍ଷକଙ୍କଠାରୁ ନ୍ୟାୟ ଆଶା କରେ। ଆମ ଭିତରୁ ଜଣେ କହେ: କେହି କିଛି କହି ନାହାନ୍ତି ଯେ...?

ଆଉ ଜଣେ କହେ, ଗୋଟାଏ କାଉ ଏଠି ଡାଳରେ ବସିଥିଲା ଯେ ଆମେ ହାଆସ କରି ଉଡ଼େଇ ଦେଲୁ!

ସୁଶୀଳା ବାୟାଣୀ ଅଭିଯୋଗ ବାଢେ, ଦେଖନ୍ତୁ! ଦେଖନ୍ତୁ ମାଷ୍ଟ୍ରେ! ଏ ବଦମାସ୍ ପିଲାଏ କେମିତି କହୁଛନ୍ତି? ଶିକ୍ଷକ ତାକୁ ବୁଝାନ୍ତି: ତମକୁ ତ କେହି କିଛି କହୁନାହାନ୍ତି?

ସୁଶୀଳା ବାୟାଣୀ କହେ: ଏଇନା ତ କହିଲେ ଆଜ୍ଞା।

ଶିକ୍ଷକ କହନ୍ତି: କାଉ ଉଡ଼େଇଲେ ତମର କ'ଣ କ୍ଷତି ହୁଏ?

ଆମେ ସମସ୍ତେ ଶିକ୍ଷକଙ୍କ ପାଳିଧରୁ: ହଁ ସାରେ! ଆମେ କ'ଣ କେହି କାଉ ଉଡ଼େଇବୁ ନାହିଁ। କାଉକୁ ହାସ୍ ବୋଲି କହିବୁ ନାହିଁ।

ସୁଶୀଳା ବାୟାଣୀ ପୁଣିଥରେ ଉନ୍ମାଦ ହୋଇପଡ଼େ, ହେଲେ ଏଥରକ ତା'ର ରାଗଟା ପିଲାଙ୍କ ଉପରୁ ଘୁଞ୍ଚିଯାଏ ଶିକ୍ଷକଙ୍କ ଉପରକୁ। ସେ ତା'ର ଗାଳି ଗୁଲଜର ଦିଗଟା ମୁହାଁଇଦିଏ ଶିକ୍ଷକଙ୍କ ଆଡ଼କୁ।

ସୁଶୀଳା ବାୟାଣୀ ଚିତ୍କାର କରୁଥାଏ। ଗାଳି ଦେବା ଜାରି ରଖିଥାଏ। ଆମେ ହସୁ। ଟିଟିକାର କରୁ। କାଉ ହାସ୍ ବୋଲି କହୁ। ଏବଂ ଶିକ୍ଷକଙ୍କ ନିର୍ଦ୍ଦେଶରେ ପ୍ରବେଶ କରିଯାଉ କ୍ଲାସ୍‌ରୁମ୍ ଭିତରକୁ। କୋଳାହଳକୁ ଉପେକ୍ଷା କରି ଶିକ୍ଷକ ମହାଶୟ ପାଠ ପଢ଼େଇବାର ଉପକ୍ରମ କରନ୍ତି। ସୁଶୀଳା ବାୟାଣୀର ଚିତ୍କାରକୁ ଅତିକ୍ରମ କରି ସ୍ୱର ଉଚ୍ଚ କରନ୍ତି। ଆମ ଭିତରୁ ତଥାପି କେତେଜଣ ପାଠପଢ଼ାକୁ ଆଉଟିକେ ସମୟ ଘୁଞ୍ଚାଇ ଦେବାର ଷଡ଼ଯନ୍ତ୍ରରେ ଲିପ୍ତ ଥାଆନ୍ତି।

କହନ୍ତି: ସାର୍! କିଛି ଶୁଣାଯାଉନି।

ଆଉ କେହି କହେ: ବାହାରେ ଏତେ ପାଟି ହଉଚି ଯେ! କିଛି ଜଣାଯାଉନି।

ଶିକ୍ଷକ ଛପି ଛପି ଦୁଆର ପାଖକୁ ଯାଆନ୍ତି। ସୁଶୀଳା ବାୟାଣୀର ନଜରରେ ନ ପଡ଼ିବା ଭଳି ଭଙ୍ଗୀକରି ଉଙ୍କି ମାରନ୍ତି ଓ ଫେରିଆସି ନିଜର ଅସହାୟତା ପ୍ରକାଶ କରନ୍ତି।

କହନ୍ତି: କ'ଣ ଆଉ କରିବା?

ଶିକ୍ଷକ ମହାଶୟ ଜାଣନ୍ତି ଏବଂ ଆମ୍ଭେମାନେ ମଧ୍ୟ ଜାଣୁ ଯେ ସୁଶୀଳା ବାୟାଣୀକୁ ସେଠୁ ତଡ଼ିବା ଅସମ୍ଭବ। ତାକୁ ତଡ଼ିବାର ଉପାୟ କରାଯିବା ମାତ୍ରେ ସେ ବେଶି ଚିତ୍କାର କରିବ ଓ ଡେଇଁବ। ଏପରିକି ଲୁଗାପଟା ଫୋପାଡ଼ି ଲଙ୍ଗଳା ହୋଇ ଡେଇଁବା ମଧ୍ୟ ଅସମ୍ଭବ ନୁହେଁ ତ' ପାଇଁ। ତା' ସହିତ କଜିଆ କରି ଜିତିବା ଦୁରୁହ। ସାଧାରଣ ଜନତା ମଧ୍ୟ ତାକୁ ସହାନୁଭୂତି ଦେଖାଇବେ।

ଆମେ କହୁ: ସାରେ! ଏ ସୁଶୀଳା ବାୟାଣୀ ନ ଗଲାଯାଏଁ କିଛି ହେଇପାରିବନି।

ଶିକ୍ଷକ କହନ୍ତି: ତୁମେମାନେ ତା' ଆଡ଼କୁ କାନ ଦିଅନି। ମନ ମୁନ ଚୈତନ ଏକାଠି କର। ମୋ ଆଡ଼କୁ ଦିଅ। ଏବଂ ପାଠପଢ଼।

ସାରଙ୍କ ଚେତାବନୀଟା ଝଡ଼ର ପୂର୍ବାଭାସ ଭଳି ଟିକେ ରୁକ୍ଷ ଶୁଣାଯାଏ। ଆମେମାନେ ସଚେତନ ହେବାଭଳି ଝାଡ଼ିଝୁଡ଼ି ହେଇ ବସୁ।

ଶିକ୍ଷକ ମହାଶୟ ଇତିହାସ ପାଠବହି ଧରି ପଢ଼ିବା ଆରମ୍ଭ କରନ୍ତି। ତାଙ୍କର

ସ୍ୱରଟା ଥାଏ ତୀବ୍ର। ସେ ଯେମିତି ସେଇ ଶାବ୍ଦିକ ତୀବ୍ରତାରେ ସୁଶୀଳା ବାୟାଣୀର ଚିତ୍କାରକୁ ଡେଇଁ ଯିବାକୁ ଚାହାଁନ୍ତି। ଆମେମାନେ ଅନୁଭବ କରୁ ହାଟ ବଜାରର କୋଳାହଳ। ସାର୍‌ଙ୍କ ସ୍ୱରରେ ଇତିହାସ ପୃଷ୍ଠାରୁ ବାବର ଆକବର ପ୍ରଭୃତି ବୀରମାନେ ମୈଦାନ ଉପରକୁ ଡେଇଁପଡ଼ନ୍ତି। ମାତ୍ର ସୁଶୀଳା ବାୟାଣୀର କଣ୍ଠଫଟା ଗାଳିଗୁଲଜ ସାମ୍ନାରେ ହାର ମାନନ୍ତି। ଆମମାନଙ୍କର ମନମୁନ ଚୈତନ ଖାରବେଳଙ୍କ ଉପରୁ ହଟି ସୁଶୀଳା ବାୟାଣୀ ଆଡ଼କୁ ଦୌଡ଼ି ଯାଉଥାଆନ୍ତି ବାରମ୍ବାର।

ଉଚ୍ଚ ସ୍ୱରରେ କିଛି କାଳ ଇତିହାସ ପଢ଼େଇ ସାରିବା ପରେ ଶିକ୍ଷକ ମହାଶୟ କ୍ଲାନ୍ତ ଓ ବିରକ୍ତ ଦିଶନ୍ତି। ଏବଂ ଆମ ଆଡ଼କୁ ଚାହାନ୍ତି ଅବଶ ଆଖିରେ। ଆମେମାନେ ଧରାପଡୁ। କାରଣ ଆମ ଆଖିରେ ବି ଥାଏ ଅନାଗ୍ରହ ତୈମୁରଲଙ୍ଗମାନଙ୍କ ପାଇଁ।

ଶିକ୍ଷକ ଆମ ଆଡ଼କୁ ଲକ୍ଷ୍ୟ କରି ପ୍ରଶ୍ନଟିଏ ଫିଙ୍ଗନ୍ତି। କିଛିକ୍ଷଣ ତଳେ ପଢ଼ିଶୁଣାଇଥିବା ଇତିହାସ ପୃଷ୍ଠାରୁ ପ୍ରଶ୍ନଟେ। ହାୟ ! ସେ ପ୍ରଶ୍ନର ଉତ୍ତର ଆମକୁ ଜଣା ନ ଥାଏ। ପ୍ରଶ୍ନଟି ଯେଉଁ ହତଭାଗା ଉପରେ ପଡ଼େ ସେ ସଙ୍ଗେ ସଙ୍ଗେ ଶିକ୍ଷକଙ୍କ କ୍ରୋଧର ଶିକାର ହୋଇଯାଏ।

ଶିକ୍ଷକ ଚିତ୍କାର କରି କହନ୍ତି: ମୁଁ ଘଣ୍ଟାଏ ହେଲା ଗର୍ଜୁଛି, ତୁମେମାନେ କିଛି ବି ଶୁଣୁନ।

ସାର୍‌ଙ୍କ ବେତଟା ହଠାତ୍ ଜୀବନ୍ୟାସ ପାଇଯାଏ। ଏବଂ ଏକ ନୃତ୍ୟ ପଟୀୟସୀର ଭୂମିକାରେ ପହଞ୍ଚିଯାଏ ହତଭାଗା ଛାତ୍ରଟି ପାଖରେ। ନାଚିଯାଏ ତା' ସାରା ଦେହରେ। ଛାତ୍ରଟି ଚିତ୍କାର କରେ । ଉଃ... ଆଃ... ସ୍ୱର ଶୁଣାଯାଏ। ଏବଂ ତା' ଭିତରେ ଆସ୍ତେ ଆସ୍ତେ ହଜିଯାଏ ସୁଶୀଳା ବାୟାଣୀ। ଆଖି ଆଗରୁ।

ଆମେ ଅଶୋକଙ୍କ ଜନହିତକର କାର୍ଯ୍ୟରୁ ମୋଗଲ ସାମ୍ରାଜ୍ୟର ପତନ ହେଇ ପହଞ୍ଚିଯାଉ କ୍ଲାଇବ୍‌ଙ୍କ ଦ୍ୱୈତ ଶାସନରେ। ଏବଂ କେତେବେଳେ କେମିତି ସୁଶୀଳା ବାୟାଣୀର ସ୍ୱର ଥମିଯାଏ। ସେ ତା'ର ନିତ୍ୟକର୍ମ ସାରି ସେଠୁ ଚାଲିଯାଇଥାଏ, ଆମେ ଜାଣିପାରୁନା। ସେ ମଧ୍ୟ ଜଣେଇ ଦେଇ ଯିବାକୁ ଚାହେଁନା ତା'ର ପ୍ରସ୍ଥାନ। ଆମେ କ୍ଲାସ୍ ଶେଷ ପରେ, ଶିକ୍ଷକ ମହାଶୟ କକ୍ଷରୁ ନିଷ୍କ୍ରାନ୍ତ ହେଲା ପରେ ଝର୍କାବାଟେ ଚାହିଁ ଦେଖୁ ପୋଖରୀ କୂଳଟା ଖାଲି। ସୁଶୀଳା ବାୟାଣୀ ନାହିଁ।

ତା'ପରେ ଯଥାରୀତି ସ୍କୁଲ୍ ଚାଲେ। ପିରିୟଡ୍ ଘଣ୍ଟାବାଜେ। ଶିକ୍ଷକମାନେ ଆସନ୍ତି। ଭୂଗୋଳ ସାହିତ୍ୟ ବିଜ୍ଞାନ ଆଦି ପଢ଼େଇ ଯାଆନ୍ତି।

ସାଢ଼େ ଚାରିଟାରେ ସ୍କୁଲ ଛୁଟିହୁଏ। ସ୍କୁଲ ଛୁଟିର ଟିନ୍‌ଟିନ୍ ଘଣ୍ଟା ବାଜିବା ମାତ୍ରେ ବନ୍ଧ ଭଙ୍ଗା ଜଳସ୍ରୋତ ଭଳି ଆମେ ଛିଟିକି ପଡୁ ବାହାରକୁ। ସ୍କୁଲର ଚାରିକାନ୍ଥର

ନିୟମ ଶୃଙ୍ଖଳ ବାହାରେ ଆମେ ନିଜକୁ ମନେକରୁ ବିଶୃଙ୍ଖଳିତ ଏବଂ ମୁକ୍ତ ପକ୍ଷୀ। ସେଥିପାଇଁ ଆମର କୋଳାହଳ ଚିତ୍କାର ଓ ଦୌଡ଼ ଦିଶୁଥାଏ ବିସ୍ଫୋରଣ ଭଳି।

ଠିକ୍ ଏତିକିବେଳେ ଭେଟ ହୁଏ ଆଉ ଗୋଟେ ଚରିତ୍ର ସହ। ସିଏ ବୈରାଗୀ ପ୍ରଧାନେ। ଷାଠିଏ ବର୍ଷର ବୃଦ୍ଧ ଓ ଜଣେ ମୁଖିଆ ଲୋକ। ଗୋରୁମୁଣ୍ଡ ଚିହ୍ନରେ ନିର୍ବାଚନ ଲଢ଼ି ମଧ୍ୟ ସେ ଦୁଇ ଦୁଇ ଥର ସରପଞ୍ଚ ହୋଇପାରିଥିଲେ। ଆମେ ଭାବୁଥିଲୁ ଗୋରୁମୁଣ୍ଡଟା ଅସନା ଜିନିଷଟେ, ତାହା କଦାପି ଉଦିତ ସୂର୍ଯ୍ୟ ଓ ନିଶୁଣୀ ଚିହ୍ନକୁ ପାରିବ ନାହିଁ। ଅତଏବ ହାରିବ। ମାତ୍ର ବୈରାଗୀ ପ୍ରଧାନେ ଜିତିଥିଲେ।

ଆମେ ସ୍କୁଲଛୁଟି ପରେ ବାହାରେ ଆସିଦେଖୁ। ସେ ଚାଲିଯାଉଛନ୍ତି ଦୂରରେ।

ଖୁସୀ ହେଲା ପରି ଆମେ ଚିତ୍କାର କରୁ: ପଧାନେ ହୋ ପଧାନେ।

ବୈରାଗୀ ପ୍ରଧାନେ ଗୋଟିଏ ହାତ ଉପରକୁ ଟେକି ଦିଅନ୍ତି। ଅର୍ଥାତ୍ ସେ ଆମର ଅଭିବାଦନକୁ (ଯଦି ଏହାକୁ ଅଭିବାଦନ କୁହାଯାଏ) ଗ୍ରହଣ କରୁଛନ୍ତି।

ଆମେ କୋଳାହଳ କରୁ। ଜଣେ ଷାଠିଏ ବର୍ଷର ବୃଦ୍ଧ, ଗ୍ରାମର ଗଣ୍ୟମାନ୍ୟ ବ୍ୟକ୍ତି, ଯଦି ଆମ ଚିତ୍କାରର ପ୍ରତ୍ୟୁତ୍ତର ଦିଏ, ହାତ ଟେକିଦିଏ ତେବେ ଆହୁରି ଖୁସୀ ହେବା ଛଡ଼ା ଗତ୍ୟନ୍ତର କ'ଣ ଅଛି ?

ଆମେ ଚିତ୍କାର କରୁ: ପଧାନେ। ଟିକେ ହାତ ଟେକିଲ !

ପ୍ରଧାନେ ଦୁଇ ହାତ ଉପରକୁ ଟେକି ଦିଅନ୍ତି।

ଆମେ ପ୍ରଧାନେଙ୍କୁ ସାମ୍ନାରୁ ଦେଖି ପାରୁ ନ ଥାଉ। ପଛରୁ ହିଁ ଦେଖୁ। ଦୂରରୁ ହିଁ ଦେଖୁ। ତାଙ୍କର ଚଇତନିଆ ମୁଦ୍ରା। ସେତେବେଳେ ତାଙ୍କ ମୁହଁର ଭଙ୍ଗୀ କେମିତି ହେଉଥାଏ ? ଆମେ କଳ୍ପନା କରିପାରୁନା।

ଆମେ ଚିତ୍କାର କରୁ: ପଧାନେ ! ଟିକେ ଗାମୁଛା ଉଡ଼େଇଲ !

ପ୍ରଧାନେ କାନ୍ଧରୁ ଗାମୁଛା ଟେକନ୍ତି। ହାତରେ ଧରି ଉଡ଼ାନ୍ତି ପବନରେ। ପତାକା ଭଳି ତାହା ଦୋହଲି ଦୋହଲି ପବନ ସୁଅରେ ପଛକୁ ଲମ୍ବିଯାଏ। କହିବା ବାହୁଲ୍ୟ ତାଙ୍କ କାନ୍ଧରେ ସଦା ବେଳେ ହିଁ ଥାଏ ଲାଲ୍ ଗାମୁଛା। ସେ ଧୋତି ପିନ୍ଧି ଥାଆନ୍ତୁ, କମିଜ ପିନ୍ଧିଥାଆନ୍ତୁ, ଅବା ଖାଲି ଦେହ ହେଉଥାଆନ୍ତୁ।

ଆମେ ଚିତ୍କାର କରୁ: ପଧାନେ ! ଟିକେ ନାଚିଲ !

ଏଥର ପ୍ରଧାନେ ନାଚିବା ଶୈଳୀରେ ଦୌଡ଼ନ୍ତି। ଦୌଡ଼ନ୍ତି ଯେ ଦୌଡ଼ନ୍ତି। ଆମେ ହସି ହସି ଲୋଟିଯାଉଥାଉ। ପ୍ରଧାନେ ଦୌଡ଼ନ୍ତି। ଦୌଡ଼ି ଦୌଡ଼ି ଆମଠୁ ଦୂରେଇ ଯାଆନ୍ତି। ଦୂରେଇ ଯାଇ ହଜି ଯାଆନ୍ତି ଦୂରରେ। ଏବଂ ଆମେ ହସି ହସି କୋଳାହଳ କରି କରି ଆଗେଇ ଯାଉ ଆପଣା ଆପଣା ଘରକୁ।

ଆମେ ଆମ ରଫ୍‌ଖାତା ପଛରେ ଗାରକାଟି ଗୋଟେ ଟେବୁଲ୍ କରିଥିଲୁ। ଉପରେ ଲେଖି ଦେଇଥିଲୁ ରୁଟିନ୍। କେତେବେଳେ କୋଉ ପିରିୟଡ୍ ପଢ଼ିବ, କୋଉ ପିରିୟଡ୍‌ରେ କୋଉ ପାଠ ପଢ଼ାହେବ। କୋଉ ପାଠ କୋଉ ଗୁରୁଜୀ ପଢ଼େଇବେ, ସେ ସବୁ ଲେଖାଥିଲା ସେଇ ଲିଖିତ ରୁଟିନ୍‌ରେ। ଅଥଚ ଏସବୁ ବାହାରେ ଥିଲା ଗୋଟେ ଅଲିଖିତ ରୁଟିନ୍। ସେଥିରେ ଥିଲେ ଅଭିରାମ, ସୁଶୀଳା ବାୟାଣୀ ଓ ବୈରାଗୀ ପ୍ରଧାନମାନେ। ଦିନ ଦଶଟା, ଦିନ ଗୋଟାଏ ଓ ଦିନ ଚାରିଟାର ସମୟ। ଟେକା ଫୋପଡ଼ା ଫୋପଡ଼ି, ଚିଡ଼ିଆଚିଡି ଓ କୋଳାହଳ। ଅଲଗା ଅଲଗା ଅନୁଭୂତି, ଅଲଗା ଅଲଗା ଅଭିଜ୍ଞତା ଓ ଅଲଗା ଅଲଗା ମନୋରଞ୍ଜନ।

ଦିନେ ସ୍କୁଲଦିନ ସରିଯାଏ। ବୟସ ବଢ଼େ। ଆମକୁ ଡେଇଁ ଡେଇଁ ଯିବାକୁ ପଡ଼େ ଶ୍ରେଣୀ ପରେ ଶ୍ରେଣୀ। ଦିନେ ସ୍କୁଲ ଛାଡ଼ି ଦେବାକୁ ହୁଏ। ଉଚ୍ଚତର ଶିକ୍ଷା ପାଇଁ। ମହତ୍ତର ଜୀବନ ପାଇଁ ଆଗକୁ ଯିବାକୁ ହୁଏ। ପଛରେ ପଡ଼ିରହେ ସ୍କୁଲ। ସ୍ମୃତି ହୋଇଯାଏ ସ୍କୁଲଦିନ। ଆସ୍ତେ ଆସ୍ତେ ଅସ୍ପଷ୍ଟ ଓ ଗୁରୁତ୍ୱହୀନ।

ଏବେ ବହୁବର୍ଷ ପରେ ଦିନେ ଗାଁକୁ ଯାଇଥିଲି। ସ୍କୁଲଆଡ଼େ ବୁଲି ଆସିବାକୁ ଗଲି। ସାଙ୍ଗରେ ଥିଲା ଯୋଗିଆ। ସ୍କୁଲ୍ ଦିନର ସାଥୀ। ଏବେ ସେ ଗାଁରେ ରହେ। ଗାଁ ପାଖ ସ୍କୁଲରେ ମାଷ୍ଟର।

ଯୋଗିଆର କାନ୍ଧରେ ହାତ ରଖି ସ୍କୁଲପଡ଼ିଆ ମଝିରେ ଠିଆ ହୋଇ ଯେତେବେଳେ ସ୍କୁଲ ଆଡ଼କୁ ଚାହିଁଲି। ସେତେବେଳେ ସ୍କୁଲଟା ଦେଖାଗଲା ନିହାତି ଛୋଟ। ଯୋଉ ପୋଖରୀଟା ଦିନେ ବୃହତ୍ତମ ପୁଷ୍କରିଣୀ ମନେହେଉଥିଲା ଏବେ ତାହା ଦିଶୁଛି ଅଗଭୀର ଗଡ଼ିଆଟେ ଭଳି। ଯେଉଁସବୁ ବୃକ୍ଷ ମହାଦ୍ରୁମ ଭଳି ଦିଶୁଥିଲେ ଏବେ ସେମାନେ କ୍ଷୁଦ୍ର ଓ ମୁମୂର୍ଷୁ। ଅଥଚ ଏ ସବୁ ଦିନେ କେତେ ବିଶାଳ ବିଶାଳ ମନେ ନ ହେଉଥିଲା ? ସ୍କୁଲ ଦିନର ସ୍ମୃତି ଭିତରୁ ଆସ୍ତେ ଆସ୍ତେ ଚିକ୍‌ମିକ୍ କରି ଉଠିଲେ ଅଭିରାମ, ସୁଶୀଳା ବାୟାଣୀ ଓ ବୈରାଗୀ ପ୍ରଧାନମାନେ।

ମୁଁ ପ୍ରସ୍ତାବ ଦେଲି: ଆମର ସେମାନଙ୍କଠୁ କ୍ଷମା ମାଗି ନେବା ଉଚିତ୍।

ଯୋଗିଆ କହିଲା: କାହିଁକି ?

ମୁଁ କହିଲି: ଆମେ ସେମାନଙ୍କୁ କେତେ ହଇରାଣ ନ କରିଚେ କହିଲୁ।

ଯୋଗିଆ ଆଶ୍ଚର୍ଯ୍ୟ ହେଲା: ହଇରାଣ ! କେବେ ? କେମିତି ?

ମୁଁ ବୁଝେଇଲି: ହଇରାଣ ଆମେ କରିଚେ ! ଅଭିରାମ କେତେ ଟେକାମାଡ଼ ନ ଖାଇଚି ଆମଠୁ ?

ଯୋଗିଆ କହିଲା: ଅବଶ୍ୟ !

ମୁଁ କହିଲି: ସୁଶୀଳା ବାୟାଣୀକୁ ରଗେଇ ରଗେଇ ଆମେ କେତେ ଥର ଦରମରା ନ କରିଚେ ?

ଯୋଗିଆ କହିଲା: ଅବଶ୍ୟ !

ମୁଁ କହିଲି: ଆଜି ଆମେ ଯେତେବେଳେ ପାଠଶାଠ ପଢ଼ି ବଡ଼ ହେଇଚେ, ଭଦ୍ର ହେଇଚେ, ଶିକ୍ଷିତ ହେଇଚେ, ଆମର କ୍ଷମାମାଗି ନେବାଟା ଠିକ୍ ହବନା ନାହିଁ କହିଲୁ।

ଯୋଗିଆ କହିଲା: ସେମାନେ ଏବେ କେହି ନାହାନ୍ତି ତୋତେ କ୍ଷମା ଦେବାପାଇଁ।

ମୁଁ କହିଲି: ମାନେ ?

ଯୋଗିଆ ସମ୍ବାଦ ଦେଲା: ଅଭିରାମ ମାଟି କାମରେ ଚାଲିଯାଇଛି ପଞ୍ଜାବ। ସୁଶୀଳା ବାୟାଣୀ ମରିଗଲାଣି। ବୈରାଗୀ ପ୍ରଧାନେ ଗାଁ ଛାଡ଼ି ଅନ୍ୟ ଗାଁରେ ଝିଅ ପାଖରେ ରହୁଛନ୍ତି।

ମୁଁ ଦୁଃଖିତ ଦିଶିଲି।

ଯୋଗିଆ କହିଲା: ଏଥିରେ ଦୁଃଖିତ ହେବାର କୌଣସି କାରଣ ନାହିଁ। ଏ ଘଟଣାର ଆଉ ଗୋଟାଏ ଦିଗ ବି ଅଛି।

ମୁଁ ଚମକି ପଡ଼ିଲି।

ପଚାରିଲି: କ'ଣ ତାହା ?

ଯୋଗିଆ କହିଲା: ତୁ କେବେ ଭାବିଚୁ, ଅଭିରାମ ଆମଠୁ ଏତେ ଟେକାମାଡ଼ ଖାଇ ମଧ୍ୟ କାହିଁକି ଫେରିଆସେ ପ୍ରତିଦିନ ସାଢ଼େ ଦଶଟା ବେଳକୁ ଆମ କ୍ଲାସ୍‌ର ଝର୍କା ପାଖକୁ ? ଏତେ ଅପମାନିତ ହୋଇ ମଧ୍ୟ ସୁଶୀଳା ବାୟାଣୀ କାହିଁକି ତା'ର ଗାଧୁଆ ବେଳ ଠିକ୍ ଆମ ଖାଇବା ଛୁଟି ବେଳକୁ ରଖିଥାଏ ? ସେ ଆଗରୁ ବି ଗାଧୋଇ କି ଯାଇ ପାରିଥାନ୍ତା ? ଲକ୍ଷ୍ୟ କରିଥିବୁ ଆମ ଖାଇବା ଛୁଟି ବେଳକୁ ସେ ପାଣିରେ ବି ପଶି ନ ଥାଏ ? କାହିଁକି ଆମେ ସ୍କୁଲ ଛୁଟି ପରେ ପରେ ସବୁଦିନେ ଭେଟୁ ବୈରାଗୀ ପ୍ରଧାନଙ୍କୁ ? ତାଙ୍କର କ'ଣ ଏମିତି କାମ ଥାଏ ଯେ ସେ ଠିକ୍ ସେତିକିବେଳେ ହିଁ ଦେଖାଯାଆନ୍ତି ସେଇଠି। ପୁଣି ଟିକେ ଦୂରରେ ଚାଲିଯାଉଥିବା ଅବସ୍ଥାରେ ? ଏ ସବୁ ତ ଆକସ୍ମିକ ଘଟଣା ନୁହେଁ ! ନିତ୍ୟ ନୈମିତ୍ତିକ ଦୃଶ୍ୟ ! ଭାବିଲୁ ଦେଖି ! ଯୋଗିଆର ବିଶ୍ଳେଷଣ ବାସ୍ତବିକ ଚମତ୍କାର ଥିଲା। ମୁଁ କେବେ ଏମିତି ଭାବରେ ଘଟଣା ସବୁକୁ ଭାବି ନ ଥିଲି। ଯୋଗିଆର ଦୃଷ୍ଟିକୋଣରୁ ଚିନ୍ତା କଲି ଓ ମନେହେଲା ସତେ ତ !

ଏକଥା ତ ଶତକଡ଼ା ଶହେ ସତ। ତେବେ ସେମାନେ ଏମିତି ହଉଥିଲେ କିଆଁ ?

ପଚାରିଲି: କିନ୍ତୁ କାହିଁକି ସେମାନେ ଅପମାନିତ ହେଉ ନ ଥିଲେ। ଆହତ ହେଉ ନ ଥିଲେ। ଆଘାତ ପାଇ ମଧ୍ୟ ଫେରି ଆସୁଥିଲେ ଏଇ ଭୂମିକୁ ?

ଯୋଗିଆ ଦାର୍ଶନିକ ସୁଲଭ ସ୍ୱରରେ କହିଲା: ଶୈଶବର ଆକର୍ଷଣ।

ମୁଁ ବୋକାଙ୍କ ଭଳି ପଚାରିଲି: ଶୈଶବକୁ କ'ଣ ଫେରିଯାଇ ହେବ ?

ଯୋଗିଆ କହିଲା: ତାହା ତ ଅସମ୍ଭବ। କିନ୍ତୁ ସେଇ ବୟସର ନିକଟତର ହୋଇ ହେବ। ଏଇ ଶିଶୁମାନଙ୍କ ମାଧ୍ୟମରେ। ଅସଲରେ ଅଭିରାମ ସୁଶୀଳା ବାୟାଣୀ ଓ ବୈରାଗୀ ପ୍ରଧାନମାନେ ତାହା ହିଁ କରୁଥିଲେ।

ମୁଁ ପଚାରିଲି: ଶୈଶବକୁ ଖୋଜିଲେ କ'ଣ ହେବ ?

ଯୋଗିଆ ଦୀର୍ଘଶ୍ୱାସ ପକେଇଲା।

କହିଲା: ତା' ତ ମୁଁ ଠିକ୍ ଭାବରେ କହିପାରିବିନି। ସେକଥା କହିଲେ କହିପାରିବେ ଅଭିରାମ, ସୁଶୀଳା ବାୟାଣୀ ଓ ବୈରାଗୀ ପ୍ରଧାନମାନେ। ତେବେ ତୋତେ କ'ଣ ଆଜିର ବୟସ ଓ ଅଭିଜ୍ଞତା ରୁକ୍ଷ ଓ ଅସାର ମନେହେଉନି। ହତାଶାମୟ ଓ ଅର୍ଥହୀନ ଲାଗୁନି। କ୍ଳାନ୍ତ ଓ ଚାଞ୍ଚଲ୍ୟହୀନ ମନେହେଉନି। ଅଥଚ ଶୈଶବରେ ଥିଲା କ'ଣ ? ଥିଲା ଅଫୁରନ୍ତ ପ୍ରାଣ ପ୍ରାଚୁର୍ଯ୍ୟ। ଚାଞ୍ଚଲ୍ୟ, ଆବେଗ ଓ ସରଳତା।

ସେଇଠି ସେଇ ସ୍କୁଲର ଟାଙ୍ଗରା ଖେଳ ପଡ଼ିଆ ମଝିରେ ଠିଆ ହେଇ ମତେ ଲାଗିଲା ଦୂରରେ କିଏ ଯେମିତି ବଇଁଶୀଟେ ବଜଉଛି। ବଡ଼ ପରିଚିତ ସ୍ୱର। ଅଥଚ ମନ କହିଯାଉଛି ଏ ମୋର ଚିହ୍ନା ସ୍ୱର। ଏ ମୋର ନିଜ ସ୍ୱର। ବଡ଼ ବିଚିତ୍ର ସେ ଅନୁଭୂତିର ଚାଞ୍ଚଲ୍ୟରେ ଲୋମ ଟାଙ୍କୁରି ଉଠିଲା। ମନେହେଲା ସେଇ ରୁକ୍ଷ ଶ୍ରୀହୀନ ଟାଙ୍ଗରା ଖେଳପଡ଼ିଆ ତଳେ ଯେମିତି ଛପିରହିଛି ଶ୍ୟାମଳ ଘାସ ପଡ଼ିଆଟେ। ତା'ର ଚାରିଦିଗରେ ଫୁଲ ବଗିଚା। କ୍ଷୁଦ୍ର ଦିଶୁଥିବା ନଡ଼ିଆ ଗଛ, ଟଗରଗଛ ଓ କନିଅର ଗଛମାନଙ୍କ ଭିତରେ ଅଛି ଫଳମୟ ଫୁଲମୟ ବିଶାଳତା। ଅଗଭୀର ମାଟିଆ ପାଣିର ଟୁବି ଗାଡ଼ିଆ ଭିତରେ କାଚକେନ୍ଦୁ ଭଳି ଗଭୀର ଜଳର କଇଁ ଫୁଲ ପଦ୍ମଫୁଲ ଶୋଭିତ ବିସ୍ତୃତ ପୁଷ୍କରିଣୀଟେ। ବାହାରେ ଆତଯାତ ହେଉଥିବା ଚନ୍ଦା ବ୍ୟକ୍ତିତ୍ୱହୀନ ମାଷ୍ଟରମାନଙ୍କ ଭିତରେ ପ୍ରଚଣ୍ଡ ପ୍ରଜ୍ଞା ଓ ବ୍ୟକ୍ତିତ୍ୱ।

ମତେ ସେ ସବୁ ଖୋଜି ପାଇବାକୁ ପଡ଼ିବ। ଖୋଜି ପାଇଲେ ହିଁ ମୁଁ ଭୁଲିଯିବି ମୋର ବର୍ତ୍ତମାନ ଜୀବନର ଅସାରତା। ଅର୍ଥହୀନତା ଓ ଆବେଗହୀନତା। ମୋତେ ଫୁଲର ସୁଗନ୍ଧରେ ଭିଜିଯିବାକୁ ହେବ। ଆହା ! କାହିଁ କୋଉ ଦିନରୁ ମୁଁ ଭୁଲିଯାଇଛି ଫୁଲମାନଙ୍କର ବାସ୍ନା। ମୋତେ ଆକାଶକୁ ମୁହଁକରି ଲମ୍ବା ପଡ଼ିଆ ମଝିରେ

ଶୋଇଯିବାକୁ ପଡ଼ିବ। କାହିଁ କେଉଁ କାଳରୁ ମୁଁ ସେମିତି ଅନୁଭୂତିଟେ ପାଇନାହିଁ। ମତେ ଚଢ଼େଇମାନଙ୍କ କିଚିରିମିଚିର ଶବ୍ଦ ଭିତରେ ଗୀତ ଗାଇବାକୁ ପଡ଼ିବ। ମତେ ଶୈଶବକୁ ଫେରିଯିବାକୁ ପଡ଼ିବ।

ଯୋଗିଆ କହିଲା: ଭାରି କଷ୍ଟ ଯେ ? ଏ ଶିକ୍ଷା ସମ୍ଭ୍ରମତା ଚାକଚକ୍ୟ ସମ୍ମାନର ଖୋଳପା ଡେଇଁ ଯିବା ଭାରି କଷ୍ଟ ଯେ ?

ମୁଁ କହିଲି: କିନ୍ତୁ ମୁଁ ଯିବି ?

ଯୋଗିଆ କହିଲା: ପାରିବୁ ତ ! ଏ ମିଛ ଖୋଳପା ଡେଇଁଯାଇ ପାରିବୁ ତ ! ବ୍ୟସ୍ତ ଓ ସ୍ୱାର୍ଥପର ସମୟକୁ ଡେଇଁ। ଏତିକିବେଳେ ସ୍କୁଲର ଖେଳଛୁଟିର ଘଣ୍ଟି ବାଜିଲା ଓ ସ୍କୁଲ ପିଲାମାନେ ବାହାରି ଆସିଲେ ପଦାକୁ। ବାହାରି ଆସିଲେ ପଡ଼ିଆକୁ ଓ ନିଜ ନିଜ ଭିତରେ ଗପସପ ହେଲେ। କୋଳାହଳ କଲେ। ହସିଲେ, ଖେଳିଲେ, ଦୌଡ଼ିଲେ।

କିନ୍ତୁ ମୁଁ ହେବି କ'ଣ ? ମୁଁ କ'ଣ ଅଭିରାମ ଭଳି ଝର୍କାରେ ଝୁଲି ପଡ଼ିବି ମାଙ୍କଡ଼ ଭଳି ଓ ଟେକାମାଡ଼ ଖାଇବି। ମଁ କ'ଣ ସୁଶୀଳା ବାୟାଣୀ ଭଳି ପୋଖରୀ ତୁଠରେ ଗାଧୋଇ ବସିବି ଓ ହାସ୍‌ହାସ୍ କହିଲେ ଚିଡ଼ି ଉଠିବି। ମୁଁ କ'ଣ ବୈରାଗୀ ପ୍ରଧାନଙ୍କ ଭଳି ସ୍କୁଲ ଫେରନ୍ତା ରାସ୍ତାରେ ଅପେକ୍ଷା କରିବି ସ୍କୁଲ ଛୁଟି ପାଇଁ।

ମୁଁ ଆସ୍ତେ ଆସ୍ତେ ଆଗେଇଲି। ମତେ ସଂକୋଚ ଲାଗୁଥିଲା। ଅଶ୍ୱସ୍ତିକର ଲାଗୁଥିଲା। ମୋ ଦେହରେ ଦାମୀ ପୋଷାକ। ମୋ ଚାରିପଟେ ସମ୍ମାନବୋଧ ଓ ସଂଭ୍ରମତାର ମିଛ ବଳୟ। ମୋ ମୁହଁରେ ଉଚ୍ଚଶିକ୍ଷା ଓ ଅଧିକ ଅର୍ଥ ଉପାର୍ଜନ କରିବାର ଅହଂକାର। ସେ ସବୁକୁ ଡେଇଁ ଆଗେଇବାକୁ କଷ୍ଟ ହେଉଥିଲା।

ତଥାପି ଆଗେଇଲି।

କାହିଁ କୋଉଦିନରୁ ଦେଖିନାହିଁ ସୂର୍ଯ୍ୟୋଦୟ ? ମନେପଡୁନି କୁମ୍ଭାଟୁଆର ଅସଲ ସ୍ୱରଟା କେମିତି ? ଜାଣି ହେଉନି ଗଙ୍ଗଶିଉଳି ଫୁଲର ବାସ୍ନା କେମିତି ? ବଇଁଚ କୋଳିର ସ୍ୱାଦଟା କେମିତି ? ଗୋଟେ ଯାନ୍ତ୍ରିକତା ଭିତରେ ମୁଁ ପେଶି ହୋଇଯାଇଛି। ମୋତେ ମୁକ୍ତି ଲୋଡ଼ା। ମୋତେ ମେଘମୁକ୍ତ ଆକାଶର ସମଗ୍ର ଦୃଶ୍ୟକୁ ଧରିରଖି ପାରିବାର ଆଖି ଲୋଡ଼ା।

ମୁଁ ଯାଇ ଠିଆ ହେଲି କୁନିକୁନି ସ୍କୁଲପିଲାଙ୍କ ମଝିରେ। ହାତ ଉପରକୁ କଲି। ଚଉତନିଆ ହେଲି। ରୁମାଲ୍ ହଲେଇଲି। ନାଚିଲି, କୁଦିଲି, ଦୌଡ଼ିଲି, ଗଛରେ ଚଢ଼ିଲି, ପାଣିରେ ଡେଇଁଲି।

ଆଶ୍ଚର୍ଯ୍ୟ ! ପିଲାମାନେ ମୋ ଆଡ଼କୁ ଚାହିଁଲେ ନାହିଁ ।

ଏତିକିବେଳେ ରିସେସ୍ ଶେଷରେ ଘଣ୍ଟି ବାଜିଲା ଓ ପିଲାମାନେ ଫେରିଗଲେ ସ୍କୁଲ ଘର ଭିତରକୁ । ମୋ ଆଡ଼କୁ ସାମାନ୍ୟ ଦୃଷ୍ଟି ପାତ ବି କଲେ ନାହିଁ । ଯେମିତିକି ସେମାନେ ମୋତେ ଦେଖିପାରୁ ନାହାନ୍ତି ।

ମୋ ଆଖିରେ ଲୁହ ଜକେଇ ଆସିଲା ।

ମୁଁ କ'ଣ ତେବେ ? ନା ସେମାନେ ବି… ।

ମୃତ୍ୟୁ ସହ ପରିଚୟ

ବାବା ଘର ଭିତରକୁ ଆସିଲେ। ଏବଂ ଜାରି କରିଦେଲେ ଘୋଷଣାନାମାଟି। ପିଲାମାନଙ୍କର ବାହାରକୁ ଯିବା ବନ୍ଦ। ଖରାବେଳେ ସମସ୍ତେ ଘର ଭିତରେ ହିଁ ରହିବେ।

ବୋଉ ପଚାରିଲା: କାହିଁକି ? କ'ଣ ହେଲା ?

ଆମେ ଦି' ଭାଇ ଠିଆ ହେଇଥାଉ ଟିକିଏ ଦୂରରେ। ଅନ୍ତତଃ ଯେଉଁ ଦୁଇ ଜଣଙ୍କର ସ୍ୱାଧୀନତାକୁ କ୍ଷୁର୍ଣ୍ଣ କରି ଏ ଆଦେଶନାମା ଜାରି ହୋଇଥିଲା।

ବାବା ବୁଝାଇଲେ: ଯୋଉ ଭିକାରୁଣୀଟା ଆମ ସ୍କୁଲ ପଛପଟେ ରହୁଥିଲା, ସିଏ ମରିଗଲା।

ବୋଉ ଚମକି ପଡ଼ିଲା: ସତେ ?

ବୋଉର ପାଟି ମେଲା ରହିଗଲା। ସେ ଆତଙ୍କିତ ଦିଶିଲା। ଡରିଗଲା କିଛି ପରିମାଣରେ, ଦୁଃଖିତ ହେଲା ବି ତତୋଧିକ। କାରଣ ସେଇ ଭିକାରୁଣୀ ଆମ ସମସ୍ତଙ୍କ ପାଇଁ ଖୁବ୍ ଚିହ୍ନା ଚରିତ୍ରଟିଏ ଥିଲା। ସ୍କୁଲ ପଛପଟେ ଶୁଏ। ଆଖପାଖ ଅଞ୍ଚଳରେ ବୁଲି ବୁଲି ଭିକ ମାଗେ । ବୋଉ ଅଯାଚିତ ଭାବରେ ଅନେକ କିଛି ଦାନ କରିଥିଲା ତାକୁ । ଭାତ ତରକାରୀଠୁ ଆରମ୍ଭ କରି ପୁରୁଣା ଶାଢ଼ୀ ଓ ଚାଦର ପର୍ଯ୍ୟନ୍ତ। ଅବଶ୍ୟ ବାବା ଏ ସବୁର ଟେର୍ ପାଉ ନ ଥିଲେ। କାରଣ ଏସବୁ ଘଟୁଥିଲା ଦ୍ୱିପ୍ରହରେ। ବାବା ଯେତେବେଳେ ସ୍କୁଲରେ ଥାଆନ୍ତି ଭିକାରୁଣୀ ବାରିପଟେ ଦୁଆରେ ଡାକେ। ବୋଉ ତାକୁ ସକାଳ ବେଳାରେ ବଳକା ଭାତରୁ କିଛି ଦେଇଦିଏ। ଭିକାରୁଣୀ ଖାଏ। ଆଶୀର୍ବାଦ କରେ।

ବୋଉ ଦୋହରାଇଥିଲା ତା'ର ଶୋକାର୍ତ୍ତ ଅଭିବ୍ୟକ୍ତିକୁ: ମରିଗଲା ! ନାଇଁ ! ବିଚାରୀ !

ବାବାଙ୍କ ସ୍ୱରରେ କାରୁଣ୍ୟ ନ ଥିଲା। ପରିସ୍ଥିତି ସଚେତନ ଦୃଢ଼ତା ଥିଲା। ସେ କହିଲେ: ପିଲାମାନଙ୍କୁ ବାହାରକୁ ଛାଡ଼ିବନି। ସେମାନେ ଡରିଯିବେ।

ଭିକାରୁଣୀଟି କୋଉଠୁ କେମିତି ଆସିଲା ତା'ର ହିସାବ କେହି ରଖିନାହାଁ। ସମସ୍ତଙ୍କ ଅଜାଣତରେ ସେ ଆସି କେତେବେଳେ ସ୍କୁଲ ପଛପଟର ଅପରିଷ୍କାର ସ୍ଥାନଟିକୁ ଆପଣାର ଘର ଭାବରେ ଗ୍ରହଣ କରିନେଇଛି କେହି ଲକ୍ଷ୍ୟ କରିନାହାଁ। ତେବେ ତାକୁ ସେଠୁ ବେଦଖଲ କରିବା କଥା ବିଚାର ହୋଇନାହିଁ। ବାବା ଥିଲେ ସେଇ ସ୍କୁଲରେ ପ୍ରଧାନଶିକ୍ଷକ। ସ୍କୁଲ ପାଖରେ କ୍ୱାଟର୍ସ, ଯୋଉଠି ଆମେ ସବୁ ରହୁଥିଲୁ। ଭିକାରୁଣୀ ସ୍କୁଲ ପଛପଟକୁ ଆପଣାର ଘର ବୋଲି ଘୋଷଣା କରିସାରିବା ପରେ କ୍ୱାଟର୍ସଗୁଡ଼ିକୁ ତା'ର ଭିକମଗା ଜାଗା ଭାବରେ ବି ଗ୍ରହଣ କରିନେଲା। ସେ ପ୍ରାୟ ପ୍ରତିଦିନ କ୍ୱାଟର୍ସଗୁଡ଼ିକୁ ପ୍ରଦକ୍ଷିଣ କରୁଥିଲା। ଆମେ ତାକୁ ସହ୍ୟ କରୁଥିଲୁ।

ବୋଉ ପଚାରିଲା: ତେବେ କ'ଣ କେମିତି ହେବ?

ବାବା କହିଲେ: ତା'ର ଦାହ ସଂସ୍କାର ଆମମାନଙ୍କୁ କରିବାକୁ ପଡ଼ିବ। ମୁଁ ଆମ ଗୁରୁଜୀମାନେ, ଏବଂ ବଡ଼ ବଡ଼ ପିଲାମାନେ କେତେଜଣ ଯାଇ ଏସବୁ କାମ କରିଦେଇ ଆସିବୁ।

ବଡ଼ଭାଇ ଏପଟକୁ ସେପଟକୁ ଚାହୁଁଥିଲା। ଯେମିତି ସେ ଏଇ ମୁହୂର୍ତ୍ତରେ କୁଆଡ଼େ ଗୋଟେ ଖସି ପଳେଇବ। ମୁଁ ଅସହାୟ ଲାଗୁଥିଲି। କାରଣ ମୋ ହାତରେ ସେଦିନର ମଧ୍ୟାହ୍ନକୁ ରଙ୍ଗୀନ ଭାବରେ ବିତାଇବା ପାଇଁ ପ୍ରାୟ ଏକଡଜନ୍ ସ୍ୱପ୍ନ ମହଜୁଦ ଥିଲା। ପ୍ରଥମେ ଥିଲା ଗୁଡ଼ି ଉଡ଼ାଣ। ଆହା.... କୁଆଡ଼େ ଗଲା ମୋର ଗୁଡ଼ି। ଏବେ ସବୁ ସ୍ୱପ୍ନ ଭାଙ୍ଗିଯିବାର ପରିସ୍ଥିତି ସୃଷ୍ଟି ହୋଇ ଆସୁଥିଲା।

ବାପା ଆମର ଦୁଇ ଭାଇଙ୍କୁ ତୀକ୍ଷ୍ଣ ଦୃଷ୍ଟିରେ ଚାହିଁଲେ ଏବଂ ଚାଲିଗଲେ।

ଚାଲିଗଲାବେଳେ ଦାଣ୍ଡପଟର ଦରଜା ଆଉଜାଇ ଦେଇଗଲେ ବାହାରପଟୁ।

ଆମେ ଦି ଭାଇ ଠିଆ ହେଇଥାଉ ଅଗଣାରେ। କୁଆଡ଼େ ଯିବୁ? କେମିତି ଯିବୁ? ଆମର ଯିବା ଦରକାର। ଆମକୁ ମନା କାହିଁକି କରାଯାଉଛି ସେଠିକି ଯିବାକୁ? ମନ ବିଦ୍ରୋହ କରି ଉଠୁଥିଲା। ଗୋଟେ ଜିଦ୍ ବଳବତ୍ତର ହୋଇଆସୁଥିଲା। ଆମେ ଯିବୁ। ଆମେ ଯିବୁ। ନିଶ୍ଚୟ ଯିବୁ।

ବୋଉ ଆମମାନଙ୍କୁ ଚାହିଁଲା। ବାବାଙ୍କ ଆଦେଶର ଏକ ପରିମାର୍ଜିତ ତଥା ଦଣ୍ଡବିଧି ସମ୍ପନ୍ନ ଘୋଷଣାନାମା ଫିଙ୍ଗିଦେଲା: ଖବରଦାର! ଯିଏ ବାହାରକୁ ଯିବ ପିଟିପିଟି ତା'ର ସାରା ବନେଇଦେବି।

ଆମେ ଟିକେ ଡରିଗଲୁ। ଏମିତିରେ ବୋଉ ବେଶି ରାଗେନା, କିନ୍ତୁ ଥରେ ରାଗିଲେ ମାଡ଼ ନ ଦେଇ ଶାନ୍ତ ହୁଏନା।

ଆମକୁ କିଛି ପ୍ରତିକ୍ରିୟା ପ୍ରକାଶର ସୁଯୋଗ ନ ଦେଇ ବୋଉ କହିଲା: ଘର ଭିତରକୁ ଯାଅ। ମୁଁ ବାହାରୁ ଶିକୁଳୀ ଲଗେଇ ଦେଉଛି।

ଆମେ ଦି ଭାଇ ସ୍ତବ୍ଧ। ଆମେ ବୁଝିପାରୁଥିଲୁ କିଛି ଗୋଟାଏ ଅଘଟଣ ଘଟିଯାଇଛି। ଯାହା ଭୟଙ୍କର ଏବଂ ଦୁଃଖଦାୟକ। ମୃତ୍ୟୁ ସମ୍ପର୍କରେ ଆମର ଧାରଣା ସେତେ ସ୍ପଷ୍ଟ ନ ଥିଲା। ଜାଣିଥିଲୁ ମଣିଷ ମରିଯାଏ। ଏବଂ ମଲାପରେ ପୋଡ଼ାହୁଏ ମଶାଣୀରେ। କିନ୍ତୁ ଜମା ଦେଖି ନ ଥିଲୁ ମଲାଲୋକ?

କେମିତି ଦିଶେ ମଲାଲୋକର ମୁହଁ? ଏମିତି ପ୍ରଶ୍ନଟେ ମୋ ଭିତରେ ଖେଳିବୁଲୁଥିଲା। ସ୍ୱଳ୍ପ ବୟସ ଓ ସୀମିତ ଅଭିଜ୍ଞତା ସତ୍ତ୍ୱେ ଆମେ ନିଜକୁ ମନେକରୁଥିଲୁ ଜ୍ଞାନୀ ଓ ବଡ଼ଲୋକମାନଙ୍କର ସମକକ୍ଷ। ମଲାଲୋକର ମୁହଁ ଭଳି ଏକ ରହସ୍ୟମୟ ଦୃଶ୍ୟ ସହିତ ପରିଚିତ ହେବାର ଏ ଥିଲା ଯେମିତି ଗୋଟେ ଚମତ୍କାର ସୁଯୋଗ। ଯାହାର ହାତଛଡ଼ା କରିବା ଉଚିତ ନ ଥିଲା। ବଡ଼ଭାଇ ଅନୁନୟ କଲା: ବୋଉ! ମୁଁ ଯିବି।

ମୁଁ ବଡ଼ ଭାଇର ଆବେଦନ ସହିତ ନିଜର ଆଗ୍ରହ ବି ଯୋଡ଼ିଦେଲି!

କହିଲି: ବୋଉ! ଆମେ ଯିବୁ!

ବୋଉ ଧମକଦେଲା: ବାବା କ'ଣ କହିଗଲେ ଶୁଣିଲଟି! ଛୋଟପିଲା ସେ ସବୁ ଜାଗାକୁ ଯାଆନ୍ତିନି! ଚୁପଚାପ୍ ଘର ଭିତରକୁ ଯାଇ ଶୋଇପଡ଼।

ଆମେ ପରସ୍ପରର ମୁହଁକୁ ଅସହାୟ ଭାବରେ ଚାହିଁଲୁ।

ବୋଉ କହିଲା: ମୁଁ ବାହାରୁ ଶିକୁଳୀ ଲଗେଇ ଦେଇଯାଉଛି। ଟିକେ ପଡ଼ିଶାଘରୁ ଆସୁଛି। ତୁମେ ଚୁପ୍‌ଚାପ୍ ଶୋଇପଡ଼।

ବୋଉର କାର୍ଯ୍ୟକ୍ରମ ସଂପର୍କରେ ଆମେ ଅନୁମାନ କରିପାରିଲୁ। ବୋଉ ଏବେ ପଡ଼ିଶାଘରକୁ ଯିବ। ସେଠାରେ ସମ୍ବାଦଟି ପରିବେଷଣ କରିବ। କ୍ରମେ ମହିଳା ମହଲରେ ସମ୍ବାଦଟି ସଂକ୍ରମିତ ହେବ। ଏବଂ ଏପରିବି ହୋଇପାରେ ମହିଳାମାନଙ୍କର ଏକ ସମ୍ମିଳିତ ଦଳ ଘଟଣାସ୍ଥଳକୁ ଯାଇପାରନ୍ତି।

ତେବେ ଏ ଅବରୋଧ ଆଦେଶନାମା ସାନଭାଇ ପ୍ରତି ଲାଗୁ ହେଲା ନାହିଁ। କାରଣ ସେ ବହୁ ଆଗରୁ ପଡ଼ିଶାଘରକୁ ଖେଳିବାକୁ ଚାଲି ଯାଇଥିଲା।

ବୋଉ ଗଲା। ବାହାରପଟୁ ଶିକୁଳୀ ଲଗେଇଦେଇ। ଏବେ ଘର ଭିତରେ ଆମେ ଦୁଇ ଭାଇ। ତିନି ବଖରା ଲମ୍ବାଘର। ଗୋଟେ ବାରଣ୍ଡା। ବାରଣ୍ଡା ତଳକୁ

ଛୋଟ ଅଗଣା। ଅଗଣା ମଝିରେ ଆମେ ଦି ଭାଇ। ପୃଥିବୀର ସବୁ ରହସ୍ୟକୁ ଭେଦ କରିଯିବାକୁ ମନରେ ଆଗ୍ରହ, ଅଥଚ ଆଗ୍ରହ ସାମ୍ନାରେ ଠିଆ ହେଇଛି ଗୁରୁଜନମାନଙ୍କର ହସ୍ତକ୍ଷେପ। ହିମାଳୟ ଭଳି।

ବଡ଼ଭାଇ ଓ ମୋ ଭିତରେ କିଛି ସମୟ ବିଚାର ଆଲୋଚନା ଚାଲିଲା। ବଡ଼ଭାଇ ଜାଣିପାରୁଥିଲା ଯେ ସେ ସିନା ଯାଇପାରିଲା ନାହିଁ। ତା'ର ସାଙ୍ଗମାନେ ନିଶ୍ଚୟ ଯାଇଥିବେ । ସେମାନଙ୍କର ବାପାମାନେ ଆମ ବାବାଙ୍କ ଭଳି ଏତେ କଟକଣା ଜାରି କରି ନ ଥିବେ। ତେଣୁ ତାକୁ ଯିବାକୁ ହେବ। ନୋହିଲେ ସେ ଲାଜ ପାଇବ। କାରଣ ଅଭିଜ୍ଞତା ଓ ଅନୁଭୂତିର ଏ ଦୌଡ଼ରେ ସେ ପଛରେ ପଡ଼ିଯିବ ତା'ର ସାଙ୍ଗମାନଙ୍କ ଠାରୁ ।

ମୁଁ ପ୍ରସ୍ତାବ ଦେଲି: ଚାଲ ବାରିପଟ କବାଟ ଖୋଲି ପଳେଇଯିବା !

ବୋଉ ଦାଣ୍ଡପଟ କବାଟରେ ଶିକୁଳୀ ଲଗେଇଦେଇ ଯାଇଥିଲା। କିନ୍ତୁ ତା'ର ମାନେ ନୁହେଁ ଯେ ଖସିବାର ସବୁ ରାସ୍ତା ବନ୍ଦ ହୋଇଯାଇଛି। କିନ୍ତୁ ଆମର ବାରିପଟ କବାଟ କଥା ମନେ ନ ଥିଲା। ମୋ ମଥାରେ ଅଚାନକ ପ୍ରବେଶ କରିଗଲା ଚିନ୍ତାଟା।

ବଡ଼ଭାଇ ଖୁସୀ ହେଇଗଲା। କହିଲା: ମୁଁ ଯିବି। କିନ୍ତୁ ତୁ ଯିବୁନି !

ମୁଁ ଭାଙ୍ଗିପଡ଼ିଲି। ଆରେ ! ଏ କେତେବଡ଼ ଅନ୍ୟାୟ। ମୁଁ ଖସିବାର ବାଟ ବତେଇଲି। ଅଥଚ ଯାଇପାରିବି ନାହିଁ।

ବଡ଼ଭାଇ ମୋ ଆଡ଼କୁ କଟକଟ କରି ଚାହିଁଲା। ତା'ର ବଡ଼ଭାଇ ସୁଲଭ ଅଧିକାର ସାବ୍ୟସ୍ତ କଲା। କହିଲା: ତୁ ଘର ଜଗିକି ରହ। ଆମେ ଦି'ଜଣ ପଳେଇ ଗଲେ ଯଦି ଚୋର ପଶେ। କ'ଣ ହେବ ? ତୁ ବରଂ ଘର ଜଗିଥା'। ମୁଁ ଯାଉଛି। ଯାହା ଦେଖିବି ତତେ ଆସି ଟିକିନିଖି କରି କହିବି !

ମୁଁ ଭୂମିରେ ଗୋଡ଼ କଚାଡ଼ିଲି। ବଡ଼ ଭାଇର ଯୁକ୍ତି ଯଥାର୍ଥ ଥିଲା। ଦାରୁଣ ବି ଥିଲା। ମୁଁ ମିଛ କାନ୍ଦିବାର ବାହାନା କଲି।

ବଡ଼ଭାଇ ବୁଝେଇଲା: ବୋଉ ଯଦି ଏଇନେ ଫେରିଆସେ, ଆଉ ଆମେ ଦି'ଜଣ ନାହେଁ ବୋଲି ଦେଖେ, କ'ଣ ହେବ ବୁଝି ପାରୁଚୁ ତ ? ବରଂ ତୁ ଘର ଜଗିଥା। ବୋଉ ଆସିଲେ ମୁଁ ଯାଇଚି ବୋଲି କହିବୁ ନାହିଁଟି ! କହିବୁ, ମୁଁ ଝାଡ଼ା ଯାଇଛି।

ମୁଁ ବଡ଼ଭାଇର ପ୍ରସ୍ତାବରେ ଏକମତ କି ନା କହିବା ପୂର୍ବରୁ ହିଁ ସେ ଆଗେଇ ଗଲା। ବାରିପଟ ଦୁଆରର ଖିଡ଼ିକି ଖୋଲିଦେଲା। କହିଲା: ମୁଁ ଚାଲିଲି !

ମୁହୂର୍ତ୍ତକ ଭିତରେ ବଡ଼ଭାଇ କୋଉଆଡ଼େ ଅଦୃଶ୍ୟ ହୋଇଗଲା। ମୁଁ ବାରିକବାଟ

ପାଖକୁ ଆସିଲି । ବାହାରକୁ ଚାହିଁଲି କେହି କୁଆଡ଼େ ନାହାନ୍ତି । ଝିଡ଼ିକି ଲଗେଇ ଦେଲି । ପୁଣି ଫେରିଆସିଲି ଘର ଭିତରକୁ ।

ବାରଣ୍ଡାରେ ବସିଲି । ମୁଁ ଏକୁଟିଆ ହୋଇଗଲି । ଲମ୍ବା ଖଞ୍ଜାଟା । କେହି କୁଆଡ଼େ ନାହାନ୍ତି । ଅଗଣା ସାରା ବିଞ୍ଚି ହୋଇଥାଏ ପ୍ରଚଣ୍ଡ ଖରା । ଖରାର ଧାସ ବାଜୁଥାଏ ବାରଣ୍ଡାରେ । ମୁଁ ଏକା ଏବଂ ଅସହାୟ । ଦିନଟା ଆସ୍ତେ ଆସ୍ତେ ଦୀର୍ଘ ଲାଗିଲା । ମୁହୂର୍ତ୍ତମାନେ ଦୀର୍ଘତର । ବୋଉ ଫେରୁନାହିଁ । ବଡ଼ଭାଇ ବି ଫେରୁନାହିଁ । ମୁଁ ଏକା, ଭୟ ଲାଗୁଥାଏ । ଦ୍ରୁତ ଗତିରେ ମୋର କ୍ଷୁଦ୍ର ମସ୍ତିଷ୍କଟା କାମ କରିଯାଉଥାଏ । ମୁଁ ପ୍ରଚୁର ଭାବି ଚାଲିଥାଏ ।

ମୋର ଯୋଜନାରେ ଥିଲା ଅନେକ ସୁଖକର କାର୍ଯ୍ୟକ୍ରମ । ସେହି ପ୍ରହର ପାଇଁ । ଏବେ ସେ ସବୁ ଅସାର ମନେହେଲା । ଆସ୍ତେ ଆସ୍ତେ ବିରକ୍ତିକର ମନେହେଉଥିଲା ସବୁକିଛି । ମୁଁ ନିଜ ଭିତରେ କ୍ରମେ କ୍ରମେ ଅଧୈର୍ଯ୍ୟ ହୋଇ ପଡୁଥିଲି । ଇଚ୍ଛା ହେଲା ଖୁବ୍ ଜୋର୍‌ରେ କାନ୍ଦିବି । ଚିତ୍କାର କରି ଫଟେଇଦେବି ପୃଥିବୀ ସାରା । ମାତ୍ର ପାରିଲିନି । ମୋର ଅପେକ୍ଷା କ୍ରମେ କ୍ରମେ ଦାରୁଣ ଓ କଷ୍ଟପ୍ରଦ ହୋଇଆସିଲା ।

ବୋଉ ଫେରୁନାହିଁ । ବଡ଼ଭାଇ ଫେରୁନାହିଁ । କେହି କୁଆଡ଼େ ଆସୁନାହିଁ । ମୁଁ ଏକା । ସାମ୍ନାରେ ଲମ୍ବା ଓ ବିରକ୍ତିକର ସମୟ । ବିତୁନାହିଁ ଜମା, ମୁଁ ଆଉ ସମ୍ଭାଳି ପାରିଲି ନାହିଁ । ନିଃଶବ୍ଦରେ ଚିତ୍କାର କଲି । ମୋର ମୁକ୍ତି ଦରକାର । ମୋର ନିଜ ହାତରେ ଟେକି ଧରିଲି ଆପଣାର ଶାସନ ଭାର । ନିଜକୁ ମୁକ୍ତି ଦେଲି । ନିଜକୁ ନିଜେ କହିଲି: ଯା' ପଳେଇ ଯା । ମୁକ୍ତି ନେଇ ଚାଲିଯା' ଏଇ ବିରକ୍ତିକର ଓ ଅଧୈର୍ଯ୍ୟ ସମୟରୁ । ପରେ ଯା' ହେବ ଦେଖାଯିବ । ଯା' ଚାଲିଯା' ।

ମୁଁ ଧୀରେ ଧୀରେ ବାରିକବାଟ ପାଖକୁ ଆସିଲି । କବାଟ ଖୋଲିଲି । ବାହାରକୁ ଗଲି । ଏବଂ ଦୌଡ଼ିବାକୁ ଗଲି । ବାହାରଟା ଥିଲା ଜନଶୂନ୍ୟ । ଚାରିଆଡ଼େ ପ୍ରଚଣ୍ଡ ଖରା । ରାସ୍ତାରେ କେହି କୁଆଡ଼େ ନାହାନ୍ତି । ସବୁ ଦିଗରେ ଯେମିତି ଗୋଟେ ଖାଁ ଖାଁ ନିଶୂନତା । ମୁଁ ପ୍ରଥମେ ଧାଇଁଲି ଆମ ସ୍କୁଲ ପାଖକୁ । ସ୍କୁଲର ପଛପଟେ ଥିଲା ଗୋଟେ ପରିତ୍ୟକ୍ତ ଓ ଭଙ୍ଗା ବାରଣ୍ଡା । ତା'ର ଗୋଟେ କୋଣରେ ନିଜର ଆସ୍ଥାନ ଜମାଇଥିଲା ଭିକାରୁଣୀଟା । ତାକୁ କ'ଣ ଘର କୁହାଯାଏ ? କୁହାଯାଏନା ।

ତେବେ ସେଇଟା ଥିଲା ତା'ର ଆଶ୍ରୟସ୍ଥଳ । ବେଳେବେଳେ ଆମେ ସ୍କୁଲ ପିଲାମାନେ ଖେଳଛୁଟିରେ ସେଠି ବୁଲୁଥିଲୁ । ଦୂରରୁ ଗୋଟେ ବୃତ୍ତାକାର ଗହଳୀଟିଏ କରି ତାକୁ ଲକ୍ଷ୍ୟ କରୁଥିଲୁ । ଭିକାରୁଣୀଟା ବିଡବିଡ୍ ହୋଇ କ'ଣସବୁ କହୁଥିଲା ଆମକୁ । ଆମେ ବୁଝୁ ନ ଥିଲୁ । କିନ୍ତୁ ତାଳିମାରି ହସୁଥିଲୁ ।

ମୁଁ ଯାଇ ସେଇଠି ଠିଆ ହେଲି। ସେଠି କେହି ନ ଥିଲେ। ଏବଂ ଭିକାରୁଣୀର କୌଣସି ଆସବାବ ଯଥା ତା'ର ଛିଣ୍ଡା କନା ଓ ମଇଳା ଲୁଗା ଖଣ୍ଡେ ଦି ଖଣ୍ଡ ବି ନ ଥିଲା। ସେଠି କେବଳ ଥିଲା ତା'ର ଅନୁପସ୍ଥିତି। ଆଗରୁ ସେ ଭିକ ମାଗିବାକୁ ବି ଚାଲିଯାଏ। ସେ ଜାଗା ଶୂନ୍ୟକରି। କିନ୍ତୁ ଆଜି ଏ ଶୂନ୍ୟତାଟା କେମିତି ଗୋଟେ ଅଲଗା ଦିଶୁଥିଲା। ଅଲଗା ଅନୁଭବଟେ ଆଣୁଥିଲା। ଟିକିଏ ଦୂରରେ ପଡ଼ିଥିଲା ତା'ର ଭଙ୍ଗା ଆଲୁମିନିୟମ୍ ବେଲାଟା। ବେଲା ଭିତରେ ଚାଉଳର ଦାନା କେଇଖଣ୍ଡ।

ଚାଉଳ ମୁଠେ ଥାଇ ବି ସେଇ ବେଲା ଭିତରଟା ଭାରି ଶୂନ୍ୟଶୂନ୍ୟ ଦିଶୁଥିଲା। କ୍ରମେ ମନେହେଲା ସେ ବେଲାଟା ଥରିଉଠୁଛି ମୋ ଆଖି ସାମ୍ନାରେ, ସେ ସମଗ୍ର ଶୂନ୍ୟ ଦୃଶ୍ୟ ଥରିଉଠୁଛି। ଭିକାରୁଣୀଟିର ଅନୁପସ୍ଥିତିଟା ଗୋଟେ ମର୍ମାନ୍ତିକ ଅନୁଭବ ଭଳି ଚହଲି ଉଠୁଛି। ଏବେ ଯେମିତି ପୃଥିବୀରେ ଆସିଯାଇଛି ଭୂମିକମ୍ପ। ଥରିଉଠୁଛି ଦିଗବିଦିଗ। ମନେହେଲା ସେଇ ଛୋଟ ବେଲା ଭିତରେ ଶୋଇପଡ଼ିଚି ଯେମିତି କେହିଜଣେ ଶୂନ୍ୟ ଚେହେରା ନେଇ।

ଆଉ ଅଧିକ ସମୟ ସେଠି ରହିପାରିଲିନି। ନିଜ ଭିତରେ ରୁନ୍ଧି ହୋଇ ଆସୁଥିଲା ସେଇ ଅଧୈର୍ଯ୍ୟପଣ, ସେଇ ଅସହାୟତା। ମୁଁ ସେଠୁ ଧାଇଁଲି । କୁଆଡ଼େ ଧାଇଁଲି ? କାହିଁକି ଧାଇଁଲି ? ଜାଣିପାରିଲିନି। ଗୋଟେ ନିରୁଦ୍ଦେଶ୍ୟ ଲକ୍ଷ୍ୟପଥରେ ଧାଇଁବାରେ ଲାଗିଲି। ନିର୍ଜନ ଜନଶୂନ୍ୟ ରାସ୍ତା। ମୁଁ ଦିଗଭ୍ରଷ୍ଟ। ମୋର ମନେହେଉଥାଏ ଏଇଠି କୋଉଠି ଯେମିତି ମୋର ଚିହ୍ନାଲୋକମାନେ ଅଛନ୍ତି। ମୁଁ ଖୋଜୁଥିବା ଦୃଶ୍ୟସବୁ ଅଛି। କୋଳାହଳ ଅଛି। ଛାଇ ଅଛି। ଆଶ୍ରୟ ଅଛି। ଅଥଚ ମିଳୁ ନ ଥାଏ।

ମୁଁ ସେମିତି ଧାଉଁଥାଏ।

ରାସ୍ତା ଓ ପଡ଼ିଆମାନେ ତଥାପି ଥିଲେ ଦୀର୍ଘ। ମୋର ମନେହେଲା ସେସବୁ ରୁଦ୍ଧ ହୋଇଆସୁଛି। ବାଟ ବନ୍ଦ ହୋଇ ଆସୁଛି। ଅଦୃଶ୍ୟ ବାଡ଼ଟେ ପଡ଼ିଆସୁଛି ମୋ ଆଗରେ। ଆଉ ଆଗକୁ ଦୌଡ଼ିବା ସମ୍ଭବ ନୁହେଁ। ପାରିଲିନି ବି। କ୍ଳାନ୍ତ ହୋଇ ବସିପଡ଼ିଲି ଗୋଟେ ଗଛମୂଳେ। ଏମିତି କେତେ ସମୟ ବିତିଚି ମନେନାହିଁ। ଅନୁଭବ କଲି ମୁଁ କାନ୍ଦୁଚି। ପୁଣି ଠିଆ ହେଲି। ପାଦରେ ଶକ୍ତି ନ ଥାଏ। ଭାରି ଦୁର୍ବଳ ଲାଗୁଥାଏ। ଧୀରେ ଧୀରେ ଚାଲିଚାଲି ଆସିଲି। ଫେରିଆସିଲି ଘରକୁ।

ବାରିପଟର ଦର୍ଜା ଖୋଲିଲି ନିଃଶବ୍ଦରେ। ଅଗଣାରେ ପଶିଲି। ସବୁ ଠିକ୍ ଅଛି। କୌଣସି ଚୋର ପଶିନାହିଁ। ବଡ଼ଭାଇ ଫେରିନାହିଁ। ସାନଭାଇ ଆସିନାହିଁ।

ମୁଁ ବାରଣ୍ଡା ଉପରେ ବସିଗଲି ଥକ୍କା ହୋଇ।

ଏମିତି କେତେ ସମୟ ବିତିଚି ଜାଣେନା। କେତେ ସମୟ ପରେ ଆବେଗ କଟିଗଲା ପରେ ଦେଖିଲି ବଡ଼ଭାଇ ପଛପଟୁ ଦର୍ଜା ଠେଲି ଭିତରକୁ ପଶୁଛି।

ଅନୁଚ୍ଚ ସ୍ୱରରେ ମତେ କହିଲା! କିଛି ଅସୁବିଧା ହେଇନି ତ!

ମୁଁ କହିଲି ନା! କେହି ଆସିନାହାନ୍ତି!

ବଡ଼ଭାଇ ଆସି ବସିଗଲା ବାରଣ୍ଡାରେ ଥକ୍‌କା ହେଇ।

ମୋ ମନ ଭିତରେ ଲହଡ଼ି ଖେଳୁଥାଏ ଆଗ୍ରହ। ଜାଣିବା ପାଇଁ କ'ଣ କେମିତି ହେଲା। କେମିତି ଦିଶେ ମଲା ଲୋକର ମୁହଁ? କେମିତି ମୃତ୍ୟୁ ଓ ଶ୍ମଶାନ ଏକ ହୁଅନ୍ତି ନିଆଁର ପିଠିରେ? ମଣିଷ ମରିକି କେମିତି ହଜିଯାଏ? ମୁଁ ପଚାରିଲି: କ'ଣ କେମିତି ହେଲା କହୁନୁ?

ବଡ଼ଭାଇ ଦୀର୍ଘଶ୍ୱାସଟେ ପକାଇଲା । କହିଲା: ଏସବୁ ବଡ଼ ଗୁମର କଥା। ସାନ ମାନେ ଜାଣିବା ଜମା ଉଚିତ ନୁହେଁ।

ଯା' ଭିତରେ ବଡ଼ଭାଇ ବୋଧହୁଏ ନିଜକୁ ଖୁବ୍ ବଡ଼ ବୋଲି ଭାବିବାକୁ ଆରମ୍ଭ କରିଥିଲା। ଏବଂ ମୁଁ ଯୋଉ ଛୋଟକୁ ସେଇ ଛୋଟ ହୋଇ ରହିଯାଇଥିଲି। ଯଦିଓ ଆମ ଭିତରେ ବୟସର ବ୍ୟବଧାନ ଥିଲା ଜମା ଦୁଇ ବର୍ଷ। ବଡ଼ଭାଇ ତୃତୀୟ ଶ୍ରେଣୀରେ ପଢୁଥିଲା ଓ ମୁଁ ପଢୁଥିଲି ପ୍ରଥମ ଶ୍ରେଣୀରେ। ସାନଭାଇ ସ୍କୁଲ ଯିବାକୁ ସମର୍ଥ ହୋଇ ନ ଥିଲା। ସାନ ଭଉଣୀ ସେତେ ବେଳକୁ ଜନ୍ମ ହେଇନି । ବଡ଼ଭାଇ ହାଫ୍ ପ୍ୟାଣ୍ଟ୍ ପିନ୍ଧୁଥିଲା। ମୁଁ ଫିତା ଲଗା ହାଫ୍ ପ୍ୟାଣ୍ଟ୍ ପିନ୍ଧୁଥିଲି ଓ ସାନଭାଇ ଅଧିକାଂଶ ସମୟ ଥିଲା ଦିଗମ୍ବର। ତେବେ ବଡ଼ଭାଇ ହଠାତ୍ ବୟସ୍କ ଦାୟିତ୍ୱବାନ ହୋଇଗଲା କେତେବେଳେ ?

ମୁଁ କହିଲି: କିନ୍ତୁ ତୁ ତ କହିକି ଯାଇଥିଲୁ ମତେ ସବୁକଥା ଟିକିନିଖି କହିବୁ। ତୋରି କଥାରେ ମୁଁ ଘରଜଗି ପଡ଼ିରହିଲି। ଆଉ ଏତେ ବେଳକୁ କହୁଛୁ କ'ଣ ନା ସାନମାନେ ସେ କଥା ଜାଣିବେନି!

ବଡ଼ଭାଇ ମୋ ଯୁକ୍ତିରେ ପ୍ରଭାବିତ ହେଲା। ତା'ର ମନ ବଦଳିଗଲା। କହିଲା: ଠିକ୍ ଅଛି। ମୁଁ ତତେ ସବୁକଥା କହିବି। କିନ୍ତୁ ସାବଧାନ ! ଏସବୁ ଯେମିତି ପ୍ରଘଟ ନ ହୁଏ।

ମୁଁ ବିଶ୍ୱସନୀୟତାର ଶପଥ କଲି।

କହିଲି: ମୁଁ କେବେ ତୋ କଥା କାହାକୁ କହିଚି। ତୁ ବାବାଙ୍କ ପକେଟରୁ ପଇସା ଚୋରି କରି ଚକୋଲେଟ୍ ଖାଇଚୁ। ମତେ ଅନେକ ଥର ଭାଗ ଦେଇନୁ। ମୁଁ ସେକଥା କାହାକୁ କହିଚି ?

ବଡ଼ଭାଇ ମୋ କଥାରେ ପ୍ରଭାବିତ ହୋଇ ଆସୁଥିଲା । ତା'ର ଗୁମର କଥାକୁ ନେଇ ମୁଁ ବିଶ୍ୱାସଭାଜନ ହେବାର ଉଦ୍ୟମ ଜାରି ରଖିଥିଲି ।

କହିଲା, 'ଠିକ୍ ଅଛି, ତେବେ ଶୁଣ୍ !'

ସେମାନେ ବୁଢ଼ୀକୁ ନେଇ ମଶାଣୀକୁ ଚାଲିଗଲେ । ମଶାଣୀରେ କାଠ ସଜାହୋଇ ନିଆଁ ଲାଗିଲା । ତା' ଉପରେ ଶୁଆଇ ଦେଲେ ବୁଢ଼ୀକୁ । ଠିକ୍ ଏତିକିବେଳେ ଆକାଶରୁ ଆସିଲେ ଯମଦୂତମାନେ । ମୋ ଆଖି ବଡ଼ବଡ଼ ହେଇଗଲାଏ : ଯମଦୂତ !

ବଡ଼ଭାଇ ବର୍ଣ୍ଣନା କରି ଚାଲିଥାଏ, କଳା କଳା ଭୁଷୁଣ୍ଡା ଲୋକଗୁଡ଼ାକ । ହାତରେ ତାଙ୍କର ବଡ଼ବଡ଼ ଗଦା । ବେକରେ ମାଳି ମେଞ୍ଚାଏ ପଡ଼ିଚି । ବଡ଼ବଡ଼ ବାଳ । ବଡ଼ବଡ଼ ନିଶ । ଆଖିଗୁଡ଼ାକ ଲାଲ୍ । ସେମାନେ ତ ଆସିଲେ ବୁଢ଼ୀକୁ ନେବାକୁ ।'

ମୁଁ ପଚାରିଲି,'ସେଇଠୁ ?'

ବଡ଼ଭାଇ କହୁଥାଏ, ସେମାନେ ଯେମିତି ବୁଢ଼ୀକୁ ନିଆଁ ଉପରୁ ଟାଣିକି ନେଇଛନ୍ତି ଆମ ଗୋବିନ୍ଦ ଗୁରୁଜୀ ଥିଲେ ଗୋଟେ ଲମ୍ବା ବାଉଁଶରେ କୁଟିଦେଲେ ପାହାରେ । ସେମାନେ ଯାଇ ଦୂରରେ ପଡ଼ିଲେ । ତା'ପରେ ତ ଆକାଶରେ ଗୋଟେ ଟଣାଓଟରା ଚାଲିଲା । ସେମାନେ ବୁଢ଼ୀର ହାତ ଧରି ଟାଣୁଥାଆନ୍ତି ଆକାଶରେ । ତାକୁ ନେଇଯିବାକୁ ଯମପୁର । ଇଆଡ଼େ ଆମ ଗୁରୁଜୀମାନେ ବାଉଁଶରେ ଗୋଟେ ଆଙ୍କୁଡ଼ା କରି ବୁଢ଼ୀକୁ ଟାଣୁଥାଆନ୍ତି ଜୁଇ ଉପରକୁ । ଚାଲିଲା ଟଣାଟଣି ।'

ମୁଁ ମୋ ମାନସ ଚକ୍ଷୁରେ ଦେଖିପାରୁଥାଏ ସେ ଦୃଶ୍ୟଟିକୁ । କୌଣସି ଯାତ୍ରାପାର୍ଟିର ଦୃଶ୍ୟଠୁ ଚମତ୍କାର, ଆମୋଦଦାୟକ ।

ମୁଁ ପଚାରିଲି,'ମଲାପରେ ସବୁଲୋକଙ୍କୁ ପରା ଯମ ଧରିନିଏ ତା' ପୁରକୁ । ଏ ବୁଢ଼ୀକୁ ନେଲାବେଳେ ଆମ ଗୁରୁଜୀ ପଞ୍ଚାକ କାହିଁକି ଟଣାଓଟରା କଲେ ।'

ବଡ଼ଭାଇ ବୁଝିପାରିଲା,'ମୂର୍ଖ ! ଏ ବଡ଼ ଗହନ କଥା ! ସେମାନେ ମଲା ପରେ ଆତ୍ମାଟାକୁ ଧରିକି ନେବେ ଯମପୁରକୁ, କିନ୍ତୁ ଯଦି ଜୁଇ ଉପରୁ ଦେହଟାକୁ ନେଇଗଲେ, ତ କଥା ସଇଲା । ସେମାନେ ଭାରି କଷ୍ଟଦେବେ ଦେହଟାକୁ । ତୁ ଚିତ୍ରରେ ଦେଖିନୁ । ତତଲା ତେଲ କଡ଼େଇରେ ପକେଇ ବରା ଭଳିଆ ଛାଣିବେ । ମୁଣ୍ଡ ସିଧା କରତରେ ଦି'ଫାଳ କରି ଚିରି ଦେବେ । ଗୁହ କୁଣ୍ଡରେ ପକେଇବ । ଶେଷକୁ କାମୁଡ଼ି କାମୁଡ଼ି ଖାଇବେ, ଦେଖିନୁ କେମିତି ଭୁଷୁଣ୍ଡା ଭୁଷୁଣ୍ଡା ଚେହେରା ରଖିଛନ୍ତି ।''

ଭୟରେ ମୋ ଦେହ ଥରି ଉଠିଲା ।

ପଚାରିଲି,''ସେଇଠୁ କ'ଣ ହେଲା ?''

ବଡ଼ଭାଇ ଶୁଣାଇଲା,'ହବ ଆଉ କ'ଣ ? ଯମଦୂତଗୁଡ଼ାକ ହାରିଲେ । ଆମ

ଗୁରୁଜୀମାନେ ବୁଢ଼ୀକୁ ପୋଡ଼ି ପାଉଁଶ କରିଦେଲେ। ଯମଦୂତଗୁଡ଼ାକ ଭକୁଆ ଭଳିଆ ଚାହିଁଥାଆନ୍ତି। ଶେଷକୁ ନିଜେ ଯମ ବି ଆସିଲେ। କିନ୍ତୁ କିଛି କରିପାରିଲେନି ?''

ମୁଁ ପଚାରିଲି,''ତମେ ଯମକୁ ଦେଖିଲ ?''

ବଡ଼ଭାଇ ଜୋର୍ ଦେଇ କହିଲା,''ହଁ। ଦେଖିଲି । ମଇଁଷି ପିଠିରେ ବସିଥାଏ। ମୁଣ୍ଡରେ ତା'ର ମୁକୁଟ। ଏଡ଼େ ଏଡ଼େ ନିଶ। ଆକାଶରେ ବହୁତ ଉଚ୍ଚରେ ଥାଇ ଚାହିଁ ରହିଥାଏ। କରିବ ବା କ'ଣ? ଯେମିତି ବୁଢ଼ୀ ପୋଡ଼ିକି ପାଉଁଶ ହେଇଗଲା ଯମ ଗୋଟେ ଲମ୍ବା ପାଳ ଦଉଡ଼ି ଲମ୍ବାଇ ଦେଲା ଜୁଇ ଆଡ଼କୁ। ଆଉ ବୁଢ଼ୀର ଆତ୍ମାଟାକୁ ଧରିକି ନେଇଗଲା।''

ମୁଁ ପଚାରିଲି,''ଆତ୍ମାଟାକୁ ତମେ ଦେଖିଲ ?''

ବଡ଼ଭାଇ ବୁଝାଇଲା,''ଆତ୍ମାଟାକୁ କ'ଣ ଦେଖିହେବ। ସେଟା ଅଦୃଶ୍ୟ। କିନ୍ତୁ ଦେଖିଲୁ ଗୋଟେ ଭଉଁରୀ ଭଳି ଚହଲି ଚହଲି କ'ଣ ଗୋଟାଏ ଉପରକୁ ଉଠିଗଲା। ଯମର ପାଳଦଉଡ଼ି ମୁଣ୍ଡାରେ ଲାଗି।''

ମୁଁ ପଚାରିଲି,''ତାକୁ ରୋକିବା ପାଇଁ ଗୋବିନ୍ଦ ଗୁରୁଜୀ ହେରିକା କିଛି କଲେନି।''

ବଡ଼ଭାଇ କହିଲା, ''ନା! ସମସ୍ତେ ଖାଲି ଦେଖୁଥାଆନ୍ତି। ଆତ୍ମାଟାକୁ ତ ରୋକିହେବ ନାହିଁ। ରୋକିଲେ ବା ଲାଭ କ'ଣ? ସେଟା ଯେମିତି ହେଲେ ଉଡ଼ିଯିବ। ଯମ ସେଟାକୁ ନେବା କଥା ନେବ। କିନ୍ତୁ ଏତିକି ହେବ ଯେ ଯମ ଆତ୍ମାକୁ ବେଶି କଷ୍ଟ ଦେଇପାରିବ ନାହିଁ।''

ନାଟକର ସଂଘର୍ଷପୂର୍ଣ୍ଣ ଦୃଶ୍ୟ ଭଳି ମୋ ଆଖି ସାମନାରେ ଦେଖାଯାଉଥିଲା ବଡ଼ ଭାଇର ବର୍ଣ୍ଣନାର ଚିତ୍ରସବୁ। ନୀଳ ଆକାଶ, ଆକାଶରେ ଗୋଟିଏ ଭୟଙ୍କର ମଇଁଷି, ମଇଁଷି ପିଠିରେ ଯମ, ନିଶବାନ ଯମଦୂତ। ହାତରେ ଗଦା ଓ ପାଳଦଉଡ଼ିର ଫାଶ। ଏହି ଭଳି ଲୋମହର୍ଷଣକାରୀ ଦୃଶ୍ୟକୁ ପ୍ରତ୍ୟକ୍ଷ କରି ନ ପାରି ଥିବାରୁ ନିଜ ଉପରେ ରାଗ ଆସୁଥିଲା। ବଡ଼ଭାଇ ଗୌରବର ହସ ହସି ବାରଣ୍ଡାରେ ବସିଥିଲା।

ମୁଁ ଆକାଶକୁ ଅନେଇଲି। ନିରେଖି କି ଚାହିଁଲି। କାଳେ କେଉଁଠି ଯମର ପାଦ ଚିହ୍ନ ଅବା ଯମଦୂତମାନଙ୍କର ଗଦାର ଶେଷାଂଶ ଅବା ମଇଁଷିର ଲାଙ୍ଗୁଡ଼ଟା ଦିଶିବ ପରା।

କେତେବେଳେକେ ଫେରିଲା ବୋଉ। ଫେରିଆସି ଅନୁସନ୍ଧାନ କରିନେଲା ସବୁ ଠିକ୍ ଅଛି ନା ନାଇଁ? ଆମେ କେହି ବାହାରକୁ ଯାଇଥିଲୁ ନା ନାଇଁ?

ମୁଁ କହିଲି: ଆମେ ଘରେ ଅଛୁ। ମୁଁ ତ ଏଇଠି ଖେଳୁଚି।

ବଡ଼ଭାଇ କହିଲା: ମୁଁ ଶାଗପଟାଳିରୁ ଘାସ ବାଛୁଥିଲି ପରା।

ବୋଉ ଖୁସୀ ହେଲା। ଯା' ପରେ ଫେରିଲା ସାନଭାଇ।

ବାବା ଫେରିଲେ ଅନେକ ଡେରିରେ। ସେ ଦିଶୁଥିଲେ କ୍ଲାନ୍ତ ଏବଂ ଝାଳନାଳ। ବୋଉକୁ ଲକ୍ଷ୍ୟ କରି କହିଲେ: ସବୁକାମ ଯା'ହେଉ ସୁରୁଖୁରୁରେ ହେଇଗଲା। ବୁଢ଼ୀର ପୁଣ୍ୟ ବଳ କିଛି ଥିଲା। ନୋହିଲେ ସାଙ୍ଗେ ସାଙ୍ଗେ ଏତେ ଲୋକ ବାହାରି କାମଟା ସାରି ଦେଇ ନ ଥାନ୍ତେ। ମତେ ଗୋଟାଏ ଗାମୁଛା ଦିଅ। ମୁଁ ଲୁଗା ପାଲଟି ଗାଧୋଇବି।

ବୋଉ ବାବାଙ୍କ ହାତକୁ ବଢ଼ାଇଦେଲା ଗାମୁଛା।

ମୁଁ ପଚାରିଲି, ''ଲୁଗା ପାଲଟି ଗାଧୋଇବ କାହିଁକି ?''

ବୋଉ ବୁଝାଇଲା,''ମଶାଣୀକୁ ଗଲେ ମଶାଣୀଛୁଆଁ ହେବ। ନ ଗାଧୋଇଲେ ଘର ଦ୍ୱାର ମାରା ହୋଇଯିବ। ଲୁଗାପଟା ସବୁ ଧୋଇଦେବାକୁ ପଡ଼ିବ।''

ମୁଁ ପଚାରିଲି,''ଘରଦ୍ୱାର ମାରା ହେଲେ କ'ଣ ହେବ ?''

ବୋଉ କହିଲା, ଘରେ ଆଉ ଠାକୁର ପାଣି ପାଇବେଟି ! ସବୁ ନଷ୍ଟଭ୍ରଷ୍ଟ ହେଇଯିବନି ?

ଏଥର ମୁଁ ବଡ଼ଭାଇ ଆଡ଼କୁ ଚାହିଁଲି, କାରଣ ବଡ଼ଭାଇ ମଶାଣୀଛୁଆଁ ହେଇ ବି ଏବେ ଆରାମରେ ବସି ରହିଥିଲା। ପ୍ୟାଣ୍ଟ୍ ସାର୍ଟ ଧୋଇବା ବା ଗାଧୋଇବାର ନାମ ଧରୁ ନ ଥିଲା। କିନ୍ତୁ ତା'ର ପାପଟିକୁ ଲୁଚାଇଦେବା ମୋ ପକ୍ଷରେ ସମ୍ଭବ ନ ଥିଲା। କାରଣ ତାହାହେଲେ ଘରୁ ସବୁ ଠାକୁର ଚାଲିଯିବେ। ଠାକୁରମାନେ ପାଣି ପାଇବେ ନାହିଁ । ତାଙ୍କ ପାଖରେ ଭୋଗ ହେବନି ଏବଂ ଭୋଗ ନ ହେଲେ ଆଉ ଯାହା ହେଉ ନ ହେଉ ସକାଳୁ ଟିକେ ଟିକେ ଭୋଗ ଯେ ଖାଇବାକୁ ମିଳୁଛି ତାହା ମିଳିବନି।

ମୁଁ ବଡ଼ଭାଇକୁ କହିଲି: ଯା ! ତୁ ବି ଗାଧୋଇ ପଡ଼।

ବଡ଼ଭାଇ ଗାଲୁ ମାରିଲା, ''ମୁଁ କାହିଁକି ଗାଧେଇବି।'' ମୁଁ ଜାଣିଲି ବଡ଼ଭାଇ ଫାଙ୍କି ଦେବାକୁ ବସିଚି। ମାତ୍ର ଏତେ ବଡ଼ ଅନ୍ୟାୟକୁ ବରଦାସ୍ତ କରିବା ମୋ ପକ୍ଷରେ ଅସମ୍ଭବ ଥିଲା। ବାଧ୍ୟ ହେଇ ମୁଁ କଥାଟାକୁ ବୋଉର ନଜରକୁ ଆଣିଲି।

କହିଲି,''ଭାଇ ବି ମଶାଣୀକୁ ଯାଇଥିଲା। କିନ୍ତୁ ଗାଧୋଉ ନାହିଁ।''

ବଡ଼ଭାଇ ଆତ୍ମରକ୍ଷାର ସ୍ୱରରେ କହିଲା,''ମୁଁ ମଶାଣୀକୁ ଯାଇନି।''

କିନ୍ତୁ ମୁଁ ଜୋର ଦେଇ କହିଲି,''ହଁ ! ହଁ ! ସେ ଯାଇଥିଲା।''

ଅବଶେଷରେ ସେଇ ଦୁଃଖଦାୟକ ଘଟଣାଟି ଘଟିଲା। ବଡ଼ଭାଇ ଉପରେ ମାଡ଼ ହେଲା। ଉଭୟ ବାବା ବୋଉଙ୍କ ପକ୍ଷରୁ । ସେ କାନ୍ଦିଲା ଓ ଶେଷରେ ଲୁଗାବଦଳି

ଗାଧେଇଲା। ମୋ ସହିତ ସାରା ସଞ୍ଜବେଳ କଥାହେଲାନି। ରୁଷିଲା, ଆମର ଅପଢ଼ ହେଲା।

ରାତିରେ ଶୋଇବାକୁ ଗଲାବେଳେ ସେ ମୋତେ କଥା କହିଲା। କହିଲା: ମୁଁ ପ୍ରକୃତରେ ମଶାଣୀକୁ ଯାଇ ନ ଥିଲି। ମୁଁ ମିଛ କହିଥିଲି।

ମୁଁ ପଚାରିଲି,''ତେବେ ତୁ କୁଆଡ଼େ ଯାଇଥିଲୁ ?''

ସେ ତା'ର ଅଭିଜ୍ଞତା ବର୍ଣ୍ଣନା କଲା। କହିଲା,''ମୁଁ ସେ ଭିକାରୁଣୀ ରହୁଥିବା ଜାଗାଟାକୁ ଯାଇଥିଲି। କ'ଣ ଦେଖିଲି ଜାଣୁ ? ଦେଖିଲି ଗୋଟେ ଖାଲି ଜାଗା। ହେଲେ ସେ ଖାଲି ଜାଗାଟା କେମିତି ଗୋଟେ ବିଚିତ୍ର ଦିଶିଲା। ଖାଁ ଖାଁ ଦିଶିଲା। ମୋ ଆଖିରେ ଖାଲି ଥରିଉଠିଲା। ଯେମିତି ଭୂମିକମ୍ପ। ମୁଁ ସେଠୁ ପଳାଇଆସିଲି। ଏଣେତେଣେ ଦୌଡ଼ିଲି । ତେବେ ଦୌଡ଼ିପାରିଲିନି। କେମିତି ଭୟ ଲାଗିଲା। ଲାଗିଲା ଯେମିତି ସବୁ ରାସ୍ତା ବନ୍ଦ ହୋଇ ଆସୁଛି। ରୁନ୍ଧି ହୋଇ ଆସୁଛି। ଗୋଟେ ଗଛ ମୂଳରେ ବସିଲି। କାନ୍ଦିଲି। ଫେରିଆସିଲି।

ମୁଁ ବଡ଼ ଭାଇର କାନ୍ଧରେ ହାତ ରଖିଲି। ଆଶ୍ୱାସନାର ହାତ।

ବଡ଼ଭାଇ ମୋ ପାଖକୁ ଘୁଞ୍ଚି ଆସିଲା। କହିଲାଏ''ମରିଯିବା ମାନେ କ'ଣ ଜାଣୁ ?''

ମୁଁ ପଚାରିଲି,''କ'ଣ ?''

ସେ କହିଲା,''ମରିଯିବା ମାନେ ହେଲା... ?''

ସେ ଆଉ ଅଧିକ କିଛି କହି ପାରିଲାନି। କେମିତି କହିଥାନ୍ତା ? କାରଣ ସେତେବେଳେ ତା'ର ବୟସ ଥିଲା କମ୍। ତା' ମଥାରେ ନା ଥିଲା ଅଭିଜ୍ଞତା ନା ଥିଲା ଜ୍ଞାନ। ପୃଥିବୀର ସମସ୍ତ ନିଷ୍ଠୁର ଓ ଦୁଃଖଦ ଆବେଗକୁ ଶବ୍ଦରୂପ ଦେବାପାଇଁ ସାମର୍ଥ୍ୟ ନ ଥିଲା ତା' କଥାରେ। ମୋର ବି ବୟସ ଥିଲା ଆହୁରି କମ୍। କିନ୍ତୁ ମୋର ମନେ ହେଉଥିଲା ମୁଁ ଯେମିତି ସବୁ ବୁଝିପାରୁଚି। ବଡ଼ଭାଇର ମୁହଁର ଅଭିବ୍ୟକ୍ତି ମୋ ପାଇଁ ସରଳ ମାନସାଙ୍କ ଭଳି ସ୍ପଷ୍ଟ ହେଇ ଆସୁଥିଲା।

କହିଲି,''ମୁଁ ବି ବାହାରକୁ ଯାଇଥିଲି। ତୁମେ ଯାହାଯାହା ଦେଖିଲ ମୁଁ ବି ସେଇଆ ଦେଖିଛି।'' ବଡ଼ଭାଇ ମତେ କୁଣ୍ଢାଇ ପକାଇଲା। ଆମେ ଦୁଇଜଣ କାନ୍ଦି ପକେଇଲୁ।

■

ଚୋରର ନାମ ଗୋପୀଆ

ଯେଉଁଦିନ ଆମର ଖେଳିବାରେ ମନ ଲାଗେନା ଆମେ ଏକାଠି ହେଇ ଗପସପ କରୁ ଏବଂ ସବୁ ଗପରେ ଥାଏ ଗୋପୀଆ ପାଣ। ଗୋପୀଆ ପାଣ ସେତେବେଳକୁ ଗୋଟାଏ ଜୀବନ୍ତ କିମ୍ବଦନ୍ତୀ। ଜଣେ ପ୍ରଖ୍ୟାତ ଚୋର। ଚୋରି କରିବାରେ ତାର ଏତେ ଖ୍ୟାତି ଯେ ତା ସଂପର୍କରେ ନାନା ମଜାଦାର ଲୋମହର୍ଷକ ରୋମାଞ୍ଚକର କଥା ଆସି ଜମା ହୁଏ ସବୁଆଡ଼େ ଓ ଆମର ଅପରାହ୍ନର ଆସରରେ ଆଲୋଚିତ ହୋଇଯାଏ।

ଯେତେବେଳେ ରାଧାକାନ୍ତ କହେ ଯେ, ଗୋପୀଆର ନୂଆ କାଣ୍ଡକାର୍ଖାନା କ'ଣ ଶୁଣିଲଣି ? ମୋ କକେଇ କହୁଥିଲେ। ମୁଁ ଶୁଣିକି ଆସିଲି।

ଆମ ଦେହ ଥରି ଉଠେ। ଲୋମ ଟାଙ୍କୁରି ଉଠେ। ଡ଼ବଡ଼ବ ଆଖିରେ ଆମେ ଚାହିଁ ରହୁ ରାଧାକାନ୍ତ ଆଡ଼କୁ।

ରାଧାକାନ୍ତ ତା କାହାଣୀ ଶୁଣାଏ।

ଗୋପୀଆ ଜଣକ ଘରକୁ ଚୋରି କରିବାକୁ ଗଲା। ଲୋକଟା ଜମିଦାର। ଘରେ ବହୁତ ସୁନା ରୁପା। ଗୋପୀଆ ଚୋରି କରିବା ପାଇଁ ଆଗରୁ ଠିକ୍ କରିଥାଏ। ଗୋଟେ ନୋଟିସ୍ ମାରିଦେଲା ଗାଁ ମୁଣ୍ଡରେ। ମୁଁ ଅମୁକ ତାରିଖ ଦିନ ରାତିରେ ଜମିଦାର ଘରୁ ଚୋରି କରିବାକୁ ଯିବି। ଜମିଦାର ପୋଲିସ୍‌ରେ ଖବର ଦେଲେ। ପୋଲିସ୍ ଆସି ସେଇଦିନ ପହଞ୍ଚିଲା। ପୂରା ପୋଲିସ୍ ଫୋର୍ସ ଆସିଗଲେ। ଜମିଦାର ଘର ଚାରିପଟେ ଘେରି କି ରହିଲେ। ସଞ୍ଜ ହେଲା। ରାତି ହେଲା। ରାତି ଯାଇ ଅଧ ହେଲା।

ରାଧାକାନ୍ତ ଗପ ଅଧା ରଖି ଟିକେ ଦମ ନେଲା।

ଆମେ ସମସ୍ତେ ଡ଼ବଡ଼ବ ଆଖିରେ ଚାହିଁ ରହିଥିଲୁ ରାଧାକାନ୍ତ ଆଡ଼କୁ।

ଆମର ସାରା ଦେହ ରୋମାଞ୍ଚିତ ଓ ଗୋଟେ ଅଜଣା ଭୟର ମୃଦୁ ପାଦ ଶବ୍ଦ ଚାରି ଦିଗରୁ ଘେରି ଆସୁଥିଲା ।

ମୁଁ ଅଧୈର୍ଯ୍ୟ ହେଇ କହି ପକାଇଥିଲି: ତା'ପରେ କ'ଣ ହେଲା କୁହ !

ରାଧାକାନ୍ତ ତାର କାହାଣୀ ଶୁଣାଏ ।

ରାତି ବଢ଼ିବାରେ ଲାଗିଥାଏ । ପୋଲିସ ଫୋର୍ସ ଘେରିକି ରହିଥାନ୍ତି ଜମିଦାରଙ୍କ ଘରକୁ । ମଝିରେ ମଝିରେ ହ୍ୱିସଲ ମରା ହଉଥାଏ । ଟର୍ଚ୍ଚ ଆଲୁଅ ଜଳୁଥାଏ । ରାତି ବଢୁଥାଏ ।

ଆମେ ପୁରାପୁରି ଅଧୈର୍ଯ୍ୟ ସେତେବେଳକୁ ।

ସମସ୍ୱରରେ କହିଉଠିଲୁ: ତା'ପରେ କ'ଣ ହେଲା କହ !

ରାଧାକାନ୍ତ କହିଲା: ତା'ପରେ ? ତା'ପରେ ଆସ୍ତେ ଆସ୍ତେ ରାତି ସରି ଆସିଲା । ଭୋର ହୋଇଗଲା ।

ଆମେ ହତାଶ ଦିଶିଲୁ ।

ମୁଁ କହିଲି ଖୁବ୍ ବିଷର୍ଣ୍ଣ ସ୍ୱରରେ ।

:'ତା'ମାନେ ! ଗୋପୀଆ ଆସିଲା ନାହିଁ । ଗୋପୀଆ ଫେଲ୍ ମାରିଲା ।'

ମୋର ଏ ରସଭଙ୍ଗକୁ ସମ୍ଭବତଃ ପସନ୍ଦ କରୁ ନଥିଲା ରାଧାକାନ୍ତ ।

କହିଲା: ତୁ ଆଗ ପୁରା କଥାଟା ଶୁଣ ! ଏମିତି ଆଗଚଲା ହଉଛୁ କାହିଁକି ?

ଅନ୍ୟ ସମସ୍ତେ ମୋ ଆଡ଼କୁ ରାଗିକି ଅନେଇଲେ ।

ମୁଁ କହିଲି: ହଉ ! ତୁ କହ ! ଶୀଘ୍ର ଶୀଘ୍ର କହ !

ରାଧାକାନ୍ତ ଏଥର ବେଶ ଗର୍ବର ସହ କଥା କହୁଥିଲା । କାରଣ ଏବେ ସେ ଗୋପୀଆ ଭଳି ଚରିତ୍ର ସଂପର୍କରେ କିଛି ଅଧିକ ତଥ୍ୟ ହାସଲ କରିପାରିଛି ଓ ସେ କଥା ଜାଣିବା ପାଇଁ ଆମେମାନେ ତା'ଚାରିପଟେ ବ୍ୟାକୁଳ ଚିତ୍ତରେ ବସି ରହିଛୁ ।

ରାଧାକାନ୍ତ ତାର କଥା ଶୁଣାଇଲା ।

''ଧୀରେ ଧୀରେ ସକାଳ ହେଲା । ପୋଲିସ ଖୁସୀରେ ବସିଲେ । ଯା'ହେଉ ଗୋପୀଆ ଆସିପାରିଲାନି । କିନ୍ତୁ ବଡ଼ ପୁଲିସ ଅଫିସର ଜମିଦାରଙ୍କ ଘରକୁ ଯାଇ ଆଚମ୍ଭିତ ହୋଇଗଲେ । କାରଣ ଘର ଭିତରେ ତାଙ୍କୁ କିଏ ବାନ୍ଧି ପକେଇଥିଲା । ତାଙ୍କ ଟ୍ରେଜେରୀ ଭଙ୍ଗା ହୋଇଥିଲା ଓ ଟଙ୍କା ସୁନା ଚୋରି ହୋଇଯାଇଥିଲା ।

ଆମେ ସମସ୍ତେ ସମସ୍ୱରରେ ପଚାରିଉଠିଲୁ: କିଏ କଲା ଏ କାମ ? କେମିତି କଲା ?

ରାଧାକାନ୍ତ ଆଶ୍ୱାସନାର ବାଣୀ ଶୁଣାଇଲା: କିଏ ଆଉ କରିବ ? ସେଇ ଗୋପୀଆ ହିଁ କଲା ।

ଆମେ ଅଧା ଅବିଶ୍ୱାସ ଅଧା ସନ୍ଦେହରେ ପଚାରିଲୁ: ଚାରିପଟେ ପୋଲିସ୍ ଜଗିଛନ୍ତି ପରା। କେମିତି ଗୋପୀଆ ଏ କାମ କଲା ?

ରାଧାକାନ୍ତ ହସିଲା: ସେଇତ ଗୋପୀଆର ବାହାଦୂରୀ। ଚାରିପଟେ ପୋଲିସ ଜଗିଥିବ କିନ୍ତୁ ସେ ତା କାମ ସାରିଦେଇ ଚଲ୍।

ଆମେ ଖୁସୀରେ ବା ଆମୋଦରେ ବା ରୋମାଞ୍ଚରେ ହାତ ତାଳି ଦେଲୁ। ଏମିତି ଅସମ୍ଭବ ବା ଅତିରଞ୍ଜିତ କାହାଣୀର ନାୟକ ଥିଲ ଗୋପୀଆ, ଯିଏ ନୋଟିସ୍ ମାରି ଚୋରି କରିବାକୁ ଆସୁଥିଲା ଓ ଚାରିପଟେ ପୋଲିସ୍ ଜଗି ରହିଥିଲେ ବି ସେମାନଙ୍କୁ ବୋକା ବନେଇ ଖସି ଯାଉଥିଲା।

ଆଉଦିନେ ତା ବିଷୟରେ ଗପୁଥିଲା ଶିଶିର। ସେ କୋଉଠୁ କେଜାଣି ଗୋପୀଆ ନାମରେ ନୂଆ ଗପ ଶୁଣି ଆସିଥାଏ ଓ ଆମକୁ ଶୁଣାଇବ ବୋଲି ଉଚ୍ଛନ୍ନ ହେଉଥାଏ। ଆମେ ବି ଶୁଣିବା ପାଇଁ ତତୋଧିକ ଆକୁଳ ହୋଇ ବସିଥାଉ। ଶିଶିର ଶୁଣାଉଥାଏ।

:ମୋ କଥା ଟିକେ ଶୁଣ।

ଆମେ କହୁଥାଉ: ଆମେ ଶୁଣୁଛୁ! ତୁ ଶୁଣା!

ଶିଶିର ଶୁଣାଉଥାଏ: ଗୋପୀଆ ଏବେ ଜଣକ ବାହାଘରକୁ ଯାଇଥିଲା।

ଆମେ ପଚାରିଲୁ: ଦିନରେ ନା ରାତିରେ।

ସେ କହିଲା: ରାତିରେ! କିନ୍ତୁ ସମସ୍ତଙ୍କ ସାମ୍ନାରେ ଯାଇ ଠିଆ ହେଲା। ଭୋଜି ଖାଇଲା। ସମସ୍ତଙ୍କ ସାଙ୍ଗରେ ହସଖୁସୀ ହେଲା।

ଆମର ଆଖି ବଡ଼ବଡ଼ ହେଇଗଲା।

ଶିଶିର ଶୁଣାଉଥାଏ: ଗୋଟେ ସାଙ୍ଗର ଝିଅର ବାହାଘର ଥିଲାତ। ଆସିବ ବୋଲି ଆଗରୁ କହିଥିଲା। ତୁମେ ତ ଜାଣ ସେ ଯାହା କହିଥାଏ ନିଶ୍ଚୟ ପାଳନ କରେ। ତେଣୁ ଆସି ପହଞ୍ଚିଲା। ଠିକ୍ ରାତି ନଅଟା ପାଖାପାଖି। କିନ୍ତୁ କେମିତି କୋଉବାଟେ ଆସିଲା କେହି ଜାଣି ନାହାନ୍ତି। ତା ସାଙ୍ଗରେ ବି କେହି ନଥିଲେ ।

ଆମେ ଆଶ୍ଚର୍ଯ୍ୟ! ହତଚକିତ ତଥା ବିସ୍ମୟରେ ମୂକ।

ମୁଁ ପଚାରିଲି: ପୋଲିସ୍ ଜାଣି ପାରିଲାନି!

ଶିଶିର ତାର କାହାଣୀର ରୋମାଞ୍ଚକର ଅଧ୍ୟାୟ ଏଥର ଆମ ସାମ୍ନାରେ ପେଶ୍ କଲା।

କହିଲା: ପୋଲିସ୍ ଜାଣିଲା। କୋଉଠୁ ଗୋଟେ ଖବର ପାଇଗଲା। ଆଜିକାଲି ଗାଁରେ ଖବର ଦେବାକୁ କଣ ଲୋକ ଅଭାବ ଅଛନ୍ତି। ଗାଁ ଚଉକିଆ ସବୁ ପରା ସେଇଥିପାଇଁ ଗାଁରେ ଥାଆନ୍ତି। ପୋଲିସ ଯେମିତି ଖବର ପାଇଛି ପୁରା ଫୋର୍ସ ସହ

ଆସି ପହଞ୍ଚିଗଲା ଗାଁରେ। ଚାରିପଟୁ ଘେରଉ କରିଦେଲା। ପୋଲିସ ଅଫିସରଙ୍କ ହାତରେ ରିଭଲଭର। ଗୋଟେ ମାଇକ୍‌ରେ ସେମାନେ ଗୋପୀଆକୁ ଡ଼ାକ ପକେଇଲେ , ଗୋପୀଆ, ଗୋପୀଆ, ଚାରିପଟୁ ପୋଲିସ ଘେରି ଗଲେଣି। ତୋର ଖସିଯିବାର ସବୁ ବାଟ ବନ୍ଦ। ଏଥର ଆତ୍ମ ସମର୍ପଣ କର।

ଶିଶିର ଟିକେ ଦମ ନେଲା।

ଆମ ଛାତିର କମ୍ପନ ବଢ଼ିଯାଇଥାଏ। ଆମେ ସବୁ ଖୁବ୍ ଉଦଗ୍ରୀବ ଓ ଅଧୈର୍ଯ୍ୟ ହୋଇ ଆସୁଥାଉ।

ଆମେ ପଚାରିଲୁ: ସେଠୁ କଣ ହେଲା ? ଗୋପୀଆ ଧରା ପଡ଼ିଲା ?

ଶିଶିର ତାର କାହାଣୀ ଜାରି ରଖିଲା।

କହିଲା: ଗୋପୀଆ ସେତେବେଳକୁ ଖାଉଥିଲା। ସାଙ୍ଗେ ସାଙ୍ଗେ ଉଠିପଡ଼ିଲା।

ଧଡ଼ପଡ଼ ହେଇ କୋଠାଘରର ଛାତ ଉପରକୁ ଉଠିଗଲା। ସେଇଠ ଅନ୍ଧାରରେ ଠିଆ ହେଇ ଚାରିଆଡ଼କୁ ଚାହିଁଲା। ପୋଲିସବାଲା ବାହାରେ ଠିଆ ହେଇ ଟର୍ଚ୍ଚ ଲାଇଟ୍ ପକଉଥାନ୍ତି। ତାଙ୍କ ମାଇକ୍‌ରେ ଡ଼ାକୁ ଥାଆନ୍ତି। ସେଇଠୁ ଦି ମହଲା କୋଠା ଛାତରୁ ଗୋପୀଆ ତଳକୁ ଡ଼େଇଁ ପଡ଼ିଲା। ଡ଼େଇଁ ପଡ଼ିଲା ଯେ ଫକଫକ ବେଙ୍ଗ ଭଳି ଡ଼େଇଁଲା।

ଆମେ ପଚାରିଲୁ: ଏତେ ଉଚ୍ଚରୁ ଡ଼େଇଁଲା, ତା ହାତଗୋଡ଼ ଭାଙ୍ଗିଗଲାନି ?

ଶିଶିର ଶୁଣାଇଲା: ତୁମେ ମାନେ ଜାଣିନା କି ? ଗୋପୀଆର ଜୋତାରେ ସ୍ପ୍ରିଙ୍ଗ ଲାଗିଥାଏ। ସେ ତଳକୁ ଡ଼େଇଁଲା ମାତ୍ରେ ପୁଣି ପାଞ୍ଚହାତ ଉପରକୁ ଉଠିଯିବ। ବେଙ୍ଗ ଭଳି ଡ଼େଇଁବ ଯେ ଏକା କୁଦାକେ ଦଶହାତ ଡ଼େଇଁଯିବ। ତଳକୁ ପଡ଼ିଲାମାତ୍ରେ କଣ ଗୋଟାଏ ବାଣ ଫୁଟେଇ ଦେଲା ଯେ ଚାରିଆଡ଼ ଧୂଆଁ ହେଇଗଲା। ପୋଲିସବାଲା ଆଖି ମଳୁମଳୁ ସେ ପାର୍। ପଛରେ ପୋଲିସ୍ ଏଣେ ତେଣେ ଗୋଡ଼େଇଲେ। ଆକାଶକୁ ଅନ୍ଧାରକୁ ଗୁଳି ମାରିଲେ। କିନ୍ତୁ ଗୋପୀଆ ପାର୍। ସେ କୋଉଥିରେ ଗଲା, କେମିତି ଗଲା କେହି ଜାଣି ପାରିଲେ ନାହିଁ।

ଆମେ ଆଶ୍ୱସ୍ତ ହେଲୁ। ଯା'ହେଉ ଗୋପୀଆ ରକ୍ଷା ପାଇଗଲା।

ଗୋପୀଆ ଯଦିଓ ଗୋଟେ ଚୋର ଥିଲା କିନ୍ତୁ ତା ନାମରେ ବହୁ ଲୋମହର୍ଷକ କାହାଣୀ ଶୁଣାଯାଉଥିଲା ପ୍ରତିଦିନ। ତାକୁ ପୋଲିସ ଖୋଜି ଖୋଜି ନୟାନ୍ତ ହଉଥିଲେ ଓ ସେ ପୋଲିସକୁ ଚକମା ଦେଖେଇ କୁଆଡ଼େ ଅଦୃଶ୍ୟ ହେଇ ଯାଉଥିଲା। କିଏ କିଏ କହୁଥିଲେ, ସେ ଚଣ୍ଡୀସାଧନା କରି ଏମିତି ବର ପାଇଛି ଯେ, ତାକୁ କେହି ଧରି ପାରିବେ ନାହିଁ। କିନ୍ତୁ ବାରମ୍ବାର ନୋଟିସ୍ ଦେଇ ଚୋରି କରିବା ଓ ପୋଲିସ ସାମ୍ନାରେ ଖସି ପଳେଇ ଯିବାରେ ତାର ସର୍ବକାଳୀନ ରେକର୍ଡ଼ର କାହାଣୀ ଅସରନ୍ତି ଥିଲା।

ଆମ ଅଞ୍ଚଳରେ ଯେ କୌଣସି ଅଚିହ୍ନାଲୋକ ଦେଖାଗଲେ ଆମେ ତାକୁ ଗୋପୀଆର ଚୋରଦଳର ସଦସ୍ୟ ବୋଲି ମନେ କରୁଥିଲୁ। ସେତେବେଳେ ପୋଲିସମାନେ ନାଲିଟୋପି ଓ ହାଫ୍ ପ୍ୟାଣ୍ଟ ପିନ୍ଧି ଅକାଳେ ସକାଳେ ଗ୍ରାମାଞ୍ଚଳରେ ଦୃଶ୍ୟମାନ ହେଉଥିଲେ। ସେମାନଙ୍କୁ ଦେଖିଲେ ଆମେ ଭାବୁଥିଲୁ ଆଖପାଖ ଗାଁରେ ବୋଧେ ଗୋପୀଆର ଦଳ ଚୋରି କରିଛନ୍ତି।

ଆମ ଆଖିରେ ଗୋପୀଆ ଅଜେୟ ଓ ଅଦ୍ଭୁତ ଦିଶୁଥିଲା। ତାର କାରନାମା ନିତିଦିନ ଶୁଣିଶୁଣି ଆମେ ତାକୁ ଗୋଟେ ନାୟକରେ ସମ୍ମାନ ଦେଉଥିଲୁ। ଦିନେ ଭକ୍ତ ତା ସଂପର୍କରେ ଏପରି ଚାଞ୍ଚଲ୍ୟକର ସମ୍ବାଦ ପହଞ୍ଚାଇଲା ଯେ ଆମେ ଭୟରେ ଥରି ଉଠିଲୁ।

ଭକ୍ତ ଶୁଣାଇଲା: ଗୋପୀଆ ଖୁବ୍ ରାଗି ଯାଇଛି। ଭୟଙ୍କର ଭାବରେ ରାଗିଯାଇଛି।

ଆମେ ଚମକି ପଡ଼ିଲୁ ଓ ଆତୁର ଦିଶିଲୁ।

:କାହିଁକି ? କଣ ହେଲା ?

ଭକ୍ତ ଶୁଣାଇଲା: ପୋଲିସ୍ ଗୋପୀଆର ଭାଇକୁ ଥାନାକୁ ବାନ୍ଧି ନେଇଛି। ସେଇଥିପାଇଁ ଗୋପୀଆ ରାଗିଯାଇଛି। ଥାନାବାବୁଙ୍କୁ ନୋଟିସ୍ ପଠେଇଛି, ସେ ଥାନାକୁ ଆସି ତା ଭାଇକୁ ଛଡ଼ାଇନେବ। ଏବଂ ଦରକାର ପଡ଼ିଲେ ବୋମା ପକେଇ ଥାନାକୁ ଉଡ଼େଇଦେବ।

ଥାନାଟା କୋଉଠି ଆମେ ଦେଖି ନ ଥିଲୁ କି ଜାଣି ନ ଥିଲୁ। କୋଉ ଥାନାର କୋଉ ଥାନାବାବୁ ଗୋପୀଆର କୋଉ ଭାଇକୁ କେମିତି ଧରିନେଇ ରଖିଛନ୍ତି ତାର ସବିଶେଷ ବିବରଣୀ ବି ଆମ ପାଖରେ ନ ଥିଲା। ତଥାପି ଆମେ ଆଖି ବନ୍ଦ କରି ଦେଖିପାରୁଥିଲୁ ଗୋଟେ ଜେଲଖାନା ଭଳି ଝରକାର ଆରପଟେ ଗୋଟେ ଦାଢ଼ିଆ ଏବଂ ବଳିଷ୍ଠ ଲୋକ ଠିଆ ହୋଇରହିଛି ଓ ତା ସାମ୍ନାରେ ଖାକି ପୋଷାକ ପିନ୍ଧା ଗୋଟେ ପୋଲିସ ପହରା ଦେଉଛି।

ଆମେ ଅସହାୟ ଭାବରେ ପ୍ରଶ୍ନ କଲୁ: ଏବେ କଣ ହେବ ?

ଆମର ସ୍ୱର ଏତେ ଅସହାୟ ଶୁଣାଯାଉଥିଲା ଯେମିତି ଥାନାଟା ଏଇ ପାଖରେ ଓ ଗୋପୀଆ ଥାନାକୁ ବୋମାମାଡ଼ କଲେ ତାର ଛିଟିକା ଆମ ଉପରେ ପଡ଼ିବାକୁ ବାଧ୍ୟ।

ଭକ୍ତ ଆମକୁ ଆଶ୍ୱାସନା ଦେଲା। ଯେମିତି ସେ ଗୋପୀଆକୁ ବହୁତ ଅନ୍ତରଙ୍ଗ ଭାବରେ ଜାଣେ।

କହିଲା: ମନେରଖ ! ଗୋପୀଆ ନିରୀହ ଲୋକଙ୍କର କିଛି କରିବନି।

ଆମେ ଶାନ୍ତିରେ ନିଃଶ୍ୱାସ ମାରିଲୁ। କାରଣ ଆମ ନିଜ ବିଚାରରେ ଆମେ ସବୁ ନିରୀହ ଲୋକଥିଲୁ । ଯେଉଁମାନଙ୍କୁ ଗୋପୀଆ ସାହାଯ୍ୟ କରୁଥିବାର କାହାଣୀ ଶୁଣାଯାଉଥିଲା ବିଭିନ୍ନ ସମୟରେ।

ଯା ପରେ କିଛି ଦିନ ଧରି ଗୋପୀଆ ସଂପର୍କରେ କିଛି ଶୁଣାଯାଇ ନଥିଲା। ମାତ୍ର ତାର ଥାନା ଆକ୍ରମଣର ସମ୍ଭାବ୍ୟ ସମ୍ବାଦ ଦେଇଥିବା ଭକ୍ତକୁ ଆମେ ବେଳେବେଳେ ପଚାରୁଥିଲୁ: ଆଉ କିଛି ଖବର ମିଳିଲା ? ଗୋପୀଆ ଥାନା ଆକ୍ରମଣ କଲାଣି ନା ନାଇଁ। ତାର ଭାଇ ଥାନାରେ ଅଛି ନା ନାଇଁ। ପୋଲିସ୍ ଏ ବାବଦରେ କଣ କହୁଚି ? ଗୋପୀଆ କୋଉଦିନ ଥାନା ଆକ୍ରମଣ କରିବ। ତାରିଖ ଦେଇଛି ନା ନାଇଁ ? ତାରିଖ ଗଡ଼ିଗଲାଣି ନା ନାଇଁ ଇତ୍ୟାଦି ଇତ୍ୟାଦି।

ତେବେ ଭକ୍ତ ପାଖରେ ଏହାର ଉତ୍ତର ନଥିଲା। କାରଣ ଏ ସଂପର୍କୀୟ ସମ୍ବାଦ ସବୁ ଆମ ହାତକୁ ଆସୁଥିଲା ବହୁ ତୁଣ୍ଡରୁ ବହୁ ତୁଣ୍ଡକୁ ଡ଼େଇଁ। କିଛିଦିନ ଅନ୍ତେ ଏହାର ପରବର୍ତ୍ତୀ ସମ୍ବାଦ ରାଧାକାନ୍ତ ପାଖରୁ ମିଳିଲା।

ସେ କହିଥିଲା: ଯାହା ହେଲା କିଛି ଭଲ ହେଲା ନାହିଁ।

ଆମେ ପଚାରିଲୁ: କାହିଁକି ? କଣ ହେଲା ?

ରାଧାକାନ୍ତ କହିଥିଲା: ଗୋପୀଆର ଭାଇ ମରିଯାଇଛି। ପୋଲିସ୍ ତାକୁ ଗୁଳିମାରି ଉଡ଼େଇ ଦେଇଛି।

ଆମେ ଭୟରେ ଚମକି ଗଲୁ।

ପଚାରିଲୁ: ଏବେ କଣ ହେବ ?

ରାଧାକାନ୍ତ କହିଲା: ହବ ଆଉ କଣ ? ଗୋପୀଆ ପ୍ରତିଶୋଧ ନେବ। କୌଣସି ଥାନା ରଖେଇ ଦେବ ନାହିଁ। କୌଣସି ପୋଲିସ୍ ରଖେଇ ଦେବ ନାହିଁ।

ଆମେ ଆଖିବୁଜି ସେଇ ଭୟଙ୍କର ଦୃଶ୍ୟର ପରିକଳ୍ପନା କରିଥିଲୁ ଯୋଉଥିରେ ଗୋପୀଆ ହନୁମାନ ଭଳି ଲାଞ୍ଜରେ ନିଆଁ ଜଳେଇ ସାରା ଓଡ଼ିଶାର ଥାନା ସବୁକୁ ପୋଡ଼ି ପକଉଛି।

ଭକ୍ତ ଗୋଟେ ଅନିସନ୍ଧିତ୍ସୁ ଡ଼ିଟେକ୍ଟିଭ୍ ଭଳି ପ୍ରଶ୍ନକଲା: କିନ୍ତୁ ଏସବୁ ଘଟିଲା କେମିତି ?

:ଗୋପୀଆତ ଥାନାକୁ ନୋଟିସ ପଠେଇ ଦେଇଥିଲା ଯେ ସେ ଅମୁକ ଦିନ ଆସି ତା ଭାଇକୁ ଛଡ଼େଇ ନେବ। ନୋଟିସ ପାଇଲା ଦିନରୁ ତ ଥାନାବାଲାଙ୍କର ହରଡ଼କମ୍ପ। ଥାନାବାବୁ ଛୁଟିରେ ପଳେଇଲେ। କନଷ୍ଟେବଲମାନେ ଯିଏ ଯାହାର

ଲୁଚିଲେ। ସେଇଠୁ ଉପରୁ ଅର୍ଡ଼ର ଆସିଲା ଯେ ତାକୁ ଥାନାରେ ରଖନାଇଁ। ଜେଲକୁ ପଠେଇ ଦିଅ। ପୋଲିସ୍ ତ ତାକୁ ଜେଲକୁ ପଠଉଥିଲେ। କୋଉଠୁ ଖବର ପାଇଗଲା ଗୋପୀଆ। ଜଙ୍ଗଲ ଭିତର ଦେଇ ପୋଲିସ୍ ଜିପ୍ ଯାଉଥିଲା। ଗୋପୀଆର ଦଳ ଘେରିଗଲେ। ସେଇଠୁ ଜଙ୍ଗଲ ଭିତରେ ଗୁଳି ମରାମରି ଚାଲିଲା। ଏଇ ସୁଯୋଗରେ ଗୋପୀଆର ଭାଇ ଜିପ୍‌ରୁ ଡ଼େଇଁ ପଡ଼ି ଦଉଡ଼ିଲା। ପୋଲିସ୍ ପଛଆଡୁ ଗୁଳିମାରିଲା ଯେ ସେଇଠି ସେ ଲେଉଟି ପଡ଼ିଲା। ତାପରେ ତ ଗୋପୀଆ ରାଗିକି ସେଇଠି ସେ ଥାନା ଜିପ୍ ପୋଡ଼ିଦେଲା। ସବୁ ପୋଲିସ୍‌ଙ୍କୁ ମାରି ଜଙ୍ଗଲରେ ପକେଇଦେଲା। ସେଠି ଗୋଟେ ନୋଟିସ୍ ମାରି ଦେଇ ପଳେଇଗଲା।

ଆମେ ପଚାରିଲୁ: ସେ ନୋଟିସ୍‌ରେ କଣ ଲେଖିଛି।

ରାଧାକାନ୍ତ କହିଲା: କଣ ଆଉ ଲେଖିବ? ଲେଖିଛି ସେ ଏଣିକି ପ୍ରତିଶୋଧ ନେବ। ଗୁଳି ଫୁଟିବ। ବୋମା ପଡ଼ିବ। ଧନୀମାନଙ୍କୁ ଲୁଟ୍ କରିବ। ପୋଲିସ୍‌କୁ ମାରିବ।

ଆମେ ଖୁବ୍ ଆତଙ୍କରେ ଏଣିକି ତେଣିକି ଚାହିଁଲୁ ଓ ଆମ ଅଞ୍ଚଳର ଏକମାତ୍ର ଧନଶାଳୀ ଲୋକ ସୂର୍ଯ୍ୟ ସାହୁଙ୍କ ଘରଆଡ଼କୁ ଚାହିଁରହିଲୁ। କେବେ ଓ କେମିତି ଆମର ଦୁର୍ଦ୍ଧର୍ଷ ଯୋଦ୍ଧା ଗୋପୀଆ ଚୋର ଏଇ ଘରକୁ ଆକ୍ରମଣ କରିବ।

ଏହା ପରର କିଛିଦିନ ପ୍ରାୟ ନିସ୍ତରଙ୍ଗ ଥିଲା ଗୋପୀଆ ବାବଦରେ। ଗୋପୀଆ ସମ୍ବାଦ ନ ମିଳିବାରୁ ଆମେ ଆମର ଦ୍ୱିତୀୟ ପ୍ରକାରର ହିରୋ କଲେଜପିଲାଙ୍କ ବିଷୟରେ ଗପ କରିବାକୁ ଲାଗିଲୁ। ସେତେବେଳେ "କଲେଜପିଲା" କହିଲେ ପୁରା ହିରୋ ମାର୍ଫିକ ଚେହେରା। ବେପରୁଆ ବେଖାତିର କଥାବାର୍ତ୍ତା। ଗୁଣ୍ଡା ଭଳି ସମସ୍ତଙ୍କଠୁ ବଳୁଆ ଓ ଜୋରଦାର ଚରିତ୍ର। କଲେଜପିଲାମାନେ କେମିତି ବସ ବା ଟ୍ରେନ୍‌ରେ ଟିକେଟ୍ ନ କରି କଣ୍ଡକ୍ଟର ଓ ଟ୍ରେନର ଟିଟିମାନଙ୍କ ସହିତ ଗଣ୍ଡଗୋଳ କରନ୍ତି। ସିନେମା ହଲ୍ ଓ ଥିଏଟରରେ ଜବରଦସ୍ତ ପଶନ୍ତି ତା'ର ଲୋମହର୍ଷକ କାହାଣୀ ଆମେ ଶୁଣୁଥାଉ। ଆମ ସେ ଅଞ୍ଚଳରେ ସେତେ ବେଶି ବଡ଼ ଧରଣର ଚୋରି ହେଉ ନ ଥିଲା। ଯାହା ହେଉଥିଲା ସେସବୁ ଛୋଟିଆ ମୋଟିଆ ଠାଉକା ଚୋରମାନଙ୍କର କାମ। ଯେମିତି ଡାଲଟେ ବା କଂସାଟେ। ଖୁବ୍ ବେଶିରେ ପୋଖରୀରୁ ମାଛ ବା ଧାନଗଦାରୁ ଦି'ଚାରି ବିଡ଼ା କଳେଇ।

ଦିନେ ହଠାତ୍ ବଡ଼ ଚୋରିଟେ ହେଇଗଲା। ଗଣେଶ ପଣ୍ଡାଙ୍କ ଲୁଗା ଦୋକାନରୁ ଚୋରମାନେ ସବୁ ଲୁଗା ଥାନ ଉଡ଼େଇ ନେଇଗଲେ। ସକାଳୁ ଖବରଟା ଗାଁସାରା ବ୍ୟାପୀଗଲା ଓ ଲୋକମାନେ ମେଲା କବାଟକୁ ଚାହିଁ ରହିଲେ। ଲୋକମାନେ ଥରେ ଚୋରି ଯାଇଥିବା ଦୋକାନ ଆଡ଼କୁ ଚାହିଁଲେ ଓ ନିଜ ନିଜ ଭିତରେ ଗପିବାରେ ଲାଗିଥିଲେ। ସେମାନେ ପରସ୍ପରକୁ ଚୋରି ସଂପର୍କରେ ବିଭିନ୍ନ ପ୍ରଶ୍ନ ପଚାରୁଥିଲେ ଓ

ଉତ୍ତରରୁ ଚୋର ସଂପର୍କରେ ତଥ୍ୟ ପ୍ରଦାନ କରିବାର ଡିଟେକ୍ଟିଭ୍ ଶୈଳୀ ପ୍ରୟୋଗ କରୁଥିଲେ।

ଆମେ ବାଳୁତମାନେ ସେଠି ଠିଆହେଇ ଟିକେଟିକେ ଭୟ ପାଇଥିଲୁ, ବୟସ୍କମାନଙ୍କ ଆଲୋଚନା ଶୁଣିଥିଲୁ ଓ ଆମେ ମଧ୍ୟ ପ୍ରବୀଣ ଡିଟେକ୍ଟିଭ୍ ଭଳି ନିଷ୍କର୍ଷରେ ପହଞ୍ଚିବାର ଉଦ୍ୟମ କରିଥିଲୁ।

ମୁଁ ଜୋର୍ ଦେଇ କହିଥିଲି: ଏଇଟା ନିଶ୍ଚିତ ଗୋପୀଆର କାମ। ତା'ଛଡ଼ା ଆଉ କେହି ଏମିତି ଚୋରି କରିପାରେନା।

ମୋ ସହିତ ଏକମତ ହୋଇ ନ ଥିଲା ରାଧାକାନ୍ତ।

କହିଥିଲା: ନା! ନା! ଅସମ୍ଭବ! ଗୋପୀଆ ଏମିତି ଆସି ଚୋରି କରିବନି। ସେ ଯେମିତି ହେଲେ ଆଗତୁରା ନୋଟିସ୍ ଦେବ। ଚିଠି ଦେବ । ନ ହେଲେ କାନ୍ଥରେ ଲେଖିଦେଇ ଯିବ।

ମୁଁ ଯୁକ୍ତି କରିଥିଲି: ଚୋରଙ୍କୁ କୋଉ ବିଶ୍ୱାସ। ଏବେ ହୁଏତ ଗୋପୀଆ ତା'ର ବାଗ ବଦଳେଇ ଦେଲାଣି। ସବୁବେଳେ କ'ଣ ଗୋଟାଏ ପ୍ରକାରେ ଚୋରି କରୁଥିବ। ମୁଁ ଶୁଣିଛି ସେ ଠାଏ ଠାଏ ନୋଟିସ୍ ନ ଦେଇ ବି ଚୋରି କରେ।

ରାଧାକାନ୍ତ କହିଥିଲା: ହେଲେ ସେ ଚୋରି କଲାପରେ ବି ଲେଖିଦେଇଯାଏ। ଯେମିତି ହେଲେ ସେ ଲେଖିଦେଇ ଯିବା କଥା ଯିବ।

ମୁଁ କହିଥିଲି: ହୁଏତ ତରତରରେ ଚାଲିଯାଇଛି। ନ ହେଲେ ଲେଖିବାକୁ ଚକ୍‌ଖଡ଼ି ପାଇନାହିଁ। ସନ୍ଦେହମୋଚନ ପାଇଁ ଆମେମାନେ ସେଇ ଦୋକାନ ଘରର କାନ୍ଥବାଡ଼କୁ ତନ୍ନତନ୍ନ କରି ଲକ୍ଷ୍ୟ କରିଥିଲୁ। ମାତ୍ର କୋଉଠି ହେଲେ ବି କିଛି ସୂଚନା ଲେଖାଯାଇ ନ ଥିଲା। ଠାଏ କେବଳ 'କଂଗ୍ରେସ ହଟାଅ ଦେଶ ବଞ୍ଚାଅ' ବୋଲି ଗତ ନିର୍ବାଚନ ବେଳେ କିଏ ଜଣେ ଲେଖିଦେଇଯାଇଥିଲା ଯେ ତାହା ଅଧାଲିଭା ଅବସ୍ଥାକୁ ଆସିଯାଇଥିଲା। ଆଉ ଠାଏ ଲେଖା ହେଇଥିଲା ''ଆମେ ଦୁଇ, ଆମର ଦୁଇ।''

ମୁଁ ହସି ହସି କହିଥିଲି: ଏକଥା କଦାପି ଗୋପୀଆ ଲେଖି ନ ଥିବ।

ଆମେ ସାନମାନେ ଏହିପରି ଆଲୋଚନା କରୁଥିଲୁ । କିନ୍ତୁ ବଡ଼ମାନେ ଅଲଗା ପ୍ରକାରେ ଆଲୋଚନା କରୁଥିଲେ। ସେମାନେ ନିଷ୍ପତ୍ତି ନେଇଗଲେ ଯେ ପୋଲିସରେ ଖବର ଦିଆଯିବ ନାହିଁ। କାରଣ ପୋଲିସ ତ ଚୋର ଧରି ପାରିବନି ପରନ୍ତୁ ଗ୍ରାମବାସୀଙ୍କୁ ହଇରାଣ କରିବ। ସେତେବେଳେ ପୋଲିସ ପ୍ରତି ଲୋକଙ୍କର ପ୍ରାଣେ ଭୟ। ସ୍ଥିର ହୋଇଯାଇଥିଲା ଯେ ସର୍ବଜଣା ପାଖକୁ ଯିବାକୁ ହେବ ଓ ଚୋରର ହୁଲିଆ ଆଣିବାକୁ ହେବ।

ଏହାପରେ ଚାରି ଦିନ ବିତିଯାଇଥିଲା ଘଟଣାହୀନ ଭାବରେ।

ପଞ୍ଚମ ଦିନ ଶୁଣାଯାଇଥିଲା ଚୋର ଧରାପଡ଼ିଛି। ଗ୍ରାମବାସୀ ଚୋରକୁ ଧରି ନଡ଼ିଆ ଗଛରେ ବାନ୍ଧି ରଖିଛନ୍ତି। ଆମେ ପିଲାମାନେ ଚୋର ଦେଖିବାକୁ ଘଟଣାସ୍ଥଳୀକୁ ଧାଇଁଲୁ।

ଅବଶ୍ୟ ସେତେବେଳ ପର୍ଯ୍ୟନ୍ତ ଆମେ ଗୋଟିଏ ହେଲେ ଦୁର୍ଦ୍ଦାନ୍ତ ଚୋର ଦେଖି ନ ଥିଲୁ। ଚୋର ସଂପର୍କରେ ଆମ ମନରେ ବିଚିତ୍ର ବିଚିତ୍ର ଧାରଣା ଥାଏ। କାରଣ ସେ ଅନ୍ଧାରରେ ଆସୁଥିଲା ଓ ଅନ୍ଧାରରେ ହଜି ଯାଉଥିଲା। ଗୋପୀଆ ଥିଲା ଆମର ହୀରୋ ଓ ଆମେ ଭାବୁଥିଲୁ ସେ ଗୋଟେ ବିରାଟ ଚେହେରାର ଅଦ୍ଭୁତ କାରନାମା ଦେଖେଇ ପାରିଲା ଭଳି ବୀର ପୁରୁଷଟେ ହୋଇଥିବ।

ଆମେ ଘଟଣାସ୍ଥଳୀରେ ପହଞ୍ଚି ଦେଖିଥିଲୁ ଖୁବ୍ ସାଧାରଣ ଚେହେରାର ଦୁର୍ବଳ ମଇଳା ଗାମୁଛା ପିନ୍ଧା ଦି'ଟା ଲୋକ ନଡ଼ିଆ ଗଛରେ ବନ୍ଧା ହୋଇଛନ୍ତି ଓ ଗ୍ରାମବାସୀ ସେମାନଙ୍କୁ ଗାଳି ଫଜିତ କରୁଛନ୍ତି।

ରାଧାକାନ୍ତ ପଚାରିଥିଲା ତାଚ୍ଛଲ୍ୟରେ: ଏଇ କ'ଣ ଚୋର!

ଭକ୍ତ କହିଥିଲା: ଇସ୍! ଏମାନଙ୍କ ଭିତରେ ଗୋପୀଆ କିଏ?

ମୁଁ ସ୍ୱପ୍ନଭଙ୍ଗର ଶିକାର ହୋଇଆସୁଥିଲି।

କହିଥିଲି: ଅସମ୍ଭବ! ଅସମ୍ଭବ! ଗୋପୀଆ ଏମିତି ହୋଇପାରେନା।

ବ୍ୟାପକ ଅନୁସନ୍ଧାନ ପରେ ଆମେ ଯାହା ସମ୍ବାଦ ସଂଗ୍ରହ କରିପାରିଥିଲୁ ତା'ର ସାରମର୍ମ ଏହିପରି। ଗଣେଶ ପଣ୍ଡା ଓ ଦୁଇ ଜଣ ମୁରବୀସ୍ଥାନୀୟ ଲୋକ ସର୍ବଜଣା ପାଖକୁ ଯାଇଥିଲେ। ସର୍ବଜଣାର ଘର ଆମ ଅଞ୍ଚଳଠୁଁ ଦଶକିଲୋମିଟର ଦୂରରେ ଗୋଟେ ଗାଁ ଓ ସେ ଖଡ଼ି ପକେଇ ଚୋରର ହୁଲିଆ କହିଦେଇପାରେ। ସେ ଗ୍ରାମ ମୁରବୀମାନଙ୍କୁ ଫୁଲର ନାମ, ଫଳର ନାମ ବା ଗୋଟିଏ ସଂଖ୍ୟାର ନାମ ପଚାରିବା ପରେ ଗଣନା କରିଥିଲା ଓ କହିଥିଲା ଚୋର ଦ୍ୱିତୀୟବାର ସେହି ସ୍ଥାନକୁ ଆସିବ। ସେ ଭବିଷ୍ୟତବାଣୀ କରିଥିଲା ଯେ ଚୋରିର ପଞ୍ଚମ ଦିନ ସୂର୍ଯ୍ୟୋଦୟ ପୂର୍ବରୁ ଚୋର ସେହି ସ୍ଥାନ ଦେଇ ନିଶ୍ଚୟ ଯିବ।

ମୁରବୀମାନେ ଫେରିଆସିଥିଲେ ଓ ପଞ୍ଚମ ଦିନର ପ୍ରଭାତ ପୂର୍ବରୁ ଚୋରି ସ୍ଥାନରେ ଲୁଚି ବସିଥିଲେ। ଏହି ଦୁଇ ଯୁବକ ପ୍ରଭାତ ପୂର୍ବରୁ ସେ ରାସ୍ତାରେ ଯିବାର ଧୃଷ୍ଟତା କରନ୍ତେ ଅଚିରେ ଧୃତ ହେଲେ ଓ ଚୋର ବୋଲି ସାବ୍ୟସ୍ତ ହେଲେ।

ଚୋର ଦୁଇ ଜଣ ମାଡ଼ଗାଳି ଖାଇ ପ୍ରତିବାଦ କରୁଥାନ୍ତି ଓ ଜଣାଉଥାଆନ୍ତି ଯେ ସେମାନେ ନିର୍ଦ୍ଦୋଷ, ସେମାନେ ପ୍ରକୃତରେ ମୁହଁ ଅନ୍ଧାରୁ ହାଟ କରିବା ପାଇଁ ଦୂରସ୍ଥାନକୁ

ଯାଉଥିଲେ। ମାତ୍ର ସେମାନଙ୍କ କୈଫିୟତ୍ ଗ୍ରାମବାସୀଙ୍କ ବିଶ୍ୱାସଯୋଗ୍ୟ ହେଉ ନ ଥିଲା । ସେମାନେ ନିର୍ବିବାଦରେ ସର୍ବଜଣାର ନିର୍ଦ୍ଦେଶକୁ ସତ୍ୟ ବୋଲି ସ୍ୱୀକାର କରିନେଇଥିଲେ।

ତେବେ ଏଇ ଘଟଣାର ପରିସମାପ୍ତି ଦୁଃଖଦାୟକ ଥିଲା। କାରଣ ସେଦିନ ସଂଧ୍ୟା ହୋଇଗଲା ମାତ୍ର ସେହି ଦୁଇ ଯୁବକ ନିଜର ଦୋଷ ସ୍ୱୀକାର କରି ନ ଥିଲେ। ମାଡ଼ ମାରି ମାରି ହାଲିଆ ହୋଇ ପଡ଼ିଥିବା ଗ୍ରାମବାସୀ ସେମାନଙ୍କୁ ମୁକ୍ତି ଦେଇଥିଲେ ସଂଧ୍ୟା ପରେ। ଦୁଇ ଯୁବକ ସେଠାରୁ ନିକଟବର୍ତ୍ତୀ ଥାନାକୁ ଯାଇଥିଲେ ଓ ଗ୍ରାମବାସୀଙ୍କ ନାମରେ ଏତଲା ଦେଇଥିଲେ। ପରଦିନ ଗାଁକୁ ପୋଲିସ ଆସିଲେ ଓ ଗଣେଶ ପଣ୍ଡା ଓଗେର ପାଞ୍ଚଜଣ ମୂରବୀସ୍ଥାନୀୟ ଲୋକଙ୍କୁ ହରିଜନ ନିର୍ଯ୍ୟାତନା ମାମଲାରେ ବାନ୍ଧିନେଲେ। ପ୍ରକାଶଥାଉକି ମାଡ଼ ଖାଇଥିବା ଦୁଇ ଯୁବକ ଥିଲେ ହରିଜନ ସଂପ୍ରଦାୟର।

ଏତେସବୁ ଘଟଣା ସତ୍ତ୍ୱେ ଗ୍ରାମବାସୀ କିନ୍ତୁ ବିଶ୍ୱାସ କରୁଥିଲେ ଯେ ସର୍ବଜଣାର କଥା ହିଁ ଠିକ୍! ସର୍ବଜଣାର କଥା କେବେ ବି ଭୁଲ୍ ହୋଇପାରେନା। ଦୁଇ ଯୁବକଙ୍କୁ ସନ୍ଧ୍ୟାରେ ନ ଛାଡ଼ି ପରଦିନ ସକାଳ ପର୍ଯ୍ୟନ୍ତ ବାନ୍ଧି ରଖିଥିଲେ ସେମାନେ ନିଶ୍ଚୟ ନିଜର ଦୋଷ ସ୍ୱୀକାର କରିଥାନ୍ତେ।

ପରେ ଗଣେଶ ପଂଡା ଥାନାରୁ ଖସିଲା ଓ ଲୋକେ ସେ ଚୋରି କଥା ଭୁଲିବାକୁ ଆରମ୍ଭ କଲେ। କିନ୍ତୁ ମୁଁ ଜାଣିଥିଲି ଯେ ଗୋପିଆର ଯା ପଛରେ ନିଶ୍ଚେ ହାତ ଥିଲା ।

ତେବେ ମଝିରେ ମଝିରେ ଗୋପୀଆ ସଂପର୍କରେ ଚାଞ୍ଚଲ୍ୟକର ଖବରମାନ ଶୁଣାଯାଉଥାଏ ଓ ତାହା ସ୍ଥାନୀୟ ସାମାନ୍ୟ ଘଟଣାଗୁଡ଼ିକୁ ଗୁରୁତ୍ୱହୀନ କରି ଦେଉଥାଏ। ଏଇ ଯେମିତି ଶୁଣାଗଲା ଗୋପୀଆ ଏବେ ସାଧୁବେଶରେ ବୁଲୁଛି। ମୁହଁରେ ମେଞ୍ଚାଏ ଧଳା ଲମ୍ବା ଦାଢ଼ୀ, ଦେହସାରା ପାଉଁଶ ବୋଳା ହେଇଛି। ଗୋପୀଆ ଦିନରେ ଛଦ୍ମବେଶରେ ବୁଲି କୋଉଠି ଚୋରି କରିବ ସ୍ଥିର କରି ନେଉଛି। କିଏ ଜଣେ କହିଥିଲା, ଗୋପୀଆ ଏବେ ମଶାଣୀରେ ବସି ତନ୍ତ୍ର ସାଧନା କରୁଛି। କାଳୀ ପୂଜା କରି ନିଜକୁ ଆହୁରି ବଳୁଆ ଓ ଭୋଜବାଜି ସମ୍ପନ୍ନ କରିବ। ସେମିତି ହେଲେ ପୋଲିସ ତା'ର ଛାଇ ସୁଦ୍ଧା ସ୍ପର୍ଶ କରିପାରିବ ନାହିଁ। କାଳୀ ସାଧନା ପାଇଁ ସେ ମଣିଷଛୁଆ ବଳୀ ଦେବା ପାଇଁ ଖୋଜୁଛି।

ଏଇସବୁ ଖବର ଆମମାନଙ୍କୁ ଭୟଭୀତ କରିବା ପାଇଁ ଥିଲା ଯଥେଷ୍ଟ। ଆମେ ଆମ ଅଞ୍ଚଳରେ ବୁଲୁଥିବା ସବୁ ସାଧୁ ବେଶଧାରୀ ଦାଢ଼ିଆ ବାବାଙ୍କୁ ସନ୍ଦେହ ଦୃଷ୍ଟିରେ ଦେଖିବାକୁ ଆରମ୍ଭ କରିଥିଲୁ। ତା' ସହିତ ଡରିବାକୁ ମଧ୍ୟ।

ଦିନେ ବଡ଼ ଭାଇ ତା'ର ସାର୍ଟ ଉତ୍ତାରି ଦେଇ, ସ୍କୁଲର ପାଚେରୀ ଉପରେ ରଖିଦେଲା ଓ ସାଙ୍ଗ ସାଥୀମାନଙ୍କ ସାଙ୍ଗରେ ଖେଳରେ ମଜ୍ଜିଗଲା। କେତେବେଳେ କିଏ ଜଣେ ସାର୍ଟଟା ହରଣଚାଳ କରିନେଇଛି ଜଣା ପଡ଼ିଲାନି। ବଡ଼ଭାଇ ଖେଳ ଶେଷରେ ସଞ୍ଜ ବେଳକୁ ସାର୍ଟ ଖୋଜିଲା ବେଳକୁ ସାର୍ଟ ଗାଏବ। ସେ କାନ୍ଦି କାନ୍ଦି ଘରକୁ ଫେରିଲା ଓ ବୋଉଙ୍କଠାରୁ ଆହୁରି ଗାଳିମାଡ଼ ଖାଇଲା।

ବୋଉ କହିଲା: ସେ ପିଲା କେମିତି ସାର୍ଟଟା ଚୋରି କରିନେଲା କୁହ?

ମୁଁ କହିଲି: ସେ ପିଲା ବୋଲି କେମିତି ଜାଣିଲୁ?

ବୋଉ କହିଲା: ବଡ଼ ଲୋକ କାହିଁକି ଚୋରି କରିବେ।

ମୁଁ ଯୁକ୍ତି କଲି: ଗୋପୀଆ ତ ବଡ଼ ଲୋକଟେ, ସେ ପୁଣି ଚୋରିକରେ ନା ନାଇଁ!

ବଡ଼ଭାଇ ପଚାରିଲା: ତୁ କ'ଣ କହୁଚୁ ଏ ଚୋରି ଗୋପୀଆ କରିଛି।

ମୁଁ କହିଲି: ଅସମ୍ଭବ କ'ଣ? ଏବେ ଗୋପୀଆର ଅବସ୍ଥା ଭଲ ନାଇଁ। ତା'ର ଦଳବଳ ସବୁ ଭାଙ୍ଗିଯାଇଛି। ପୋଲିସ ତା'ର ଆଡ୍ଡା ଦଖଲ କରି ନେଇଛି। ସେ ଏବେ ଏକା ଏକା ଏଠି ସେଠି ଲୁଚି ବୁଲୁଛି।

ବଡ଼ଭାଇ କହିଲା: ଅସମ୍ଭବ! ଗୋପୀଆର କେବେ ବି ଏମିତି ଅବସ୍ଥା ହେବନାହିଁ। ଗୋପୀଆ ଖୁବ୍ ବଡ଼ ଚୋର। ମାନେ ଖୁବ୍ ବଡ଼ ଚୋର!

ଆମର ଆଲୋଚନାର ମାର୍ଗ ଦିଗହରା ହେଉଥିବାର ଦେଖି ବୋଉ ଆହୁରି ରାଗିଥିଲା ଓ କହିଥିଲା: ସେ ପିଲା ନିଶ୍ଚେ ଧରାପଡ଼ିବ। କେଡ଼େ ସୁନ୍ଦର ସାର୍ଟଟା ନେଇ ପଳେଇଲା। କେଡ଼େ ସୁନ୍ଦର ମାନୁଥିଲା ମୋ ପୁଅକୁ।

ବୋଉର ଓଠ ଚୁ ଚୁ କରିବା ଦେଖି ମୁଁ ବି ଟିକେ ଦୁଃଖିତ ହୋଇପଡ଼ିଥିଲି। କାରଣ ଆମ ଘରର ନିୟମ ଥିଲା ଏମିତି ଯେ ବଡ଼ ଭାଇକୁ ଛୋଟ ହେଲେ ତା'ର ସାର୍ଟ ପ୍ୟାଣ୍ଟ ମୋ ଭାଗରେ ପଡୁଥିଲା ଓ ମୁଁ ତାକୁ କିଛିଦିନ ପିନ୍ଧୁଥିଲି। ମୋତେ ଯେଉଁ ସାର୍ଟ ପ୍ୟାଣ୍ଟ ଛୋଟ ହେଉଥିଲା ତାହା ସାନଭାଇ ଭାଗରେ ପଡୁଥିଲା। ତେଣୁ ସେଇ ସୁନ୍ଦର ସାର୍ଟଟା ଦିନେ ମୋ ଭାଗରେ ପଡ଼ିବାର ଥିଲା ଓ ତାହା ଚୋରିଗଲା। ମୁଁ ଦୁଃଖରେ ଭାଙ୍ଗିପଡ଼ିଥିଲି।

ବଡ଼ଭାଇ କହିଥିଲା: ମୁଁ କିନ୍ତୁ ସର୍ବଜଣା ପାଖକୁ ଯିବି।

ଶେଷପର୍ଯ୍ୟନ୍ତ ସେ ସର୍ବଜଣା ପାଖକୁ ଯାଇ ପାରି ନ ଥିଲା। କାରଣ ସର୍ବଜଣାର ଠିକଣା ଆମ କାହାରି ପାଖରେ ନ ଥିଲା।

ତେବେ ବର୍ଷକ ପରେ ଗୋଟେ ପିଲା ବଡ଼ ଭାଇର ସେଇ ଚୋରି ଯାଇଥିବା

ସାର୍ଟ ପିନ୍ଧି ସ୍କୁଲକୁ ଆସିଲା ଓ ବଡ଼ଭାଇ ତା'ର ସାର୍ଟକୁ ଅଚିରେ ଚିହ୍ନି ପାରିଥିଲା। ବଡ଼ଭାଇ ସେ ପିଲାର ହାତଧରି ଭିଡ଼ି ଭିଡ଼ି ଆମ ଘରକୁ ଆଣିଥିଲା ଓ ବୋଉ ସାମ୍ନାରେ ଠିଆ କରେଇଥିଲା।

ବୋଉ ପଚାରିଥିଲା: ଏ ସାର୍ଟ ତୁ ତିଆରି କରିଛୁ?

ପିଲାଟା କହିଥିଲା: ନା! ଆମେ ତିଆରି କରିନୁ।

ବୋଉ ପଚାରିଥିଲା: କୋଉଠୁ ଆଣିଲୁ?

ପିଲାଟା କହିଥିଲା: ମୋ ବାପା ଆଣିଥିଲା।

ବୋଉ ପଚାରିଥିଲା: ତୋ ବାପା କୋଉଠୁ ଆଣିଲା?

ପିଲାଟା କହିଲା: ମୁଁ ଜାଣିନି।

ଏଇ ଶେଷ ପଦଟା କହିଲାବେଳେ ସେ କାନ୍ଦୁଣୁ ମାନ୍ଦୁଣୁ ଦେଖାଯାଇଥିଲା। ଏତିକିବେଳେ ଘଟଣାସ୍ଥଳୀରେ ବାବା ଆସି ପହଞ୍ଚିଥିଲେ ଓ ଆମକୁ ବୁଝାଇବାକୁ ଉଦ୍ୟମ କରିଥିଲେ। ଗୋଟେ ଚୋର ଧରି ପାରିଥିବାର ଆମର ଆନନ୍ଦ ଓ ଚାଞ୍ଚଲ୍ୟକୁ ବାବା ଉପେକ୍ଷା କରିଥିଲେ।

କହିଥିଲେ: ସେ ସାର୍ଟଟା ଫେରେଇଲେ କ'ଣ ତୁମେ ତାକୁ ଗ୍ରହଣ କରିପାରିବ?

ଆମେ କହିଥିଲୁ:ନାଇଁ ଯେ !

ବାବା କହିଥିଲେ: ତାକୁ ଛାଡ଼ିଦିଅ। ସେ ଯାଉ। ସେ ଭାରି ଗରିବ ପିଲାଟେ। ସେ ଗତବର୍ଷ ସ୍କୁଲକୁ ଆସୁଥିଲା। ମଝିରେ ଗୁଡ଼େ ଦିନ ହେଲା ସ୍କୁଲ ଆସିନାହିଁ। ସେ କାହିଁକି ସ୍କୁଲ ଆସୁ ନ ଥିଲା ଜାଣ! ତା'ର ସାର୍ଟଟିଏ ନ ଥିଲାବୋଲି । ଦିଅ ତାକୁ କ୍ଷମା କରିଦିଅ। ସେ ଯାଉ।

ବାବାଙ୍କ କଥାରେ କରୁଣାର ଏକ ଧାରା ଝରିଆସୁଥିଲା ଯେମିତି। ଆମେ ସେ ପ୍ରସ୍ତାବକୁ ନିରବରେ ଗ୍ରହଣ କରିନେଲୁ। କିନ୍ତୁ ବଡ଼ ଭାଇ ଟିକେ ଅସନ୍ତୋଷ ପ୍ରକାଶ କରୁଥିଲା । କାରଣ ସେ ଚୋର ଧରିପାରିଥିବାର ଗୋଟେ ଗୌରବସୂଚକ ପୁରସ୍କାର ଆଶା କରୁଥିଲା ।

ତେବେ ପିଲାଟା ଯିବା ପୂର୍ବରୁ ମୁଁ ତାକୁ ମୋର ଶେଷ ଗୁରୁତ୍ୱପୂର୍ଣ୍ଣ ପ୍ରଶ୍ନ ପଚାରିଥିଲି।

ପଚାରିଥିଲି: ତୋ ବାପାର ନାମ କ'ଣ ଗୋପିଆ?

ସେ ମୋ ପ୍ରଶ୍ନ ବୁଝିପାରିଲାନି କିମ୍ବା ଏତେ ଜୋର୍‌ରେ ଡରିଯାଇଥିଲା ଯେ ଆବ୍‌ବାକାବ୍‌ବା ହେଇ ମତେ ଚାହିଁଲା।

କହିଲା: ମୁଁ ଜାଣିନି। ଆମେ ତାକୁ 'ବାପା' ବୋଲି ଡାକୁ।

ମୁଁ ମତ ଦେଲି : ଅବଶ୍ୟ ଗୋପିଆ ଏମିତି ନିକୁଛିଆ ଚୋରି କରିବନି।

କିଛିଦିନ ପରେ ଖବରକାଗଜରେ ଗୋଟେ ଛୋଟ ସମ୍ବାଦ ପ୍ରକାଶ ପାଇଥିଲା ଯେ ଗୋପିଆ ନାୟକ ନାମକ ଦୁର୍ଦ୍ଦାନ୍ତ ଚୋରର ପୁରୀ ଜେଲ୍‌ରେ ଯକ୍ଷ୍ମା ରୋଗରେ ମୃତ୍ୟୁ ଘଟିଛି।

ଆମେ କିନ୍ତୁ ସେ ସମ୍ବାଦକୁ ବିଶ୍ୱାସ କରି ନ ଥିଲୁ। କାରଣ ଗୋପିଆ ଗୋଟେ ଅସମ୍ଭବ ବଳଶାଳୀ ଅଦ୍ଭୁତ ମଣିଷ । ସେ ଏମିତି ଅସହାୟ ଭାବରେ, ରୋଗରେ , ଜେଲ୍‌ଭିତରେ ମରି ନ ପାରେ। ଇଏ ଆଉ କୋଉ ଗୋପୀଆ ନାୟକ ହୋଇଥିବ। ସେ ଧରା ପଡ଼ିବା କଥା ନୁହେଁ । ସେ ମରିବା କଥା ନୁହେଁ ।

ପିଲାଦିନର ହୀରୋମାନେ ହାରନ୍ତି ନାଇଁ। ମରନ୍ତି ନାଇଁ।

■

www.ingramcontent.com/pod-product-compliance
Lightning Source LLC
Chambersburg PA
CBHW050246110726
47898CB00007B/2299
* 9 7 8 1 6 4 5 6 0 1 2 8 9 *